思想的・睿智的・獨見的

# 經典名著文庫

## 學術評議



五南圖書出版公司 印行

# 經典名著文庫

## 學術評議者簡介（依姓氏筆畫排序）

- 丘為君　美國俄亥俄州立大學歷史研究所博士
- 吳惠林　美國芝加哥大學經濟系訪問研究、臺灣大學經濟系博士
- 宋鎮照　美國佛羅里達大學社會學博士
- 林玉体　美國愛荷華大學哲學博士
- 邱燮友　國立臺灣師範大學國文研究所文學碩士
- 洪漢鼎　德國杜塞爾多夫大學榮譽博士
- 孫效智　德國慕尼黑哲學院哲學博士
- 秦夢群　美國麥迪遜威斯康辛大學博士
- 高明士　日本東京大學歷史學博士
- 高宣揚　巴黎第一大學哲學系博士
- 張光宇　美國加州大學柏克萊校區語言學博士
- 張炳陽　國立臺灣大學哲學研究所博士
- 陳秀蓉　國立臺灣大學理學院心理學研究所臨床心理學組博士
- 陳思賢　美國約翰霍普金斯大學政治學博士
- 陳清秀　美國喬治城大學訪問研究、臺灣大學法學博士
- 陳鼓應　國立臺灣大學哲學研究所
- 曾永義　國家文學博士、中央研究院院士
- 黃光國　美國夏威夷大學社會心理學博士
- 黃光雄　國家教育學博士
- 黃昆輝　美國北科羅拉多州立大學博士
- 黃政傑　美國麥迪遜威斯康辛大學博士
- 楊維哲　美國普林斯頓大學數學博士
- 葉海煙　私立輔仁大學哲學研究所博士
- 葉國良　國立臺灣大學中文所博士
- 廖達琪　美國密西根大學政治學博士
- 劉滄龍　德國柏林洪堡大學哲學博士
- 黎建球　私立輔仁大學哲學研究所博士
- 盧美貴　國立臺灣師範大學教育學博士
- 薛化元　國立臺灣大學歷史學系博士
- 謝宗林　美國聖路易華盛頓大學經濟研究所博士候選人
- 簡成熙　國立高雄師範大學教育研究所博士
- 顏厥安　德國慕尼黑大學法學博士

經典名著文庫080

# 蒙田隨筆【第2卷】

## Les Essais

蒙田（Michel de Montaigne）著
馬振騁 譯

# 經典永恆・名著常在

## 五十週年的獻禮・「經典名著文庫」出版緣起

總策劃 楊榮川

五南，五十年了。半個世紀，人生旅程的一大半，我們走過來了。不敢說有多大成就，至少沒有凋零。

五南忝爲學術出版的一員，在大專教材、學術專著、知識讀本出版已逾壹萬參仟種之後，面對著當今圖書界媚俗的追逐、淺碟化的內容以及碎片化的資訊圖景當中，我們思索著：邁向百年的未來歷程裡，我們能爲知識界、文化學術界做些什麼？在速食文化的生態下，有什麼值得讓人雋永品味的？

歷代經典·當今名著，經過時間的洗禮，千錘百鍊，流傳至今，光芒耀人；不僅使我們能領悟前人的智慧，同時也增深加廣我們思考的深度與視野。十九世紀唯意志論開創者叔本華，在其〈論閱讀和書籍〉文中指出：「對任何時代所謂的暢銷書要持謹愼的態度。」他覺得讀書應該精挑細選，把時間用來閱讀那些「古今中外的偉大人物的著作」，閱讀那些「站在人類之巔的著作及享受不朽聲譽的人們的作品」。閱讀就要「讀原著」，是他的體悟。他甚至認爲，閱讀經典原著，勝過於親炙教誨。他說：

「一個人的著作是這個人的思想菁華。所以，儘管一個人具有偉大的思想能力，但閱讀這個人的著作總會比與這個人的交往獲得更多的內容。就最重要的方面而言，閱讀這些著作的確可以取代，甚至遠遠超過與這個人的近身交往。」

爲什麼？原因正在於這些著作正是他思想的完整呈現，是他所有的思考、研究和學習的結果；而與這個人的交往卻是片斷的、支離的、隨機的。何況，想與之交談，如今時空，只能徒呼負負，空留神往而已。

三十歲就當芝加哥大學校長、四十六歲榮任名譽校長的赫欽斯（Robert M. Hutchins, 1899-1977），是力倡人文教育的大師。「教育要教眞理」，是其名言，強調「經典就是人文教育最佳的方式」。他認爲：

「西方學術思想傳遞下來的永恆學識，即那些不因時代變遷而有所減損其價值的古代經典及現代名著，乃是眞正的文化菁華所在。」

這些經典在一定程度上代表西方文明發展的軌跡，故而他爲大學擬訂了從柏拉圖的《理想國》，以至愛因斯坦的《相對論》，構成著名的「大學百本經典名著課程」。成爲大學通識教育課程的典範。

歷代經典．當今名著，超越了時空，價值永恆。五南跟業界一樣，過去已偶有引進，但都未系統化的完整舖陳。我們決心投入巨資，有計畫的系統梳選，成立「經典名著文庫」，希望收入古今中外思想性的、充滿睿智與獨見的經典、名著，包括：

- 歷經千百年的時間洗禮，依然耀明的著作。遠溯二千三百年前，亞里斯多德的《尼各馬科倫理學》、柏拉圖的《理想國》，還有奧古斯丁的《懺悔錄》。
- 聲震寰宇、澤流遐裔的著作。西方哲學不用說，東方哲學中，我國的孔孟、老莊哲學，古印度毗耶娑（Vyāsa）的《薄伽梵歌》、日本鈴木大拙的《禪與心理分析》，都不缺漏。
- 成就一家之言，獨領風騷之名著。諸如伽森狄（Pierre Gassendi）與笛卡兒論戰的《對笛卡兒沉思錄的詰難》、達爾文（Darwin）的《物種起源》、米塞斯（Mises）的《人的行爲》，以至當今印度獲得諾貝爾經濟學獎阿馬蒂亞．

森（Amartya Sen）的《貧困與饑荒》，及法國當代的哲學家及漢學家余蓮（François Jullien）的《功效論》。

梳選的書目已超過七百種，初期計劃首爲三百種。先從思想性的經典開始，漸次及於專業性的論著。「江山代有才人出，各領風騷數百年」，這是一項理想性的、永續性的巨大出版工程。不在意讀者的眾寡，只考慮它的學術價值，力求完整展現先哲思想的軌跡。雖然不符合商業經營模式的考量，但只要能爲知識界開啓一片智慧之窗，營造一座百花綻放的世界文明公園，任君遨遊、取菁吸蜜、嘉惠學子，於願足矣！

最後，要感謝學界的支持與熱心參與。擔任「學術評議」的專家，義務的提供建言；各書「導讀」的撰寫者，不計代價地導引讀者進入堂奧；而著譯者日以繼夜，伏案疾書，更是辛苦，感謝你們。也期待熱心文化傳承的智者參與耕耘，共同經營這座「世界文明公園」。如能得到廣大讀者的共鳴與滋潤，那麼經典永恆，名著常在。就不是夢想了！

二〇一七年八月一日　於

五南圖書出版公司

# 導讀——「投入智慧女神的懷抱」

馬振騁

米歇爾·德·蒙田（Michel de Montaigne，一五三三—一五九二），生於法國南部佩里戈爾地區的蒙田城堡。父親是繼承豐厚家產的商人，有貴族頭銜，他從義大利帶回一名不會說法語的德國教師，讓米歇爾三歲尚未學法語前，先向他學拉丁語作爲啓蒙教育。

不久，父親被任命爲波爾多市副市長，全家遷往該市。一五四四—一五五六年，父親當波爾多市長，成爲社會人物，得到大主教批准，把原本樸實無華的蒙田城堡改建得富麗堂皇，還添了一座塔樓。

一五四八年，波爾多市民暴動，遭德·蒙莫朗西公爵殘酷鎮壓。由於時局混亂，蒙田到圖盧茲進大學學習法律，年二十一歲，在佩里格一家法院任推事。一五五七年後在波爾多各級法院工作。一五六二年在巴黎最高法院宣誓效忠天主教，其後還曾兩度擔任波爾多市市長。

蒙田曾在一五五九—一五六一年間，兩次晉謁巴黎王宮，還陪同亨利二世國王巡視巴黎和巴勒拉克。住過一年半後回波爾多，世人猜測蒙田在期間欲實現其政治抱負，但未能如願。

一五六五年，與德·拉·夏塞涅小姐結婚，婚後生了六個孩子，只有一個倖存下來，其餘俱夭折。一五六八年，父親過世，經過遺產分割，蒙田成了蒙田莊園的領主。一五七一年，才三十八歲即開始過退隱的讀書生活，回到蒙田城堡，希望「投入智慧女神的懷抱，在平安寧靜中度過有生之年」。

那時候，宗教改革運動正在歐洲許多國家如火如荼地進行，法國胡格諾派與天主教派內戰更是從一五六二年打到了一五九八年，亨利四世改宗天主教，頒布南特敕令，寬容胡格諾派，戰事才告平息。蒙田只是回避了煩雜的家常事務，實際上風聲雨聲讀書聲，聲聲都聽在耳裡。他博覽群書，反省、自思、內觀，那時舊教徒以上帝的名義、以不同宗派爲由任意殺戮對方，誰都高唱自己的信仰是唯一的眞理，蒙田對這一切冷眼旁觀，卻提出令人深思的雋言：「我知道什麼？」

他認爲一切主義與主張都是建立在個人偏見與信仰上的，這些知識都只是片面的，只有返回到自然中才能恢復事物的眞理，有時不是人的理智能夠達到的。「我們不能肯定知道了什麼，我們只能知道我們什麼都不知道，其中包括我們什麼都不知道。」

從一五七二年起，蒙田在閱讀與生活中隨時寫下許多心得體會，他把自己的文章稱爲Essai。這詞在蒙田使用以前只是「試驗」、「試圖」等意思，例如：試驗性能、試嘗食品。他使用Essai只是一種謙稱，不妄圖以自己的看法與觀點作爲定論，只是試論。他可以夾敘夾議，信馬游韁，後來倒成了一種文體，對培根、蘭姆、盧梭（雖然表面不承認）都產生了很大影響。而我們則把Essai一詞譯爲「隨筆」。

這是一部從一五七二—一五九二年逝世爲止，眞正歷時二十年寫成的大部頭著作，也是蒙田除了他逝世一百八十二年後出版的《義大利遊記》以外的唯一作品。

從《隨筆》各篇文章的寫作時序來看，蒙田最初立志要寫，但是要寫什麼和如何寫，並不成竹在胸。最初的篇章約寫於一五七二—一五七四年，篇幅簡短，編錄一些古代軼事，摻入幾句個人感想與評論。對某些縈繞心頭的主題，如死亡、痛苦、孤獨與人性無常等題材，摻入較多的個人意見。

隨著寫作深入，章節內容也更多，結構也更鬆散，在表述上也更具有個人色彩和執著，以致在第二卷中間寫出了最長也最著名的〈雷蒙・塞邦贊〉，把他的懷疑主義闡述得淋漓盡致。這篇文章約寫於一五七六年，此後蒙田《隨筆》的中心議題明顯偏重自我描述。

一五八〇年，《隨筆》第一、二卷在波爾多出版。蒙田在六月外出旅遊和療養，經過巴黎，把這部書呈獻給亨利三世國王。他對國王的讚揚致謝說：「陛下，既然我的書您讀了高興，這也是臣子的本分，這裡面說的無非是我的生平與行爲而已。」

蒙田在義大利暢遊一年半後，回到蒙田城堡塔樓改建成的書房裡，還是一邊繼續往下寫他的《隨筆》，一邊不斷修改；一邊出版，一邊重訂，從容不迫，生前好像沒有意思眞正要把它做成一部完成的作品。

他說到理智的局限性、宗教中的神性與人性、藝術對精神的治療作用、兒童教育、迷信占卜活動、書籍閱讀、戰馬與盔甲的利用、異邦風俗的差異……。總之，生活遇到引起他思維活動的大事與小事，從簡單的個人起居到事關黎民的治國大略，蒙田無不把他們形諸於筆墨。友誼、社交、孤獨、自由，尤其是死亡等主題，還在幾個章節內反覆提及，有時談得還不完全一樣，有點矛盾也不在乎，因爲正如他說的，人的行爲時常變化無常。他強調的「眞」不是劃一不變。既然人在不同階段會有不同的想法與反應，表現在同一個人身上，這些不同人依然是正常的「眞」性情。

蒙田以個人爲起點，寫到時代、寫到人的本性與共性。他深信談論自己，包含外界的認識、文化的吸收和自我的享受，可以建立普遍的精神法則，因爲他認爲每個人自身含有人類處境的全部形態。他用一種內省法來描述自己、評價自己，也以自己的經驗來對證古代哲人的思想與言論；可是他也承認這樣做的難度極高，因爲判定者與被判定者處於不斷變動與搖擺中。

這種分析使他看出想像力的弊端與理性的虛妄，都會妨礙人去找到眞理與公正。蒙田的倫理思想不是來自宗教信仰，而是古希臘這種溫和的懷疑主義。他把自己作爲例子，不是作爲導師，認爲認識自己、控制自己、保持內心自由，透過獨立判斷與情欲節制，人明智地實現自己的本質，那時才會使自己成爲「偉大光榮的傑作」。

文藝復興以前，在經院哲學一統天下的歐洲，人在神的面前一味自責、自貶、自抑。文藝復興時期，人文主義思想抬頭，人發現了自己的價値、尊嚴與個性，把人看作是天地之精華、萬物之靈秀。蒙田身處長年戰亂的時代，同樣從人文主義出發，更多指出人與生俱來的弱點與缺陷，要人看清自己是什麼，然後才能正確對待自己、他人與自然，才能活得自在與愜意。

法國古典散文有三大家：拉伯雷（François Rabelais）、加爾文（Jean Calvin）與蒙田。拉伯雷是法國文藝復興時期智慧的代表人物，博學傲世，對不合理的社會冷嘲熱諷，以《巨人傳》而成不朽。加爾文是法國宗教改革先驅。當時教會指導世俗，教會不健全則一切不健全，他認爲要改革必先改革宗教。他的《基督教制度》先以拉丁語出版，後譯成法語，既是宗教也是文學方面名著。蒙田的《隨筆》則是法國第一部用法語書寫的哲理散文。行文旁徵博引，非常自在，損害詞義時絕不追求詞藻華麗，認爲平鋪直敘勝過拐彎抹角。對日常生活、傳統習俗、人生哲學、歷史教訓等無所不談，偶爾還會文不對題。他不說自己多麼懂，而強調自己多麼不懂，在這「不懂」裡面包含了許多眞知灼見。不少觀點令人嘆服其前瞻性，其中關於「教育」、「榮譽」、「對待自然與生活的態度」、「姓名」、「預言」的觀點更可令今人聽了汗顏。

城堡領主，兩任波爾多市市長，說拉丁語的古典哲理散文家，聽到這麼一個人，千萬別以爲是個道貌岸然的老夫子。蒙田在生活與文章中幽默俏皮。他說人生來有一個腦袋、一顆心和一個生殖器官，各司其職。人歷來對腦袋與心談得很多，對器官總是欲語還休。蒙田所處的時代，相當於中國明朝萬曆年間，對婦女的限制也並不比明朝鬆，他在《隨筆》裡不忌諱談兩性問題，而且談得很透徹，完全是個性情中人。當然這位老先生不會以開放前衛的名義教人紅杏出牆或者偷香竊玉。他只是說性趣實在是上帝惡作劇的禮物，人人都有份，也都愛好。在這方面，沒有精神美毫不減少聲色，沒有肉體美則味同嚼蠟。只是人生來又有一種潛在的病，那就是嫉妒。情欲有時像野獸不受控制，遇到這類事又產生尷尬的後果，不必過於死心眼，他說歷史上的大人物，如「盧庫盧斯、凱撒、龐培、安東尼、加圖和其他一些英雄好漢都戴過綠帽子，聽到這件事並不非得拚個你死我活。」這帖蒙氏古方心靈雞湯，喝下去雖不能保證除根有效，也至少讓人發笑，有益健康，化解心結。

蒙田說：「我不是哲學家。」他的這句話與他的另一句話：「我知道什麼？」當然都不能讓人從字面價值來理解。

記得法國詩人瓦萊里說過這句俏皮話：「一切哲學都可以歸納爲辛辛苦苦在尋找大家自

然會知道的東西。」用另一句話來說，確實有些哲學家總是把很自然可以理解的事說得複雜難懂。

蒙田的後半生大半是在胡格諾戰爭時期度過的。他在混沌亂世中指出人是這樣的人，人生是這樣的人生。人有七情六欲，必然有生老病死；人世中有險峻絕壁，也有綠野仙境。更明白昨天是今日的過去，明天是此時的延續。「光明正大地享受自己的存在，這是神聖一般的絕對完美」。「最美麗的人生是以平凡的人性作爲楷模，有條有理，不求奇蹟，不思荒誕。」

蒙田文章語調平易近人，講理深入淺出，使用的語言在當時也通俗易懂。有人很恰當地稱爲「大眾哲學」。他不教訓人，只說人是怎麼樣的，找出快樂的方法過日子，這讓更多的普通人直接獲得更爲實用的教益。

早在十九世紀初，已經有人說蒙田是當代哲學家。直至最近進入了二十一世紀，法國知識分子談起蒙田，還親切地稱他是我們這個時代的賢人，彷彿在校園裡隨時可以遇見他似的。

蒙田的《隨筆》全集共三卷，一百零七章。法國伽利瑪出版社收在《七星文庫》的《蒙田全集》，內收《隨筆》部分共一千零八十九頁，全集另一部分是《義大利遊記》。這次上海書店出版社出版的《蒙田隨筆全集》就是根據伽利瑪出版社《蒙田全集》一九六二年版本譯出的。

《隨筆》中有許多引語，原書中都不注明出處，出處都是之後的編者所加。蒙田的用意在《隨筆》第二卷第十一章〈論書籍〉中說得很清楚：

> 因爲，有時由於拙於辭令，有時由於思想不清，我無法適當表達意思時就援引了其他人的話。……鑒於要把這些說理與觀念用於自己的文章內，跟我的說理與觀念交織一起。我偶爾有意隱去被引用作者的名字，目的是要那些動輒訓人的批評家不要太魯莽，他們見到文章，特別是那些在世的年輕作家的文章就攻擊，他們像個庸人招來眾人的非議，也同樣像個庸人要去駁斥別人的觀念和想法。我要他們錯把普魯塔克當作我來嘲笑，罵我罵到了塞涅卡身上而丟人現眼。

此外，引語絕大多數爲拉丁語，小部分爲希臘語、義大利語和法語。非法語部分後皆由法國編者增添法語注解。本集根據法語注解譯出。

注釋絕大部分是原有的，少數幾個是參照唐納德·弗萊姆（Donald Frame）的英譯本《蒙田隨筆全集》、邁克爾·斯克里奇（Michael Screech）的《隨筆全集》中的注釋。注釋淺顯扼要，以讀懂原文爲原則。

《隨筆全集》中的歷史人物譯名，基本都以上海辭書出版社《世界歷史詞典》的譯名爲準，少數在詞典內查不到的，則以一般規則而譯，絕不任意杜撰。

《隨筆》的文章原本段落很長，這是古代文章的特點，就像我國的章回小說也是如此。爲了便於現代人的閱讀習慣，把大段落分爲小段落，在形式上稍微變得輕巧一點，至於內容與語句絕不敢任意點勘和刪節。

# 原版《引言》

〔法〕莫里斯·拉特

蒙田逝世時留下兩個女兒，據帕斯基埃說，「一個是婚生的女兒，他的財產繼承人；一個是過繼的女兒，他的文稿繼承人……」，後者是瑪麗·勒·雅爾·德·古內，她卻像哀悼父親那樣哀悼蒙田。蒙田歿後第二年，她去看望《隨筆集》作者的遺孀和孤女，從蒙田夫人手裡接過一個本子，上面差不多寫滿了蒙田在一五八八年版樣書邊白作的注解，原是爲了再版時使用的——兩年後，在一五九五年，根據這個本子出版了對開本的《隨筆集》。

長年內戰使法國一時對暴力感到厭倦，人們準備靜心欣賞《隨筆集》內俯拾皆是的智慧。那是「正直者的枕邊書」，佩龍紅衣主教這樣說。有一位朱斯圖斯·利普修斯稱讚作者，觀其文如觀其人；有一位塞沃爾·德·聖馬特稱讚說「通篇表述無拘無束，樸實無華」；還有一位德·圖說「一個眞正的金玉良言研討會」。皮埃爾·夏隆，另一位「蒙田的見證人」，蒙田因沒有兒子做繼承者，就把家族紋章的佩帶權遺贈給了他。夏隆在《論智慧》一書中，對《隨筆集》作出大膽、有力、不摻個人感情的反響，像聖伯夫說的，頗似「《隨筆集》的教育版讀物」。

對蒙田的最初反應出現於路易十三統治末期。德·古內小姐難辭其咎，她不該活得那麼久（卒於一六四五年），成了個老學究，態度咄咄逼人，談話嘮嘮叨叨，儘管在一六三五年版中她認爲應該加進一篇序言，說一說自己對偶像的欽慕忠誠，這不但沒有平息，反而加強蒙田反對者的反感。他們指責蒙田在書中談論自己過多，使用借自加斯科涅方言或拉丁語的冷僻字眼。蓋茲・德・巴爾札克經常出入朗布耶府，爲蒙田辯護，反對那些「挑剔者」，但是他對蒙田的這種缺乏條理的文章結構也表示不滿：「蒙田對自己正在說什麼當然是知道的，但是我同時不揣冒昧，也認爲他對自己接著要說什麼就不一定知道了。」他還補充說，《隨筆集》的語言與風格粗鄙俚俗，帶上他寫作的時代與生活的外省烙印。

巴爾札克的批評是膚淺的，主要針對形式，而帕斯卡的批評則針對內容。帕斯卡受惠於蒙田的地方很多，但是，據聖伯夫的說法，他的一項主要任務是在《思想錄》中「破壞和摧毀蒙田」，甚至說出《隨筆集》的作者「通篇想的只是膽怯畏葸地死去」。薩西、阿諾、尼科爾都是純正的王家碼頭派代表人物，對蒙田的態度當然更加嚴厲，據他們的說法，蒙田「要推翻一切知識，從而也是宗教的基礎」。

波舒哀和馬勒伯朗士的攻擊更是變本加厲。前者以宗教的名義，譴責蒙田把人貶低爲動物，後者主要責怪他是「騎士型學究」，眞不願意看到《隨筆集》竟是一部小故事、俏皮話、二行詩和格言的大雜燴。《尋找眞理》的作者繼而嚴厲地說：「爲了消遣而讀《隨筆集》是危險的，不僅因爲閱讀的樂趣會對讀者的感情潛移默化，還因爲這種樂趣是出人意外的罪惡。可以肯定的是這種樂趣主要出自淫念，只會維持和加劇人的情欲，這位作者的寫作方式所以令人愉悅，只是因爲它不知不覺地觸動我們的神經，煽動我們的情欲。」

但是，十七世紀上半葉的巴爾札克和語言純潔派與下半葉的帕斯卡、王家碼頭學派、波舒哀和馬勒伯朗士不能代表整個世紀。如果說一六七六年把《隨筆集》列爲禁書，似乎認可了這些先生和奧拉托利會的嚴厲態度，然而也有另一些來頭並不小的人物欣賞《隨筆集》。皮埃爾・莫羅指出：「寫《隨筆集》的人早已是古典人物，也就是笛卡兒、莫里哀、拉封丹、拉羅什富科、聖埃勒蒙、拉布呂耶爾這樣的古典人物，他們的規則存在於自然、理性與正直中。」在十七世紀反對蒙田的人，歸根結蒂只是朗布耶府的風雅之士和信仰呆板的作家。

還有必要提一提的是，被羅馬封爲聖人的神職人員兼作家、文筆優美的弗朗索瓦・德・薩勒，還有一位主教、善於寫各類作品的作家尚－皮埃爾・加繆，從蒙田書裡獲取的營養不亞於他讀阿米奧的佳作。在其他古典人物與蒙田之間又有多少相近與相比之處！

費迪安・戈安在他出色的拉封丹研究作品中，專有一章題目是〈拉封丹與蒙田〉，埃蒂安・吉爾松把蒙田與笛卡兒比照。雖則我們剛才提到的兩位大作家做的只是閱讀與「摘引」蒙田，有人如拉羅什富科或拉布呂耶爾，不會被隱射與表面現象所迷惑，在他們的《箴言錄》或《品格論》中，吸納了《隨筆集》作者的眞知灼見。拉羅什富科的兩百五十多條箴言在思想和表達上，跟蒙田的某個章節「不謀而合」，而拉布呂耶爾只用三言兩語就阻擋了巴爾札克和馬勒伯朗士的攻擊，他俏皮地寫道：「一個人思想不深，如何能夠欣賞一個思想很深的人；另一個人思想太鑽牛角尖，也就不適應樸實無華的思想。」《品格論》的作者也是個天主教徒，不會不承認他對蒙田不勝欽佩，讀他的書感到喜悅。

在十七世紀不同類型的文人都分享他這樣的喜悅。德・塞維尼夫人就對蒙田文章的吸引力讚不絕口，一六七九年十月二十五日給德・格里尼昂夫人的信中說：「我有幾本好書，蒙田的書最佳，當人家不想蒙您時，還有何求呢？」德・蒙特斯龐夫人和她的當豐特夫羅修道院大教長的姐姐，也都讀過這部書。夏爾・索雷爾把這部書看成是「朝廷與社交界常備手冊」。于埃，這是位洞察細微的人文主義者，跟巴爾札克截然不同，稱讚蒙田寫了一部談思想的集子，「信筆寫來，也無順序」，還是從中看出它「受人歡迎」的深刻理由，因爲——他寫道——「很難見到一位鄉下貴族，不在壁爐上放上一部蒙田的書，以此顯示他不同於捕兔子的鄉紳。」

十八世紀對他仍不乏好評，但是也應該看到他們會滿不在乎地以自己的方式解釋。豐特奈爾在《死者對話》中讓蒙田和蘇格拉底對話；培爾讚揚他的皮浪懷疑論思想；孟德斯鳩對他發表了這個驚人的看法：「這四位大詩人：柏拉圖、馬勒伯朗士、沙夫茨伯里、蒙田！」……這張名單上，也許用孟德斯鳩自己換下馬勒伯朗士還更合適。伏爾泰駁斥帕斯卡時大聲說：「蒙田的設想是很巧妙的，他就是這樣樸實無華地描述自己！因爲他描述的是人性……」杜・德方侯爵夫人要賀拉斯・沃波爾讀一讀蒙田：「這是有史以來唯一的好心哲學家和好心玄學家！」沃夫納格侯爵平時談話謹慎，態度嚴肅，看出「蒙田是他那個野蠻時代的奇才。」

如果說尙—雅克・盧梭精神病態古板，不喜歡搖曳多姿的文章，對蒙田持保留態度，那些百科全書派、時尚文人、詩人則把蒙田引爲知己，但以自己的情趣去擺佈他。格林宣稱他「超凡入聖」，議論他彷彿是個「獨一無二的」人物，散布「最純……最亮的光明」。阿讓松侯爵的兒子出版了父親的一部著作，書名叫《論蒙田隨筆的情趣的隨筆》。若弗蘭夫人的女兒德・拉・費泰—安博夫人準備出版蒙田的選集。巴貝拉克名副其實受蒙田的培育。聖朗貝爾在鄉下坐在「一棵開花的李樹下」讀蒙田。德利爾指出「他知道像賢哲那樣講話，像朋友那麼閒談」。安德列・謝尼埃多處引用蒙田的話。他的弟弟瑪麗約瑟夫看到「蒙田逐漸創造和運用了按自己天才所需要的語言」。人人按照自己的主意塑造他，據爲己有。革命派毫不猶豫地把他視爲自己「偉大的先輩」，強拉他跟笛卡兒和伏爾泰一起。

夏多布里昂開啓和統率了十九世紀，表現出這樣的特點，起初提到蒙田時是攻擊他，從他的書中就像在拉伯雷的書中看出他是斯賓諾莎的先驅之一（《論古今革命》），繼而又接受蒙田，並對〈雷蒙・塞邦贊〉的作者表示感謝（《基督教眞諦》），最後又在自己的《墓外回憶錄》中把他跟自己、自己的生活經歷相比較，彷彿在羨慕蒙田的恬靜從容：「親愛的米歇爾，你說的事輕鬆愉快，但是在我們這個時代，好心得不到你說的好報……」

第一帝國末期，法蘭西學院把頌揚蒙田作爲競賽題，年輕的維爾曼摘取桂冠；這也可說是時代的一個標誌吧！然後又是貝朗瑞對蒙田的書「不斷地」反覆閱讀，瑪塞琳・德博爾德—瓦爾摩爾喜愛他的書：

全世界在書中出現在我面前，
窮人、奴隸、國王，
我看到一切；我看到自己了嗎？

達爾巴尼伯爵夫人讀《隨筆集》是一種「安慰」；司湯達在寫《愛情論》時頻繁參照他的這部書；還可以說無處不出現蒙田，德國有歌德、席勒，英國有拜倫、薩克雷，不久美國又有愛默生都讚揚他。

在那個時代的評論家中，尼札爾能夠這樣寫道，「以《隨筆集》為契機，開始了一系列傑作，面面俱到表現法國精神的形象。」聖伯夫認為蒙田是古典主義者，「賀拉斯家族中的這類古典主義者。」在那些倫理學家中，只有庫辛對他的作家天賦表示異議，可是受到可親的克西梅納·杜當的反駁。

在十九世紀下半葉和我們的世紀，蒙田這個道德學家和人，受到一部分人議論和另一部分人頌揚。米歇萊，火氣十足的米歇萊，聲稱《隨筆集》散發出一種無法呼吸的臭氣；伯呂納蒂埃爾指責他是利己主義和自我至上者，且不說他生來愛好一切逸樂的傾向；紀堯姆·基佐稱他是「荒淫好色」的作家，是「庸俗的教外人士中的聖弗朗奈瓦·德·薩爾」。

另一些人讚揚他，按自己的意思使他的形象讓人樂於接受，其實從中是在說他們自己。朗松贊他是純粹世俗主義的先驅；安德列·紀德條分縷析把他拉向自己，引以為知己。勒南、法朗士、勒梅特，都以勒南派的評論方式，只是把他看成是懷疑論者，強調蒙田說的疑問其實就是「軟枕頭」，未免有點過甚其詞。只有法蓋，善良的法蓋，寫得比誰都好，我的意思是評判較為公正，讚揚「這位偉大的賢哲……是法國三、四位大作家之一」，用恰如其分的語言稱讚他的文筆「絕對自成一派……隱喻自然……這是智慧的一種慶典」。

最後整體回顧來看，最近五十年研究人員和學者所做的許多工作，無疑可對某些細節作出更改，對某些不足表示遺憾，思考方法也有所不同，但是改變不了作品的大體綱要。有人立志研究他的天主教身分，有人研究他的享樂主義一面，還有人，如亞歷山大·尼科萊，研究蒙田的內心世界、社交生活與政治活動。在一位馬塞爾·普魯斯特之後有一位蒙泰朗，在一位波瓦萊夫之後有一位加克索特，都精細入微地找出他的某方面特徵。高等學府的評論家，從福圖納・斯特羅夫斯基到皮埃爾・莫羅，到皮埃爾・米歇爾，到雅克・維埃爾，到凡爾登・L・索尼埃，對蒙田的理解與剖析都比上一世紀要深刻得多，還像聖伯夫說的那樣明白，「我們的心中沒有眞正的底，只有無盡的表面。」這些層層疊疊的「表面」，德國的一位弗雷德里希，紐約的一位唐納德・M・弗萊姆，東京的一位前田洋一，都曾仔細地分解。阿曼戈博士在半個多世紀以前創立了蒙田之友協會，今日會員幾乎遍及世界各國，從巴西和加拿大直至印度和日本。

總之，《隨筆集》在全球皆有讀者，這是一種標誌，說明這位從綜合來說是我們第一位大政治家，我們第一位大道德學家，在世界上具有極強的生命力。

# 致讀者

「讀者啊！這是一部眞誠的書。一開頭就提醒你，我沒有預設什麼目標，純然是居家的私語。我絕不曾有任何普濟天下與追求榮名的考慮。我的才分達不到這樣一個目的。只是寄語親朋好友作爲處世之道而已。當他們失去我時（這將是他們不久要面對的事實），還能在書中看到我的音容笑貌，以此對我逐漸保持一個更完整、更生動的認識。若要嘩眾取寵，我自應更用心思塗脂抹粉一番，矯揉造作地走到人前。我希望大家看到的是處於日常自然狀態的蒙田，樸實無華，不耍心計：因爲我要講述的是我。我的缺點，還有我幼稚的表現，讓人看來一目了然，儘量做到不冒犯公眾的原則。有些民族據說還生活在原始的自然法則下，享受溫馨的自由，假若我身處在他們中間，我向你保證，我很樂意把自己整個赤裸裸地向大眾描述。因此，讀者啊！我自己是這部書的素材，沒有理由要你在餘暇時去讀這麼一部不値一讀的拙作。再見了！蒙田，一五八年三月一日。」①

① 並不是所有的版本都有這篇《致讀者》。日期也不盡相同。在一五九五年的版本中是一五八年六月十二日，而在一五八八年版本中是一五八八年六月十二日。

# 目次

# 第二卷

# 第一章　論人的行爲變化無常

對於習慣觀察他人行爲的人，最難的莫過於去探索他人行爲的連貫性和一致性。因爲人的行爲經常自相矛盾，難以逆料，簡直不像是同一個人的所作所爲。小馬略忽而是戰神瑪斯的兒子，忽而又是愛神維納斯的兒子。據說卜尼法斯八世教皇當權時像隻狐狸，辦事時像頭獅子，死時像條狗。誰會相信殘暴的象徵尼祿皇帝，當有人按照慣例把一份死刑判決書遞給他簽字時，竟會說：「上帝啊，我眞希望不會寫字！」判處一個人的死刑叫他心裡那麼難過？

在這件事上，在每個人身上，這類的例子不勝枚舉，以致使我感到奇怪的是，有些聰明人居然費心把這些碎片拼湊一起。因爲我覺得優柔寡斷是人性中最普遍、最明顯的缺點，這有滑稽詩人普布利流斯·西魯斯的著名詩句爲證，

只有壞主意才一成不變。

根據一個人的日常舉止來評論他，那是一般的做法；但是，鑒於人的行爲和看法天生不穩定，我經常覺得，即使是傑出的作家也往往失誤，說什麼我們有始終如一、堅韌不拔的心理組織。

他們選擇一種公認的模式，然後按照這個模式，歸納和闡述一個人的行爲，如果無法自圓其說，就說這個人虛僞矯飾。他們就無法評判奧古斯都，因爲他一生中變化多端、出爾反爾，叫人無從捉摸，最大膽的法官也不敢妄下結論。我相信人最難做到的是始終如一，而最易做到的是變幻無常。若把人的行爲分割開來，就事論事，經常反而更能說出眞話。

從古史中很難找出十來個人，他們一生的行爲是有恆專一的。有恆專一卻是智慧的主要目的。因爲，爲了把生活歸結爲一個詞，把生活的種種規則歸結爲一條規則，一位古人①說：「同樣的東西要或不要，必須前後一致；我不想再加上一句『但願這種意願是正確的』；因爲，意願不正確的話，就不可能堅定不移。」確實，我從前聽說，惡行只不過是放縱和缺乏節制，因而也就不可能始終如一。據說這是德摩斯梯尼說的話，討教與審愼是一切德行的開端；而始終如一是德行的圓滿完成。我們在言詞中要選擇某一條道路，總是去選擇一條最好的道路，但是沒有人想去實踐：

他要做、不要做，又要做自己不想做的事，
搖擺不定，一生充滿矛盾。

——賀拉斯

我們一般的行動，都是根據自己的心意，忽左忽右、忽上忽下，聽任一時的風向把我們吹到各處。只是在要的時候才想到自己要的東西，然後卻像變色龍一般，躺到什麼地方就變成什麼顏色。我們在那時想到要做的事，一下改變了主意，一下又回到那個主意，優柔寡斷，反覆無常：

①指塞涅卡。

我們是木偶，聽任強勁的手操縱和擺布。

——賀拉斯

我們不是在走路，而是在漂流；受到河水的挾制，根據潮水的漲落，時而平靜，時而狂暴，

我們不是總看到：人不知要什麼，
永遠在探索，在尋求一片土地，
彷彿能夠放下沉重的包袱？

——盧克萊修

天天有新鮮事，我們的情緒也隨時間的推移而變換。
人的思想閃爍不定，猶如神聖的朱庇特
布滿大地的雷電。

——荷馬

我們在不同的主意之間游移不定。我們對什麼都不願意自由地、絕對地、有恆心地作出決定。

誰若能以自己的想法制訂和頒布某些規範和準則，我們可以看到他生活中一切的一切自始至終矢志不渝，行爲與原則絲毫不會相悖。

然而，恩培多克勒看到阿格里琴坦人的這種矛盾性，他們縱情作樂，彷彿第二天就是他們的死期，卻又大興土木，好似可以天長地久活下去。

小加圖這個人的性格是很容易說清楚的；撥動他的一根心弦，也就是撥動他的每一根心弦，因爲聲音都是非常和諧協調，絕不會發出一點雜音。然而我們呢？有多少次行動，就有多少次不同的評論。依我的看法，把這些行動放到相似的環境中去比較最穩妥，不要前後對照，也不要借題發揮。

在我們這個窮鄉僻壤有一次縱情的歡慶，聽說住在我家不遠的地方有一名少女，從窗裡縱身往下跳，不讓她的主人——一名兵痞——暴力得逞；她沒有跌死，不甘心，又用一把刀子要刺自己的咽喉，被人家阻止了，但還是傷得很重。她自己承認，那名軍人沒有逼迫她，只是哀求她、挑逗她、送禮物打動她，但是她害怕他最後終究會強迫她。此外，還有她的言詞、她的端莊、她的貞烈，都證明她的品德，不啻是另一位柳克麗希亞。②可是我知道事實上，不論從前還是後來，她絕不是那種拒人於千里之外的少女。就像一則故事說的：不論你是多麼光明磊落，當你在戀愛中完全絕望時，不要認爲你的戀人是神聖不可侵犯的；這也不意味哪個趕騾駕車的人不會碰上好運氣。

安提柯看到他的一名士兵道德高尚，作戰勇敢，非常寵愛，還命令御醫給他治好一種長

---

② 柳克麗希亞（？—前五〇九，羅馬貴婦。受驕傲者塔克文之子塞克斯都的凌辱，自殺身亡。據說此事引起羅馬革命，結束君主統治，建立羅馬共和國。

期使他受盡折磨的病痛。看到他治癒後做事的熱情遠遠不及從前，就問他是什麼使他變成了一個懦夫。他回答說：「陛下，是您自己，治好了我的病，原來我因有了病才不計較自己的生命。」盧庫盧斯的士兵被敵人搶走了錢包，爲了報復跟他們大打出手。當他收回失物時，一直對他很器重的盧庫盧斯派他去完成一項冒險而又光榮的任務，對他諄諄教導，好話說盡，

> 即使是懦夫聽了也會勇氣驟增。
>
> ——賀拉斯

他卻回答說：「派個被人掏了錢包的窮小兵去吧！」

> 這個粗魯的鄉下人回答：
> 「丟了錢包的人會上那裡去的。」
>
> ——賀拉斯

他堅決拒絕去。

我們還在書中讀到，穆罕默德二世看到土耳其近衛軍司令哈桑的隊伍被匈牙利人衝垮，自己還在戰鬥中貪生怕死，狠狠訓斥了他一番，哈桑二話不說，轉過身，單槍匹馬迎著敵人的先鋒部隊不顧死活地衝過去，立刻陷在裡面脫不了身，這種做法可能不是爲自己辯白，而

是回心轉意；也可能不是天性勇敢而是恨上加恨。

前一天你見他視死如歸，第二天你見他膽小如鼠，那也不必奇怪；或者是憤怒、是形勢、是情面、是美酒下肚、還是號角聲響，又會使他鼓起勇氣；他的心不是靠思考能夠鼓動的，而是環境堅定了他的勇氣，若是截然不同的環境又使他變成另一個人，那也不要感到意外。

我們那麼容易表現出矛盾與變化，以致有的人認爲我們身上有兩個靈魂，另一些人認爲我們身上有兩種天性，永遠伴隨我們而又各行其是，一種鼓勵我們行善，一種鼓動我們作惡。若只有一個靈魂或天性，絕不可能有這樣巨大的變化。

不但偶然事件的風向吹得我任意搖擺，就是位置的更換也會騷擾我的心境。任何人略加注意，就會發現自己絕不會兩次處於同一個心境。按照觀測的角度，一會看到靈魂的這一面，一會看到靈魂的那一面。如果我談到自己時常常有所不同，這是因爲我看到自己時確實也常常有所不同。所有這一切不同都是從某個角度和由某種方式而來的。怕羞、傲慢；純潔、放縱；健談、沉默；勤勞、文弱；機智、愚鈍；憂愁、樂觀；虛僞、眞誠；博學無知；慷慨、吝嗇；揮霍……這一切，我在自己身上都看到一點，這要根據我朝哪個角度旋轉。任何人仔細探索自己，看到自己身上，甚至自己對事物的判斷上，都有這個變幻不定、互不一致的地方。我也說不出自己身上哪一點是純正的、完整的、堅定的，我對自己也無法自圓其說。我的邏輯中的普遍信條是各不相同。

我一直主張把好事說成是好事，還把可以成爲好事的事也往好裡去說，然而人的處境非常奇怪，如果好事並不僅僅是以意圖爲準的話，我們經常還是受罪惡的推動而在做好事。因此，不能從一件英勇行爲而作出那人是勇士的結論。眞正的勇士在任何場合都可以有英勇行爲。如果這是一種英勇的美德，而不是一種英勇的表現，這種美德會使一個人在任何時機表現出同樣的決心，不論是獨自一人還是與人共處，不論在私宅還是在戰場；因爲，無論如何，不存在什麼一種勇敢表現在大街上，而另一種勇敢表現在軍營中。他應該具有同樣的膽量，在床上忍受病痛，在戰場上忍受傷痛；在家中或在衝鋒陷陣中同樣視死如歸。我們不會看到同一個人，在攻城時勇冠三軍，在輸掉一場官司或失去一個孩子時卻像女子似的痛苦不堪。

一個人在恥辱中表現怯懦，而在貧困中堅定不移；在理髮匠的剃刀下嚇破了膽，而在敵人的刀劍前威武不屈，可敬可賀的是這種行爲，而不是那個人。

西塞羅說，許多希臘人不敢正視敵人，卻能忍受疾病，而辛布賴人和凱爾特伯里亞人則恰恰相反：事物不基於一個堅定的原則上就不可能穩定。（西塞羅）

亞歷山大的勇敢可以說無出其右；但僅是就他的那種勇敢而言的，而不是在任何場合下的勇敢，也不是包羅一切的勇敢。儘管他的這種勇敢超群絕倫，還是可以發現其中瑕疵；我們看到他懷疑他的左右手企圖謀害他時就驚慌失措，爲了弄清內情竟然那麼不講正義，狠毒冒失，害怕到失去平時的理智的程度。他還處處、事事疑神疑鬼，其實是色厲內荏的表現。他對殺害克雷塔斯一事過分自責、自贖，這也說明他的勇氣不是始終一貫的。

我們的行爲是零星的行動組成的，「他們漠視歡樂，卻怕受苦難；他們不慕榮華，卻恥於身敗名裂。」（西塞羅）我們追求一種虛情矯飾的榮譽。爲美德而美德才能維持下去；如果我們有時戴上美德的面具去做其他的事，馬上會暴露出眞面目。美德一旦滲透靈魂，便與靈魂密不可分，若失去美德必然傷害到靈魂。所以，要判斷一個人，必須長期地、好奇地追尋他的蹤跡；如果堅定不移不是建立在自身的基礎上，「對於那個已經審察和選擇自己道路的人」（西塞羅），如果環境的不同引起他的步伐變化（我的意思是道路，因爲步伐可以輕快或滯重），那就由著他去跑吧！這麼一個人，就像我們的塔爾博特說的箴言：只會隨風飄蕩。

一位古人說，我們的出生完全是偶然的，那麼偶然對我們產生那麼大的影響，也就不足爲奇了。一個人不對自己的一生確立一個大致的目標，就不可能有條有理地安排自己的個別行動。一個人在頭腦裡沒有一個總體形狀，就不能把散片拼湊一起。對一個不知道要畫什麼的人，給他看顏色又有什麼用呢？沒有人可以對自己的一生繪出藍圖，就讓我們確定分階段的目標。弓箭手首先必須知道目標在哪裡，然後搭弓引箭，調整動作。我們的忠告所以落空，是因爲沒有做到對症下藥。沒有船駛往的港口，有風也是徒然。我不同意人們對索福克勒斯的看法，認爲讀了他的一部悲劇，可以駁斥他的兒子對他的指控，索福克勒斯完全是有能力處理家務的。③

我同樣不同意巴黎西人根據推斷作出的結論。巴黎西人被派去整頓米利都，他們到了島上，看到田地耕種良好，農舍井然有序，他們記下那些主人的名字；然後召集城裡全體公

③ 據西塞羅的記載，索福克勒斯受到兒子的指控，說他已經喪失理智。索福克勒斯要求法官閱讀他的最後一部悲劇《科洛諾的俄狄甫斯》，表示思路清晰為自己申辯。

民，宣布任命這些主人當新總督和官員，認爲善於處理私事的人也善於管理公務。

我們人人都是由零件散片組成的，整體的組織是那麼複雜多變，每個零件無時無刻不在發揮作用。我們跟自己不同，不亞於跟其他人不同。「請想一想，做個一成不變的人是一件了不起的大事。」（塞涅卡）

因爲野心可以讓人學到勇敢、節制、自由，甚至正義；因爲貪婪也可使躲在陰暗角落偷懶的小學徒奮發圖強，背井離鄉，在人生小船上聽任風吹浪打，學得小心謹愼；就是愛情也可以給求學的少年決心和勇氣，給母親膝下的少女一顆堅強的心，

「少女受維納斯指引，偷偷穿過熟睡的看守中間，

單獨進入黑暗尋找那個青年。」

——提布盧斯

只從表面行爲來判斷我們自己，不是聰明愼重的做法；應該探測內心深處，檢查是哪些彈簧引起反彈的；但這是一件高深莫測的工作，我希望嘗試的人愈少愈好。

# 第二章　論飲酒

世界是錯綜複雜的，然而罪惡作爲罪惡又是大同小異的，無疑這是伊比鳩魯學派對世界的理解。雖則罪惡說來都是罪惡，然而也有輕重之分。一個人走出界限百步，

越過界限或不到界限，都不存在美德。

——賀拉斯

不見得比走出界限十步更壞，這句話是不可相信的。褻瀆神聖的人不比偷菜園的人更惡劣，也是如此。

在人家菜園子偷一棵白菜，
跟黑夜偷教堂聖物一樣罪大惡極，
這個道理說不過去。

——賀拉斯

其實罪惡是形形色色的，如同其他事物。混淆罪惡的性質和輕重是危險的。那樣，殺人犯、叛徒、暴君太占便宜了。也不能因爲別人懶惰、好色或者不夠虔誠，自己的良心就有理由減輕負擔。人人都對別人的罪惡非常苛求，而對自己的罪惡十分寬容。即使教士，我也覺得不會區分罪惡的輕重。

蘇格拉底說，智慧的主要責任是區分善與惡，而我們這些人，即使最好的人也都有罪

惡，應該說還要會區分不同的罪惡；沒有正確的區分，好人與壞人就會混淆不清，無從識別。

我覺得酗酒應該說是一種嚴重與粗暴的罪惡。酗酒時，人沒有多少理智；有的罪惡中有一種我難以描述的豪情，雖然話不應該這樣說。有的罪惡中摻雜機智、靈敏、勇敢、謹慎、巧妙和雅致，而酗酒則完全是肉體的、粗俗的。因而，今日世界上最粗俗的國家，也就是最崇尚酒的國家。①其他罪惡損害智力，而這個罪惡則摧殘智力，損傷身體：

當酒力浸入身體時，四肢變得沉重；
兩條腿邁不動，索索發抖；
舌頭打結，神志不清；
目光游移不定；
喊叫、打嗑、爭吵。

——盧克萊修

人在失去理智和不能自我控制時，會作出最醜惡的表現。

有人還說，葡萄汁發酵時會使桶底的雜質往上漂浮，飲酒過度也會使心裡的祕密不知不

①影射德國。

覺吐露。

聖賢縱酒作樂，
也會表現憂慮，
暴露內心祕密。

——賀拉斯

約塞夫·弗拉維說起他如何把敵人派遣過來的大使灌酒，獲得了外交祕密。然而，奧古斯都向色雷斯的征服者盧西烏斯·比索傾訴自己最大的隱私，從來沒有被他出賣；同樣提比略向科索斯洩露自己的一切計畫，也沒有被他背叛，雖然我們知道他們都嗜酒如命，經常在元老院中爛醉如泥，被人抬了出來。

像往常一樣，杯酒入肚，血管膨脹。

——維吉爾

凱西烏斯只飲水，桑貝爾喝酒，還經常喝醉，然而把暗殺凱撒的計畫告訴他們兩人，同樣不用擔心洩露。對此，桑貝爾還風趣地回答，「我沒有酒量，哪裡還有暗殺暴君的膽量！」我們看到我們的德國人狂飲時還記得他們的營地、口令和隊形，

要戰勝他們還眞不容易，
雖然滿口酒氣、說話結巴、走路踉蹌。

——朱維納利斯

要不是在歷史書中讀到下面的故事，我眞不相信人還會醉得這樣失去理智、昏迷不醒的：阿特呂斯邀請波桑尼赴宴，目的是讓他出糗。席間對他拼命灌酒，以致客人不知不覺把一身好皮肉，如同在野地交媾的妓女，任憑府上一大群趕車夫和卑微的奴僕享用。就是這個波桑尼後來在同樣的場合，把馬其頓國王腓力殺了，那位國王卻是氣宇軒昂，說明在伊巴密濃達那裡受過良好的教育。

有一位我特別敬重和喜愛的夫人告訴我，在波爾多附近，朝她的家鄉卡斯特爾去的路上，有一名村婦寡居在家，名聲很好，覺得自己有妊娠的預兆，對她的女鄰居說，她若有丈夫的話，一定相信自己是懷孕了。但是隨著日子過去，這一點已經不容置疑，她不得不在教堂主日布道那天當眾宣布，誰坦然承認這事是他幹的，她答應原諒他，他若樂意也可以娶她。有一個年輕的莊稼漢聽了這番話大膽站了出來，承認有一天節日他看到她喝了許多酒，在宅門旁邊沉睡不醒，樣子非常不雅，他也沒有弄醒她就跟她幹起那個勾當。他們倆現在還生活一起。

古代對這個罪惡肯定沒有大聲斥責。許多哲學家的著作講到這點輕描淡寫；斯多葛派中甚至有人主張有時不妨喝個醉，宣洩一下內心：

傳說從前在這種高貴的豪飲中，
偉大的蘇格拉底獨占鰲頭。
——馬克西米安

爲人師表的加圖就因愛杯中物而受人指責，
有人說老加圖經常用酒
培養他的道德。
——賀拉斯

聲名卓著的居魯士大王，人家對他讚譽有加，他卻只說他只有酒量勝過兄弟阿爾塔澤爾。即使在治理有方的國家，這種勸人喝酒的做法也是很普遍的。我聽巴黎名醫西爾維厄斯說過，爲了使胃保持良好的消化能力，最好每月痛飲一場，刺激腸胃蠕動，防止退化。有的書中說波斯人在酒後才處理國家大事。

我的情趣與氣質要比我的理智更討厭酒。因爲除了我的信念很容易受古代人的影響以外，我還覺得喝酒是一種無聊和愚蠢的罪惡，但是不及其他罪惡那麼陰險、危害性大。其他罪惡差不多都直接危害到公共社會。一切惡習給我們帶來歡樂，但也使我們遭受損失，我覺得染上這個惡習要比染上其他惡習，在良心上少受責備；也因爲這一切都是不難得到和提供的——這是一個不可忽視的因素。

有一位德高望重的老人對我說，他的生活中還有三件樂事，其中就有飲酒。但是他不善於處理。他必須不挑剔、也不能精心選擇。因爲要滿足喝美酒的口福，有時不得不嘗一嘗劣酒的苦楚，口味必須更粗、更隨便。豪飲的人嘴巴不能太刁。德國人差不多喝什麼酒都覺得香。他們的目的是吞下肚子，不是細細品味。他們較爲遷就，樂趣也更實在和更容易滿足。

其次，按照法國人的習慣，考慮到健康只是在兩頓飯時少許喝幾口，過分限制了上帝的恩賜。這需要有更多的時間和更多的悠閒。古代人飲酒通宵達旦，經常第二天繼續進行。那樣伙食必須更豐富、更耐饑。我見過當代一位大老爺，戰功彪炳的將軍，他平時一餐喝四升多酒不在話下，酒酣耳熱以後處理公務依然不輸於最賢明的官員。

我們一生中追求的歡樂，必須給予更大的時空。要像店員和工匠一樣，絕不放過痛飲的機會，念念不忘這個欲望。現在這個習俗好像一天比一天衰落。我童年時看到我們這些家裡，要比現在更普遍盛行午宴、晚宴和點心。難道我們要對什麼事情都進行某種改良嗎？當然不是！這是我們比父輩放浪得多的緣故。有兩件事相互銷蝕精力，一方面好色敗壞我們的胃口，另一方面節食又使我們生活更風流，欲火更旺盛。

我從父親那裡聽到了許多在他那個時代的貞節故事，由他講述這類事最爲合適，他的天性和風度很討女人歡心；他話不多，說來娓娓動聽；時而穿插幾句主要從西班牙通俗小說中看來的花稍話。西班牙小說中他引用得最多的是馬庫斯·奧利里烏斯。他外表莊重，但是溫和、謙遜和平易近人。不論步行還是騎馬，他全身穿著講究樸實得體。他絕對看重諾言，做一切細緻自覺，傾向於迷信而不走極端。他身材不高，但是挺直勻稱，充滿精力；而孔好看，皮膚帶棕色。貴族玩的技藝無不精通。我看到過他的鉛製手杖，據說是鍛鍊胳臂準備投石、弄棒、舞劍用的。我還看到過他穿上練習跑步和跳高的鐵底鞋。至今人們還記得他驚人的跳躍本領：他已六十開外，嘲笑我們這些人手腳不俐落，穿了棉袍飛身上馬，撐在一根大拇指上縱身跳過桌子，一步三、四個臺階登樓走進他的房間。

他跟我說過，全省有身分的夫人幾乎沒有一位不是名聲良好，他提到他跟那些正派女人都有密切的往來，然而絕不引起風言風語。談到他自己還莊嚴起誓說直到婚期他還是個童身，他長期參加阿爾卑斯山那邊的戰爭，給我們留下了一部日記，戰爭的經歷，不論是個人的還是軍隊的，事無巨細都有敘述。

因此，他在一五二八年結婚時已經很成熟，那年他從義大利回來已三十三歲。讓我們談酒的事情吧！

人到晚年，產生種種不便，需要有支援和提神的東西，自然有理由引起我飲酒的欲望；因爲這差不多是歲月要偷自我們的最後一個樂趣。據酒友說，天然的熱量首先是從雙腳開始的，從童年以來就是如此。然後上升到腹部，熱量停留很久，據我看來這是肉體的眞正樂趣；其他的樂趣相比之下差了一截。到了最後又像一股氣，向上散發到了喉間，在這裡作最後的停留。

可是我不能理解，人家怎樣解渴以後還能喝得津津有味，在想像中去創造一種人工的和違反自然的興致。我的胃不會超過這條界線，滿足需要後就適可而止。我的體質只能在飯後喝一點酒，因而我喝最後的一口也是最多的一口。希臘人在飯後用的酒杯比飯前用的酒杯大，阿那卡齊斯覺得奇怪。我想，德國人在開始戰鬥前拼命比賽喝酒，也出於同樣原因。

柏拉圖告誡孩子在十八歲前不要喝酒，在四十歲前不要喝醉；但是對於過了四十歲的人，他又勸他們盡情享用，在宴飲中大肆宣揚狄奧尼修斯的主張，這位好心的神，給青年人帶來快樂，給老年人恢復青春；他使靈魂的情欲變得溫柔婉約，像火使鐵軟化。在他的戒律中，這樣聚在一起暢飲是有益的（只是要有一位頭兒加以調節），因爲醉酒對每個人的性格實在是一種良好積極的考驗，同時也可鼓動上了年紀的人的勇氣，參加歌舞作樂，這是些有益的、然而在他們心情平靜時又不敢做的事情。酒可以調節心靈，增強體質，然而，如軍事遠征時期杜絕飲酒，官員和法官在執行公務或談論國事時不得開禁，要做正事的白天和生兒育女的夜晚都必須避免，這些部分從迦太基人那裡學來的限制，他也樂於遵守。

他們說，哲學家斯蒂爾波老邁年高，有意飲烈酒以求早日離開塵世。哲學家阿凱西勞斯本來已經年老力衰，也是同樣原因窒息死亡，但不是有意如此。

聖賢不論如何智慧，終究在酒的力量面前投降，這已是一個古老有趣的問題了。

再強的智力也敵不過酒力。

——賀拉斯

我們常愛沾沾自喜，變得多麼虛榮！天下最循規蹈矩的人爲了克服頭重腳輕，飄飄然不知所以的缺點，已足夠自己忙的了。千人中難得有一人，一生中有一個時候站得筆挺，坐得筆直；甚至還可懷疑的是人的本性可不可以做到這一點。所以說做到始終如一，這是他的最終的完美；我說即使沒有大事，也有千百樁偶然事件把完美破壞。大詩人盧克萊修徒然用哲學詞藻誇誇其談，一旦飲下愛情的甜酒就失去理智。誰不認爲蘇格拉底遇到中風還不是跟搬運工一樣昏昏沉沉？有些人遭到疾病打擊連自己的名字也記不起來，有些人受了一點輕傷就失去判斷能力。人不管多麼有智慧總是人，還有什麼比人更易衰老、更可憐、更虛妄的嗎？智慧對人的處境也不能強求。

在恐懼中，全身溼透，臉色蒼白；
舌頭哆嗦，聲音微弱；
目光模糊，耳朵嗡鳴；
四肢無力，總之一切都垮了下來。

——盧克萊修

人在威脅之下眼睛眨個不停，推到深淵邊上像孩子似的會哭。這全是天性使然；天性保留了這些細微的反應，也象徵了自己的權威，是我們的理智無法克服和斯多葛派的道德無法取代的，說明人的易朽性和我們的虛妄性。他害怕時臉白、害羞時臉紅，患上急性痢疾不是搶天呼地，就是鬼哭狼嚎。

人的一切對他都不陌生。

——泰倫提烏斯

詩人可以在詩歌中虛構一切，卻不敢讓主人翁不落眼淚：

他邊哭邊說，放開纜繩任其漂流。

——維吉爾

人只能控制和壓抑天性，卻無力消滅天性。即使我們的普魯塔克評論人的行爲鞭辟入裡，看到布魯圖斯和托爾夸杜斯殺死親生子，也不禁懷疑人的德操會有這樣的結果，這些人物是不是受其他情欲的操縱呢？對所有這些異乎尋常的行動往往說得陰暗可怕，是因爲我們的看法既不接受超過常性，也不接受低於常性的行爲的緣故。

關於另一個頌揚高傲的學派，我們暫且不提。但是即使那個被認爲是最寬容的學派中，我們也聽到梅特羅道呂斯這樣的豪言壯語：唔，命運啊！我走到你的前面，釘住你，截斷你的一切進路，不讓你走近我的身邊。（西塞羅）

當阿那克薩柯受賽普勒斯暴君尼古克萊翁的懲罰，躺在一只石臼裡，遭到鐵杵痛擊時，他不停地說：「敲吧！砸吧！你們搗碎的不是阿那克薩柯，而是他的外殼。」當我們聽到烈士在火焰中對著暴君喊叫：「這邊的身子烤夠了，切吧！吃吧！是熟的，再烤另一邊吧！」當我們看到約塞夫的這個孩子，被安條克的尖銳的鉗子和錐子鑿得遍身鱗傷，還是聲音堅定沉著地向暴君挑戰：「暴君，你在浪費時間，我還是悠閒自在，你用痛苦和折磨威脅我，這算什麼痛苦？這算什麼折磨？你就只有這些了嗎？你殘酷無情叫我無動於衷，我滿不在乎則叫你死去活來；哦！卑鄙的無賴，投降的是你，堅強的是我，你行，你就叫我呻吟吧！叫我屈服吧！叫我認輸吧！還是給你的奴才和屠夫鼓鼓氣吧！他們才喪魂落魄，支撐不住了呢；給他們武器！煽動他們的殺性！」——當然必須承認在這些靈魂中有點變態和瘋狂的東西，儘管是非常神聖。

當我們聽到斯多葛的信條：「我寧可憤怒，也不願沉湎。」這是安提西尼說的話；當塞克斯都對我們說，他寧可痛苦欲絕也不願紙醉金迷；當伊比鳩魯說風溼痛癢癢的令他好受，不願休息、不願治療，還興高采烈向病痛挑戰，瞧不起溫和的痛苦，認爲不屑一提、不值一顧，他還宣稱，甚至還希望，出現值得他去對付的大災大難。

祈求羊群裡闖進口吐白沫的野豬，
或山上奔來一頭獅子。
——維吉爾

誰不認爲這是一名脫穎而出的勇士發出的長嘯？我們的靈魂以人的常情來說達不到那樣的昇華。只有靈魂擺脫常情，冉冉上升，指導著人振奮騰飛，然後人會對自己的成就感到驚奇。如同在建立軍功中，戰鬥的熾烈推動慷慨激昂的士兵，經常奮不顧身地前進，當他們定下心來，首先還是對自己的所作所爲感到害怕。

詩人也有這類情況，經常會對自己的作品讚賞不已，認不清自己如何會有這樣的神來之筆。這也稱爲他們心中的激情和癖好。柏拉圖說，沉著的人敲不開詩歌的大門；亞里斯多德又說，哪一顆高尚的靈魂不帶點瘋狂。任何超過我們平時判斷和日常言辭的奮進，不論如何值得讚揚，都有理由稱爲瘋狂。尤其智慧，這是我們心靈的正常調節，以心靈爲準則指導我們規規矩矩行動。

柏拉圖還論證，洞察未來的秉性不是常人所能有的，我們必須超越自己才能洞察未來。那樣，我們的謹慎小心，不是被睡眠或疾病堵塞，便是被靈感驅逐。

# 第三章　塞亞島的風俗

如果說哲學討論如大家說的，就是懷疑，那麼，我這樣信口開河，高談闊論，更有理由認爲是懷疑。因爲學生探討爭論，而老師則解題釋疑。我的老師是神意權威，它不容置疑地指導我們，超越這些凡人的無謂爭論。

馬其頓腓力國王率領軍隊開進伯羅奔尼撒半島，有人向達米達斯報告，倘若斯巴達人得不到他的寬宥，將會非常痛苦。他回答：「懦夫，死都不怕的人還痛苦什麼？」也有人問亞基斯，一個人怎麼活得自由，他說：「不怕死。」

這些話以及在這個話題上聽到類似的千言萬語，顯然說明除了耐心等待死日來臨之外還有別的什麼。因爲人生中有不少事情要比死更難忍受。比如這名被安提柯俘虜，隨後又被出賣當奴隸的斯巴達少年，主人逼迫他幹賤活，他說：「你馬上會看到你買來了什麼；自由就在眼前，要我供你使喚，對我簡直是個恥辱。」說著這話從屋頂縱身跳下。

安提派特凶狠地威脅斯巴達人就範，他們回答：「要是你威脅我們做的事比死還壞，我們還不如去死。」當腓力下書說他會阻止他們的一切企圖，他們又說：「什麼！你阻止得了我們死嗎？」

俗語說，賢人應該活多久是多久，不是能夠活多久是多久；還說，大自然賜給我們最有利、並不必埋怨自己處境的禮物，就是那把打開土地之門的鑰匙。大自然規定生命的入口只有一個，生命的出口卻有成千上萬。

我們可能沒有足夠的土地生存，但是總有足夠的土地死亡；像博約卡呂斯對羅馬人說的，我們絕不會缺少葬身之地。你爲什麼埋怨這個世界？它又不留你：如果你艱苦度日，原因全在於你的懦弱；死不死全憑你的意願：

到處是歸程，這是上帝的恩賜，
生命都可奪去，死亡不能免除：
千條道路暢行無阻。

——塞涅卡

死亡不是治一病的藥方，而是治百病的藥方。這是一座可靠的港口，只要用心去找，不用怕找不到。人自己創造末日，還是忍受末日；走在日子前面，還是等待日子來臨，結局都是一樣的。末日不論來自何方，總是他的末日。線不論斷在哪兒，必然全線鬆散。

心甘情願的死是最美的死。生要依賴他人的意圖，死只取決本人的心願。在一切事物中，什麼都不及死那麼適合我們的脾性。聲譽也影響不了這麼一件大事，不作如是想的人是喪失了理智。死的自由若要商量，生命無異是一種奴役。

治病其實是在消耗生命；開刀、燒灼、截肢、禁食、放血；再走一步，我們豈不是一勞永逸！爲什麼咽喉的血管不及腕節的血管那樣聽我們的使喚？重病要下猛藥來治。語法學家塞維厄斯患了風溼症，覺得最好的治療是敷上毒藥，讓兩條腿爛掉。腿愛怎麼佝僂都行，只要沒有感覺！上帝讓我們處於生不如死的困境，同時也給了我們許多迴轉的餘地。

屈服於病痛是軟弱，延長病痛是瘋狂。

斯多葛派說，生活順其自然，對於賢人來說，也就是在幸運時刻選擇適當機會離開人間。愚人儘管處境不妙，只要他們所說的大部分東西合乎自然法則而存在，還是迷戀於生命。

我取走自己的財產，割破自己的錢包，不算犯盜竊罪；我燒毀自己的樹林，也不算犯縱火罪，因而我剝奪自己的生命，也不會被判謀殺罪。

赫格西亞斯說，生的條件與死的條件都應該取決於我們的意願。

哲學家斯珀西普斯長期患水腫病，要由人抬著行動，遇到第歐根尼，對他喊：「第歐根尼，祝你有福！」第歐根尼回應說：「你不會有福了，落到這個地步還在苟延殘喘。」確實，不久以後，斯珀西普斯不堪忍受生活的磨難，自殺了。

但是這也不是沒有不同的看法。因爲許多人認爲我們由上帝安排在這裡，不能沒有主的正式命令而擅離世界這個崗位，上帝派我們來的目的不僅是爲了我們，而是爲了主的榮耀和爲別人服務，到時候會批准我們離開的，不應該由我們自己做主；我們不是爲自己而是爲國家而生的；法官會從法律的利益要我們解釋，又以殺人罪對我們起訴。不然，我們會在這個世界或另一個世界像瀆職者那樣受到懲罰。

他們占著的地方就在附近，
充滿憂傷，自戕而死，
對歲月的憎恨把自己的靈魂投進地獄。

——維吉爾

我們身上的鎖鏈，磨斷要比掙斷更需要韌性，勒古魯斯也比加圖經受更多堅定的考驗。我們步履匆匆則因有欠謹愼和缺乏耐心。遇到任何變故也不能背離生活的美德；美德尋求不幸與痛苦作爲養料。暴君的威嚇、苦刑和屠刀使美德更有生命力。

山上肥沃的黑森林內，
硬斧子往橡樹上砍，
斷枝、傷痕、甚至鐵斧，
反而使樹木更加生機蓬勃。

——賀拉斯

還像另一個人說的：

父親，美德並不像你說的，
不是害怕生活，
而是苦難前絕不轉身。

——塞涅卡

苦難中蔑視死亡不難，
忍受苦難才是豪邁行爲。

——馬提雅爾

爲了避開命運的鞭撻，找一隻洞穴和一塊墓碑躲起來，這不是美德的行爲，而是怯懦的行爲。不論風暴如何強烈，美德絕不半途而廢，會繼續走自己的道路。

任憑天崩地裂，美德巋然不動。

——賀拉斯

經常，爲了躲避其他不幸而使我們落入這個不幸，甚至偶爾爲了躲避死亡卻使我們奔向死亡。

怕死而死，豈不是瘋上加瘋？

——馬提雅爾

就像害怕懸崖又朝懸崖撲過去的人：

害怕不幸反而撲向危險，
我要說勇敢的人
既敢正視迎面而來的危險，
也善於避開偶然的危險。

害怕死亡使人厭惡生命和光明，

——盧卡努

會一死了之，
絕望中忘了苦難
才是害怕死亡的根源。

——盧克萊修

柏拉圖在《法律篇》一書中主張，人人都是自己最親近的朋友；誰既沒受公眾評論的壓迫，也沒受命運的可悲和不可避免的摧殘，更沒有遭到不可忍受的恥辱，而讓膽小怕事，怯儒軟弱，去剝奪那個最親近的朋友的生命，切斷歲月的延續，這樣的人應該得到可恥的葬禮。

輕生的思想是可笑的。因爲我們的存在才是我們的一切。除非另有一個更可貴、更豐富的存在，可以否定我們的存在；但是我們自我輕視，自我鄙薄是違反自然的；這是一種特殊的病，在任何其他生物中看不到這種相互憎恨、相互輕視的現象。

我們渴望脫胎換骨，做其他別的什麼，同樣是一種妄想。這種渴望正因爲自相矛盾和無法實現，其結果也跟我們無關。誰渴望把自己改變成天使，並不會給自己帶來什麼，也不會使自己變得更好。因爲，他自己已不存在，誰還對他的改變感到高興和激動呢？

誰要體驗未來的痛苦和磨難，
在痛苦來臨時必須存在。

——盧克萊修

以死的代價來換取這一生的安全、麻木、無動於衷、免除痛苦，這不會給我們帶來任何好處。不能享受和平的人，避開戰爭也是無用。不能體驗安閒的人，避開勞苦也是枉費心機。

持第一種看法的人，對下述一點相當沒有把握：什麼樣的時機算是一個人決心自殺的適當時機？他們稱這是「理性的出路」（斯多葛派箴言）。因爲雖然他們說使我們死的原因無足輕重，讓我們生的道理也並不充分，然而這裡面必然有一個尺度。

有時不是幾個人，而是整個集體，在荒誕不經的狂熱下自殺。我已在前面舉過例子。我們還可談到米利都的少女，她們一時私下商量後，一個接一個懸梁自盡，以致一位法官到達現場辦理這件事，下令以後被人發現自懸的少女都一絲不掛地串在繩子上暴屍遊街。

克里昂米尼治軍無方，在一場敗仗中沒有光榮殉職，斯萊西翁敦促他自殺，接受另一種稍欠光榮的死，不要讓勝利者有時間叫他忍受一種可恥的生或可恥的死。克里昂米尼懷著斯巴達和斯多葛的勇氣，認爲這是一個懦夫與女子的忠告而加以拒絕，他說：「對我而言，這種藥方任何時候都是現成的，只要有一絲希望就不應該使用；生活有時需要堅貞和勇氣，讓死亡也能精忠報國，成爲一樁光榮與美德的行爲。」斯萊西翁在那時按照自己的意思自殺而死。克里昂米尼在嘗試命運的一切機會以後也這樣做了。並不是所有挫折都值得用死亡去迴避。

還有，人間總有那麼多出其不意的突變，很難說我們怎樣才算是到了窮途末路：

打敗的角鬥士躺在競技場上還在盼望，

雖然觀眾把大拇指朝下，讓他死定了。

——邦達迪烏斯

古人說：人只要一息尚存，對什麼都可抱有希望。塞涅卡說：「是的，爲什麼我的頭腦中記得的是這句話：命運可爲生者做一切，而不是另一句話：命運不能爲要死的人做什麼？」

我們還看到約塞夫陷入迫在眉睫的危險境地，全體人民起來反對他，從情理來說他不可能有任何脫險的機會；然而，像他說的，這時他的一位朋友勸他自殺，他絕不氣餒，抱著最後的希望，因爲事情違反一切情理，出現轉機，使他擺脫了困境，毫髮無損。凱西烏斯和布魯圖斯則恰恰相反，只因事出倉促和魯莽，過早地結束自己的生命，而把他們有責任保衛的羅馬自由政體毀於一旦。我看到在獵狗的利齒下逃脫的兔子何止一百。「有人比他的屠夫活得長久。」（塞涅卡）

時代變幻不定，日子不計其數，
經常帶來更好的命運，
把它打倒的人再扶起來。

——維吉爾

普林尼說，只有三種病痛讓人有權利自殺以求解脫：其中最嚴重的就是尿道結石，使尿無法排出；而塞涅卡則說，只有患了長期妨礙心靈活動的病才可以這樣做。

也有人主張，爲了避免死得更慘，可由自己結束生命。伊托利亞人領袖達摩克里特斯，被押解到羅馬，乘黑夜逃了出來。但是身後衛隊緊追不放，他在讓人抓到以前，提劍自盡。

伊庇魯斯城被羅馬人逼入絕境，安蒂努斯和希歐多爾圖斯主張讓老百姓集體自殺；但是，投降的意見差不多快要占上風時，他們執意找死，朝敵人衝了過去，只想出擊，而不思自衛。

幾年以前，被土耳其人攻下的戈佐島上，一個西西里人親手殺死兩個待嫁的美麗女兒，又把趕過來救女兒的母親也殺死。這事做完以後，他帶了一支弩和一把火槍上了街，一連兩槍殺死兩名走在前面朝著他的家門過來的土耳其人，然後手提一支劍，憤怒地衝了上去，他受到團團包圍，被踩得皮肉模糊，這樣在使親人避免奴役後，又讓自己也得到了解脫。

猶太婦女，在給孩子舉行割禮以後，帶他們跳下懸崖，逃避安條克的酷政。有人對我說一個故事，在我們的監獄裡關了一名好出身的囚犯，他的父母得知他肯定要判極刑時，爲了避免這種可恥的死，囑咐一名神父對他說，最好的得救辦法就是他向某神提出某種祝願，不管如何虛弱萎靡，八天內滴水不進。他相信了這些話，這樣不知不覺地擺脫了生命，躲過了侮辱。

斯克里博尼亞勸他的侄子里波，與其等待法律的判決不如自己去死；他這樣對他說，他保留了自己的生命，只待三、四天後把它交給來找他的那些人手裡，這是在爲他人效勞，也是讓敵人好拿他的血去餵狗。

據《聖經》記載，上帝法律的迫害者尼卡諾爾，派了衛隊去抓善良的老人亞撒，亞撒德高望重，被人敬稱爲猶太人之父。他的門著火了，他的敵人準備抓他，這位老實人見到無路可走，選擇慷慨就義，也勝過落到壞人手裡遭受凌辱。他用劍自砍；但是倉促之下一劍沒有砍準，他從一堵牆上奔往一群士兵中間跳，士兵往兩旁閃開，給他留出空檔，他的頭直朝地上跌去。儘管如此，他覺得自己尚未死去，鼓起餘力站起來，全身鮮血淋漓，傷痕累累，穿過人群衝到一座陡峭的懸崖前再也走不動了，他用雙手扒開一個傷口掏出腸子，又撕又揉，向追上來的人扔過去，大罵他們會受到天譴。

強迫他人意志的暴力中，依我看，首先應該避免的是對女人貞操的暴力，因爲這種暴力必然含有肉欲成分；由於這個原因，拒絕也不是徹底的拒絕，被迫之中或多或少有點自願。佩拉吉亞和索弗洛尼亞兩人都得到聖位，佩拉吉亞爲了逃避士兵強暴，帶了母親和妹妹投入河裡；索弗洛尼亞爲了逃過馬克桑修斯皇帝的脅迫，也自殺而死。宗教史頌揚很多這樣的聖女事例，她們在死亡中尋求保護，抗拒暴君準備對她們進行的汙辱。

未來的世紀可能慶賀這個時代出了這麼一位學者，而且還是巴黎的學者，不厭其煩地奉勸這個世紀的婦女，遇上這類事感到絕望之後，做什麼也不要走這樣可怕的極端。我以前在圖盧茲聽到過一個有趣的故事，他沒有把那個故事編在他的集子裡使我感到遺憾，有一位婦女被幾名士兵侵犯了以後說：「感謝上帝，這輩子總算有這麼一次，我不用感到有罪而著實滿足了一番！」

確實，這類殘酷的禁忌跟法國人的溫情是不相稱的；所以，也要感謝上帝，自從這個有益的忠告以後，我們的風俗也得到了淨化，根據好心的詩人馬羅的規則，她們只要被侵犯的時候說聲：「不！」就夠意思了。

歷史上多的是這樣的人，千方百計以死亡去結束痛苦的人生。

盧修斯・阿倫蒂厄斯，據他自己說，爲了逃避未來和從前而自殺了。

格拉尼烏斯・西爾瓦尼斯和斯塔蒂烏斯・普洛克西繆斯，被尼祿赦免以後自殺了；爲了不願受這個惡人的寬恕而偷生，也爲了尼祿生性多疑，動輒陷害正直人，不願再受他的第二次寬恕。

托米里斯王后的兒子斯帕加比斯，當了居魯士的戰俘，居魯士下令給他鬆綁，他抓住第一次開恩的機會就自殺了，他原來盼望獲得自由是要爲被捕而雪恥。

博蓋茲是澤爾士國王派在伊翁的總督，受到西門率領的雅典軍隊包圍。西門向他提出一個妥協的建議，他可以帶了軍隊和財產安全地回到亞洲，他拒絕了，他不能辜負主人的託付而苟且偷安。他守衛城市直到最後一刻，城裡糧食一點不剩，就率先把所有的黃金和其他一切敵人可作爲戰利品的東西都投入河中。然後，下令點起一堆大火，把妻妾、孩子、奴僕勒死，扔到火裡，然後自己也跳了進去。

印度國王尼那切杜斯聽到風聲說，葡萄牙總督並沒有明顯的理由，就是要剝奪他在廝六甲的職權，把它交給岡巴國王；他就私下打定了主意。他下令搭了一座深度超過寬度的高臺，撐在大柱子上布置得花團錦簇、香氣襲人。然後，他穿上繡金長袍，上面飾滿貴重寶石，走到路上，借臺階登上高臺，高臺的一角已有一堆香木點上了火。大家趕來看這些不同尋常的舉止到底是爲了什麼。尼那切杜斯神色果斷，但是很不滿意地指出葡萄牙欠他的情，他那麼忠於自己的職守，多少次手執兵器向別人證明，對他來說榮譽遠遠要比生命珍貴，他不能在自己身上不使用這個原則；雖然命運使他無法反抗強加於他身上的侮辱，至少有勇氣不讓侮辱降臨到自己身上，使這件事作爲民間的笑柄，這也是他對庸才的勝利，說著他投入了火中。

賽克西里亞是斯考魯斯的妻子，派克西亞是拉貝奧的妻子，她們的丈夫大難臨頭，她們原來可以置身事外，只是出於夫妻之情，爲了鼓勵丈夫躲開危險，在緊要關頭給他們作伴和做榜樣，甘心把自己的生命賠了進去。

她們爲丈夫做的事，科塞烏斯·納瓦爲他的祖國也做了，效果雖然不明顯，但都出自愛情。這位大法學家，風華正茂，金玉滿堂，聲名極佳，很得皇帝的寵倖，只是看到羅馬國政每況愈下，不由得幽憤而自殺。

奧古斯都有一位近臣弗爾維烏斯，他的妻子死時表現的細膩感情達到了極致。一天早晨弗爾維烏斯去看奧古斯都，奧古斯都發現弗爾維烏斯把他告訴的一個重要祕密洩露了出去，向他露出不悅之色。弗爾維烏斯回到家，十分絕望，可憐巴巴地把一切都告訴妻子，還說自己做出這樣不幸的事，決心自殺。她一片坦誠地說：「這不能怪你，是我的舌頭平時不知檢點，使你習以爲常，說話也就忘了分寸。等一等，先死的應該是我。」她不由分說，提起劍往自己身上一刺。

維庇斯·維里烏斯看到自己的城市被羅馬軍隊圍困，既無法得救，也沒有希望得到羅馬人的慈悲，在議會的最後一次辯論會上，他針對這件事慷慨陳詞，結論說最有意義的是大家用自己雙手逃避這場厄運：他們這樣做會得到敵人的敬重，而漢尼拔又會後悔他拋棄了多麼忠誠的朋友。他邀請同意他的看法的人，到他家去參加他已準備就緒的宴席，飽餐後他們一起喝送上來的飲料：「解除肉體的痛苦、靈魂的侮辱，眼不見、耳不聞那些無情粗暴的征服者施加在被征服者身上的種種暴行。」他還說：「我還布置了人，只待我們氣絕身亡，把我們拋入家門口的大火堆裡。」

同意這項高尚決定的人不少，照著他做的人不多。二十七名議員追隨著他，他們竭力借酒消愁，席終端出了這道死亡之菜；他們共同哀歎國家的不幸後相互擁抱，一部分人離開屋子，另一部分人留下跟他一起葬身火海；因爲酒進入血管，延緩了毒藥的擴散，他們死得很緩慢。卡普亞是在第二天被攻占的，有的人只差一小時就要看到敵人出現在城內，城市將遭受他們付出沉重代價所要避免的災難。

執政官弗拉庫斯·弗爾維烏斯一手策劃殺害了二百五十名議員，當他從那場可恥的大屠殺回來，附近一名公民圖萊亞·朱伯里烏斯傲慢地直呼他的名字，攔住他說：「下命令吧！把我跟其他那麼多人一起殺了吧！那樣你可以吹噓一個比你勇敢得多的人也被你幹掉了。」弗爾維烏斯把他當作是個瘋子，瞧不起他（也因爲他剛收到羅馬的消息，指責這種做法不符合人道，這也束縛了他的手腳），朱伯里烏斯繼續說：「既然我的國家失敗了、我的朋友死了，我親手殺死了妻子和孩子，免得他們遭受亡國之痛，我又不能像我的同胞那樣去死，讓我用德操來懲罰這個醜惡的人生。」他抽出暗藏的匕首，往胸上一戳，翻身死在執政官的腳邊。

亞歷山大包圍印度的一座城市，城裡的人看到兵臨城下，下決心不讓他得到凱旋的樂趣，儘管亞歷山大聲稱人道對待，全體居民還是要跟城市一起在烈火中同歸於盡。這引起了另一種戰鬥：敵人努力要救出他們，他們又努力要毀滅自己；常人爲生而做的一切，他們卻爲死在做。

西班牙城市阿斯塔巴，城防不固，難以抵擋羅馬人的進攻，城中居民把他們的財富和傢俱都堆放在廣場上，在堆積物頂上有一排排女人和兒童，四周都圍上木材和點火即燃的東西，再留下五十名壯士來執行他們的計畫；他們進行突圍，發誓若無法戰勝就要在一起自殺。這五十名壯士，把分散在城市各個角落的活人統統殺光後，放火點著那一大堆東西，自己也跳了進去，豪邁自由地歸於沉寂，而不願忍受痛苦與恥辱；同時又向敵人指明，如果命運垂顧，他們是有勇氣打敗他們的，就像他們有勇氣使他們在勝利中灰心喪氣和醜惡可憎。被火焰中的黃金惹紅了眼的敵人，還因此送了性命，他們成群結隊湧過去，退路又給後面的人堵住，都在大火中窒息燒死。

阿比杜斯人受腓力的包圍，也是下決心這樣做。但是他們可以支配的時間很少，企圖分散到各處火燒或水淹的金銀財物已經給敵兵繳獲了。腓力國王害怕他們倉促中亂砍、亂殺，下命令撤退軍隊，寬限三天，讓居民有充裕的時間自殺；這三天眞是滿城恐怖，血流成河，殘酷程度超過敵人可能施加的對待，凡有力氣自殺的居民都不希望倖免。

這類民眾表示決心的例子不勝枚舉，尤其是集體行爲顯得更加觸目驚心，施用於個人時沒有這麼可怕。理智無法影響個人，卻可以影響眾人；在群情洶湧中無法保持個人的看法。

在提比略時代，等待執行極刑的囚犯會失去他們的財產，也無權要求舉行葬禮。以自殺提前結束生命的人卻可以得到安葬和訂立遺囑。

但是人們有時渴望死是爲了希望得到更大的好處。聖保羅說，「情願離世與基督同在」；「誰能救我脫離這求死的身體呢？」克利歐姆布羅特斯·安勃拉西奧塔讀了柏拉圖的《斐多篇》後，那麼迷戀來世，不由分說就縱身投入海中。從中可以看出，我們常把這類自願消亡稱爲絕望是多麼不恰當，經常是熱誠的希望或沉著的修養和內心的渴慕才使我們這樣做的。

蘇瓦松主教雅克·杜·夏斯特爾隨著聖路易到了海外，看到國王和他的大軍要回法國，讓傳教活動半途而廢，決心進入天堂也不願離開。他向大家告別以後，在眾目睽睽之下，隻身衝入敵陣，被亂刀剁死。

在新大陸的某一個王國，一次莊嚴的賽神會上，他們把崇拜的偶像放在一輛碩大無比的車上遊行，可以看到許多人把自己身上的肉切下一片獻給偶像，還有許多其他人匍匐在廣場上，等待車輪把他們的身子碾成粉碎，爲了死後升天。

雅克·杜·夏斯特爾主教身執武器死去，英武多於憂傷，因爲他的部分感情已被戰鬥的熱誠代替。

有的政府參與討論自願死亡的合法性和時機性。在我國馬賽，從前由國家出資配製一種用毒芹製成的毒藥，供給自盡的人使用。他們首先須向他們的六百人議會陳述自尋短見的理由，並只是在法官宣布同意和選擇合適的日期後才可以動手。

其他地方也有實行這條法律的。塞克斯圖·龐培到了亞洲經過內格勒蓬的塞亞島。據他的一名隨從告訴我們，他在那裡時恰有一位威嚴的夫人，向她的同胞說明她爲什麼決定結束自己的生命，請求龐培參加她的殉禮，讓她的死增添一份光榮，他這樣做了。在這以前他利用自己天生的雄辯，苦口婆心地勸她改變初衷，沒有成功，無奈才讓她滿足自己的要求。她活了九十歲，思路清晰、身體健康；那時刻，她躺著，單臂撐在布置得比平時精緻的床上，她說：「哦，塞克斯圖·龐培，我要離開的神比我要去見的神更加感謝你沒有拒絕做我生時的謀士、死時的見證！就我來說，平生一直受到命運的眷顧，只怕貪戀人生會使我看到命運的另一面，我度過了幸福的晚年，再向我的餘生告別，留下兩個女兒和一大群外孫。」以後，她又諄諄告誡家人要團結和睦，把遺物分配給他們，讓家裡供奉的神由大女兒繼續祭祀，一手穩穩地舉起盛毒藥的杯子；她向墨丘利神許願，還祈禱把她引導到另一個世界，坐上一個好位子，然後猛的一口喝下致命的藥水。她完全意識到藥性的發作，四肢和軀體慢慢發冷，最後她說藥性已經到達心臟，叫女兒盡最後一份孝心，讓她閉上眼睛。

普林尼談到北方一個國家，說那裡的氣候溫和，若不是居民自願，生命往往不會結束；但是他們到了高年，厭倦人生。有這樣的習俗：宴慶一頓以後，去到專爲捨身的懸崖上跳入海中。

免受難以忍受的痛苦和更爲悲慘的死，使人提前離開人世，在我看來是最可得到諒解的理由。

# 第四章　公事明天再辦

在我們全體法國作家中，我覺得有理由把棕櫚枝獻給雅克・阿米歐，不但由於他的語言樸素純正超過任何人，工作長期不懈，知識博大精深，還因為他竟能把一個那麼晦澀難懂的作家闡述得非常透徹（你盡可以跟我這麼說：這是我對希臘語一竅不通；但是我感到他的譯文中處處文采飄逸、結構謹嚴，這不是他深刻理解作者的眞正想像力，便是他長期閱讀普魯塔克的著作，讓普魯塔克的思想深深扎根在自己的靈魂中，至少沒有給他歪曲什麼或增添什麼）。

此外，我更感激的是他知道選擇這麼一部有價值而又恰當的好書，贈給自己的國家；如果這部書還不能使我們明白事理，我們眞是無知得沒法治了。有了這部書，我們才敢在這個時刻又說又寫的；婦女以此指導學校教師；這是我們的一部經書。

如果這位好人還健在，我將請他翻譯色諾芬的作品，這是一件更輕鬆、也更宜於老年人做的工作；儘管他遇到難題總是能夠應付裕如，我不知為什麼總覺得，當他不慌不忙、從從容容時，他的文筆更加舒展自在。

此刻，我正讀到普魯塔克談到自己的一個章節，他說拉斯蒂克斯參加他在羅馬舉行的一次演說會，會中收到皇帝送來的一包東西，他直到會議結束才打開，（據他說）全體與會人員都高度讚揚這位人物的嚴肅。確實，普魯塔克在這一章議論的是好奇；對意外事物的貪婪和難以滿足的熱情，經常使我們為了討好一位新來者，冒冒失失、迫不及待地拋下手裡的事；不論我們在哪裡，都會不顧禮節和體統突然拆開送上來的信函；他稱頌拉斯蒂克斯的持重是完全有道理的，還可以對他不願打斷演說的禮貌和周到表揚一番。

但是我卻懷疑他的謹慎態度是不是值得讚揚；因為意外接到信函，尤其是皇帝的信函，遲遲不啓封或許會造成損失。

與好奇相對立的惡習是漫不經心，我天生也有這種傾向，我也曾見過許多人漫不經心到了極點，他們收到信後會在口袋裡放上三、四天還沒想到去拆。

我從不私拆人家託我轉交的信，也不偷看由於機緣落入我手中的信；當我跟一位大人物在一起，他在讀什麼重要函件，我的眼睛無意中看到了幾句就會感到不安，再也沒有人比我更不愛打聽和干預人家的事。

在我父輩的時代，德・布林蒂埃爾先生坐鎭都靈城，有人交給他一封信，提到一樁刼奪這座城市的陰謀，他正與客人在宴席上吃得高興，耽誤看信，差點丟了城市。我也是在普魯塔克的書裡讀到，如果朱利烏斯・凱撒被陰謀者殺害的那天，上元老院去的路上讀一讀人家交給他的密函，他就會逃過這場災難。底比斯的暴君阿基亞斯也是如此，佩洛庇達要解放自己的國家，陰謀殺害他，另一位雅典人也叫阿基亞斯，寫了一封信給他，把人家的策劃一五一十告訴他，哪裡知道晚上信送到時他正在用餐，他不立即打開，還說了一句話，以後成了希臘的一句名言：「公事明天再辦。」

依我的看法，一位賢人如拉斯蒂克斯可以爲了其他人的利益，不想失禮中斷會議，或者不想擱下一樁重要事件，立即去弄清人家給他捎來的消息；但是所有公務在身的人，爲了他的個人利益或愛好，而不讓人干擾他的宴席或打斷他的好夢，這樣做是不可原諒的。在古代羅馬，他們稱爲「執政官席」的是宴席的上座，居於最方便到達的位置，以讓有事而來的人向坐在席上的人報告事宜。這說明，身在宴席上也要須臾不忘國家大事和時刻提防意外事件。

話雖這麼說，用理智的推理來給人的行動確立一個正確的準則，又不讓命運行使自己的權利，這是很難兩全的。

# 第五章　論良心

內戰時期，我的兄弟拉勃魯斯領主和我有一次在旅途中，遇見一位風度翩翩的貴族，他屬於我們的敵對派別，但是我並不知道，因爲他掩飾得很巧妙，這類戰爭中最糟的是局勢錯綜複雜，從外表、語言和穿戴來說，敵人和你無法區分，雙方接受同樣的法律、遵守同樣的習俗、呼吸同樣的空氣，很難避免混淆不清。我害怕在一個陌生地方遇見我們的軍隊，不得不說出自己的名字，這時眞是生死難卜。我以前遇到過這樣的事，在那次不幸的遭遇中，我人馬俱損，不但如此，他們還殘忍地殺害了一名義大利宮廷侍從貴族，我精心培育過他，一個年輕的生命、光明的前程就這樣消失了。

但是那位貴族非常容易驚慌失措，我看他每次遇見騎馬的人過來，穿越效忠於國王的城市，都嚇得幾乎死去，我終於猜到他的恐懼是由於他的良心而來的。這名青年覺得，人家透過他的面具和大氅上的十字架可以看到他內心的祕密意圖。良心的力量竟是那麼奇妙！良心使我們背叛、使我們控訴、使我們戰鬥；在沒有外界證人的情況下，良心會追逐我們，反對我們：

用無形的鞭子抽打，充當劊子手。

——朱維納利斯

這已是婦孺皆知的故事：一名帕奧尼人貝蘇斯，受人指責說他故意打下一個鳥窩，把裡面的小鳥統統殺死，他說自己做得有理，因爲這些小鳥不停地無端指責他害死了自己的父親。這樁弒父罪進行得滴水不漏，直到那時沒有人知曉；但是良心提出了申冤，使這個背上沉重贖罪包袱的人無法自制。

柏拉圖認爲，懲罰緊緊跟在罪惡的後面，赫西俄德糾正了柏拉圖的說法，他說懲罰是與罪惡同時開始的。誰在等待懲罰，就在受懲罰；誰該受懲罰，就在等待懲罰。惡意給懷惡意的人帶來痛苦，

做壞事的人最受做壞事的苦！

——拉丁諺語

猶如胡蜂刺傷了人，但是自己受害更深，因爲它從此失去了自己的刺和力量。

它們把自己的生命留在了傷疤裡。

——維吉爾

由於自然界的矛盾對立規律，斑蝥身上分泌一種自身毒液的解毒素。所以，即使人在作惡時感到樂趣，良心上卻會適得其反，產生一種憎惡感，引起許多痛苦和聯想，不論睡時、醒時都折磨著自己。

這樣的罪人不在少數，
在睡夢或譫妄中自怨自艾，

洩露了長期隱藏的罪過。

——盧克萊修

暴君阿波羅多羅斯在夢中見到自己被斯基泰人剝掉皮，放到鍋裡煮，他的心喃喃地對他說：「你的所有痛苦都是我引起的。」伊比鳩魯說：「壞人無處藏身，因爲他們躲在哪兒都不安寧，良心會暴露他們。」

沒有一名罪人在自我判決中得到赦免，
這才是主要的懲罰。

——朱維納利斯

良心可使我們恐懼，也可使我們堅定和自信。我敢說人生道路上經過許多險阻而步伐始終不亂，就是因爲我對自己的意圖深有了解，自己的計畫光明正大。

人的內心充滿恐懼還是希望，
全憑良心的判斷。

——奧維德

這類例子成千上萬，只需舉出同一個人物的三個例子。

西庇阿有一次在羅馬人民面前被指控犯了一樁大罪，他不但不要求寬恕或向法官討情，而是對他們說：「好哇，你們還不是靠了我才有權利審判每個人，如今竟要起我的腦袋來了。」

又有一次，人民法庭對他起訴，他絕不聲辯，只是侃侃而談：「來吧！我的公民們，去向神祗拜謝，也是在今天這樣的日子，讓我戰勝了迦太基人。」說罷，他大踏步向神廟走去，只見全體人跟在他後面，其中還有他的起訴人。

又是人民法庭應加圖的要求，傳訊西庇阿，要他對安蒂奧克省的一切開支作出彙報，西庇阿爲此事來到元老院，從袍子下抽出帳冊，說這本帳冊原原本本記下了一切收支；但是他沒有同意把它轉交給法院檔案室保存，說他不想自取其辱，在元老院當著眾人的面親手把帳冊撕成碎片。我不相信這顆飽經滄桑的靈魂會弄虛作假。李維說他天性慷慨豪爽，一向氣度恢宏，他絕不會當個罪人，低三下四去聲辯自己是無辜的。

苦刑是一項危險的發明，這像是在檢驗人的耐性而不是檢驗人的眞情。能夠忍受苦刑的人會隱瞞眞情，不能夠忍受苦刑的人也會隱瞞眞情。痛苦能夠使我供認事實，爲什麼就不能使我供認不是事實呢？另一方面，如果那個受到無理指責的人有耐性忍受這些折磨，罪有應得的人難道就沒有耐性忍受這些折磨，去獲得美好的生命報償嗎？

我相信這項發明的理論基礎是建立在良心力量的想法上。因爲對有罪的人，似乎利用苦刑可以使他軟弱，說出他的錯誤；然而無罪的人則會更加堅強、不畏苦刑。說實在的，這個方法充滿不確定性和危險。

爲了躲過難忍的痛苦，什麼話不會說，什麼事不會做呢？

痛苦會迫使無辜的人撒謊。

——普布利流斯・西魯斯

審判者折磨人是爲了不讓他清白死去，而結果是他讓那個人受盡折磨後清白死去。成千上萬的受刑者腦袋裡裝滿了假懺悔。我想到亞歷山大審判菲羅塔斯的情境，以及他受折磨的過程。我尤其要以菲羅塔斯作爲例子。

然而有人卻說，人類弱點的許多發明中，苦刑還是痛苦最少的一項發明。

依我看來也是最不人道、最無意義的發明！有許多被希臘和羅馬稱爲野蠻的國家，在這方面卻不及希臘和羅馬野蠻，它們認爲折磨和殺害一個對其錯誤還只是心存懷疑的人，是可怕的殘酷行爲。你不知道事情，他又能怎麼樣呢？你不想無緣無故地殺他，對他做的事卻比殺他還糟糕，你沒有不公正嗎？事情就是如此：多少次他寧願無緣無故地死去，也不願接受審訊，這種審訊往往比死刑還痛苦，這等於在執行死刑以前已把人處決了。

我不知道從哪兒聽來這個故事，但是如實地代表了我們良心的公正。一名村婦在一位軍隊司令兼大法官面前控訴一名士兵，說他搶去了她僅存能餵幾個孩子的一點點麵糊，這支軍隊已把四周村莊掠奪一空。然而沒有證據。這位將軍首先告誡婦女要對自己說的話仔細想一想，若是誣告就要判罪，她堅持不改口，將軍下令剖開士兵的肚子驗證事實眞相。婦女說的話是對的，罪證確鑿。

# 第六章　論身體力行

推理與學識，即使我們對這兩種能力有意識地給予全部的信任，也不足以使我們達到行爲的能力，除非我們的心靈還經過實踐的考驗與培育，去面對生活的歷程；不然，一旦遇上事件，我們的心靈無疑會不知所措。

因而，那些企圖達到更大成就的哲學家，不甘心在和平和庇蔭中等待命運的脅迫，害怕一旦時運不濟，在人生鬥爭中還是一個缺少經驗的新手。他們走在事物前面，有意去接受困難的考驗。有的人拋棄家產，心甘情願過窮苦的生活，有的人去做工，節衣縮食，鍛鍊自己吃苦耐勞。還有人捨棄身體上最寶貴的器官，如眼睛和生殖器，只怕聲色犬馬會軟化他們的意志和腐蝕他們的靈魂。

死亡是我們一生中要完成的最大的事業，我們卻無法對此身體力行。習慣與經驗可以錘鍊人，使他忍受痛苦、恥辱、清貧和其他逆運；但是死亡，我們只能試驗一次。我們在經歷死亡時都是門外漢。

古代有人非常善於利用時間，甚至要試驗和體會死亡的滋味，他們聚精會神地觀察死亡道路究竟是怎麼樣的；但是他們沒有回來向我們提供信息：

沒有人在冰冷的死亡中
安息後再醒過來。

——盧克萊修

加尼烏斯・朱利烏斯是羅馬貴族，高尙沉著，被惡魔卡里古拉皇帝定爲死罪，他表現堅定不移，令人嘆服，在他即將遭受劊子手的大刑時，他的一位哲學家朋友問他：「加尼烏斯，這個時刻您的靈魂怎麼樣啦？在做些什麼？在想些什麼？」他回答：「我的思想在作準備，全神貫注，要知道在這個稍縱即逝的死亡時刻，是不是可以看到靈魂出竅，靈魂對以後的事會不會有感覺，我若了解到情況，以後又能回來，我會告訴我的朋友。」這個人不但至死，而且還對死進行哲學探討。在如此重大關頭還有閒情想到其他，要把死亡作爲課題，這是多麼自信，也多麼勇敢自豪！

嚥氣時他還在支配自己的靈魂。

——盧卡努

然而，我總覺得有辦法去習慣死亡，也可一定程度體會死亡。我們可以進行試驗，雖不完整也不完美，至少不是毫無用處的，可使我們更加堅強和自信。若不能投入死亡，卻可以湊近死亡、認識死亡；若不能進入死亡王國，至少可以看到和走上進入王國的道路。有人叫我們多看我們的睡眠狀態，這是有道理的，因爲睡眠與死亡的確有相像之處。

我們從清醒進入睡眠是多麼容易！我們失去光明和自己又多麼不在意！睡眠的功能是使我們失去一切行動和感覺，表面看來這是無用和違反自然的，除非大自然透過這個現象在告訴我們，它創造了我們，爲生如此，爲死也如此，並無差異；我們一有了生命，就向我們展示它給我們此生以後準備的不朽狀態，爲了使我們對此習慣，不要產生什麼恐懼心理。

但是那些遇到激烈事故突然心力衰竭的人，那些失去一切知覺的人，依我的看法，他們是湊近看到了死亡的眞正本來面目；因爲在這過渡的一剎那，不用擔心其中包含什麼艱難或不愉快，尤其因爲沒有時間去感覺。受痛苦是需要時間的，死亡的時間是那麼短促，必然無法讓人感覺。我們害怕的是走向死亡；這是我們所能體驗的。

有許多事物在想像中好像要比在實際中誇大。我一生中大部分時間身體健康；還可說精神抖擻、熱情奔放。這種充滿朝氣和樂觀的心理，使我一想到疾病就不勝畏懼，然而眞的生病了，覺得病痛跟畏懼相比顯得微不足道。

我每天有以下的感覺：若在一間舒適溫暖的客廳裡，而外面黑夜中風雨交加，我就會爲在野外的人驚恐悲哀；若自己也遭風雨的襲擊，絕不會去想其他地方了。

日夜幽居一室，我好像對這事不能忍受；有時不得已在裡面待上一星期、一個月，憂心忡忡、衰弱無力，我會發覺健康的時候同情病人，遠遠超過自己生病的時候；生病時我要同情的是自己；我的想像力會把事情的眞相誇大一半。我希望我對死亡的想像也是如此，不値得我勞師動眾、大驚小怪，只怕承受不了死亡的重壓；無論怎麼做，我們也不會給自己帶來多少方便。

我已記不清是在我們第二次還是第三次宗教戰爭中，有一天我離家走出一里遠。法國內戰時期，我的家處在兵家必爭之地，然而我覺得自己離住所很近，不會有危險，也就沒有必要披堅執銳，隨手牽過一匹好騎但不是精壯的馬。在歸途中，突然發生一件事，這匹馬就不善應付，使我也對牠無可奈何；我的一名僕人孔武有力，騎在一匹棕色駿馬上，馬不聽使喚，雄赳赳性子暴烈；僕人逞能衝到同伴前面，策馬直朝我的那條路疾馳過來，像個巨人沉重地壓向小人和小馬，撞得我人仰馬翻，那匹馬躺在地上暈頭轉向，我跌出十幾步遠，四肢朝天，昏死了過去，臉上皮開肉綻，手持的寶劍也摔在十步以外，腰帶折斷，身子一動不動，沒有知覺，像塊木頭似的。

這是我生平唯一的一次昏迷。跟我一起的人想方設法要弄醒我，沒有成功就以爲我已死去，好不容易將我抱回半里外的家。

整整兩個小時我被當成死人；後來在路上我開始蠕動和呼吸；因爲胃部貯血太多，自然反應要調動體力把血吐出來。他們扶我站起來，我吐出滿滿一罐子鮮血，一路上這樣有好幾回。我也靠此恢復了一點生息。但是在很長一段時間，隱隱約約，我的原始感情接近死亡遠超過接近生命。

> 靈魂還沒有找到歸路，
> 驚慌失措，飄忽不定。
>
> ——塔索

這個回憶如此深刻銘記於心中，幾乎讓我看到死亡的面目和了解死亡的內容，以後遇見了不會覺得太唐突。當我開始向死亡注目時，我的視覺那麼模糊、微弱和黯淡，除了光以外，什麼都不能辨別。

> 眼睛時而張開，時而閉上，

人處於睡眠與清醒的半道中。

——塔索

心靈反應跟肉體反應是一致的。我看到自己渾身是血，因爲大氅上到處沾滿口吐的鮮血。我首先想到的是腦袋中了一槍；確實，我們周圍有人同時射了幾槍。我覺得我的生命完全懸於我的嘴唇上；我閉上眼睛，好像企圖把生命向外推，很樂意懶洋洋地讓生命過去。這是一種想像在靈魂中飄浮，跟身體各部分同樣溫柔纖弱，實際上不但沒有不愉快的感覺，甚至還摻雜慢慢入睡時的舒適感。

我相信人在彌留中愈來愈衰弱時，也處於這種狀態；我還覺得，我們平時認爲他們全身痛苦不堪或者靈魂深感不安而同情他們，這是沒有道理的。這一直是我的看法，不管許多人，甚至艾蒂安·德·拉博埃西的意見如何。我們看到有些人倒地不省人事，接近於死亡，或長期臥床不起，或猝然中風，或年老力衰，

經常一個人抵不住病魔的暴力，
像遭受雷殛，在我們的眼前倒下，
他口吐白沫、呻吟、四肢顫抖；
他譫妄、肌肉抽攣、掙扎、喘氣，
在全身亂顫中衰竭。

——盧克萊修

或頭部受傷，我們聽到他們呻吟，有時還唉聲歎氣，聲音刺耳，使我們把聲音和動作看作是他們的身體的反應；我則覺得他們的靈魂與軀體都已昏迷不醒。

他活著，但是意識不到自己活著。

——奧維德

我無法相信身體受到那麼大的震動，感覺受到那麼大的摧殘，靈魂中還能保留自我感覺的力量；我也不能相信他們還有理智感到痛苦、感到自己不幸的處境，因而我認爲他們沒有什麼需要憐憫的。

一個人的靈魂感到悲痛，卻又無法表達，我想像不出還有什麼比這更加難受和可怕；就像我說的那些被割了舌頭送上刑場的人，默不作聲，再配上一張嚴肅呆板的臉，這是最好的死亡寫照。就像這些值得同情的囚犯，落入我們這個時代惡毒的劊子手、士兵手中，受盡各種各樣殘酷的苦刑，屈從某些駭人聽聞的勒索欺詐，而且處在他們的地位與條件，無法對自己的思想和苦難有任何表達和流露。

詩人卻創造了一些神，給那些慢慢死去的人說出心裡的想法，

遵照神意，我把這根頭髮帶給普路托，
讓你擺脫你的軀體。

——維吉爾

有人衝著他們的耳朵大喊大叫，呼天搶地；他們被迫發出一些短促斷續的聲音和回答，作出好像招供的動作，這些都不說明他們還活著，至少不是完全活著。我們在眞正入睡前口出囈語，對周圍一切都覺得如在夢中，聽到的聲音也模糊不清、飄忽不定，猶如在靈魂的邊緣徘徊；還有，對著人家跟我們說的最後幾句話作出的回答，也是胡謅的多，有意義的少。

現在我是有了經驗，毫不懷疑在此以前我沒有作出良好的判斷。首先，昏倒時我用指甲撕裂我的緊身衣（盔甲已經散亂），印象中也感覺不到疼痛，因爲身體有許多動作不是受大腦指使的。

半死不活時，手指痙攣，抓住那把劍。

——維吉爾

往下跌的人在跌倒以前首先伸出手臂，這完全來自本能，說明四肢配合一致行動，有時它們的揮動不屬於理性的控制。

有人說，戰車上的大刀砍斷四肢，
肢體落在地上還在動，
傷害來得那麼快，
靈魂與身體來不及感覺痛。

——盧克萊修

我的胃充滿淤血，雙手不受理智使喚在撫摸胃部，彷彿撓癢。有不少動物，甚至有些人，在死亡以後，還可看到他們的肌肉伸縮抽動。每個人都有這樣的經驗，軀體上有的部分經常不由自主地晃動、豎起、落下。這些動作只形之於表面，不能說是我們的動作；要使動作成爲我們的動作，人必須整個投入，我們睡眠時手腳感到的痛不是我們的痛。

我跌下馬背的警報早已先我而行，我往家裡去時，家人過來迎接我，遇上這類事總是大呼小叫的。他們說，我不但對別人的問話回答了幾句，看到妻子在那條高低不平的小路上磕磕絆絆，還想到給她準備一匹馬。好像頭腦清醒的人才會有這樣的考慮，然而我卻談不上清醒。其實這是無意識的，飄忽的想法，全是耳目的感覺引起的，這不是從我的心中來的。我不知道自己從哪兒來、到哪兒去，也不能對別人的要求斟酌思考。這是感覺產生的輕微反應，像一些習慣動作；靈魂的作用非常微小，猶如在夢中，感覺只留下淡淡的、水一樣的痕跡。

可是，我的心情實際上十分平靜。既不爲別人也不爲自己難過；這是一種疲憊、一種極度的衰弱，然而沒有一點痛苦。我看見自己的家但認不出來；別人扶我躺下時，我感到這次休息無比甜蜜，因爲我被這些可憐的人折騰得夠嗆，他們千辛萬苦用雙臂抬我走了很久，道路崎嶇不平，中途累得換手兩、三次。

他們遞給我許多藥，我一樣都不要，認定自己頭部受了致命傷。說實在的，這樣死去是很幸福的；因爲理智的損傷使我對什麼都不作判斷，而體質的衰弱使我對什麼都無法感覺。我由著自己悠悠漂流，那麼溫柔恬然，不覺得還有其他什麼動作比這個動作更加輕飄飄。當我在兩、三小時後又活了過來，恢復了力氣，終於我的感覺又恢復了活力。

——奧維德

我立刻感覺到墜馬時挫傷折裂的四肢痛不堪言，接著兩三個夜晚都是那麼難受，彷彿又死了一回，但是這回死得可不平靜，現在還感到那時輾轉難眠的情景。

我不想忘記這一點：我能記得的最後一件事是對這樁事故的回憶；在恢復意識以前，我要別人複述好幾遍：我到哪兒去？從哪兒來？是幾時幾刻發生的？至於我怎麼跌下馬的，爲了包庇那個闖禍的人，他們另外編了一套，對我隱瞞眞相。但是到了第二天後，我的記憶慢慢開始恢復，想起了那匹馬衝向我的那一刻（因爲我看到馬緊緊跟在身後，以爲自己已經死了，但是這個想法來得那麼突然，根本沒有時間害怕），我覺得是一陣閃電打得我靈魂發顫，我是從另一個世界回來的。

這件事微不足道，提起它也不說明問題，除了我從中可以得到我所要的體會。因爲事實上，我覺得要習慣死，必須接近死。像普林尼說的，人人都可從自己身上學到東西，只要他注意就近觀察。這裡談的不是我的學說，而是我的研究；這不是對別人上了一課，而是對自己上了一課。

我把這一課寫了出來，別人不會抱怨我。對我有用的東西，也可能對別人有用。同樣我沒有糟蹋東西，我只是利用自己的東西。我若做的是蠢事，損害的只是我自己，而跟別人的利益沒有關係。因爲這也是我心中的一點妄念，過去了也不會有後果。我們知道古人中也只有兩三位曾在這條路上探索過。我們只知道他們的名字，也就無法說他們的經驗跟這次經驗是不是相像。從那以後也無人追隨他們的足跡。

捕捉游移不定的思想，深入漆黑一團的心靈角落，選擇和抓住細微閃爍的反應，確是一項棘手的、比表面複雜得多的嘗試。這也是一種新的和不同一般的消遣，把我們從日常平凡的工作中——是的，甚至從最急需做的工作中——吸引過去。好幾年來，我只把目標對準我的思想，我只核對總和研究自己；我若研究其他事，也是爲了在自己身上——或更確切——在自己心中得到印證。我覺得這樣做錯不了，就像在其他那些沒有比較就不那麼有用的學問中，我把學到的東西公之於眾，雖然我對自己取得的進展不很滿意。

自我描述比任何其他描述更困難，當然也更有意義。一個人出門前必須梳妝打扮，照鏡子修飾一番。我不停地在描述自己，也是不停地在修飾自己。誇耀令人厭惡，它總是與自我吹噓結伴而來，習慣上把談論自己看作是一種惡習，歷來遭人忌諱。

給孩子擤鼻涕，卻把他的鼻子給擰了。

怕犯錯誤，卻犯了罪惡。

——賀拉斯

我覺得這帖藥弊多於利。但是在人前談論自己，一定會被說成是一種自大行爲；我根據自己的總計畫，勢必會談出在我內心存在的一種病態的品質，也不會隱瞞我不但在習慣上，並在工作中有的這種缺點。無論如何，若要說一說我的想法，我認爲只因有不少人喝醉而去譴責酒，這是沒有道理的。只有好東西才會有人不加節制。我相信這條規則僅是指大眾酗酒而已。

繩子是用來套牛的，我們聽到聖人，還有哲學家和神學家高談闊論，他們絕不用繩子來約束自己。雖然我談不上是哪一種人，我也不需要繩子。他們現在沒有寫到自己，至少時機一到，他們絕不會猶豫在大庭廣眾面前亮相。蘇格拉底談什麼比談自己還多？他指導他的學生談什麼比談他們自己還多？他們談的不是他們書本中的內容，而是他們靈魂的實質和騷動。我們虔誠地向上帝、向懺悔師談論自己，而我們的鄰居新教徒則向全體教徒談論自己。但是有人會回答我說，我們談的只是自己做的錯事。我們則什麼都談：因爲我們的美德也有缺陷，也需要懺悔。

生活就是我的工作、我的藝術。誰禁止我根據自己的感覺、經驗和習慣來談論生活，就像他命令一名建築師不根據他本人的見解，而是根據他的鄰居的見解，不根據他本人的知識，而是根據另一人的知識來談論房屋建築一樣。如果談論自己就是驕傲，西塞羅和霍爾坦修斯都認爲自己的辯才不及對方，又怎麼說呢？

可能他們要求我以作品和行動說明自己，而不是空洞的言辭。但是我主要描述的是我的思維，無形無序的東西，不可能付諸於行動，若能形諸於筆墨已屬不易的了。有一些賢人和聖徒一生中並無顯著的事蹟，而我的事蹟則是談論命運更多於談論自己。它們證實了各自的作用，而不是我的作用，有的也是偶然和不確定的，作爲一個特例而已。我把自己完全展示在人前：這是一具骷髏，只須一眼就可以看到血管、肌肉、肌腱，這些器官都在各自的部位。咳嗽一聲顯示出全身的一部分，臉色蒼白或心跳顯示出另一部分，隱隱約約的。

我要寫的不是我的一舉一動，而是我和我的本質。我主張議論自己要謹慎，提供證明要認眞，不論褒與貶，態度都應該毫無區別。我若覺得自己善良、智慧或差不多如此，我會大聲說出來；刻意少說，是愚蠢，而不是謙虛。照亞里斯多德的說法，低估自己是怯懦和吝嗇。虛僞成不了美德；眞實從來不是錯誤。高估自己，並不總是自負，經常還是出於愚蠢。過分沾沾自喜，不恰當地自憐、自戀，按我的看法，才是這種惡習的本質。

戒除自戀惡習的最好藥方是反其道而行之，就是不但不談論自己，進而更要不想到自己。驕傲存在於思維之中，語言只起了很小一部分作用。他們認爲獨自過日子是自我欣賞，自我思量更是一種自戀行爲。這話或許不錯。但是這只是一些對自己不甚深究的人、事後聰明的人、靠幻想和懶散而滿足的人、自我膨脹和嚮往空中樓閣的人。總之，是把自己看作不同於自己的第三者，這樣的人才會產生這種自戀行爲。

誰自我陶醉、貶低別人，那請他轉過眼睛朝向過去的世紀，看到歷史上可以把他踩在腳下的英雄豪傑何止成千上萬，他會自愧不如。他若自以爲英勇無比，讓他閱讀兩位西庇阿的傳記，還有那些軍隊和民族的歷史，遠遠把他拋在後面。沒有什麼單一的品質可使人躊躇滿志，他必須同時記得自身還藏有許多弱點和缺陷，最後還有不要忘記人生的虛妄性。

唯有蘇格拉底曾經嚴肅地探究過他的上帝的訓誡——人要自知。透過這樣的研究可以意識到人要自貶，因而他才配稱爲賢人。他勇敢地透過自己的嘴剖析自己，才做到了自知。

# 第七章　論授勛

奧古斯都的傳記作家，都強調他的一條治軍方針：對有功的人賞賜非常慷慨，授勛則十分吝嗇。沒錯，他自己還沒有走上戰場以前，他的叔叔已經授給他各種各樣的軍功勛章。

爲了尊重和獎勵美德，建立一些虛的、無實際價值的標誌，如桂冠、櫟樹葉軍帽、香桃葉冠、特殊形式的服裝，乘車遊行、舉火炬夜遊、公共集會中的貴賓席、賞賜特殊的別名和頭銜、族徽標幟，其他諸如此類的東西，根據各國國情不同，五花八門，至今還在沿用，這確是一樁了不起的發明，並爲世界上大多數政府所接受。

我們國家以及許多鄰國，有騎士團勛章，也是爲這個目的而創立的。這實在是一項良好而有益的制度，用某種方法去承認極少數傑出人物的價值，使他們高興和滿足，花費的代價卻並不增加群眾的負擔和動用國王的金庫。從古人的經驗，並從我們的歷史中也可看到，優秀人物羨慕這類勛位遠超過物質報酬的獎勵，這不是沒有理由和充分根據的。如果一份純粹的榮譽獎勵，再去添加其他物質錢財，這樣只會弄巧成拙，貶低榮譽的價值。

長期以來米迦勒勛章在我們中間享有盛譽，它除了本身價值以外沒有其他價值，也不跟任何價值有聯繫，反而使貴族追求勛位的欲望和熱誠，要超過追求任何一個公職和身分，也沒有一種品質比勛位更受尊敬和更有威望；有美德的人樂意選擇和嚮往一種純之又純、榮耀多於實用的獎賞。確實，其他獎賞沒有那麼高尚，況且那些是在一切場合都可使用的。錢可以賞給僕人、信使、跳舞藝人、馬戲演員、說吉利話的人、聽我們使喚的人；還有賞給做壞事、奉承拍馬、拉皮條、背信棄義的人。如果有德行的人不選擇這類普通的財富，而選擇專門爲他們而設的高貴豁達的財富，也不算是出人意外。奧古斯都對勛位比對物質吝嗇和計較，這樣做很有道理，尤其榮譽是一種特權，其意義在於罕見；這也是美德本身的意義。

看不到壞人的人，會覺得誰是好人嗎？

——馬提雅爾

一個人不會因爲用心撫育孩子而受到讚揚；儘管這是正當的行爲，但是這太一般了；就像密林中到處樹木參天，也很難區分彼此。我不認爲斯巴達人中間有誰會以勇敢爲榮，因爲這是他們這個國家人人具備的美德；忠誠、不慕錢財也復如此。美德不論多麼大，成爲日常行爲以後也不會得到獎賞。而且，我也不知道，既然美德已成爲普遍行爲，該不該還以大美德相稱。

因而對榮譽的獎賞也僅是榮譽而已，它們的價值和品位在於極少數人才能獲得；若要獎賞一文不值，那只須到處濫發。今天獲得勛章的人就是比過去要多，也不應降低勛章的地位。

獲得勛章的人多了起來也是容易理解的，因爲沒有一種美德像勇敢作戰那樣容易蔚然成風。還有一種美德，眞實、完美、有哲學意味（是根據我的習慣使用這個詞的），在此暫且不提；它要比勇敢作戰更高、更充實，這是靈魂的一種力量和自信，同樣蔑視任何艱難險阻。它鎭靜、堅定、不驕不躁，我們的這種勇敢與它相比只是一道閃光。習慣、教育、榜樣和風俗在促成我所提的這種勇敢中可起極大的作用，使它易於爲大家仿效；這從我們內戰時得到的經驗也可看出。

值此時刻，誰能號召我們全國人民精誠團結，奮勇投入一個共同的事業，我們的國家也就可以重振軍威。

從前不是只從這個角度來考慮授勛的，這可以肯定。它的視角更爲廣闊。這不是獎勵一名勇敢的士兵，而是獎勵一位傑出的軍事將領。服從命令並不配得到那麼光榮的獎賞。從前戰功的含義更加廣泛，涉及一名軍人的大部分重要的品質：「士兵的藝術不等同於將領的藝術。」（李維）不但如此，還需要他具備榮任這樣高位的經歷。但我要說的是，即使比從前有更多的人配得上這個榮譽，也不應該任意濫發，寧可讓該得到的得不到，也不應該讓不該得到的得到，像我們不久前說的，不要讓那麼有用的創造失去了作用。沒有一名勇士會因與許多人共用同樣的東西而感到光彩的。今天不配得到這項榮譽的人，反而比誰都會故作姿態，對它表示蔑視，這是爲了把自己也看作是應得而未得榮譽而受到錯待的人。

取消這個勛位，等待今後重新建立和恢復一套相似的做法，以我們所處的頹廢病態的時期來說，是不適宜做這樣的事的；新勛位甚至從頒布時刻起就包含了引起老勛位廢除的那些弊端。新勛位要具有權威性，頒發規則必須非常嚴格和有限制性；在這動亂年代不可能予以嚴密和定期的監督；除了樹立它的權威，在此以前還必須忘記前一個勛位的存在以及它遭受的蔑視。

本文還可以對勇敢以及勇敢與其他美德的區別說幾句話。但是普魯塔克對這個題目常有闡釋，我在這裡不贅述他的看法。但是必須指出的是我們的國家把勇敢看作是第一美德。從詞源上也可看出，勇敢（vaillance）一詞來自價值（valeur）；在我們的習俗中，稱一個有價值的人或一個正直的人，從法庭和貴族的語言來說，不是指別的，而是指勇敢的人，跟羅馬人的習俗相似。因爲在羅馬人的詞彙中，泛指「美德」的這個詞，源自「力量」。

從事戰爭是法國貴族固有的、唯一的和基本的生活方式。很可能男人之間首先表現的美德是勇敢，它使一部分人勝過另一部分人，最強、最勇敢的人當上了最弱的人的主人，獲得特殊的地位和名譽，語言上的光榮和尊嚴也是從這裡來的。或許這些國家的人驍勇善戰，把犒賞和最高頭銜獎給他們最熟悉的美德。這一切猶如我們的情欲，還有對婦女貞操的這種急切關心，以至於一個善良的女人，一個有身分、有榮譽、有美德的女人，不是指什麼別的，首先是指一個貞節的女人；彷彿爲了使她們服從這個責任，我們把其他美德都置於次要地位，對任何其他錯誤都聽之、任之，只要她們不逃避這個責任，一切都是可以商量似的。

# 第八章　論父子情

致德・埃斯蒂薩克夫人

夫人，若不是遇上新奇的事（事情也往往因其新奇而有了價值），我不會輕易放下手中這件工作。①但是這件工作那麼奇異，又與習慣的做法迥然不同，我就樂此不疲了。

幾年來我陷入了因孤獨壓抑而形成的一種憂鬱情緒，這種情緒跟我的天性是非常敵對的；首先在我心中滋生寫作的欲望。然而，實在缺乏題材，我就把自己作爲論辯的對象和文章的主題。這樣一部書在體裁上獨樹一幟，表現上也不免驚世駭俗。這部作品會因新異而引人注目；因爲這樣一個主題如此不著邊際、瑣碎，世界上最高明的巧手也無法綴合成文，值得大家一讀。

於是，夫人，爲了生動地描繪自己，若不提到我對您的品德所抱的敬意，我就忘了生活中的重要一面。我希望在本文開頭就這樣做，因爲在您的許多美德中，您對孩子的愛心尤其突出。您的丈夫德・埃斯蒂薩克先生使您早年守寡；像您這樣地位的法國貴夫人，自有許多豪門望族來提親；您守身如玉毫不動心，多年來含辛茹苦，在法國四處奔波照料孩子，至今還難以脫身。由於您的謹愼或者說福分，生活中一切順利；知道上述這些事的人，必然會像我這樣說，我們這個時代的母愛楷模非夫人莫屬。

我要讚美上帝！夫人，您的母愛得到了那麼好的報應；因爲令郎德・埃斯蒂薩克先生顯出前途無量，完全可以保證當他成年之後，您會得到一個傑出的兒子的服從和感激。但

① 指本書《隨筆集》的寫作。

是，目前他尚年幼，還不能體會您對他無微不至的關懷。當我無力和無言向他陳述這一切時，這篇文章總有一天會落入他的手中，我樂見他從我這裡得到這份眞實的見證；若蒙上帝眷顧，會在他的心中引起更大的激情。法國還沒有一位貴族像他那麼得益於母親的教誨，今後他除了以自身的善良和品德以外，也無法對您表示更深切的眷念。

如果有什麼眞正的自然規律，也就是說普遍和永久存在於動物和人中間的某種本能（這點不是沒有爭議的），以我的看法來說，每個動物在有自我保護和逃避危險的意識後，接下來的感情便是對自己後代的關心。這彷彿是大自然爲人間萬物繁衍和延續對我們所作的囑咐，若回頭來看，孩子對父輩的愛不是那麼深，也就不會感到奇怪了。

此外，還有一種是亞里斯多德的看法，那就是眞心相待的人，付出的愛總比得到的愛要多；賜惠的人總比受惠的人愛得深；作品若有靈性的話，也不會愛作者勝過作者愛作品。尤其我們都很珍惜自身，自身又是行動與工作組成的；由此每個人多少存在於自己的作品中。賜惠的人完成了一件美好和誠實的工作，而受惠的人只是得益而已。得益遠遠不及誠實可愛；誠實是穩定的，長存的，做事誠實的人心裡永遠感到滿足；得益很容易消失，留下的回憶也不是新鮮和溫柔的。愈需要我們付出代價的東西，對我們來說愈親切；賜惠要比受惠難。

既然上帝賜給我們理智，讓我們不像動物那樣盲目接受一般規律的束縛，而是以自由意志和判斷力去適應情況，我們應該向自然的權威作出讓步，但並非聽任自己受自然專橫的擺布。唯有理智才可以指導我們的天性。

我本人對於不經過理性判斷而在內心產生的這些意向，表示格外的淡漠。因爲，在我所談的那個問題上，有人抱著初生嬰兒充滿熱情，而我對這個心靈既沒有活動、形體還未定型也就談不上可愛的小東西，絕不會產生感情；我也不樂意有人在我面前爲初生嬰兒餵奶。隨著我們對他們有了認識，才會有一種眞正的、合宜的感情產生和發展；他們若値得愛，天性和理智相互推進，那時才會以一種眞正的父愛愛他們。他們若不値得愛，儘管有天性我們還是以理智作爲準則。

經常，事情是逆向而行的；我們對孩子的喧鬧、遊戲和稚拙，仍然較之於他們長大後循規蹈矩的行爲更感興趣，彷彿我們愛他們只是把他們當作消遣、當作小猴，而不是當作人。有的父親在他們童年時不惜花錢買玩具，對他們成長後所需的費用卻很吝嗇。甚至可以這麼說，當我們即將離開塵世的時候，看到他們成家立業享受人生會產生一種妒意，使我們對他們錙銖必較。他們跟在我們後面，好像催促我們讓道，我們會感到生氣。因爲，說實在的，他們能夠存在和生活，會損及我們的存在和生活，這是無可奈何的事物規律；如果對此害怕，那就不應該當父親。

我自己則認爲，當他們有能力時不讓他們分享和過問我們的財富，掌管我們的家務，這都是殘酷和不公正的，既然我們養育他們是爲了他們很好生活，而又無須節衣縮食去滿足他們的需要。

一個年邁衰老、奄奄一息的父親，坐在火爐旁獨自享受足夠好幾個孩子培育之用的財產；而孩子苦於經濟拮据而虛度青春年華，無法爲大眾服務又不能閱歷人生，這是很不公正的。因此，他們陷入絕望，透過各種方法——即使是不公正的，也要滿足自己的需要。我就見過許多好人家出身的青年，偷竊成性，任何懲罰都無法挽救他們。我認識一名青年，還跟我沾親帶故，我應他的兄弟——一位非常正直自尊的貴族——的要求爲此跟他談過一次。他向我坦承他走上這條邪路，完全是父親的刻板和吝嗇，但是他已深陷其中不能自拔，那時，他跟其他人一起在早晨拜訪一位貴夫人，偷竊她的戒指時被人逮住。

這使我想起另一位貴族的故事。他青年時代沉溺於做這個不光彩的勾當；日後他有了家產，決定洗心革面，然而，每當他經過一家商店，裡面有他需要的東西，他就是控制不住自己行竊的欲望，寧可以後派人再去付錢。我也認識好幾個積習難返的人，平時甚至偷同伴的東西，然後又去歸還原主。

我是加斯科涅人，對這一種惡習也最不能理解。我在感情上感到厭惡，要多於從理智上去譴責；只是我從來沒想過要去偷誰的東西。說眞的，這個地區比法國其他地區更加斥責偷竊行爲；可是我們卻好幾次看到其他鄉鎮的良家子弟犯下可怕的偷竊而罪落入法網。我覺得這類不軌行爲中，父親的惡習難辭其咎。

如果有人對我說，有一天一位明白事理的貴族守著自己的財產，不是爲了別的，僅僅以此讓兒輩尊重他和對他有所求；當歲月剝奪他的其他所有力量時，這是他讓自己在家庭內保持威嚴的唯一手段，不遭人唾棄（其實，亞里斯多德說過，不但是老年，一切方面的軟弱，都會使人吝嗇）。這的確是一個問題，但是這也是一種藥，治療一種我們必須避免的病痛。

一個父親只是因爲孩子對他有所求而愛他，若這也稱爲愛的話，也是夠慘的了。

應該以自己的美德、樂天知命、慈愛和善而受人尊敬。貴重物質成了灰也有其價值，德高者的遺骸我們一向對之敬重異常。一個人一生光明磊落，到了晚年也不會成爲眞正的老朽，他依然受到尊敬，尤其受到他的兒輩的尊敬，要他們的內心不忘責任，只有透過理智來教導，而不是以物質相誘惑，也不能以粗暴相要脅。

暴力的權威比愛心的權威，
更受人尊敬，更牢固。
至少我看來是大錯特錯。

——泰倫提烏斯

訓練一顆溫柔的心靈嚮往榮譽和自由，我反對在教育中有任何粗暴對待。在強制行爲中總有一種我說不出的奴役意味；我的看法是：不能用理智、謹愼和計謀來完成的事，也無法用強力來完成。

我是在這樣的教育中長大的。他們告訴我小時候只挨過兩次鞭打，都是輕輕的。我對自己的孩子也是如此；他們還在襁褓中就死去了。唯有我的女兒萊奧諾逃過這個厄運，她已六歲多，無論教育她還是懲罰她的童年錯誤，母親都輕聲輕氣諄諄教導。當我感到失望時，總是其他許多原因失誤，而不能怪罪於我的教育方法，我相信我的方法是正確和合乎天性的。

我對男孩的教育還更細緻，男孩天性不易屈居人下，更加追求豪放；我喜歡他們頭腦機靈，心地坦誠。我看到鞭打是產生不了效果的，不是使心靈更加孱弱便是更加冥頑不化。

我們不是希望得到孩子的愛嗎？我們不是希望他們不要祈禱我們早死嗎？（當然這種

可惡的祈禱在任何場合下都是不正確的和不可原諒的：「任何罪惡都不是建立在理性上的。」（李維）那麼在我們力能所及的範圍內理性地協助他們生活。爲了做到這些，我們不能太早結婚，使我們的年齡與他們的年齡相差不大。因爲這個弊病會使我們遇到許多困難。這話特別是針對貴族而言的，貴族悠閒自在，像大家說的，靠年金過日子。其他社會階層的生活依靠收入，家庭需要許多的子女維持，子女也是發財致富的新工具和手段。

我三十三歲結婚，我同意三十五歲最佳，據說這是亞里斯多德的意見。柏拉圖不主張在三十歲前結婚；他也有理由嘲笑那些在五十五歲後才想到結婚的人；認爲他們的子女不值得糟蹋糧食、不配生活。

泰勒斯提出眞正的年齡限制，母親催他成親，他還年輕時回答說還不到時候；他到了年紀時又說已過了時候。對一樁不適當的事總找不到適當的時間。古代高盧人②認爲，在二十歲以前跟女人發生關係是絕對要譴責的，還特地囑咐男人，他們是爲戰爭而培育的，在成年以前要保持童貞，尤其跟女人睡覺會銷蝕勇氣和變得心猿意馬。

他與年輕妻子結合，
高高興興生兒育女，
當父親、當丈夫，愛情使他勇氣喪失。

——塔索

②據《七星文庫·蒙田全集》注釋，引自凱撒的著作，但凱撒說的是日爾曼人，不是高盧人。

希臘歷史記載，塔倫丁、克里索、阿斯蒂呂斯、狄奧蓬布斯和其他運動員爲了保存體力參加奧林匹克運動會、角鬥場競技和其他鍛鍊，他們在整個賽期避免一切房事。

突尼斯國王穆萊・哈桑，是由查理五世皇帝扶上王位的，他責怪父親念念不忘他的妻妾，說他是儒夫、女人腔、生育機器。

在西班牙印第安人的某些國家裡，男人要到四十歲才允許結婚，而女人在十歲就可以成親。

一位貴族到了三十五歲，還沒到時間把位子讓給二十歲的兒子，他自己還要隨軍出征和侍奉朝廷。他需要財產，應該留下一部分，不能因別人而忘了自己。「我不想在躺下以前讓人剝光了衣服。」父親們平時嘴上常掛了這句話，用在這樣的人身上是很得體的。

但是一個年邁多病的父親，虛弱不堪，已不參加社交，空守著一大筆財富不放，對自己、對家裡人都是不利的。他若明白事理，應該適時脫掉衣服躺下：他不要脫到襯衣，可以留下一件溫暖的睡袍；其餘一切用不著的浮財，要心甘情願地分送給按血緣情分應該占有的人。

他讓他們享用大自然已不讓他自己享用的東西，這是應該的；不然無疑會引起惡意和嫉妒。查理五世平生最得人心的一件事，就是他從古代國王那裡懂得了這個道理：當皇袍壓在身上太重而妨礙行動時，就要聽從理智脫下來；當兩腿搬不動時，就要躺下來。當他感到內心缺乏決斷和力量，已不能像全盛時代那樣處理國事時，他就把他的治國方略、威望和權力轉交給他的兒子。

明智的人及時取下自己這匹老馬的籠頭，
不要跑得跌倒在地成爲笑柄。
——賀拉斯

不及早有自知之明，不感到歲月不饒人，會使身體與心靈兩方面都受到極度的摧殘（心靈與身體是對等的，有時心靈更占一半以上），這樣的錯誤使世上多少偉人身敗名裂。我從前見過，還熟悉一些有聲望的人物，他們風華正茂年代聲名遠播，然而曾幾何時迅速殞落。爲了他們的榮譽，我多麼希望向他們進一言，文治武功已不是他們所能參與的時候，還不如及早退隱享受清福。

從前我經常出入一家貴族門第，他晚年喪偶，但並不老態龍鍾。他有好幾個待嫁的女兒，一個將要踏進社會的兒子；他家有許多意外的支出和訪客，他對此很少感興趣，不但要考慮節省開支，還因年歲的關係要過一種與我們相差很大的生活。有一天我像平常那樣大膽跟他說，不妨讓位給年輕人，把他的住宅（他也只有這幢房子宜於居住）留給他的兒子，自己搬到附近的莊園去安身，那裡沒有人來攪亂他的休息；鑒於他的孩子的情況，若不這樣，他勢必會受大家的打擾。他後來聽從我的話，一直過得很好。

這並不是說作出這樣的允諾後就不可收回。現在我已垂垂老矣，讓我的子女享用我的房屋和財產，但是一旦他們讓我有理由反悔的話，我有這樣做的自由。我讓他們使用我的房屋，因爲這對我已不必要，但是只要我樂意，我對總的事務還保留一種權威；因爲提攜子女管理家務，在有生之年督促他們的行爲，根據自身的經驗提出勸告和意見，親眼目睹他的後人如何繼承家門的光榮和傳統，對他們未來的作爲寄予希望，這對一位老父來說是多麼大的慰藉。

有鑑於此，我也不願離開我的子女，希望就近觀察他們，根據健康的情況分享他們的歡樂和節日。我若不生活在他們之間（比如我年高多愁、疾病纏身，不可能不使大家掃興，也影響和改變我自己的生活起居規律），至少借我房子的一角，住在他們附近，一切不必講究，但求實惠。不像我在前幾年見到的普瓦蒂埃的聖希賴爾教長，羅憂鬱症感到極度孤獨，我去過他的房間，他已有二十二年沒有走出門檻一步；其實除了風溼病影響他的胃以外，行動完全自由和正常。每星期僅一次允許別人進去看他，總是把自己獨自關在房裡，除了僕人一天一次帶食物給他，進來出去也從不作逗留。他的生活就是室內散步和閱讀（因爲他還懂得文學），一心一意要悄悄地離開人世，不久以後的確也是這樣走了。

我跟孩子有過一次溫和的談話，試圖在他們心中培育一種對我坦誠的情誼，這對本性善良的人是不難做到的；當然我們這個世紀不乏兇猛的野獸，如果人成了那個樣子，也只能像對待兇猛的野獸那樣憎恨和避開他們。

還有一種習俗我也不敢苟同，就是不許孩子叫父親，而用另一種奇怪的更爲尊敬的稱呼，彷彿這種自然的稱呼不足以表示我們的權威；我們稱上帝爲至高無上的天父，卻鄙視孩子對我們用父親這個稱呼。不許長大的孩子跟父親懷有親密的感情，要大人保持一種嚴肅、高高在上的態度，以爲這樣可使他們敬畏服從，這也是不正確也沒有理性的。因爲這簡直是一場無意義的鬧劇，讓孩子看自己是個討厭的、甚至可笑的父親。他們青春煥發，精力充沛，享有人生的機遇和賜予；對於一個心臟和血管內已沒有多少熱血，還擺出一副傲慢暴戾的神氣，像田裡的稻草人，他們只會嗤之以鼻。在我能夠令人敬畏的時候，我還是希望令人愛戴。

人到老年有那麼多的缺點，又那麼無能爲力；他容易受人唾棄，能得到的最好的報償是兒輩的溫情和愛，頤指氣使、以勢壓人再也不能成爲武器。

我見到一個人，他在青年時期盛氣凌人。當他上了年紀，雖則過得盡可能地理智，還是會打人、咬人、賭咒，簡直是脾氣最急躁的法國大老爺；他時時處處窺探四周，非常警覺，然而這一切只是一齣喜劇。他的一家串通瞞著他；儘管他把鑰匙放在口袋裡，須臾不離，看得比眼睛還貴重，別人照樣任意取用他的糧倉、庫房、甚至錢櫃裡的東西，他自奉甚儉，三餐簡單，可是他家的其他房間裡花天酒地，吆五喝六，把他的怒氣和小氣作爲笑柄。人人都聞風防著他。如果哪個膽小怕事的僕人向他打小報告，只會引起他懷疑，這是老年人常犯的通病。他多少次在我面前誇耀他對家裡人訂下各種規矩，家裡人對他如何順從和尊敬；他看事情多麼眼明心亮。

唯有他一人蒙在鼓裡。

——泰倫提烏斯

我從未認識還有誰比他有過更高的天賦和才學，善於自持，卻又一蹶不振地回到了孩提時代。這說明我爲什麼在許多同類故事中選擇這個故事作爲典型來敘述。

他是否可以不致如此或者成爲另外一個樣，這可以作爲學術研究的資料。在他的面前，什麼事都依著他。沒有人違背他，都讓他的權威得到虛妄的滿足。以爲大家相信他，怕他，全心全意尊敬他。他辭退一名僕人，僕人捲鋪蓋走了；但只是走出他的視線而已。老人的腿腳不靈，神志不清；不會發覺那名僕人依然長期生活在大院內當差。然後時機來到，從遠地方發來幾封信，僕人低聲下氣，苦苦哀求，口口聲聲答應以後好好做，這樣他又得到了他的寬恕。

老爺要做一件事或發一封信，凡不合別人心意的就被壓住，然後編造許多理由，不是說傳遞出了問題，就是得不到回音。外界的信沒有一封是由他先看的，他只能看到別人認爲他看了無礙的信。有的信湊巧先落到他的手裡，他習慣交給別人給他念，別人就隨口胡編，有人在信裡罵他，也說成是向他求情。到了後來他看到的有關自己的事，無一不是虛假的、事前布置的；爲了不引起他的煩惱和憤怒，一切都讓他稱心如意。

我看到許多家庭成年累月搬演這類喜劇，形式不同，效果是相似的。

妻子跟丈夫意見相左，司空見慣。她們絕不會放過機會去對付他們；任何藉口都可作爲她們駁不倒的辯護。我見過一位夫人從丈夫那裡騙了大量錢財，據她說，只爲了向懺悔師獻上更多的施捨。你們能相信這一筆虔誠的消費嗎？凡是丈夫同意的讓步，她們都覺得不夠稱心，非得狡黠或自負地，然而總是不正當地耍些花招，這樣得來的東西才有意思和刺激。在我提到的這件事上，她們是以孩子的名義去反對一位可憐的老人，她們以此作爲招牌，公然爲自己的私利打算；彷彿她們都是受奴役的人，奮起反抗她們的主人和官府。如果那些男孩長大成人，他們也會不加節制地恩威並施，去收買總管、帳房和其他人。

無妻、無兒的老人遭到此種不幸，較爲少見，然而也更殘酷、更喪失尊嚴。老加圖在他的時代說過，多少僕人就是多少敵人。如果把那時代的風俗淳樸與今日相比較，豈不是在警告我們妻子、兒女、僕人個個都是敵人嗎？幸而，人到了老朽，耳聾眼花、麻木不仁，任人欺侮而不知，這也是天賜之福。如果我們斤斤計較，在這個時代法官可以用錢收買，判斷是非經常站在年輕人的立場，我們會得到些什麼呢？

我即使看不到這類欺騙行為，至少不會看不到我是非常容易受騙上當的。人家不厭其煩地說朋友是多麼可貴，而家庭關係完全是另一碼事。我看到動物中間這種純潔的關係，多麼肅然起敬！

如果有人欺騙我，至少我不欺騙自己說自己是不會受騙的，也不絞盡腦汁去這樣做。我只有依靠自己逃過這樣的背叛，不是疑神疑鬼擔心不安，而且抱定決心不以為然。

當我聽到某人的事，我關心的不是他；而是回過頭來想到自己的處境。他遇到的一切都與我有關。他的遭遇是對我的警告，也促使我清醒。如果我們知道回顧自己和擴大思路，每天、每時、每刻談論其他人，其實也是在談論我們自己。

有許多作家，當他們魯莽地勇往直前攻擊他人的事業，殊不知這也是在損害自己的事業，這些攻擊也可被敵人利用進行反擊。

已故的德·蒙呂克元帥有一個兒子，是一位正直、年輕有為的貴族，不幸死於馬德拉島上。元帥喪子以後向我透露，他有許多遺憾，其中最令他痛心的是，他覺得從未與兒子有過內心的交流。他擺出父親的威嚴，使他永遠失去體會和了解兒子的心意的機會，向他表示自己對他深沉的愛和對他的品德的欽佩之情。他說：「這個可憐的孩子在我臉上看到的只是皺緊眉頭、充滿輕蔑的表情，始終認為我既不知道愛他、也不知道正確評估他的才能。我心裡對他懷著這種異常的感情，我還要留著給誰去發現呢？知道了又喜歡、又感激的還不是他嗎？而我壓抑和限制自己，卻去擺出這張假裝尊嚴的臉。我失去跟他交談、對他表示愛的樂趣，他對我也必然非常冷淡，既然他從我這裡得到的只是嚴厲對待，感到我的態度猶如一名暴君。」

我覺得他的怨恨是有根據、有道理的。因爲我從自身的經驗來說，當我們失去朋友時，最大的安慰莫過於不曾忘記對他傾情相訴，跟他們有過一次推心置腹的交談。

我對家裡人開誠布公，樂意向他們說出自己的意願，對他們以及對任何其他人的看法。我坦承心曲唯恐落後，因爲不希望人家對我有任何誤解。

在凱撒提到古代高盧的奇風異俗中，有一條是孩子不許見自己的父親，也不敢與父親一起出現在大庭廣眾，這要等到他們開始扛起武器，彷彿以此說明那個時候父親才能親切地跟他們來往。

我還發現我們這個時代還有一種不適當的做法，父親不但過完漫長的一生前剝奪孩子享有的財富，還把身後處置遺物的權力交給妻子，由她們隨心所欲地支配。我還認識一位貴人，還是王國最高將領之一。從繼承權來說，他每年可以有五萬埃居的年金，然而在五十多歲逝世時卻債臺高築、貧困潦倒；而他的母親風燭殘年，卻在享用他八十高齡的父親壽終時遺贈的全部財產。我覺得這點毫無理性可言。

所以在我看來，一個事業順利發展的人，去找個要付一大筆聘禮的女人，這對他不會有幫助。俗語說：外債最會叫人傾家蕩產。我們的祖先一致遵守這句箴言，我也是如此。

但是有人勸我們不要娶有錢人家的女兒，怕這樣的妻子嬌貴，不好侍候，這完全是爲了一個不足爲信的猜測而失去一個眞正的機緣，他們這樣說是不對的。對一個不通情理的女人來說，任何理由都是說服不了她的。她們愈理虧的時候愈是自我欣賞。歪理就是吸引她們；而賢淑的女人，以自己的品行爲榮，愈富有愈希望做好事，就像愈美麗的女人愈要高傲地保持貞節。

根據法律，孩子在成年自立以前，由母親管理家務，這是很有道理的。但是女性有女性的弱點，父親盼不到孩子成年時在智慧和能力上超過他的妻子，這就是父親管教不嚴了。可是，讓母親完全遵照孩子的性情行事，這更有違於天性。女性必須享有更好的物質條件，按照她們的門第和年齡去維持他們的地位，尤其拮据和匱乏對女性比對男性來說更難忍受得多。所以負擔應該落在兒子身上，而不是母親身上。

總的來說，我覺得人在臨終時，對遺產最正當的安排是遺贈給家鄉。法律比我們想得更周到，就是選擇不當，由法律來承擔，也比由我們在匆忙中貿然承擔爲佳。財產到頭來不是我們的，既然從民法來說，在我們死後財產必須留給後人。雖然我們尚有自由支配的權利，我認爲必須有十分明顯的重要理由，才能剝奪一個人按照出身和一般情理應該享有的繼承權。隨心所欲和任意安排，這是違情悖理，濫用自由。

承蒙上天，我一生中還沒遇到過這樣的時刻，誘使我的愛心違背法律和常情。我善於識人，知道跟誰是犯不上長期眞心對待的！說錯一句話，使十年恩情前功盡棄。誰能在最後時刻對他們曲意奉承，這算是他做到了家，關鍵是做得恰到好處；不是最經常、最善意的關心，而是最近期、最實在的關心才會功德圓滿。

有的人利用遺囑，如同一手拿蘋果、一手拿藤條，對於意欲染指的人每個行動都在其賞罰之中。繼承是一件事關重大的、後果深遠的行爲，不能隨時間的變換，出爾反爾。在這件事上，賢人一旦根據理智和大眾意見作出決定後不再更改。

我們太看重男性繼承權，企圖讓自己的姓氏永留人間，未免可笑；我們也愛對天眞的孩子的未來妄加猜測。無論在知識還是在體育課程方面，當年我不但在兄弟之間，也在全省少年之間，是最笨、最遲鈍、最無精打采的一個，如果因此將我排斥在我的圈子以外，那就有欠公平。我們作出這些往往不準確的猜測並信以爲眞，據此作出事關重大的選擇，這是瘋狂的行爲。如果我們要打破這條規則，糾正我們的繼承者受命運安排的命運，首先可從外表來考慮，排斥那些重大的生理缺陷，這是永久不可改變的瑕疵，在我們這些欣賞美的人來看，也是嚴重有害的。

柏拉圖的立法官和他的公民們有一段有趣的對話，轉述如下：他們說：「我們感到末日來臨時，爲什麼不能把屬於我們自己的東西遺留給我們喜歡的人呢？在我們的病榻旁、在我們年老力衰時、在我們的事務中，我們的親人曾經給過我們不同程度的說明，我們不能根據自己的意思或多或少地分贈給他，哦，神啊！這是多麼殘酷！」

立法官對此作出下面的回答：「我的朋友，你們無疑將不久於人世，根據德爾斐城阿波羅神諭，你們很難了解自己，很難了解屬於你們的東西。我是立法官，認爲你們不屬於你們，你們享有的東西也不屬於你們。你們的財物和你們，不論過去與未來都是屬於你們的家庭的，還可以說你們的家庭和財物是屬於集體的。如果阿諛奉承的人趁你們年老多病，或者趁你們自己一時熱情，唆使你們不恰當地立下一份不公正的遺囑，我會加以阻止的。但是爲了城邦的公眾利益和你們的家庭利益，我會訂下法律，讓大家合情合理地感到個人的財產應該歸於集體。你們悄悄地、心甘情願地去到人類需要你們去的地方。而由我，對事物一視同仁，盡可能從大眾利益出發，照應你們的遺物。」

回到我的話題。我不知道爲什麼，總覺得女人在一切方面不應該控制男人，除非從天性中母性一面來說，去懲罰那些脾氣暴躁，又樂意聽候她發落的人。但是這不涉及我們正在討論的老年婦女的問題。顯然出於這樣的考慮，我們才那麼樂意制訂和實施這條剝奪女性繼承王位權利的法律，然而這條法律誰也沒有見過。世界上沒有一塊領地像這裡一樣，不具有類似理智的批准而援引這條法律。但是命運賦予它的權威性則各地不同。

把繼承權交給母親分配，並由她們對孩子作出選擇，這充滿了風險。她們的選擇常常懷有私心，變幻不定。因爲懷孕期喜怒無常的病態心理，時時出現在她們的心靈上。一般常見的是她們偏愛最懦弱、最魯鈍或者——若有的話——那些還摟在懷裡的孩子。因爲她們沒有足夠的智慧，實事求是地對待事物，她們就聽任感覺和印象的擺布；就像動物，只認識掛在乳頭上的小崽。

總之，從歷來的經驗也不難看出，這種天生的熱情沒有深厚的根基，雖然我們對此非常鄭重其事。我們可以用小小一筆錢叫做母親的天天拋下自己的孩子，來養育我們的孩子。我們要她們把自己的孩子託付給我們不願託付的體弱的保姆，或者由一頭奶羊餵養。不管她們的孩子會遇到什麼危險，就是不許她們親自餵養，還不許她們親自照看，要全心全意爲我們的孩子服務。這樣在大多數情況下，我們看到久而久之會產生一種私生的感情，這種感情比天生的感情更強烈、更操心。要保存人家的孩子更甚於保存自家的孩子。我提到奶羊，這是因爲在我家附近的村婦，在不能餵養自己的孩子時，習慣用羊奶餵養。我還有兩名僕人，餵母奶都沒有超過一周。這些奶羊訓練有素，當嬰兒啼叫時，認得出聲音，趕過來餵他們。如果換了另一個嬰兒，牠們就不肯餵；嬰兒換了一頭奶羊也會不肯喝。從前我還見到一個嬰兒不肯喝另一頭奶羊的奶而餓死，因爲原來那頭奶羊是他的父親向鄰居借來的。牲畜跟我們一樣，天生的感情也會衰退，讓位於私生的感情。

希羅多德提到利比亞有一個區域，男人與女人雜居一起，孩子到了會走路的年紀，靠了天性的指引，會走到人群中找出自己的父親，我相信經常會出錯。

只因爲孩子是我們生育的，我們愛他們，把他們稱爲另一個自己；那麼另有一樣東西也是來自我們的，其重要性並不亞於孩子。這就是我們的心靈產物，它們是我們的智慧、勇氣和才幹孕育的，比肉體孕育的更加高尚，更可以說是我們的孩子；我們在孕育它們時既當父親又當母親；這些產物叫我們花更大的代價，如果是有益的話，也給我們帶來更大的光榮。因爲我們其他孩子的價值更多來自他們自己，而不是來自我們；我們在其中的作用是微不足道的；但是第二類孩子的一切美、典雅和價值都來自我們，因而，它們比其他的一切更能代表我們自己，使我們激動。

柏拉圖還說，這是一些不朽的孩子，使他們的父親名留青史，甚至被奉爲神明，如利庫爾戈斯、梭倫、米諾斯一樣。

史書上充滿父輩熱愛孩子的模範事蹟，我覺得在此引述一則也不算是題外之言。赫里奧道羅斯是特里加的善良的主教，他寧可失去令人尊敬的神職帶來的尊嚴、收入和虔誠，也不願失去他的女兒；③這個女兒至今還活著，非常溫柔，然而作爲神職人員的女兒來說打扮得花枝招展，過於妖冶。

在羅馬有一人名叫拉比努斯，勇武威嚴，有許多優點，還精通各種文學，我相信他是老拉比努斯的兒子，老拉比努斯是凱撒手下的第一大將，隨他參加高盧戰役，後來參加大龐培一黨，對大龐培忠心耿耿，直至在西班牙被凱撒擊潰。我談的那個拉比努斯品德高尚，招來許多人的嫉妒，當時皇帝的寵臣好像還對他恨之入骨，因爲他心直口快，還繼承父志對專制政體進行抨擊，這從他寫的書籍文章中可以看出。他的政敵告上羅馬法庭，勝訴後把他的許多著作付之一炬。這種焚書的新刑法肇始於此，後來又在羅馬發生了好幾起把書籍判處死刑的做法。我們沒有其他方法和行爲來表示自己的殘酷時，就遷怒於這些被大自然免除了任何感情和痛苦的東西，例如我們的聲譽和我們的智慧產物；就針對繆斯的教導和錦繡文章大開殺戒。

可是拉比努斯無法忍受這場損失，無法在失去他的愛子後苟延殘喘；叫人把自己抬進祖先的墓穴，活活埋在裡面，實行自殺和自我埋葬。再也找不到比這個更好的例子來表示深厚的父愛了。他的密友凱西烏斯·西維勒斯是一位能言善辯之士，看到他的書焚毀，大聲喊說這同一條判決也可以把他燒死，因爲他已把那些書的內容都銘記在心裡了。

葛蘭蒂厄斯·科爾杜斯也遭遇到同樣的事，他被指控在著作中讚揚布魯圖斯和凱西烏

---

③ 指他撰寫的《衣索比亞史》。他不願聽從教會的命令把書焚毀而失去神職。

斯。這個卑鄙、奴性十足、腐敗的議會決定焚毀他的書籍。他很高興伴隨它們同歸於盡，絕食自殺。

好人盧卡努到了晚年，被暴君尼祿判處死刑。他叫自己的醫生切開雙臂上的血管自殺，大部分的血已經流光，四肢的末梢發冷，立刻要影響到他的致命部位，他最後記得的是他的關於法薩羅戰爭一書中的若干詩句，於是背誦起來，死時嘴裡還是念念有詞。這不就是父親對孩子的溫柔的告別嗎？就像我們臨死時向家人訣別和緊緊擁抱；這也是一種天性，在這最後時刻回憶起一生中有過的最親密的東西。

伊比鳩魯臨終時，像他說的，深受腹瀉的劇痛，他聊以自慰的是他的美好學說留在人世，我們不是可以這樣認爲，他創作一大批內容豐富的著作，猶如養育一大群有教養的孩子。兩者使他得到同樣的滿足？如果他可以選擇在身後留下一個愚頑醜惡的孩子或是一部滿篇胡言的壞書，他寧可選擇第一樁不幸而不選擇第二樁不幸，我看不但是他，就是任何這樣的賢人，都會這樣做的。

再舉一個對聖奧古斯丁大不敬的例子，如果有人向他提出若不銷毀他的著作（這些書促進我們的宗教厥功甚偉），那就埋葬他的孩子（假定他有的話），恐怕他還是希望埋葬孩子的。

我不知道我是寧可跟繆斯，還是跟妻子生一個十全十美的孩子。

以手上這部書來說，我能奉獻給它的，都是不折不扣、不思圖報的奉獻，就像人家奉獻給有血緣的孩子一樣。我給這部書作出的微小貢獻，也不再受制於我。它可以知道許多我不再知道的事，它保留許多我已不再保留的事，我若有需要，只能像陌生人那樣向它借貸。雖然我比它聰明，但是它比我豐富。

熱愛詩歌的人，很少不爲自己能做上《埃涅阿斯紀》④的父親，比做羅馬最美少年的父親還感到慶幸，失去這部作品會比失去最美少年還難過。因爲據亞里斯多德和一切藝術家的說法，最迷戀本人作品的人是詩人。

伊巴密濃達自誇留下了女兒給後世，有朝一日會光宗耀祖（這裡指他打敗斯巴達人的兩場戰役中的輝煌勝利），有人說他很樂意用它們去交換全希臘最有文采的女兒；還說亞歷山大和凱撒也表示過同樣的心願，寧可不要那些顯赫、還是十全十美的戰功，也希望有孩子和繼承者，這話叫人難以置信。我也同樣懷疑菲狄亞斯或哪一位傑出的雕塑家，喜愛跟自己的親生子女交談和相處，不亞於喜愛他按照藝術法則長時期精心製作的傑出形像。

至於這些邪惡瘋狂的情欲，煽動父親愛上女兒或煽動母親愛上兒子，在另一種親情中也可找到相似的情欲；傳說中的皮格馬利翁就是例證，他雕塑了一尊國色天香的美女像，發瘋地愛上了自己的作品，神使雕像有了生命，更迷得他神魂顛倒。

象牙由硬變軟，在他的手指下
慢慢有了彈性。

——奧維德

④維吉爾的詩篇。

# 第九章　論帕提亞人的盔甲

今日的貴族有一種有害和缺乏英武氣的做法，那就是不到最後關頭不穿上盔甲，危險稍一過去即卸去盔甲。這樣形成許多忙亂。因爲在鳴號衝鋒時刻，大家高聲大叫跑過去穿盔甲；有的人還在繫胸甲帶子時他們的戰友已經潰退了。我們的祖輩，只要還在當値，僅把頭盔、長矛和護手甲交給隨從，其餘配備還是留在身上。如今行李和隨從不分，隨從又由於看管主人的盔甲不能遠離，造成我們的軍隊秩序混亂和隊形不齊。

李維談到我們的軍隊時說：「他們的身體完全不能吃苦耐勞，肩膀被盔甲壓得直不起來。」

從前許多國家的人上陣作戰不穿盔甲，或者穿一些無濟於事的護身衣，現在還有這樣做的。

他們撕下樹皮蓋在頭上。

——維吉爾

亞歷山大是自古以來最勇武的大將，很少穿盔甲。我們中間有人對盔甲嗤之以鼻，並不影響他們的作戰能力。如果說有人沒穿盔甲而被殺，那麼，由於盔甲的重量壓得動作不靈活，由於反彈或別的原因閃腰傷肩而送了命的，也不在少數。因爲從我們的盔甲的重量和厚度來看，我們追求的目的只是防守，壓垮自己更多於保護自己。爲了承載這份重量，手腳變得不俐落，就夠我們應付的了，彷彿我們打仗是在跟盔甲打，彷彿我們有義務保護盔甲而不是盔甲保護我們。

塔西佗對我們古代高盧戰士作過一番有趣的描述，高盧人披上盔甲後只會留在原地不動了，既不會攻人也不會讓人攻，跌倒地上也站不起來。盧庫盧斯看到跟泰格雷尼斯軍隊對陣的米底亞軍人，全身盔甲又笨又重，彷彿受到鐵的禁錮，相信打敗他們易如反掌，開始反攻進而取得了勝利。

現在我們的火槍手身負眾望，我相信有人爲了保護我們，又會發明什麼玩意把我們團團裹住，躲進小堡壘裡去打仗，像古人裝備戰鬥的大象似的。

這樣的做法完全不合小西庇阿的脾性，他尖銳地批評他的士兵把鐵蒺藜撒到護城河一角的水下，防止圍城內的人衝進來襲擊他；他對他們說進攻者應該想到奪取，而不是害怕，他有理由擔心這種預防措施會麻痺他們的警惕心理，造成自衛不力。

他向一名給他看美麗盾牌的年輕人說：「盾牌確實很美，我的孩子，但是羅馬士兵應該把希望放在右手，而不是左手。」

我們覺得盔甲不堪忍受，只是一個習慣問題：

我歌頌的兩名戰士，
身穿鎧甲，頭戴鐵盔；
自從進入城堡，日夜不脫下，
穿在身上像普通衣服輕鬆自在，
這是兩人都習以爲常了！

——阿里奧斯托

卡勒卡拉皇帝全身披甲，走在他的軍隊前面穿過全城。

羅馬步兵隨身不離高頂盔、劍和盾牌，此外還要帶十五天的乾糧和安營紮寨的木樁，總重量達六十斤。西塞羅說，盔甲穿在身上習慣成爲自然，已像四肢那樣毫不妨礙他們的行動：「有人說士兵的盔甲也可說是他的四肢。」（西塞羅）馬略的軍隊穿了這身配備，還可在五小時內行軍五古里，急行軍時可達到六古里。他們的軍隊紀律比我們嚴格得多，因而產生的效果也不一樣。有一名斯巴達士兵在一次軍事行動中躲進一幢房子裡而受到了批評，這件事引人深思。他們吃苦耐勞，不管什麼天氣，頭上頂的只是青天，否則就是一樁恥辱。西庇阿在西班牙訓練軍隊，命令他的士兵站著吃生食。我們不會讓自己吃這樣的苦頭。

還有，馬西利納斯參加過歷次羅馬人戰役，好奇地記錄了帕提亞人穿盔甲的方法，他記下來是因爲這跟羅馬人很不相同。可是帕提亞的盔甲跟我們很接近。他說：「他們的盔甲是用小羽毛編織而成的，不妨礙身體的活動，但是非常結實，箭矢打在上面會反彈。」（這是我們的祖先過去常用的鱗皮甲）在另一段：「他們的馬匹強壯挺直，馬身包上厚皮，他們自己從頭到腳蓋上鐵片，做得非常巧妙，在四肢的關節部分伸展自在。簡直可以說是鐵做的人；他們的頭部的裝束非常妥帖，完全依照面孔和五官的形狀做成的，只有在眼部留出兩個小圓孔看東西，還在鼻孔處有兩條小縫，可以呼吸但不太順暢，除了這些小孔隙以外，兵器打不到他們的身上。」

這樣的盔甲舒展自在，四肢使它有了生命力，
叫人吃驚，以爲是鐵的雕像在走路。
金屬跟戰士的身體渾然天成。
馬匹也同樣裝束；鐵製的前額居高臨下；
腰身裝上鐵甲，左右移動躲開攻擊。

——克洛迪安

這段文章的描述跟法國騎兵的裝備十分相像。普魯塔克說，德梅特利烏斯下令給他和他的第一副官阿爾西努斯，各人訂做了一副馬鐵甲，重量達一百二十斤，而普通的馬鐵甲只重六十斤。

# 第十章　論書籍

我毫不懷疑自己經常談到的一些問題，由專家來談會談得更好、更實在。本文純然是憑天性而不是憑學問而寫成的，誰覺得這是信口雌黃，我也不會在意；我的論點不是寫給別人看的，而是寫給自己看的；而我也不見得對自己的論點感到滿意。誰要在此得到什麼學問，那就要看魚兒會不會上鉤。做學問不是我的擅長，本文內都是我的奇談怪論，我並不企圖讓人憑這些來認識事物，而是認識我：這些事物或許有一天會讓我眞正認識，也可能我以前認識過，但是當命運使我有幸接觸它們的眞面目時，我已記不得了。

我這人博覽群書，但是閱後即忘。

所以我什麼都不能保證，除了說明在此時此刻我有些什麼認識。不要期望從我談的事物中，而要從我談事物的方式中去得到一些東西。

比如說，看我的引證是否選用得當，是否說明我的意圖。因爲，有時由於拙於辭令，有時由於思路不清，我無法適當表達意思時就援引其他人的話。我對引證不以數計，而以質勝。如果以數計的話，引證還會多出兩倍。引證除了極少數以外都出自古代名家，不用介紹也當爲大家所熟識。鑒於要把這些說理和觀念用於自己的文章內，與我的說理和觀念交織一起，我偶爾有意隱去被引用作者的名字，目的是要那些動輒訓人的批評家不要太魯莽了，他們見到文章就攻擊，特別是那些還在世的年輕作家的文章，他們像個庸人招來眾人的非議，也同樣像個庸人要去駁倒別人的觀念和想法。我要他們錯把普魯塔克當作我來嘲笑，罵我罵到了塞涅卡身上而丟人現眼。我要把自己的弱點隱藏在這些大人物身上。

我喜歡有人知道如何在我的身上拔毛，我的意思是他會用清晰的判斷力去辨別文章的力量和美。因爲我缺乏記憶力，無法弄清每句話的出處而加以歸類，然而我知道我的能力有限，十分清楚我的土地上開不出我發現播種在那裡的絢麗花朵，自己果園的果子也永遠比不上那裡的甜美。

如果我詞不達意，如果我的文章虛妄矯飾，我自己沒能感到或者經人指出後仍沒能感到，我對這些是負有責任的。因爲有些錯誤往往逃過我們的眼睛，但是在別人向我們指出錯誤後仍不能正視，這就是判斷上的弊病了。學問和眞理可以不與判斷力一起並存在我們身上，判斷力也可以不與學問和眞理並存在我們身上。甚至可以說，承認自己無知，我認爲是說明自己具有判斷力的最磊落、最可靠的明證之一。

我安排自己的論點也隨心所欲沒有章法。隨著浮想聯翩堆砌而成；這些想法有時蜂擁而來，有時循序漸進。我希望走正常自然的步伐，儘管有點凌亂。當時心情如何也就如何去寫。所以這些情況不容忽視，不然在談論時就會信口開河和不著邊際了。

我當然希望對事物有一番全面的了解，但是付不起這樣昂貴的代價。我的目的是悠閒地而不是辛勞地度過餘生。沒有一樣東西我願意爲它嘔心瀝血，即使做學問也不願意，不論做學問是一樁多麼光榮的事。我在書籍中尋找的也是一個歲月優遊的樂趣。若從事研究，尋找的也只是如何認識自己、如何享受人生、如何從容離世的學問：

這是我這匹馬應該淌汗朝之奔去的目標。

——普羅佩提烏斯

閱讀時遇到什麼困難，我也不爲之絞盡腦汁；經過一次或兩次的思考，得不到解答也就不了了之。

如果不罷休，反會浪費精力和時間，因爲我是個衝動型的人，一思不得其解，再思反而更加糊塗。我不是高高興興地就做不成事情，苦心孤詣、孜孜以求反而使我判斷不清半途而廢。我的視覺模糊了、迷茫了。必須收回視線再度對準焦點，猶如觀察紅布的顏色，目光必須先放在紅布上面，上下左右轉動，眼睛眨上好幾次才能看準。

如果這本書看煩了，擱置換上另一本，只是在無所事事而開始感到無聊的時候再來閱讀。我很少閱讀現代人的作品，因爲覺得古代人的作品更豐富、更嚴峻；我也不閱讀希臘人的作品，因爲對希臘文一知半解，理解不深，無從運用我的判斷力。

在那些純屬是休閒的書籍中，我覺得現代人薄伽丘的《十日談》、拉伯雷的作品，以及讓·塞貢的《吻》（若可把他們歸在這類的話），可以令人玩味不已。至於《高盧的阿瑪迪斯》和此類著作，我就是在童年也引不起興趣。我還要不揣冒昧地說，我這顆老朽沉重的心，不但不會爲亞里斯多德、也不會爲善良的奧維德顫動，奧維德的流暢筆法和詭譎故事從前使我入迷，如今很難叫我留戀。

我對一切事物，包括超過我的理解和不屬於我涉獵範圍的事物自由地表達意見。當我有所表示，並不是指事物本身如何，而是指本人見解如何。當我對柏拉圖的《阿克西奧切斯》一書感到討厭，認爲對他這樣一位作家來說是一部蒼白無力的作品，我也不認爲自己的見解必然正確，從前的人對這部作品推崇備至，我也不會愚蠢到去冒犯古代聖賢，不如隨聲附和才會心安理得。我只得責怪自己的看法、否定自己的看法，只是停留在表面沒法窺其奧祕，或是沒有從正確角度去看待。只要不是顛三倒四、語無倫次也就不計其他了；看清了自己的弱點也直認不諱。對觀念以及觀念表現的現象，想到了就給予恰如其分的闡述，但是這些現象是不明顯的和不完整的。伊索的大部分寓言包含幾層意義和幾種理解。認爲寓言包含一種隱喻的人，總是選擇最符合寓言的一面來進行解釋；但是在大多數情況下，這只是寓言的最膚淺的表面；還有其他更生動、更主要和更內在的部分，他們不知道深入挖掘；而我做的正是這個工作。

還是沿著我的思路往下說吧！我一直覺得在詩歌方面，維吉爾、盧克萊修、卡圖魯斯和賀拉斯遠遠在眾人之上；尤其維吉爾的《喬琪克》，我認爲是完美無缺的詩歌作品，把《喬琪克》和《埃涅阿斯記》比較很容易看出，維吉爾若有時間，可以對《埃涅阿斯記》某些章節進行精心梳理。《埃涅阿斯記》的第五卷我認爲寫得最成功。盧卡努的著作也常使我愛不釋手，不在於他的文筆，而在於他本身價值和評論中肯。至於好手泰倫提烏斯——他的拉丁語寫得嫵媚典雅，我覺得最宜於表現心靈活動和我們的風俗人情，看到我們日常的行爲，時時叫我回想起他。他的書我久讀不厭，每次都會發現新的典雅和美。

稍後於維吉爾時代的人，抱怨說不能把維吉爾和盧克萊修相提並論。我同意這樣的比較是不恰當的；但是當我讀到盧克萊修最美的篇章時，不由得也產生這樣的想法。如果他們對這樣的比較表示生氣，那麼現在有的人把他和阿里奧斯托作不倫不類的比較，更不知對這些人的愚蠢看法說些什麼好了？阿里奧斯托本人又會說什麼呢？

哦！這個沒有判斷力、沒有情趣的時代！

——卡圖魯斯

我認爲把普洛圖斯跟泰倫提烏斯（他很有貴族氣）比較，比把盧克萊修跟維吉爾比較，更叫古人感到不平。更叫古人感到不平。羅馬雄辯術之父西塞羅常把泰倫提烏斯掛在嘴上，說他當今獨步，而羅馬詩人的第一法官賀拉斯對他的朋友大加讚揚，這些促成泰倫提烏斯聲名遠播，受人重視。

在我們這個時代那些寫喜劇的人（義大利人在這方面得心應手），抄襲泰倫提烏斯或普洛圖斯劇本的三、四段話就自成一個本子，經常叫我驚訝不已。他們把薄伽丘的五、六個故事堆砌在一部劇本內。他們把那麼多的情節組在一起，說明對自己本子的價值沒有信心；必須依靠情節來支撐。他們自己搜索枯腸，已找不出東西使我們看得入迷，至少要使我們看得有趣。這跟我說的作者泰倫提烏斯大異其趣。他的寫法完美無缺，使我們不計較其內容是什麼，自始至終被他優美動人的語言吸引；他又自始至終說得那麼動聽，

清澈見底如一條純潔的大河。

——賀拉斯

我們整個心靈被語言之美陶醉，竟至忘了故事之美。

沿了這條思路我想得更遠了：我看到古代傑出詩人毫不矯揉造作，不但沒有西班牙人和彼特拉克信徒的那種誇大其詞，也沒有以後幾世紀詩歌中篇篇都有的綿裡藏針的刻薄話。好的評論家沒有一位在這方面對古人有任何指摘。對卡圖魯斯的清眞自然、雋永明麗的短詩無比欣賞，遠遠超過馬提雅爾每首詩後的辛辣詞句。出於我在上面說的同樣理由，馬提雅爾也

這樣說到自己：他不用花許多工夫；故事代替了才情。

前一類人不動聲色，也不故作姿態，寫出令人感動的作品，信手拈來都是笑料，不必要勉強自己撓癢癢。後一類人則需要添枝加葉，愈少才情愈需要情節。要騎在馬上，因爲兩腿不夠有力，就像在舞會上，舞藝差的教師表達不出貴族的氣派和典雅，就用危險的跳躍；像船夫搖搖晃晃的怪動作來引人注目。對於婦女來說也是這樣，有的舞蹈身子亂顫、亂動，而有的舞蹈只是輕步慢移，典雅自然舒展，保持日常本色，前者的體態要求比後者容易得多。我也看過出色的演員穿了日常服裝，保持平時姿態，全憑才能使我們得到完全的藝術享受；而那些沒有達到高超修養的新手，必須面孔抹上厚厚的粉墨，穿了奇裝異服，搖頭晃腦扮鬼臉，才能引人發笑。

我的這些看法在其他方面，在《埃涅阿斯紀》和《憤怒的羅蘭》的比較中，更可以得到證實。《埃涅阿斯紀》展翅翱翔，穩實從容，直向一個目標飛去。而《憤怒的羅蘭》內容複雜，從一件事說到另一件事，像小鳥在枝頭上飛飛停停，它的翅膀只能承受短途的飛行，一段路後就要歇息，只怕乏力喘不過氣來。

它只敢飛飛停停。

——維吉爾

在這類題材中，以上那些作家我最愛讀。

還有另一類題材，內容有趣還有益。我在閱讀中可以陶冶性情；使我獲益最多的是普魯塔克（自從他被介紹到法國以後）和塞涅卡的作品。他們兩人皆有這個共同特點，很合我的脾性，我在他們書中追求的知識都是分成小段議論，就像普魯塔克的《短文集》和塞涅卡的《道德書簡》，不需要花長時間閱讀（花長時間我是做不到的）。《道德書簡》是塞涅卡寫得最好的篇章，也是最有益的。不需要正襟危坐閱讀，也隨時可以放下，因爲每篇之間並不連貫。

這些作家在處世哲學上大致是一樣的；他們的命運也相似，出生在同一個世紀，兩人都做過羅馬皇帝的師傅，都出生國外和有錢有勢。他們的學說是哲學的精華，寫得簡單明白。普魯塔克前後一致，平穩沉著。塞涅卡心情大起大落，興趣廣泛。塞涅卡不苟言笑，提高道德去克服懦弱、畏懼心理和不良欲望；普魯塔克好像並不把這些缺點看得那麼在意，不願鄭重其事地加以防範。普魯塔克追隨柏拉圖的學說，溫和、適合社會生活；塞涅卡採用斯多葛和伊比鳩魯的觀點，不切合生活實際，但是依我的看法，更適合個人修養，也更嚴峻。塞涅卡好像更屈從於他這個時代的那些皇帝的暴政，因爲我敢肯定他譴責謀殺凱撒的壯士的事業，是在壓力下做的；普魯塔克一身無拘束。塞涅卡的文章冷嘲熱諷、辛辣無比；普魯塔克的文章言之有物。塞涅卡叫你讀了血脈賁張、心潮澎湃，普魯塔克使你心曠神怡，必有所得。前者給你開路，後者給你指引。

至於西塞羅對我的目標有說明的，是那些以倫理哲學爲主的作品。但是，恕我直言（既然已經越過禮儀界限，也就不必顧忌了），他的寫作方法令我厭煩，千篇一律。因爲序跋、定義、分類、詞源占據了他的大部分作品。生動的精華部分都淹沒在冗詞濫調中。若花一個小時閱讀——這對我已很長，再回想從中得到什麼切實有益的東西，大部分時間是一片空白。因爲他還沒有觸及對我有用的論點、沒有解答令我關心的問題。

我只要求做人明智，而不是博學雄辯，這些邏輯學和亞里斯多德哲學的藥方對我毫無用處；我要求作者一開始先談結論，我已經聽夠了死亡和肉欲，不需要他們條分縷析，津津樂道。我需要他們提供堅實有力的理由，指導我事情發生時如何正視和應付。解決問題的不是微妙的語法、四平八穩的修辭文采；我要求他們的文章開門見山，而西塞羅的文章拐彎抹角，令人生厭。這類文章適宜教學、訴訟和說教，那時我們有時間打瞌睡，一刻鐘以後還可以接上話頭。對於不論有理無理你要爭取說服的法官，對於必須說透才能明白道理的孩子和凡夫俗子，才需要這樣說話。我不要人家拼命引起我的注意，像我們的傳令官似的五十次對著我喊：「嗨，聽著！」羅馬人在祭禮中喊：「注意啦！」而我們喊：「鼓起勇氣。」對我來說這是廢話。我既來了則早有準備，就不需要引動食慾或添油加醋，生肉我也可以吞下去；這些虛文浮禮的作用適得其反，不但提不起反而敗壞了我的胃口。

我認爲柏拉圖的《對話錄》拖沓冗長，反使內容不顯；柏拉圖這樣一個人，有許多更有益的話可以說，卻花時間去寫那些無謂的、不著邊際的長篇大論，叫我感到遺憾。我這樣大膽褻瀆不知是否會得到時下的寬恕？我對他的美文無法欣賞，更應該原諒我的無知。

我一般要求的是用學問作爲內容的書籍，不是用學問作爲點綴的書籍。

我最愛讀的兩部書，還有大普林尼和類似的著作，都是沒有什麼「注意啦！」的。這些書是寫給心中有數的人看的，或者，就是有「注意啦！」，也是言之有物，可以獨立成篇。

我也喜讀西塞羅的《給阿提庫斯的信札》，這部書不但包括他那個時代的豐富史實，還更多地記述他的個人脾性。因爲，如我在其他地方說過，我對作家的靈魂和天眞的判斷，歷來十分好奇。透過他們傳世的著作，他們在人間舞臺上的表現，我們可以了解他們的作爲，但是不能洞悉他們的生活習慣和爲人。

我不止千百次地遺憾，布魯圖斯論述美德的那本書已經失傳：因爲從行動家那裡學習理論是很有意思的。但是說教與說教者是兩回事，我既喜歡在普魯塔克寫的書裡，也喜歡在布魯圖斯寫的書裡去看布魯圖斯。我要知道布魯圖斯在陣前對士兵的講話，然而更願詳細知道他大戰前在營帳裡跟知心朋友的對白，我要知道他在論壇和議院裡的發言，更願知道他在書房和臥室裡的談話。

至於西塞羅，我同意大家的看法，除了學問淵博外，靈魂並不高尚。他是個好公民，天性隨和，像他那麼一個愛開玩笑的胖子，大多都是這樣。但是說實在的，他這個人貪圖享受、野心虛榮；他敢於把他的詩作公之於眾，這是我無論如何不能原諒的；寫詩拙劣算不得是一個大缺陷，但是他居然如此缺乏判斷力，毫不覺察這些劣詩對他的英名有多大的損害。

至於他的辯才，那舉世無雙；我相信今後也沒有人可以跟他匹敵。小西塞羅只有名字和父親相像。他當亞細亞總司令時，一天他看到他的桌上有好幾個陌生人，其中有塞斯蒂厄斯，坐在下席，那時大戶人家設宴，常有人潛入坐上那個位子，小西塞羅問僕人這人是誰，僕人把名字告訴了他。但是小西塞羅像個心不在焉的人，忘了人家回答他的話，後來又問了兩、三回；那名僕人，同樣的話說上好幾遍感到煩了，特別提到一件事讓他好好記住那個人，他說：「他就是人家跟您說過的塞斯蒂厄斯，他認爲令尊的辯才跟他相比算不了什麼。」小西塞羅聽了勃然大怒，下令把可憐的塞斯蒂厄斯逮住，當眾痛毆了一頓，眞是一個不懂禮節的主人。

就是那些認爲他的辯才蓋世無雙的人之中，也有人不忘指出他的演說辭中的錯誤；像他的朋友偉大的布魯圖斯說的，這是「關節上有病的」辯才。跟他同一世紀的演說家也指出，他令人費解地在每個段落末了使用長句子，還不厭其煩地頻頻使用「好像是」這些字。

我喜歡句子節拍稍快，長短交替，抑揚有致。他偶爾也把音節重新隨意組合，但是不多。我身邊響起他的這個句子：「對我來說，寧願老了不久留而不願未老先衰。」（西塞羅）

歷史學家的作品我讀來更加順心；他們敘述有趣、深思熟慮，一般來說，我要了解的人物，在歷史書中比在其他地方表現得更生動、更完整，他們的性格思想粗勒細勾，各具形狀；面對威脅和意外時，內心活動複雜多變。研究事件的緣由更重於研究事件的發展，著意內心更多於著意外因的傳記歷史學家，最符合我的興趣，這說明爲什麼普魯塔克從各方面來說是我心目中的歷史學家。

我很遺憾我們沒有十來個拉爾修的第歐根尼，或者他這類人物沒有被更多的人接受和了解。因爲我對這些人世賢哲的命運和生活感興趣，不亞於對他們形形色色的學說和思想。

研究這類歷史時，應該不加區別地翻閱各種作品，古代的、現代的、文字拙劣的，語言純正的，都要讀，從中獲得作者從各種角度對待的史實。但是我覺得尤其值得我們深入研究的是凱撒，不但從歷史科學來說，就是從他這個人物來說，也是一個完美的典型，超出其他人之上，包括薩盧斯特在內。

當然，我閱讀凱撒時，比閱讀一般人的著作懷著更多的敬意和欽慕，有時對他的行動和彪炳千古的奇蹟，有時對他純潔優美、無與倫比的文筆肅然起敬。如西塞羅說的，不但其他所有歷史學家，可能還包括西塞羅本人，也難出其右。凱撒談到他的敵人時所作的評論誠懇之極；若有什麼可以批評的話，那是他除了對自己的罪惡事業和見不得人的野心文過飾非以外，就是對自己本身也諱莫如深。因爲，他若只做了我們在他的書上讀到的那點事情，他就不可能完成那麼多的重大事件。我喜歡的歷史學家，要不是非常純樸，就是非常傑出。純樸的歷史學家絕不會摻入自己的觀點，只會把細心蒐集的資料羅列匯總，既不選擇，也不剔除，實心實意一切照收，讓我們對事物的眞相作全面的判斷。這樣的歷史學家有善良的讓·傅華薩，他寫史時態度誠懇純眞，哪一條史料失實，只要有人指出，他毫不在乎承認和更正。他甚至把形形色色的流言蜚語、道聽塗說也照錄不誤。這是赤裸裸、不成型的歷史材料，每人可以根據自己的領會各取所需。

傑出的歷史學家有能力選擇值得知道的事，從兩份史料中辨別哪一份更爲眞實，從親王所處的地位和他們的脾性，對他們的意圖作出結論，並讓他們說出適當的話。他們完全有理由要我們接受他們的看法，但是這只是極少數歷史學家才享有的權威。在這兩類歷史學家之間還有人（那樣的人占多數）只會給我們誤事；他們什麼都要給我們包辦代替，擅自訂立評論的原則，從而要歷史去遷就自己的想像；因爲自從評論向一邊傾斜，後人敘述這段歷史事實時，不可避免地受到影響。他們企圖選擇應該知道的事物，經常隱瞞更說明問題的某句話、某件私事；把自己不理解的事作爲怪事刪除，把自己無法用流暢的拉丁語或法語表達的東西也盡可能抹掉。他們盡可以大膽施展自己的雄辯和文才，盡可以妄下斷言，但是也要給我們留下一些未經刪節和篡改的東西，容許我們在他們之後加以評論；也就是說他們要原封不動地保留歷史事實。

尤其在這幾個世紀，經常是一些平庸之輩，僅僅是會舞文弄墨而被選中編寫歷史，彷彿我們從歷史中要學的是寫文章！他們也有道理，既然是爲這件事而被雇用的，出賣的是他們的嘴皮子，主要也操心在那個方面了。所以他們從城市十字路口聽來的流言蜚語，用幾句漂亮的話就可以串聯成一篇美文。

好的歷史書都是那些親身指揮，或者親身參加指揮，或者親身參加過類似事件的人編寫的。這樣的歷史書幾乎都出自希臘人和羅馬人之手。因爲許多目擊者編寫同一個題材（就像現時代不乏有氣魄有才華的人），若有失實也不會太嚴重，或者本來就是一件疑案。

由醫生處理戰爭或由小學生議論各國親王的圖謀，會叫人學到什麼東西呢？

若要了解羅馬人對這點如何一絲不苟，只需舉出這個例子：阿西尼厄斯·波利奧發現凱撒寫的歷史中有些地方失實，失實的原因是凱撒不可能對自己軍隊的各方面都親自過問，對記下未經核實的報告偏聽、偏信，或者在他外出時副官代辦的事沒有向他充分彙報。

從這個例子可以看出，了解眞相需要愼之又愼，打聽一場戰鬥的實況，既不能單靠指揮將士提供的信息，也不能向士兵詢問發生的一切；只有按照法庭的審訊方法，比較證人提供的證詞，要求事件的每個細節都有物證爲憑。說實在的，我們對自己的事也有了解不全面的地方。這點讓·博丁講得很透徹，與我不謀而合。

不止一次，我拿起一部書，滿以爲是我還未曾閱讀的新版書，其實幾年前已經仔細讀過，還寫滿了注釋和心得；爲了彌補記錯和健忘，最近又恢復老習慣，在一部書後面（我指的是我只閱讀過一次的書籍）寫上閱讀完畢的日期和我的一般評論，至少讓我回憶得起閱讀時對作者的大致想法和印象。我願在此轉述其中一些注釋。

下面是我十年前在圭契阿迪尼的一部書內的注釋（我讀的書不論用什麼語言寫成的，我總是用自己的語言寫注釋）：他是一位勤奮的歷史學家；依我看來，他的著作內提供他那個時代的歷史眞實性，是其他人不能比擬的，因爲在大多數情況下，他自己就是身居前列的參與者。從表面上也看不出，他會由於仇恨、偏心或虛榮而篡改事實，他對一時風雲人物，尤其對那些提拔他和重用他的人，如克萊芒七世教皇，所作的自由評論都是可信的。他好像最願意顯山露水的部分，那是他的借題發揮和評論，其中有精彩的好文章，但是他過分耽迷於此；又因爲他不願留下什麼不說，資料又那麼豐富，幾乎取之不盡、用之不竭，他就變得囉哩囉唆，有點像多嘴的學究。

我還注意到這一點，他對那麼多人和事、對那麼多動機和意圖的評論，沒有一字提到美德、宗教和良心，彷彿在世界上這些是不存在的；對於一切行動，不論表面如何高尚，他都把原因歸於私利和噁心惡意。他評論了數不清的行動，居然沒有一項行動是出於理性的道路，這是令人無法想像的。不能說普天下人人壞心眼，沒有一個人可以潔身自好；這叫我懷疑他自己心術不正，也可能是以己之心在度他人之腹吧！

在菲利普・德・科明的書中，我是這樣寫的：語言清麗流暢，自然稚拙；敘述樸實，作者的赤誠之心油然可見，談自己時不尙虛華，談別人時不偏執、不嫉妒。他的演說與勸導充滿激情與眞誠，絕不自我陶醉，嚴肅莊重，顯出作者是一位出自名門和有閱歷的人物。

對杜・貝萊兩兄弟撰寫的《回憶錄》寫過這樣的話：閱讀親身經歷者撰寫的所見所聞，總是一件快事。但是不容否認的是在這兩位貴族身上，缺乏古人如讓・德・儒安維爾（聖路易王的侍從）、艾因哈德（查理大帝的樞密大臣）、以及近代菲利普・德・科明，撰寫同類書籍時表現的坦誠和自由。這不像是一部歷史書，而是一篇弗朗索瓦一世反對查理五世皇帝的辯解詞。我不願相信他們對重要事實有什麼篡改，但是經常毫無理由地偏護我們、迴避對事件的評論、也刪除了他們主人生活中的棘手問題，比如忘記提到德・蒙莫朗西和德・布里翁的失寵；對埃唐普夫人一字不提。祕事可以掩蓋，但是人所共知的事，尤其這些事對公眾生活產生這樣大的後果，絕口不談是不可饒恕的缺點。總之，要對弗朗索瓦一世和他的時代發生的事有一個詳細的了解，不妨聽我的話到其他地方去找。這部書的長處是對這些大人物親身經歷的戰役和戰功有特殊看法，還記載他們這個時代某些親王私下的談話和軼事，朗傑領主紀堯姆・杜・貝萊主持下的交易和談判，這裡面有許多事值得一讀，文章也寫得不俗。

# 第十一章　論殘忍

我覺得德操不同一般，比我們內心滋生的善意更爲高貴。懂得自律和出身良好的靈魂總是遵循同一步伐，行爲跟有德操的人難分上下。但是跟稟性善良、溫情平和、依照理性辦事相比，德操中自有一種我說不出的高貴和奮進。

有的人天性溫良寬宏，不在乎遭受凌辱，自然是一件好事值得稱道；然而有的人遭受凌辱勃然大怒，在理智的勸導下，壓制了復仇的怒焰，經過一番思量終於自我克制，豈不是更值得稱道。前者做事好，後者做事有德操。前者的行爲是善良的行爲，後者的行爲是有德操的行爲。因爲德操這個詞是以困難和對比爲前提的，不可能不經過思想交鋒而去完成。我們可以任意稱頌上帝是善良的、強大的、慷慨的、還有公正的；但是我們從不稱上帝是有德操的；上帝的作爲都是天生的，不需花費一點力氣。

在哲學家中間，包括斯多葛派，還有伊比鳩魯派，容我插一句：這個「還有」我取自一般的看法，其實是錯的，有人嘲笑阿凱西勞斯，說有許多人從他的學派改信伊比鳩魯學派，而從來沒有人從伊比鳩魯學派改信他的學派，阿凱西勞斯說：「我相信是的！可是要明白公雞可以成爲閹雞，閹雞絕不能成爲公雞。」不論他這句話說得多麼機智，事實上，從看法和信條的堅定性與嚴格性來看，伊比鳩魯派絕不輸於斯多葛派。斯多葛派中的好鬥者，爲了打倒伊比鳩魯，自鳴得意，不惜把伊比鳩魯從沒想過的事也算是他說的，還有意歪曲他的原話，用語法修辭篡改原意，把明知他心中與行爲中沒有的事強加在他的身上。有一個斯多葛派的信念比那些好鬥者更眞誠，宣稱他放棄成爲伊比鳩魯的信徒有眾多的原因，其中一個原因是考慮到他的道路高不可攀。「那些熱愛肉欲的人，其實是熱愛榮譽和正義的人，他們尊重和實踐一切德行。」（西塞羅）

我說，斯多葛派和伊比鳩魯派的哲學家中間，有許多人都認為心平氣和，循規蹈矩，樂於行善是不夠的；迴避一切命運的抗爭而作的決心和推理也是不夠的，還應該尋找考驗的機會。他們想追求痛苦、困難和輕蔑，然後再把它們打垮，使鬥志保持不懈。「在鬥爭中德操更趨堅定。」（塞涅卡）

伊巴密濃達屬於第三學派，他拒絕接受命運透過合法的途徑交到他手中的財富；據他說是為了向貧困抗爭，即使到了山窮水盡的地步，矢志不渝，其中也有這一條原因。我還覺得蘇格拉底對自己的訓練更嚴厲，他用妻子的凶悍作為對自己的考驗：這簡直是在鑽刀陣。

薩圖寧，羅馬的保民官，企圖強制通過一項有利於平民的不合理法規，抗拒者將遭到極刑。羅馬元老院中唯有麥特魯斯一人以他的道德力量，獨力抵制薩圖寧的壓力，從而遭到鎮壓，他在最後關頭還對押他上刑場的人說這樣的話：「做壞事既容易又卑劣，不冒險而做好事則稀鬆平常，只有冒險做好事，才是一位有德操者的本分。」

麥特魯斯的這些話向我們清楚地表明我要證實的信念，就是有德操的事不是一蹴而成的；只因本性善良，循規蹈矩，輕鬆愉快完成的事，絕不是眞正的德操要完成的事。德操要求一條艱苦曲折、充滿荊棘的道路。德操或者是去克服外界的艱難，像麥特魯斯，命運驟然斷送了他的前程，或者是去克服內心的艱難，它使一個人生活中坐立不安、茶飯不思。

我行文至此，非常順利。但是，推論到了這個地步忽生奇想，據我所知，蘇格拉底的靈魂是公認的最完美的靈魂，然而以我的推論來看則是不值得推薦的。因為我不能想像這位人物有絲毫做壞事的念頭。他施行德操，我也想像不出對他有任何為難和任何克制。我知道他的理智堅強無比，主宰一切，絕不會讓任何邪念有萌芽的機會。像他那麼高尚的德操，我看不出有什麼可以比擬的。我覺得看著這樣的德操跨著勝利的步伐一往無前，大模大樣，輕盈自在；如果說德操只有與邪惡的欲念作鬥爭時才會發光，那麼我們也可以這麼說，德操不可能沒有罪惡的參與。德操在罪惡的襯托下益加顯得輝煌。

那樣的話，伊比鳩魯派的這種堂而皇之、毫無顧忌的情欲又會成爲什麼樣的呢？情欲自負地認爲德操會在它的懷抱中嬌生慣養、玩樂嬉鬧，把恥辱、狂熱、貧窮、死亡和痛苦作爲玩物。如果我認爲完美的德操透過耐心克服和戰勝痛苦，忍受風溼痛而絕不怨天尤人而完成的；如果我說德操必須有艱苦和困難作陪襯，那麼伊比鳩魯的德操又會怎麼樣呢？那種不但以蔑視痛苦，並且以痛苦本身爲樂，把痢疾的病痛作爲撓癢，他們中間許多人還留下行動給我們作可靠的證明。

還有其他人我認爲甚至超過自己的學說所立的規矩。比如說小加圖，當我看到他死時撕裂自己的五臟六腑，我無法認爲他那時的靈魂沒有絲毫惶惑和恐懼，我無法認爲他堅持這樣做的目的僅是遵守斯多葛派的規定：沉著、冷靜、沒有激情。我覺得這位青年的德操中充滿青春朝氣，絕不會就此甘休。我無疑相信他在這次高尚的行動中感到快樂和陶醉，超過他一生中任何其他行動：「他很高興找到了脫離生命投入死亡的動機。」（西塞羅）

我對此深信不疑，以致我懷疑他是否願意被剝奪這個建立豐功偉績的機會。就是有機會讓他去關心群眾利益而不是關心個人利益，也不會使我改變主意，我依然很容易相信，他感謝命運讓凱撒這個盜賊乘機把國家的自由傳統踩在腳下，從而對他的德操進行這樣高尚的考驗。我彷彿在這種行動中看到，當靈魂認識到行爲中的高尚和自豪時，自有一種我說不出的愉悅、極度的快樂和大丈夫氣概：

抱了死的決心更驕傲。

——賀拉斯

他並不企求什麼光榮，像某些庸俗和沒有骨氣的人的看法，因爲這樣的想法太卑微了，絕不能觸動一顆那麼慷慨、高傲和堅硬的心，他企求的是這件事本身的壯烈。他善於掌握其中的奧妙，比我們更清楚看到了這件事中的完美之處。

我很高興，依照哲學可以作出如下的判斷，這麼一個高尚行爲除了小加圖以外，是不會出現在其他人的生命中的，唯有他的生命才會這樣結束。因而他按照理智告誡兒子和伴隨他的元老，說他們有完成業績的道路，「加圖生來具備一種令人難以置信的嚴厲稟性，加以長期來不斷地鍛鍊自己，堅持自己的原則屹然不動，寧死也不願見到暴君出現。」（西塞羅）

死與生其實是一致的。我們不會因死而變成不同的人。我總是以生來解釋死。如果有人跟我說某人死得很堅強，而活得很脆弱；我認爲這也是他生命中原有的脆弱性造成的。

他依靠靈魂的力量，死得滿不在乎，從容不迫。我們是不是可以說這樣使他的德操黯然失色了呢？頭腦裡有點眞正哲學思想的人之中，有誰會滿足於想像蘇格拉底遇到災星，身陷囹圄，飽嘗鐵窗滋味時僅僅是不害怕和不憂慮呢？有誰會不承認他既固執又堅定（這是他的日常態度），還有對自己最後的學說有一種新的滿足和欣喜呢？當他在賜死前脫去鐐銬時，他搔自己的雙腿，高興得心裡發顫，他不是感到靈魂中有一種極度的愉悅，他終於擺脫了從前的艱辛，要去認識未來的事物嗎？小加圖必須原諒我這樣說，他死得很悲壯，而蘇格拉底則死得更美麗。

蘇格拉底死得令人惋惜，而阿里斯提卜對惋惜的人說：「但願神也讓我這樣的死！」

這兩位人物以及他們的摹仿者（我十分懷疑是否有人得到其眞諦），那麼習慣於德操，德操成爲他們感性的一部分。這已不是孜孜以求的德操，也不是理智的約束，而使靈魂保持緊張狀態；這是他們心靈的本質，這是他們天性的自然流露。他們天性善良寬厚，又加上哲學信條的長期薰陶，才培養出這樣的心靈。我們內心的邪念找不到走入他們心靈的道路，他們心靈的力量和堅定在邪念蠢蠢欲動時已把它們堵住，壓了下去。

一種是透過高尚和神聖的決心，使誘惑不致萌生，以德操教育自己，把罪惡的種子連根拔掉；另一種是受到情欲的刺激，放任自流，然後又發奮圖強去克服情欲的進展；相比之下，前者可能比後者更美；然而後者的行爲又比天性隨和溫良，厭惡荒唐縱欲更加了不起，我相信這是不用懷疑的。因爲第三種即是最後一種做法，只能造就一名無辜的人，而不是有德操的人。不做壞事並不意味會做好事。再加上這樣做人的方法十分接近於有缺陷和軟弱，我也不知道如何確定它們的界限而加以區別了。所謂善良和無辜在這種情況下成了貶義詞。我還看到許多德行，如貞潔、簡樸、節制，當我們年老力衰時，人人都是可以做到的。臨危不懼（如果用詞沒有不當的話），蔑視死亡，困境中不急不躁，那是對意外事件缺乏判斷，不懂得實事求是的人也是可以做到的。麻木與愚蠢偶爾也會產生道德的效果，就像我時常見到有人原來應該懲罰而竟得到了表揚。

一名義大利貴族在我面前說這個不利於自己國家的話：義大利人感覺敏銳，思想活潑，對於降臨他們身上的危險和意外事件很有預見。如果在戰場上當大家還沒有意識到危險時，見到他們已經在想安全措施，也不必大驚小怪。而法國人和西班牙人就沒有那麼細緻，行動遲緩，要眼睛看得到危險、手摸得著危險，這時才會感到害怕，臨了就慌成一團。而德國人和瑞士人還要粗魯和遲鈍，就是挨打了也不知道改變主意。這可能僅僅是說笑，但有一點是眞的，就是戰爭中往往是新兵奮不顧身撲向危險，吃過虧以後才會多加思索：

> 誰不渴望首戰告捷，
> 立下輝煌戰功。
>
> ——維吉爾

因而，判斷某一個具體行動時，應該考慮到許多因素，全面了解做這件事的那個人，然後才能定論。

再談一談我個人。我好幾次聽到朋友稱道我這個人謹愼小心，其實是我運氣好；稱道我勇敢和耐心，其實是我判斷和看法正確；說到我的事總不得要領，有時對我過譽，有時對我中傷。以目前來說，我已經達到第一階段的涵養，把德操視爲習慣；然而還無法證實我達到了第二階段。我有什麼迫切的欲念要克制還不用費多大力氣。我的德操是一種偶然或意外的德操，或者說得確切一點，只是一種無邪行爲。如果我生來脾氣浮躁不定，我怕我的行爲就不堪設想。因爲如果我的情欲稍爲激烈，我絕不會下狠心去抑制。我不知道如何反覆斟酌或思想鬥爭。因而，我對許多惡習都沒有沾邊，只能說是託天之幸：

如果我的缺點不多不大，
如果我的天性善良，
像美麗的臉上有零星的小瘢疤。

——賀拉斯

這是靠運氣多於靠理智。是從以賢明著稱的家族和一位非常善良的父親那裡繼承來的。

我不知道是父親把一部分脾性遺傳給了我，還是童年時家庭的榜樣和教育對我的幫助；或者我生來就是這樣的。

看著我誕生的是天秤宮，
是目露凶光的天蠍宮，
還是像暴君坐鎮西海的摩羯宮？

——賀拉斯

不管如何，我對自己大部分惡習討厭之至。有人問什麼是學習人生的最好途徑，安提西尼斯說：「把壞事忘掉。」好像說的就是這個意思。我說我討厭惡習，這種看法出於自己的天性，從襁褓時期就帶來的本能和性格一直保留著，任何時刻都不曾使它改變，即使我本人的言辭也不能夠；我的言辭若是擺脫慣例中某些事物的約束，也會使我輕易去做我天性憎恨的一些行爲。

要說不中聽的話，我還是會的，然而在許多問題上，我的作風也會比我的意見接受更多約束和規矩，我的欲念不及我的理智強烈。

阿里斯提卜對欲念和財富的看法那麼大膽，整個哲學界群起而攻之。但是至於他個人的生活作風如何，狄奧尼修斯暴君派來三名美女供他挑選，他回答說三個都要，如果他選了其中一名而怠慢了其他兩名，會給帕里斯帶來厄運；但是把她們領到家裡以後，手指也沒動一下就把她們送了回去。他的僕人一路跟著他，帶的銀錢太多背不動，他吩咐他把背不動的錢都扔了。

伊比鳩魯的教條是非宗教性的，講究安逸，然而他在生活中卻非常虔誠和勤奮。在給一位朋友的信中說，他用黑麵包和清水果腹，請他送一些乳酪來以便他偶爾做一頓美餐。是不是可以說，爲了做個好人，我們必須依靠隱藏在內心的天然潛質，沒有規律、沒有理由、沒有先例地做到這點？

承蒙上天，我曾經有過幾次放蕩行爲，都不算是最糟糕的。內心已對這些行爲根據其不同程度而有所譴責，因爲我的判斷力沒有受到這些行爲的影響。我狠狠責備自己要比責備別人嚴厲得多。事情就是這樣；因此，目前來說，我順其自然，輕易地落到天平的另一頭，除非爲了克制自己的惡習，不受其他惡習的玷汙；若不小心，惡習與惡習大多數都會互相聯繫，互相蔓延。我對自己的惡習儘量予以隔離孤立，不引發其他的惡習。

我不放縱我的惡習。

——朱維納利斯

然而，斯多葛派認爲賢人行動時，他所有的德操都在行動，雖然根據行動的性質其中一種德操更爲明顯（若舉身體爲例，可能更說明問題，人在發怒時，身體內所有體液都幫助它起作用，雖然怒氣是占主要地位），如果以此類推，認爲壞人做壞事時，他的所有惡習都同時發作，我相信事情不是那麼簡單，或者是我不明白他們的原意，因爲以我的經驗來說事情恰巧相反。

這是一些無從捉摸的細膩之處，在哲學中往往是略而不提的。有些惡習我是沾上的，有些惡習我是迴避的，聖人也不過如此。

可是逍遙學派否認這種不可分解的錯綜複雜關係，亞里斯多德認爲一個謹愼公正的人也可能貪酒縱欲。

對於有的人認爲他的面孔帶有惡相，蘇格拉底是這樣說的，他的天性確有這樣的傾向，但是他透過學問得到了糾正。

熟悉哲學家斯蒂爾波的人說，斯蒂爾波生來喜愛酒色，他透過學習漸漸跟這些疏遠了。我則相反，身上若有什麼優點，都來自先天。不是來自法律、學說和其他學習途徑。我心靈的無辜是一種先天的無辜；既不強求，也不虛僞。我在一切罪惡中最痛恨的是殘忍，不論是直覺上還是判斷上，都看作是罪惡。我的心地是那麼懦弱，甚至看到殺雞也會滿心不快，也無法忍受兔子在我的獵犬口中的吱叫聲，雖然打獵是一大樂事。

那些反對欲念的人樂意使用這個論據，指出欲念是惡的和非理智的；當欲念惡性發作時，我們會受它的控制，理智完全無法產生作用；他們還會提出我們與女人私通時的經驗作爲例子，

當肉體感到愉快時，
當維納斯準備撒布種子時；
——盧克萊修

那時候他們覺得我們已經樂不可支，我們的理智也無能爲力，因爲理智也完全沉浸在欲念之中了。

我知道事情也可以不至於這樣，有的人若有志，在這一時刻可把心思轉移到其他地方去。但是心靈必須時刻保持警惕。我知道追求樂趣是可以控制的，我熟悉這個題目；我並不覺得維納斯是個肆無忌憚的女神，許多比我講究貞潔的人可以作證。那瓦爾王后寫的《七日談》故事集，是一部豔情動人的書，其中有一篇故事提到，跟一位思慕已久的情婦在毫無拘束和完全自由的環境下，過上好幾個晚上，遵照諾言僅限於接吻和撫摸，這簡直是個奇蹟，而我不這樣認爲，也不認爲是一件太難的事。

我相信舉狩獵作爲例子是很適當的，經過長時間的搜索後，獵物突然在我們最料想不到的地方跳了出來（愈倉促和愈意外，就愈少樂趣，因爲理智猝不及防，沒有餘暇去迎合和興奮）。奔跑追逐，喊聲震天，喜愛這類狩獵的人不會輕易地想到其他。因而詩人筆下的狄安娜總是戰勝丘比特的火把和金箭。

誰不是在追逐的歡樂中

忘了愛情的殘酷折磨？

——賀拉斯

再回到我的題目，我對別人的痛苦很容易動惻隱之心。有時不顧場合會在人前情不自禁地流下眼淚。再沒有比眼淚更容易引出我的眼淚。不論是什麼樣的眼淚，眞情的、虛假的或做作的都一樣。

死去的人不會叫我難過，還可以說叫我羨慕；但是我很爲垂死的人難過。野蠻人烤死人的肉充饑，並不使我反感，那些折磨和迫害活人的人才眞正使我氣憤。就是依法處死，不論有什麼理由，我都沒辦法正視這類事。有人爲了說明朱利烏斯·凱撒寬大作這樣解釋：「他復仇也是挺溫和的。海盜把他抓了去進行勒索，凱撒逼得他們向他投降，他雖然還是按照事前的威脅把他們送上了十字架，但是先把他們掐死以後再釘的。他的祕書菲萊蒙企圖毒死他，凱撒也僅是賜他一死而已。」這位拉丁作家的名字不提也罷，把冒犯過自己的人處死已經可作爲寬大的例子，可以想像這些羅馬暴君平時施行的暴政，如何叫他感到可怖。

至於我，即使在執法方面，一切超過簡單一死的做法都是純粹的殘忍，尤其我們基督徒很看重靈魂平靜地升天。忍受折磨和苦刑後的靈魂是不可能平靜的。

不久以前，一名士兵從囚禁他的塔樓上，看到廣場上有幾名木工正在搭建死刑架，人群圍了起來，意識到這些都是衝著他來的，他絕望之餘無計可施，拿了意外得到的一輛生鏽大車上拆下來的舊釘子，在脖子上狠狠捅了兩下。看到這樣還不足以結束自己的生命，又往肚子上一戳，這下子他昏了過去。一名看守進來看見他倒在地上，把他喚醒，趁他還沒有昏厥過去，對他宣讀砍頭的判決。這個判決他聽了非常稱心，同意喝他原來拒絕的送別酒，向法官道謝，他們對他的判決是意想不到的溫和，並說，他決心自殺是害怕會受到更加殘酷的刑罰，因爲廣場上的這些布置，更使他膽戰心驚……他完全是逃避一個更難忍受的刑罰才出此下策的。

我要說的是，這些嚴厲手段應該用來對付罪人的屍體，欲使老百姓循規蹈矩，那就不讓這些屍體埋葬，把屍體肢解和煮燒，同樣可以警戒普通人。就像給活人上刑罰，雖然實際上幾乎不起作用，像上帝說的：「那殺身體以後，不能再作怎麼的。」（引自《新約・路加福音》）詩人們奇怪地渲染這種場面的可怖，還把它置於死亡之上。

怎麼！把國王燒成了半熟，
把剔肉見骨、渾身血汙的屍體在地上拽！

——埃尼厄斯

有一天在羅馬，我偶然遇見大家正在懲處一個著名的盜賊卡泰納。他被掐死時，群眾無動於衷，但是要把他的屍體肢解時屠夫切上一刀，群眾中發出一聲呻吟，一聲喊叫，彷彿這堆腐肉牽動每個人的神經。

這些不人道的極端行爲應該施於軀殼，而不施於活體。因而，阿爾塔澤爾士在多少相似的情況下，改變了古代波斯法律的嚴酷性。根據他的詔令，貴族犯法，不是按照慣例接受鞭刑，而是脫下衣服，讓衣服代爲受過，不是按慣例拔去頭髮，而是摘脫高帽代替。

埃及人非常虔誠，認爲畫幾頭豬的圖形就算是伸張了神的正義。用圖畫向奉爲主宰的神許願，這是大膽的創新。

我生活的這個時代，內亂頻仍，殘酷的罪行眞是罄竹難書。從古代歷史中找不出我們天天看到的這種窮凶極惡的事。但是這絕不能使我見多而不以爲然。要不是親眼目睹眞難以相信人間有這樣的魔鬼，僅僅是爲了取樂而任意殺人；用斧子砍下別人的四肢，絞盡腦汁去發明新的酷刑、新的死法，既不出於仇恨，也不出於利害，只是出於取樂的目的，要看看一個人臨死前的焦慮、他可憐巴巴的動作、他使人聞之淚下的呻吟和叫喊。這眞是到了殘忍的最大限度。「一個人殺另一個人，不是出於怒火，也不是出於害怕，而是僅僅瞧著他如何死去。」（塞涅卡）

看著人家追殺一頭無辜的野獸心裡滿不在乎，我實在做不到；野獸毫無防禦能力，又沒有冒犯我們。經常出現這樣的情況，麋鹿感到筋疲力盡，沒有生路，會跪在追逐的人面前，用眼淚向他苦苦哀求。

……牠渾身血跡，
彷彿用一聲聲哀鳴在求饒。

——維吉爾

這對我是一種非常不愉快的情景。

我抓到一頭活動物，總是把牠趕回荒郊野外。畢達哥拉斯從漁夫和捕鳥人手裡買下他們的獵物，也是這樣放生。

我相信刀劍初次染上的總是動物的血。

——奧維德

濫殺動物的天性也說明人性殘酷的一面。自從羅馬人看慣了殺害野獸的演出，進而要看人殺害人、角鬥士殺害角鬥士的演出。我怕的是人性中生來有一種非人性的本能。看到動物相親相愛，沒有人會喜歡；看到動物相互殘殺，沒有人不興高采烈。

爲了使我對動物的同情不致遭到嘲笑，神學中也提到應該厚待動物，認爲同一位主讓我們住在一起，爲主服務，牠們跟我們都屬於主的家庭。神學要我們對動物表示尊重和愛護是有道理的。畢達哥拉斯還借用了埃及人的靈魂轉生說，後來爲許多國家採納，尤其是我們的德魯茲派僧侶。

靈魂是不滅的，離開第一個住所後，
就到新的地方去生活。

——奧維德

我們高盧祖先的宗教相信靈魂長生，不斷地從一個身子寄託到另一個身子，還把這種遊動無常說成是神的公正：因爲這是依據靈魂遷謫說，比如靈魂最初寄託在亞歷山大身上，上帝也會根據他的作爲再把靈魂遷到另一個更苦或更好的人身上去。

上帝把靈魂寄託在動物身上，
殘酷的靈魂在熊身上，
好偷的靈魂在狼身上，
奸詐的靈魂在狐狸身上。
多年內經歷千百次變形，
在遺忘河中一洗回復人身。

——克洛迪安

如果靈魂是勇敢的，寄託在獅子身上；貪吃的，寄託在豬身上；怯懦的，寄託在鹿或兔子身上；狡猾的，寄託在狐狸身上……等，直到經過懲罰的洗滌，靈魂又重新回到某一個人身上。

我記得，在特洛伊戰爭時期，
我是潘托俄斯的兒子歐福耳玻斯。

——奥維德

至於我們與動物之間的親緣，我不在這裡贅述，也不多談在許多國家，尤其是最古老和最輝煌的國家，不但把動物視同家人，還給牠們一個高尚的地位，有時把牠們看作是諸神的老朋友或親信，比對待人還要尊敬和崇拜。有的民族不認上帝、不認神，只認這些動物；野蠻人把動物看作神物，因爲牠們帶來了利益。（西塞羅）

這裡的人崇拜鱷魚，那裡的人
看到白鸛吞蛇，懷著恐懼。
神猴的金雕像閃閃發光，
滿城的人有時敬仰一條魚，
有時崇拜一隻狗。

——朱維納利斯

普魯塔克對這種根深蒂固的錯誤的解釋，是在爲埃及人開脫。因爲他說埃及人崇拜的（比如說）不是什麼貓或什麼牛，他們崇拜的是這些動物身上具備的天賦才能，牛表現出耐性和給人受益、貓表現出靈敏；猶如我們的鄰居勃艮第人，還有全體德國人，絕不甘心於四面受包圍，他們以此表示自己愛好自由，崇拜自由勝過任何其他天賦權利。

在最克制的意見中，我聽到過這麼一種說法，指出我們跟動物十分接近的相似點，牠們具備我們大部分的特長，跟我們相比絲毫不見遜色，我要對我們這類自負的話大打折扣；對於有人誇口說我們勝過其他生物，我對這種想像的唯我獨尊態度，打從心底不敢苟同。

雖則對事情不能做得面面俱到，還是應該說有一種尊敬，或者說人類的一種普遍義務，不但對於有生命有感情的動物，並且對樹木花草都要有愛惜之情。我們對人要講正義，要愛護和珍惜其他生物。生物與我們之間有交往，有相互依賴。我毫不在乎說出自己天性中的幼稚溫情。每當我的那條狗就是在不適宜的時刻跟我嬉戲，我也不會拒絕。

土耳其人有動物的慈善事業和醫院。羅馬人普遍關心鵝的飼養工作，因爲鵝的警惕性曾使他們的首都免遭一場浩劫。①雅典人下命令，凡是參加帕德嫩神廟建造工程的驢騾統統放生，任其到處食草，不得阻礙。

阿格里琴坦人習慣上隆重安葬他們喜愛的動物，例如，建立奇功的馬匹，有益的、甚至只是供他們的孩子取樂的狗和禽鳥。他們在一切事物上講究奢華，在許多爲這個目的建造的紀念物上表現得更爲突出，幾世紀供人瞻仰。

埃及人把狼、熊、鱷魚、狗和貓埋葬在聖地，還在屍體上塗香料，爲牠們辦喪事戴孝。

西門有幾匹馬，替他三次贏得奧林匹克運動會的賽馬獎，死後得到厚葬。老贊蒂珀斯把他的狗安葬在海岬上，海岬還因此而得名。普魯塔克說，爲了貪圖小利把一頭長期替他幹活的黃牛賣給屠宰場，會使他良心不安。

---

①據普魯塔克一書的記載，日爾曼人夜裡偷襲羅馬，被城裡的鵝發現，怪聲大叫，驚醒衛兵奮勇保衛。

# 第十二章　雷蒙・塞邦贊

## 第一節　唯有信仰才能窺測宗教的深奧精微

科學確實是一項非常有益的大事業。輕視科學的人只是說明自己的愚蠢，但是我也不會把科學的價值誇大到某些人所說的程度，比如哲學家埃里呂斯，他認爲科學包含至高無上的善，科學本身可使我們明智和滿足；我也不相信有人所說的，科學是一切美德之母，任何罪惡都是無知的產物。如果眞是這樣的話，倒是值得詳盡論述一番。

長期以來我的家向有識之士開放，也以此頗有名聲，因爲我的父親五十多年來主持這個家；弗朗索瓦一世國王崇尚文藝，他也沾染了這份新的熱誠，慷慨結交博學之士，延請在家，奉若聖賢神明，把他們的言論當作神諭；尤其他自己沒有多少判斷能力，也不比他的前輩具備更多的知識，更對他們尊敬和虔誠。我喜歡他們，但是我不崇拜他們。

這些人之中有皮埃爾・布奈，他當時是大名鼎鼎的學者，帶了幾位類似他這樣的人物，到蒙田盤桓幾日，跟我的父親作伴，臨去時送給他一部書，書名叫《自然神學》（或稱《創造物之書》），雷蒙・塞邦著。父親熟悉義大利語和西班牙語，這部書是用一種不純粹的夾雜拉丁語的西班牙語寫成的，布奈相信對父親稍加指點就可讀懂，他把這部書作爲一部非常有用和適合時代的書推薦給他；因爲那時路德的新見解開始風靡一時，舊信仰中的許多原則受到衝擊。在這方面他有一條非常中肯的意見，從理性的推論出發，預測到這場風暴方興未艾將會使可憎的無神論氾濫成災；因爲普通人沒有智力對事物作出實事求是的判斷，就會受表面的迷惑隨波逐流。

對於涉及個人靈魂得救的宗教他們無限崇敬，可是一旦他們的勇氣受到鼓勵去蔑視和檢驗宗教的看法，懷疑和評審宗教的條條框框，他們也會很快對信仰中的其他信條表示懷疑；這些信條也會像他們已經動搖的信條那樣，在他們的心中失去權威性和根基；他們不久也會像推翻暴政的桎梏那樣，去推翻出於法律的權威性和對習慣的尊重而接受的其他各種約束。

從前愈怕的東西，如今踩得愈狠。

——盧克萊修

從此以後，他們再也不接受他們沒有作過決定、沒有表示同意的東西。

父親在逝世前幾天，偶然在一堆要銷毀的廢紙下發現了這部書，囑咐我把它譯成法語。翻譯這作家的著述是一件樂事，因爲他們的書都是言之有物。但是有些作家舞文弄墨、堆砌辭藻，就很難應付，尤其要用一種貧乏的文字表達他們的意思時，則是難上加難。對我來說這是一件新奇的工作。碰巧我有閒，又不能拒絕父親的要求，只得勉力而爲。這下使他喜出望外，他還吩咐要付梓出版；那事在他故世以後才做到的。

我覺得這位作家的想像力非常美麗，作品寫得頗有章法，目的很虔誠。因爲有許多人，尤其是需要我們服務的太太們，都愛讀這麼一部書，我有時可以爲他們解答難題，針對人家對他的兩大責難進行辯護。他的目的是大膽和勇敢的。因爲他企圖從人文和自然兩方面尋找理由，去建立和證實基督教的所有信條，駁斥那些無神論者。在這方面說實在的，他表現得那麼堅定和出色，我認爲不可能有人跟他匹敵，提得出更有力的論證。我覺得這部作品太豐富太美了，想不到竟出自一位默默無聞的作家之手。

我們知道他是西班牙人，兩百年前在圖盧茲行醫。我以前向阿德里亞努斯・圖納布斯打聽過這部書，他是個萬事通；他回答我說，他相信這是從聖托馬斯・阿奎那作品中摘錄的精華部分；因爲，眞的，唯有他這樣博古通今的學者才具備這樣的想像力。然而，不論寫這部書和創立這些思想的是誰，總是一位非常了不起的、在各方面都是有成就的人（沒有更多的論據就說塞邦不是這部書的作者，這是說不過去的）。

對這部作品的第一個責難，是基督徒利用人的道理來支撐他們的信仰是不對的。信仰要靠心誠、靠天恩對人的啓發來得到的。這條責難裡面包含一種虔誠，由於這個原因，要說服提出這個責難的人，我們必須和風細雨，滿懷敬意。這最好由一位精通神學的人來做這項工作，而我對此一竅不通。

然而我個人認爲，這麼一件神聖高尚、遠遠超出常人智慧理解的事，就像上帝照亮我們心靈的眞理一樣，爲了能在我們心中孕育和生根，還必須有上帝的協助、開恩和眷顧。我不認爲人本身具備完成此項任務的能力。如果他們能夠的話，那麼在過去幾個世紀以來，那麼多高士賢哲、人中俊傑，不至於空發議論一直達不到這樣的認識。唯有信仰才能窺測和領會我們宗教的深奧精微。但是這也不是說，利用上帝賦予我們的天然的和人體的工具來爲信仰服務，不是一項非常美麗和可敬的事業。透過學習和思考去讚美、傳播和豐富信仰的眞理，是我們對上帝之賜予作出最好的用途，沒有別的工作和計畫更值得一名基督徒去做了，這也是不容懷疑的。我們不僅在智慧和靈魂上爲上帝服務，還應該把身體也奉獻給他。我們用四肢、用動作、用外在的東西去頌揚他。信仰中注入我們全部的理智，但是始終不要忘了這一條，這種超自然神聖的奧祕，不是靠我們、也不是靠我們的努力和論斷能夠知曉的。

如果信仰不是出於特殊的天賦，而是透過理念和人力來接受的，這種信仰達不到盡善盡美的境界。當然我看我們還是只能透過這條道路享受信仰的樂趣。如果我們透過一種虔誠的信仰皈依上帝；如果我們是透過上帝而不是透過我們自己皈依上帝；如果我們的立足點與基礎都是以神爲主的，人的困擾就會失去原有動搖我們的力量。我們這座堡壘不會因微弱的炮火一擊就拱手讓人；新奇的追求、權貴的淫威、派別的建立，我們的意見急劇隨意的改變，絕不會動搖和改變我們的信仰，我們不會因聽到了新穎的論據，在巧言善辯的人勸說下信仰發生混亂。我們在風口浪尖堅定不移。

像一塊巨石屹立水中，
頂住襲擊的風浪，
擊碎四周咆哮的波濤。

——佚名

這道神聖的光一照到我們，到處明亮，不但我們的語言，還有我們的行動也都晶瑩透徹。我們所做的一切，都染上了這份崇高的光明。實施他的學說雖說是艱苦卓絕，人間各種學派沒有一個信徒不是以此指導自己的行爲和生活；然而基督徒對於這些天條聖訓僅是停留在口頭上，我們應該覺得羞恥。

你們願意看一看嗎？把我們的生活風俗跟穆斯林、異教徒相比，我們就不及他們。從我們宗教的長處來說，我們應該出類拔萃，使其他人望塵莫及；大家不是常說：「他們就是那麼公正、仁慈、善良嗎？那麼他們是基督徒了。」其他的表現在一切宗教中都是相同的：希望、信任、節日、儀式、補贖、殉道。我們的眞理的特點是我們的德行，它也是最接近天道的標誌，也是眞理的最艱難、最可貴的成果。好心的聖路易這樣做是很有道理的：那位韃靼國王皈依基督教後，計畫到里昂來吻教皇的腳，親眼目睹我們風俗中的聖賢流韻，聖路易再三勸阻，害怕我們漫無節制的生活使他對神的信仰大失所望。

然而後來有一個猶太人卻出於相反的原因皈依天主教。這個猶太人爲了同樣目的到羅馬，看到那個時期神職人員和老百姓的生活放蕩，更堅定他留在教內的決心，認爲在這些墮落和罪惡的人之中保持宗教的尊嚴和輝煌需要多大的力量和虔誠。

「你們若有信心像一粒芥菜籽，就是對這座山說，你從這邊挪到那邊，它也必挪去。」《聖經》上這樣說，我們的行動若受到神靈的指引和陪伴，就不只是人的行動了，它們像我們的信仰包含神奇。「你若有信仰，如何過光榮幸福生活的教導說來就簡單了。」（昆體良）

有的人要大家相信他們對自己不相信的東西是相信的。有的人——占大多數，要自己相信自己是相信的，然而不知道深入探究什麼是相信。

我們覺得奇怪，在這兵荒馬亂的年代，我們對事件發生和事態變化都已習以爲常了。這是我們只用自己的眼光來看這些問題。所謂正義在交戰的一方，這只是一種裝飾和掩蓋；在戰爭中援引正義，但是正義並沒有得到他們的接受、歡迎和信守；正義就像律師嘴裡的字眼，不是信徒心中的信仰。上帝對信仰和宗教，而不是對我們的情欲給予神奇的幫助。人占了主導地位，在利用宗教。事情應該顚倒過來。

不妨想一想，如果宗教掌握在我們的手裡，豈不像用蠟去塑造多少不同的形狀，跟不偏不倚的尺度是格格不入的。今天在法國這樣的事看得還不夠多嗎？有的人這樣解釋，有的人那樣解釋，有的人說成是黑的，有的人說成是白的，然而都同樣在利用宗教去完成暴力和野心的事業，在行爲暴戾和不義方面如出一轍，他們使人懷疑，他們在決定我們的生活行爲和秩序等大事上是不是像他們說的那樣有分歧？即使在同一個學派內，又何曾看見過更爲協調一致的做法？

還可以看一看我們是多麼厚顏無恥地玩弄神聖的學說，又多麼褻瀆神聖地根據政治風暴中變幻不定的命運，時而拋棄、時而接受。這條莊嚴的宣言：爲了保衛自己的宗教信仰，臣民可以拿起武器反抗他們的君王。首先讓我們想一想，僅在去年哪一方把「贊成」作爲本派的支柱，哪一方把「反對」作爲本派的支柱，再來看看現在說這些「贊成」和「反對」的人又分屬於哪個陣營；爲這項事業是不是比爲另一項事業少動干戈。有人說眞理應該忍受我們需要的桎梏，我們就判處這樣說的人火刑。在法國做的比說的又要壞多少？

還得說一說這個事實：即使從一支合法的、溫和的軍隊中去抽調純屬出於宗教熱誠而衝鋒陷陣的士兵，再抽調爲了保護國家法律或效忠君王的士兵，他們湊不成一個完整的連隊。在公眾服務中保持同樣意志和同樣進取心的人怎麼竟會那麼少？我們看到他們一下踱方步，一下快馬加鞭；同是這些人，有時粗暴貪婪，有時冷酷懶散，要不然就是在個人的和一時的利益驅使下鑾幹，把我們的事情弄糟，這又是為什麼呢？

我也看得很清楚，我們只想實施滿足自身情欲的宗教責任。沒有一種仇恨像基督徒的仇恨那麼深。我們在通向仇恨、殘酷、野心、貪婪、誹謗、反叛的斜坡上勁頭十足，若反過頭來，除非出現奇蹟生來就是好脾性，沒有人會朝善意、寬容和節制的道路直奔而去。

我們創立宗教是為了剔除罪惡，而現在卻在遮蓋罪惡、培養罪惡和鼓動罪惡。

俗語說：「不要把麥芒當麥子獻給上帝。」如果我們相信祂——我不說出於虔誠，而是出於一種普通的信仰（我說這話會叫大家慚愧）——如果我們相信祂，對祂像對其他歷史事件或一名同伴那樣熟悉，為了祂的無比慈愛和慷慨，我們就會愛祂勝過愛任何其他東西，至少不亞於愛財富、玩樂、光榮和我們的朋友。

我們之中的佼佼者害怕得罪他的鄰居、親戚、主人，卻不怕得罪上帝。一邊是墮落惡習的追求，一邊是不朽光榮的嚮往，兩者同樣熟悉，同樣誘人，然而誰頭腦那麼簡單，會用歡樂去交換光榮呢？往往我們對兩者都嗤之以鼻，要不是冒犯本身的樂趣吸引我們去褻瀆神聖，還有什麼別的樂趣呢？

有人向哲學家安提西尼傳授俄耳甫斯的神祕教義，教士對他說，那些加入這個宗教的人，將在死後享受永久的至樂，安提西尼回答說：「那你為什麼不自己去死呢？」

第歐根尼說話歷來唐突，這是他的一貫作風，一名教士也向他說教，加入他的宗派可以得到另一個世界的賜福，他說：「你是要我相信，阿格西勞斯和伊巴密濃達那些偉人下一世都很悲慘，而你這頭水牛就因為當了教士而活得非常稱心？」

這些得到至福的莊嚴許諾，如果換成了一個哲學課題而為我們所接受，我們覺得死就不會像現在這麼可怕。

臨死不再哀歎自己的消亡，
而會像蛇蛻皮或鹿換角，
那麼高興地離去。

——盧克萊修

有人說：「我情願離世與基督同在。」柏拉圖宣揚靈魂不滅，慷慨激昂，誘使他的幾名弟子尋死，爲了及早享受他暗示的希望。

這一切是一個非常明顯的例子，我們完全依照自己的方式，透過自己的手來接受我們的宗教，其他宗教也是這樣得到接受的。我們都是偶然出生在信仰這個宗教的國家裡，或者是我們尊重和維護先輩的宗教傳統和權威，或者是我們害怕宗教宣揚的不信教會遇到的威脅，或者是追隨宗教的許諾。那些考慮對我們的信仰起了作用，但只是補充作用，這些都是人與人的關係。在另一個地區，另一些人，用相似的許諾和威脅，可以使我們沿著同樣的道路信仰另一個完全對立的宗教。

我們當了基督徒，我們同樣也可以當佩里戈爾人或日爾曼人。

柏拉圖說，堅決不信神的人很少，遇上緊急的危難誰都會承認神的威力，這不是一位眞正的基督徒的作爲。凡人的行爲所能接受的宗教，只是一些凡人的宗教。人心卑微或懦弱時而抱有的信仰會是一種什麼樣的信仰呢？只是因爲沒有勇氣不信而相信的信仰又是多麼輕鬆的信仰！一種不良的情欲，如反覆無常，驚慌失措，能使我們的心靈正常嗎？

柏拉圖說，人透過理性的判斷，認識到一切有關地獄與來世的苦難都是無稽之談。但是隨著老年或疾病，他們面臨死亡愈來愈接近時，想到死後可怖的情景內心充滿恐懼，又會有了信仰。

因爲這些渲染會使人喪失勇氣，柏拉圖在他的《法律篇》中絕口不談這類的威脅，深信神不會給人造成任何苦難，即使有苦難降臨，也是爲了人的最大好處，有一種治療效果。

他們還談到皮翁的故事，他受了狄奧多羅斯的無神論的毒害，長期來嘲弄這些宗教人士，但是當死亡臨近時，他變得極端的迷信，彷彿神是按照皮翁的意願消失和出現的。

柏拉圖和這些例子要得出這樣的結論，我們皈依上帝，或是出於愛，或是出於迫不得已。無神論作爲一種學說好像是荒謬和違反自然的，儘管聲勢凶猛和難以駕馭，很不容易在人心中生根；有不少人由於虛榮心或自豪感，對世界表示一些高尚和改革的想法，從容沉著地宣揚無神論，雖然他們非常大膽，卻沒有力量在自己的良心上堅信不疑。你在他們的胸前捅上一劍，他們絕對會合攏雙手舉向天空。當畏懼或疾病打掉他們無法無天的狂熱時，他們必然回心轉意，悄悄回到公認的信仰和習俗。認眞探討的教義是一回事，膚淺的浮想又是一回事，那是來自某個人的想入非非、漂移不定、漫無邊際。可憐和沒有頭腦的人，他們妄圖當個亂世英雄卻又做不到！

柏拉圖的偉大心靈究竟只是從人的高度來說是偉大的，由於信奉異教的錯誤和對神聖的眞理的無知，他犯了另一個相似的錯誤，認爲更容易接受宗教的是兒童和老人，彷彿宗教是因人的蒙昧而創造和發揚光大的。

聯結我們的判斷和意願的紐帶、使我們的靈魂靠近創造主的紐帶，這個紐帶的伸縮和力量不應該來自我們的考慮、我們的理智和情欲，而是來自神聖的和超自然的牽動，只有一種形狀、一張臉和一團光輝，那是上帝的權威和聖寵，我們的心和靈魂一旦受信仰的支配，身子的其餘部分都相應調動，依照各自的能力爲信仰服務。這是理所當然的。所以沒法相信地球上沒有留下這位偉大的建築師鬼斧神工的痕跡，世界萬物中沒有按照創造主塑造的某些形象。他在這些崇高的創造物中注入了神性，只是我們愚昧才沒有能夠發現。

上帝親口對我們說他透過可見的事物來表達他的不可見的工作。塞邦從事這份有價值的研究工作，向我們指出世界上無物不顯示上帝的存在。如果宇宙不符合我們的存在，那就是違背了上帝的善意。天、地、元素、我們的肉身和我們的靈魂，一切物質在這一點上是一致的，只要找到使用它們的方法。如果我們能夠領會的話，它們會開導我們。因爲這個世界是一座非常聖潔的神廟，人得到引導進入裡面凝視神像，這些神像不是凡人的手創造的，而是受到神靈感應的手創造的；太陽、星辰、河流和土地，使我們通了靈性。聖保羅說：「自從造天地以來，神的永能和神性是明明可知的，雖是眼不能見，但憑藉所造之物就可以曉得，叫人無可推諉的。」

上帝對著大地敞開天空，
讓天空不斷地在我們頭上旋轉，
顯示上帝的面孔，把靈氣灌輸在我們身上，
爲了我們認清他，

學習他的步伐，注意他的法則。

——馬尼利烏斯

我們人的理智和觀念，就像沉重和貧瘠的物質，上帝的聖恩是表現形式，是聖恩給了它們形狀和價值。蘇格拉底和加圖的種種德行，因其目的中不包含對萬物的眞正創造主的愛和服從，不承認上帝，都是徒勞無益的。我們的想像和觀念也是如此；它們有一定的實質，但是不包含上帝的信仰和聖恩，就是一堆不成形、沒有樣子、沒有光明的物體。塞邦的論據有了信仰才有聲有色，四平八穩，他的理論可以給新入教者當作指引，讓他走上認識的道路；經過理論的塑造，能領會上帝的聖恩；我們的信仰是透過聖恩後才建立和完善的。

我認識一位很有聲望的文人，他向我承認透過塞邦的理論介紹，他改正了無宗教信仰的錯誤。即使你摒棄理論中的花絮部分和信仰宣揚部分，把它們純然看作是人的觀念，而去駁斥那些不信教跌入可怕黑暗深淵中的人，還是比任何其他人提出的同類理論更爲扎實和堅定，以致我們可以這樣對我們的對手說：

有更好的道理，請說出來。不然接受我們的權力。

——賀拉斯

他們要麼承認我們的論據的力量，要麼在其他地方針對其他問題提出內容有條有理的論據。

我已經不知不覺提到我想爲塞邦回答的第二個責難批評。

有的人說他的理論軟弱無力，無法用來論證他的要求，他們還準備輕易地動搖這些理論。對這些人要更加嚴厲駁斥，因爲他們比前一種人更加危險和狡猾。人很樂意按照自己的偏見去理解其他人著作的含義，無神論者愛把任何作者的書往無神論上拉，用他自己的毒汁去毒化無辜的內容，那些人的判斷帶有偏見，把塞邦的理論說得平淡無奇。他們還覺得現在他們自由自在，用純屬於人的武器去攻擊我們的宗教，他們絕不敢去攻擊充滿威嚴和戒律的宗教。

我覺得要掃除這種狂熱最有效的方法，是打落人的驕傲和自負，踩在腳下，讓他們感到人的虛妄、虛榮和虛無；從他們手中奪過人的拙劣的理性武器，叫他們在上帝的神威和權力面前屈服順從。知識和智慧只能屬於上帝，只有他能對自己作出評價，只有他能賦予我們值得驕傲的、有價值的品質。

因爲上帝不允許他人驕傲自大。

——希羅多德

打倒這種想法——這是惡魔暴政的主要基礎。「神阻擋驕傲的人，賜恩給謙卑的人。」（聖彼得）柏拉圖說，智慧存在於眾神之中，很少在凡人之中。

但是基督徒還是應該感到不小的安慰，看到自己腐爛易朽的工具多麼適用於神聖的信仰；若說把工具使用於腐爛易朽的事業上，它們才不會那麼密切結合，蘊藏那麼大的力量。不妨看一看，人在他的能力範圍內是否能提出比塞邦更強有力的理由，甚至人是否會透過論證和推理達到確實的信仰。

聖奧古斯丁在駁斥這些人時，有理由責備他們的不公正，因爲他們把人的理智終究不會理解的那部分信仰說成是虛假的。爲了指出許多東西，雖其本質與原因難以依照人的理智去探究，還是存在的或是以前存在過的，他列舉了某些公認的、無可迴避的、然而人人承認無法進行解釋的事實。這一切像其他事一樣，都經過細緻周到的研究。還應該做的是提醒這些人，要說明我們理智弱點的例子不勝枚舉，理智是那麼有缺陷和盲目，再明白的事理對它也是不夠清楚的，易與難也混淆不清，因而一切事物和大自然對於它的失誤與公正都同樣不以爲意。

眞理勸說我們躲開人間的哲學，諄諄教導我們說我們的智慧對神來說卻是愚拙；所有的虛榮中最虛榮的是人；人以爲自己知道什麼，按他所當知道的，他仍是不知道。人若無有，還自以爲有，就是自欺；這是在勸說我們什麼？聖靈的這些話非常明白生動地表達了我要說的話，我不需要其他論點來駁斥他們，他們必然會順從謙卑地接受他的權威。但是這些人只想自我鞭撻，不想別人用理智來清算他們的理智。

讓我們這時想一想孤獨的人，沒有外援，赤手空拳，得不到上帝的聖恩和眷顧，因而也沒有形成他本身的尊嚴、力量和基礎。讓我們看一看他這副模樣能夠存在多久。人引經據典地要我理解，人覺得自己遠勝過其他創造物是多麼有根據。然而是誰說服他相信，一望無際的美麗天空，終年流轉不息的日月星辰，無垠海洋的驚濤駭浪，從開天闢地以來是爲了人類的便利和福祉而存在的？這個可憐脆弱的創造物，連自己都不能掌握，受萬物的侵犯朝不保夕，卻把自己說成是他既沒有能力認識、更沒有能力統率其一小部分的宇宙的主宰，還有比這個更可笑的狂想嗎？人還自稱在茫茫太空中唯有他獨一無二，唯有他領會宇宙萬物的美，唯有他可以向創造主表示感恩，計算大地的得失，這又是誰給了他這個特權？請他向我們出示這份光榮顯赫的詔書吧！

這些詔書是不是只發給了賢人？那麼收到的人不會太多。愚人與壞人配不配有這份特殊的恩寵，他們居於社會底層，是不是比大家更應得到眷顧？

我們要相信這個人說的話嗎：「要問世界是爲誰創造的呢？自然是爲那些頭腦靈活，善用理智的人創造的；他們是神，是人，肯定是最完善的創造物。」（巴爾布斯）這種荒謬的提法，我們怎麼否定也不算過分的。

但是，可憐的人，他身上究竟有什麼值得享受這樣的特權呢？仰觀天體這些不朽的生命，它們那麼壯麗華美，它們那麼有規律地運轉不息：

> 當我們舉目凝視無垠的蒼穹，
> 星光閃爍中的以太；
> 當我們思索日月的運轉；
>
> ——盧克萊修

想到這些天體不但主宰我們的生命和時運，

人的行爲和生命都取決於日月星辰。

——馬尼利烏斯

還主宰我們的愛好、我們的推理、我們的意志；它們的影響可以任意擺布萬物，我們的理智也是這樣告訴我們和有這樣感覺的。

理智承認遙遙相望的星辰
透過祕密的法則支配著人，
地球透過有序的行動旋轉，
命運的變化也受這些信號調節。

——馬尼利烏斯

星辰稍一轉動，不但是一個人，不但是一位國王，就是王朝、帝國、整個塵世都隨著變化，

這些不覺察的行動會產生極大的效果
甚至可以對國王發號施令！

——馬尼利烏斯

如果我們的德行、我們的罪惡、我們的能力和知識、還有我們對星辰力量的理解，把星辰跟人類相聯繫，以上這些從我們的理智來判斷，都是透過星辰的啓發和恩賜而來的。

一個人懷著瘋狂的愛，
跨過海洋摧毀了特洛伊，
另一個人的命運是制訂法律；
這裡有孩子殺害父親，父母殺害子女；
兄弟進行鬩牆之爭，
這場戰爭不取決於我們，
命運強迫人鬧得天下大亂；
我談到命運，也是從命運而來。

——西塞羅

如果是天賜予我們這份理智，我們這份理智如何能與天相比呢？如何把天的精神和原則包容在我們的知識中呢？我們觀察到天體內的東西叫我們吃驚。「是什麼樣的工具、杠杆、機器、工人，建成了這麼一座壯麗恢宏的建築？」（西塞羅）

我們怎麼能說日月星辰是沒有靈魂、生命和理智的呢？我們對它們除了服從以外並無其他往來，如何能認爲天體是愚蠢的、靜止的和沒有感覺的呢？我們怎麼能說，我們看到除了人以外沒有其他創造物會運用理智呢？這是什麼話！我們還見過類似太陽這樣的東西嗎？只因爲我們沒有見過就不存在嗎？只因爲我們沒有見過太陽旋轉，太陽就不旋轉了嗎？如果我們沒見過的東西就不存在，我們的知識就大爲貧乏：「我們的思想領域是那麼狹窄！」（西塞羅）

像阿那克薩哥拉把月亮看成是天空中的一顆地球，上面還有高山河谷；像柏拉圖和普魯塔克，還在上面建立供人使用的住宅和殖民地，把我們的地球建成一顆發光明亮的星球，那些豈不是人的虛榮造成的幻象？「在人性的種種謬誤中，還應該算上心靈的盲目性，不但使我們迷惑，還使我們執迷不悟。」（塞涅卡）——「會腐爛的身體拖住了靈魂，這個沉重的軀殼，壓制了人的雄心壯志，把人留在地面上。」（聖奧古斯丁）

## 第二節　驕傲自負的人

自高自大是我們與生俱來的一種病，所有創造物中最不幸、最虛弱、也是最自負的是人。他看到自己落在蠻荒瘴癘之地，四周是汙泥雜草，生生死死在宇宙的最陰暗和死氣沉沉的角落裡，遠離天穹，然而心比天高，幻想自己翱翔在太空雲海，把天空也踩在腳下。就是這種妄自尊大的想像力，使人自比爲神，自以爲具有神性，自認爲是萬物之靈，不同於其他創造物；動物其實是人的朋友和伴侶，人卻對它們任意支配，還自以爲是地分派給它們某種力量和某種特性。他如何憑自己的小聰明而知道動物的內心思想和祕密？他對人與動物作了什麼樣的比較，而下結論說動物是愚蠢的呢？

當我跟我的貓玩時，誰知道是牠跟我消磨時間還是我跟牠消磨時間？柏拉圖在描述薩圖恩黃金時代說，那時人的主要長處中有一條是他懂得與動物交流，從牠們那裡學到東西，知道每個動物的眞正品質和特點；人由此養成一種充分理解和謹愼的態度，也使自己的生活過得遠遠比我們幸福。還需要更好的證據來說明人對動物的冒失行爲嗎？這位偉大的思想家贊成這個看法：大自然賦予動物的形體，大部分是作爲預測使用的，以使人到時候可以利用牠們預測未來。

動物與人不能交流，爲什麼不說成既是動物的缺點也是人的缺點呢？我們不能相互了解，這是誰的錯也只能靠猜測。因爲我們對牠們的了解不比牠們對我們的了解多。基於同樣的理由，我們把牠們看作動物，牠們也可能把我們看作動物。我們聽不懂牠們的話，也不是什麼大驚小怪的事，我們不是也聽不懂巴斯克人和洞穴人的話嗎？

可是有人自誇聽得懂動物的話，如蒂亞那的阿珀洛尼厄斯、墨蘭普斯、蒂勒西亞斯、泰勒斯和其他人。還據宇宙學家說，有的國家還有立狗做國王的，他們就必須對狗的吠叫和動作給予某種說明。我們應該注意我們之間的共同之處。我們對動物的意思有點了解，動物對我們的意思也有點了解，兩者程度相差不多。動物喜歡我們、威脅我們、需要我們；我們對牠們也是這樣。

目前，我們顯然發現牠們之間的交流是全面充分的，不但牠們同類之間如此，在不同類之間也如此。

不會說話的動物，甚至那些野獸，

發出不同的叫聲
是表達畏懼、痛苦，或快樂。

——盧克萊修

馬聽到某種吠叫聲知道狗在發怒，其他吠叫聲聽了不會害怕。還有不出聲音的動物，從牠們協調一致的工作來看，我們可以判斷牠們之間有其他交流的方法：牠們的動作就是語言和商量。

就像不能說話的孩子
用手勢補充自己無力的聲音。

——盧克萊修

我們的聾啞人不就是用符號來吵架、辯論和講故事的嗎？動物為什麼不可以這樣做呢？我還見到有的人在這方面訓練有素，實際上不需要什麼就會讓人家完全了解；談情說愛的人生氣、和解、求情、感謝、約會……，總之表白一切事情，用的都是眼睛。

即使沉默本身
也會求情和說明意思。

——塔索

手難道不是這樣嗎？我們需要、答應、呼人、辭退、威脅、祈禱、懇求、否認、拒絕、詢問、讚賞、計算、表白、後悔、害怕、難為情、懷疑、教育、下命令、促進、鼓舞、詛咒、作證、控訴、譴責、原諒、謾罵、輕視、挑戰、氣惱、諂媚、喝采、祝福、屈辱、譏笑、勸解、囑咐、激勵、慶賀、享樂、埋怨、傷心、氣餒、失望、驚奇、喊叫、不言不語……這一切不都是用變化萬千的手勢來表示的嗎？就是舌頭也不過如此。

我們用頭表示：邀請、辭退、承認、否認、駁斥、歡迎、祝賀、尊敬、鄙視、要求、回絕、高興、訴苦、撫慰、訓斥、屈從、抗拒、煽動、威脅、保證、打聽。還有眉毛呢？還有肩膀呢？沒有一個動作不包含一種不學自明的語言和一種公眾使用的語言；由於這跟其他的語種和用途不同，可以視作為人性的固有物。

我還沒有提到人在特殊情況下突然需要學習的語言，如：手語、肢體語言和依靠它們來完成和表達的學問，還有大普林尼所說沒有其他語言的國家。

阿布代勒城中的一位大使，向斯巴達的亞基斯國王發表長篇大論以後，問國王說：「陛下，你有什麼話要我帶回去轉達給我的人民？」「我讓你帶回去的話，你怎麼說也可以，說多久也可以，一個字也不用出聲。」這豈不是最雄辯和最聰明的沉默嗎？

總之，人的哪一種長處不可以在動物的行動中找到？還有什麼比蜜蜂的工作更加按部就班、有條不紊的？這種各司其職、密切配合的合作，我們怎麼能夠想像沒有理智、沒有策劃也可以進行的呢？

看到這些信號和例子，

有人說蜜蜂心中藏有神性和靈氣。

——維吉爾

還有燕子到了春天飛回來，在我們房屋的各個角落探測，在千百個地方尋找和選擇最適宜築窩的地方，難道是沒有判斷和識別力的嗎？再看那些美麗迷人的鳥窩結構，這些飛禽選擇一個方框而不是一個圓框，選擇一個鈍角而不是一個直角，難道不明白其中的特點和效果嗎？牠們有時含水，有時含泥，難道不知道泥摻上水會軟化嗎？牠們在窩裡鋪上青苔或絨毛，難道不是預見到小鳥的細爪子躺在上面更加舒適柔軟嗎？牠們把窩築在東方，避風遮雨，難道不知道各種風有各種風的情況，某種風比另一種風更有益於鳥的成長嗎？爲什麼蜘蛛織網一處厚而另一處薄？在這個時刻打這樣的結而不打那樣的結，難道牠們不討論、不思考和不下結論嗎？

在大多數生物工程中，我們看到足夠的例子，說明這些動物的智慧超過我們，我們的技術無法摹仿牠們。我們運用全部的心智和技巧，做出來的東西還是不及牠們的細緻。爲什麼我們做不到牠們那樣？爲什麼我們把超越我們天賦和技能的工作，歸結於什麼無法理解的天然性和盲目性呢？

這樣，我們無意中承認了牠們比我們優越得多，大自然像慈母一樣，在生活各方面和各種場合陪伴牠們，攙著手指引牠們；大自然對我們則任其自生自滅，要我們爲了求生存，費盡心機去做一切。就是靠勤奮和用心也不讓我們達到動物生來就有的本領，就是牠們的魯鈍愚昧也遠遠超過我們的天賦智慧。

說實在的，在這方面，我們有理由說大自然是一個非常不公正的後母。但是這沒關係。人的組織不是完全雜亂無章的。大自然把所有創造物放在一個宇宙內；沒有一個創造物不充分具備爲了自身生存而必需的手段。

大家的意見眾說不一，時而把人捧到九霄雲上，時而把人貶得無地自容；但是我聽到人的普遍抱怨是：我們是唯一的動物，赤裸裸地被拋棄在赤裸裸的土地上，四肢受到束縛，沒有武器自衛，只靠其他動物的皮毛蔽體；而所有其他創造物，大自然都根據生存的需要，賜給牠們貝殼、厚皮、毛髮、羊毛、針芒、裘皮、茸毛、羽毛、鱗片、濃毛、絲；給牠們裝上尖爪、利齒、長角，作爲衝擊和自衛之用；還教牠們必需的本領，泅水、飛翔、唱歌；而人一出世既不會走路、也不會說話、也不會吃，倒是天生地會哭：

孩子，當大自然用力把他拉出母胎，
讓他看到天日，像被波濤拋上了海灘的水手，
赤身裸體躺在地上，
說不出話，沒有生路。
他的哀哭聲響徹空中，
就像知道人生中要承擔多少苦難！
然而家畜和野獸都會成長；
不需要玩具，也不需要慈祥奶媽的溫柔話；

不用根據季節換衣服，
不需要武器，不需要城牆保護財產，
既然大地本身
和豐盛的大自然提供一切。

——盧克萊修

這些埋怨是不對的，世界的結構中包含更大的平等和更和諧的關係。

我們的皮膚也和動物的皮膚同樣堅實，足可抵禦歲月的侵蝕；有許多國家還沒有使用衣服，可以爲證。我們古代高盧人穿得很少；我們的鄰居愛爾蘭人，居住地的氣溫要冷得多，也是如此。

但是我們透過自己還判斷得更準確：我們喜歡暴露在空氣和風中的肉體部位，根據習慣的需要，如面孔、腳、手、大腿、肩膀、頭，證明都是可以忍受寒冷的。我們身上也有虛弱的部位，好像特別畏寒怕冷的應該是進行消化的胃部，我們的祖先是讓胃袒露的；而我們的女性儘管嬌嫩柔弱，有時身上衣服忽隱忽現，掛在肚臍眼上。兒童也沒必要全身裹紮；斯巴達的母親撫養孩子，讓他們四肢自由活動，既不紮緊也不彎曲。我們出生時哭，其他大部分動物出生時也哭；即使出生後很久，哭泣嗚咽的也不在少數；尤其這種姿態跟他們感到虛弱無力是相一致的。至於要吃，那是我們人和動物都不用學的天性。

每個創造物都感到自己的天性與力量。

——盧克萊修

誰會懷疑一個孩子到了自食其力的階段，不知道自己應該覓食呢？地上不需要種植和技術就盛產果實，足夠供應他的需要，雖然土地不是一年四季都有出產，但是對動物是不缺乏的。我們看到螞蟻和其他動物都有儲糧度過一年中的無收成季節。我們不久前發現的這些國家，①不用細心管理，肉類和天然飲料就那麼豐富，比比皆是；我們從那裡獲悉麵包不是人類唯一的食品，不用耕種，大自然母親就使我們應有盡有；好像那裡的出產比我們現在用上技術的時代還要富饒豐裕。

土地自發爲人類生產
發亮的穀物和晶瑩的葡萄；
奉獻甜蜜的水果和茂盛的牧場，
如今要苦心經營才勉強長出莊稼；
耕牛和農民在上面做得氣喘吁吁。

——盧克萊修

① 指美洲新大陸。

我們的貪婪無度超出我們爲了滿足需要而獲得的所有成就。

至於武器，我們掌握的天然武器比大多數的動物多，肢體動作也更多，生來不用學習就可以做許多事情；那些受過裸體搏鬥訓練的人，也像我們那樣奮不顧身去冒險。如果有的野獸這方面超過我們，我們卻也超過許多別的野獸。我們生來還有強身護體的本領。

不錯，大象準備戰鬥時磨尖長牙（牠的長牙是專爲搏鬥備用的，平時絕不作其他用途）；當公牛前去交鋒時，周圍揚起塵埃；野豬磨得牙齒銳利，要跟鱷魚決鬥時，還在全身塗上厚厚的汙泥，乾燥後像一層鎧甲。爲什麼不能說這跟我們用木頭和鐵器武裝自己同樣自然呢？

至於說話，如果不是天生的當然也就不是必需的。可是，我們相信，一個孩子若出生在荒野之中，遠離人間交往（雖然這樣的事很難驗證），還是有某種語言表達他的意思的；大自然把這個能力給了其他許多動物而不給人，這是不可相信的。因爲我們看到牠們發脾氣，表示高興、相互求助、求愛，用的也是聲音，這種才能不是語言，那是什麼？牠們跟我們說話，我們跟牠們說話，牠們之間怎麼會不說話呢？我們有多少方法跟我們的狗說話？狗都會回答我們。我們跟牠們與跟鳥、跟豬、跟牛、跟馬都有不同的語言、不同的叫聲，按照物種不同而有不同的表達方法：

黑壓壓一大堆螞蟻，
有幾個走到中間，可能在打聽

行走的路線和得到的食物。

——但丁

我覺得拉克坦希厄斯說過動物不但會說話，還會笑。我們的居住地不同、語言也不同，動物也有這種情況。亞里斯多德提出山鶉因棲息地不同，歌聲就有區別。

……許多鳥

根據季節不同，叫聲也不相同，

有的鳥因氣候的變化，

聲音會變粗。

——盧克萊修

但是荒野中成長的孩子會說什麼樣的語言這就難說了，靠猜測則沒有多大意義。如果有人對於這點不以爲然，向我提出天生的聾啞人不會說話，我要回答的是這不但是因爲耳朵沒有受過語言的訓練，更在於他們失去的聽覺能力是跟語言能力相通的。這兩種能力在生理上密不可分，以致我們要說的話，首先應該對我們自己說，讓聲音進入我們的耳膜，然後才能進入其他人的耳膜。

我說這話是強調人間的事是相通的，把人類融入到大環境中。我們並不高於也不低於其他創造物。賢人說，在日光之下的一切接受同樣的法則和禍福。

一切都處於自身的鎖鏈和命運的束縛之中。

——盧克萊修

這裡面有區別，有不同的等級和程度；但是大自然的面貌是相同的。

每種創造物都有自己的發展規律，
個個又遵循大自然確定的法則。

——盧克萊修

人也應該限制和安排在這種法則範圍內。可憐的人也不能越雷池一步；他受到束縛和阻礙，跟同類的其他創造物一樣服從相似的義務，享受一般的條件，沒有眞正和主要的特權和優待。人對自己想入非非，既無實質也無意味，說來也是，動物之中唯有人有這種想像的自由，不著邊際地對自己提出什麼是、什麼不是；什麼要、什麼不要，眞眞假假——這是人的一個長處，得來不易，但是不必爲之興高采烈，因爲正由此產生了痛苦的源泉，使他困擾不安：罪惡、疾病、猶豫、騷亂、失望。

爲了回到我們的話題，我要說的是，認爲動物做事是天性使然和迫不得已，而我們做事是透過選擇和經過思考，這是沒有道理的。我們應該下結論說，相似的效果出於相似的天賦，因而也必須承認，我們在工作時有推理和方法，動物也有推理和方法。爲什麼我們要想像動物有這種天生限制，而我們自己沒有限制呢？

此外，受到天性的指引而走正道、做正事，這更接近上帝，比倉促任意地自由行事更加光榮，我們的行爲由上帝指導比由自己指導更加可靠。妄自尊大的虛榮心使我們更願意把我們的知識歸於自己的努力，而不是上帝的慷慨；說到其他動物多虧得到先天的好處，而自己全憑後天的才能而顯得高貴榮耀；我覺得這純然是天眞幼稚的想法，從我個人來說，我看重與生俱來的品質，也看重我透過學習討教得到的素養。捨上帝和大自然的恩澤而要得到更好的人生指導，這不是我們之力所能做到的。

因而，色雷斯的居民要通過一條水面結冰的河流時，就把狐狸趕在前面引路。我們看到狐狸走到河邊，把耳朵貼在冰塊上，從水流聲聽出水面離冰塊有多少距離，探測冰塊的厚度，決定往後退或往前走，我們不是可以認爲像我們所做的一樣，狐狸也在動腦子推理嗎？這是從本能感覺得出的推理和結論：有聲音，表示有動靜；有動靜，表示沒有結冰；沒有結冰，表示水在流動；水在流動，就經不住重量。若把這些僅僅歸結於聽覺的靈敏，沒有推理、沒有結論，這是胡說，我們不能這樣去想。同樣，我們捕捉野獸有種種做法，野獸也就有保護自己的種種詭計和創造。

如果我們有能力捕獲野獸，馴服野獸，按照我們的意志利用野獸，就認爲我們比牠們優越，其實人與人之間也有這種優越。我們的奴隸也是聽從我們使喚的。敘利亞女奴克利瑪西特人不就是匍匐在地上，讓貴婦人上馬車時當腳蹬和階梯使用嗎？大部分自由人爲了蠅頭小利爲別人賣命，聽任別人使喚。色雷斯人的妻妾爭著要在丈夫的墓前殉葬。暴君從來不愁沒有足夠的人對他們忠心耿耿，還有人自告奮勇希望在暴君死後像在生前那樣侍候他們。

也有全軍士兵對他們的將領這樣效忠的。嚴格的角鬥學校內的角鬥士還發表至死不悔的誓言，誓言中包括這樣的承諾：我們發誓讓人鎖上鐐銬，受火灼燒，用匕首刺殺，忍受師傅要入冊登記的角鬥士忍受的一切；非常虔誠地爲他奉獻身體和靈魂。

你可用火灼燒我的頭，
用刀劍捅破我的身子，
用鞭子抽裂我的背脊。

——提布盧斯

這是一種眞正的義務，某一年有一萬人起誓進入這所學校而沒有出來。

當斯基泰人給國王舉行葬禮時，他們在國王的屍體上掐死他最喜愛的王妃、他的司酒官、馬廄總管、內侍、寢宮掌門官、廚師。在國王的忌日，他們選了五十名年輕侍從，用木棍捅穿背部，從脊柱到咽喉，這樣縛在五十匹馬背上，圍繞國王的陵墓轉圈示眾，然後連人帶馬統統殺死。

侍候我們的人地位低微，得到的待遇還不及我們對飛禽、馬匹和狗那麼細心周到。我們爲了取悅寵物哪一點沒有想到？王爵洋洋得意地爲這些動物做的事，我覺得最卑賤的奴僕不見得樂意爲他們的主人這樣做。

第歐根尼看到他的父母努力贖回他的自由，他說：「他們瘋了，現在是我的主人在照顧我、養育我、侍候我。」那些馴養動物的人應該說是在侍候動物，而不是被動物侍候。

可是，動物在這一點上表現更加高尚，從來沒有由於缺乏勇氣，一頭獅子去侍候另一頭獅子的，一匹馬去侍候另一匹馬的。我們追獵動物、老虎和獅子也追獵人，每種動物都對另一種動物進行同樣的追逐：狗追逐兔子、白斑狗魚追逐冬穴魚、燕子追逐蟬、鷹追逐烏鶇和雲雀；

鸛在偏僻的地方找到小蛇和壁虎，
餵養自己的子女。
朱庇特的蒼鷹在森林裡
追逐兔子和鹿。

——朱維納利斯

我們跟我們的狗和鳥分享獵物，也同甘共苦；在色雷斯的安菲波利斯山上，獵人和野鷹對分捕獲的獵物；在米蒂斯湖（亞速海）的沼澤地，如果漁人不誠心誠意地把捕獲物分一半給狼，狼會立即撕破他的漁網。

我們在打獵中講究機智多於力量，如結網、套索和釣餌，野獸之間也有這樣的情況。亞里斯多德說墨魚會從頸子裡吐出一根長長像線似的腸子，拋得很遠，隨時可以收回。牠看到小魚游近，讓小魚咬到這條腸子的尖端，自己身子躲在沙土或窪坑裡，慢慢把腸子往回拖，直到小魚離得很近，一撲把牠攫住。

至於力量，世間沒有一個動物像人那樣不堪一擊，只需一條鯨魚、一頭大象、一條鱷魚、一個其他類似的野獸，就可以傷害一大群人；蝨子就足以叫蘇拉的狄克推多職位出現空缺。②一位偉大的凱旋而歸的皇帝，他的心和他的生命，只是一條小蟲的口中食。

爲什麼因爲人能夠辨別什麼東西可以養身治病、什麼東西不可以養身治病，了解大黃和水龍骨的藥性，就說人由於聰明和思考就有了知識呢？讓我們看看康迪的山羊，牠受了箭傷，就會在千百種野草中尋找白鮮來治傷。烏龜呑下了毒蛇，立即尋找牛至來清理腸胃；蜥蜴用茴香明目、鸛用海水灌腸、大象不但會拔掉自己同類，甚至主人在交戰時身上所中的標槍和箭矢（以亞歷山大大帝所殺的波魯斯國王的大象爲例），而且動作熟練，連我們也做不到那樣毫無痛苦。我們爲什麼不說這也是知識和謹愼呢？爲了貶低牠們而說牠們知道這樣做是受之於天賜的教育，這沒有否定牠們有知識和知道謹愼，反而更有理由認爲牠們從這麼可信的教師那裡學得比我們還好。

克里西波斯在許多事情上跟任何哲學家一樣，看不起動物的能力，然而他注意到狗的這些行動：狗尋找失散的主人或追逐逃跑的獵物，到了三岔路口，先後試過兩條路，肯定找不到牠要追尋的蹤跡後，必然毫不猶豫地奔上第三條路。克里西波斯不得不承認這條狗也有過這樣的推理：「我追蹤主人直到這三岔口；他必然要去這三條路中的一條路；既然他沒有去這條，也沒有去那條，那麼走上另外這條肯定沒錯。」經過這番推理，得出這個結論後，牠對第三條路再也不多想，也不再探測，而是憑理智往前直奔而去。這完全是辯證法，對各種前提進行分析和綜合的能力，這條狗都是透過自己掌握的，豈不是不亞於特拉布松的喬

---

② 蘇拉（西元前一三八—前七十八年），羅馬政治家。傳說他的死因是一種蝨子傳染的病引起的。

治。③

還有，野獸不是不會依照我們的方式接受教育。烏鶇、烏鴉、喜鵲、鸚鵡，我們教牠們說話；我們看出牠們的聲音和呼吸那麼舒展自在，可以對牠們進行訓練，發出某些字母和音節，這說明牠們內心也有思想，馴順好學。我相信每個人都很高興看到街頭藝人教他們的狗玩那麼多的花樣，用語言指揮牠們做各種動作和跳躍，狗跳舞從來不會踩錯一個拍子。

我看到這件雖說是常見的事感到更加欽佩，那就是在鄉村和城市給盲人引路的狗。我注意到牠們如何停留在一些習慣得到施捨的門前；牠們如何帶主人避過馬車和大車的衝撞，雖然這中間有足夠的空隙可以供狗自己通過；我也看見過，有的狗沿著城裡的一條溝，自己走一條壞路，留出平坦的路給主人，防止跌進溝裡。這條狗怎麼會知道牠的責任不僅是保護主人的安全，還不顧自己不便也要侍候主人呢？牠又怎麼懂得這條路對牠是夠寬的，對牠的主人又是不夠寬的呢？這一切沒有思考和推理會懂嗎？

還不應該忘記普魯塔克提到他和韋斯巴薌老國王，在羅馬馬塞魯斯的劇場見到的一隻狗。一個街頭藝人演出幾幕劇碼，扮演幾個角色；有一隻狗輔助他，也扮演一個角色。其中有一場戲需要牠吞服了毒藥後裝死，狗噬下用麵包做的毒藥後立刻開始發抖和搖晃身子，彷彿藥性發作全身難過；最後直挺挺躺在地上像死了一樣，按照劇情需要牠被人從一個地方拖到另一個地方；然後當牠知道時間到了，又開始輕輕動了起來，彷佛剛從熟睡中醒來，抬起

---

③ 特拉布松的喬治（一三九六—一四八六），語法學家和邏輯學家，亞里斯多德作品的譯者和注釋者。

頭左顧右盼，叫人看了無不稱奇。

在蘇薩的御花園中，有幾條牛轉動大輪子水車，灌溉花園，輪子上繫了水桶（在朗格多克地區是很多的），牠們接受命令每天轉動一百圈，養成習慣完成那個任務，用什麼力量也沒法叫牠們多轉動一圈；完成任務後牠們乾脆停步不動。我們要過了童年才會數到一百，不久前還發現有的國家根本不知道數學。

教育別人比受別人教育還需要更多的理智。根據德謨克利特的判斷和證實，我們許多技術還是動物教會我們的：蜘蛛教編織、燕子教蓋屋、天鵝和夜鶯教音樂，許多動物用實例教治病。亞里斯多德認爲夜鶯教小鳥唱歌，要花費時間和心思，而被我們關在籠子裡的夜鶯，沒有機會跟父母學習，歌聲就遜色多了。從這件事也可看出透過學習和鑽研才會取得進步。

即使野生的夜鶯，歌聲也不是一模一樣的，每隻夜鶯根據自己的能力來學唱；牠們在學習時還相互嫉妒，爭吵得不亦樂乎，有時失敗者還死在地上，嚥氣也比唱得不好聽強。那些小鳥若有所思地蠕動身子，開始學習某些唱腔；學員聽著教員的講授，用心記住；牠們輪流停頓不唱，使人覺得牠們在聽教員的糾錯和訓斥。

阿利亞努斯④說，他以前看到一頭大象在屁股上放一片鈸，在鼻子上也繫了一片鈸，牠

---

④ 原文爲阿利烏斯。據《七星文庫·蒙田全集》，應爲阿利亞努斯，希臘歷史學家、哲學家（西元九十五—一七〇年）。

敲一聲，其他的象繞著圈子跳舞，在樂器的指揮下，跟著節拍忽而抬身、忽而伏下，很高興聽到這個和諧聲。在羅馬的演出中，大象表演是屢見不鮮的，牠們跟著人聲走動，跳舞隊形來往穿梭，變化不定，有的節拍還是很難學的。顯然這些大象私下也記住這些訓練，用心操練，免得被馴獸師訓斥責打。

還有一則喜鵲的故事尤其離奇，普魯塔克可以爲我們作證。這隻喜鵲養在羅馬一家理髮店裡，聰敏非凡，能夠摹仿一切聽到的聲音。有一天，幾支喇叭停在店門口吹了很久；從那時起，以及第二天，這只喜鵲若有所思，一聲不出，很抑鬱，大家都很奇怪。有人認爲是喇叭的吼聲嚇壞了牠，使牠同時失去聽覺和發聲。但是他們最後發現這隻喜鵲在韜光養晦，心裡在琢磨和練習喇叭的聲音。以致牠重新開口第一聲就是逼眞地重現抑揚頓挫的喇叭聲，自此以後唱歌風格煥然一新，再也不屑去唱從前會唱的一切了。

我還要提另一則有關狗的故事，也是這位普魯塔克說他親身經歷的（我知道我在敘述時缺乏次序，但是今後在這部作品中敘述這些故事時也不見得會遵守）。普魯塔克乘在一條船上，有一隻狗看到一只水罐底有一層殘油，罐口小，牠的舌頭就是舔不到，去銜了幾塊石頭放到水罐裡，直到油浮到罐口，牠可以舔到爲止。這不是一種非常精微的思維嗎？有人說巴爾巴里的烏鴉在要喝的水太低時也是這樣做的。

這件事跟大象之國國王朱伯敘述的大象故事很相似。獵象的人設下巧計，挖了一個深洞，在上面蓋了一些小草作爲僞裝，有一頭象中計跌了進去，牠的同伴連忙運來石頭和木條，拋進洞裡幫助牠爬了上來。

這個動物在許多其他方面跟人的能力非常接近，如果我要詳細敘述這些親身經歷的例子，可以輕易證實我一貫主張的論點：人跟人的差別要大於人跟動物的差別。

敘利亞的一家私宅內，主人命令馴象師飼養大象，馴象師每頓扣下一半的食物；一天，主人要親自餵養大象，把他指定的大麥定量全部倒入食槽內；大象對馴象師狠狠看了一眼，用鼻子撥出一半定量，以此揭露別人對牠的虧待。另一頭大象看到馴象師在飼料中摻入石塊補足分量，就走到他燒煮午餐的肉罐前，在裡面放滿了灰塵。這都是一些特別的例子。有目共睹、眾所皆知的事實還有，在中東國家的軍隊裡大象組成最強大的戰鬥力，其發揮的影響遠遠超過我們今天在陣地戰中的炮兵部隊（凡熟悉古代史的人，對此不難判斷）：

這些大象的祖先久經沙場，
服務於我們的將軍和莫洛沙國王，
背上馱著步兵、輜重，
像一隊騎兵走向戰鬥。

——朱維納利斯

人必須充分信任這些動物的忠誠和思維能力，才讓牠們衝鋒陷陣的，在這種場合，由於牠們的軀體龐大笨重，前進中稍一停頓、稍一驚慌，轉過身會使陣腳大亂。實際上牠們後退撲向自己的隊伍，這類事要少於士兵自相踐踏、全線崩潰的例子。牠們不但在戰鬥中執行簡單的行動，而且還擔當好幾項任務。

同樣，西班牙人在征服新大陸的印第安人時也使用狗，他們還分發軍餉和戰利品給狗，這些動物表現出機智善斷，奮勇頑強，根據時機乘勝追擊或停止前進，衝鋒或後撤，善於辨別敵友。

我們讚賞和看重遠方的事甚於日常的事，不然我不會對此長篇大論津津樂道。因爲，根據我的意見，誰要是仔細觀察我們日常見到、生活在我們中間的動物，發現令人讚歎的例子不會少於我們古代和異國的傳聞，因爲天性是一樣的，綿延不斷。對現狀有了足夠的了解，也可以對過去和未來作出結論。

以前，我見過從海外遠方國家帶回來的人，我們不懂他們的語言，他們的禮節、姿勢和服裝，跟我們迥然不同，我們誰不把他們當野蠻人和未開化的人？看到他們沉默不言，不懂我們的語言、我們的吻手禮、我們的屈膝行禮、我們的穿著、我們的舉止，誰不認爲是愚蠢和痴呆？彷彿人都應該以我們作爲楷模。

凡是我們覺得奇怪的東西，我們不理解的東西，我們都加以譴責，我們對動物的評論也是如此。動物跟我們有許多共同點；我們從比較中可以得出某些推測；但是牠們有一些特點，我們知道是什麼嗎？馬、狗、牛、羊、鳥，跟我們一起生活的大多數動物，辨得出我們的聲音、服從我們的聲音。克拉蘇甚至還有一條海鱔，當他一叫就應聲游到他的前面。還有阿瑞托薩泉水裡的鰻魚也是如此。我還看到魚塘裡的魚，飼養的人一聲叫就游過來覓食：

牠們都有名字，主人一呼，

個個應聲而來。

——馬提雅爾

我們可以據此來作判斷。我們還可以說大象還有宗教意識，經過好幾次洗手和淨身禮後，到了一定的時候高高舉起鼻子，像舉起手臂，眼睛盯著上升的太陽，沉思默想，不用教育和告誡，都出於自發。我們在其他動物身上沒有看到這種舉動，但是也不能就此說牠們沒有宗教意識。我們不能對看不見的事妄加評論。

哲學家克里昂特斯觀察到這件事，跟我們的事很像，我們可以從中發現一些問題。他說：他看到從一個蟻穴裡走出一群螞蟻，扛了一隻死螞蟻，朝另一個蟻穴走去。從第二個蟻穴走出一群螞蟻，走到第一群螞蟻面前，彷彿跟牠們談話。一起待了一段時間後，第一群螞蟻回去好像是去跟同伴商量，因為談判困難，這樣來回走了兩、三趟。最後第二群螞蟻從洞裡抱出一條小蟲交給第一群螞蟻，彷彿作為死螞蟻的贖物；第一群螞蟻扛了小蟲回到自己的洞裡，把屍體留給了第二群螞蟻。

以上是克里昂特斯對這件事的解釋，以此證明沒有聲音的動物，實際上不是不存在相互交流，我們無法參與是我們的缺點，我們不應對這事愚蠢地說三道四。

動物還有其他活動，遠遠超過我們的理解力，不要說我們無法摹仿，甚至連想像也無法。許多人認為在這場安東尼輸給奧古斯都的大海戰中，他的旗艦在行駛途中被一條小魚弄得動彈不得；拉丁人把這種魚叫閘門魚，因為這魚有一種特性，任何東西沾上牠就再也不能前進。卡里古拉皇帝率領他的大船隊在羅馬尼亞沿岸游弋，他的船隻也是被這種魚堵住的。因爲這魚貼在船底，他下令把牠逮住，大爲光火，一個那麼小的動物，只因魚嘴（這是一種帶鱗甲的魚）觸及了船，海水、風浪、全船的槳櫓都被降伏了。他還頗有理由地感到奇怪，這種魚一到了船上，完全失去了在海水中的威力。

有一個錫齊克斯人研究了刺蝟的習性而獲得星相數學家的美名：他築了一間小室，在許多地方迎風向開了許多窗洞，看到風從哪兒來，他把哪兒的窗洞關閉；這個人就憑此向他的城市預報風向。

變色龍躲到什麼地方，就變成什麼地方的顏色；但是章魚卻根據時機，要避開擔心的危險還是捕捉找尋的食物。變色龍是應環境而變色，而章魚是在行動中變色。我們有時也變色，害怕、憤怒、羞恥和其他情欲改變我們的臉色；但是這也像變色龍是應環境而變的。黃疸病使我們變黃，這不是隨我們的意願而定的。

我們在其他動物身上見到的這些能力都比我們大，說明動物身上的某些高強天賦對我們還是隱蔽的；很可能還有許多別的功能和特性，還沒有對我們表現出來。

從古代人所信的預言中，最古老和最可信的預言無疑是從鳥的飛翔中得出的預言。這件事眞是無可比擬，令人歎爲觀止。從鳥的翅翼振動中去預測未來事件，有一定的規則和程序。只有技術精湛才能完成這項高尚的工作。因爲把這個重要的功能嚴格歸之於自然形態，其中不存在創造這個形態的鳥類表現出的智慧、意願和推理，這是一種大謬不然的看法。鰩魚就有這樣的功能，誰的肢體觸及牠就發麻，這種麻木的感覺還能穿過漁網傳遞到碰網的手上。甚至有人說，水潑在手上，這種感覺還會透過水往上移。這種功能很奇妙，對鰩魚也不是無用的。鰩魚感到和使用這種功能，牠要捕捉獵物，躲在汙泥下，等待其他魚類游過，其他魚受到牠的冷氣襲擊，萎靡不振，任憑牠的擺布。

鶴、燕子和其他候鳥根據一年的季節改換棲息地，這也說明牠們有預測的功能，並會運用。獵戶還向我們保證說，要在一窩幼狗中選擇最優良的幼狗留種，只要讓狗來選擇肯定沒錯。如果把這些幼狗趕到戶外，第一隻被母狗叼回來的總是最優良的。如果有意在狗房外面四處點火，母狗竄去先救出的也是那隻。由此可以證明母狗有這種我們沒有的審察能力，或者牠們識別後代的本領遠遠超過我們人類。

動物出生、生產、飼養、活動、生和死，跟我們非常接近；如果我們貶低牠們固有的主動性，而誇大自己的能力，居於牠們之上，這絕不是我們出於理性的思考。要增強我們的健康，醫生向我們建議按照動物的生活方式生活；因此在任何時代老百姓口中都流傳這樣的話：

頭腳保溫暖，
生活學野獸。

傳宗接代是最主要的本能活動：人的四肢分布十分適宜於實現這個目的；然而我們若要行之有效，必須採取動物的姿勢，

採用四足動物的姿勢，
女人最容易懷孕，

因爲這時胸脯後仰，兩腿翹起，
種子最易投中目標。

——盧克萊修

女人自創的種種大膽挑逗的動作是有害的，應該拋棄，要她們學習雌性動物的溫存順從：

女人淫蕩時，反使自己不會受孕，
扭腰擺股刺激男人的愛情，
從他酥軟的腰際裡流出黏液；
鐵犁滑出了犁溝，
種子就會撒在穴外。

——盧克萊修

如果大家都能公正地得到應有的一份，動物也會服務、愛護和保護牠們的恩人，追逐和攻擊損害他們的陌生人和其他人；這方面牠們也在替我們執行正義，猶如牠們照顧自己的子女也是不偏不倚的。

至於動物的情義，也篤實厚道，人是無法與之相比的。萊西馬庫國王的愛犬希卡努斯，在主人死後，執意留在他的床上不吃不喝；屍體焚化那天，狗跑過去跳入火中一起燒死。有個人名叫皮勒斯，他的狗也是這樣，從主人死後再也不走下他的那張床；有人搬屍時，牠也隨同一起搬走，最後跳進焚燒主人屍體的火堆裡。我們有時不經過理智的授意也會產生某些情誼，這是油然而生的衝動，有的人稱之爲同情：動物跟我們一樣也會同情的。我們看到馬匹相互那麼親密，使我們很難把牠們分開生活和旅行。我們看到牠們摩擦同伴的毛皮，就像我們撫摸面孔，表示親暱。不論在哪兒遇見，牠們會迎上去表示歡快和好意，也會用其他方法表示不滿和憎恨。動物像我們一樣在愛情中也有取捨，對雌性動物也有選擇。牠們也免不了有我們這樣的嫉妒、痴情和難以排遣的占有欲。

欲念有自然的和必需的，如飲食；也有自然的和非必需的，如與女性交媾；還有非自然的和非必需的，那幾乎包含人的所有其他欲念；這些都是無聊的和人爲的。自然的欲念不需要很多就能滿足，也不會再生很多欲念，珍饈佳餚不屬於自然需要。斯多葛派說一個人一天只需一枚橄欖就可果腹；追求酒的香醇以及性愛的花樣統統不是自然需要。

要女人不一定要出自名門。

——賀拉斯

由於好壞不分、觀念謬誤而累積在我們心中的怪癖，達到驚人的數量，幾乎把自然的欲念都趕跑了。如同在一座城市裡，外來者太多，反把原住民趕到城外；或者剝奪他們原有的權威和權力，完全取而代之。

動物比我們循規蹈矩得多，牠們在自然法則的範圍內安分守己，當然也不是說沒有發生像我們這樣窮奢極侈之事。就像人有時瘋狂地愛上動物，動物有時也會愛上我們，產生人獸之間的荒唐戀情。例如語法學家亞里斯多芬的那頭情敵大象。亞里斯多芬的情人是亞歷山大城裡的一個年輕的賣花女，大象也愛上了她，對她殷勤周到，一點不輸於熱情的追求者。走進水果市場，牠用長鼻子取了水果獻給她；眼睛一刻也不肯離開她，有時把長鼻子穿過胸衣，放到她的胸前，觸碰她的乳頭。

還有人傳說蜥蜴愛上一名少女，鵝愛上阿索布斯城裡的一名少年，一頭公羊愛上女樂師格魯西亞。還有猢猻瘋狂地愛上女人的故事。還有動物搞雄性同性戀的；奧皮阿奴斯和其他人舉出一些例子，動物在交媾中非常尊重血緣關係，事實上恰恰相反。

> 小牛毫不羞恥地委身於父親；
> 馬女兒可以成爲馬妻子；
> 母羊與牠所生的小羊交配，
> 小鳥跟給牠生命的老鳥懷上身孕。
>
> ——奧維德

誰曾見過像哲學家泰勒斯的那頭精敏的公騾？牠馱了幾包鹽要過河時不巧跌了一跤，背上的鹽包浸了水，發覺鹽化了後背上的重擔減輕許多，以後遇到河流總不免帶了馱包跌進水裡。以致牠的主人發現騾子在耍壞，下令給牠馱上羊毛，騾子看到自己的詭計被揭穿後，就再也不玩了。

還可以從許多動物身上看到牠們守財的一面，牠們努力偷竊東西，雖然從來不用，還是小心翼翼地藏了起來。

在持家方面，動物比我們更有遠見，知道為未來節約和儲藏，還懂得管理家務必需的各種知識。螞蟻看到牠們的穀物和種子開始發黴和生味，害怕腐爛變質，會放到蟻穴外吹風晾乾，牠們防止種子發芽的方法可靠巧妙，超過人類謹慎的想像力。因為穀物不會永遠乾燥衛生，會發軟、分解和滲出白色的液汁，慢慢長芽抽穗。螞蟻害怕穀物變成種子，失去原有的品質，不能儲存，會在抽芽的部位啃去一塊。

戰爭是人類最隆重和最自命不凡的活動之一，我不知道我們從事戰爭是想證明人類了不起，還是反過來證明人類愚蠢；確實，同室操戈，相互摧殘，斬盡殺絕的訣竅，動物是沒有的，也引不起牠們多大的興趣：

一頭獅子會因勇敢要另一頭的命？
哪座森林裡，一頭野豬會死在
另一頭更尖利的牙齒下？

——朱維納利斯

然而也不是所有的動物都沒有相互殘殺的做法，比如蜜蜂的激烈交鋒，兩個敵對的蜂群的蜂王⑤爭霸戰：

經常兩隻蜂王產生激烈的爭鬥，
懷著憤怒總動員，
眞是一場好戰！

——維吉爾

我讀到下面這段精彩的描述，總是會想到這是在說人的荒謬和虛妄。因爲這些叫我們如痴似醉的戰爭恐怖行爲，這場殺聲震天的風暴，

鐵器的閃電直刺雲霄，
金屬的雷鳴遍布大地，
戰士的腳步震得地球隆隆響，
廝殺聲在山谷迴蕩，傳至星辰上。

——盧克萊修

⑤西方古代不識蜂群的領袖是蜂后，習慣稱爲蜂王。

這些千軍萬馬齊集陣前的殺氣，那麼多的憤怒、激情和勇氣，常是無緣無故引起的，也是不明不白消失的，想起來令人好笑：

有人說希臘人和野蠻人的殘酷戰爭，
起因是帕里斯的愛情。
——賀拉斯

因爲帕里斯好色多情，讓戰火燒遍了整個亞洲。個人欲望、內心焦慮、貪圖歡樂、家庭糾紛，這類事使兩個捕魚的人拳來腳去還差不多，卻引來了這樣一場浩劫。我們願不願意相信那些主要肇事者提出的主要動機？那麼聽一聽這位雄才大略、睥睨四方的皇帝奧古斯都，說起在海面和陸地上發生的幾場大戰，追隨他共命運的五十萬人的鮮血和生命，爲了實現他的企圖而使世界兩大部分浪費的力量和財富，他談笑風生，輕描淡寫：

因爲安東尼迷上了格拉菲拉，
菲爾維亞就要我也去跟她性交，作爲報復！
我跟菲爾維亞性交！
就像馬尼厄斯要我去跟他性交，我實在無能爲力！
「要麼上床，要麼打仗」，她說。

「怎麼，要我爲了生命犧牲生殖器？……把軍號吹響吧！

——奧古斯都（據馬提雅爾）

（蒙殿下恩准，我使用拉丁文更爲自在。⑥這個戰爭魔鬼，有那麼多的面孔，那麼多的行動，彷彿是對天與地的威脅。）

當殘酷的俄里翁躺在冬天的波濤上，
數不盡的浪潮在利比亞海上滾滾而來；
當陽光再度照亮埃爾繆平原上
密集的麥穗、利比亞金黃的田野，
又響起了鐵馬金戈，腳步聲又震撼大地。

——維吉爾

這個有那麼多胳臂、那麼多腦袋的憤怒惡魔——也就是人，軟弱的、多災多難的、卑賤的人。這只是一個騷動的、在熱鍋上的螞蟻窩。

---

⑥ 殿下似指瑪格麗特·德·瓦羅亞公主。這篇文章原是獻給她的。這一節的文字粗鄙，故用拉丁文略加掩蓋。

黑色兵團在平原上推進。

——維吉爾

一陣逆風、一群烏鴉的聒噪聲、一匹馬的失足、一頭老鷹的偶然飛過、一時分心、一個聲音、一個信號、一團晨霧，都可以把人打翻在地，爬不起來。只要在他的臉上打一道陽光，他就會眩暈昏迷；只要向他的眼睛灑上一點灰土（像我們的詩人維吉爾寫到蜜蜂一樣），於是我們所有的旗手和軍團，即使是偉大的龐培率領的，也立即潰不成軍：因爲塞多留在西班牙好像就是用這種巧妙的武器把他打敗的。⑦這種武器其他人也用過，如攸墨涅斯對抗安提柯、蘇勒那對抗克拉蘇。

拋出一小撮塵土，撲滅了三軍的憤怒，
制止了激烈的戰火。

——維吉爾

派出蜜蜂組成的小分隊，牠們有力量和勇氣去撲滅戰火。我們對這件事還記憶猶新：葡萄牙人在夏達姆的領土上包圍了塔姆裡城，城裡的居民家家養蜂，把蜜蜂帶到城頭上。放

---

⑦ 據普魯塔克《塞多留傳》的記載，塞多留利用蜜蜂打敗的是西班牙境內的恰拉希達尼人。

煙把蜜蜂猛烈向敵人方向趕去，敵人經不住蜜蜂的進攻和刺螫，落荒而逃。依靠這支生力軍，城市贏得了勝利和自由，更出乎意料的是這些蜜蜂戰鬥歸來，一隻也沒有少。

皇帝與鞋匠的心靈都是一個模子出來的。想到王爵們行動的重要性和分量，我們深信必有同樣重要和緊急的原因促使他們這樣做的。我們錯了：他們做事的動機反反覆覆其實跟我們一樣。王爵跟王爵打仗，我們跟鄰居吵架，道理沒有什麼不同。也出於同樣道理，我們叫人給僕人一頓鞭子，國王派軍隊把一個省夷為平地。他們要什麼也像我們這樣隨意，但是他們做什麼要比我們嚴重得多了。蛆蟲和大象同樣都會餓得發慌的。

至於談到忠誠，可以說世上沒有一種動物像人那樣翻臉無情。我們的歷史上不乏義犬為被害的主人復仇的故事。皮洛士國王遇見一隻狗守在一個死人旁邊，聽說牠已經守靈守三天，下命令埋葬了屍體，把那隻狗帶了回來。有一天他參加軍隊大檢閱，這隻狗跟著他，見到了牠的主人的謀殺者，大聲吠叫，憤怒地追了過去，從這條線索開始追查這件謀殺案件，不久以後，將凶手繩之以法。賢人赫西俄德的狗也是這樣，使諾派克特斯人加尼斯道爾的兒子被判定謀殺罪，為自己的主人昭雪申冤。

另一隻狗看守雅典一座神廟，看到一名瀆神的小偷盜走了最貴重的神器，開始高聲吠叫；但是神器看守沒有醒，狗就跟蹤小偷，天亮了，稍稍隔開一點，但是又不讓他越出視線。當小偷給牠食物，牠不吃；路上遇到其他人，牠跟他們搖頭擺尾，從他們的手中吃施捨的食物；如果小偷停下睡覺，牠就在同一地點停下。這隻狗的事情傳到教堂看守的耳裡，他們開始追蹤，沿途打聽這隻狗的顏色，終於在克勞米翁城裡找到狗，還有那名小偷，一起帶回了雅典。小偷得到了懲罰。法官為了酬謝這份功勞，在官餉中撥出一份麥子作為狗的口糧，並由教士飼養。普魯塔克保證這則故事是眞實的，因爲就發生在他這個時代。

至於感激（因爲我覺得我們必須尊重這個詞），舉埃皮昂敘述的一個例子足夠了，他本人就是目擊者。他說有一天羅馬給老百姓組織一場奇獸格鬥會，主要是身體異常龐大的獅子，其中有一頭獅子，氣勢洶洶，四肢巨大有力，吼聲高昂怕人，吸引了所有觀眾的注意力。參加跟野獸格鬥的奴隸中間，有一個從達斯來的安德羅杜斯，屬於羅馬一位執政官貴族家。獅子一見他，首先猝然止步，彷彿對他表示敬意，然後慢慢走近，溫順和氣，彷彿要跟他打招呼；這時在肯定沒找錯人後，就像狗取悅主人一樣，尾巴搖晃，吻舔這位嚇得魂不附身的可憐蟲的手和大腿。安德羅杜斯見這頭獅子並無惡意恢復了神志，定睛一看把這頭獅子認了出來。看到人和獅子相親相愛的情景是一種少有的樂趣。老百姓歡聲雷動，皇帝下令召來那名奴隸，聽他解釋這件奇事的由來。他給他講述了一個新奇、令人驚歎的故事。

他說：「我的主人是非洲的行省總督，他待我非常殘酷苛刻，天天派人打我一頓，我忍無可忍，只得從他家裡逃了出去。他這人在省裡非常有權勢，我要能躲開他，必須儘快逃到這個國家荒無人煙的沙漠地區，要是找不到吃的，就下決心找到了結自己一生的方法。中午時候陽光非常毒辣，熱得無法忍受，這時我來到一座隱蔽難走的山洞口，我鑽了進去。不久以後來了一頭獅子，有一隻爪子受傷淌血，發出痛苦的呻吟。我看到牠來非常吃驚；但是獅子看見我蹲在牠的洞穴的一個角落裡，慢慢走過來，向我伸出受傷的爪子，彷彿向我求援；我幫牠拔掉上面一根木刺，當我在牠面前恢復鎮靜後，擠牠的傷口，把裡面的汙物都擠了出來，盡我的力量擦得乾乾淨淨；獅子感到痛苦減輕了一點，放心了，慢慢靜下來睡著了，爪子始終抓在我的手裡。從那時起，牠和我在這個洞裡共同生活了整整三年，吃的是同樣的肉。牠捕來了動物，把最好的部位留給我，因爲沒有火就在陽光下烤一烤，作爲食物。長期下來我對這種動物的穴居生活感到厭煩，有一天趁獅子照例出外覓物時，我離開那裡。三天後，我被士兵抓住，從非洲押回這個城市，交給我的主人，主人立即判我死刑，餵給野獸吃。現在看來，這頭獅子也是在不久以後被捕的，牠從我這裡得到好處和治療，願意在這個時刻向我報恩。」

以上就是安德羅杜斯向皇帝敘述的故事，也轉達給老百姓聽。這下子應大家的要求，他得到了自由和赦免，也應老百姓的意願，他得到這頭獅子作爲禮物。埃皮昂還說，我們以後看到安德羅杜斯用一根小繩子牽了這頭獅子在羅馬走街穿巷，人家給他施捨，還在獅子身上拋擲花朵，每個人遇到他們就說：「獅子是這個人的主人，這個人是獅子的醫生。」

我們經常爲了失去所愛的動物而流淚；動物也會爲了失去我們而哭泣，

戰馬埃頓走近來，背上已卸下鞍子，
臉上是大顆大顆的眼淚。

——維吉爾

就像我們有的國家幾個人共娶一妻，有的國家一夫一妻；動物之間不也是這樣嗎？牠們的婚姻不是有比我們還牢固的嗎？

至於團結互助的集體精神，動物之間也是有的；我們看到哪頭牛、豬或其他動物受到冒犯，牠一叫，會奔過來一群救援牠、保護牠。鸚嘴魚咬上漁夫的釣餌，牠的同伴在牠的旁邊繞成一圈，對漁繩又咬又啃；如果有一條不巧鑽進捕魚簍，其他的魚使牠的尾巴露在外面，用牙齒緊緊咬住，把牠拉出來一起游走。魚見到同伴被釣了，把漁繩靠在背上，背上豎起一根刺像一把鋸子，直到把漁繩鋸斷爲止。

至於我們生活中相互之間的特殊服務，動物中也不少見。據他們說，鯨魚在游動時，前面總有一條像鮈魚似的小魚，這條小魚因牠的作用而稱爲嚮導魚。鯨魚跟著牠游動旋轉，非常靈活，如同船隨舵而轉一樣。鯨魚對牠也是有報償的，其他東西不論動物或船隻，一進入這條巨怪的嘴裡從無生還之理，而這條小魚進去了則是在裡面睡覺；在牠睡覺時，鯨魚也不游動；牠一出嘴巴，鯨魚就不停地跟了牠游。如果牠們偶然失散了，鯨魚就會迷失方向，時常會撞在岩石上，像一艘失去舵的船隻；普魯塔克證明在昂蒂西拉島上見過這種事。

在一種叫戴菊鶯的小鳥與鱷魚之間也有這種類似的關係。戴菊鶯給這個大動物放哨；如果鱷魚的敵人走近來跟牠搏鬥，這隻小鳥怕牠在睡覺時遭到襲擊，會用叫聲或用鳥嘴弄醒牠，向牠發出警報。這鳥靠這頭巨獸的殘剩食物過活，鱷魚張開嘴，讓牠任意在上下顎和牙縫之間啄食留在那裡的肉屑。如果鱷魚要閉嘴，會先提醒牠出來，嘴巴慢慢閉上，絕不會壓著牠、傷著牠。

一種叫珍珠母的貝殼動物，跟豆蟹也是這樣生活的。豆蟹是像黃道蟹似的小動物，坐在張開的貝殼上，給牠當信使和門衛；貝殼始終半合半開，直到牠看見有適合捕捉的小魚游進來，這時牠游進珍珠母的裡面，向牠的肉咬上一口，迫使珍珠母把貝殼合上。那時珍珠母和豆蟹就在牠們的城堡中享用獵物。

至於金槍魚的生活習性，有一種奇異的包括數學三部分的科學性，首先是星相學，牠們教人星相學；因爲牠們游到一個地方不動了，這恰是冬至那天，牠們留在原地不動，直到下一個春分。這說明爲什麼亞里斯多德也承認牠們掌握星相學。

還有幾何學和算術，金槍魚在游動時始終組成立方體隊形，形成堅固封閉的兵團，在任何一面都是正方的，面面相等，前後也都一樣，以致看到這個立方體的一面，很容易推算整隊的數目，尤其深度的數目與寬度的數目是相等的，寬度的數目又與長度的數目是相等的。

至於精神高尚，舉那隻大狗作爲例子是最清楚不過的了。有人從印度帶來一隻狗送給亞歷山大國王。首先放出一頭鹿要跟牠鬥；然後一頭野豬，然後又是一頭狗熊；這隻狗始終毫不在意，留在原地一動也不動；但是當牠看到一頭獅子，馬上挺直四腿，顯示這下子終於遇到想較量的勁敵了。

至於認錯和悔過，則有一頭大象的故事。這頭大象在盛怒之下殺死自己的主人，牠爲此那麼哀傷，從此絕食直到死去。

至於寬大，則可舉一頭老虎的故事。老虎是野獸中最兇殘的；有人把一隻小山羊關進牠的籠子，老虎餓了兩天還不想去傷牠，到了第三天，牠撕破牢籠，去尋找其他獵物，牠把小山羊看作是朋友和客人，不想傷害牠。

至於透過交往相處形成的和睦關係，我們平時只是把貓、狗和兔子一起飼養；但是那些航海的人，尤其經過西西里海的人，聽到關於翠鳥的見聞，超出人的任何想像。大自然有哪種動物竟是如此重視妊娠、分娩和坐褥的。因爲詩人說，只有德洛斯島從前是漂流的，爲了讓阿波羅的母親拉托娜分娩就固定不動了；但是上帝要全部海洋都像一片平川那樣停滯不動，沒有波濤、沒有風雨，爲了讓翠鳥生產小鳥，這恰是在冬至時分，一年中最短的一天；靠了翠鳥的特權，我們在隆冬的中心期有七天七夜風平浪靜，可以毫無風險地在海上航行。雌鳥只認自己的雄鳥，終生幫助牠，從不拋棄；雄鳥體弱無力飛翔，雌鳥飛到任何地方都把牠馱在背上，侍候牠直至死亡。

翠鳥給小鳥築窩，精緻絕倫，使用什麼樣的材料至今還無人識破。普魯塔克曾經看見牠們築窩，相信這是魚骨，翠鳥把牠們集中一起，經緯編結，然後褶裥鎖邊，最後做成一隻可在水面上漂流的小船。當它把這只小窩全部完成後，就放到海面浪濤中試驗，看到編結不牢、在海水衝擊下散架的地方重新加固；相反，在編結牢固的地方，經海水一打反而更加收縮扎實，除非用石頭或鐵器猛砸，否則是不會折斷、鬆散或損壞的。最令人讚歎的是內部的比例和孔穴的形狀：牠是完全按照築窩的翠鳥的身材大小做的，因而對其他不合這個尺寸的東西，牠是封閉的、密不透風的，就是海水也無法滲入。

對這種鳥窩的描寫很清楚，來源也很可靠；可是我還是覺得對於鳥窩結構的難度沒有作出足夠的披露。對一些我們無法模仿和了解的東西，加以貶低和嘲弄，豈不是說明我們自己多麼虛妄自大？

讓我更深入談一談人與動物的相像和一致。我們的心靈自詡有這樣的優越性：想法會跟實際協調一致，事物經過思考後都擺脫了有生的和有形的品質，把值得注意的各點進行排列，把一切會腐蝕的條件統統取掉，像舊衣服似的擺在一邊，如厚度、長度、深度、重量、顏色、氣味、精細度、光潔度、軟硬度，一切可以觸摸的成分，只保留其中無生和無形的本質。羅馬或巴黎，以巴黎來說，在我心靈中存在的巴黎只是我想像中的巴黎，在我的想像和理解中的巴黎是沒有尺寸、沒有地點、沒有石頭、柱子和樹林的。我要說的是這種抽象思維的特點顯然動物也是有的；因爲一匹馳騁疆場、槍林彈雨中的戰馬，即使在睡覺時，躺在馬廄裡，也像在交戰中那樣身子扭動發顫，可以肯定在牠的心靈中還有不發音的鼓聲，沒有武器和戰士的軍隊：

> 威武的駿馬，即使睡覺時，
> 也渾身出汗，經常喘氣，
> 肌肉繃緊，彷彿還在爭奪冠軍。
>
> ——盧克萊修

獵狗在睡夢中會想起野兔，我們看到獵狗在睡覺時也氣喘吁吁，伸長尾巴，旋動腿彎，完全擺出奔馳時的姿態，然而這只野兔卻是沒有毛也沒有骨頭的野兔。

> 經常，獵狗安靜睡著，
> 會突然驚醒站了起來，狂吠幾聲，
> 還時常在空中嗅，
> 彷彿尋找獵物的蹤跡。
> 或者醒來後，追逐一頭想像的小鹿，
> 看到牠在面前逃似的，

直到幻覺消失，才會恢復神志。

——盧克萊修

看門狗也經常在睡夢中嗚嗚叫，然後突然狂吠、驚跳，彷彿看到陌生人在走近。牠們的靈魂看到這個陌生人，是一個無形的、看不見的人，沒有體積、沒有顏色、沒有生命。

家裡溫良的小狗開始激動，
搖落眼睛裡朦朧的睡意，
一躍而起，彷彿看到
陌生的面孔和人影。

——盧克萊修

至於身材的美，在詳談以前，我必須知道我們是否一致同意對美的描寫。我們好像並不清楚自然的美和普通的美，因爲我們說到人體的美有各種不同的形態；不像對自然的賦性，比如火是熱的，大家都有共同的認識，我們則以自己的形式去想像人的美。

比利時人的膚色長在羅馬人的臉上就是醜。

——普羅佩提烏斯

印度人認爲黝黑的皮膚、厚而突出的嘴唇、扁而寬的鼻子是美。在鼻孔的柔軟部分插上金環下掛到嘴邊；下嘴唇也掛了寶石圓環，蓋住下巴；露出牙齒直到牙根也是一種嬌態。在祕魯，耳朵愈大愈美，他們還儘量用人工往下拉。今天有一個人說，在一個東方國家見過這種熱衷於拉長耳朵、戴沉重珠寶的做法，以致耳孔大得可以把一條手臂連同衣袖一起穿過去；有的國家把牙齒細心染黑，看到白牙齒要恥笑；有的地方把牙齒染成紅的。不但在巴斯克地區，在其他地方也是，女人覺得光頭更美；據普林尼說，甚至在某些冰天雪地的國家也是這樣。墨西哥女人認爲前額小是美，她們身體其他部位的毛都拔光，而巧妙地移植到前額上；還特別欣賞大胸脯，有意讓乳頭提到肩頭上給孩子餵奶。這些在我們看來都是醜。

義大利人認爲肥胖是美，西班牙人認爲瘦骨嶙峋是美；而我們法國人，有人認爲白色皮膚美，有人認爲褐色皮膚美；有人認爲纖弱溫柔美，有人認爲健康豐腴美；有人要求嬌媚，有人要求威嚴。談到什麼是美時，柏拉圖說是球體，而伊比鳩魯說是角錐形或方形，絕不容忍神的形狀像顆球。

不管怎麼樣，大自然在美的方面，如同在其他共同的規律方面沒有給人特權。如果說我們覺得自己不錯，我們也可看到有的動物在這方面比我們差，也有的動物，而且還是大多數，在這方面比我們好。「許多動物都比我們美。」（塞涅卡）尤其是陸地動物，我們的同類。至於海洋動物（不談形狀，這是完全不同的，沒法類比），在顏色、乾淨、光潔和肢體分布，我們比不上牠們；對空中動物，更遠遠不如。詩人們強調我們能夠直立，仰視天空——這塊我們出生的地方，

其他動物面孔朝下，看著土地，
而上帝賜給人一張高仰的臉，
允許他舉目朝著星辰，凝視天空。

——奧維德

這種說法眞正是充滿詩意的說法；因爲有許多動物，牠們的目光也可朝向天空；駱駝和駝鳥的頸子我看伸得比我們更長更直。

哪些動物不是面孔長在上面、長在前面，像我們這樣直看，在正常姿勢下跟我們看到同樣多的天與地？

柏拉圖和西塞羅說的人體的優點，哪個不是其他千百種動物所共有的優點？

而最像我們的動物，恰是同族中最醜陋、最討嫌的：因爲從外形和臉型來看，那是獮猴和狒狒：

猴，這個醜動物，跟我們多麼相像！

——西塞羅

從內臟和生殖系統來說最像的是豬。是的，當我想到赤裸裸的男人（女人也是如此，雖然她們要更美一些），他的缺點、自然束縛和瑕疵，使我覺得我們比其他動物更有理由把自己遮住。我們把大自然賜給其他動物的東西，如羊毛、羽毛、獸毛、絲，都拿來自己使用，用牠們的美來裝飾自己，用牠們的外衣來遮蓋自己，實在是情有可原。

還應該注意到，我們是唯一把自己的缺點向同類掩蓋的動物。我們是唯一在滿足自然需要時迴避同類的動物。還有值得考慮的是這麼一件事，爲了治療相思病，只要讓病人對著他那麼渴望的身體稱心如意地瞧個夠，他的戀情就會冷卻下來。

戀人看到對方赤裸裸私處，
欲火就會慢慢熄滅。

——奧維德

這樣的藥方也可能是由刻薄的老朽開的，不過，這確是我們的弱點的另一明證，常常往來引起相互討厭。所以這不是出於難爲情，而是做人的藝術和謹慎，女士們很有心機不讓我們進入她們的小室，她們在化妝打扮以後才出現在大家面前。

女性都知道這一點：
要把我們牢牢套在情網裡，
小心翼翼不被看到她們生活的另一面。

——盧克萊修

許多動物身上的東西我們幾乎什麼都愛，什麼都投合我們的心意，以致牠們的排泄分泌物，我們都甘之如飴，還用作飾物和香料。

這番話只涉及人的一般生活，還沒有無法無天地要包括這些神聖的、超自然和不同凡響的美；這種美偶爾在我們之間看到，如同在朦朧天幕下閃爍的星辰。

目前，我們承認大自然賜給動物的天賦要遠遠超過我們。而我們卻授給自己一些空想和虛無縹緲的長處，未來和不存在的好處，這些都是人的能力沒法回答的，或者是我們信口開河自創的，如理智、知識和榮譽；而我們給動物的長處卻是主要的、可以觸摸的：和平、悠閒、安全、無辜和健康；我要說的是健康才是大自然賜給我們最美、最豐富的禮物。

因而斯多葛派哲學敢於說這樣的話，患水腫病的赫拉克利特和滿身長蝨子的費雷西德斯，若懂得用他們的智慧去交換健康，做成這筆交易，那他們才算是做對了。還有，他們把智慧只與健康相比，雖認爲智慧更爲重要，那也比他們作出的任何論斷都要聰明。據說喀耳刻向尤利西斯建議兩杯飲料，一杯可使瘋人變成聰明人，一杯可使聰明人變成瘋人；尤利西斯寧可接受發瘋，也不能同意讓喀耳刻把他的人臉變成一張獸臉；據說智慧本身也會對他說這樣的話：「離開我，讓我留下，不要把我藏進驢頭驢身中去。」怎麼，哲學家寧可爲了生活在這張朦朧的天幕下，而捨棄這個偉大神聖的智慧嗎？這就不是我們在理智、推理和心靈上勝過動物了。爲了我們的美、我們的膚色、我們的四肢勻稱，我們必須捨棄我們的智慧、我們的謹愼和其他一切。

這種天眞坦白的說法我可以接受。當然，哲學家認識到我們那麼渲染的這些長處，純屬子虛烏有。即使動物有了這些德操、學問、智慧和斯多葛的知足，牠們終究是動物，還是無法與可憐、討厭、無理的人相比較。總之一切不像我們的東西都不值一提。就是上帝，也必須像我們才受到尊重，這點我們以後再談。由此可見，我們自認爲比動物優越，貶低牠們，不與牠們交往，不是出於理智，而是傲慢自大，頑固不化。

## 第三節　最大的智慧是承認無知

但是，再回到我的話題，我們自己又是怎麼樣的呢？反覆無常、游移不決、痛苦、迷信、擔心未來的事，甚至擔心身後的事，野心、吝嗇、嫉妒、羨慕、貪婪無度、戰爭、謊言、不忠、誹謗和好奇。當然，還有自我吹噓的這種高超推理能力和這種判斷認識能力；但是就因爲這樣，我們不斷地陷入數也數不清的情欲糾紛之中，使我們爲此付出驚人的代價。此外，像蘇格拉底說的，還有一個明顯的優點使我們超過其他動物，這是值得欣慰的，那就是大自然使其他動物都有一定的有節制的發情期，而讓我們隨時都要縱情發洩。

「對病人來說，酒有百弊而無一利，酒的害處遠多於好處，因而寧可絕對禁飲，不要抱著治病的幻想而讓他們冒明顯的風險；同樣，對人類來說，寧可大自然不曾慷慨大方地賦予我們稱之爲理智的思考力、洞察力和機靈性，或許那樣還更好，既然這種能力，只對一小部分人是好事，對大多數人是災難。」（西塞羅）

我們可不可以看一看學識淵博給瓦羅和亞里斯多德帶來什麼樣的果實？有沒有讓他們免遭人生的艱辛？有沒有讓他們擺脫遇到梁上君子這類意外事？他們從邏輯學中找到了風溼痛的解藥？因爲了解到關節中滲入了這種體液，就減輕了風溼痛？因爲知道某些國家把死亡當作一樁喜事就跟死亡妥協了？因爲知道某些地區妻子是共有的，就不在乎當烏龜丈夫了？

那才不呢！他們一個在羅馬人中間，一個在希臘人中間，都是文明鼎盛時代出類拔萃的學者，我們可也沒有聽說他們在生活中有什麼特殊可言。而那位希臘人還忙於洗刷別人加在他頭上的許多罪名。

有誰見過，就因爲你會觀測星象和精通語言，享受肉欲和健康時更加有滋有味？

因爲他不識字，陽具就會不舉了嗎？

——賀拉斯

覺得羞恥和貧窮更加容易忍受？

你可以躲過疾病和殘廢，
可以不煩愁、不焦慮，
可以鴻運長壽。

——朱維納利斯

以前，我見過生活過得比大學校長聰明和幸福的工藝匠和農夫何止上百，我寧可做這樣的人。以我看來，學問屬於生活中必需的東西，猶如光榮、高貴、尊嚴，或者更進一步美貌、金錢以及其他這類的品質，它們對生活也是眞正有用的，但是間接地存在於想像中更多於實際中。

在我們的群體中，我們生活所需的公職、規則和法律，並不多於鶴和螞蟻在牠們的群體中所需要的。牠們沒有學問，我們看牠們也生活得很有秩序。如果人聰明行事，那麼對每個事物也會根據它對生活切實有用這一點來給予正確的估計。

如果對人的行動和行爲進行估量，就會看出沒有學問的人做的好事遠比有學問的人做的好事多，我說不論在哪一種好事上。我覺得古代羅馬在和平與戰爭方面，都比這個自行毀滅的文明羅馬實現的成就更大。即使在其他方面不分彼此，至少古代羅馬正直和無辜，一切簡單純樸，非常自在。

但是，這個問題我不談了，它會使我身不由己地愈扯愈遠。我還要說的是這句話，只有屈辱與服從可以影響一位正直的人。一個人有什麼樣的責任，不應該由他自己來評論。應該向他確定，而不是由他任意選擇；不然的話，由於我們的理智和看法有說不盡的弱點和變化，我們會給自己定下一些責任，像伊比鳩魯說的，結果會使我們相互呑噬。上帝給人制訂的第一條戒律是絕對服從，這是一條不容置疑的戒律，人不需要去探究原因和爭辯，因爲服從是一顆理智的心靈的主要責任，承認至高無上的天主。從服從與退讓產生一切美德，猶如從驕傲產生一切罪惡。因而，魔鬼對人的第一個誘惑，也就是人的第一個毒藥，是它拐彎抹角答應我們說，我們將有學問與知識：「你們便如神能知道善惡。」（《聖經·創世記》）在荷馬的作品中，那些女妖塞壬爲了誘惑尤利西斯，使他跳進她們設下的危險陷阱，這就是獻給他學問這個禮物。

人類的瘟疫，是自以爲懂事。這說明爲什麼我們的宗教諄諄教導我們愚昧無知是信仰和服從的根本前提。「你們要謹慎，恐怕有人用他的理學和虛空的妄言，不照著基督，

乃照人間的遺傳……就把你們擄去。」（《聖經．保羅達歌羅西人書》）

在這件事上，所有學派的所有哲學家都是一致的：一切的根本在於心靈與肉體的寧靜。但是到哪兒去得到寧靜呢？

聖賢只是不及朱庇特；
他富有、自由、有聲望、美，是國王的國王；
神采奕奕，只要不傷風感冒。

——賀拉斯

看起來好像是這樣，大自然為了安慰人類的處境悲哀脆弱，使我們每人都有一份自負。這就是愛比克泰德說的：人沒有什麼是自己固有的，除了自以為是以外。我們大家共同的東西是美夢和幻想。

哲學家說，神有健康是實的，有病是虛的，而人有好事是虛的，有壞事是實的。我們努力發揮自己的想像力是很有道理的，因為我們的一切好事都只是在夢幻中。

聽聽西塞羅又是如何提到這個可憐的多災多難的動物的。他說：「沒有工作比做學問更加美好，我們透過學問，對天地萬物、海洋星球無所不知、無所不曉；我們透過學問懂得了宗教、節制、大勇行為，使我們的心靈擺脫黑暗，看到人間萬象，世事滄桑；我們透過學問獲得生活幸福的保障，歡度人生的指引。」他談的豈不是永生萬能的上帝嗎？

實際上，許多小婦人在村子裡過的一生，比他的一生要寧靜、甜蜜和穩定。

一位神，沒錯，高貴的孟尼厄斯，
祂首先找到這條稱爲明智的生活準則，
透過它使生活走出黑暗和風暴，
進入非常寧靜光明的境界。

——盧克萊修

這些話說得非常美麗動聽；但是儘管神傳授他最高的智慧，一樁小事故就使他精神錯亂，比最低微的牧童還不如。⑧

德謨克利特一部書中的諾言也是同樣冒失：「我以後可以無事不談。」還有亞里斯多德留給我們的愚不可及的頭銜：壽命有限的神。還有克里西波斯的評語：迪昂的德操可比上帝。我的塞涅卡承認上帝給了人生命，安排好人生則靠的是人自己。這與西塞羅是一致的，他說：我們誇耀自己的美德是很有道理的；只靠上帝而不靠我們自己，是不會有美德的。塞涅卡也有這樣的話：賢人堅韌不拔不亞於上帝，但是有了人的弱點還做到這點，可見他勝過上帝。

這種狂妄的詭辯到處可見。我們中間絕沒有人，因看到自己跟上帝相比，會像把自己貶爲其他動物那樣感到受了冒犯。因爲我們維護自己的利益，超過維護上帝的利益。

⑧ 盧克萊修晚年發瘋。

但是我們應該剷除這種愚蠢的自負，雷厲風行地去動搖這些錯誤的看法得以存在的可笑的基礎。只要人認爲他的聰穎和力量來自自己，他就不會意識到上帝的賜予。俗語說：他總是拿蛋當成雞；人的外衣應該剝掉。

讓我們來看一看人在哲學理論上的幾個例子：

波西多尼烏斯生重病，痛得他全身打滾，牙齒咬碎，就對病魔大喊一聲，表示卑視：「你白費勁，我才不會說是你讓我痛的呢！」他還不是跟我的僕人一樣受苦受難，只是嘴上還自吹恪守自己的教規。

不要在語言上吹噓，在事情上屈服。

——西塞羅

阿凱西勞斯患風溼病，卡涅阿德斯去看他，痛苦地告別後，他叫他回來，指著自己的雙腳和心胸，對他說：「從這裡是到不了那裡的。」卡涅阿德斯聽了覺得好受一點。因爲病人有痛苦，希望及早擺脫；但是他的心沒有由於病痛而有所受損和軟弱。另一位表示堅強——我認爲——口頭上多於心底裡。伊拉克利阿的狄奧尼修斯患眼疾痛得死去活來，不得不拋棄斯多葛的信條。

當學問眞的產生他們所說的效果，使我們在厄運中對痛苦十分淡漠，還是比不上沒有學問更能處之泰然。哲學家皮浪在海上遇到大風暴，他表現出的平靜在他的旅伴看來，充其量只與他們同行的那頭豬一樣，瞧著風暴毫不畏懼。哲學的信條說到頭來要我們模仿大力士和騾車把式，他們那些人平時對死、痛苦和其他艱辛從不那麼大驚小怪，就會更堅定；沒有這樣天性的人有了學問也是達不到這一點的。

他人的孩子嬌嫩肢體比自己的孩子嬌嫩肢體更容易切開，這不是因爲無知是什麼？對待馬匹也是這樣？單是想像力使多少人患上疾病？我們平時看到多少人放血、洗腸、吃藥，爲了治癒他們解說不清的毛病。當我們眞正病了，學問只會使我們病上加病。這樣的氣色說明你有了卡他性充血徵兆，這個熱季會使你心情激動，你的左手生命線切斷表示你不久將有大病。總之，學問肆無忌憚地打擊你的健康。你的青春朝氣無法長期保持，必須放掉一些血和精力，不然它會對你不利。

請比較一下他們的生活，一個是受想像力困擾的人，一個是自然需要滿足後萬事不操心的莊稼漢；後者想事情直來直去，不顧前思後，也不察言觀色，他有病的時候才感覺痛；而前者在腰裡還沒有長出結石時，經常心靈已經壓上了石頭。彷彿他們到了痛時來不及痛似的，要在事前先想起痛，要走在痛的前面。

我談的是醫藥，這方面的例子也適用於所有的學問。這就要提到懷疑論哲學家的一種老看法，他們認爲承認自己判斷的弱點是最大的益處。我的無知給我提供同樣多的希望和恐懼，我要認識自己的健康，除了從他人的榜樣和我在其他地方相似情況下看到的事件中去認識，沒有其他依據；我會從中找到各種各樣的例子，作出對自己最有利的比較。我張開雙臂去迎接健康——自由的、全身心的健康；我刺激胃口去享受健康，尤其當我現在健康的日子更不常有的時候；我多麼不願意讓一種新的限制性的生活方式，無故地擾亂我的休息和安寧。動物可以向我們指出，心煩意亂會引起多少疾病。

據說，巴西的土著很長壽，大家歸之於那裡的空氣明淨純潔，我寧可歸之於他們心靈的明淨純潔，擺脫一切情欲、思慮和緊張或不愉快的工作，像那些人，在質樸無邪中度過一生，沒有文化、沒有法律、沒有國王、也沒有任何宗教。

還可以從經驗中看出，最粗俗、最魯鈍的人在性交中最持久、最興奮，趕騾的人做愛要比多情的人更受歡迎，是不是因爲心靈的激動擾亂和挫傷了肉體的力量？

心靈的激動是不是也會擾亂和挫傷心靈本身？心靈的力量在於靈活、尖銳、敏捷，然而是不是也因靈活、尖銳、敏捷而使心靈困擾，陷入瘋狂？是不是最精微的智慧產生最精微的瘋狂？猶如大愛之後產生大恨，健壯的人易患致命的病；因而，心靈激動愈少愈強烈，養成最出奇、最畸形的怪癖；旋踵之間就可以從一個狀態轉入另一個狀態，從失去理性的人的行動中可以看出，用腦過度必然產生瘋狂。誰不知道任憑思想放浪不羈瘋瘋癲癲，和嚴守德操一絲不苟臻於極點，這兩者的區別幾乎是不可察覺的，柏拉圖說憂鬱的人是最可塑造和最傑出的人，因而也是最易陷入瘋狂的人。

多少英雄志士都是毀在他們自身的力量和聰明上。塔索是義大利最明事理、最聰敏的詩人之一，作品剔透晶瑩、古意盎然，長期以來其他詩人都難望其項背，就因爲他天才橫溢，思想活躍，最後成了瘋子。毀了他的神志的這種敏思、使他失明的這種明白、使他失去理性的這種對理性毫釐不差的理解、使他變得痴呆的這種對學問孜孜不倦的追求、使他既不用操練也不用思想的這種罕見的思想操練，這一切有什麼值得他感激的呢？當我在弗拉拉看到他時，他萎靡不振、死氣沉沉，既不知自己是誰，也認不出自己的作品，引起我的憤怒多於同情；他的作品未經修改也未加整理就出版，他雖看在眼裡，已不知道出自何人之手。

你是不是要一個身心健康的人？你要他行爲規律，做事踏實？那就讓他不懂事，游手好閒和蒙昧無知。人笨了才會變得聰敏；眼睛瞎了才會由人引路。

如果有人對我說凡事有利必有弊，對痛苦和壞事感覺遲鈍的人，對歡樂和好事也不會享受很充分，眞是這麼一回事；但是人類的悲哀是可以高興的事遠遠沒有應該逃避的事多，極度的快樂也不及輕微的痛苦感覺深。「人對歡樂不及對痛苦那麼敏感。」（李維）我們體會全身健康不像體會一點病痛那麼強烈。

健康時誰都不在意，
皮膚輕輕一扎則全身不舒服。
以不生肋膜炎和風溼病爲幸事；
身體好時對此幾乎毫無意識。

——拉博埃西

人的福氣就是沒有病痛，這說明爲什麼最推崇歡樂的哲學學派，要把沒有病痛算作是眞正的歡樂。一點沒有病痛，也是人所能期望的最大的福氣；像埃尼厄斯說的：沒有痛苦就是很大幸福。某些歡樂伴隨著撓癢和針刺感覺，這種感覺好像使我們超越簡單的健康和無病痛，這個歡樂是積極的、流動的——我不知如何——也是灼人刺骨的，其實它也是把無病痛作爲目標。我們渴望跟女人作伴的欲念，只是驅散欲火帶給我們的困擾，只是讓欲火平息，不再思念而已。其他的欲念也是如此。

我要說的是，如果思想單純引導我們走向無病痛，那是引導我們走向一個對人來說的美好境界。

可是絕不要把這種無病痛想像得非常沉重：對什麼都不感興趣。如果伊比鳩魯的無病痛思想基礎被說得那麼懸乎，病痛既不會來自外界，也不會生自內心，那麼克朗道爾反對伊比鳩魯的無病痛論是很有道理的。這種無病痛論既不可能也不可喜，我是不會去讚揚的。我很高興不生病，但是，我若病了，我希望知道我是病了；有人給我燒灼或開刀，我希望有感覺。說實在，若使病痛的感覺消失，歡樂的感覺也會消失，最後也會把人毀了：「心靈的殘酷、肉身的痲木，才會換來這種無知無覺。」（西塞羅）

病痛有時對人是有好處的。人不可能總是躲著痛苦，也不可能總是追求歡樂。

當學問無法使我們挺起胸膛抵擋病痛的壓力時，也會把我們投入無知的懷抱，這也是無知的一大榮耀；學問不得不出此下策，由著我們自生自滅，不再來援助我們，讓我們躲在無知的卵翼下避開命運的鞭撻和凌辱。

今日說的無非是：學問教育我們拋卻那些壓在心頭的煩惱，去回憶過去的歡樂，利用從前的好時光去醫治眼前的痛苦，召回昔日的幸福去抵消迫在眉睫的心事：「爲了減輕我們的憂慮，應該（按照伊比鳩魯的方法）在腦海中排除一切悲哀的念頭，留下愉快的思想。」（西塞羅）這實在是學問無能爲力時使用的詭計，當身體和胳臂的力量不濟時，利用兩腿做靈活動作。因爲，不但是哲學家，就算是普通人，當他身上發熱、口渴難熬時，要他去回想希臘葡萄酒的美味，這算是怎麼一回事？這只會弄巧成拙。

回憶從前的好事，使人痛上加痛。

——但丁

另有一條哲學思想，那是屬於同一性質的；在記憶中保留從前的幸福，而消除受過的苦難，彷彿我們有能力掌握遺忘的本領。這樣的思想只會壞事。

過去的艱辛是甜蜜的回憶。

——西塞羅

哲學應該把武器交到我們手裡去跟命運抗爭，應該使我們鼓起勇氣把人間不平都踩在腳下，怎麼可以這麼軟弱無力，要我們像兔子似的膽小怕事，拔腿逃跑呢？因爲記憶中反映的不是我們選擇的東西，而是記憶樂於保存的東西。所以什麼東西也比不上遺忘的欲望，會那麼深地留在記憶中。愈是努力要遺忘的東西，愈是會在記憶中保留長久和完整。

「在腦海中把我們的不幸忘得一乾二淨，永遠想不起來，只記住那些美妙愉快的幸福，這取決於我們。」（西塞羅）這句話是錯的。「我可以回憶我不願回憶的東西，我卻不能忘記我想忘記的東西。」（西塞羅）這句話是對的。這話是誰說的呢？是「敢於獨自宣稱自己是賢人」（西塞羅語。隱射伊比鳩魯）的那個人，

他的絕世天才超過眾人，

像旭日東昇，使星辰失色

——盧克萊修

排斥記憶和遺忘過去，是不是無知的眞正的必經之路？「無知只是我們痛苦的一張狗皮膏藥。」（塞涅卡）我們還看到許多類似的格言：當健全的理智無能爲力時，只得求助於庸俗，做一些無聊的表面文章，只要它們能使我們感到滿足和安慰。當創傷不能治癒時，減輕痛苦和麻木感覺也就令人心滿意足了。我相信他們不會否定我的這句話：由於判斷的缺點和弊病，使生活沉溺於歡樂和無所事事，如果哲學家在這樣的生活中能夠加強秩序和穩定，他們還是會接受這樣做的：

我要首先飲酒和撒鮮花，
被當作瘋子也無所謂。

——賀拉斯

有不少哲學家同意里卡斯的看法：他是一個循規蹈矩的人，跟著一家子過和平寧靜的生活，對家人和客人從不失禮和失責，對有害的東西敬而遠之；但是由於精神異常，總有一種奇怪的幻覺；他永遠覺得是在一座劇場內，觀看娛樂節目和世界上最美的戲劇演出。他的醫生替他治癒了這種怪病，他卻上告到法院，要他們恢復他美妙的幻想能力。他說，

我的朋友，你們是殺了我，
不是救了我！你們剝奪了我的歡樂，
破壞了我那麼甜蜜的幻想……

——賀拉斯

畢托杜羅斯的兒子特拉西拉烏斯，也有相似的幻覺；他相信進入和停靠在比雷埃夫斯港口的船隻都是爲他服務的：他很高興船隻航行順利，快活地迎接它們。他的兄弟克里托使他的神志恢復正常，他很遺憾喪失了以前的狀態，那時他的生活無憂無慮，充滿了歡樂，就像下面這句希臘古詩說的：

不聽不明，一切省心。

——索福克勒斯

據《傳道書》記載：「因爲智慧有多少，愁煩就有多少。」還有：「增加知識，就增加憂傷。」

哲學一般也同意這一點：無論哪個憂患，總有最後一張藥方可治的，那就是我們感到生命無法忍受時，可以結束它：「生活使你歡喜嗎？那就忍受它。生活不再使你歡喜嗎？那就由你從哪條路離開！」（塞涅卡）

「你感到痛了嗎？要想到它還會將你撕碎。你若不能防衛，就伸出脖子聽宰；你若有伏爾甘的武器可以自衛，那就鼓起勇氣反抗。」（塞涅卡）希臘人在宴席上用的是這句話：「要麼喝酒，要麼離席。」（加斯科涅語把「喝酒」改成「生活」，那要比西塞羅這句話更恰當。）

若不懂好好生活，把位子讓給懂的人；
你玩夠、吃夠、喝夠，
該是離開的時候，
免得喝過了頭，成爲年輕人的笑柄。

——賀拉斯

無非是承認自己無能；爲了保護自己，不但回到無知，還回到愚蠢、無感覺、無存在，還有別的嗎？

德謨克利特知道來日無多，
智力大大下降，
欣然伸出頭顱接受死亡。

——盧克萊修

安提西尼說過這樣的話：我們需要保留一點神志去聽話，保留一根繩子去吊死。克里西波斯引用詩人提爾泰奧斯的話，「不是走向德操，就是走向死亡。」

克拉特斯說，時間或饑餓可以治癒愛情，這兩種方法都不行，那還有上吊。

塞涅卡和普魯塔克談起這位塞克斯都肅然起敬；塞克斯都拋下一切從事哲學研究，看到自己的研究工作進展太慢，時間太長，毅然決然投入海中。他得不到學問，就追求死亡。哲學家對這個問題有這樣的說法：如果發生什麼重大的不幸無法挽回時，海港就在附近；人脫離他的身體，就像脫離一艘沉船；愚人緊緊抓住自己的身體不放，不是出於生的欲望，而是出於死的恐懼。

如同我在前面說的，純樸使生活更愉快，也更無辜、更善良。聖保羅說：「純樸的人和無知的人上升到天國，我們帶著我們的學問沉入黑暗的地獄。」我不談公開與學問和文藝爲敵的瓦倫蒂尼恩，也不談利西尼厄斯，這兩位都是羅馬皇帝，說學問和文藝是任何政體中的毒液和瘟疫；也不談穆罕默德，我聽說他不許他的信徒有學問；但是我要談的是這位偉大的利庫爾戈斯，他的權威應該有舉足輕重之勢；還要談對這個神聖的斯巴達政體的崇敬之情，這個國家不提倡文藝活動，在美德和幸福方面的表現卻那麼偉大，那麼令人讚歎，國力欣欣向榮歷久不衰。在我們祖輩那個時代，西班牙人發現了新大陸，從那裡回來的人可以向我們作證，那裡的國家沒有官僚、沒有法律，卻比我們的國家更守法、更有秩序；我們這裡官員比老百姓還多，法律比事務還瑣碎。

他們的雙手和口袋裡
滿是傳票、訴狀、通知、

委託書、成卷的注釋書、
諮詢單、卷宗。
靠了這些，可憐的老百姓
在城裡沒有安寧日子；
前面、後面、兩邊，都是
公證人、訴訟代理人和律師。

——阿里奧斯托

近代一位羅馬元老說，他們的前輩嘴裡噴出的是大蒜味，肚裡裝的善良心；而他這個時代的元老身上香氣撲鼻，腹內藏汙納垢；我想這就是說，他們知識豐富，傲氣十足，然而缺乏善良。不懂禮、無知、單純、粗魯，必然與無辜是一起的，而好奇、精明、知識後面跟著狡猾；謙卑、畏懼、服從、和氣（這些都是人類社會遺留下來的主要品質）必然要求一個人心靈單純、順從、不自以爲是。

基督徒對這點是非常明白的：好奇是人與生俱來的一個先天性缺點。增進智慧和提高學問，是人類的最初墮落；沿著這條道路跌入萬劫不復的地獄。驕傲使人失足、使人腐化，驕傲使人脫離眾人走的道路，使他標新立異，使他要當領袖，帶領一批迷途的烏合之眾，走向沉淪；寧可當滿口胡言和謊言的頭目，不願做眞理學校的弟子，由別人攙著手領上一條光明大道。這可能就是這句希臘古詩的含義：迷信跟隨驕傲，對它敬重若父。（蘇格拉底）

哦，驕傲！你太妨礙我們了！自從蘇格拉底聽說智慧之神贈給他智者的稱號，他十分驚訏；他苦思冥想，也找不到這句神聖判決的根據在哪裡。他認識有的人跟他一樣正直、節制、勇敢、博學，有的人比他更雄辯、更高尚、更有益於國家。他最後得出結論，他只是不自以爲是，才與眾人不同、才成爲智者；他的上帝認爲人最突出的愚蠢是認爲自己有學問、有智慧，他的學說是推崇無知的學說，他最大的智慧是純樸。

《聖經》說，我們中間誰自以爲了不起，誰就是可憐的人。「塵土，你有什麼自豪的呢？」在另一處：「上帝造人像影子；當光明移走時，影子也消失了，誰將對他作出判斷？」⑨實際上，我們都是虛空。

憑我們的能力要了解神的深邃，還差得很遠，我們創造主的工作都帶了祂的印記，是我們最難窺其深奧的工作。遇到一件不可信的事，對於基督徒來說，是一次信仰的機會。愈是違反人的道理，就愈是符合神的道理。若符合人的道理，那就不是奇蹟了；若符合某種例子，那就不是異事了。聖奧古斯丁說：「不理解上帝才是較好地理解上帝。」塔西佗說：「相信神的行動，比理解神的行動更虔誠、更尊敬。」

柏拉圖認爲，對上帝、對世界、對萬物的起因，過分好奇地去打聽，帶有不信宗教的罪惡。

而西塞羅說：「說實在的，宇宙之父是很難理解的；人若能發現祂，讓祂暴露在凡人面前，這是一件褻瀆行爲。」

---

⑨ 這兩句引語的意思出自《聖經》，但是《聖經》上的句子不是這樣。

我們說力量、眞理、正義，這些話包含某些偉大的東西；但是這些東西，我們看不到，也想像不出。我們說上帝擔心、上帝發怒、上帝愛，

用易朽的字眼表達不朽的東西。

——盧克萊修

這些激動和感情不可能以我們的形式加在上帝身上；我們也無法想像在他的身上是怎樣表現的。那只有上帝知道，並由上帝來闡述的工作。我們這些人匍匐在地上，他爲了使我們理解，降臨我們身邊，使用我們的語言作不確切的表達。

以謹愼爲例，謹愼是對善與惡的選擇，既然惡從來與上帝無緣，謹愼怎麼可能用在他的身上呢？以理智和聰明爲例，我們使用理智和聰明是爲了辨明模糊不清的東西，既然上帝絕不會模糊不清，理智和聰明又怎麼樣呢？正義，那是人的社會和群體的產物，把屬於每人本分內的東西交給每人，上帝心中怎麼會有它呢？節制又如何？它指肉欲的適度調節，這在神性中是沒有位子的。在痛苦、勞累和危險中堅忍不拔，對他也是漠不相關的，因爲他絕不會遇上這三件事。因而亞里斯多德認爲上帝跟美德和罪惡都是不沾邊的。

他不會恨、不會愛，這些都是弱者的情欲。

——西塞羅

我們要積極去認識眞理，我們已經得到的認識，不管程度如何，不是依靠我們自己的力量得到的。上帝已經對我們進行不少教育，透過他選擇平凡的人、心地單純的人和無知的人作爲證人，向我們顯示他的驚人的祕密：我們的信仰不是我們的收穫，純粹是上帝的慷慨贈禮。這不是透過我們的推理和領悟使我們接受了宗教，而是透過外界的權威和訓誡。促成我們這樣做的，得力於我們不強的判斷力更甚於強的判斷力，盲目更甚於明白。我們理解這些神聖的道理，是透過我們的無知更甚於透過我們的學問。如果我們先天和後天的智力，不能想像這種超自然和天上的事，也不必大驚小怪：我們只要表示順從和皈依。因爲，像《聖經》上所記的：「我要滅絕智慧人的智慧，廢棄聰明人的聰明，智慧人在哪裡？文士在哪裡？這世上的辯士在哪裡？神豈不是叫這世上的智慧變成愚拙嗎？世人憑自己的智慧既不認識神，神就樂意用人所當作愚拙的道理，拯救那些信的人。」（〈新約·保羅達哥林多人前書〉）

可是，我還是應該看一看，人是不是有能力發現他尋找的東西，那麼多世紀以來人尋找眞理，是不是使自己獲得一些新的力量和堅實的眞理。

我相信，他若說心裡話，就會向我承認，他多年來追求所得到的，只是他懂得了認識自己的弱點。我們與生俱來的無知，經過我們長期的探索，得到了肯定和證明。眞正有知識的人的成長過程，就像麥穗的成長過程：麥穗空的時候，麥子長得很快，麥穗驕傲地高高昂起；但是，當麥穗成熟飽滿時，它們開始謙虛，垂下麥芒。同樣的，人經過一切嘗試和探索後，在一大堆洋洋灑灑的學問知識中，找不到一點扎實有分量的東西，發現的只是過眼雲煙，也就不再自高自大，老老實實承認人的自然地位。

這也是維萊烏斯對科達和西塞羅的責備：他們從菲洛那裡學到的是什麼也沒學到。

希臘七賢之一佩雷西德斯臨死前寫信給泰勒斯：「我囑咐家裡人在把我埋葬以後，把我的著作帶給你；如果你和其他賢人讀了高興，就出版它們，否則就銷毀它們；裡面沒有一條信念是我自己感到滿意的，所以我不能宣稱我懂得眞理和達到眞理。我只是提到這些問題，不是發現這些問題。」

從前那位最智慧的人，[10]當有人問他知道什麼，他回答說他知道的只有這件事，就是他什麼都不知道。他還證實有人說的下面這句話是對的：我們知道的東西再多，也是占我們不知道的東西中極小的一部分；這就是說，我們以爲有的知識，跟我們的無知相比，僅是滄海一粟。

柏拉圖說，我們知道的東西是虛的，我們不知道的東西是實的。

> 幾乎所有的古人都說，我們不可能認識什麼、理解什麼、知道什麼；我們的感覺是有限的，我們的智力是弱的，我們的人生又太短了。
>
> ——西塞羅

即使西塞羅，他的一切價值在於他學識淵博，弗勒里厄斯說他在晚年時也開始貶低學

---

⑩ 指蘇格拉底。

問。當西塞羅做學問時，他也不受任何一方的約束，他覺得哪個學說實在，就一會追隨這個學派，一會追隨另一個學派，但是始終受學院派宣揚的懷疑論的影響。

## 第四節　學者像變戲法的魔術師

應該說話，但不表示任何肯定；
我始終在尋找，同時不斷在懷疑，
不相信自己。

——西塞羅

如果我想從一般和籠統的角度來看待人，那我是在避重就輕。我可以按照人的特有的規則來做，這種規則不是以聲音的分量，而是以聲音的票數來判斷眞理的。普通人暫且不論。

……他醒著還打呼嚕，……
生幾乎是死，雖然活著，眼睛看得見。

——盧克萊修

他沒有感覺，沒有判斷，讓自己大部分的天賦棄而不用。我要以精英人物爲例。讓我們考慮極少數百裡挑一的優秀人物，他們生來精力充沛，聰敏過人，又經過精心培養，博聞強記，更顯得神思飛逸，不同凡響，在智慧上達到登峰造極的地步。他們的心靈也上下探索，開拓思路，天地古今，兼收並蓄，一切務求多得；在他們的身上蘊藏了發揮得盡善盡美的自然本性。他們以制度和法律治理世界，以文藝和學問教育天下，還以自身的良好品德來開導大家。我只以這樣的人以及他們的見證和經驗作爲議論的內容。讓我們看他們達到什麼樣的成就，他們得到什麼樣的結論。這個精英群體中還存在什麼邪惡和缺點，大家也可以毫不在乎地承認自己也在所難免。

尋找東西的人，都會遇到這麼一個階段：或者他說找到了東西、或者他說沒有找到東西、或者他說還在找東西。所有的哲學無不屬於這三類中的一類。哲學的目的是尋找眞理、學問和信念。逍遙派、伊比鳩魯派、斯多葛派和其他人相信他們已經找到了。這些人承認我們現有的學問，並把它們當作肯定無疑的。克利多馬庫斯、卡涅阿德斯和學院派尋找得灰心絕望，認爲我們沒有能力去認識眞理。他們的結論是人就是軟弱和無知，這個學派的信徒最多，人物也最傑出。

皮浪和其他懷疑論者或未定論者（他們的學說，都是古人從荷馬、七賢人、阿啓羅卡斯、歐里庇得斯，還有芝諾、德謨克利特、色諾芬那裡摘錄的），他們說還在尋找眞理。這些人認爲自以爲已經找到眞理的人眞是大錯特錯了；至於第二類人肯定人的力量無法達到眞理，他們也認爲這個結論下得過於倉促和虛妄。因爲，測定人的能力範圍，認識和判斷這些事的困難性，這是一門巨大和最艱難的學問；他們懷疑人是不是能夠解決這個問題。

相信什麼都不知道的人，不知道自稱不知道，是不是也可算知道。

——盧克萊修

知道自己無知、判斷自己無知、譴責自己無知，這不是完全的無知；完全的無知，是不知道自己無知的無知。因而皮浪派宣揚的是猶豫、懷疑和探詢，什麼都不肯定、什麼都不保證。心靈的三個功能：想像、欲望和同意。他們接受前兩種功能；最後一種功能，他們讓它處於模棱兩可的狀態，不對任何一邊表示哪怕是一點點的偏向和傾斜。

芝諾用手勢描述他對這部分心靈功能的想像：手掌張開表示可能性，手掌半張、指頭微曲，表示同意；抓緊拳頭表示理解；用左手把這個拳頭抓緊，表示知識。

皮浪派的這種判斷能力是直的、不可彎曲的，接納一切事物，又對它們不作理會，不置可否，引人進入不動心境界，生活平靜，無論我們以爲有了什麼意見、印象、知識，心靈都不會受外界的干擾。不然會引起恐懼、吝嗇、羨慕、過度的欲望、雄心、驕傲、迷信、追求新奇、反抗、不服從、頑固和大部分肉體痛苦，他們甚至不會臉紅脖子粗地不容許對自己的學說有異議。他們辯論時溫文爾雅。他們不怕對他們的爭論進行反擊。當他們說重物往下墜落，別人相信了他們不僅感到過意不去，還要求人家駁斥，這樣可以對他們的判斷產生懷疑和不作結論，這是他們的目的。

他們提出自己的論點，只是爲了跟我們深信不疑的論點進行交鋒。假使你採用他們的論點，他們也很樂意去支持相反的論點：一切對他們都是一樣的，他們沒有什麼要選擇的。你若說雪是黑的，他們爭辯說雪是白的。你若說雪既不是黑的也不是白的，他們就會堅持雪既是黑的又是白的。如果你從某一判斷來說什麼都不知道，他們就會肯定你是知道的。是的，如果你對一條公認的原理表示懷疑，他們就會跟你辯論說你並沒有懷疑，或者你不能夠確定和證明你是在懷疑。這種極端的懷疑，動搖了懷疑的本身，他們自己也分成許多不同的看法，甚至跟那些曾從各方面主張懷疑和無知的看法也不相同。

他們說，如果獨斷論者一個說綠、一個說黃，那他們爲什麼不能表示懷疑呢？是不是有這樣的論點，有人提出來後不接受就得拒絕，就是不能認爲是折衷的？

有的人由於他們國家的習俗，或者父母的教育，或者經常在懂事以前沒有判斷和選擇能力，像遇到一場風暴似的非常偶然，選擇了某個看法，斯多葛的或伊比鳩魯的學派，此後永遠附在上面再也不能脫身，彷彿吞進了魚鉤不能擺脫：「他們依附任何哪個學派，猶如風浪把他們拋上一塊礁石，緊緊抱住不放。」（西塞羅）但是那些人爲什麼不能同樣維護自己的自由、不在約束和奴役下去考慮事物呢？「他們的判斷力愈是不受影響，他們愈是自由和獨立。」（西塞羅）自己可以擺脫其他人所受的必要束縛，不是一種優勢嗎？凡事疑而不決，不是勝過陷入幻想所產生的種種謬誤嗎？暫且不作決斷，不是強於參加亂哄哄的紛爭嗎？

我將選擇什麼？——只要你選擇，一切都聽你的！——這是一個愚蠢的回答，可是我覺得獨斷派就是這樣回答的，他們不允許我們不知道我們不知道的東西。

你參加信徒最多的那一派吧！爲了維護它，你不得不跟近百個敵對派別開戰交鋒，那也是沒準的。那麼不如置身事外，落得個清淨？你可以採納亞里斯多德的靈魂不滅學說，當作你的榮耀和生命，這樣必須反駁和否定柏拉圖；對他們就不允許去懷疑了嗎？

珀尼西厄斯完全可以對內臟占卜術、詳夢、神諭、卜卦不提自己的看法，而斯多葛派對此是深信不疑的。珀尼西厄斯敢對老師教授的學說表示不同看法，這還是他參加的這個學派一致同意的，他自己也參加講課的學說。爲什麼一位賢人就不敢像他那樣在一切事情上表示懷疑呢？

如果由一個孩子作判斷，他還不懂事；如果由一位學者作判斷，他已有先入爲主的看法。皮浪派不必顧慮保護自己，也就在交鋒時得到一種很重要的優勢；只要他們在攻擊別人，也不在乎別人攻擊他們；怎麼也可達到他們的目的。如果他們贏了，你的看法站不住腳；如果你贏了，他們的看法站不住腳。如果他們理虧詞窮，他們證實了無知；如果你啞口無言，你證實了無知。如果他們證明沒有東西是可知的，這就好；如果他們不能夠證明這點，那也不錯。「因而在同一個論題上，正反兩方面的理由都是相等的，那樣對雙方來說更容易不作出判斷。」（西塞羅）

他們更加熱衷於引證爲什麼一件東西是錯的，而不是引證一件東西爲什麼是對的；指出它不存在，而不是它存在；提到他們不相信的東西，而不是他們相信的東西。

他們議論的方式是這樣的：我什麼也不確定；這個並不比那個更實在；也沒有一個比另一個更實在；我一點不懂；一切的可能性都是相等的；贊成與否定的表達方式也是相同的。什麼看來都不像眞的，但也看來不像假的。他們的箴言是：我議論，但不作結論。

這是他們的老調，還有其他的內容也相差不遠。實際效果是單純的、完全的、徹頭徹尾的不作判斷。他們運用自己的理性去調查、去辯論，但不作決定、不作選擇。誰能想像出不論在什麼場合，沒完沒了地表示無知，不偏不倚地不作結論，他就理解了什麼是皮浪主義。

我盡我的能力在表達這個抽象的概念，因為許多人覺得這很難理解，即使那些學者也各說各的，含糊不清。

至於他們的生活行為，還是跟平民百姓沒有兩樣。他們要服從自然要求、滿足情欲衝動、遵守風俗習慣、尊重文藝傳統。「因為上帝要我們使用事物，不要我們認識事物。」（西塞羅）他們在日常行動中任憑這些原則的指引，不表示意見與評論。這使我沒法把有人對皮浪的看法跟這條道理配合起來。他們說他愚蠢、麻木，過著逃避人世的遁跡生活、不會躲開小車的衝撞、佇立於懸崖之前、不願服從生活規律。這超過了他的學說。他不想變成石塊或木頭；他要做一個有生命的人，演說、推理，享受生活中的一切樂事，正當健康地利用和發揮肉體和精神上的一切潛力。有人僭用想入非非、虛無縹緲的特權，去任意支配眞理、安排眞理和創立眞理，皮浪開誠布公，對這些特權敬謝不敏。

可是，沒有一個學派不是被迫允許它的賢人——如果他要活下去的話——接受不少未被理解、未被領悟、未被同意的東西。舉例來說，當他去航海時，他按照這張圖，並不知道這張圖對他有沒有用，同時假設船是好的、船長是有經驗的、季節是適當的，航行條件一切具備後，他就出海，聽任事物的表面現象擺布，除非這些現象是明顯矛盾的。他有一個肉體、他有一個心靈，感覺推動他，精神使他亢奮。他不能在心中找到這個固有的奇異的判斷信號，他發現他不能對什麼作出允諾，因為有的事情就是似是而非的，他還是充分地和自在地承擔生活的責任。

把學說建立在推測上更多於建立在知識上；辨別不清眞與假，而只是追求表面現象，這樣的學派有多少？皮浪派說，眞與假是存在的，我們可以去尋找，但是沒法用試金石去作出決定。

我們不去追究宇宙的秩序而隨波逐流，對我們反而更好。一個不抱成見的靈魂可以迅速達到寧靜。凡是評判和監視他們的法官的人從來不會屈服順從。那些心靈單純、不管閒事的人，遠比那些對宗教和人間事業虎視眈眈、高聲嚷嚷的人溫良恭順，更容易接受宗教和政治的法則！

在人類的創造中，還沒有哪個學說包含那麼多有用的準眞理。它說人是赤裸裸的、空的，認識天生的弱點，宜於從上天汲取外界的力量，棄絕人間的知識，爲了在心中更好地接受神的知識，清除自己的判斷，爲信仰留出位子；不信教，但也不建立學說反對大家奉行戒律；謙遜、服從、守規、勤奮好學；對異教恨之入骨，對旁門左道宣傳的異端邪說毫不沾邊。他是一張白紙，上帝的手指可以在上面打任何印記。我們愈是要皈依上帝，我們愈是要棄絕自己，我們本身的價值也愈高。《傳道書》說，日復一日，事情出現在你面前，不論什麼樣子，不論什麼滋味，你從好處接受它們；其餘不是你能認識的。「耶和華知道人的意念是虛妄的。」（《聖經·詩篇》）

三大哲學學派中，有兩派標榜懷疑和無知，第三派是獨斷派，不難發現其中大多數信徒擺出不懷疑的面孔，完全是裝裝樣子。他們並沒有想到提供某種確信，向我們指出他們在這場追逐眞理的過程中達到什麼階段：「這些學者是在假設眞理，而不是在認識眞理。」（李維）

當蒂邁歐要告訴蘇格拉底他對上帝、世界和人的認識時，建議他們像兩個普通人那樣談話，如果他的道理跟另一個人的道理同樣說得過去，他就感到滿足了：因爲確切無疑的道理不掌握在他的手中，也不掌握在任何一個人手中。

他的一位同道是這樣摹仿他的話的：「我盡我的可能說明自己的意思，並不是我的話像阿波羅的神諭那樣肯定、不容置疑：我是軟弱的人，我透過猜測去發現類似眞的東西。」這裡談的是一個自然大眾的話題——對死的蔑視。他另外又根據柏拉圖的話演繹蒂邁歐：「我們有時談到神的本質和世界的起源，沒有達到目的，這也不足爲奇；我們只須記住：我說話，你判斷，我們都只是凡人；我若跟你談的只是可能性，你也不要有更進一步的要求。」

亞里斯多德一般羅列一大堆其他人的看法和信仰，跟自己的看法和信仰作比較，給我們指出他走出多麼遠，他又怎樣更接近準眞理，因爲眞理不是由別人的權威和見證可以判斷的。因而伊比鳩魯在他的著作中小心翼翼地不提別人的一條引證。亞里斯多德是獨斷派的王子；可是，我們也從他那裡得知，知識愈多，懷疑也愈大。我們看到他有意用曖昧晦澀的辭句來掩蓋自己，使人如墜五里霧中，沒法看清他的意見是什麼。實際上，這是以肯定形式出現的皮浪主義。

聽一聽西塞羅的爭辯，他用自己的幻想去解釋他人的幻想：「誰要了解我們對每個事物的想法，只會愈打聽愈好奇。有一條哲學原則：對一切進行爭辯，對什麼都不作結論，這條由蘇格拉底建立的，由阿凱西勞斯重提的，由卡涅阿德斯加強的原則，流傳至今，還保持生命力。我們屬於這個學派，相信眞與僞始終糾纏一起，兩者如此相像，沒有肯定的標誌可以判斷和區分它們。」

不但是亞里斯多德，還有大多數哲學家都指出眞理難找，那是爲什麼？難道是強調這個課題的無謂性和滿足心靈的好奇，讓哲學家消磨時間，讓他啃一塊沒肉、沒骨髓的骨頭。克利多馬庫斯說他讀了卡涅阿德斯的著作，從來不知道他是什麼意見。爲什麼伊比鳩魯在著作中從不說明白，而赫拉克利特的外號叫「黑暗」？學者像變戲法的魔術師，爲了不暴露自己理論的空洞，把難懂作爲一塊硬幣來玩弄，人因愚蠢又很容易上當受騙。

他靠晦澀的語言在無知者中間贏得了名聲，
因爲愚人欣賞和讚美
在模棱兩可的語言下掩蓋的東西。

——盧克萊修

西塞羅責備他的朋友在星相學、法律學、辯證法、幾何上花費太多不必要的時間；這使他們顧不了履行更有益、更眞實的生活責任。昔蘭尼加哲學家同樣輕視物理和辯證法。芝諾在他的《共和國》那些書中開宗明義地稱一切自由學科都是無用的。

克里西波斯說，柏拉圖和亞里斯多德撰寫邏輯學，是出於消遣和練習。他不相信他們對這麼空洞的課題有什麼可以說的。普魯塔克對形而上學也這樣說，伊比鳩魯談到修辭學、語法學、詩歌、數學以及除了物理以外的所有學科，也是這種態度。蘇格拉底否定一切學科，除了風俗和生命研究。不論別人問他什麼，蘇格拉底總是先要問話者向他交待他的過去和現在的生活情況，他以此作爲提問和判斷的內容，認爲其他一切都是從屬的和衍生的。

「這類書不能增加撰寫者的美德，也就不會令我感興趣。」（薩盧斯特）大部分學科遭到知識本身的蔑視。但是他們沒有想過，在一些沒有實際利益可言的課題上殫精竭慮也是不合適的。

況且，有的人說柏拉圖是獨斷派；有的人說他是懷疑派；此外還有人說他在某些事上是獨斷派，在某些事上是懷疑派。

蘇格拉底是《對話集》中的主要人物，他總是提問題，活躍辯論，從不打斷，從不滿足，他說除了相互對立的學問以外沒有其他學問。

荷馬是他們的鼻祖，奠定一切哲學學派的基礎，但是我們往哪個方向去，在他是無可無不可的。有人說，十個不同的學派都源自柏拉圖。因而，以我看來，既然他的學說搖搖擺擺、不置可否，這些衍生的學說也不會相差太遠。

蘇格拉底說，助產婦在幫別人接生時，自己不得不放棄生孩子；而他，既然神給他智者的稱號，也有育才的任務；他放棄以男性的愛情生育精神的孩子，而要幫助其他人去生育他們的孩子，打開智慧的產門，便利產道，讓嬰兒順利出世，觀測他的天分、爲他施洗禮、餵養他、使他強壯，裹上襁褓，施以割禮，運用他自己的智慧去應付命運的福禍榮辱。

第三類哲學家大多數是這樣的，古人已經在阿那克薩哥拉、德謨克利特、巴門尼德、色諾芬尼和其他人的著作中讀到了。在他們的筆下，對實質是表示懷疑的，意圖中探討多於教育，字裡行間也穿插獨斷派的論調。這在塞涅卡和普魯塔克兩人的著作中也是屢見不鮮的。誰看得仔細，就可以看出他們有時是這個面目，有時又是另一個面目！法律的調解人首先是往自己有利的方面調解。

我覺得柏拉圖深知其中緣由，愛用對話形式討論哲學問題，這樣可以透過各人的嘴說出他自己的形形色色的想法。

用不同方式討論問題，跟用相同方式討論問題一樣好，甚至還更好，可以更豐富、更有益。以我國爲例，國家法令體現了獨斷派結論性文章的最高形式；我們的國會傳達給老百姓的法律條款最有典型性，要老百姓對這個由能人組成的權威機構保持敬畏，這些文章的美妙不在於結論；結論對組成權威機構的人是日常的事，對執行法律的人是共同的事；美妙在於法律事務可以容忍那些不同的、矛盾的空論歪理，讓人喋喋不休地清談。

有的哲學家由於對某一事物表現出人性的猶豫不定，有的哲學家由於某一事物本身的流動性和不可知性而不得不承認無知；這時產生的矛盾和分歧，給各個哲學學派的論戰提供了最大的戰場。

腳下打滑的時候且慢下結論，這句老話不就是這個意思嗎？像歐里庇得斯說的：

神的著作各不相同，
令我們無所適從。

恩培多克勒心中好像充滿聖火似的在追求眞理，他在書中多次提到：「不，不，我們什麼也感覺不到、什麼也看不到，一切東西對我們都是隱蔽的，沒有任何東西我們可以說是必然的。」再來看這句聖言：「世人的思想是不豁達的，他們的主意和預見也是不確定的。」《所羅門智慧書》。然而抓不到獵物的人，對打獵的興趣依然不減，這也不要感到奇怪：學習本身就是一件愉快的工作，這件工作那麼愉快，斯多葛派禁止的種種樂趣中，就有追求學問引起的樂趣，要加以節制，不可放任自流。

德謨克利特在餐桌上吃到幾顆無花果，味道如蜂蜜，突發奇想，要弄明白這種不尋常的美味是從哪兒來的。他離開桌子要去看一看長這些無花果的果樹；他的女僕明白了他忙亂的原因，笑著對他說不用費神了，這是她把無花果放在一只盛了蜂蜜的陶罐裡。女僕使他失去一次探索的機會，剝奪了他的好奇心，他很懊喪，說：「滾開，你令我討厭；可是我還是要把它當作天然甜味來找尋原因。」他高高興興地要給這個不存在的、假想的問題尋找眞正的原理。

出自一位偉大著名的哲學家的這則故事，明白無誤地向我們說明是學習的熱情，才使我們追求我們苦於無法追求到的東西。普魯塔克敘述一個相似的例子，有一個人不願人家給他弄明白自己懷疑的東西，這樣不會失去追求的樂趣；猶如另一個人爲了不願放棄借酒止渴的樂趣，不讓醫生給他開退燒藥。「學習無用的東西總比什麼都不學習好。」（塞涅卡）

好比我們的食品，有的純粹是好吃，我們喜歡吃的東西不一定都是有營養和有利於健康的。同樣，我們從學問中得到的精神食糧，雖然不一定有營養、有利於健康，但是可以很有樂趣。

他們是這樣說的：「觀賞自然，是給我們的精神提供營養；使我們提升，跟高尚和天上的事比較，我們就會輕視低微和地上的事。追求看不見的和偉大的事是一大樂趣，即使對於一無所獲的人也是如此，由此會引起他對知識的敬畏之情。」這是他們的表白。

另有一則他們經常傳說的故事，更明白地描繪了這種病態好奇心的無可奈何的形象。歐多克修斯向神請願和祈禱，希望有一次走近太陽看一看，了解太陽的形狀、大小、美，即使因而燒死也在所不惜。他願意犧牲生命去換取一個他既無用也不會掌握的學問；爲了這個瞬息即逝的知識，失去他已經獲得和今後還會獲得的各種其他知識。

我不容易使自己信服，伊比鳩魯、柏拉圖、畢達哥拉斯給我們提出他們的原子、概念、數字，都是不移之論。他們都是大智慧的人，會在一些不確定和有爭議的東西上建立他們的信條。但是，每個這樣的大人物都努力工作，要給這個混沌無知的世界帶來一絲光明，他們開動腦筋，至少發明了一個愉快精緻的假象；即使一切都是錯的，也經得起各種不同的辯駁：「這些學說都是每個哲學家的天才的假想，不是他們的發現的結果。」（塞涅卡）

有人責備一位古人，說他研究哲學，然而又不重視哲學的判斷，這位古人回答，這才是眞正的哲學探討。他們願意思考一切、比較一切，覺得這件工作最適合滿足我們心中天生的好奇心。有的東西他們寫下來是爲了公眾社會的需要，如他們的宗教著作；他們對大眾接受的思想絕不剝繭抽絲般的細評，這是很明智的，因爲，他們不願對國家遵紀守法方面製造混亂。

柏拉圖對待宗教問題相當開誠布公。關於他的個人著作，他什麼都不作肯定。他當立法者時，他的文章斬釘截鐵，不容置疑；有時，也夾雜他的稀奇古怪的創見，對於說服百姓大眾是有用的，對於說服自己則是可笑的，因爲他知道我們這些人易受外界的影響，尤其是奇特強烈的影響。因而在他的《法律篇》中，他細心地只收入那些對群眾道德有益的怪異故事；人的思想那麼容易接受光怪陸離的事，爲何不用有益的謊言去讓他咀嚼，要比用無益或有害的謊言更有道理。他在《理想國》一書中說得十分露骨，爲了大家的利益，時常不得不欺騙他們。

顯而易見的是有的哲學學派追求眞理，有的哲學學派講究有益，講究有益的學派得到了信譽。經常在我們的想像中是最眞實的東西，不見得在生活中是最有益的東西，這是人的悲哀。最大膽的學派，如伊比鳩魯派、皮浪派和新學院派，到頭來還要屈從於民法。

還有其他的課題經過哲學家的篩選，有的這樣篩、有的那樣篩，每個人不論有理無理都要替它勾勒出一個輪廓。因爲找不到什麼精深的含義值得一談的，他們經常勉強編造幾條空泛和荒謬的猜測；他們提出這些猜測不是作爲基點，也不是確立某條眞理，而是爲了學術練習：「他們著書，不像是出自一個深刻的信念，而像是找個難題鍛鍊思維。」（作者不詳）

如果不是這樣認識的話，看到這些出類拔萃的心靈提出的看法如此反覆無常、變幻莫測、虛妄無謂，叫我們怎麼解釋呢？我們以自己的推理和猜測去窺探上帝，以自己的能力和規律去限制上帝和宇宙，利用自己有幸見賜予上帝的微乎其微的智力卻去做有損於神性的事，還有什麼比這更加虛妄的嗎？因爲我們的目光無法看到上帝的聖座，就把聖座拉到人間骯髒的塵土中來嗎？

## 第五節　上帝是人的同伴嗎？

古人談到宗教時的各種看法，我覺得其中這種看法最接近本眞，也最能爲人所接受，它承認上帝是一種不可理解的力量，萬物的創造主和保護者，一切善良和完美的體現，善意接受人類不論以什麼面目，以什麼名義，以什麼方式貢獻的榮耀和崇敬。

萬能的朱庇特，宇宙、國王和眾神之父母。

——弗勒里厄斯・索拉努斯

存在於環球萬國的這片熱誠，得到了上帝的嘉許。一切社會都從虔誠中沾光：不信神的人和行爲也到處受惠於命運。異教徒的歷史也承認尊嚴、秩序和正義，神聖宗教中的奇蹟和神諭也使他們獲益匪淺。人的天然理性只是讓我們透過夢幻假象去粗淺地認識上帝，上帝在仁慈中讓我們得到世俗的恩澤，對這些認識確定溫和的原則。

世人自己創造的宗教不但是虛假的，也是不敬神的和有害的。

聖保羅在雅典看到許多宗教盛行，只有一座神壇，雅典人敬拜的是隱蔽的、未認識的神，他覺得這是最可以接受的。

畢達哥拉斯描述的東西最接近眞理，他認爲對這個萬物之本、萬眾之神的認識應該是不確定的、不限制的、不用語言表達的；這不是別的，而只是我們的想像力向完美靠近所作的最大努力，各人按照各人的能力開拓思想。如果紐默企圖把他的臣民的信仰納入這種模式，使他們依附一個純粹精神的宗教，沒有確定的目標、沒有物質的內容，他的企圖就會落空。人的思想不可能在一大堆不成形的想法上，不著邊際地漂移。必須把想法轉化成他可以摹擬的形象。神的威儀因而要在我們具體範圍內體現：神的超自然和天上的聖事具有我們世俗社會的標誌，對神的崇拜透過訴之於感覺的儀式和祈禱；因爲信仰和禱告的是人。

在這方面其他類似的論據我就不提了。但是面對這些十字架和耶穌受難圖，教堂禮拜朝聖時的莊嚴裝飾，虔誠禱告時的呢喃聲，由此引起的感官衝擊，不使各族人民心靈沸騰，宗教感情激揚，人心向上，這是很難說服我的。

在世人皆盲目的情況下，實在有必要使神具有表象，我覺得我更樂意結交崇拜太陽的人。

宇宙的光明，太空的眼睛；
上帝頭上若長了眼睛，
必然是光輝明亮的太陽，
萬物靠它有了生命，我們靠它有了保護，
人間萬象莫不在它的視線下。
美麗的太陽創造了四季給我們，
穿梭來回在十二間屋裡；
宇宙滿載它的世人皆知的美德，

明眸一轉萬里烏雲散開，
世界精神和靈魂輝煌燦爛；
只一天環繞天空一圈，
廣袤無垠、渾圓、流動、堅實，
世上一切皆受其管轄；
貌似不動，其實永動；貌似懶散，其實奔波，
大自然的長子，時間的父親。

——龍沙

且不說太陽的廣垠和美麗，這是我們發現最遠的、也因而最不了解的星球，他們對它頂禮膜拜也就情有可原了。

泰勒斯是第一個探索這些物質的人，他認爲上帝是用水創造萬物的神靈；阿那克西曼德說神是隨著季節生生死死的，世界是無窮無盡的；阿那克西米尼說上帝是空氣，無處不在，永遠流動。阿那克薩哥拉是第一人，描述了萬物如何受一個無限的神靈的力量和理性所支配。

阿爾克米昂稱太陽、月亮、星辰和靈魂都是神。畢達哥拉斯把上帝說成是存在於萬物內的神靈，我們的靈魂是從萬物來的。巴門尼德認爲上帝是環繞天空的光，地球是依靠光的熱量維持的。恩培多克勒說神就是四種元素（火、水、土、氣），萬物皆由此產生的；普羅塔哥拉不說神存不存在，也不說如果存在是什麼樣子。

德謨克利特有時說自然界的變異現象是神，有時說產生這些變異現象的自然是神，之後又說我們的知識和智慧是神。柏拉圖談到他的信仰五花八門，他在《蒂邁歐篇》中說，宇宙之父是不能稱呼的；在《法律篇》中說不應該探討上帝的本質，然而在這兩部書中又把宇宙、天、地、星辰和我們的靈魂稱爲神，此外還搜羅了每個共和國舊習俗中的所有的神。

色諾芬指出蘇格拉底的學說對此也同樣混亂，他一時說不能探討上帝的形式，然後又確信太陽是上帝，靈魂是上帝；先說上帝只有一個，後又說上帝有好幾個。柏拉圖的侄子斯珀西普斯說上帝是某種統制萬物的有生命力量；亞里斯多德時而說精神是上帝，時而說宇宙是上帝；時而給宇宙另一個主人，時而又說上帝是來自天空的熱量。色諾克拉特說有八個神，五個取自星辰，第六個有全部恆星作爲它的四肢，第七個是太陽，第八個是月亮。赫拉克利德斯・彭蒂古斯在這些說法中游移不決，最後認爲上帝是沒有任何感覺的，可以從一種形式轉變成另一種形式，然後又說天與地是上帝。

提奧弗拉斯特在所有這些奇談怪論中徘徊，拿不定主意，認爲主宰世界的時而是智慧、時而是天、時而是星辰；斯特拉托說大自然是上帝，有孕育、增大和減小的能力，但本身沒有形式、沒有感覺；芝諾說自然規律是上帝，他揚善隱惡，是有生命的，否定民間的神——朱庇特、朱諾、維斯太；阿波羅尼亞的第歐根尼說時間是上帝；色諾芬說上帝是圓的，善視能聽，但是不會呼吸，跟人性沒有共同點。

阿里斯頓認爲上帝的形式是不可捉摸的、沒有感覺，不知道上帝是有生命的還是其他東西；克里昂特斯說上帝有時是理智、有時是宇宙、有時是自然的靈魂、有時是圍繞一切的至高無上的熱。芝諾的學生珀休斯主張，凡給人類生活帶來方便和有用物質的人都稱爲神。克里西波斯彙集前人的說法，弄成一個大雜燴，在他所封的形形色色的神中間還包括那些不朽的偉人。

迪亞戈拉斯和狄奧多羅斯乾脆否認有什麼上帝。伊比鳩魯心目中的神是發光的、透明的，融合在空氣中，住在兩個宇宙之間，猶如住在兩個堡壘之間不受襲擊，模樣跟人一樣，也有四肢，然而這四肢對他們毫無用處。

我一直認爲天上有神存在，
但是我相信神從不過問人間的事。

——埃尼厄斯

看到那麼多的哲學精英鬧得沸沸揚揚，可以相信你的哲學了吧！可以誇耀終於覓到了金元寶啦！世事萬象紛紜雜陳，可以使我從中獲益；各種風俗和想法不同，使我明白而不會使我不快；把它們相互對照使我謙遜，而不會使我驕傲；一切不是出自上帝之手的選擇，我覺得都不會是稱心如意的選擇。

我不談那些醜惡、違背自然的生活方式。各國政府在這方面也像各個學派一樣各行其是。以此我們可以知道命運本身未必比我們的理性更加變幻無常、更加盲目和隨意。

最琢磨不透的東西最宜於當作神來對待。像古人那樣把人尊爲神，這是最沒有道理的了。我寧可追隨那些崇拜蛇、狗和牛的人；尤其這些動物的本性和本質我們還不熟悉；更可以對牠們任意想像，賜予各種特異功能。我們深知世俗的人的種種缺陷，古人還是把牠們添加在神身上，讓神也有欲望、怒氣、復仇心理、婚禮、傳宗接代、家庭世系、愛情和嫉妒，有我們這樣的四肢、有我們這樣的骨骼、有我們的狂熱和歡樂、有我們的死亡、有我們的葬禮，眞是人的理性迷亂到了極點才會想出這一切來的。

這些事跟神性相差太遠，
不配算作是神的所作所爲。

——盧克萊修

「大家知道他們的外貌、他們的年齡、他們的服裝、他們的裝扮、他們的家譜、他們的結合、他們的婚姻，因爲這一切都從有缺陷的人類那裡照搬來的；甚至還說他們也有精神錯亂；傳統還向我們提到神的情欲、神的憂傷和神的憤怒。」（西塞羅）不但讓神有信仰、有美德、有榮譽、和諧、自由、勝利、虔誠；還讓神有肉欲、欺騙、死亡、嫉妒、老年、貧困、害怕、狂熱、噩運以及我們脆弱老朽人生中的其他苦難。

神廟中如何出現人情世態？
那是匍匐地上的心靈不藏任何天機！

——柏修斯

埃及人荒謬絕倫，誰要是敢說他們的神塞拉比斯和伊西斯原來是人，就要對他處以極刑；然而誰不知道他們以前是人。瓦羅說，他們的頭像把手指放在嘴上，表示這是對他們的祭司的一道密令，不許談及他們凡人的起源，彷彿事關重要，不然會波及一切祭祀活動。

西塞羅說，既然人那麼渴望跟上帝不相上下，與其把神拉到人間，跟凡人共生，不如把人的腐朽和不幸送到天庭；但是，從這事上也可看出人在虛妄自負方面是一致的，各人依舊按照各人的方式來對待信仰問題。

當哲學家追根究柢說出神的品位等級，迫不及待地理清他們的同盟聯姻關係、他們的職責和他們的威力，我沒法相信他們這樣說是一本正經的。當柏拉圖給我們詳述普路托的果園，以及我們肉體消失後還可得到的快樂和痛苦，他還是把這些感覺說得跟我們在世時的感覺一模一樣。

> 祕密小徑、香桃木樹把他們隱藏，
> 即使死後，還是受愛情的煎熬。
>
> ——維吉爾

當穆罕默德答應他的信徒有一座鋪地毯、金碧輝煌、珠光寶氣的天堂，裡面住滿絕世佳人，到處是珍饈佳肴，我覺得這是一些玩世不恭者低頭哈腰迎合我們的愚蠢，說一些貪婪的世人聽了受用的甜言蜜語來利誘和迷惑我們。

可是，我們基督徒中間也有人跌入這個誤區，自認為在復活以後另有一種世俗生活，享受人間的賞心樂事。柏拉圖竭力宣揚天和神的觀念，終生保留了「神」這個外號，你眞的相信他認爲人這個可憐的創造物，有什麼資質可以窺探這個不可理解的威力嗎？他眞的相信我們冥頑不靈的天性能夠領悟，我們微弱的感官能夠承受永福或遺棄嗎？人的理性應該這樣對他說：

如果你答應我們來世的歡樂，也就是我今世感到的這些歡樂，這跟無限就沒有共同之處。當我天生的五官充滿愉悅，當這個心靈突然感到它所能欲望和希望的至樂時，我們知道會達到什麼樣的境界：這到頭來還是虛空。這裡面有我的東西，卻沒有神的東西。如果這一切不外乎是屬於我們塵世的一切，那就不算什麼。會死的人，其歡樂也是會死的。重見我們的父母，我們的孩子，我們的朋友，如果這在另一個世界也使我們感動和心裡癢癢的，如果我們還沉浸於這種歡樂中，那麼我們還是處在人間享受有限的幸福。如果我們能夠對這些上天、神的諾言想像一二，我們卻不能對它們想像萬全；若要想像萬全，必須把它們想像成不能想像的、不能言傳的、不能理解的，跟我們微不足道的塵世經驗是完全不同的。

聖保羅說：「神爲愛他的人所預備的，是眼睛未曾看見、耳朵未曾聽見、人心也未曾想到的。」如果爲了使我們能做到這一點，我們的本質必須重鑄和更換（像柏拉圖說的「透過你的淨化」），這將是一場徹底全面的變化，從實質上說，我們將不再是我們。

那時在混戰中的是赫克托耳，
但是阿喀琉斯的馬匹拖曳的屍體，已不再是赫克托耳。

——奧維德

得到這些報償的將是另外一些東西。

一切都在變化、溶解、死亡；
而靈魂的結構，轉換功能。

——盧克萊修

因爲，在畢達哥拉斯的靈魂轉生說中，靈魂是會改變住所的，我們可以相信居住在凱撒靈魂中的獅子會包容那些折磨凱撒的情欲嗎？這眞的是凱撒嗎？如果這確是凱撒，那麼這些人就是對的：他們反對柏拉圖這種看法，駁斥說兒子可以披了一張騾皮騎在母親頭上，哪有這樣的荒唐事？

在同類動物身上轉生中，我們會認爲後轉生者跟牠們的祖先沒有兩樣嗎？從鳳凰的骨灰中，比如說，生成一條蛆蟲，然後又生成一頭鳳凰；這第二頭鳳凰，誰能想像牠跟第一頭鳳凰沒有兩樣？那些會吐絲的昆蟲，我們看到牠們是如何死亡和枯乾的，從這個屍體中產生一隻飛蛾，然後又是另一隻昆蟲，認爲這還是那第一隻昆蟲，這將是很可笑的。一旦停止存在的東西就不再存在了。

即使在我們死後，時間
把我們的肌體復原成今天的模樣，
重新給我們照著生命之光，

這也不再是我們，
因爲記憶斷裂不再繼續。

——盧克萊修

柏拉圖，你在其他場合說，享受來世補償的是人的精神部分，你這話也說得不著邊際。

切斷神經、脫離眼眶的眼睛，
自己是看不清任何東西的。

——盧克萊修

因爲，這樣的話，接觸到歡樂的不再是人，也不是我們；因爲我們是兩個主要部分組成的，把這兩部分切開，這是我們本質的死亡與毀滅。

的確，生命斷了線，在這時候，
一切四處飄蕩，不再有任何感覺。

——盧克萊修

當人以前活著時的肢體受蟲子的呑噬、泥土的腐蝕，我們不能說人在受苦。

這一切不屬於我們，
我們是肉體結合靈魂而存在的。
——盧克萊修

此外，人死以後，神可以對他的善行好事給予認可和補償，神作出這種評價的基礎是什麼？既然是神自己指導他的良心這樣做的；他做了壞事又爲什麼要爲之發怒和懲罰？既然是神自己指引他誤入歧途，只要他們稍加干預，可以防止他墮落的。

伊比鳩魯可以用人的堅實的理性來駁斥柏拉圖，他自己不是常用「人性無法確定神性中的東西」這句話來爲自己開脫嗎？

人性只會到處彷徨，尤其人性去干預神性的時候，還有誰比我們更明顯感到這一點呢？雖則我們給人性確立了幾條肯定、萬無一失的原則，雖則我們用上帝賜予我們的眞理的神聖之燈照亮它的道路，我們還是可以天天看到，人性只要稍爲偏離正途、背棄或拋下教會開拓和奠定的道路，立刻會迷失方向、惶惶不安、停滯不前，在洶湧澎湃的大思潮中漂流旋轉，沒有依傍、沒有目的。它馬上會失去這條康莊大道，分裂和消失在千百個方向。

只能是人，他的想像也不能超出人的想像。普魯塔克說，凡人奢談什麼神和半神，其狂妄性更要超過不懂音律的人去評論唱歌的人，從未入伍的人去討論武器和打仗，憑一知半解的猜測裝得精通一門毫不熟悉的技術。

我是相信這一點的，古人以爲這樣做是在頌揚神的偉大；把神比作人，使祂具備人的特長，良好品質，甚至不宜外揚的需要；讓祂吃我們的食物，跳我們的舞蹈，像我們這樣裝鬼臉，好鬧惡作劇，穿我們的衣服，住我們的房屋，焚香奏樂逢迎祂，設宴賜酒供奉祂；爲了發洩我們自己邪惡的情欲，把無人性的復仇說成是伸張神的正義，把暴殄天物作爲對神的取悅（如提比略·森普羅尼烏斯，爲了祭祀火神伏爾甘，把他在薩丁島一役中繳獲的貴重的遺物和武器付之一炬；如波勒斯·埃米利烏斯，把馬其頓的戰利品向戰神瑪斯和智慧女神密涅瓦獻祭；亞歷山大抵達印度洋，把好幾大缸金子拋向海中，奉獻給忒提斯）。還在祭臺上大開殺戒，祭祀的不單是無辜的牲畜，還有活人；還有不少國家，其中有我們的，平時也有這類祭祀。我相信沒有一個國家不曾這樣做過。

蘇爾莫的四個孩子，
還有烏芬斯撫養的四個孩子，
年紀輕輕被殺死，獻給地下的冥王。

——維吉爾

吉泰人自認爲是不朽的，他們死亡只是走向他們的神薩莫爾克西斯。每隔五年他們在自己人中間選出一人，送他去詢問神的需要。這位使者由抽籤選定。派遣的方式是這樣的：對使者口授任務以後，參加者之中派出三人挺舉三支標槍，其他人徒手把使者往標槍上拋；如果他落在標槍上傷及要害部位，當場斃命，這是獲得神恩的好兆，如果他逃過一死，他們認爲他是個受神嫌棄的惡人，另外再派一位。

澤爾士國王的母親阿梅斯特里斯到了老年，一次下令活埋十四個出自波斯名門的童男，按照本國宗教的儀式向陰界的什麼神許願。

即使現時代，泰米斯蒂坦的偶像也是用兒童的鮮血黏合的，只喜愛用幼稚純潔的靈魂作爲祭品：正義也對無辜者的鮮血如饑似渴。

宗教勸人犯下多少罪行！

——盧克萊

修迦太基人殺害親生孩子祭祀農神薩圖恩。沒有子女的人就去購買，做父母的還要高興興參加這場祭儀。用我們的痛苦向神表達好意，這眞是一種怪念頭，比如斯巴達人，向他們的雅典娜神獻媚，用鞭子抽打少年，經常把他們折磨到死爲止。爲了取悅創造主卻去毀滅他的創造物，爲了赦免有罪的人卻去懲罰無罪的人，這是一種野蠻的習性。可憐的伊菲革涅亞在奧里特港自我犧牲，爲希臘軍隊犯下的暴行向神贖罪：

恰在成婚時刻，這名純潔的少女
給父親當贖罪的犧牲而倒下。

——盧克萊修

迪希父子兩人，都有美麗高尚的靈魂，他們奮不顧身衝入密集的敵軍隊伍，爲了祈求神使羅馬昌盛。

「神非常不公正，不願降福給羅馬人，除非奉獻這樣的人當犧牲。」（西塞羅）我還得說，這不是由罪人決定什麼時候該受什麼樣的鞭刑；只有法官才能把他的判決視爲懲處，卻不能把受刑者樂意做的事也當作是刑罰。神的報復可以看成是我們完全不同意他的正義和對我們的懲罰。

薩莫斯島暴君波利克拉特的脾氣非常可笑，爲了讓自己永遠福星高照，把他占有的、最珍貴的一件珍寶拋入海中，以爲借這件故意造成的災難讓命運得到補償，這樣不會影響世事盛衰福禍的更迭。命運卻嘲弄他的荒唐，使這件珍寶吞進了魚肚子，回到他的手上。古代寇里邦特人、曼那特人、現代馬霍曼坦人的自殘行爲有什麼意義，他們在臉、胃、四肢上劃開刀口，向他們的神獻禮，冒犯神的是人的意志，不是人的胸脯、眼睛、生殖器、一身肥肉、肩膀和咽喉。「誤入迷霧歧路的神志，竟是那麼瘋狂，相信人出奇地殘酷可以使神息怒。」（聖奧古斯丁）

如何對待天生的肌體，不但關係到我們，也關係到對上帝和對其他人的服務：逞性妄爲有違公道，猶如自殺，什麼藉口都是不對的。不讓心靈依照理性去指導肌體的功能，而是愚蠢地、奴役性地去汙辱和糟蹋，我覺得這是嚴重的怯懦和背叛的行爲。

「那些人以爲用這些祭儀得到神的歡心，他們到什麼時候才會害怕上天的憤怒？爲了滿足王上的淫威，有的人進行了閹割；但是沒有人，即使在主人的命令下，會自己動手淨身的。」（聖奧古斯丁）

因而，他們對宗教起了惡劣的效果。

經常，某些罪惡和瀆神行爲
是由宗教本身造成的。

——盧克萊修

人的一切不論以什麼樣的方式，都是無法與神性相比或融合的，不然就會給神性帶來同樣程度的不完美。這種無窮的美、威力和仁慈，我們這類醜物怎麼能夠與之類比和相似，而不大大損害神的偉大呢？

神的愚拙總比人智慧，神的軟弱總比人強壯。

——聖保羅

哲學家斯蒂爾波，當有人問他神對我們的歌頌和祭禮是不是高興，他回答：「你說話不知分寸，你若要談這個話題，讓我們到一旁去吧！」

然而，我們還是給神設了限制，用自己的種種理由來包圍神的威力（我說的理由是指我們的夢想和幻覺，從哲學定義上來說的，它甚至認爲瘋狂和不由自主的惡意也是由理性決定的——這是一種特殊形式的理性）。

神創造了我們，給我們智慧；而我們卻要把神局限於我們膚淺、浮而不實的認識之中。

因爲無生自無，上帝也不會不用物質而創造了世界。怎麼！上帝難道把他威力的鑰匙和根本動力交到我們手裡了嗎？難道他不能突破我們理解的極限嗎？哦，人啊！就算是你在這個世界上看到了一些神蹟和顯靈，你就以爲上帝已經在這件神工中用盡了祂的能力、祂的所有形式和祂的所有想法？就算是你看到了，你看到的只是你居住的小洞穴中的秩序和安排。神在另外的世界仍有無比的法力；這塊塵世是無法與之相比的：

天、地、海加在一起，
也無法與之相比。
——盧克萊修

你談的天命是局部的天命，你不知道什麼是宇宙的天命。你束縛在你而不是他從屬的範圍內；他不是你的同行、同鄉或同伴；他若跟你通靈，不是遷就你的微小，也不是讓你考驗他的威力。人體不能翱翔於雲間，這是你的本分；太陽不息地按照一貫的路線轉動；海洋與陸地的邊界不能混淆；水是流動的，沒有聚合性；牆沒有裂縫，固體物就不能穿透；人在火中無法保持生命；人不能飛天和遁地，肉體不能同時分散在各處。上帝是爲你制訂了這些法則，法則是限制你的。上帝向基督徒證明，祂願意的時候可以衝破所有這些法則。說實在的，既然上帝是萬能的，爲什麼要把自己的力量束縛在一定範圍內？祂爲了誰的利益要放棄祂的特權？

你的理性無法叫你接受天外有天，在其他事物上也沒有更多的準眞理和基礎，

地球、太陽、月亮、海洋和一切
都不是唯一的，而是不計其數的。

——盧克萊修

古代的聖賢，甚至今日的俊傑，在人的理性指引下沒法不信這件事。尤其在我們這塊大地上，沒有一件東西是獨一無二的。

萬物浩瀚，沒有一件單獨生成、單獨成長，
在同類物中是唯一的。

——盧克萊修

所有的物種都可以大量繁殖；上帝創造天地也決不像是只有這一回，創造這個單體時一次用盡了材料：

我們應該明白，
其他地方還有其他無窮的物質結合，
被貪婪的以太擁抱在一起。

——盧克萊修

尤其宇宙的運行使人沒法不相信宇宙中有一個主宰，連柏拉圖也保證有這麼回事。我們之中許多人或是確信、或是不敢不信；也不否定古人的看法，天、星辰和宇宙的其他組成部分都是靈與肉結合的創造物，從物質結構來說是會死的，但是從創造主的決心來說是不會死的。

如果像德謨克利特、伊比鳩魯和幾乎所有其他哲學家所想的，有好幾個宇宙的話，我們怎麼知道我們這個宇宙的原則和法則同樣實施於其他宇宙呢？它們或許有其他的面貌和組織。在伊比鳩魯的想像中它們是既像又不像。在我們這個世界內就可看到地區距離不同，事物就有多少不同和差別。在我們祖輩發現的新大陸上，就看不到小麥、葡萄酒和我們這裡的一些動物；那裡的一切很不相同。從前，世界上有多少地區沒聽說到過酒神巴克科斯和穀神刻瑞斯；誰會相信大普林尼和希羅多德說的，在某些地方存在跟我們不很相像的人種。

還有介於人與動物之間的混血種怪物。有的地區的人生來無首，眼睛和嘴長在胸口；有的地區的人是兩性人；有的人用四肢走路；有的人在額上長一隻眼睛，頭更像狗而不像人；有的人下半身是魚身，生活在水裡；有的女人生孩子要五年，壽命才八年；有的人頭很硬，額上的皮膚連鐵器也刺不進；有的男人不長鬍子，有的國家不知道使用火；有的地區的人精液是黑色的。

有的人會自然而然地變成狼、變成母馬，又再度變成人，這又怎麼說呢？還有像普魯塔克說的，在印度某些地方，有的人沒有嘴巴，靠聞某些氣味活下來的，如果眞是這樣，我們這些軼聞有多少會是錯的呢？如果人不再會笑，也不會推理和交際，我們內臟的排列和由來大部分又另當別論了。

我們把這些美好的規則奉爲金科玉律，然而據我們所知，又有多少事物否定了這些規則？我們如何又能以此去束縛上帝呢！有多少事被我們稱爲奇蹟和違反自然？這要以每個人和每個國家的無知程度來定的。我們發現了多少神祕和原質？因爲，依照自然的指引走，對我們來說，只是依照我們智力的指引走，智力達到哪裡，我們的目光也達到哪裡；超越這個範圍，就是荒誕不經、雜亂無序。以此類推，眼明心亮的人看到的一切都是荒誕不經的：因爲他們已經深信人的理性是沒有任何基礎和根據的，甚至沒法證明雪是不是白的（阿那克薩哥拉就說雪是黑的）；有東西還是沒有東西；有知識還是沒有知識（希俄斯島的梅特羅道呂斯開否認人能夠說得出來）；我們是不是活著。歐里庇得斯對最後一點表示猶豫：

誰知道活著該稱爲生命，
還是死亡該稱爲生命。

——歐里庇得斯

這不是沒有可能的：因爲我們爲什麼要把無窮無盡的漫漫長夜中閃光的這一剎那，我們永垂不朽的自然狀態中停頓的這一瞬間，看作是生呢？死亡占據了這片刻的前前後後，也占據了這片刻的好大一部分。有的人，如墨利索斯的信徒，發誓說，不存在什麼運動，什麼都是不動的（因爲，像柏拉圖證明的，如果只是一，球形運動是不可能的，從一點到另一點的易位運動也是不可能的）。另一些人說，自然中沒有延續，也沒有停頓。

畢達哥拉斯說，自然中除了懷疑以外不存在別的，對一切事物都可以討論，甚至對於

「一切事物都可以討論」這一點也可以討論。瑙西法納斯說，在一切彷彿存在的事物中，不存在大於存在；唯有不確定是可以確定的；巴門尼德說，在一切彷彿存在的事物中，沒有事物是普遍的，只有一；芝諾說，甚至一也是沒有的，只有無。

如果一是存在的，那麼一或者存在於另一個中，或者存在於自身之中；若存在於另一個中，則是二；若存在於自身之中，還是二，即是容與被容。根據這些學說，一切事物的本質只是一個虛假的影子。

我一直覺得，一位基督徒說上帝是不會死的，上帝是不會改變的，上帝是不會做這個或那個的，這種說法極不謹慎和恭敬。我認爲把神的威力納入人類語言的法則內是不對的；在我們這些談論中出現一種可能的眞理，但是談到這點時應該更加恭敬和虔誠。

我們的語言像其他一樣，有它的弱點和缺陷。世界上許多麻煩的起因都是來自語言。對法律的不同解釋引起訴訟，國王之間訂立的協定和條約，因爲無力予以清楚地闡述，引發了大部分戰爭。由於對Hoc這個單音詞詞義捉摸不定，給世界帶來了多少紛爭，多少重大的紛爭！⑪

再以邏輯學認爲最明白的那個句子來說。如果你說：天氣好，你說的是眞理，就是天氣好。這不是很肯定的一種說法嗎？還是可以叫你上當的。這可以從下面的例子看出。如果你

⑪《新約．馬太福音》第二十六章第二十六行：Hoc est corpus meum（這是我的身體），對Hoc的不同解釋，引起天主教與新教神學家對變體一事的爭論。

說：我說謊，你說的是眞話，你就是說謊。這句結論的藝術、理由和力量，跟另一句結論是相似的，而你卻陷入了困境。

我看到皮浪派哲學家，他們在任何談話中都不能表白他們的整體觀念。因爲這需要他們用一種新的語言。我們的語言是由肯定句組成的，這跟他們的語言大異其趣。以致他們說「我懷疑」時，你可以掐住他們的脖子，要他們承認至少他們對自己懷疑這一點是肯定的和知道的。因而人家也逼得他們要從醫藥中去找尋類比，不然他們的懷疑脾性就沒法解釋了；當他們說「我不知道」或者「我懷疑」時，他們說這句話的本身跟其他一切就說明問題，不多不少，恰似一株大黃，它排除出所有的毒汁，也排除出了自己。

這種想法可以概括成一個問句：「我知道什麼？」我把這句話作爲格言，銘刻在一個天平上。

你可以看到用這種方式說話是何等的大不敬行爲。目前我們教內爭論不休，你若把對方逼緊了，他們就會坦白告訴你，要讓身體上天入地，同時在許多地方，這不是上帝的威力所在。這位古代諷刺大師大普林尼是如何利用這段話的！他說，看到上帝也不是萬能的，對人也是一個不小的安慰。因爲上帝想死也不是能夠自殺的，而自殺卻是人在世上最大的福氣；上帝沒法讓會死的人不死，讓死去的人重生，讓活過的人不活，讓接受過榮譽的人沒有榮譽，對過去除了遺忘以外也沒有其他權力。還可以用一些有趣的例子把人與上帝拉扯在一起，他還沒法讓十加十不等於二十。以上都是他說的話，一位基督徒應該避免這樣去說，然而事情恰恰相反，人好像就是追求這種說話的瘋勁，要把上帝拉下來跟人一樣。

明天，朱庇特讓蒼穹下
烏雲密布或陽光燦爛，
他還是不能把存在過的東西化爲烏有，
也不能改變或阻止
被時間帶走的一切。

——賀拉斯

當我們說無窮無盡的歲月——從前的和未來的——對上帝來說只是白駒過隙一刹那；上帝的精粹在於慈善、智慧和威力，我們嘴上這麼說，但是內心是無法掌握其眞諦的。可是，我們自高自大，竟要讓上帝透過我們的審察。由此產生各種各樣的夢想和錯誤，世人要用自己的尺度去丈量遠遠無法丈量的東西，弄得束手無策。「人稍有成功，就趾高氣揚，其虛情假意的程度令人見了吃驚。」（大普林尼）

當伊比鳩魯認爲眞正善良和幸福只屬於上帝，賢人只是他的相似的影子時，斯多葛派對待他是多麼粗暴！他們又多麼荒唐地把上帝跟命運相聯繫（據我所知，即使自名爲基督徒的人也還沒有這樣做！）。泰勒斯、柏拉圖和畢達哥拉斯還把上帝從屬於需要！一心要用我們的眼睛去發現上帝的這種狂妄，致使我們這個時代的一名大人物給神性塑造了身軀，還把日日夜夜發生在我們身上較爲重要的事都歸之於上帝，還特別予以點明。有些事對我們是重要的，好像對上帝也很重要，在日常的瑣事方面上帝也必須看得更爲全面，更爲留意似的。「上帝管大事，不管小事。」（西塞羅）聽一聽這句話，你就會明白道理：「國王也不

會降低身分操心政府的瑣碎小事。」（西塞羅）

彷彿對上帝來說，動搖一個王國和動搖一張樹葉多少都是他的事；彷彿制止一場戰爭的進行和制止一隻跳蚤的跳動，天意是不同的！上帝主宰萬物，一視同仁，絕無偏倚。我們的私心不起任何作用，我們的行爲和準則對他是沒有約束的。

「上帝在大事中是巨匠，在小事中也是巨匠。」（聖奧古斯丁）我們自命不凡，時時刻刻冒犯上帝，把自己與他相比。因爲我們自己覺得工作辛苦，斯特拉托就讓神——像神的教士，終日不做任何事。他讓一切都自然成長，世界各個角落都是自然的遺存和蹤跡，讓人類不必擔心神的審判。「一個幸運長久的人是自己不憂慮，也不叫別人憂慮。」（西塞羅）

大自然要求相同的事物有相同的關係。比如說，有無數的朽者也有同樣無數的不朽者。有多少置人於死地、傷害人的事物，也有多少保全生命、有益於人的事物。比如神的靈魂，沒有舌頭、沒有眼睛、沒有耳朵，他們之間感覺得到另一個神的感覺，也會判斷我們的思想；人的靈魂也是如此，當它們自由時，在睡夢中或歡樂中擺脫肉體時，也會猜知、診斷、看到它們跟肉體一起時無法看到的東西。

聖保羅說，人「自稱爲聰明，反成了愚拙；將不能朽壞之神的榮耀，變爲必朽壞的人的偶像」。

再來看一看古代人舉行的尊神儀式。隆重莊嚴的葬禮舉行以後，金字塔頂死者的靈床用火一點燃時，他們放出一隻老鷹，這隻老鷹飛往天空，表示靈魂正在走向天堂。我們至今還保存一千多枚像章，其中就有那位非常賢淑的福斯蒂娜像章，上面就是這隻老鷹背了這些上天的靈魂飛向天空。我們用這些模擬和發明來自欺欺人，這說來很可笑。

他們對自己的發明感到害怕。

——盧卡努

彷彿孩子給同伴塗黑了臉，自己看到卻害怕起來了。「可悲莫過於人做了自己幻想的奴隸。」（普林尼）讚頌我們創造的那個人，跟讚頌創造了我們的那個人，兩者相差何其遠也。奥古斯都和朱庇特擁有同樣眾多的信徒，創造同樣眾多的奇蹟，但是奥古斯都比朱庇特的寺廟還多。泰西安人爲了報答阿格西勞斯對他們的恩惠，對他說他們已把他看作是神，他對他們說：「你們的國家難道有權力把稱心的人尊奉爲神嗎？先把你們之中一個人尊爲神試試看，然後讓我看看他的處境如何，我再向你們的好意表示感謝。」

人是不可理喻的。他們創造不出一條小蟲，卻要去創造大量的神。

且聽特里梅吉斯圖斯對我們的自滿所作的讚揚：在所有值得欽佩的事物中，尤其值得欽佩的是人居然能夠找到神的品質，並創造了神的品質。

以下是哲學界提出的論據：

唯有哲學知道什麼是神和天的威力，
也唯有哲學明白祂們是沒法知道的。

——盧卡努

如果上帝是存在的，祂是動的；如果祂是動的，祂有感覺；如果祂有感覺，祂就會消蝕。如果上帝沒有形體，祂也沒有靈魂，因而也無行動；如果祂有形體，祂就會腐朽。這有什麼神氣的呢？

我們不能夠創造世界，那就有一個更了不起的天地之物動手創造的。那麼把我們自己看作是天地萬物中最完美的創造物未免冒失；肯定存在更了不起的事物，那就是上帝。當你看到一幢富麗堂皇的房子，雖然你不知道主人是誰，至少你不會說這幢房子是爲老鼠打造的。當我們看到天宮這座神聖的建築，我們不是要相信住在這幢房子裡的人確比我們更偉大嗎？最高的不就是最高尚的嗎？我們處在最低層。沒有靈魂、沒有理智的無形體不可能創造一個有理智的有形體。世界創造了我們，因而世界是有靈魂和理智的。我們的每部分要小於我們；我們是世界的一部分。世界具有智慧和理性，要比我們豐富得多。有一個大政府是一樁好事，世界的政府因而屬於幸運的大自然。星辰不會帶給我們傷害；它們充滿好意。我們需要食物，神也需要食物，他們吸取天地之間的靈氣。世上的財富不是上帝的財富；因而也不是我們的財富。冒犯上帝和受上帝冒犯都是軟弱的證明，因而害怕上帝是不必要的。上帝的本質是善良的，人是以勤勞而逐漸善良的。神的智慧與人的智慧沒有其他差別，除了神的智慧是永存的。但時間的長短跟智慧是無緣的；因而我們在這點上是同伴。我們有生命，有理智，有自由，我們看重善良、慈悲和正義，這些品質也存在於祂的身上。

總之，不論從積極還是消極來說，神性的條件是透過人並以人爲依據而形成的。眞是絕妙的模具和榜樣！把人的品質隨心所欲地塑造、拔高、誇大；可憐的人，吹噓自己，一而再、再而三地：

他對他說，即使吹破了，你也達不到。

——賀拉斯

人不可能想像上帝是怎麼樣的，人自以爲想像出上帝，其實想像出的還是自己，他們看到的只是自己，不是祂；他們拿自己與之比較的也是自己，不是祂。（聖奧古斯丁）

即使在大自然中，結果對得上原因的只占一半，原因是什麼？原因處於自然的秩序以上，它的條件太高、太遠、太不可違背了，不會容忍我們的結論去束縛它、限制它。我們這條道路是太低了，不是透過我們可以達到那裡的。我們不論在塞尼山還是在海底，都不會離開天空更近，若不相信，不妨詢問你的星盤。

人甚至還讓神跟女人有肉體關係，多少次、多少世代？薩圖寧的妻子，羅馬大名鼎鼎的接生婆波里娜，認爲自己跟塞拉比斯神睡過覺，她透過神廟祭師拉皮條，投入了一名鍾情的神的懷抱。

瓦羅是最細膩、最博學的拉丁作家，他在《神學》一書中說，赫丘利的聖器管理員跟赫丘利擲骰子打賭。一隻手擲算是自己的，另一隻手擲算是赫丘利的，賭一頓飯和一個女人。要是管理員贏了，從香金中取；要是管理員輸了，他自付。他輸了，他付了飯錢和女人的錢。女人的名字叫洛朗坦，她在夜裡摟了這位神睡覺，只聽他對她說，第二天她遇見的第一個人，會償付她爲神做的好事。那位有錢的青年是塔倫蒂厄斯，把她帶回家，後來讓她做繼承人。她反過來要給這位神做件好事，讓羅馬人做繼承人：這說明爲什麼人家讓她登上了神的寶座。

柏拉圖一方面是神的後代，另一方面又有尼普頓作爲他家族的共同祖先；彷彿這些還不夠似的，在雅典很多人相信，阿里斯頓希望跟美麗的佩里克肖納完成好事，但不知怎麼辦，而阿波羅神托夢給他，要他讓她保持純潔童貞，直到她分娩爲止；這就是柏拉圖的父親和母親。在歷史上有多少這樣的姦情，那些神對可憐的人進行作弄？多少丈夫爲了孩子而受到斥責和傷害？

皈依穆罕默德宗教的這個民族，相信有不少的「麥林」，這是他們語言中特有的一個詞，意思是童貞女與神的精神結合所生的孩子。

我們必須記得，沒有任何東西比本族的本質東西更寶貴、更值得重視了（獅子、老鷹、鯨魚就因爲是獅子、老鷹、鯨魚而受人賞識）；把其他東西的品質跟自己的品質相比，是貶低了品質；我們對品質可以增加和減少，僅此而已，我們的想像力無法超越這個關係和這項原則，也無法創造其他東西，想像力擺脫這些，穿透這些是不可能的。古人就得出了這樣的結論：在所有形體中，人的形體最美；上帝必須也是生成這個模樣。人要幸福不可能沒有美德，美德不可能沒有理智，理智只可能存在於人體內，因而也要賦予上帝一個人體。

「我們思維的習慣和成見是那麼頑固，我們想到上帝，不可能不把他想成了人的模樣。」（西塞羅）

於是色諾芬開玩笑說，如果動物會創造神，牠們也用自己的模樣來創造神的形象，還像我們這樣引以爲榮，這是很可能的。爲什麼一頭小鵝不能這樣說：「宇宙萬物都看著我；地球是給我走路的，太陽是給我照亮的，星星是給我傳送感應的；風給我這樣的方便，水給我那樣的方便；天底下就數我過得最美，我是大自然的寵兒，人要給我吃、給我住，還要侍候我，不是嗎？他們爲了我種麥子、磨麥子；他們吃我；那算什麼，他們不是也吃自己的同伴嗎？就像我也吃蛆蟲，而蛆蟲又殺死他們，吃他們。」鶴也可以說這樣的話，況且牠們還更了不起，還有展翅凌空、翱翔雲天的自由。「自然是多麼正直寬容，萬物在其中相親相愛！」（西塞羅）

因而，這樣說來，命運是爲我們安排的，世界是爲我們創造的；光明和雷電也是爲我們而有的；創造主和創造物，一切都是爲我們的。這是宇宙萬物的目標和焦點。瞧一瞧哲學家在兩千多年以前所作的星象記錄：神的言與行都是爲了人；哲學也沒有給神其他的高見和作用，神於是對我們展開戰爭，

這些大地的兒子，
曾使老薩圖恩的光明大殿
處於危境，抖動不已，
卻敗於赫丘利的手下。

——賀拉斯

神參加了我們的紛爭，我們也多次參加了祂們的紛爭，這也算是一報還一報，

尼普頓用巨大的三叉戟，

搗毀城牆，動搖地基，
使整座城市東斜西倒。
殘酷的朱諾率眾占領斯凱城城門。

——維吉爾

科尼人，嫉妒他們自己的神獨斷獨行，在他們的獻禮日扛起武器奔向城外，用刺刀在空中亂砍亂劈，企圖以此把外鄉的神驅逐出自己的領土。

神的威力是根據人的需要而安排的：有的可以醫馬、有的醫人、有的治鼠疫、有的治疥瘡、有的治咳嗽、有的治這一類的癬、有的治另一類的癬（「什麼雞毛蒜皮的事情上，都迷信裡面有神的作用。」（李維））這個神管葡萄的收成，那個神管大蒜的生長；這個神管房事，那個神管買賣（每個行業都有一個神）；這個神的管轄範圍在東方，那個神的管轄範圍在西方：

這裡是他的武器，
那裡是他的戰車。

——維吉爾

哦！阿波羅神，祢住在宇宙的中心！

——西塞羅

雅典崇拜帕拉斯，克里特崇拜狄安娜；
利姆諾斯崇拜伏爾甘；
伯羅奔尼撒的城市斯巴達和邁錫尼崇拜朱諾；
戴柏枝冠的潘是梅那爾的神，
而瑪斯是拉丁姆的神。

——奧維德

這個神只管轄一個小村或一個家庭，那個神單身獨處；有的神或自願或被迫跟其他的神共居。

孫子的神廟跟祖宗的神廟合在一起。

——奧維德

有的神是那麼微不足道（因爲神的數目竟有三萬六千之多），以致一株麥穗上就需要有五、六個神保佑，各有各的姓名；一扇門上有三個神：一個是門板神、一個是門樞神、第三個是門檻神；一個小孩有四個神保佑他的襁褓、飲水、進食和吸奶；有的神身分明確，有的神身分不明確和尚未定論，有的神甚至未進過天堂：

既然還不能榮登天庭，
就留祂們暫住人間。

——奧維德

有科學家的神、詩人的神、老百姓的神；有的神介於神性與人性之間，是我們與上帝的媒介和中間人，受到較低級別的供奉；有各種各樣數不盡的頭銜和職能；有好的、也有壞的。有老的和殘廢的、也有死的：因爲克里西波斯認爲在一場毀滅性的宇宙大火中所有的神都會死去，除了朱庇特。人在上帝與自己之間建立千百種有趣的交往，上帝不就是人的同伴嗎？

克里特島——朱庇特的搖籃。

——奧維德

## 第六節　哲學是一首充滿詭辯的詩

塞沃拉是一代宗師，瓦羅是一代神學家，他們在探討這個問題時，提出了這樣的解釋給我們：老百姓不明白許多眞的事情，相信許多假的事情，這很有必要；「人尋求的只是自身獲得解放的眞理，因而也可以認爲受騙也符合自己的利益。」（聖奧古斯丁）

人的眼睛只能辨認出跟人熟悉的形狀相符合的東西。我們不要忘記可憐的法厄與[12]試圖用凡人的手去駕駛父親的馬轡繩，遭到什麼樣的厄運。我們的思想太冒進了，也會同樣跌入深淵、灰飛煙滅。如果你問哲學家天空和太陽是什麼物質組成的，除了鐵以外還會說什麼別的呢？或許阿那克薩哥拉會說是石頭或者其他日常材料？如果問芝諾什麼是自然？他會說：「是火，火是萬物的本源，它的燃燒符合規律，產生一切。」若問阿基米德，他是幾何學的鼻祖，認爲這門學科在認識眞理和建立信念方面要超過其他學科，他會回答：「太陽是一位燃燒的鐵上帝。」這不就是美麗的和完全必要的幾何學論證出來的妙算嗎？然而不是那麼必要和有用了，以致蘇格拉底認爲幾何只須學得能夠丈量自己獲得的土地就夠了；還有波利埃紐斯，他曾經是一位著名傑出的幾何學家，自從嘗過了伊比鳩魯的懶人花園裡的甜果後就瞧不起什麼論證，他認爲他們錯誤百出，毫無用處。

古代人都認爲，阿那克薩哥拉在研究天體和神性方面比任何人都精通。在色諾芬的書中，蘇格拉底說阿那克薩哥拉的頭腦混亂，一切無節制地在知識範圍外探索的人無不如此。

阿那克薩哥拉說太陽是一塊燃燒的石頭，他沒想過石頭在火中根本不會燃燒，更糟的是還說石頭燒成灰；他把太陽和火混爲一談，他沒想過火不會把人照黑，我們可以盯著火

---

⑫ 希臘神話。法厄同是太陽神赫里阿斯的兒子，駕父親的四馬金車出遊，不善駕馭，車子離地球太近，幾乎把地球燒毀，被主神宙斯用雷電擊斃。

看，火會燒壞草木和莊稼。蘇格拉底有這個意思，我也有這個意思，那就是要對天發表議論，最理智的方法就是不議論。

柏拉圖在《蒂邁歐篇》一書中談到神鬼時這樣說：「這件事超過我的能力。這方面應該相信古人，他們自稱是神鬼的後代。不相信神鬼的孩子，那是違反理智的，雖然他們的說法不是建立在必要的和似眞的理智上；可是他們發誓說談的都是些發生在家庭裡的常事。」

那麼也可以看看我們對人間和自然界的認識是不是更清楚一點。

我們自己承認某些事物是我們的知識無法達到的，而我們卻要憑空爲這些事物臆造一種資質，提出一種虛象，豈不是好笑之至。猶如見到星辰的運行，我們既不能登高觀看，也沒法想像什麼是原動力，我們就信口胡編一些粗鄙的物質的原理：

車轅是金的，輪圈是金的，輻條是銀的。

——奧維德

這好像是我們派遣出去的車夫、木工和漆匠，他們到了上面，按照柏拉圖的指點造出了不同用途的器材，安裝了齒輪和主軸，製成了天上行駛的彩輿。

宇宙是一座儲藏萬物的宮殿，
周圍是五個行星區，
黃道帶橫貫而過，分成十二個星座，

高高斜橫在以太之中閃光，
其中還有月亮車和兩匹奔馬。

——瓦羅

這些都是異想天開。說不定有朝一日大自然會對著我們敞開它的胸懷，讓我們看一看裡面到底有些什麼樣的機關，那時讓我們睜開眼睛看吧！哦，上帝！我們就會發現自己孤陋寡聞，錯誤百出：如果我們的知識還能弄清楚一件事的話，那就是我錯了；我離開這個世界時，至少明白自己是多麼無知。

我記不得是否柏拉圖說過這句名言：大自然只是一首充滿謎意的詩。⑬彷彿大自然是隱藏在千萬道斜光後面的一幅撲朔迷離的畫，鍛鍊我們的猜謎能力。

「大自然萬物都籠罩在烏黑的濃霧中，沒有一個人的智慧可以穿透天與地。」（西塞羅）

當然，哲學只是一首充滿詭辯的詩。這些古代哲學家若不是詩人，哪裡還有什麼權威性嗎？第一批哲學家首先就是詩人，他們的哲學是用詩寫成的。柏拉圖只是一位補綴文字的詩

⑬ 根據唐納德．弗萊姆的英譯本注解，柏拉圖的那句話似應理解爲：詩從本質上是充滿謎意的。

人。蒂蒙罵他是偉大的奇蹟編造者。

就像女人掉了牙，鑲上了象牙；爲了恢復面孔的好氣色，就用其他材料塗上一層；還有誰人不知，哪個不曉，她們拿棉花氈片墊在身上，裝出豐乳肥臀，炫耀這種人工做作的美。

知識也是如此；據說即使是我們的法律也有合法的幻想部分，以此建立司法的眞理。知識對我們直言不諱，說有許多東西查無實據就憑空揑造。星相學家爲了解釋星辰的移動而搬用的離心和同心本論，就是星相學家編造得最巧妙的理論。哲學也是如此，它向我們提出的不是實際存在的甚至不是主觀相信的東西，而是杜撰的、從表面看來最能自圓其說的東西。柏拉圖在談到人的身體與動物的身體時說：「我們說的事情是不是眞實，只有得到神諭的證實，才能保證是眞實的；現在我們只能保證我們說的事情最接近表面現象。」

哲學家不光是把繩索、車架、車輪送到天上，還談到談到我們的身體結構。哲學對這個卑微的小小的人體，不亞於對宇宙天體那樣前思後想，反覆論證……說眞的，他們把人體稱爲小宇宙，是很有道理的，因爲人體也是用不同的零件和面孔拼裝而成的。爲了歸納他們看到人體內的行動，我們感到人體內的不同作用和功能，他們把我們的心靈分割成多少部分？分屬在多少區？除了這些可以察覺的天性以外，又把可憐的人分成幾等幾級？什麼樣的責任，什麼樣的天職？眞是極盡想像之能事。人成爲可以任意自由撥弄裝扮的玩物，大家讓他們有一切權力按照各人的心意把人拆散、排列、裝配和充實。

可是，他們還是沒有掌握人。不論在實際上還是在思想上，無法把人說得面面俱到，不論如何長篇大論、如何費盡心思旁徵博引，總有什麼跟整體不能協調合拍的地方。爲他們找尋藉口是不必要的。當畫家畫天、地、海洋、山、遠處的小島，我們允許他們畫上一些稀疏的影子，因爲這是一些不可名狀的東西，只要寥寥幾筆也就可以了。但是當他們對著我們熟悉的一件東西寫生，我們就要求他們畫的線是線、顏色是顏色，毫釐不差，稍有錯失就不可原諒。

我讚賞那位米利都姑娘，她看到哲學家泰勒斯不斷地高舉雙目凝視天空出神，走過去撞得他一個踉蹌，關照他把腳底下的事辦完後，再有時間去想天上的事。她勸他考慮自己以後再去考慮天。因爲像西塞羅轉述德謨克利特的話：

人人探索天空的景象，沒有人注意腳下的事。

人的認識就是如此，手中的事跟星空上的事對他同樣遙遠，甚至更加遙遠。柏拉圖提到蘇格拉底時說，哪個研究哲學的人，都可以像泰勒斯那樣挨姑娘的責罵：他看不到他眼前的東西。因爲哪個哲學家都不知道他的鄰居在幹什麼、他自己在幹什麼，也不知道他們倆是什麼，是獸還是人。

那些人覺得塞邦的論點太軟弱了，他們無物不曉，他們萬事皆通，他們統治世界，

誰控制潮漲潮落？誰調節四季氣候？
星辰按照自身規律行動，還是接受外界指令消失和流動？
月盤爲什麼有朔望？

不同元素的配合又是爲什麼？
——賀拉斯

他們在自己的著作中，可曾提到過在自我探索時遇到的艱辛？我們看到手指會轉動，腳會走動，有的肢體不需我們下指令就會動，有的肢體接受了指令才會動；有的反應使我們臉紅，有的反應使我們蒼白；有的思想只涉及脾臟，有的思想又涉及大腦；有的事引我們發笑，有的事引我們落淚，而另外一樁事又使我們驚心動魄、四肢癱瘓。有的事會使腸胃翻轉，有的事會使勃起。但是心理活動如何對一個堅實的身體有穿透力，身體的各個器官又如何會串聯溝通，至今還沒有人洞悉。普林尼說：「所有這些事隱藏在崢嶸的大自然背後，對人的理智來說是深不可測的。」聖奧古斯丁說：「心靈與肉體配合一致，眞是妙不可言，人是無法理解的，也正因爲這樣才有了人。」

而且大家對此也沒有表示過懷疑。因爲人的想法是從古代的信仰中衍生的，像宗教和法律那樣具有權威性和信用度才被大家接受。廣泛流傳的東西會像俗語那樣得到接受；這條眞理連同它的全套論據和證明也會得到接受，像一個堅實牢固的整體，不再有人會去動搖，會去評判。相反地，人人爭著盡一切理智的力量——理智是一個得心應手、靈活自在的工具，爲這個已爲大家接受的信仰塗脂抹粉。這樣世界上傻話謊言滿天飛。

對事物不表懷疑，是因爲對老生常談的觀念從不檢驗；大家不從根本尋找哪裡有錯誤和缺點，而只在枝節爭論不休；大家不問這是不是眞的，而只問這是不是這樣聽到的。大家不問蓋倫說了什麼有價值的話，而只問他是不是這樣說的。

說實在的，這種對自由議論的鉗制和束縛，這種對信仰的專政，擴散到了哲學和藝術。經院派哲學的鼻祖是亞里斯多德，他的學說神聖不可侵犯，猶如在斯巴達不可對利庫爾戈斯的學說有什麼爭議。他的話對我們是金科玉律，然而其中也跟其他學說一樣有對有錯。說到大自然的原則時，我很容易接受亞里斯多德的看法，我不知道爲什麼我不能同樣樂意接受柏拉圖的思想、伊比鳩魯的原子說、留基伯和德謨克利特的實與虛、泰勒斯的水、阿那克西曼德的自然無窮性、第歐根尼的空氣、畢達哥拉斯的數與對稱、巴門尼德的無窮、穆薩烏斯的一、阿波羅多羅斯的水與火、阿那克薩哥拉的同素體、恩培多克勒的分離與結合、赫拉克利特的火，還有其他經過人可愛的理智審察和確認後，所產生的五花八門的看法和信條。

亞里斯多德的自然原則有三條：質料、形式和無質料形式。把空作爲物質生成的原因，還有比這個更爲徒勞的嗎？無質料形式是一種否定；他怎麼心血來潮會把無質料形式作爲存在的物質的原因和起源？這種說法除非進行邏輯的演算是不會有人敢去動搖的。此外，沒有人進行討論對它表示懷疑，反而保護這個學派的創始人對付外界的異議。他的權威就是目的，不容許對此有任何疑問。

在公認的基礎上去建立自己要建立的東西，那是很輕鬆的。因爲沿著開創的原則和規律，其餘部分的建設是不難的，也不會自相矛盾。沿著這條路我們覺得自己的道理有根有據，說起話來也信心十足；因爲我們的先哲已經事前爲我們的信條費心占領必要的地盤，隨後可以任意作出結論，猶如幾何學家的還原論證。

我們肯定和同意這些信條，這些信條支配我們往左還是往右，任意擺弄。誰的前提得到我們的信任，他就是我們的老師和上帝；他規劃的基礎那麼深厚寬闊，他若願意可以把我們捧上九霄雲天。在實踐和商討這門學問時，我們不妨把畢達哥拉斯的話看作是可以相信的：每一位學者只有在談自己的專業時才是可以信賴的。辯證學家在談文字的意義時要請教語言學家；修辭學家要向辯證學家借用論證的方法；詩人向音樂家學習節拍；幾何學家向算術家討教比例；形而上學家把物理的推測作爲基礎。因爲每一門學科都有預設的原則，在這些原則上人的判斷處處受到限制。如果你撞上了存在原則錯誤的這條欄杆上，他們嘴裡早已準備好這麼一句話：跟否認原則的人沒法討論。

如果神沒有向人提出，人又從哪兒來什麼原則不原則；隨之而來的初期、中期、後期，也全是一派胡言。對於用假設作辯論的人，就要把爭論焦點的命題作爲你的假設來跟他針鋒相對。因爲一切人的假設和陳述都有同樣的權威性，如果理智不加以區分的話。因此應該把所有假設都放在天平上，首先是原則性假設和強迫性假設。確信其實是一種瘋狂和極端無把握的證明，沒有比柏拉圖的「固執己見者」更瘋狂、更缺乏哲學意味的人了。火是不是熱的、雪是不是白的，我們的認識中什麼是硬的或軟的，這些都是必須了解的。

在古人的故事裡倒有這些答案：對於懷疑有熱的人，就說他可以往火裡跳；對於不相信水是冷的人，就說他可以把水放在胸前。但是這類回答不配是從事哲學的人說的。除非他們讓我們處於自然狀態，用感官來接受外界的異物；或者除非他們讓我們追隨出生條件下確定的基本人生要求，他們這樣說還是有道理的。但是現在我們是向他們學會如何評判世界，我們從他們那裡得到的是這個幻想：人的理智是天地萬物的總檢驗員，無所不管、無所不能，透過理智一切都是可以認識和了解的。

這個回答對於食人部落是不錯的，因爲他們有幸壽命長、生活安逸太平、沒有亞里斯多德的訓誡，甚至沒聽說過物理這個名詞。這個回答還可能比他們透過理智和發明得到的種種答案，更有意義、更有內容。這個答案至少是我們所有這些動物和所有還受原始單純的自然法則支配的人可以理解的。但是哲學家他們不能用這樣的答案。他們不應該對我說：「這是眞的，因爲您看到了，您也是這樣感覺的。」他們應該對我說的是，我以爲感覺的東西是不是眞的感覺了？如果我感覺了，他們對我說爲什麼我感覺了？如何感覺的？感覺到了什麼？然後由他們告訴我熱或冷的名稱、起因、來龍去脈、它的積極成分、消極成分。否則，請他們留下他們的做法給我，這就是除了透過理智以外什麼也不接受，什麼也不同意，這是檢驗一切的試金石；但是，這也是充滿假象、錯誤、弱點和偏差的試金石。

除此以外，還有更好的檢驗方法嗎？如果談到理智時還不相信理智，那麼用理智評判其他東西就更不合適了；理智總還認識一點事物，至少這是理智的本質和領域。理智屬於心靈，是心靈的一部分，是心靈的反應；我們用理智這個詞也只是一種假借，因爲眞正的理智是一切的根本，它存在於上帝的胸懷。那裡才是理智的所在地，當上帝高興的時候，理智就離開那裡使我們睜開眼睛看到一線光明，就像帕拉斯鑽出父親的頭頂跟世界溝通。

現在讓我們看一看，人的理智使我們對理智和靈魂懂了點什麼。我們不談籠統的靈魂，在這方面差不多所有的哲學流派都認爲天體和元素也是有靈魂的；也不談泰勒斯的靈魂，泰勒斯認爲即使不動的東西，因受磁性的吸引也有靈魂；我們談的是屬於我們的、我們應該深入了解的靈魂。

確實，大家不知道靈魂的實質。

它隨著肉體產生還是出生時鑽進了肉體？
隨著我們死亡，
進入奧爾庫的黑暗深谷，
還是按照神的意旨投生到其他人身上？

——盧克萊修

克拉特斯和狄凱阿科斯說，靈魂是不存在的，肉體天生就會行動；柏拉圖說，靈魂是一種自動的物質；泰勒斯說是不會休止的自然體；阿斯克勒庇亞德斯說是感覺的運動；赫西俄德和阿那克西曼德說是土與水的組合物；巴門尼德說是土與火的組合物；恩培多克勒說是血，

他的靈魂隨血吐了出來。

——維吉爾

波西多尼烏斯、克里昂特斯和蓋倫說是一股熱氣或熱的複合物，
靈魂有火的氣勢和天的根源。

——維吉爾

希波克拉底說是肉體內流轉的精神；瓦羅說是嘴巴吸進、肺部加熱、心內提煉、體內流轉的一種氣；芝諾說是四種元素的精華；赫拉克里德斯·彭蒂古斯說是亮光；色諾克拉特和

埃及人說是一個流動的數；迦勒底人說是一種沒有固定形狀的美德。

體內一種維持生機的氣質，
希臘人稱爲「和諧」。
——盧克萊修

不要忘記亞里斯多德，也說靈魂是使身體自然移動的力量，他名之謂「隱德來希」，⑭這又是跟其他一樣冷冰冰的發明，因爲他既不談靈魂的本質、起源和天性，而只是注意到靈魂的效果。拉克坦希厄斯、塞涅卡和獨斷派的精英人物都承認他們不知道靈魂是什麼。羅列了這些看法以後，西塞羅說：「這些看法中哪個是對的，只有神才能說了。」聖貝爾納說：「我從切身經驗認爲上帝是多麼不可理解，既然我自己身上的各部分我也沒法理解。」赫拉克利特雖然主張一切東西都有靈魂和精靈，還是認爲對靈魂的認識是沒有窮盡的，因爲靈魂的本質實在太深奧了。

至於靈魂長在哪裡，這方面的分歧和爭論也不見得少。希波克拉底和希羅菲呂斯說在腦室；德謨克利特和亞里斯多德說遍布全身；

⑭ entelechia，意謂「完成」。

猶如人常說身體健康，
健康並不是健康人身上的一部分。

——盧克萊修

伊比鳩魯說在胃部；

人感到恐懼和高興時，
那裡就會顫抖和跳動。

——盧克萊修

斯多葛派說在心的四周和中央；埃勒西斯特拉圖斯說在帽狀腱膜連接處；恩培多克勒說在血裡；摩西也這樣認爲，這說明爲什麼他禁止喝野獸的血，裡面有牠們的靈魂；蓋倫認爲身體的每一部分都有靈魂；斯特拉托認爲在眉宇之間。西塞羅說：「靈魂的外表是怎樣的？靈魂長在哪裡？這些不應該深究。」我希望讓這個人用他的原話。我怎麼敢損害他的辯才呢？他的想法不常聽到，不很嚴格，卻很出名，偷梁換柱是不會得到多少好處的。

但是克里西波斯和他的學派中的其他人，認爲靈魂在心的四周，這個道理倒不應該忽視。他說：「這是因爲我們要保證某件事時，我們把手放在胃部；當我們要說『我』（希臘文）時，我們把下頷骨朝向胃部。」聽了這段話沒法不看到這位大人物愚不可及。不說這些看法本身是多麼淺薄，後面那個論點也只能叫希臘人信服他們的靈魂長在那個部位。人的見解不論如何高明，總有閃失的時候。柏拉圖對人就有這樣看法。

我們有什麼怕說的呢？且看斯多葛派是人類智慧的父親，他們認爲一個人壓在一堆廢墟下，他的靈魂不可能脫身，只會長時間掙扎著要往外鑽，像跌入陷阱的老鼠。

有的人認爲，創世紀的初期是無物質性的，後來精神犯了罪，失去了原始的純潔，於是創造了世界，讓精神借托形體在世上滌罪。根據離自己的精神狀態遠或近，人的形體有輕盈與粗俗之分。這說明創造物也是不可勝數的。但是靈魂爲了贖罪而寄居在太陽下的形體中，那是一種罕見和特殊的沉淪。

我們探索到了極端都是不知所云，普魯塔克在談到歷史起源時說，就像地圖上接壤地帶都是沼澤地、密林、沙漠和不毛之地。這說明爲什麼對事物愈是追根究底的人，陷入好奇和自命不凡時，愈是不著邊際、想入非非。學問太淺與太深都是蠢得不相上下。我們看到柏拉圖寫詩時騰雲駕霧，裡面的神也說切口和隱語。當他說人是無毛的兩足動物時，他絕沒想到會成爲一些存心嘲弄他的人的笑柄：他們把一隻活雞的毛拔掉，稱爲柏拉圖的人。

伊比鳩魯學派呢？他們幼稚地首先想到原子創造了世界，原子據他們說是某種有重量自然下墜的物體。直到後來經過他們的對手提醒才想起，原子的墜落是垂直的，形成平行的直線，這樣說來原子就不可能結合一起，這樣，他們不得不補充說，還有一種偶然性的斜線運動，再給原子加上尖而彎的尾巴，讓它們可以相互緊緊勾住。

儘管這樣，持有另一種看法的人還是找他們的麻煩。如果原子可以任意組合成各種形狀，爲什麼就是沒有見過它們組成一幢房子、一隻鞋子？同樣爲什麼大家不相信把無數的希臘字母散放到廣場上去，也可組成一部《伊利亞特》呢？

芝諾說，能用理智比不能用理智好，什麼地方也比不上宇宙好，因而宇宙是有理智的。科達運用同樣的論證，把宇宙說成是數學家，還用芝諾的另一個論證，把宇宙說成是音樂家、豎琴家；整體要大於部分，我們能用智慧，我們是宇宙的一部分，因而宇宙是有智慧的。

這類例子眞是說不盡也道不完的，論證不但錯誤，而且不倫不類、無法自圓其說，說明創造者愚蠢更多於無知，從這些哲學家因意見不合和門戶之見而相互攻訐來看可見一斑。誰把人類有欠審愼的謬論蒐集起來，眞是一部奇書。

我很樂意把這些看法彙編成冊，從另一方面來看，這跟健康和穩重的看法同樣使人得益匪淺。從中可以對人及其感覺和理智作出評判，既然這些大人物躊躇滿志時，表現出那麼多明顯嚴重的缺點。而我寧可相信他們只是偶爾涉獵學問，好似信手拿起一個玩具，對待理智就像對待一件隨便撥弄的樂器，什麼荒謬絕倫的想法都可提出來，有時盛氣凌人，有時不堪一擊。同是這位柏拉圖，他把人比作母雞，又在什麼地方跟著蘇格拉底說，他實在不知道人是什麼，人是宇宙中最難了解的一個零件。

他們自己的意見紛紜不一，卻要指引我們，無須明說也只會是一場無結果的結果。他們表達自己的看法時並不坦誠明白，這已成爲習慣；他們把自己的眞面目有時隱藏在詩的濃霧後面，有時掩蓋在另一副面具下；因爲人的不完美還包含這一點：我們的胃並不總是適合吃生肉。應該把生肉晾乾、煮熟、燒透。他們有時把明明白白的看法和判斷，弄得不明不白，再根據大眾需要僞裝一番。爲了不致嚇著孩子，他們不想坦承人的理智是無知和愚蠢的；而是讓我們在混亂和反覆無常的學問的表面下看到足夠的理智。

在義大利，我勸一個結結巴巴說義大利語的人，他若只要人家聽懂而不求精通，可以想到什麼字就說什麼字，拉丁語、法語、西班牙語，或加斯科涅語都可以，只是加上義大利語的詞尾；他總會碰上義大利境內托斯卡納、羅馬、威尼斯、皮埃蒙特或那不勒斯的方言，跟這個詞是吻合的。我對哲學也可講這句話：哲學家有那麼多不同的面貌，說過那麼多不同的話，我們一切稀奇古怪的想法都可在那裡找到。人想像中的好事或壞事，裡面無不具備。「說話再蠢，也蠢不過某些哲學家說過的話。」（西塞羅）我在人前坦承我的念頭，雖然這些念頭沒有師承，完全是從我的頭腦裡鑽出來的，但是我知道跟古人的想法會不謀而合，那時就有人說：「他不就是從哪兒抄來的嗎！」

我的生活方式是自然的生活方式，不需要摹仿古人才去形成。但是不論我的生活方式多麼微不足道，一旦我想向誰提起，爲了在人前表現得文雅一點，有責任把這些方式配上箴言和範例，有時我自己看到也不禁感到吃驚，跟許多哲學家的範例和言論何其相似。我的生活屬於哪一類，只有對我的生活探索和實踐後才會知道。新型人物：一位信口開河、客串的哲學家！

還是回到我們的靈魂問題。柏拉圖認爲理智來自頭腦，憤怒來自心，貪婪來自肝，這更像是在闡述靈魂的活動，而不像他希望做的那樣在剖析靈魂，好似在把身體區分成了許多肢體。他們中間最接近眞理的看法，那是把靈魂看作一個整體，它的功能是推論、回憶、理解、判斷、欲望，透過身體的不同器官進行其他一切操作（猶如舵手根據他的經驗駕駛船隻，有時拉緊或放鬆繩索，有時升高帆桁或搖動船槳，用一種力量掌握不同效應），靈魂來自頭腦，這由於頭腦受到傷害和意外後，靈魂的功能必然受損；從頭腦再轉移到身體的其餘部分也不是沒有道理的：

福玻斯從不偏離他的天路，
然而到處有他的光芒。

——克洛迪安

宛若太陽從天空把光芒和力量傳播到宇宙的四面八方：

靈魂的另一部分散布到全身，
一動一靜完全遵照精神的意圖。

——盧克萊修

有的人說有一個大靈魂，如同一個大身體，許多小靈魂都是從大靈魂中衍生的，然後又回到那裡跟這個宇宙物質相結合，

神遍布星球大地，
海洋空間，雲天深處。
不論大小牲畜、野獸和人，
從他那裡汲取生命的精華，

消失後都回到他那裡，
死亡是不存在的。

——維吉爾

有的說這些小靈魂僅僅是回到那裡，依附在那裡；有的說它們是神聖物體生成的；有的說是由天使用火和空氣創造的。有的說自古就有，有的說需要時才有。有的說是從月輪上來，回月輪上去。一般古人認爲小靈魂跟其他自然物一樣是代代相傳的，品質與生成過程都相差無幾，孩子跟父母相像就是這個道理，

父親的美德隨著生命遺傳給你。

——作者不詳

勇敢和有美德的父親生出勇敢的孩子。

——賀拉斯

父親遺傳給孩子，不只是身體特徵，還有脾氣、表情和癖好：

爲什麼獅子的凶暴遺傳給小獅子？
狐狸的狡猾、鹿的疾馳
都是由血統遺傳的。

祖傳的恐懼使牠們的肢體發顫；
原因是每個物種都有一定的靈魂，
隨著身體成長。

——盧克萊修

這方面建立上帝的公正，父親的缺點報應在孩子身上；同樣，父輩的罪惡也在孩子的靈魂中得到反映，父輩的驕奢淫逸也感染到孩子。

還有人說，如果靈魂不是來自自然的延續，而來自身體外的其他物體，它們會記起原始的本質，因爲討論、推理和記憶是它們的天然性能：

靈魂若在出生時鑽入體內，
爲什麼我們對前世沒有一點記憶？
爲什麼過去的行爲沒有一點痕跡？

——盧克萊修

如果按照我們的意願那樣去發揮，應該認爲靈魂在自然的純潔狀態時是非常聰明的，進入肉體以前沒有桎梏，我們也希望它們擺脫肉體以後也是如此。以此來說，靈魂在肉體內時還是應該有記憶的，像柏拉圖說的我們學到的東西其實只是對從前認識的東西的回憶。

每個人從自身經驗來看都知道這樣說是錯的。首先，我們學到的恰是我們回憶不起來的東西，如果記憶只起單純的記憶作用，至少還涉及一些學習以外的東西。其次，靈魂處於純潔狀態時具有神聖的理解力，了解到的是實在的東西，學習到的東西是眞正的學問，到了世上，如果教的是謊言和罪惡，學到的也就是謊言和罪惡了！這方面靈魂不能使用回憶，因爲這種形象和觀念從來沒有在靈魂中存在過。這就是說，肉體的桎梏窒息了原始的性能，並使它們全部消亡，這種說法首先與另一種信念是背道而馳的。那種信念承認原始性能的力量是那麼強大，人在今生中運用得那麼出色，從而得出結論說，這種神聖性與永久性在過去是存在的，在今後也是不朽的：

如果靈魂的功能徹底改變，
以致對過去沒有一點回憶，
我的意見是這離死亡也不遠了。

——盧克萊修

此外，應該在這裡，在我們的體內，而不是其他地方，去考慮靈魂的力量和效果；其他什麼完美性都是虛的和無益的。靈魂的不朽性應該在目前的狀態下得到承認和體現，也只有這樣對人的一生才是有價值的。但是因而否定靈魂的稟性和威力，剝奪它的神功，在它處於肉體的桎梏下萎靡不振、無可奈何時，而對它作出評論，貶得永世不見天日，這是不公正的。考慮到這段時間非常短促，最短只有一、兩小時，最大不過一個世紀，對於無窮無盡來說只是一瞬間；以一瞬間來安排和決定無窮盡的未來，這也是不公正的。根據這麼短暫的一生作出永生永世的賞罰，豈不是極大的失衡行爲。

柏拉圖爲了彌補這個缺點，要讓未來的賞罰不超過一百年，這跟目前的人的壽命是相適應的；我們也有一些基督徒主張給予時間的限制。

伊比鳩魯和德謨克利特在這方面的意見擁有信徒最多，他們認爲靈魂的成長跟人間萬物的成長遵循同樣的條件，種種跡象表明，肉體能夠接受靈魂時靈魂就出生了；靈魂的力量也像肉體的力量那樣增長；童年時代幼弱，隨著歲月強壯成熟，然後衰退、老邁，最後消亡，

我們覺得靈魂隨著肉體誕生，
跟肉體同時長大衰老。

——盧克萊修

他們看到靈魂也有各種情欲，因受折磨而激動，陷入厭倦和痛苦；也會感情變化，歡欣、消沉和頹唐；也會像胃或腳那樣患病受傷；

我們看到靈魂也像病體那樣，
透過藥物治療得到痊癒和康復。

——盧克萊修

也會因不勝酒力而喪失神志，因發高燒而茫然失措；有的服了藥昏迷不醒，有的服了藥精神抖擻：

靈魂生來跟肉體相連，
隨同肉體感到打擊折磨的痛苦。

——盧克萊修

人們看到，被病犬咬上一口，靈魂的全部功能會衰退和混亂；沒有了果斷思想、沒有了傲氣、沒有了美德、沒有了哲學決心、沒有了力量積蓄，無法使靈魂免受事故之累；一隻瘦狗的口水淌到蘇格拉底的手掌上，他的智慧和曠世奇才都發生動搖，導致他的天賦聰穎全面崩潰。

靈魂受到了打擊，
毒性發作使它分崩離析。

——盧克萊修

他的靈魂對付毒素不比四歲孩童的靈魂更有抵抗力；如果把哲學比擬爲人的話，毒素也會使哲學憤怒發瘋；加圖可以對死亡和命運不屑一顧，但是他受到瘋狗的感染，罹患了醫生所說的恐水症，看到一面鏡子或一潭水都會驚慌失措：

毒性蔓延到四肢，來勢凶猛，
攪得靈魂慌慌張張，
猶如勁風吹來，白沫浪花滾動在海灘上。

——盧克萊修

在這方面，哲學倒使人得到了武裝，去忍受所有其他意外事故；如果痛苦不堪忍受的話，也會面對不可避免的失敗排斥一切感情；但是這種態度適合一顆有主見、有魄力、善於思考和推理的靈魂；但是當一位哲學家的靈魂變得瘋瘋癲癲、混亂失常時，就做不到這一點。在許多情況下，會產生一種過度的激動；靈魂在強烈刺激下會在身體的某一部分造成一個創傷，或者在胃部出現一種氣體，使我們神志不清、暈頭轉向。

肉體生病時，神志不清，恍恍惚惚；
病人思維混亂、亂說話；
有時昏昏入睡再也醒不過來；
眼睛緊閉，腦袋耷拉。

——盧克萊修

我覺得哲學家還沒有去碰這根弦的，也沒有去碰重要性相似的另一根弦。他們爲了安慰我們這些會腐朽的人，嘴裡老是提到這個難題：「靈魂既是腐朽的，也是不朽的。因是腐朽的，它將會毫無痛苦；因是不朽的，它就會不斷改善。」他們從來不接觸另一種說法：「那麼要是靈魂不斷惡化呢？」而讓詩人去描繪今後的苦難。但是他們給自己留下的是一份美差。在他們的討論中這是我發現的兩大漏洞。我回頭再提第一個漏洞。

斯多葛派的主導思想一成不變，這樣的靈魂對它是不感興趣的。我們美麗的智慧在這些領域必須繳械投降。然而，出於人的理智的虛妄性，哲學家也認爲，把腐朽的肉體與不朽的靈魂這兩個如此不同的東西湊在一起是不可想像的：

把腐朽與不朽結合一起，
以爲它們有共同的感情和功能，這是瘋狂。
一個會消亡，另一個會長存，
還有什麼更加不同、懸殊和不協調，
怎麼能夠以爲它們能夠共同抗禦同一風暴？

——盧克萊修

此外，他們覺得靈魂也像肉體會走向死亡，

它被歲月的重擔壓垮了。

——盧克萊修

據芝諾說，我們睡眠的情景足以說明這點。因爲他認爲，這是靈魂和肉體同時的一次沉淪：「他相信靈魂在收縮，也可說向下滑落。」（西塞羅）在有的人身上看到靈魂的精力維持到生命的最後時刻，他們把這點歸結爲病的不同，猶如我們看到臨終時有的人保持這一種感覺，有的人保持另一種感覺，有的是聽覺或嗅覺絲毫不見減弱；他們不會全身功能衰退，總還有某些部位保存著生命力：

猶如一名病人患了足疾，
而腦袋依然無恙。
——盧克萊修

亞里斯多德說，我們的判斷力看到的眞理，就像貓頭鷹眼睛裡看到的陽光。在強烈的陽光下看到的是一片茫然，我們又如何用來說服別人呢？

對靈魂的不朽首先提出相反看法的，據西塞羅說，至少根據古籍提供的證據來看，是塔勒斯國王時代的費雷西德斯西羅斯（也有人說是泰勒斯，也有人說是其他人），這是人文科學中存在最大的保留和懷疑的部分。這方面，最堅決的獨斷主義者也不得不主要隱蔽在學院派的迷霧後面。沒有人知道亞里斯多德持什麼樣的觀點，古人一般是怎樣想的；古人的提法模棱兩可：「那些人提出許諾但不證實什麼，這多美妙。」（塞涅卡）亞里斯多德的語言曖昧難懂，他躲在這層雲霧後面，讓他的信徒對靈魂本身和他對靈魂的看法一起爭論不已。

有兩件事使他們對這樣的看法抱有好感：第一，如果靈魂不是不朽的，榮譽就會失去基礎，大家不會有什麼期望，榮譽對世界的讚美是一個極爲重要的因素。第二，據柏拉圖的說法，這是一種非常有益的想法：人類的正義有疏漏和不明確的時刻，當罪惡逃過它的制裁時，就落入了神的制裁，神會追逐有罪之人，甚至在他們死亡以後也不停止。

人一心一意要延長自己的存在，會用盡一切方法去追求這個目的。保存肉體的是墳墓，保存名聲的是榮譽。

人對自己的命運不滿意，就千方百計去編造故事，重新塑造自己和支撐自己。靈魂由於自身的彷徨和軟弱，不可能有立足點，它就要到異地去依附和扎根，到處尋求安慰、希望和基礎；不論編造的東西如何無聊荒唐，靈魂還是得到了更爲安全的依託，也就更加樂意沉溺其中。

靈魂不滅雖是那麼合情、合理和明白無誤，但是對這種說法最執迷不悟的人也充滿了疑惑，因爲他們要以人的力量去證實則顯得束手無策。一位古人說，「這是一個祈願者的夢想，他不需要實證。」（西塞羅）從這條見證來說，人可以認出他個人發現的眞理完全是出於偶然和僥倖，因爲當眞理落到他的手裡時，他還無法抓住和掌握，他的理智也沒有力量承受。

我們的理性創造的任何東西，正確的與虛假的皆有，都可以對它們表示懷疑和展開討論。這是針對我們的驕傲和自負，我們的卑微和無能，上帝創造了巴別塔，引起混亂和差錯。我們沒有上帝的幫助所做的任何事，我們不在上帝恩惠的明燈下所看到的東西，只是虛妄和瘋狂。眞理的本質是一致和恆久的，當命運賜給我們機會掌握它時，我們也會由於自己的軟弱而把它糟蹋和玷汙了。

人自身不論怎麼做，上帝總是讓他陷入同樣的混亂；上帝打擊寧祿不可一世的氣焰，破壞他建造巴別塔這個狂妄自大的計畫，這個罪有應得的懲罰生動地說明這件事：「我要滅絕智慧人的智慧，廢棄聰明人的聰明。」（《聖經》）上帝讓他們用不同的口音，說不同的語言，阻止了這項工程，豈不就是在看法和理性上這種永無休止的爭論和不協調，時時刻刻阻礙人在學問上有所建樹，很有效地製造了混亂。如果我們有絲毫智慧，還有什麼能夠阻止我們呢？我愛聽那位聖人的話：「看不到自己的長處，這可以培養我們謙虛，抑止我們驕傲。」（聖奧古斯丁）我們盲目和愚蠢又會引起如何的傲慢無禮！

但是回到我的話題，我們皈依上帝、仰仗上帝的恩惠和那麼值得信任的眞理，是很有道理的，因爲只是由於上帝的慷慨寬容，我們才獲得不朽的果實，享受永久的幸福。

我們必須坦然承認，信仰只有靠上帝賜給，信仰不是自然和理智能教導的。誰若不憑藉神的啓發，對自己的本質和力量作幾次內心和外界的考驗，誰若對人有實事求是的看法，就可看到人的才能和天賦無不最終歸於死亡和塵土。我們愈要向上帝奉獻感激和答謝，愈要在行動中做個基督徒。

這位斯多葛哲學家說，他從民眾呼聲中偶然得到的信念，不是更加深他從上帝那裡得到的信念嗎？「當我們議論靈魂的不朽時，那些害怕或崇拜陰界鬼神的人一致贊同，這提供給我們一個有分量的論據。我很好利用了這個普遍信念。」（塞涅卡）

然而，爲了證明我們今後是如何不朽的，人在這條看法以後還添加了那些荒誕不經的情景，這反而說明了人在這個問題上提出的論據的軟弱性。斯多葛派認爲靈魂在今世以後還有

來世，但是這個來世是有限的：「他們認爲我們像烏鴉那麼長壽；他們聲稱靈魂可以生命長久，但不會生命永久。」（西塞羅）

最爲大眾普遍接受，並在許多地方繼續流傳的看法，據說是畢達哥拉斯的看法，他不是第一個提出的人，但由於得到他的權威性認可，就更有分量和深入人心。這個看法是靈魂脫離我們以後，從一個身體投到另一個身體，從一頭獅子投到另一匹馬，從一匹馬投到一位國王，這樣無休止地挨家挨戶投胎。

畢達哥拉斯說他記得起從前是艾達里德斯，後來是歐福耳玻斯、埃莫蒂繆斯，最後又從皮洛士成爲畢達哥拉斯，根據記憶共歷時二百零六年。有的人還說，這些靈魂有的升天以後再降凡的：

哦，天父！有的靈魂升天後，
還盼望回到笨重的軀體？
這些可憐的靈魂那麼渴望光明？

——維吉爾

奧利金認爲靈魂永遠在福地與苦海之間穿梭，瓦羅提出這樣的看法，靈魂每隔四百四十年一次輪回，回到最初的軀體。克里西波斯則認爲中間相隔一段不確定的時間後再發生的。

柏拉圖說他是從品達和其他古代詩人那裡得到這個信念，靈魂經歷永無窮盡的延續嬗變，在這個過程中靈魂得到洗滌，在另一個世界中的苦難和報償只是暫時的，因爲它在這個世界的生命也是暫時的，因而得出結論說靈魂本身熟知天堂、地獄和人間的事務，因爲它來回逗留了好幾次。以上是回憶的內容。

以下還是他的靈魂轉生的說法：「他一生做好事，他回到他命定的星宿；他一生做壞事，他變成女人；如果他還不知悔改，他再變成畜生，其品性跟他的惡行是一致的；他若不改邪歸正，透過理智的力量改掉身上的粗魯、愚蠢和原始的本質，恢復原有的性情，他的懲罰就不會結束。」

但是我不願忽略伊比鳩魯派對這種靈魂投胎說的反對意見。這種異議是有趣的。他們問，如果死者多於生者的話，會產生什麼樣的秩序呢？因爲脫離肉體的靈魂要相互擁擠，看誰能夠第一個投入到新軀體中。等待新軀體準備就緒以前，那些靈魂如何打發它們的時間。反過來說，如果出生的動物要超過死亡的動物，伊比鳩魯派說它們的軀體在等待靈魂的投生時，會慢慢腐爛，以致有的在有生命以前就已死亡了：

靈魂伺機等待動物的交配和生產，
無數的不朽之物對著腐朽的肉體虎視眈眈，
然後搶著投生到裡面；
這種想法可笑之至。

——盧克萊修

有的人說，人死後靈魂停留在體內，等待把生命傳給蛇、昆蟲和其他動物，據說這些動物是靠肉體腐爛，甚至變成塵土後而生成的。有的人把靈魂分爲腐朽部分和不朽部分。有的人說它是有形的，但是不朽的。有的人說它是不朽的，但是無知無覺。還有人認爲有罪人的靈魂會變成魔鬼（我們基督徒中也有這樣的看法）；普魯塔克相信得到拯救的靈魂變成了神。這位作家在許多問題上說話模棱兩可，這次也算是難得在一樁事上說得那麼肯定。

他說，「根據大自然和神的正義尺度評出有美德的人，他們的靈魂可以使人變成聖人，使聖人變成半神；而半神經過煉獄的補贖，得到完全的淨化和洗滌，擺脫了一切痛苦和歡樂，得到永生，他們才變成完全的和完美的神，享受永福和榮耀，這不是透過民間的法律，而是按照實情和理性的必然。我們應該堅決這樣相信才對。」

普魯塔克還是本學派中最克制、最溫和的哲學家，但是你要是希望看他在這個問題上如何大膽發表奇談怪論，我請你讀一讀他的文章《蘇格拉底的月亮和魔鬼》。書中到處都明白無誤地表示，哲學的怪誕與詩的怪誕竟有那麼多的相像之處，人對一切事物要問個水落石出，必然破壞自己的理解，猶如人來到漫漫的人生盡頭，精疲力竭，又回到孩提時代。以上才是我們在研究靈魂時應該汲取的有益和有用的教訓。

人在研究身體部分時，其魯莽的程度也不見得稍減。讓我們選擇一兩個例子，不然我們會墜入醫學錯誤的大海中而迷失方向。我們必須知道至少在這點上大家是否一致：人是用什麼材料製成的。

至於最初的傳宗接代，要追溯到洪荒時代，大家對此當然已不甚了了。物理學家阿基勞烏斯——據亞里士多塞諾斯說蘇格拉底是他的得意門生——說過人和動物是一種乳白色泥土利用地熱烘烤出來的。

畢達哥拉斯說我們的種子是我們最純的血的泡沫。柏拉圖說是背脊的骨髓汁，他的論據是這個部位首先感到疲勞和辛苦；阿爾克米昂說是腦質的一部分，他說這話的道理是用腦過度會引起眼睛發花；德謨克利特說是全身提煉的一種物質；伊比鳩魯說是靈魂和肉體的提煉物；亞里斯多德說是血的滋養物中提取的一種分泌物，最後遍布全身；其他有人說是由生殖器的熱量煮熟和消化的血，他們這樣說是因爲人在最後關頭吐出來的滴滴是純血。這看起來倒有點相似，如果在眾說紛紜的看法中也能找出相似點的話。

那麼，精液是如何繁殖的，這裡又有多少不同的看法？亞里斯多德和德謨克利特認爲女人沒有精液，她們在性欲亢奮時排出的是一種汗，對於生育是毫無作用的。蓋倫則有相反的看法，他和他的信徒認爲精液不交流是不會生育的。

還有醫生、哲學家、法學家、神學家紛紛跟我們的女人爭論女人的妊娠期要多長。而我以自己所知爲例，支持那些認爲妊娠期爲十一個月的人。世界各國莫不如此：稍微有些知識的女人都可以對這些異議談出自己的看法，然而我們還是要爭論不休。

以上這些例子說明，人對自己的精神懂得不多，對自己的肉體也懂得不多。我們讓人來談人，讓理智來談理智，看一看它能給我們說些什麼。我覺得這已足夠表明理智自己也不理解理智。

對自身不理解的人，那麼在什麼事情上能夠讓人理解呢：

彷彿人能夠衡量一切，卻不能衡量自己。

——大普林尼

是的，普羅塔哥拉給我們說過這樣的妙語，人從來不知道衡量自己，卻會衡量一切。如果人不能衡量自己，他的自尊心也不允許其他創造物有這份能力。人本身那麼充滿矛盾，一個人有了想法後不斷地會有人進行駁斥，這種興高采烈的討論僅是一場鬧劇，不得不使我們得出這樣的結論：衡量標準與衡量者都是虛無的。

當泰勒斯認爲人要認識人是很難的時候，他是在告訴人要認識其他東西也是不可能的。

## 第七節　感覺、理智與知識的相對性

我違反常規，喋喋不休地說了那麼一大堆，想來您[15]不會拒絕用天天在學習的辯論方式來維護您的塞邦，在這件事上應用您的智慧和學問。這是我的最後一招，作爲最後的靈丹妙藥使用。這是拼死的掙扎，把法寶都施展出來，爲了使對手失去他的法寶，這是一種絕招，應該難得地、有節制地使用。這是極大的冒險，傷不了別人就會傷著自己。

不應該把尋死作爲報復手段，像戈布里亞斯做的那樣。當他與一名波斯貴族緊緊摟在

---

⑮ 指瑪格麗特・德・瓦羅亞公主。她是亨利二世與卡特琳・德・美第奇的女兒，未來亨利四世國王的妻子。

一起搏鬥時，大流士提寶劍出現，但是不敢揮劍，怕傷著戈布里亞斯，戈布里亞斯對著他喊，他應該勇敢地刺過來，就是把兩個人刺穿也要這樣做。

有時激戰到了白熱化程度，任何一方都不可能倖免一死，我就見過這些人是如何壯烈自戕的。葡萄牙人在印度洋上擄掠了十四名土耳其人，這些俘虜急於要擺脫囚禁，決心用船上的釘子相互磨擦，讓火星落到船上的火藥桶上，竟把船隻毀之一炬，讓自己和擄掠者都葬身火海。

我們在這裡動搖科學的限制和最後關口，科學如同美德，走上極端就成了禍害。您要隨大流，過分敏銳與精明都沒有好處。您還記得那句托斯卡納成語：「過細者易折。」不論對事物看法還是生活習慣或其他事情，我奉勸您要節儉平和，不要追求新奇。任何怪模怪樣的事使我生氣。夫人門第顯赫、德高望重，對誰都可頤指氣使，何不將這份工作交給從事學術的人去做，他必然會支持和豐富您的想法。這樣也有您做不完的工作。

伊比鳩魯說，法律即使是最壞的，對於我們也是必要的，沒有法律人會相互吞噬。柏拉圖說的話也相差不遠；沒有法律我們會像野獸那樣生活；他寫過論文證實這一點。我們的思想是一件不易駕馭、危險和愛惹是生非的工具，很難要它遵守秩序和尺度。在我的那個時代，那些出類拔萃、生龍活虎的人，差不多個個都高談闊論、放浪不羈。遇到一位知書達禮的規矩人，可稱爲出現了奇蹟。所以對人的思想圍上欄杆，不許越雷池一步，也不是沒有道理的。

在學問上像在其他事上，必須計算和調整他的步伐，必須劃定他的狩獵範圍。於是用宗教、法律、風俗、學說、箴言、生前死後的懲罰和獎勵來束縛和鉗制它；大家還是看到思想在得意忘形時會掙脫這些樊籠。這是一個無形的物體，不知道往哪裡去抓、去打；這是一個畸異的物體，不知道在哪兒打個結、裝個把手。當然，有的靈魂值得人家信任，憑著自己的判斷，超越一般人的看法自由遐想，同時不忘適度和克制，畢竟這種堅強、規矩和赤誠的靈魂不太多見。還是把靈魂置於控制下更爲穩妥。

思想是一把傷人的利劍，即使對於佩劍者也是如此，如果他不知道如何謹慎適當揮舞的話。猶如沒有一頭牲畜不需要戴上眼罩，要牠的眼睛只看到腳前的這條道，不讓牠左右亂走，脫離習俗和法律給牠確定的車轍。因而不論常規的路程是怎麼樣的，您不要偏離左右，對您來說，也比信口開河圖一時之快的好。如果哪一位新派學者，不顧他自己和您的靈魂得救，企圖在您面前賣弄才情，這也是緊急關頭的一面保護傘，使您避免感染天天在您的院子裡彌漫的這場危險的瘟疫，也防止毒素傳染，傷害到您和您的周圍。

古代人思想自由活躍，在哲學和人文科學形成了許多不同見解的學派，每個學派要判斷、要選擇來確定自己的宗旨。但是現在都在一條路上，「大家都依附和信守一定的不可更移的看法，即使他們不同意的東西也不得不爲之辯護。」（西塞羅）我們學習各門學科也按照官方頒布的章程規則，以致學校也只有一種主導思想、相同的機構和限定的學科，大家不檢驗這些貨幣重多少、值多少，而是按照時下的說法算多少就是多少。沒有人計較什麼含金量，只要能當多少使用就行；其他東西的情況與此一樣。

醫學被當作了幾何學；詐騙、妖術、傷陽術、人鬼心靈感應、算命、星相、卜卦，甚至追尋點金石那樣的鬧劇，都暢行無阻。只需要知道火星在掌心中央，金星在大拇指上，水星在小指上，如果命運線穿過食指的結節，這表示性格殘酷；如果命運線在中指下突然中斷，中間性格線跟生命線在同一部位相交，這表示要遭橫死。對女人來說，如果性格線跟生命線相隔很開、不相交，這表示那個女人不守婦道。我可以請您作證，一個男人這樣花言巧語，能不能在女人堆中大受歡迎？

提奧弗拉斯特說，人的智慧是由感覺支配的，對事物的原因可以有一定程度的認識，但是要探究事物深遠的本質，人的智慧必須適可而止，不然會由於自身的缺點或事物的難度而愚不可及。說我們的智慧能夠認識某些事物，有一定的威力，超過這個程度會顯得自不量力，這已是一種溫和持中的看法了。

這種看法很容易得到隨和的人的欣賞和採納。但是要限制我們的思想則沒有作用，我們的思想充滿好奇、貪多務得，沒有理由不認爲走得了五十步，也就走得了一千步。從經驗上得知，一個人做不了的事，以後的人會做成；這一個世紀不知道的事，下一個世紀就會明白；學問和藝術不是投入模子鑄造的，而是屢次三番琢磨切磋慢慢形成的，像小熊的相貌是由牠的熊媽媽從容不迫舔出來的。我沒有能力發現的東西，還是要探索和試驗，對新事物推敲斟酌，條分縷析，爲後來者提供方便，使他們駕輕就熟更好掌握。

伊梅特山出產的蠟在陽光下軟化，
用拇指一捏變成不同形狀，
愈揉愈有彈性。

——奧維德

後者就是這樣受惠於前者，這說明爲什麼困難不會叫我絕望，我的無能也不會令我沮喪，因爲這只是我個人的無能。人能夠做一件事，也就能做其他事。人若如提奧弗拉斯特說的，承認自己對事物深遠的本質是無知的，那就會讓他痛快地把其他一切學問也都拋棄；如果缺少了基礎，他的推理就無所依據；任何討論和探索的唯一目的是了解本質；如果他的思想不是確定去追求這個目的，就會彷徨失去方向。「對任何事物來說，理解就是理解，無所謂一件事物比另一件事物更易理解或更難理解。」（西塞羅）

因而，很可能是這樣情況，如果靈魂知道一些東西，首先是靈魂自己先知道；如果靈魂知道靈魂以外的東西，首先是知道它的肉體軀殼。如果今天我們看到醫學界上的諸神對人體的解剖爭論不休，

伏爾甘反對特洛伊，而阿波羅支持特洛伊。

——奧維德

我們等待到何年何月他們才會一致呢？我們跟自己，自然要比跟雪的白色和石頭的重量更接近；如果人不自知，他怎麼又能知道自己的特長和能力呢？他心中不能說沒有一些眞正的知識，但是這是偶然得到的。謬誤也可以透過同樣途徑，用同樣方法輸入到他的靈魂中，他的靈魂沒有能力甄別和區分眞理與謊言。

學院派聲稱判斷的天平可以向任何方向傾斜，認爲雪一定是白的而不是黑的，未免有點武斷，我們也無法對我們手中拋出的石頭的運動，比對第八層星河的運動有更大的把握。他

們都說我們沒有能力認識眞理，眞理是深深埋藏在人生無法探索的深淵裡。儘管如此，事實上我們的思想中還是難以容忍這種困難和排斥性；爲了解除這個疙瘩，他們就聲稱某些事要比另一些事更爲眞實，他們的判斷的天平更傾向於這種現象而不是另一種現象；他們容許這種傾斜，但是作不出任何結論。

皮浪派的看法更大膽，同時也更可信。因爲學院派提出這種向一個建議比向另一個建議更傾斜的說法，不外乎在這兩個建議中承認在表面上顯出更多眞理的那個建議。如果我們的理解力能夠攫住眞理的形式、線條、姿態和面貌，我們看到的既可以是全面的眞理，也可以是半個和殘缺不全的眞理。這種似眞的表面認識可以使他們向左傾而不向右傾，然後擴大這種表面認識；使天平傾斜的這一盎司的表面認識，日積月累，會乘上一百盎司、一千盎司，終於使天平完全傾斜一方，作出絕對的選擇，接受全面的眞理。

他們不認識眞，怎麼又會屈從相似眞的東西？他們不認識本質，怎麼又會認識相似本質的東西？我們要麼能夠全面評論，要麼完全不能評論。如果我們的智力和感覺沒有基礎和立足點，如果我們的智力和感覺只會隨波逐流，隨風而動，我們讓自己的判斷受它們的任何影響，不論這種影響在我們看來是如何，這種判斷會毫無意義。因而我們在理解上採取最可靠和最恰當的姿態是保持沉著、正直、不屈不撓、不搖擺、不激動。「眞實的表面和虛假的表面，毫無區別都會影響判斷。」（西塞羅）

事物並不以它們的形式和本質，也不以它們的自身力量和權威攝入我們的心目，這點我們看得很清楚。要是這樣的話，我們就會用同樣的方式接受它們。酒在病人的嘴裡和在健康人的嘴裡就會是一樣的味道。手指龜裂或風溼的人摸到木頭或鐵塊，就會跟其他人一樣感到堅硬。這樣外部事物聽任我們擺布，我們愛怎麼看待就怎麼看待。

如果我們自身接受事物而不加以歪曲，如果人的悟性大而堅定，可以自主地掌握眞理，這種自主對人人都是一樣的，那麼這個眞理就能輾轉相傳。不管天下有多少看法，至少有一種看法，在人看來是可以得到舉世公認的。然而事實卻是沒有這樣一種看法，哪種看法不是爭論不休、歧義百出，這說明我們天生的判斷不能明確抓住它抓住的東西。我們的判斷也不能被我們的同伴的判斷所接受，這又是一個明顯的信號，我不是透過我本人和其他人心中具有的天然能力，而是透過其他能力才得到這個判斷的。

哲學家中間意見分歧，對於認識論的永無休止的普遍爭論，可暫且不談。因爲這已是非常眞實的前提：人——我指的是最有天分和學問的人，對任何事，都不會取得一致的意見，甚至對我們頭上有天這一事也是如此，因爲那些懷疑一切的人對這點也是懷疑的。那些否認我們能夠認識事物的人也說，我們並不認識天是不是在我們的頭上。持這兩種意見的人在數量上無疑是最多的。

除了這種說不完的分歧和異議以外，還有我們的判斷對我們造成的迷惑，我們每人對自身的無把握，更易顯出我們的基礎是多麼不平穩。我們對事物的判斷有多麼不同？我們有多少次出爾反爾？我今天主張和相信的東西，確是出於我的全部信仰才這樣主張和相信的。我全心全意堅持這樣的看法，並可保證我的心意是誠懇的。我擁抱和維護任何眞理不可能像這次灌注更多的精力。我全身心地投入，眞誠地關注；但是我不是也曾不只一次，而是百次千次，天天擁抱其他眞理，也是這麼全心全意，也是這麼誠懇，事後又都經我的判斷說是錯了嗎？至少我們應該吃一塹，長一智！

如果我經常受到表面現象的迷惑，如果我的試金石平時失效，我的天平失偏和不公正，我怎麼能夠證實這回是對的而其他回是錯的呢？屢次三番受同一名嚮導的愚弄，這不是自己傻嗎？就像命運使我們東西奔波，挪動了五百個地方，就像命運把我們的大腦當作一隻罐子，不停地把各個看法裝進去取出來，總是現在的最後的那個看法是可靠沒錯的。爲了這個看法，我們必須犧牲財產、榮譽、生命、幸福和一切。

新的發現否定了舊的發現，
讓人不再提起。

——盧克萊修

不論人家對我們說什麼，不論我們聽到什麼，必須永遠記住這一點：給的是人，接受的也是人。是人的手交給我們的，也是人的手接受下來的。只有受自天上的東西才是唯一正直和具有說服力的東西，唯一帶有眞理標誌的東西。這就不是我們肉眼能夠看見，也不是我們的能力能夠接受的了。這個神聖偉大的形象絕不會降生在這樣一個虛弱的人體上，除非上帝特別開恩，使用超自然的力量使它得到改造和堅強，承擔起這個任務。

人是會犯錯誤的，這一點至少讓我們在改變看法時行爲更加謹愼克制。我們應該記住，不管理解了什麼，常會理解到一些錯誤的東西，同樣都是透過這些時常會自相矛盾和迷誤的心靈。

因爲心靈稍一遇到變化便會左右搖擺，自相矛盾也就毫不奇怪了。我們的理解、判斷和其他心靈功能都受到肉體行動和改變的影響，而肉體又是在不斷行動和改變的。我們健康時不是比患病時精神更抖擻、記憶更清晰、言辭更生動嗎？我們的靈魂接受事物，在歡欣愉快時和痛苦憂鬱時，看到的面目不是也會不一樣嗎？您認爲卡圖魯斯或薩福的詩句，在一個吝嗇刻薄的老人讀來，跟一名朝氣蓬勃的青年感到同樣愉快嗎？阿納克桑德里德斯國王的兒子克里昂米尼生病，他的朋友責備他脾氣和想法跟平時不一樣，他回答說：「我想是不一樣，因爲我不是健康時的我，我換了一個人，我的脾氣和想法也就不同了。」

在法院庭審時，常有這樣一句話，談到罪犯碰上了心境愉快、神情怡爽的法官：「他可交上了好運。」因爲這是肯定的，法官有時判決極嚴，鐵面無私，絕不通融，有時又很好說話，寬大處理。那位法官從家裡來時犯風溼痛，心裡嫉妒，或者被僕人偷了什麼小東西，憋著一肚子的怒火，不用懷疑他的判決也就必然嚴厲。這位可敬的雅典刑事法庭的元老在晚上審判，避免看到被告的模樣影響他的公正。即使空氣和天空的晴朗也會改變我們的心情，像西塞羅轉述的這句希臘詩：

人的想法變化不定，就像朱庇特
灑在大地的光線時強時弱。
——荷馬

不但發燒、飲酒和重大事故會推翻我們的判斷，世界上任何小事也會使我們的判斷遲疑不決。如果持續不退的寒熱會損害我們的心靈，三天發燒照樣會按照相應的程度使它產生變化，這點是不容懷疑的，雖然我們還不能察覺。中風使我們完全喪失知覺，不應懷疑感冒也會迷亂我們的智力。因而我們一生中幾乎難得有一個小時判斷力完全處於應有的健康狀態，我們的肉體始終不停地在變動，內部又有那麼多的器官組織（這點我相信醫生的話），簡直不可能個個器官組織都處在正常狀態。

目前來說，這種病不到最後無法醫治的階段是不容易發現的，尤其理智——畸形、跛腿和彎彎扭扭的理智，跟謊言與眞理都是可以走在一起的，這就很難發現它的錯誤和偏差。

各人心中的這種推理現象，我總把它稱爲理智。圍繞同一個主題可以產生上百種看法的這種理智，就像一種鉛澆蠟製的工具，可以任意按照不同尺寸、不同形狀伸縮彎曲，問題在於懂不懂如何擺布它。

一位法官不論心意多麼善良，若不嚴格自律——那是很少人樂於做的，不但友誼、親情、美貌、復仇心理這些東西沉重地壓在心頭使他喪失公正，還有不穩定的本性也使他對某一事產生偏愛。或者在同樣兩件事上不經過理智的考慮而作出了選擇；或者某一種虛榮心理不知不覺地產生微妙作用，都有可能使他失去公正，作出偏向一方或損害一方的判決。

我緊緊審察自己，眼睛時刻盯著自己，彷彿一個閒著沒其他事可做的人，

他不在乎知道
冰天雪地的熊星座下，
哪位國王威鎭一方，
是什麼叫蒂里達茲恐懼萬狀。

——賀拉斯

我還是不敢說出在自己身上找到的虛榮和弱點。我的兩腿是那麼軟弱和搖晃，覺得那麼容易失足和栽跟頭，我的眼光又那麼昏花，以致在飯前飯後也判若兩人；如果精神煥發，又逢上天氣晴朗，我這人十分隨和；如果腳趾上雞眼發作，我就會虎著臉、惡聲惡氣，令人不敢接近。同樣騎馬，有時覺得輕鬆，有時覺得艱苦；同樣道路，這時覺得短，那時覺得長；同樣一件事，這時做來愉快，那時做來不愉快。現在我什麼事都樂意做，過會兒又什麼事都不樂意做；此刻令我高興的事，之後又會令我難過。

我內心自有千種冒失的、意外的激動。有時鬱鬱寡歡，有時大發雷霆；這時候垂頭喪氣，那時候又高高興興，都說不出什麼名堂。當我拿起書，這次可能看到一篇絕妙的文章，深深打動我的心；另一次又翻到這同一篇文章，徒然前後反覆琢磨推敲，它對我只是陌生和不成形的一堆文字。

即使我自己寫作也是這樣，我不是總能找到最初構思時的想法，我不知原來想說的是什麼，因爲忘記了最初的更有價值的意義，經常發奮修改文章，增加了另一種新的意義。我只是瞻前顧後，我的判斷並不因此而前進一步，依然游移彷徨，

猶如大洋中的一葉輕舟，
突然受到風暴的侵襲。

——卡圖魯斯

多少次（我樂意這樣去做），我針對自己的看法，提出另一個相反的看法，作爲辯論的

練習；我也朝著那個相反的看法去思想，去探究，當我覺得非常有道理時，我也會認爲沒有理由堅持當初的想法，會捨之而去。我幾乎總是朝著自己的傾向前去，隨著自己的偏愛而定，不論是什麼樣的方式。

每個人若像我那樣捫心自問，就會覺得情況跟我相差無幾。講道者知道布道時有激情，會加強自己的信仰；我們在憤怒中捍衛自己的建議，慷慨陳辭、義無反顧，其激烈振奮的程度超過心平氣和的時候。

您把一樁案情態度隨便告訴一名律師，他給您回答時猶豫不決、充滿疑慮，您覺得讓他爲哪一方辯護都無所謂；如果您給他重金相酬，要他深入研究，正式接受委託，他會不會表示興趣鼓起意志？他的道理會漸漸多起來，興頭會慢慢高起來；這樁案件在他看來就會有一種新的不容置疑的眞情，他在裡面發現一層完全嶄新的含義，他誠心誠意相信，也誠心誠意說服自己。我不知道是因爲對法官的壓力和危險的迫切性而產生的憂憤之情，還是維護自己聲譽的私心，使這麼一個人慷慨激昂、面紅耳赤；他若自由自在地處在朋友之間，只怕爲了這麼一件事，連小指頭也不會動一動。

肉體的激情對心靈會產生很大的震撼，但是心靈本身的激情會產生更大的震撼；心靈受制於自身的激情，有時甚至可以這樣認爲，沒有心潮澎湃，心靈也靜止不動，猶如海洋中的一艘船，無風也就不會顛簸。遵循逍遙派學說而這樣主張的人，他不會過分責備我們，既然一致公認最美好的心靈活動來自激情的推動，或者需要激情的推動。他們還說，沒有憤怒的參與不會有完美的勇敢。

阿亞克斯一直是位勇士，
但是狂怒時最勇猛。

——西塞羅

我們在憤怒時打擊壞人和敵人最厲害。說情人要引起法官的憤慨才會得到公正的判決。激情使地米斯托克利奮發；激情使德摩斯梯尼興起；激情促使哲學家通宵達旦，四方講學；激情鼓動我們去爲榮譽、學說、健康做有益的工作。

苦難中靈魂表現的這種怯懦，可以在良心中產生悔罪和內疚，對上帝的懲罰和政治的壓迫如對天災那樣敏感。同情促使我們寬仁、畏懼使我們清醒，遇事好自爲之；多少好事是由野心促成的？多少是由自命不凡帶來的？總之，沒有一樁大好美德不附帶騷亂激動。因爲上帝的恩惠是要激發情欲、打破寧靜，才會在我們身上產生效應——情欲如同刺激和鼓勵，鞭策心靈去採取符合美德的行動。伊比鳩魯派要上帝不要干預和關心人間瑣事，這不也是其中理由之一嗎？要不然就另有想法，把情欲看作是風暴，攪得心神不寧，難以爲情。「沒有一絲微風掀起波濤，海面就會平靜如鏡；同樣，沒有一點情欲攪動心靈，心靈也會如一潭死水。」（西塞羅）

我們不同的情欲會引起我們多麼不同的感覺和理由，多麼不一致的想像！對於那麼一個變幻無常，天生容易胡來、盲從和迷亂，只是在外界的逼迫下匆匆作出回應的東西，我們能夠從它那裡得到什麼樣的保證嗎？如果我們的判斷再受疾病和神志不清的控制，如果它在瘋狂和魯莽下接受事物的印象，我們對它又有多少把握呢？

哲學家認爲人在不能自制、怒不可遏和喪失理智時會做出驚天動地、最接近神性的大事，這種說法不是有點不近情理嗎？我們依靠理智匱乏和迷亂時才得到補救。這兩條走進神的殿堂和預見人的命運的天然通道竟然是睡眠和瘋狂！

這件事想起來挺有意思：當情欲毀了理智時，我們成了有美德的人；當瘋狂或死亡的形象嚇跑了理智時，我們成了預言家和先知。這眞是我最樂意相信的了。神的眞理在哲學家的心裡引起一種純潔的熱忱，恰是這種熱忱違反了神的本意，強制我們的心靈處於平靜穩定；哲學所能爲它爭取到的最清醒的狀態，不是它的最佳狀態。我們醒時比睡時還昏昏沉沉；我們的明智還不及瘋狂明智；我們的胡思亂想比我們的推理更有意義；我們最糟糕的做法是守著自己的心。

但是哲學是不是認爲，我們要注意到有一種哲理談到過脫離人的精神是那麼有預見、偉大、完美，還談到過跟人結合的精神又那麼平凡、無知、蒙昧？這一種哲理是平凡、無知和蒙昧的人的思想實質；基於這個原因，這種哲理是不可靠和不可信的。

因爲我是一個懶散魯鈍的人，對這類聲嘶力竭的爭執沒有多大經驗。這類爭執大部分都是突然襲擊我們的心靈，不讓它有多少時間去認識。但是據說是年輕人百無聊賴而產生的這種情欲，雖然其進展從容而又節制，對於試圖反抗其誘惑的人來說，顯然代表了這種使我們的判斷感到爲難的改變和轉化力量。從前我也全神貫注去克制和打消這種情欲（因爲我實在算不上是一個愛好惡行的人，罪惡不找上我，我也不去找罪惡）；儘管我抵抗，我還是感到情欲產生、滋生和不斷增長；最後，我看到並切身體驗到它占據我的心頭，彷彿在醉態中，事物的形象開始變得跟平時不同；在我的眼裡，我所思念的東西的優點會愈來愈多，在我的想像中更是得到充分的誇張和渲染；我工作中的困難不足爲懼，我的推理和知覺裏足不前；但是這陣狂熱一刹那像一道閃光過去後，我的心靈又有了另一種看法、另一種狀態、另一種判斷；要擺脫的困難又顯得巨大和不可克服，同樣的事物又有了不同的意味和面貌，跟欲望熾烈時不一樣。哪一種更眞實呢？皮浪一點不知道。我們也不會沒有病；寒熱有時發熱有時發冷，我們也會從火熱的情欲一下子跌入寒顫的情欲。

我往前躍進多少，我也會往後倒退多少，
如同海潮的漲落，
一會撲向地面淹沒了沙灘，
浪花濺落在礁岩，
一會挾了卵石紛紛後退，
留下光禿禿的海岸。

——維吉爾

我深知自己思想多變，偶爾在心中拿穩一些主意，很少再去改變初衷。因而，不管新的想法如何誘人，不輕易改變，只怕得不償失。因爲我不善於選擇，就採用其他人的選擇，保持上帝留給我的位子，不然就不知道如何不使自己動搖不定了。

這樣承蒙上天，歷經這個世紀那麼多次宗派分裂，在思想上沒有引起混亂，依然對我們宗教的傳統教義保持完整的信念。古人的著作——我指的是優秀著作，周密嚴謹、言之有物，叫我讀了入迷，也總能按作者的意圖去理解；讀起來篇篇精彩；我覺得他們儘管意見相左，卻個個都很有道理。爲了欺騙我這樣一個老實人，有些大才子可把事情隨隨便便渲染得似眞非眞，沒有什麼古怪的東西不可以說得更加有聲有色，這也說明他們的論點軟弱無力。

三千年來天空高懸、星光閃爍，每個人都深信不疑，直到薩摩斯的克里昂特斯或——根據提奧弗拉斯特的說法——敘古拉的尼斯塔斯，想到要說這是地球繞著自己的軸轉動，穿過黃道帶的斜圈；在我們這個時代，哥白尼爲這個學說奠定了堅實的基礎，他有條有理用來解釋天文學的全部結論。除了不用操心這兩種意見有一種是不可信的以外，我們從中可以得到什麼樣的教訓？誰知道一千年以後會不會有第三種意見又來推翻這前兩種意見呢？

星移斗轉改變了事物的價值；
以前珍貴的東西不再受人重視；
另一件東西接替它，不再受人輕視，
反而一天比一天受人歡迎；
交口稱譽，舉世矚目。

——盧克萊修

這樣，當一種新學說出現在我們面前時，我們有理由對它表示懷疑，想到在它形成以前，另一種相反的學說也曾風行一時；它既然會被推翻，將來也可能有第三種學說同樣來取而代之。在亞里斯多德推行的原則受到尊重以前，其他原則也曾使人的理智得到滿足，就像此刻使我們滿足的這些原則。亞里斯多德的原則憑什麼詔書，有什麼特權，使我們的思想探索到了這裡永遠停滯不前，在今後漫長歲月中永遠抱著這樣的信仰？舊原則被逐出的命運，新原則也不能倖免。有人用一個新的論據來逼我時，我就這樣想，即使我不能給予滿意的回答，另一個人也會給予滿意的回答；對一切貌似有理的東西，因爲我們無法解答而匆匆相信，這過於天眞單純。從而可以這樣認爲，凡夫俗子——我們大家都是凡夫俗子——的信仰像風標一樣隨風而轉。因爲他們的心靈軟弱無力，被迫接受一個又一個的印象，後來的總是抹去從前的。自認無力的人應該按照實際的做法找大家商議，或者請教賢人，聽取他們的高見。

醫學在世上存在已有多久了？有人說一個醫壇新人叫帕拉塞爾修斯，把古代醫道的規則全盤推翻，聲稱直到目前爲止，傳統醫學只是用來殺人而已。我相信他可以輕易證實這一條，但是，爲了證實他的新經驗而讓我去冒生命危險，那就絕非聰明之舉了。

有一句箴言說，絕不要相信任何人，因爲任何人都可以信口雌黃。

一位從事科學探索和改革的人不久前對我說，古人對風的本質和運動的認識莫不大錯特錯；如果我願意聽下去，他顯然會讓我摸索到眞理的。在聽了他一陣子頭頭是道的論證後，我對他說：「照您這麼說，從前按照提奧弗拉斯特理論航行的人，往東的時候其實是在往西？他們不是側行就是後退？」他回答：「沒準是這樣，他們肯定是弄錯了。」我反駁他說，我寧可根據效果，也不願根據理智。

事物經常是相互衝突的。有人對我說，在幾何學（這被認爲是科學中達到最大可靠性的科學）有一些不容置疑的論證，違背了被經驗證實的眞理。雅克．佩萊蒂耶在我的家裡告訴我說，他找到兩條相互靠近以求相交的線，然而他也可證實它們永遠不會相交一點。皮浪派運用他們的論證和理智，只是去破壞經驗的現象；我們的理智確實有美妙的伸縮性，追隨他們去有意否定明顯的事實；他們可以論證我們是不會移動的，是不會說話的，不存在什麼重量和熱量；這些論證堅實有力，不亞於我們在論證更實在的事物。

托勒密是一位大人物，他劃定了我們的世界的界限；古代哲學家都想進行測量，除了少數遙遠的小島可以越出我們的了解。一千年前，《宇宙志》的科學論點人人都沒有異議；誰要是對它表示懷疑，會被認爲是無事生非，誰承認對蹠點的存在，那是離經叛道；而在我們這個世紀，一大片無邊無際的土地，不是一座島嶼或一塊單獨的國土，而是跟我們已有那麼大的一片大陸，不久前才發現。這個時代的地理學家又開始向我們保證，這下子一切都已發現了，一切都在眼前了，

手裡的東西最好，其他都微不足道！

——盧克萊修

我該明白的是，從前托勒密推理的基礎是不是錯了，今天我又去相信這些人的說法是不是很蠢，我們稱爲宇宙的這個大物體是不是很可能跟我們的看法大相徑庭。

柏拉圖認爲方向不同宇宙的面貌也不同；天空、星星和太陽有時會順著我們看到的方向逆反，改爲從西向東流轉。埃及祭司對希羅多德說，自從第一位國王以來，約一萬一千年以

前（他們還給他看歷代全體國王生前按本人塑造的雕像），太陽四次改變路線；海洋與大陸更替變換，宇宙的起源是不確定的。亞里斯多德和西塞羅同意這種說法。我們同輩中也有一人說，宇宙是自古就存在的，歷經滄桑巨變，死亡和重生過好幾回，並以所羅門和以賽亞爲證；這是爲了避免這樣的反對意見，說什麼上帝有時是沒有創造物的創造主，他是懶惰的，爲了不致窮極無聊才動手創造天地，因而上帝也是可以改變的。

最著名的希臘學派認爲宇宙是由一位大上帝創造的小上帝，有一個肉體和一個居住在中央的靈魂，透過音符數字傳遍到周圍，神聖、非常幸運、非常偉大、非常明智、永垂千古。在這裡面還有其他的上帝——大地、海洋、星辰，跳躍流轉，神聖和諧永久，有時匯合、有時分散、有時出現、有時隱沒，忽而又是以前爲後，以後爲前，互換位置。

赫拉克利特認爲宇宙是火生成的，有其命運的排列，在某日火燒成灰，在某日又會再生。阿普列烏斯說，人「作爲個人，是會死的，作爲物種，是不滅的。」亞歷山大寫信向母親轉述一位埃及祭司從他們的紀念碑中讀到的故事，說明這個國家的歷史古老得尋不到源頭，包括其他一些國家的眞實的起源和發展。西塞羅和狄奧多洛斯那時就說，迦勒底人記載了四十萬年的歷史；亞里斯多德、普林尼和其他人說，查拉圖士特拉生活在柏拉圖以前六千年時代。柏拉圖說塞依斯城的居民有八千年的文字記錄，而雅典城在塞依斯建城前一千年已經建立；伊比鳩魯說我們眼前看到的東西，在其他許多世界裡都存在，面貌相差不多，建築也相似。他若看到這個西印度新大陸和我們這個舊大陸，相比之下過去和現在有那麼多奇怪的相似相同之處，更有把握這樣說了。

說實在的，想到我們所認識的世界社會發展過程，看到各地有許多駭人聽聞的民間看法和野蠻的習俗信仰，相隔那麼遠的距離和那麼多的年代，竟會不約而同，我不由大爲驚訝，這一切無論從哪點來說，不像是符合我們天然的理性。人的思維眞是偉大的奇蹟創造者，但是這其間的關係我覺得蹊蹺之至。這種蹊蹺的關係也存在於名字、偶然事件和其他千萬種事物上。

在新大陸的國家，據我們知道從來不曾聽說過有我們存在，那裡也盛行割禮。那裡的政權機構不是由男人，而是由女人掌握的，那裡也有我們這樣的守齋和封齋，還加上不接近女色。那裡有各種各樣類似我們的十字架，有的地方把十字架放在墓地上，有的地方把十字架（主要是聖安德列十字架）用於夜間打鬼，他們還把十字架放在兒童床褥上驅邪避魔。在另一個深入內陸地帶的地方見到一座木頭十字架，非常高大，作爲雨神崇拜。還見到一張關於我們的苦修士的清晰的圖片；修士戴主教冠，保持獨身，用犧牲的動物內臟卜卦算命，不食葷腥，在主持祭儀時不用民眾語言而用一種特殊語言。

還有這樣的神話，第一個神是被第二個神的弟弟趕走的。他們當初被創造時也有各種特權，後來由於有罪而被剝奪了，他們的土地也變換了，自然環境也惡化了；從前他們也被天上的洪水淹沒過，只逃出了少數幾個人家，躲進了山谷地帶的深洞，他們堵塞了洞口，不讓水往裡灌，那裡也關進了好幾種動物；當他們覺得雨已經停止，放了幾隻狗出來，這幾隻狗回來時全身乾淨潮溼，他們認爲水還沒有退盡；後來又放狗出去，看到牠們渾身泥漿回來，他們就出洞住到大地，發現到處都是蛇。

西班牙人爲了掠奪墓葬裡的珍寶，掏出墓裡的屍骨扔得滿地都是，印第安人見了義憤塡膺，說這些分散的屍骨再也無法拼湊，他們深信這會有報應的日子；他們除了物物交換以外沒有其他交易方式，有專門的市集和市場；在貴族的宴席上也有侏儒和怪人作伴、根據鳥的種類訓練獵鷹、横徵暴斂、花園精緻；街頭藝人的跳舞和跳躍、樂器、族徽、網球比賽；擲骰子、抽籤，他們那麼熱衷於此道，經常賭得失去了自由；巫醫術、摹物象形的書寫方法；相信領袖是全體老百姓之父；崇拜一個神，他從前是個守獨身、守齋和進行苦修的人，傳播自然的規律，執行宗教儀式，不經自然死亡而離開了人間；信仰巨人，愛好豪飲，喝本地酒狂歡，用屍骨和頭顱製作宗教飾物，白色法衣、灑聖水；丈夫或主人故世，妻子和奴僕都爭先恐後自焚殉葬；長子繼承所有財產，兄弟只有服從的份兒；在升官晉爵方面也有一套習俗，誰升官便放棄原有的姓氏，另立一個姓氏；在新生嬰兒的膝蓋上灑麵粉，同時對他說「你從塵土來，以後回到塵土去」，講究占卜術。

在我們的宗教裡，某些場合見到的這些空洞的圖像，代表尊嚴和神聖。不但透過摹仿漸漸傳入所有原來不信這一套的國家，也彷彿出於一種共同的超自然的啓示出現在這些野蠻人中間。因爲那裡的人也相信煉獄，但是形式不同。我們的煉獄中是火，他們的煉獄中是水，他們想像中那些靈魂受到嚴寒的洗滌和懲罰。

還有這件事使我想起另一個有趣的區別，有的民族如穆斯林和猶太人，他們行割禮，讓龜頭露在外面，而有的民族十分反對龜頭外露，他們用小線把包皮拉長蓋在上面，避免它接觸到空氣。還有這個相反的區別，我們向國王和王后致敬時穿上自己最講究的服飾，而有的地區爲了向國王表示卑下和服從，臣民衣衫襤褸地去朝覲。他們把破衣服罩在好衣服上面走進朝廷，讓國王一人穿得富麗堂皇，光彩奪目。

讓我們再往下說吧！

如果大自然把人的信仰、判斷和看法，如同其他生物一樣，限定其一定的進展過程；如果信仰、判斷和看法像白菜一樣，也有其週期、生長條件、生和死；如果天可以任意影響和改變它們，那麼我們認爲它們有什麼了不起和永久的權威性呢？

我們透過切身體驗感到，人的形體取決於出生地的空氣、氣候和水土，不但膚色、身材、氣質和行爲如此，心靈素質也是如此。維吉圖斯說：「氣候不但養成人的體力，也養成人的思維能力。」雅典城的女神選擇氣候溫和的地方建城，因爲這會使人聰明謹慎，像埃及教士對梭倫說：「雅典的空氣清淨，大家相信雅典人文質彬彬就是這個原因，底比斯空氣惡濁，所以底比斯人粗魯、精力充沛。」

那樣的話，人也如同花草和動物生來不一樣，人也是天生不同程度的好鬥、講道理、穩重和乖順。這裡的人愛好飲酒，那裡的人賦性難改和吝嗇；這裡的人迷信，那裡的人不敬鬼神；這裡的人崇尚自由，那裡的人唯唯諾諾；有的善於鑽研學問，有的擅長藝術；有粗俗或精巧的，有服從或背叛的，有好或壞的，按照他們所處環境的傾向，若換了一個地方，像樹木一樣，也會有新的適應；也是這個原因使居魯士國王不允許波斯人放棄他們固有的貧瘠的山地，遷往氣候溫和的平原，他說肥沃潮溼的土地使人意志薄弱，富饒的土地使人精神貧乏；如果我們看到受天氣的影響，一會有這一種做法和看法，一會又有另一種做法和看法；看到什麼樣的時代，產生什麼樣的性格、養成什麼樣的習慣；精神有時開朗、有時畏怯；像田野般，有豐收、有歉收，我們現在享有的這些美好的特權又會成了什麼呢？因爲一個聰明人會犯錯誤，一百個人、好幾個國家都會犯錯誤，依我們的看法，好幾個世紀來人的本性，若不是在這件事便是在那件事上犯錯誤，我們憑什麼保證它會停止犯錯誤、在這個時代它沒有犯錯誤呢？

在這些可以證明我們弱點的事件中，我覺得還有這件事不應該忘記：人就是有欲望也不知道如何找到他需要的東西；因爲在想像和願望中，而不是在享用中，我們到底需要什麼才會得到滿足，自己也沒法取得一致的意見。即使讓我們的思想隨心所欲地編織美好的心願，也想不出什麼是該有的，什麼是稱心如意的：

什麼時候恐懼和欲望來自理性？
你能想出什麼計畫，只會成功，
而不會有何必當初的遺憾？

——朱維納利斯

這說明爲什麼蘇格拉底只向神要求神認爲對他有用的東西。斯巴達人在公開和私下的祈禱中，只要求得到美好的東西，至於什麼是美好的東西則由神進行選擇：

我們盼望成家和生兒育女，
要什麼樣的妻子和孩子，只有神才知道。

——朱維納利斯

基督徒祈求上帝「讓神的意旨得到實現」，避免陷入詩人編造的彌達斯國王的窘境。彌達斯國王要求神賜給他點物成金的法術。他的願望得到實現，他的酒成了金子、他的麵包成了金子、他床上的羽毛、襯衣和外衣都成了金子，因而他的欲望得到了滿足，他的生活壓得他無法忍受。他不得不向神收回他的祈禱。

> 這種又富又貧的怪病，使他吃驚，
> 他祈望逃離這筆財富，憎恨祈禱的東西。
>
> ——奥維德

我可以談談自己的情況。我年輕時，祈求命運除了其他東西以外還賜我一枚米迦勒勳章。當時這是法國貴族的最高榮譽標誌，非常稀少。命運寬厚地把勳章賜給了我，命運沒有要求我奮發有爲去得到它，而是降心相從地對待我，把勳章壓在我的肩膀上，使我抬不起頭來。

克勒奧庇斯和比托祈求他們的女神，特羅弗尼烏斯和阿加梅達祈求他們的神，賜恩表彰他們的虔誠，結果得到了死亡作爲禮物，我們需要什麼，神的看法與我們的看法大相徑庭。

上帝可以賜我們財富、榮譽、長壽和健康，有時卻害了我們。因爲我們喜歡的東西，並不一定對我們有益。如果上帝沒有使我們病癒，而使我們死亡和病痛加劇，「你的杖、你的竿都安慰我」（《聖經·詩篇》），上帝這樣做自有上帝的理由，什麼是我們應有的東西，他的眼光要比我們敏銳得多；我們應從好的方面去看待，像接受來自一隻明智友善的手。

你要聽忠告嗎？
那就祈求神考慮什麼適合我們，
什麼有利於我們，
神對人比人對自己還要親。

——朱維納利斯

因爲，向神祈求榮譽和地位，這也是祈求神把你送入戰爭，參加擲骰子或諸如此類的事情，其結局是不清楚的、果實也是令人懷疑的。

哲學家之間最激烈和互不相讓的交鋒，是在爭論什麼才是人的至福；據瓦羅的統計，在這個問題上有二百八十八個學派。

「對人的至福不能取得一致意見，也就是對整個哲學不能取得一致意見。」（西塞羅）

就像看到三名口味不同的食客，
要求三份味道不同的菜。
應該給他們點什麼、不點什麼？
人家點的你不要，你點的其他兩人覺得太酸。

——賀拉斯

對哲學家的不同看法和爭論，大自然也應該這樣回答。

有人說我們的利益應該寓於品德、有人說我們的利益寓於享樂，又有人說歸於自然；有人說是學問、有人說是沒有痛苦；有人說不要受表面的迷惑（這種說法彷彿跟老畢達哥拉斯的那種說法很接近，這也是皮浪派的目的）。

紐瑪希厄斯，遇事不驚，
這幾乎是唯一能夠保持幸福的方法。

——賀拉斯

亞里斯多德認爲遇事不驚是靈魂高尚的表現。阿凱西勞斯認爲判斷有根有據，態度不屈不撓是好事，但是同意和實行則是罪惡和壞事。當他把這句話作爲堅定不移的信條時，他背離了皮浪主義。皮浪派說至福在於不動心，不動心是判斷的完全終止；他們不是作爲積極的方式提到的，而是心靈平穩的擺動，使他們避過深淵，保持安詳泰然，有了這樣的心態，也就不會受其他的侵襲。

朱斯圖斯・利普修斯是當今碩果僅存的大學問家，彬彬有禮，聰穎機智，與我的圖納布斯皆爲一時俊傑。我多麼希望在有生之年看到像尤斯圖斯・利普修斯這樣一個人，有意願、有精力、還有足夠的時間，精心誠懇、務求全面，蒐集古代哲學家對人及其習俗所發表的看法，分門別類編成一部書；書的內容包括他們的分歧、他們的地位、他們分屬哪個學派、創始人和追隨者在生活中如何貫徹他們的學說、有些什麼值得一提的模範事例。這會是一部多麼有益的巨著！

目前，我們若從自身去歸納我們的倫理規則，會使自己陷入多大的混亂！因爲我們的理智勸我們去做最實在的事，一般來說是要各人服從各國的法律，這是蘇格拉底的看法，據他說這條看法是得到神的啓示的。除非在說我們的責任沒有一定的規則以外，他這句話還有什麼別的意思嗎？眞理的面貌應該是普天下一致的。如果人認識到正直與正義是眞正有形有實質的，他就不會把它們跟這個國家或那個國家的習慣條件拴在一起；美德的形成不取決於波斯人或印度人的遐想。

沒有東西像法律那樣多變。自從出世以來，我就看到我們的鄰居英國人改動了三、四次法律，不但在政治問題（這方面大家希望不是一成不變的），還在更重要的問題，也就是宗教問題。我對這點感到羞恥和難過，特別是因爲我們這裡的人從前跟這個國家有過許多私人交往，在我的房裡還存放著這些舊情誼的遺物。

即使在我們這裡，我就看到從前犯下死罪卻成爲合法行爲的事情；我們這些有其他準則的人，在戰火紛飛、變幻莫測的命運中，隨時可能成爲不是褻瀆神明便是弑君犯上的罪犯，因爲，我們的司法成了無法無天的空文，存在不到幾年便面目全非。

阿波羅這位古老的神，怎麼才能更明白地指責人的智慧就是缺乏對神的認識，對人說宗教只不過是用於促進社會團結的一種發明，向祭臺前聆聽訓誡的信徒宣稱，各人眞正的祭禮是他的居住地所奉行的祭禮呢？

哦，上帝！我們多麼感謝至高無上的創造主的善意，祂讓我們的信仰擺脫這些漫無目的的、強制性的熱誠，而建立在《聖經》的永久的基礎上！

那麼，哲學在這個時刻對我們是怎麼說的呢？我們應該遵循本國的法律嗎？這一大堆眾說紛紜的看法？這只是出自一個民族或一位親王的意見，他們的情欲變化萬千，法律也隨之朝令夕改，叫人不得要領。我的判斷力可沒有這麼靈活。這究竟是什麼樣的一件好事，我昨天看到受人尊重，明天不當一回事，過了一條河又成了犯罪行爲？

什麼樣的眞理可以受到這些山嶺的阻擋，越界以後又變成了謊言呢？

爲了賦予法律某種可靠性，哲學家說存在固定、永久和不可更改的法律，他們稱爲自然法律，這是人的本質條件確定的，深深銘刻在人心中，他們說這話是很好笑的。這樣的法律有的說三項、有的說四項，有的說多、有的說少，這就表明這件事跟其他的事一樣令人可疑。他們眞夠不幸的（我除了說不幸以外還能說什麼呢？在那些數不清的法律中他們竟找不出一項法律交上好運和得到機緣，在世界各國得到普遍的承認），我還說，他們也眞夠可憐的，就是這些中選的三項法律沒有一項不受到——還不止一個，而是好幾個國家的——駁斥和否認，因而，要說到有什麼自然法律，唯一令人信服的憑證是要得到普遍的同意。因爲既是大自然眞正對我們的要求，我們無疑會一致同意照著做，任何人企圖違反法律行事，不但是國家，就是個人也會對這種壓力和粗暴對待感到不滿。哪一項法律具備這樣的特徵，讓他們給我舉個例吧！

普羅塔哥拉和阿里斯頓認爲法律的公正根本在於立法者的權威和看法；若不具備這一條，什麼善良與誠實都失去意義，成爲無關緊要的事物的空名。

柏拉圖的書中說，斯拉西馬庫斯認爲，除了長官意志以外沒有其他權力。

世界上沒有什麼像習俗與法律如此叫人莫衷一是。這件事在這裡令人髮指，在其他地方

備受稱讚，如在斯巴達對待微妙的偷竊問題。近親結婚在我國絕對禁止，而在其他地方是一樁好事，

傳說有的國家
母親跟兒子同床，父親跟女兒共寢，
親情加上愛情，是親上加親。

——奧維德

殺子弒父、拈花惹草、偷盜銷贓、形形色色的尋歡作樂，沒有一件事是絕對的大逆不道，以致哪個國家的習俗都不能接受。

存在自然法律，這是可以相信的，因爲在其他創造物中就有。但是在我們中間已經絕跡，因爲這個高超的人類理智到處干預，企圖主宰和操縱一切，它的自負和反覆無常也模糊和混淆了事物的面目。「沒有東西是眞正屬於我們的；我稱爲我們的東西，只是一件人工的產物。」（西塞羅）

任何東西都處於不同光線下，可以從不同角度觀看，因而產生不同看法，這也是主要原因。一個國家看到事物的一面，以此爲據，另一個國家看到事物的另一面，也以此爲據。

吞食自己的父親，還有什麼比想起這個更叫人毛骨悚然呢？然而古代民族就有這樣的習俗，還把這個習俗作爲孝心和情誼的證據，試圖說明在他們的後代身上舉行最隆重、最光榮的墓葬，把父輩的遺骸如同聖物存放在自己的體內和骨髓內，透過消化和滋養，讓他們的生

命延續，在有血有肉的人身上得到重生。把父母的屍體抛入荒郊，讓野獸和蛆蟲吞噬，對於堅信上述信仰的民族，那又是多麼殘酷可怕的事，這也是不難想像的。

利庫爾戈斯對小偷有自己的看法，他認爲偷竊鄰居的財物需要敏捷、靈活、大膽和技巧，還有益於公眾，促使每人好好照管自己的東西；偷盜與提防這兩大要素，可以豐富軍事訓練的內容（他治理國家，也要求具備這樣的素質和美德）。這點遠遠比占有他人財物造成的混亂和不公正更爲重要。

敘古拉暴君大狄奥尼修斯賜給柏拉圖一襲波斯長袍，鑲金嵌銀，薰過香料；柏拉圖不接受，說他生爲男人，不樂意穿女人袍子；但是亞里斯提卜接受了，還說這麼一句話：「任何奇裝異服都沾染不了一顆純潔勇敢的心。」他的朋友斥責他是膽小鬼，狄奥尼修斯在他的臉上吐唾沫也不在乎。他說：「漁夫爲了捕捉魚，被海浪打得全身溼透也得忍受。」第歐根尼在洗白菜，看到他走過：「如果你學會吃白菜過日子，也就不必阿諛奉承一位暴君了。」亞里斯提卜反駁說：「如果你學會跟人打交道，也就不必吃白菜過日子了。」這說明理智對事物也有不同的看法。這是雙耳罐，可以抓住左耳，也可以抓住右耳把它提起來。

哦，我寄寓的大地，你預言戰火紛飛，
奔馬配上鞍轡，產生戰爭的威脅。
給它們套上同樣的軛具，
拉著一輛小車過去，

就看出了和平的希望。

——維吉爾

有人責怪梭倫死了兒子，只是有氣無力地灑上幾滴無用的眼淚，他說：「正因爲眼淚無用我才有氣無力地灑上幾滴。」而蘇格拉底的妻子搶天呼地強烈表示痛苦：「哦，這些混蛋法官要叫他死得好冤啊！」

蘇格拉底回答：「你難道希望他們叫我死得不冤嗎？」

我們在耳朵上穿孔戴耳環，希臘人認爲這是奴隸的標記。我們躲開人跟妻子睡覺，印度人公開跟妻子睡覺。斯基泰人在寺廟裡誅殺外國人，在其他國家寺廟是避難之地。

人人痛恨鄰居崇拜的神，
只承認自己供奉的神才是眞正的神；
群情洶湧也是這樣引起的。

——朱維納利斯

我聽說有一位法官，不論遇到巴爾托盧斯和巴爾杜斯之間針鋒相對的衝突，還是各方爭執不已的案件，他在文書的白邊寫上：「友情問題」，即是說眞理是那麼模糊不清，遇上這種情況他只能選擇哪一方對他有利。他若不缺少才情和聰明可以處處寫上「友情問題」。

我們這個時代的律師和法官在任何哪樁案件中，總是可以找到足夠的偏差，按照自己的意思來處理。這裡面的學問是學不完的，裁判既取決於那麼多看法，又充滿任意性，沒法不使判決產生極端的混亂。因而沒有一樁訴訟清如水、明如鏡，不引起相反的意見。一個法庭判決後，另一個法官作出相反的判決，第三次再作出相反的判決。從一般的訴訟中都可看到這種無視法律的做法，使我們徒有其表的司法權威和光輝出乖露醜；判決以後不肯甘休，而是奔走於一個又一個的法官門下，要對同一件案子再作判決。

至於哲學家針對罪惡與美德的自由論壇，這件事不必多加評論，有許多看法對於思想枯索的人，緘口不談比公之於眾的好。阿凱西勞斯說在性愛方面，癖好與時機都是無所謂的。「伊比鳩魯認爲，在生理需要的時候，促進性愛快樂的不是種族、國家和地位，而是美貌、年齡和身材。」（西塞羅）「他認爲不能禁止聖賢去得到神聖許可的性愛。」（西塞羅）「讓我們研究一下，什麼年紀以前跟年輕人做愛是適宜的。」（塞涅卡）這兩條都是斯多葛派的看法，還有狄凱阿科斯對柏拉圖的責備，都說明即使是最神聖的哲學家，也容忍越出常規的特殊性要求。

法律的權威在於掌握和運用，把它們拉回到制訂時的原意那是危險的。法律像我們的河流，愈流愈寬廣愈雄偉；溯流而上，尋到源頭只是一條幾乎辨認不出的小溪，只是隨著時光轉移，河流磅礴壯大。這條河流充滿尊嚴，令人肅然起敬，然而讓我們看一看當初這些彙集成大河的小溪，是那麼狹窄，因而，那些對什麼都要權衡輕重、訴諸理智的人，絕不從權威和信譽去考慮問題的人，他們作出的判斷往往遠離群眾的判斷是不奇怪的。有的人以自然的最初面目作爲依據，他們大多數的看法跟大家不走在一條道上，也是不奇怪的。舉例來說，他們中間很少人贊同我們約束性的婚姻關係；他們大多數人主張共妻，不承擔義務。他們反對我們的儀式。克里西波斯說一名哲學家爲了得到十二枚橄欖，會當眾翻上十二個筋斗，甚至不穿褲子也可以。他還勸克利斯特納不要把女兒阿加里斯塔許配給希波克勒德斯，因爲看到他在一張桌子上叉開雙腿倒立。

梅特羅克勒斯在他的學派面前一次爭論中，不小心放了一個屁，他羞愧無地，把自己關在家裡，直到克拉特斯來拜訪他。爲了安慰他，克拉特斯向他表示自己也是個不拘形跡的人，跟他比賽看誰屁放得多，就這樣消除了他這樁心病；然後還勸他脫離他一直追隨講究禮節的逍遙派，加入到自由自在的斯多葛派。

宜於私下做的事不要暴露在人前做，這在我們稱之爲禮貌，而他們稱之爲愚蠢。大自然、習俗和欲望使我們形之於外的行爲，裝腔作勢地加以掩飾和否認，這在他們看來是罪惡。他們還覺得，把維納斯的種種神祕搬出教堂的密室，讓它們暴露在光天化日之下，這是一種褻瀆；撕掉維納斯的遮布，這是一種貶低（難爲情是一種黏合劑；隱諱、含蓄、禁忌是引入注目的一部分）；他們還認爲這是一大聰明之舉，淫樂既然不能保持傳統閨房的尊嚴和方便，也要戴上美德的面目，不應該在十字路口賣身，受到眾人的踐踏和鄙視。因而有人說，關閉妓院，這不但讓局限於這個地方的淫樂溢流到街頭，還因爲不易得到後更刺激男人去追求這個罪惡。

科爾維努斯，你本是奧菲迪亞的丈夫，
她改嫁給你的情敵後，你又做了她的情人！

做妻子時她令你討厭，做了他人之妻怎麼又叫你歡喜？
難道愛情有保障時，陽具就無法挺舉？

——馬提雅爾

這種經驗自有千百種例子：

塞西里亞努斯，你放任妻子自由自在，
羅馬城內無人對她流口水，
現在你嚴密看管她，她的追求者排成長隊。
你眞是個聰明的丈夫啊！

——馬提雅爾

一位哲學家正在交歡時被人撞見，問他在幹什麼。他冷冷地回答：「我在種植人。」臉不紅心不跳，就像被人看到在種大蒜。

我們有一位偉大的宗教作家，我認爲他的意見過於溫和和呆板，他說這種行爲必須偷偷摸摸躲著做，但是他也沒法說服自己；爲了表現犬儒學派的百無禁忌，盡情擁抱狎昵，還要摹仿幾下色情動作才使心情得到滿足；他想他們還是需要找個隱蔽的場所，來發洩怕羞心理壓抑下去的東西。這是他對犬儒學派的荒淫沒有足夠的認識。第歐根尼當眾進行手淫，還對旁觀者聲明他撫摩那個玩意兒可使小腹陶醉。有人問他爲什麼在大街上而不找個適宜的地方飽餐一頓，他回答說：「那是因爲我在大街上就餓了。」參加他們的學派的女哲學家，也是全身心地參加一切活動，毫無區別。希帕恰同意在一切活動中遵守規章制度後，才被克拉特斯學派接受的。

這些哲學家極端重視美德，拒絕除了倫理道德以外的一切學說，在一切行動中，把他們的聖賢做的決定看成是至高無上的權威；生活放浪形骸，除了自我約束和尊重他人自由以外不加節制。

病人嘗酒是苦的，健康人嘗酒是甜的；船槳在水裡是曲的，出水是直的；事物都同樣存在相反的現象。赫拉克利特和普羅塔哥拉因而爭辯說，一切事物本身都存在這種現象的原因，酒裡就有病人嘗到的苦味，船槳必然包含在水裡看到的曲度。其他無不如此。這即是說一切存在於一切中，無也存在於無中，因爲有一切的地方不會有無。

這種看法使我想起大家都有的這個經驗：你若對一篇文章條分縷析，人的思想不會不在裡面發現曲、直、苦、甜的意義和形貌。即使文字最簡潔完美，也會產生多少虛僞和謊言？哪個異教思想不可以在裡面找到足夠的基礎和證據藉以立足和存在？由於這個原因，犯有這類錯誤的作者從來不會捨棄這種依據：以文章的解說爲證。

一位貴人一心要找到點金石，爲了向我證實這項探索的權威性，最近給我摘錄了《聖經》中的五、六節文章，他說他主要根據這些文字才內心坦然（因爲他是神職人員）；確實，這項發明不但令人神往，也可說明這裡面的學問是有根據的。

許多無稽之談就是透過這條道路深入人心的。星相家若有權力要大家翻閱他的文章，對他的每句話探賾索隱，沒有一篇不可以讓人按照他的意思來理解，如女巫的神諭一樣。這些文章可以有那麼多不同的注釋，一位聰明人在裡面轉彎抹角，總是可以針對自己的問題找到模棱兩可的看法。

這說明自古以來隱晦曖昧的文章何以長盛不衰的道理！作者的用意無非是吸引後代人的關注（文章本身價值，或許更由於文章投合時人的興趣，可以達到這個目的）；目前來說，出於愚蠢或出於精明，他顯得閃爍其詞，自相矛盾，這都無損於他！數不清的聰明人自會把他的文章去蕪存菁，進行正面的、側面的、反面的評價，一切都只會提高他的身分。他的門生的獻禮使他富有，就像東脩節日裡的教師。

這樣使許多毫無價值的東西有了價值，讓許多著作有了地位，還隨心所欲地添上各種各樣的涵義；同一部書得到千百種應有盡有的不同圖像和論述。荷馬不可能說出一切人家要他說的話，也不會是那麼一個千面人；神學家、法學家、將領、哲學家、形形色色的文人學士，不論他們的專長是多麼不同和對立，都引用他的話，參考他的話：他是一切職務、行當、手藝的祖師爺，一切工程的總指揮。

誰需要神諭和預言，都可在他的書裡找得到根據！我的一位學者朋友，他在荷馬的著作中找尋有利於我們的宗教的論據，眞是信手拈來不費工夫，還沒法不相信這一切早在荷馬的預料之中（他對這位作家則像同一世紀的人那麼熟悉）。他找到的有利於我們的宗教的論據，從前已有許多人找來爲他們的宗教辯護。

再看一看對柏拉圖是怎麼引經據典的。大家都以引用他的話爲榮，但是都以自己的心意來擺布他。世界上出現什麼新思想，總是把他捧出來往裡面塞，根據事物的不同發展給他不同的對待。要他按照我們的意見，去否定在他的時代是正當的習俗，只因爲這些習俗到了我們的時代變成不正當的了。代言人的個性愈強烈，他的僭越方式也愈專橫。

赫拉克利特的論點是任何事物內都是要什麼有什麼。德謨克利特也把這作爲自己的論點，卻得出一個完全相反的結論，說任何事物內都是要什麼沒什麼。蜂蜜對有些人是甜的，對有些人是苦的。他對此爭辯說蜂蜜既不是甜的，也不是苦的。皮浪派說他們不知道蜂蜜是甜還是苦，可能既不甜也不苦，可能既是甜又是苦。因爲這些人總是懷疑派領袖。昔蘭尼加派認爲事物從外部是看不到的，只有接觸到它的核心才可以看到，如痛苦和歡樂；他們也不承認聲音和色彩，我們只是感受到來自它們的某些影響，人只有以此作出判斷。

普羅塔哥拉主張，誰覺得是眞的東西，對誰就是眞的。伊比鳩魯派把一切判斷——事物存在和歡樂——都歸結於感覺。柏拉圖認爲眞理的判斷，甚至眞理本身，都獨立於看法和感覺，而屬於精神和思想。

這些話又使我想起了感覺，我們無知的主要基礎和證明都包含在感覺中。一切的認識無疑都要透過認識的官能。因爲，既然一切判斷都來自判斷的人的操作，有理由認爲他透過他的手段和意志，而不是在他人的強迫下進行這方面的操作，就像我們受到事物本質的力量和依照它的規律而得到認識一樣。因而一切認識都是透過我們內心的感覺而完成的：

感覺是我們的主人。信念透過這條路，
直接進入人的心田和精神殿堂。

——盧克萊修

學問肇始於感覺、歸結於感覺。我們若不知道有聲音、氣味、光線、味道、尺寸、重量、柔軟、堅硬、粗細、顏色、光潔度、寬度、深度，我們還不是與石頭無異。這些才是我們學問建立的基石和原則。不錯，有的人說學問不外乎是感知。誰要是逼迫我否認各種感覺的存在，他可以掐住我的咽喉，但是不會使我後退。感覺是人的認識的開始與結束：

你看到從感覺產生眞實的觀念，
感覺是不能否定的！
除了感覺以外，
還有什麼更值得相信呢？

——盧克萊修

對感覺的作用可以儘量縮小，但是這點是不可迴避的：我們的一切知識都是透過感覺的道路和媒介而輸入的。西塞羅說，克里西波斯試圖貶低感覺的力量和功用以後，感到自己提出的論點自相矛盾，遇到的駁斥那麼激烈，竟無法對付。卡涅阿德斯持相反的觀點，自誇用克里西波斯的武器和論點打垮了克里西波斯，衝著他大聲喊叫：「可憐蟲啊！你被自己的力量壓倒了吧！」據我們看來，最荒謬的莫過於認爲火是不熱的、光線是不亮的、鐵沒有重量、也沒有硬度。這些都是感覺帶給我們的，人的信仰或知識不能像感覺那樣使我們確信無疑。

在感覺問題上，我的第一條看法是我懷疑人天生具備所有的天然感覺。我看到許多動物，有的沒有視覺，有的沒有聽覺，依然不缺什麼地過完一生，誰知道我們身上是不是也少了一種、兩種、三種甚至更多的其他感覺？因爲，縱使少了一種，我們靠推理也不會發現的。各種感覺的特權達到我們認知的極限爲止。超越了感覺，我們再也不會發現什麼，也就是一種感覺不能去發現另一種感覺。

眼睛能夠糾正耳朵嗎？
或者聽覺糾正觸覺；味覺糾正嗅覺？
還有視覺會說觸覺是錯的嗎？

——盧克萊修

它們是我們功能的最後一道戰線：

每種感覺都有一定的威力、
獨特的功能。

——盧克萊修

要一個天生的盲人理解他看不到的東西，要他盼望恢復視覺和抱怨先天缺陷，這是不可能的。

因而我們不應該保證，我們的心靈對我們已有的一切是滿足的，因爲即使有什麼殘缺，心靈也不會感覺到的。對一個盲人，無法用推理、論證和比喻向他說明事情，引導他去想像光線、顏色和景物，感覺之外是沒有東西可以證實感覺的。我們遇到天生盲人希望能夠看，千萬不要理解他們要求的是這件事。他們從我們這裡聽說，我們身上有的東西而他們沒有的，他們也希望有，他們可以說出這個東西的效應和結果；但到底是什麼，終究還是不知道。

我見過一位名門貴族，生來失明，或者幼年時失明，反正不知道什麼是視覺；他不理解自己缺少了什麼，談話中跟我們一樣，使用有關「看」的詞句，但是有其獨特的方式。有人把他的教子領到他面前，他把他抱在懷裡，說：「我的上帝！多麼美麗的孩子！見到眞高興！他多開心啊！」他還像我們這樣說：「這個客廳很漂亮；光線好，陽光充足。」還不止這點，因爲他聽到我們從事戶外活動：打獵、網球、打靶，他也提起了熱情，相信跟我們一樣投身其中；他來回不停，玩得很開心，當然這一切都是透過耳朵來感覺的。當大家在平地上，他可以策馬前進時，有人對他喊那裡有一隻兔子，然後又對他說兔子逮住了。他聽到他們爲捕獲到獵物很驕傲，他也很驕傲。打球時，他左手拿著網球，一拍子打出去；射箭時，他取起弓任意一拉，由別人告訴他射高了還是射偏了。

如果人類因少了一個什麼感覺而在做一樁蠢事，如果這個缺陷使我們看不到事物的許多面目，這有誰知道呢？如果我們在自然界做許多事情遇到的困難是由此而來的，這又有誰知道呢？我們的能力在許多方面不及動物，是不是我們少了什麼天賦感覺呢？有的動物是不是因有了這種天賦，生命比我們更充實、更完整呢？

我們差不多要運用全部的感覺去認識蘋果，認出它顏色發紅、表面光潔、有香氣和甜味。除此以外，蘋果可能還有其他特點，如乾燥或收縮，我們就沒有用感覺去感受這些。

我們說許多東西有神祕特性，如磁石吸鐵，自然界難道沒有天賦功能去檢測和辨別這些特性？缺乏這樣的天賦功能不是使我們無從探知某些東西的本質？這也可能是某種特殊感覺，使公雞知道半夜與天亮的時間，喔喔啼叫；使母雞有切身經驗以前就害怕老鷹，而不怕這些更大的動物，如鵝和孔雀。告訴小雞說貓生來對牠們有惡意，狗則不用牠們去擔心；聽到甜絲絲的喵嗚聲要提防，粗聲粗氣的狗吠則大可不必；不用先嘗味道就可指引胡蜂、螞蟻和老鼠找到最好的乳酪和梨；麋鹿、大象和蛇自會找到治療自身病痛的草藥。

沒有一種感覺不是占主配地位，不提供給我們無窮無盡的知識；如果我們辨不清響聲、和諧聲、人聲，這會使我們對其他的認識陷入不可想像的混亂。因爲除了每種感覺的固有效應引起的一切以外，我們在一種感覺與另一種感覺的比較中，對其他事物又可得出多少論證、結果和結論？讓一個聰明人可以想像，如果人類當初生來就不具備視覺，這樣一個缺陷會使人類多麼無知和混亂？我們的心靈會多麼黑暗和盲目？從中也可看到缺少一種、兩種或三種感覺，對我們認識眞理——若可以做到的話，是何等重要？我們調動五種感覺的力量才形成對一件事物的認識，也可能需要八種或十種感覺的協調和參與才能眞正看到事物的本質。

有的學派抨擊人可以認識的這種說法，主要是從我們感覺的不確定性和缺陷來抨擊的。因爲，既然我們一切的認識都是透過感覺而來的，如果感覺在傳遞信息中出了差錯，如果感覺改變或歪曲從外界輸入的事物，如果透過感覺注入心靈的光芒在中途暗淡了，我們就無所依據了。

從這個不可克服的困難產生了所有這些奇談怪論：每件事的本身是我們要什麼有什麼；

事實又是我們想要什麼又沒什麼。伊比鳩魯派的看法是：

太陽不比我們肉眼看到的大。
月亮不管怎麼樣，體積不會比看到的大。

——盧克萊修

距離近物體就大，距離遠物體就小，這兩種表面都是對的：

我們不承認是眼睛看錯了，
不能把內心的錯誤去責怪眼睛。

——盧克萊修

肯定感覺是不會錯的；應該讓感覺發揮作用，我們發現這裡面有差別和矛盾，應該到其他地方找尋原因；即使編造謊言和遐想（他們竟出此下策），也不能責怪感覺。

蒂馬哥拉斯發誓說，他瞇緊眼睛或眼睛斜視，從來沒有見過燭光的重影，這種重影的現象不是目光不對，而是看法不對而來的。從伊比鳩魯派來說，一切荒謬中最荒謬的是，否認感覺的威力和作用。

因此，任何時候看到的都是眞的。

如果理智無法解釋
爲什麼東西近看是方的，遠看又是圓的，
寧可給這兩個現象作出一個不同的解釋，
也勝過不理會這些明顯的事實，
動搖所有信仰中的第一條信仰，
破壞我們的生命和永福賴以支持的基礎。
如果不敢信任自己的感覺，
遇到懸崖和一切類似的危險不去避開，
不但理智全面崩潰，
生命也會隨之結束。

——盧克萊修

這種絕望的、也不夠明理達觀的看法，無非是說明人的認識只有透過瘋狂、激怒、不理智的理智才得以維持；人爲了使自己有所作爲，使用理智或其他不管多麼異想天開的訣竅，也比承認自己無可奈何的愚蠢好——愚蠢畢竟是令人洩氣的實情！人沒法迴避這個事實：感覺是認識的大統帥，但是在任何時刻都游移不定，易出差錯。在這方面必須無情地鬥爭，如果我們缺乏正當的力量——這樣的事並不少見，也必須頑強、大膽、不顧廉恥去進行。

伊比鳩魯派說，若感覺得到的表面現象是錯的，我們不會有所認識；斯多葛派說，感覺得到的表面現象錯得不會使我們得到任何認識；如果這兩個學派說的話都是對的，不管獨斷主義的兩大家怎麼說，我們會得出認識是不可能的結論。

至於感覺過程中的失誤和不確定性，這類例子人人都可以要多少舉多少，因爲感覺給我們造成的過錯和迷惑比比皆是。山谷中，從遠處傳來的號角聲彷彿就在眼前：

在波濤中分開的群山，
遠遠看來像一串鎖鏈，
我們的船隻往前行駛，
兩邊的丘陵和平原彷彿朝著船尾逃走……
當我們的奔馬在河流中央停下，
我們相信有一股力量挾著它逆風而上。

——盧克萊修

中指壓住一顆火槍子彈，用食指轉動，必須集中心思才承認只有一顆子彈，而在感覺上就是兩顆。隨時隨地可以看到，理性受到感覺的支配，被迫接受理性自身知道和判斷是錯的印象。

我暫且不提觸覺問題。觸覺的作用是直接的、強烈的和具體的，它給身體帶來痛苦，多少次推翻了斯多葛派的美好的決心，逼得不把腹瀉當回事的人大叫肚子痛；那個人曾經下決心抱定這樣的信念，認爲腹瀉跟其他病痛一樣，都不值一提，聖賢日夜與道德爲伴，優哉游哉安閒自得，絕不會受絲毫影響。

沒有一顆心那麼萎靡，聽了戰鼓號角不會振奮；沒有一顆心那麼冷酷，聽了甜美的樂聲無動於衷；沒有一顆靈魂那麼麻木，看到教堂雄渾寬闊，布置金碧輝煌，聽到管風琴低沉的樂聲，唱詩班虔誠端莊的歌聲，會不感到肅然起敬的。即使當初懷著輕蔑之情進去的人，也會在心裡感到震顫和驚恐，不由得懷疑自己的看法。

至於我，聽到有人一展美妙年輕的歌喉，悅耳地唱出賀拉斯和卡圖魯斯的詩歌，也會百感交集。

芝諾說得對，聲音是美的花朵。有一位法國家喻戶曉的人物，朗誦他寫的詩給我聽時，要我知道詩歌寫在紙上跟聽在耳裡不同，我的眼睛會跟耳朵作出相反的評論；作品受到聲音的控制，其價值與形式會起巨大的變化。我聽了也覺得是這麼回事。菲洛克塞努斯對這件事的反應也挺有意思，他聽到一個人把他的作品唱得不堪入耳，一生氣跳上他的房頂，踩碎瓦片，對他說：「你糟蹋我的東西，我也糟蹋你的東西。」

爲什麼那些決心一死的人，正當別人應他的要求要給予致命一擊時，他又扭轉了頭？爲什麼那些自願要求開刀和燒灼治病恢復健康的人，看到外科大夫準備手術用具時又無法忍受？這是因爲眼睛受不了要去分擔這份痛苦。這豈不是一些恰當的例子，證實感覺對理性的影響？儘管我們知道這個女人的髮辮是向一名宮廷侍從或僕人借來的，這種胭脂紅來自西班牙，這種粉霜來自海洋，我們一眼看去，還是毫無情由地覺得她這人更加美豔動人了。可是這裡絲毫沒有她自己的東西。

梳妝打扮令人迷惑；金銀珠寶掩蓋一切，
少女自身則無足輕重。
層層疊疊的飾物下找不到自己所愛；
愛情用富麗的盾牌蒙蔽了我們的雙眼。

——奧維德

詩人賦予感覺有多大的力量，他們讓那喀索斯瘋狂地愛上了自己的倒影。

他迷人的地方也不知不覺讓自己迷上；
愛慕的是他，受愛慕的也是他；
依戀的是他，被依戀的也是他；
他點燃的熱情燒著了自己。

——奧維德

詩人還讓皮格馬利翁看到自己雕塑的象牙女像神魂顛倒，當作活人那麼愛她、侍候她！

他吻她，相信她也在吻他；
他抱她，感到她的身體在他的手指下軟化，
害怕壓得她太重，會在她身上留下青腫。

——奧維德

把一位哲學家關進鐵絲籠內，高高懸在巴黎聖母院的塔樓頂上，他透過理性可以看到自己是不可能跌下來的，然而若從這麼高處往下看，除非是訓練有素的房屋修理工，否則肯定嚇得驚慌失措。塔頂的走廊雖用石頭堆砌，若砌成鏤空的，我們走在上面也很難安心。在兩座塔樓之間架一根橫梁，寬度足夠我們通過，還是有人想到就受不了。沒有哪一種哲學智慧，不管如何大無畏，可以灌輸你勇氣，從容走去如履平地。

我並不是容易怕高的人。我常在我們的山上鍛鍊登高，雖然離開懸崖還有一個身高的距離，若不是有意冒險是絕不會跌下的，但是看到無底的深淵，沒法不嚇得兩腿發抖。我還注意到，不管山有多高，只要斜坡上有一棵樹或一塊岩石映入眼簾或隔斷視線，就會使我們鬆口氣，給了我們保障，彷彿跌下去靠它就有救似的；但是暴露無遺的陡坡，我們看一眼就會暈頭轉向：「以致往下一瞧就要目眩神搖。」（李維）這說明眼睛是會欺騙的。那位了不起的哲學家⑯摳去自己的眼睛，免得心靈受到它的愚弄，可以逍遙自在地探討哲學。

但是，以這個要求來說，還應該堵住耳朵，提奧弗拉斯特說我們天生的器官中耳朵是最危險的，收到的印象十分強烈，會使我們糊塗和三心二意；還應該去掉其他一切感覺——這也是人的存在和生命。因爲這些感覺都有擺布我們理性和心靈的能力。「某個外表、某人低沉的聲音、某首歌，經常嚴重攪亂我們的心靈；就像一種顧慮、一種害怕，經常也會這樣。」（西塞羅）

---

⑯ 指德謨克利特。

醫生深信，有的人聽到某種響聲和器具聲，會心情激動，甚至發怒。我看到有的人聽到餐桌上啃骨頭聲就會失去耐心；聽到銼刀在鐵塊上發出尖銳的磨擦聲，幾乎沒有人不感到難受的；還有，聽到身後有人咀嚼，有人嘎聲嘎氣地說話，很多人會煩得發火和氣惱。

格拉古有一名爲他定調子的提詞員。當格拉古在羅馬演說時，提詞員給主人設計抑揚頓挫的音調，如果音質與節奏不具備左右聽眾的能力，他的職位不是形同虛設了嗎？說實在的，我們這顆好腦袋一有風吹草動便會改變初衷，難免要對判斷的堅定性大驚小怪了！

感覺欺騙我們的理解力，感覺自己也受到欺騙。我們的心靈有時會報復；它們爾虞我詐，相互欺騙。我們在怒火中看到和聽到的東西，跟實際的不一樣。

我們看到了兩個太陽，兩座底比斯城。

——維吉爾

我們愛的東西看起來要比實際美，

因而畸形的醜婦備受寵愛，

看來也會風光非凡。

——盧克萊修

我們討厭的人會比實際醜。在斷腸人的眼裡，陽光也顯得昏黃幽暗。內心的情欲使我們的感覺不但變鈍，還會變笨。有多少東西歷歷在眼前，但是當我們另有所思時就消失不見？

清晰可見的物體，
如果不是全神貫注去看，
彷彿存在於非常遙遠的絕域。
——盧克萊修

心靈好像有意隱身匿跡，在嘲弄感覺有多大能力。因而從內心與外感來說，人充滿弱點和謊言。

把人生比喻爲夢的人是有道理的，或許比他們想的還有道理。當我們做夢時，心靈是活的、在活動及發揮全部功能，與醒時一模一樣；當然比較緩慢輕微，但是區別不大，肯定不像黑夜之於白晝，而像黑暗之於陰影：那時是睡，這時是瞌睡，深淺程度不一。這些都是黑夜，基米里人的漫長黑夜。

我們醒時若夢，夢時似醒。我在睡眠中視力模糊，但是在清醒時從不覺得精神十足，毫無睡意。而且沉睡有時會使夢想也睡著了。但是我們醒時不會完全清醒，把幻想趕得無影無蹤；幻想是醒者的夢想，比夢想還糟。

我們的理智和心靈接受睡夢中產生的妄想和看法，又把睡夢中的行爲和白天的行爲等量齊觀，爲什麼我們不懷疑我們的想法和行爲只是另一種夢，我們的醒只是另一種睡呢？

如果感覺是我們的主要法官，那也不應該只由我們的感覺作爲判斷，因爲這方面的天賦，動物不亞於我們，甚至勝過我們。可以肯定的是，有的動物聽覺比人靈敏、有的是視覺、有的是嗅覺、有的是觸覺或味覺比人靈敏，德謨克利特說，神和動物的感官神經比人完美得多。他們的感覺與我們的感覺可說是天差地遠。我們的唾液可以清洗和癒合我們的創傷，也可殺死毒蛇：

物體的品種與差別判若雲泥，
對某些人是食物，對另一些人是毒藥。
蛇沾上人的唾液，
會扭動身子自咬死去。

——盧克萊修

那麼唾液的功能是什麼呢？對人來說還是對蛇來說？這裡有兩種意義，我們要尋找唾液的眞正本質，憑哪一種來確定？普林尼說在印度有一種海魚，牠們對人體有毒，人體對牠們也有毒。牠們一接觸我們就死，那麼人與魚，誰是眞正的有毒？我們應該相信誰？魚相信人，還是人相信魚？有的空氣害人不害牛，有的空氣害牛不害人，哪種空氣在事實上和從自然來說是有害的？黃疸的人，眼睛看到的東西都帶黃的，還比我們看到的淡：

黃疸的人看出來一切都是黃的。

——盧克萊修

還有一種病，醫生稱爲皮下滲血症，誰患這種病看出來的東西都是紅的、帶血的。這些體液影響我們的視覺功能，不知道在動物中是不是普遍存在？因爲我們看到有的動物眼睛發黃，像我們的黃疸病人；有的動物眼睛發紅充血。也許物體的顏色對牠們跟對我們就是不同，誰能作出眞正的判斷？因爲沒有人說過事物的本質只是以人爲準的。識別軟硬、黑白、深淺、酸甜，對我們、對動物都是有用的，大自然賜給我們、也賜給牠們這樣的功能。當我們瞇縫眼睛，看到的東西更長、更扁；許多動物的眼睛就是瞇縫的。那麼這個物體的眞正形狀是又長又扁的，不是我們眼睛平時看到的那樣。我們眼睛從下往上瞇，看出的東西就會是雙份的。

燈有兩團火焰，
人有兩個身體、兩張臉。

——盧克萊修

如果我們的耳朵給什麼東西堵塞，鼻管憋住氣，我們聽到的聲音跟平時不一樣。動物的耳朵長毛，中間只有一個小孔，牠們聽不到我們聽到的聲音，聽到的是另一種聲音。我們在節日和劇院裡看到，把一塊彩色玻璃放在火把前面，這地方的一切東西看起來都是綠的、黃的或玫瑰紅的。

這些黃的、紅的、鐵鏽色的幕布，

高懸在大劇場的大柱橫梁上，
悠悠飄拂，籠罩在幕布下的一切：
觀眾、臺階、舞臺、元老院議員、
婦女、神像，都沉浸在流動的色彩中。

——盧克萊修

很可能我們看到動物的眼睛五彩繽紛，只是牠們看到的物體顏色而已。

爲了判斷感覺的活動，豈不是應該首先與動物取得一致，其次，我們之間取得一致。我們不去這樣做，反而對一個人聽到、看到或嘗到的東西，凡是與另一人不一樣就爭論不休；我們還爲感覺傳導給我們的不同形象爭論不休。

在聽覺、視覺、味覺上，兒童跟三十歲的人不一樣，三十歲的人跟六十歲的人也有區別，這是自然規律，有的人感覺遲鈍，有的人感覺敏銳。根據我們是怎樣的人，覺得事物是怎樣的，我們才有怎樣的接受事物的方式。我們的感覺是那麼不可靠和有爭議，以致有人對我們說我們可以認爲雪是白的，但是我們沒法證實雪的實質眞正是白的，這也是不奇怪的。這個大前提發生動搖，人類的全部認識也必然分崩離析。

就是我們的感覺也是相互牽制的嗎？一幅畫在視覺上是立體的，在觸覺上是平面的；麝香對嗅覺是一種享受，對味覺是一種折磨，我們說麝香這東西可愛還是不可愛？有的草藥和油膏對人體這部分是有益的，對人體另一部分是有害的；蜂蜜味道很美，外觀不佳。還有這種鑲成羽毛狀的指環，紋章學稱爲「無尾羽」，看了它的寬度沒有不受視覺的欺騙的，尤其套在手指上旋轉好像感覺到它一頭愈來愈寬，一頭愈來愈細；然而用手指摸，覺得兩頭都是一般寬窄。

在古代，有人爲了刺激情欲，使用有放大功能的鏡子照著要顯示的器官，當這些器官忙著時顯得龐大，可使他們獲得更多的樂趣；但是這兩種感覺——看到又大又粗的視覺和感到又小又細的觸覺——哪一種更占上風呢？

事物本身只有一種屬性，而我們的感覺卻使事物有了多種屬性嗎？我們所吃的麵包，在我們看來只是麵包，但是我們吃了後轉化成骨骼、血、肉、毛和指甲：

同樣，食物分布到全身和四肢，
在自毀中改變了本質。

——盧克萊修

液汁被樹根吮吸後，變成樹幹、樹葉和果實；空氣是單一的，透過銅管變成千百種聲音。我要說，這是我們的感覺給物體添加五花八門的特性，還是物體本來就是如此豐富？既然有了這樣的疑惑，我們對它們眞正的本質能作出什麼樣的解答呢？

進一步來說，既然生病、夢想和睡眠會產生偏差，使事物在我們看來跟健康、智慧和警覺的人不一樣。那麼處在正常的心態時，我們的自然體液會不會賦予事物另一種特性，引導事物產生偏向，就像不正常的體液一樣？我們的健康不是也像我們的疾病，會向事物提供自己的面目？爲什麼溫和節制不會像粗暴過度那樣，也使事物蒙上一層虛像，同樣印上自己的標誌？

傷食的人覺得酒無味，健康的人覺得酒醇和，口渴的人覺得酒甘冽。

我們的心態影響和改變事物，我們就無法知道什麼是事物的眞情；因爲一切東西都是經過感覺的作假和歪曲而傳給我們的。圓規、角尺和直尺不準確，一切用這些工具量的比例、蓋的房屋必然也是歪斜的。我們的感覺不穩定，使感覺的一切也不可靠：

蓋房子，一開頭量錯尺寸，
角尺不對準垂直線，
水平面高低不齊，
一切都會七歪八扭：
畸形、扁平、前後傾斜，比例失調；
有些部分像要倒塌的樣子，
以後因設計錯誤而傾覆。
同樣，如果感覺錯了，
感覺產生的一切判斷也都有誤。

——盧克萊修

說到頭來，這些區別由誰來判斷呢？就像在宗教辯論時說，必須有一名法官，不隸屬任何派別，公正無私。基督徒中間有宗派，就無法做到這點。這件事上也是如此。他若是老年人，就無法評論老年人的看法，因爲他是辯論的一方。他若是青年，也是這樣；他若是健康的人，也是這樣；病人、睡著的人、醒著的人無不如此。需要一個不處於這些狀態中的人，這樣他不會計較結果如何，可以判斷這些看法時不存偏見。我們需要這樣的法官是不存在的。

我們從事物中接受到的是表面，爲了對表面作出判斷，我們需要一個判斷工具。爲了檢驗這個判斷工具，我們需要一場論證。爲了檢驗這場論證，我們需要一個工具。我們陷在裡面迴圈不已。既然感覺本身充滿不確切性，就不能解決我們的爭端，那就需要理性；理性沒有另一個理性的驗證就不能成爲理性，我們永遠不停地兜圈子。我們的思想用不到陌生的事物上面；思想是透過感覺的媒介而形成的；感覺不理解陌生的事物，而只理解自己的體驗；因而想法與表面不屬於事物，只是屬於感覺的體驗和感受，這種體驗和事物是不同的東西；因而誰根據表面去判斷，判斷到的不是事物，而是其他。

感覺的體驗對陌生事物是取其相像的特性而輸入心靈的，但是心靈和理解力如何去肯定這種相像性，既然它們本身對陌生事物毫無直接聯繫？猶如一個人不認識蘇格拉底，看到他的畫像就無法說像他還是不像他。

誰不管怎樣也要從表面去判斷，但也不可能看到所有的表面，因爲我們從自身經驗知道這些表面矛盾對立，叫人無法窺得全貌。那麼他所選擇的一部分表面可以概括其他部分的表面嗎？第一個選擇的表面必須由第二個選擇的表面加以證實，第二個又由第三個加以證實，這樣永遠不會結束。

說到頭來，人的實質和事物的實質都沒有恆定的存在。我們的判斷，一切會消失的東西，都在不停地轉動流逝。因而誰對誰都不能建立一個固定的關係，主體和客體在不斷地變換更替。

我們與存在沒有任何聯繫，因爲人性永遠處於生與死之間，它本身只是一個模糊的表面和影子，一個不確定和軟弱的意見。如果你決意要探究人性的存在，這無異於用手抓水，水的本性是到處流動的，你的手抓得愈緊，愈是抓不住要抓的東西。因而，一切事物都會經過一個又一個的變化，理性要在事物中尋找一個眞正的存在會感到失望，不可能找到存在的和永久的東西，因爲一切不是未生還不存在，就是初生便已死亡。

柏拉圖說物體雖然生成，但是從未存在，認爲荷馬把海洋看作是諸神的父親，忒提斯把海洋看作是諸神的母親，這向我們指明一切東西都是流動變化的。他還說在他以前，所有的哲學家都持這樣的看法，除了巴門尼德，他不承認東西是流動的，他重視流動的力量。

畢達哥拉斯說一切物質是流動不止的；斯多葛派說現在是不存在的，我們所謂的現在，只是未來和過去的連接點；赫拉克利特說沒有人兩次進入同一條河流；埃庇卡摩斯說以前借錢的人現在就不欠什麼；昨夜接到邀請第二天去午餐的人，今天他去赴約屬於不邀而至，因爲主人和客人都不再是當時的人，他們變成了另外的人；他們會死亡的肉體不可能兩次處於同一個狀態，因爲透過突變和漸變，肉體一會兒消失、一會兒聚合；它來了、然後又走了。以致任何東西開始出生，但是永遠達不到完美的存在，尤其因爲生是不會完成的，也不會像到了目的地似的停止不前，就像種子落地，永遠在不斷地蛻變。

人的種子也是如此，首先在母親腹內是一種不具人形的胚胎，然後是一個成形的胎兒，然後出娘胎成了一個喝奶的新生兒，然後又變成男孩、然後成爲少年、成人、壯年，最後老態龍鍾。人生總是如此，後來的歲月否定和摧毀以前的歲月：

時間改變世界萬物的性質，
前事必然由後事代替，
沒有東西始終保持不變：
大自然催生一切，也改變一切。
——盧克萊修

還有，我們這些人愚蠢地害怕某一種死，其實我們已經經歷過、以後還要經歷無數次的死。像赫拉克利特說的，火死了產生空氣，空氣死了產生水，不但如此，我們在自己身上看到的還更清楚。中年過後是老年，青年結束是中年，童年之後是少年，襁褓後是童年，昨天迎來了今天，今天又會迎來明天，無物可以長在，保持一成不變的。

如果我們長在，保持一成不變，我們怎麼此一時享受一件事，彼一時享受另一件事呢？我們怎麼去愛或去恨、去讚美或去指責截然不同的事呢？我們怎麼對同樣的思想不再保持同樣的看法，而產生不同的熱情呢？我們自身不改變是不可能有其他的印象的；人接受改變，就不能保持一致；人不一致，原來的人就不存在。於是，這樣一種存在，轉化成另一種存在，改變的也僅是存在而已。因此，由於不知道什麼是存在，就把表面錯認爲是存在，感覺在本質上是會失誤和說謊的。

那麼什麼是眞正存在的呢？永久的東西，也就是說沒有開始、沒有結束，時間也不給它帶來任何變化的東西。因爲時間是流動的，彷彿出現在陰影中，帶著永遠流動飄浮的物質，從不停滯也不長留；屬於時間的只有這些詞：「以前」、「以後」、「從前是」或「以後是」。這些詞一眼看出這不是存在的東西；對於還沒有存在或者已經停止存在的東西，要說它是存在的，那是極大的愚蠢和明顯的虛僞。

至於這些詞：「此刻」、「眼下」、「現在」，好像主要是透過它們支持和建立我們對時間觀念的了解，但是理性在發現時間的同時就毀滅了時間：因爲它立即把時間切割成未來和過去，好像要看到它分成兩份才會甘心。

自然也是這樣的情況，時間是測定自然的，自然是被時間測定的。自然中也沒有東西是永久存在的，裡面的一切不是已生，便是正在生或正在死。上帝是唯一存在的，因而說上帝以前或以後怎樣，這是罪惡。因爲一切不能長在、不能存在的東西有變化、過渡或嬗變，這些詞是針對它們而言的。

從而可以得出這樣的結論，上帝是唯一存在的，不是按照時間的測定，而是按照一種不由時間測定、不受變化、不移不動的永恆而存在。在上帝面前，什麼都不存在，以後也不存在，無所謂更新或更近。一個眞正的存在，只有一個「現在」，充滿宇宙千古不易；除了上帝以外，無物是眞正存在的，沒有人可以說「他以前」或「他以後」，他是無始無終的。

一名異教徒得出了這麼一個宗教性的結論。我要再加上一名同樣情況的證人所說的這句話，結束這篇令人生厭，卻引起我無窮遐想的長文：「人若不超越人性，是多麼卑賤下流的東西！」

這是一句有價值的話，一種有益的期望，但同樣也是無稽之談，因爲拳頭要大於巴掌，伸臂要超出臂長，希望邁步越過兩腿的跨度，這不可能、這是胡思亂想。人也不可能超越自己、超越人性，因爲他只能用自己的眼睛觀看，用自己的手抓取。只有上帝向他伸出特殊之手，他才會更上一層；只有他放棄自己的手段，借助純屬是神的手段提高和前進，他才會更上一層。欲圖完成這種神聖奇妙的變化，依靠的不是斯多葛的美德，而是我們基督教的信仰。

# 第十三章　論他人之死

死亡無疑是人生中最引人注目的事；當我們判斷他人必死無疑時，必須注意到一件事，每個人都很難相信自己已經死到臨頭。很少人會下決心接受這是他最後時刻而去死的，恰在這時我們最易受希望的欺騙和玩弄。希望不停地在我們的耳邊嘮叨：「別人病得更重也沒有死啊！事情不像大家想的那樣絕望吧！情況再壞上帝也創造過神蹟的啊！」

發生這樣的事是因爲我們把自己看得太重。覺得世間萬物必然會爲我們的消亡而難過，對我們的狀況動感情。尤其我們的視野改變了，感覺周圍的事物也改變了；從而視野到達不了事物時，認爲視野中也就不存在事物。就像海上的旅客，對他們來說高山、原野、城市、天和地也都跟著他們移動，

我們駛離海港，大地和城市往後退去。

——維吉爾

有誰見過哪位老人不讚揚過去的時光、不指責現在、不把自己的苦難與悲傷歸咎於當前社會和人心不古？

老農一邊搖頭一邊歎息，
進行今昔的對比，
說不盡父親的幸福，

那時的人都古道熱腸。

——盧克萊修

我們看一切都從自己出發。

因而我們把自己的死亡看作大事，不會這麼輕易降臨，夜空也沒有觀測到異象。「自有諸神圍繞一人忙碌。」（塞涅卡）我們愈想這件事愈覺得非同小可。怎麼？這麼多的學問消失了，造成那麼大的損失，對眾人命運毫無特殊的觸動？一個萬流景仰的表率死了，就像死一個無用的俗類？這個生命保護著那麼多生命，又有那麼多生命依賴他，雇用了那麼多人爲他服務，占據了那麼多位子，而今也像繫於一發的生命那樣一走了事？

我們中間誰曾想清楚自己只是一個人而已。

從而凱撒對他的領航說出這樣的話，比正在威脅到他安危的大海還要囂張：

上天若不許你駛近義大利，那就相信我；
你害怕只因爲不知帶領你的是誰。
乘風破浪去吧！有了我，你放心。

——盧卡努

還有下面這些話：

凱撒還認爲這樣的風險才無損於他的命運。
啊哈！他說，爲了毀滅我，
諸神要那麼興師動眾；
爲了這艘小船，要那麼興風作浪！

——盧卡努

還有這種公開的白日夢話，說太陽也爲凱撒的逝世在頭上戴一年的孝：

太陽可憐羅馬失去了凱撒，
在明亮的額頭披了一條黑紗。

——維吉爾

還有無數類似的話，世人聽了都會輕易上當，認爲我們的私利會改變天意，我們微不足道的舉動會撼動神的無垠力量：「天與我們並無密切的聯盟，星辰的光芒不會因我們死亡而熄滅。」（普林尼）

因而對於儘管已處於危險，但是還不確信自己命懸旦夕的人，判斷說他堅定和神色自若都是沒有道理的。即使他確實視死如歸，若沒有意識到危險來臨，也還是不夠說這樣的話。大多數人態度坦然，言辭強硬，還是爲了保全他們生前享有的聲譽。我看到那麼多人死去，是命運而不是意願最終決定他們的態度。

即使在古代那些自殺的人中，立即死亡與延緩死亡也有很大的不同。那位殘酷的羅馬皇帝說到他的囚犯時，他要他們感覺死亡，若有人在獄中自殺了，他會說：「這傢伙逃脫了我的手掌。」他要延長死亡，用酷刑讓人感覺死亡：

我們看到他遍體鱗傷，
但又缺少致命的一擊，根據酷刑的做法，
要他死又不讓他死。

——盧卡努

說眞的，身心健康時決定自殺不是什麼了不起的事；在採取行動以前很容易裝成硬漢的模樣。因而，世上最娘娘腔的男人埃利奧加伯勒斯，生活荒淫無恥，計畫萬不得已時如何死得精緻講究；爲了死亡跟自己的一生相配，下令另外建造了一座豪華的塔樓，塔底與塔身正面都是鑲黃金寶石的木板，以便墜樓身亡；又下令做了幾根金絲紅綾的繩索以便自縊而死；還打了一支金劍以便自刎；還在寶石玉壺中盛毒汁，以便自服；根據當時心情選擇哪種方式去死亡：

萬般無奈時的決心與勇敢。

——盧卡努

這個人準備工作做得如此細緻周到，反而更像是一旦要他實行，會嚇得鼻子出血。即使那些強悍的人下決心要去實施，也必須看一看（我說的）這一擊是否使他們沒有時間去感覺後果。因爲，看到生命漸漸失去，軀體的感覺與心靈的感覺摻雜一起，自然會有可能引起反悔的時刻，這種誓死不二的決心是不是還會保持不變。

在凱撒進行內戰時期，盧西烏斯・多米提烏斯在阿布魯齊被捕，服毒之後反悔了。在我們這個時代也發生這樣的事，有人決定自殺，第一次刺得不深，皮膚一痛手臂就縮了回來，第二、三次傷得較重，但是總是達不到一記了結。在普勞提烏斯・西爾瓦努斯庭審時，他的祖母烏古拉尼婭送一把匕首給他，他拿了匕首總是殺不死自己，由他的手下人割斷他的動脈。在提比略統治時期，阿爾布西拉要自殺下手又太軟，反而讓她的敵人乘機把她關進監獄，用他們的方式把她弄死。雅典統帥德摩斯梯尼在西西里島潰敗後也是如此。C・菲姆布里亞自己刺得太輕，要求僕人把他結束。

另一方面，奧斯托里烏斯由於手臂不聽使喚，甘心借用僕人的手臂，緊緊握住一把匕首對著他，他則往前一衝，咽喉迎著刀尖刺了個大窟窿。

誰沒有一個鐵皮喉嚨，這一塊肉就得囫圇吞下去，哈德良皇帝叫醫生在他的乳房旁邊劃出和圈定致死的部位，然後命令他殺死自己。難怪凱撒在有人問到他最希望哪種死法時，回答說：「最意外與最快的死。」

凱撒才敢於這樣說，我這樣相信也就不是膽怯的表現了。

普林尼說，死得快是人生至樂。人都不樂意去承認這一點。誰不敢議論死亡，不敢正視死亡，誰就不能說下了決心去死。我們看到那些人在刑場急於求死，催促劊子手趕快動手，他們這樣做不是出於決心，是要不讓自己有時間考慮死亡。教他們心煩的不是死去，而是去死。

> 我不想死，但是死在我也無所謂。
>
> ——西塞羅

我有過親身經歷，才能夠達到一定程度的堅強，猶如那些人涉險，閉著眼睛投入大海。

依我看來，蘇格拉底一生中最輝煌的事蹟，是整整三十天內反覆考慮對他的死刑判決。在這段時間內坦然接受判決，又抱著一定的希望，不慌張、不波動，一系列行動與語言都保持低調沉著，並不因這樣重要的反思而慷慨激昂。

龐波尼烏斯·阿提庫斯與西塞羅常有書信來往；在病中，把女婿阿格里巴和兩三位朋友請來，對他們說他已試過，想方設法治病對他並沒有什麼好處，他爲了延長生命所做的一切，也是在延長和增加自己的痛苦。他深思後決心把生命與痛苦一起結束，請求他們認同他的決心，做不到也不要花力氣勸他放棄。但是，他選擇絕食而死，不料他的病卻意外地痊癒了，他用以自盡的藥方使他恢復了健康。

醫生和朋友慶賀這麼一件大喜事，跟著他一起高興，但是他們都錯了；他們還是沒能做到使他改變主意，他說儘管如此他有朝一日還是要跨出這一步的；事到如今他也不思再費心囑咐第二遍。這一位從容不迫地認識死亡，不但沒有失去勇氣反而急切去接近它；因爲，他對自己與死亡搏鬥的理由感到滿意，而今還要大無畏地看到搏鬥的結束。這遠遠超過不怕死亡的界線，而是要品味和享用死亡。

哲學家克利昂特斯的故事與此也十分相像。他的牙齦發炎脹腫；醫生建議他全面控制飲食。他餓了兩天以後，病情大有好轉，醫生宣布他已治癒，允許他恢復正常生活。他卻從這次病體虛弱中嘗到甜頭，不思回頭，在他已走了很遠的路上繼續走下去。

羅馬青年圖留斯·馬西利納斯受病魔折磨，實在不勝其困擾，雖然醫生向他保證肯定可以治癒，但不是那麼神速，他爲了擺脫這個病，希望讓生命中的決定性時刻提前到來，召集朋友前來進行討論。據塞涅卡說，一部分朋友出於膽怯，出了個他們自己也會這樣做的主意給他；另一部分朋友出於諂媚，出了個他們以爲他聽了會高興的主意給他。

但是一位斯多葛派對他這樣說：「馬西利納斯，你別折騰了，彷彿你在討論什麼大事似的：活著並不是大事，你的僕人和那些牲畜也都活著；誠實、聰明、神色不變地去死才是大事。想一想這些同樣的事你做了有多少回了：吃、喝、睡；喝、睡、吃。我們在這個圈子裡不停地轉。不光是那些令人難受的不幸意外，就是活得膩煩也讓人想到去死。」

馬西利納斯不是要人勸他，而是要人幫助他。僕人害怕牽涉在這件事裡，但是這位哲學家的話使他們明白，如果主人自願去死這件事令人起疑時，他們就會是懷疑的對象；也就是說，勸阻他與殺死他都同樣是個壞例子，因爲

把一心要死的人救活，無異是殺了他。

——賀拉斯

然後他又告訴馬西利納斯，正如正餐後給客人端上甜食一樣，死後也應該給爲自己出過力的人分送一點禮物。

馬西利納斯天性開朗豁達，分錢給僕人、安慰他們，接下來也不需要刀劍與流血；他著手準備離開人生，不是逃避、不是躲過死亡，而是嘗試死亡。爲了有時間跟死亡進行拉鋸戰，完全不進食，第三天後，叫人用溫水澆身，逐漸衰弱——據他自己說——頗有逸樂之感。此話不假，因虛弱而引起心臟衰竭的人說不感到任何痛苦，反而有種快感，像陷入睡眠和休息一樣。

以上是對死亡的思考與琢磨。

爲了說明唯有加圖才能作爲善德的楷模，看來他養尊處優的生活使他用來自殺的雙手軟弱無力，讓他還有餘暇面對死亡、與死亡搏鬥，加強而不是喪失挑戰危險的勇氣。如果由我來描述他的崇高氣度，那會是開膛剖腹、滿身血跡，而不是他同時代的雕像裡手執寶劍。因爲第二次自殺必然比第一次自殺更爲血腥。

# 第十四章　我們的思想如何自我限制

看到一個人在兩個同樣誘人的欲望之間，思想上搖擺不定，這情境是很有趣的。因爲他會永遠拿不定主意，這是無可置疑的，尤其愛好與選擇具有不同的價值觀。有人把我們置於一瓶酒與一塊火腿之間，而我們又想喝酒又想吃火腿，那除了渴死與餓死之外沒有其他法子。

有人問斯多葛派，我們的心靈對兩件無差別的東西是怎樣選擇的，在一大堆錢幣中是什麼促使我們拿起這一枚而不是另一枚，儘管它們都是相同的，也沒有理由使我們有傾向性。爲了解決這個難題，斯多葛派回答說心靈的活動是異常的、不規則的，是受了外界、意外、偶然的衝動而產生的。

在我看來下列的說法更爲可取，無論什麼東西出現在我們面前，總是有差別的，儘管這個差別非常小；從視覺與觸覺來說，總是有什麼更加吸引我們，雖然幾乎是不可覺察的。同樣的道理，假定一根線的兩端之間都是同樣的強度，那怎麼也不可能讓它斷；你要它在什麼地方開始斷呢？要到處同時都斷，這在自然中是不存在的。

如果誰在這點上再加上那些幾何定理，它們用確切的實證得出結論說：內盛物大於容器；圓心與圓周一樣大；還認爲距離愈來愈近的兩條線永遠不能交於一點；還有點金石與化圓爲方這個因果對立的問題等等，那個人就可以從中得出論據來支援普林尼的大膽論斷：

「只有不確定，才是確定的；只有人，才最可悲和最自大。」

# 第十五章　欲望因不滿足而更強烈

最聰明的哲學宗派說，所有道理都有它的正反兩面。我有時反覆琢磨一位古人對死亡表示輕視而說的那句名言：「任何好事都不能給我們帶來歡樂，除非是我們要面對失去的好事。」「因失去而難過與爲失去而害怕，同樣傷神勞心。」（塞涅卡）這是在說明人生的果實並不能使我們眞正快樂，如果我們老是害怕失去的話。

然而話也可以從另一方面來說，正因爲覺得好事無從掌握和害怕失去，會對它更加親密和珍惜。因爲就像火遇上寒冷燒得更旺，我們的意志遭到違抗會更堅定。

達那厄若不關在銅塔裡，
朱庇特也不會讓她有喜。

——奧維德

因此，唾手可得的滿足本來就是我們歡樂的大敵，罕見與難得的東西才最能煽動我們的欲望。「任何事物都是失去的風險愈大，得到的歡樂也更多。」（塞涅卡）

加拉，要說不！愛情只有痛苦才能活著。

——馬提雅爾

爲了使愛情常青、常新，利庫爾戈斯下令斯巴達的夫婦只可偷偷摸摸做愛，被人發現同房交歡，就像捉姦捉雙似的，同樣都是見不得人的事。幽會的困難、被人撞見的危險、第二

天的羞慚，

鬱鬱不樂、沉默不言，
從心頭發出歎息，

——賀拉斯

這些才使湯汁有了鮮味。愛情著作中，道貌岸然的論述引來多少荒淫逸樂的好事！即使淫樂也要透過痛苦激發。愈是煎熬難忍愈是樂趣多多。妓女芙羅拉說，她與龐培睡覺，哪次不在他身上留下啃咬的齒痕：

日思夜想的身體緊抱在懷裡，
牙齒咬著柔嫩的芳唇，
內心的欲望觸動他去傷害
一切，從中噴出情欲的火焰來。

——盧克萊修

到處都是一樣；事情難辦價格就高。

安科納省的人更想到聖雅各·德·孔波斯特拉去求神，而加利西亞的人到洛雷特聖母陵園去許願；列日人說盧卡溫泉如何有效，托斯卡納人則對斯帕溫泉大加讚賞。在羅馬的劍術學校幾乎看不到一個羅馬人，裡面全是法國人。這位偉大的加圖，還有我們也是這樣，當妻子屬於自己時對她討厭之至，一旦她成了別人的妻子就對她朝思暮想。

我把一匹老馬趕入馬場，牠一聞到母馬的氣味就難以控制。不久就對場內的母馬因輕易滿足而產生了厭倦。但是凡有外來母馬走過牧場附近，牠又發出討厭的嘶叫，像以前那樣春情大發。

我們的欲望輕視和無視到手的東西，而追求得不到的東西：

已有的不要，沒有的當寶。

——賀拉斯

不許我們做的事，也就是煽動我們欲望的事。

你若不看住你的美人，
她也會很快失去我的愛情。

——奧維德

把她完全放棄給我們，只會引起我們的漠視。少與多都同樣不適當。

你抱怨太多，我則抱怨沒有。

——泰倫提烏斯

欲望與享樂都使我們感到爲難。情人的苛求叫人厭煩，但是唾手可得、俯拾即是，說實在的更是有過之而無不及。對於欲望的對象予以極大的重視，才會因此有失望與生氣，這也使我們愛得更深更熱烈；但是過飽會生厭，這就成了一種無精打采、萎靡不振的情欲了。

> 對情人要輕視，才會對他長期控制。
>
> ——奧維德

> 情人們，要裝得高傲！
> 昨天倔強的人，今天會投降。
>
> ——普洛佩提烏斯

波佩想出主意用面具遮住自己的美貌，除了引得情人更加動心以外，還有其他原因嗎？女人都要顯示、男人都要窺看的這些美，她們爲什麼一直遮到腳跟底下呢？我們的欲望與她們的欲望主要所在的部位，她們又爲什麼要設置重重障礙呢？我們的女人最近在她們的腰間築起偌大的大裙撐要塞，除了欲擒故縱、激起我們的情欲以外又有什麼用意呢？

> 她往柳蔭下逃去，是喜歡被人家看見。
>
> ——維吉爾

> 她立刻用長裙抵擋我的熱情。
>
> ——普洛佩提烏斯

羞答答的處女表情是做什麼用的呢？冷若冰霜、不苟言笑，男女苟且之事在我們談起時裝得不懂，其實比我們更懂，還不是爲了刺激誓在必得的欲望，掃清一切禮儀與障礙爲情欲讓道？因爲變半推半就爲瘋狂，使稚氣羞怯成淫蕩，顧不得道貌岸然而聽任激情的擺布，這不但是樂趣，甚至還是一種光榮。

他們說，「戰勝嚴肅、謙遜、貞潔和節制，是一件光榮的事，誰勸她們放棄這些品行，就是對她們與自己的背叛。」應該相信她們內心會因害怕而發顫，她們耳朵會因我們語氣粗俗而失去純潔，她們會因此憎恨我們，只是在強力之下才屈從了我們的糾纏。美，即使是傾國傾城，沒有這些花招，也不會令人痴迷。且看義大利，那裡美女如雲，而且極其優雅，但是還是要尋求奇招與妙計來讓自己討人歡喜。事實上由於誰都可以花錢買到，不論她們做什麼總是處於弱勢、萎靡不振。即使在道德的價值觀方面也是如此，兩樁類似的行爲，我們總把更難做到、更含風險的行爲認爲更美更高尚。

這也是一種天意，讓神聖的教會像我們看到的那樣多災多難、紛爭不已，用世事浮沉來喚醒善良的人，重新振作起來，擺脫長年的太平使他們養成的遊手好閒、麻木不仁的狀態。在這場鬥爭中有人走入了歧途，有人得到了喘息，恢復了熱情和力量，如果我們來權衡得失，我不知道利是不是大於弊。

我們曾經想到用婚姻來使雙方結合更加密切，不讓分離有可乘之機。但是強制的束縛有多麼緊，意志與感情的維繫也有多麼鬆。相反的，在羅馬，婚姻長期受人尊重，保持穩定，同時又是誰都有自由予以解除。他們有失去妻子之虞，也就更加愛護妻子。完全有權離婚法實施已有五年多，[1]也未見有一人曾經這樣做過。

> 但做的事誰希罕，禁止的事才誘人。
>
> ——奧維德

這方面也可加上一句古人的話：刑罰只會鼓動罪行，而不會制止罪行。它不會使人行善，行善是理智與教育的結果；它只會讓人注意做壞事時不被逮住：

> 以爲罪惡業已根除，其實反而變本加厲。
>
> ——盧提利烏斯

我不知道這話是否正確，但是我從經驗知道民風並不因此得到改進。社會秩序與風紀整飭決定於其他方法。

希臘史書中提到斯基泰人的鄰居阿爾吉佩人，他們的生活中沒有用於體罰的棍棒。不但沒有人會去攻擊他們，而且由於他們的德操與淳樸，有人逃到他們那裡避難也安全，沒有人敢於觸動。其他地方老百姓發生糾紛，也往往請他們去仲裁。

---

① 據《七星文庫・蒙田全集》，是「五年多」，但據兩部英譯本，俱爲「五百多年」。

有的國家，花園與田地都以棉線爲圍牆，標誌各人的私產，證明要比我們的壕溝與籬笆更加安全堅固。

「鐵鎖引動賊心。攜器作案的小偷不走進開著門的屋子。」（塞涅卡）要使我的房屋不受內戰的禍災，其中一個方法就是讓人自由出入。防禦會引起進攻，挑釁會得罪別人。無畏與軍功往往是軍人採取行動的理由與藉口，我不讓他們得到這樣的機會，藉以鬆懈他們的鬥志。在正義已經死亡的時代，需要勇敢去做的事才是作爲光榮去做的事。我讓占領我的房屋一事成爲懦夫與背信棄義的行爲。誰要進來都是門戶洞開。看守整幢房子的只有一個維持從前禮儀的門官，留他下來不是爲了看門，而是客客氣氣提供應有的接待。我僅有的門衛與哨兵，也就是星辰與月亮而已。

一名貴族若沒有完美的設防，卻裝得安如磐石似的是錯誤的。一點攻破，全線崩潰。我的祖先從不想到在邊界上設防。進攻、襲擊我們房屋的方法——我且不說使用大炮與軍隊——日新月異，領先於防禦的方法。一般來說，這方面的才智得到更大發揮。進攻推動眾人，防禦只跟富人有關。

我家的防禦工程在建成時甚爲堅固。我在這方面從不添置任何設施，害怕它的力量反而使我自己身受其害。此外，在和平時期，還需要我們減少其防衛作用。奪回它們是危險的，依靠它們又是困難的。

因爲在兄弟鬩牆的戰爭中，你的僕人可能站在你害怕的一方。那時宗教信仰是一種藉口，都打著正義的幌子，就是親人也難以信任。公帑不維修私家的防禦設施，否則會使國庫空虛。我們要修必然傾家蕩產，更要不得的和有害的是勞民傷財。不修我的損失也不會更大。此外，要是你破產了呢？你的朋友不會同情你，反而會嘲笑你，說你不夠警惕，無先見之明，對防範一無所知或粗心大意。那麼多設防的房屋都被搶劫一空，而我的房屋卻還屹立不動，使我懷疑它們真的是設防才遭到了搶劫的。因爲這引起襲擊者的覬覦之心與進攻理由。一切防範都像是在迎戰。若上帝願意，誰都可以闖入我家；然而我也不會邀請誰進來。

這是我在戰爭中的避風港。我試圖讓這個角落遠離時代風暴，就像我心中也有另一個角落。我們的戰爭形式千變萬化，波詭雲譎；而我，以不變應萬變。在這麼多設防的府邸中，我知道在法國像我這樣地位的人，也只有我這一家把防範措施託付給上天。我沒有轉移過一把銀匙子或者一份房契。我不想半怕半不怕、亦逃亦不逃。如果我的全心全意會得到上帝的恩寵，那我就會信仰到底；如果不，我已活了不少歲月，足以使我這段歲月不算虛度和值得記憶。已經多久呢？好長的三十年啦！②

② 這段話寫於一五九〇年。宗教戰爭肇始於一五六二年，蒙田在此以一五六〇年起算。

# 第十六章　論榮譽

世上有名就有物。名者，指出和稱呼物的一個聲音；名者，不是物和實質的一部分，而且依附於物、存在於物之外的一件異品。

上帝本身是圓滿與完美的極致，從其內部已不可能再增、再長。但是我們對祂的顯像表示感恩與頌揚所用的名是可以再增、再長的。既然祂的內部積滿了善，任何的稱頌我們都無法增之於內部，我們就歸之於祂的名下，名是祂身外最接近的東西。因此這說明為什麼光榮與榮耀都只屬於上帝。違情悖理的是，我們竟爲自己苦苦追求光榮與榮耀。因爲我們的內部貧乏空虛，我們的本質很不完善，需要不斷改進，這才是我們必須去做的事。

我們都很空虛膚淺，這不是用妄言妄語可以塡補的；我們應該用更實在的東西修身養性。餓漢不去弄一頓好餐而追求一件美衣，不免頭腦過於簡單，人必須首先解決當務之急。就像我們日常祈禱說的：「在至高之處榮耀歸於神，在地上平安歸於他所喜悅的人。」（《新約．路加福音》）我們匱乏的是美、健康、智慧、美德等這類基本的組成部分，只有獲得必要之物以後才去尋求外部的裝飾。神學全面和更中肯地論述這個課題，而我對此並不精通。

克里西波斯和第歐根尼是最早、最堅決蔑視榮譽的作家。他們說所有樂事中最危險、最應該躲之唯恐不及的就是別人的讚揚。確實，經驗已經告訴過我們不少損失重大的背叛行爲。對君王毒害最深的莫過於阿諛奉承，壞人也最容易以阿諛奉承獲得周圍人的信任。用好話來哄騙和取悅女人，誘使她們失去貞節，最有效與普遍的做法也是曲意逢迎。

塞壬水妖爲了誘惑尤利西斯，使用這樣的伎倆是她們的第一招，

來吧！朝我們來吧！至尊的尤利西斯，
全希臘引以爲榮的大英雄。

——荷馬《奧德賽》

這些哲學家說，人間的全部榮譽都不值有識之士動一動手指去拾取：

榮譽即使再大，還不就是榮譽而已？

——朱維納利斯

我僅以榮譽本身來說的。然而榮譽以後經常帶來許多好處，這就使榮譽成爲令人想望的東西了。它給我們帶來好意，它使我們較少受到別人的辱罵與冒犯，諸如此類的事。

這也是伊比鳩魯的主要信條；因爲他的學派的格言：閉門過日子，不去擔任公職和讓公務纏身，從而也會漠視榮譽，因爲榮譽是大家對於我們公開活動所作的一種讚揚。那個人敦促我們深居簡出，只管自身的事，不但不要我們引人注目，更不要我們接受別人的榮譽與讚揚。因而他勸誡伊多梅紐斯，不要以大家的意見或名望來決定自己的行動，但是也要注意看不起別人會引起意外的麻煩。

這些看法依我看來極爲正確，很有道理。我不知怎麼，認爲我們都是有雙重性的人，這使得我們不相信我們相信的東西、無法擺脫我們譴責的事。且聽伊比鳩魯臨終前說的最後幾句話，光明磊落，確實不愧出自他這樣的哲學家之口，但是語氣中還是含有他以自己的名義對別人的囑咐，在他的格言中勸阻時抱有的情緒。以下是他嚥氣前不久口述的一封信：

> 伊比鳩魯向赫耳瑪庫斯致意
>
> 在我度過這一生中最幸福也是最後一天之際，寫下這封信，膀胱與小腹一直感到無比的疼痛。但是想到我的著作與演說所帶給我的心靈愉悅，也使我的痛苦得到了補償。由於你從幼時起便對我個人和哲學百般愛護，請你對梅特羅道呂斯的這些學子也不吝眷顧。

這是他的信。這使我看出他說的著作帶給他的心靈的愉悅，其實是涉及他期望身後留下的名聲，這是他的遺囑安排；透過遺囑希望他的學術繼承人阿彌諾馬庫斯和提摩克拉特斯，支付每年一月他的誕辰紀念日上赫耳瑪庫斯提出的款項，還有每月第二十天他的哲學家朋友集會紀念他和梅特羅道呂斯時所需的費用。

卡涅阿德斯是持反對意見的領袖，主張榮譽本身是令人想望的，但就像我們關心我們的後代一樣，其實我們既不認識他們，從中也得不到任何利益。這種學說得到普遍贊同而且歷久不衰，這是因爲投人所好的說法最易爲大家所接受。亞里斯多德把榮譽列爲身外第一財富：「防止兩個不良的極端，一味追求榮譽和一味迴避榮譽。」我相信我們若有西塞羅在這方面的論述，他會提出一些精彩的見解給我們。因爲這人那麼熱衷於名利，我相信他若敢做，他必然會走其他人所走的極端，認爲美德本身令人想望，其實只是爲了想望隨同美德而來的榮譽而已。

閒居的懶散，
與不爲人知的美德，都引不起注意。

——賀拉斯

這是一種極端錯誤的思想，使我感到難過的是，一位有幸被稱爲哲學家的人，頭腦裡居然鑽出這樣的想法。

如果這是對的，那就應該在人前做好事囉？心靈是美德的眞正中心所在，我們不用對心靈活動進行約束與控制，除非它們必須暴露在眾人面前的時候。

這樣豈不是壞事可以做，但要做得巧妙與隱蔽？卡涅阿德斯說，「假如你知道有一條蛇躲在這個地方，有一個人若死去可以讓你得益，他不加思索去坐在那裡，你不關照他，你就是做了一件壞事，你的行爲只有你一人知道，這只會加重你的罪行。」如果不主動把做好事視爲一條戒律，如果不被懲罰就是合法，那我們每天會聽任自己做出多少壞事來！

C．普羅提烏斯在唯有當事人知道的情況下把自己的財產託付給了S．佩杜索斯，事後佩杜索斯如數歸還——這類事我做過不只一次——不是那麼値得讚揚。而不歸還則是眞正的可惡。

我還覺得今天重新提起P．塞克斯提利烏斯．魯弗斯的例子，還是有所裨益的。西塞羅指責他昧了天良侵占一份遺產，其實這不但沒有違背法律，還符合法律的要求呢！

M．克拉蘇和Q．霍爾坦修斯兩人有權有勢，一個外人根據一份僞造的遺囑請他們參加繼承，分得若干財產，而那人也可因此得到他的一份。他們兩人很滿意自己不曾參加僞造，但是可以獲得一筆橫財，由於隱蔽得法，也不會面對原告、證人和法律的控告。「讓他們記得他們有上帝爲證，也就是（以我的理解來看）他們自己的良心爲證。」（西塞羅）

爲了光榮而實施美德，美德也就成了十分無聊低俗的事。我們應該毫無功利目的地去實施美德，賦予它特殊地位，不與命途沾邊。因爲還有什麼比名聲更多偶然性呢？「是的，命運的權勢遍及一切，它使一部分人飛黃騰達，使另一部分人潦倒落魄，不是根據事實，而是根據它的隨心所欲。」（薩盧斯特）要讓人的行爲爲世人知曉與目睹，這純然是命運之神的安排了。

世道無常，榮譽也任意給誰就是誰。我看到不少次榮譽走在才能前面，而且超過很大一段距離。第一個想到把榮譽比喻爲影子的人，恰當得超出他的意料。這些實在是過眼雲煙。

影子有時出現在人體前面，而且長出許多。

有人教導貴族說在英勇中尋找光榮，「彷彿不彰明較著的行爲就不是美德」（西塞羅），人生中自有千百次做好事而不被人注意的時機，而他們卻教這些貴族在無人看見時不要貿然冒險，當有人見證時必須注意到他們會把他們的英勇行爲宣揚出去，這有什麼好處呢？一場大規模混戰中，有多少可歌可泣的大事湮沒無聞？在如此激戰中，誰居然還津津有味地觀察別人，這說明他手裡的事情不多，在爲戰友的行爲作證的同時也提供了不利於自己的證明。

「我們天性追求的主要目標是榮譽，眞正智慧高尚的人認爲榮譽體現在行爲上，不是在頌揚上。」（西塞羅）我自認這一生中的最大的光榮是安寧度過，這安寧的含義不是根據梅特羅道呂斯、阿凱西勞斯或阿里斯提卜，而是根據我自己定的。既然哲學沒有找到對大家都有用的通往安寧的共同道路，那各人就找各自的道路吧！

凱撒和亞歷山大無比英明偉大，除了靠命運以外還靠什麼呢？多少人在人生起步時就被命運消滅，對此我們一無所知，如果他們不是遭受不幸的命運，事業剛開始不久便戛然而止，他們也會表現出跟凱撒和亞歷山大同樣的英雄氣概！凱撒身經百戰，出生入死，但是我記不起在哪部書裡讀到他曾有過負傷的記載。凱撒跨過許多劫難，別人遭遇再小的劫難也會死去成千上萬。無數的豐功偉績因沒有見證而難見天日，難得有一樁可以獲到酬賞。你不可能永遠勇奪關隘或者身先士卒，像在高臺上讓指揮官俱都看在眼裡。你會在樹籬與壕溝之間被逮住，你對付一隻雞棚也必須碰運氣；你必須把四名老弱的火槍手從糧倉裡引出來；你必須獨自脫離隊伍，隨機應變去對付局面。

如果你有點警覺，必然會憑經驗看到最無人注意的時機往往最危險。在現今發生的戰爭中，執行稀鬆平常的任務時，爭奪小城鎮時死去的優秀人才，要多於死在轟轟烈烈的大場面上。

若不是在引人注目的場合死得眾所周知，誰都認爲自己死得不值，他寧可一生默默無聞，從而也錯失許多擔風險的良機。所有的良機都有錦繡前程，因爲各人的良心會牢牢記住。「我們所誇的，是自己的良心，見證我們……」（聖保羅）

誰是好人，只是因爲大家認爲他是好人，並且在知道後覺得他更値得器重；誰要是只爲了讓大家知道而去做好事，這樣的人大可不必對他有多少期望。

我相信在這殘冬的日子
羅蘭做的事值得稱頌，
但是直到今天還無人知曉，
我若一字不提也不是過錯。
因爲羅蘭急於不停地
完成功業，而不是要到處張揚。
他的勛績將永遠湮沒，
若無人親眼目睹。

——阿里奧斯托

我們應該盡義務去參加戰爭，盼望這樣的報賞，立了大功不愁得不到。即使最不顯著的、即使只是美好的想法，都會使一顆正直的心獲得做好事後的滿足。表現英勇是爲了自己，是爲了心理優勢，內心感到充實有把握，抵擋命運的襲擊：

美德並不因失敗而受損，
它閃爍永不褪色的榮耀。
不擅權不失責，
不以別人的心意而轉向。

——賀拉斯

我們的心靈並不是爲了炫耀而盡自己的職責，而是爲了心靈自身，這裡面只有自己的一雙眼睛才能窺透。心靈保護我們不怕死亡、不怕痛苦，甚至不怕羞辱；要我們忍受失去孩子、朋友和財富的痛苦；當時機到來，讓我們去冒戰爭的危險。「不爲任何利益，只爲與美德密切相關的榮譽。」（西塞羅）這種益處要比光榮與榮耀更重要、更值得期望和冀盼；榮譽不是別的，只是人家對你的一種好評而已。

爲了給一塊土地作出判決，要在全國範圍內遴選出十二人。對人的傾向與行爲作出判決，這是最難最重大的事，卻把它交給大眾來評議，大眾是無知、不公和反覆無常的源頭。讓一位智者的生命取決於一群愚人的判決，這也是有道理的嗎？

「這些人從個別來看，俱是渣滓，結合一起卻不容大家忽視，這也實在是荒謬之至。」（西塞羅）

誰只思取悅他們，會一事無成；這是一個流動、無形的目標。

群眾的評判比什麼都難以預料。（李維）

德梅特里烏斯對民眾的聲音說得很有趣，他們不論從上身還是從下身發出的聲音，他一律不重視。

另一位說得還要過分：「我認爲，一件事原先可以並不可恥，一旦受到眾人的稱讚，就難免是可恥的了。」（西塞羅）

思想再巧妙靈活，也無法叫我們跟著一名不按路線規則的嚮導亂走亂跑。謠言、小道消息、街談巷議滿天飛之際，我們不知道何去何從，又怎麼能夠選擇一條安全可行的道路呢？我們不要給自己確定這麼一個漂移不定的目標。而應該始終跟著理智走。要讓群眾的認可心甘情願跟在我們後面，因爲它完全取決於命運的偶然性，我們沒有理由希望它走這一條路，而不是那一條路。當我選擇一條筆直的路時，並不是因爲它直因而近，而是我憑經驗發現這綜觀而言畢竟是最合理有效的一條路。「誠實的事於人最有益，這是上天賜給人的禮物。」（昆體良）古代一名水手在一場暴風雨中對海神尼普頓說：「神啊，你一念可以叫我活，你一念也可以叫我死；但是我始終牢牢掌握我的舵。」我一生中看到多少人圓滑、兩頭討好、模棱兩可，無人不說他們處世之道要比我高明得多，但都已喪生，而我還倖存下來：

我笑他們使狡計而不能得逞。

——奧維德

埃米利烏斯・波勒斯前往馬其頓進行其光榮的遠征，告誡全體羅馬人，當他不在京城時要管住自己的舌頭，不要談他的戰事。說三道四是對大事業的最大干擾！尤其不是每個人都像法比烏斯那樣堅定，他不顧大眾不同的侮辱性意見，寧可讓自己的名譽受到無中生有的詆毀，也不願敷衍職守而去獲得老百姓的好評與同意。

受人讚揚有一種我說不出的天生愜意，但是我們實在過於重視。

我不怕讚揚，我也是軟心腸，

但是做好事最終爲了要人捧場，

讓人喝采！絕不。

——柏修斯

我不太關心別人對我的看法，也不關心我對自己的看法。我要靠自己致富，不要靠借貸發財。外人只看到事物的外表。人人可以裝得鎮定自若，而內心驚恐萬狀。他們看不到我的心，他們只看到我的神態。

大家說到戰爭中的虛僞性是有道理的。因爲對於一個講究實際的人，內心充滿恐懼時還有什麼比逃避危險和裝作勇猛更容易嗎？尋找貪生怕死的機會不可勝數，我們可以欺騙世人一千次，然後才會去冒一次險；即使到了那時身陷困境，我們也會臉上若無其事，說幾句寬心的話，掩蓋眞相，雖然內心顫抖不止。在柏拉圖《理想國》一書內，古蓋斯國王的戒指戴在手指上，把寶石轉向手掌，戴的人就會隱身不見影子，許多人就會在最需要露面的場合下隱藏起來，後悔自己被置於那麼榮耀的地位，不得不表現出胸有成竹的樣子。

喜愛假榮譽，害怕聽壞話，
誰會這樣做？騙子與僞君子。

——賀拉斯

因此，只根據表面現象作出的一切判斷，都極不可靠，令人生疑。最信得過的見證還是自己。

在上述這些情況中，我們要有多少手下人來成全我們的光榮呢？他在一個露天的壕溝裡站得筆直，面前若沒有一天只拿五個蘇餉銀的五十名可憐工兵爲他開道，用身體掩護他，他又能有什麼作爲？

動亂的羅馬說什麼你也別聽，
傾斜的天平也別去糾正，
憑你的內心作出自己的決定。

——柏修斯

我們說擴大名聲，也就是讓名字掛在許多人嘴上。我們要聲名遠播，從中得益。這也算是這個意圖的最佳理由了吧！但是這種病發展到了極端，許多人就是力圖讓人家談論他，不管用何種方式。特洛古斯．龐培談到希羅斯特拉圖斯、李維談到曼利烏斯．卡庇托利努斯，都說他們更追求的是名聲大，而不是名聲好。這個缺點是常有的，我們一心要大家談論自己，而不是怎樣在談論自己，讓大家嘴裡提到自己的名字，不論什麼情況都可以。好像人出了名，他的生活與壽命都會得到其他人的保護。

而我認爲我只是存在於自身之中，而出現在朋友熟人面前的這另一部分人生，必須是不加掩飾與單純自在的。我知道我除了招來匪夷所思的妄評以外，感受不到任何教益與快樂。當我死後，這種感受只會更少。此外，若在我身後有什麼好事落在我頭上，我也不再有什麼作爲去保持名聲，名聲也就跟我無關痛癢了。

我也不能指望爲我的姓氏增添光輝，首先我的姓氏不是我專用的。在我有一個姓和一個名，一個姓是全族使用的，因而也屬於其他人。在巴黎和蒙彼利埃，都有一個家族姓蒙田。在布列塔尼和聖東日有一個家族姓德·拉·蒙田。只差一個音節就會混淆兩家的紋章，從而我會分享他們的光榮，而他們則會分擔我的恥辱；從前我的祖先也稱埃康，這個姓又涉及英國的一門望族。至於我另一個名字，有誰要用，都可以。因而我使之沾光的不是我自己，而是一名腳夫。再說，即使我有一個特殊的稱呼，當我不在人世時又能稱呼什麼呢？它能使虛無的人也得到稱謂與恩寵嗎？

壓在屍骨上的墓碑會減輕分量？
後代會稱讚我。唉！即使這樣，
從我幸運的亡靈、遺骸、墳墓，
就長出了紫羅蘭？

——柏修斯

這事我在其他地方談過。①

目前來說，在這場死傷高達一萬人的戰爭中，提到名字的只有十五人。這還必須是命運

---

① 指第一卷第四十六章《論姓名》。

造成功勛卓越或者意義深遠，還不能是弓箭手，而要是將領，才會使這個人建立的功績爲人所知。殺死一人、兩人或十人，不顧生死挺身而出，這對我們每個人來說確實了不起，因爲這是玩命的事。但是對於世界來說，這些事平淡無奇，天天可以遇到不知有多少。所以這類事必須積累到相當數目才能產生顯著的效果，這就不是我們能夠予以特殊關照的了，

這號事早已司空見慣，
人世間到處都是。

——朱維納利斯

過去一千五百年中，法國手執武器死去的勇士不知凡幾，流傳至今爲人所知的不滿一百。不但那些將領的名字，而且戰役與勝利的經過也都已湮沒無聞。半個世界以上的生存史因爲缺乏記載，都留在當地，不多時消失得無影無蹤。我若掌握那些未爲人知的資料，我想在任何例子裡很容易用它們來替代已知的事件。即使在羅馬與希臘，有了那麼多的作家與歷史親歷者，那麼多珍貴與高尚的功績，其實流傳至今的也還不是微乎其微的一部分！

一絲微風勉強把他們的名字吹入我們耳中。

——維吉爾

此後一百年內，有人大致記起我們這個時代在法國發生過幾次內戰，這已經很不錯了。

斯巴達人作戰前祭祀繆斯女神，爲了讓他們的武功能如實記錄下來，認爲他們的戰績若找到見證人，寫得栩栩如生，流芳百世，這才是神的特殊恩賜。

我們眞的以爲我們每次中箭，每次冒險，身邊都會冒出個史官做記錄嗎？即使有一百名史官把它寫了出來，其議論最多存在三天，不會傳到任何人的眼前。古籍傳世的不到千分之一；能夠存在已屬幸運，至於存在時間的長短則要看天意了。我們還可存疑的是，我們手裡的這些資料會不會是最不可靠的，因爲我們並沒有其他佐證。

歷史從來不記載小事，一個人必須曾是率領軍隊征服一個帝國或王國的統帥，必須曾經打贏五十二次大規模戰役，總是以少勝多，像凱撒一樣。一萬名好戰士、好幾位大將軍都跟隨他後面英勇獻出生命，他們的名字只是在他們的妻兒活著的時候才有人提起，

> 他們埋葬在默默無聞的光榮中。
>
> ——維吉爾

即使我們親眼目睹其功績的人，離開人世三個月或三年以後，也不見再有人會談起，彷彿他們從來沒有存在過似的。誰若能夠正確評價什麼樣的人物、什麼樣的功勛才能記載在史書中流傳，他就會發現在我們這個世紀很少事蹟、很少人可以聲稱有這個權利。

我們看到有多少俊彥之士死後留名的呢？他們在生前就看到和痛心青春年代名正言順獲得的英名早早消逝。爲了過上三年自我陶醉的雲煙生活，我們要失去眞正實在的生活，然後

心甘情願進入永遠的死亡？對於這麼重要的人生大事，賢人們給自己確定了一個恰如其分的美好目標。

「做了好事，這就是對做好事的報償」（塞涅卡）；「服務的果實即是服務本身」（西塞羅）。

一位畫家或其他藝術家，甚至一位修辭學家或語法學家，他們創作是爲了成名，或許還情有可原。但是做有道德的事本身就非常高尚，不能在實現它們的價值以外再索取其他的報償，尤其在人們的妄評中尋求報償。

不過，要是這個錯誤的看法有助於大家約束自己履行義務；要是世人醒悟而關注美德；要是君主看到大家懷念圖拉眞、唾棄尼祿而有所觸動；要是這個大惡棍的名字從前叫人聞風喪膽，而今小學生一提到都可以肆無忌憚地詛咒與辱罵；這情景可以引起他們深思，那就讓這個錯誤的看法廣爲傳播，我們也應該竭力推波助瀾。

柏拉圖想方設法要讓他的公民成爲有道德的人，勸誡他們不要輕視老百姓的好感與口碑。他說，靠了神靈的啓示，有時連惡人也知道從言辭上和思想上去正確辨別好人與壞人。這位人物和他的老師蘇格拉底確是大膽巧妙的巨匠，他們在人的力量欠缺的地方無一例外地求助於神的天功與顯靈；「就像任何悲劇詩人，當他們不知道如何處理劇本的結局時，就求助於神。」（西塞羅）

正是爲了這個理由，蒂蒙挖苦說他是最偉大的神蹟創造者。

由於人自身的缺點，並不總能獲得眞幣的酬報，於是讓假幣來充數。這個方法被所有的立法者採用，沒有一種法制不摻雜禮節性的虛妄，欺騙性的論點，作爲控制老百姓規規矩矩的緊箍咒。爲了這個道理，大多數民族都有一個神奇的起源與草創階段，充滿了超自然的神祕。也由於這個道理，邪教會有人信仰，連有識之士也逐漸接受它們；這也說明，紐默和塞多留爲了取得臣民更好的信仰，編造這樣的蠢話來欺騙人，前者說仙女愛捷麗，後者說白鹿，受神的差遣，帶給他們一切該做什麼的忠告。

紐默以這位仙女爲庇護神，給他的法律樹立權威；巴克特里亞和波斯的立法者瑣羅亞斯德以奧爾穆茲德神的名義給他的法律樹立權威；埃及的特里梅吉斯圖斯以墨丘利神的名義；斯基泰王國的薩莫爾克西斯以維斯太神的名義；卡爾西迪西的夏隆達斯以薩圖恩神的名義；克里特的彌諾斯以朱庇特神的名義；斯巴達的利庫爾戈斯以阿波羅神的名義；雅典的德拉古和梭倫以密涅瓦神的名義。所有的律法都要有一位神來牽頭，這一切都是假的，只有摩西逃出埃及時給猶太教徒制訂的律法才是眞正的律法。

正如德．儒安維爾閣下說的，貝都因人的宗教中還有一條說法，他們之中誰爲國王而死，他的靈魂會投身在一個更幸福、更美麗、更健壯的軀體上；爲此他們更樂意以自己的生命冒險。

他們不畏刀劍，視死如歸，
相信偷生才是懦夫的行爲。
——盧卡努

這個信條雖虛妄，也很有益。每個民族都有不少這樣的例子；但是這個題目值得專門探討。

爲了對本文開頭的內容作一點補充，我也不奉勸女士們把自己的義務稱作榮譽：「日常談話中，所謂誠實只是指老百姓嘴裡說的光榮事。」（西塞羅）她們的義務是精髓，她們的榮譽只是外殼。我也不奉勸她們在拒絕時向我們道歉，因爲我並不預設她們的心願、欲望和意志所表示的心情（這跟榮譽沒有關係，尤其這一切都是不表露於外的），必須比她們的行爲更加規矩。

她說：「不，這是禁止的！」時，其實在說：「可以。」

——奥維德

欲望與實施對於上帝與良心來說都是同樣嚴重的冒犯。還有她們這些行爲是隱蔽和暗地裡做的；只要她們對自己的責任、自己的貞潔觀念並無其他的尊重，她們很容易把其中有關榮譽的一次做得不爲人知。

一切正直之士都會選擇喪失榮譽而不是喪失良心。

# 第十七章　論自命不凡

此外還有一種虛榮，就是對自身評價過高。這是一種輕率的感情，使我們把自己看成另一種人。這就像戀愛的熱情把鍾情的對象說成花容玉貌、麗質天姿，使熱戀中的人糊裡糊塗，在他看來他所愛的那位總跟實際不一樣，更爲完美。

我並不是要一個人生怕這方面看不準，從而誤解自己，貶低自己。評判應該自始至終保持不偏不倚，這說明他看待這件事也像看待其他事，以實事求是爲準。如果是凱撒，那就不妨讓他大膽自認爲世上最偉大的統帥吧！

我們講究的只是些禮儀，禮儀支配著我們，而我們忽視了事物的實質。我們抱住的是枝條，拋棄的是樹身和軀幹。我們教導女士在聽到她們並不怕做的事情時要臉紅；我們不敢直呼我們的器官的名稱，卻不怕使用它們從事各種淫亂活動。

禮儀禁止我們口頭表達某些自然明白的事情，我們照著做；理智禁止我們做任何不明不白、不好的事情，就沒有人照著做了。在這裡我就感受到禮儀條律的束縛，因爲它不允許一個人說自己好，也不允許一個人說自己壞。我暫且把這事放在一邊。

命運（好與壞都是這樣稱呼的）使某些人一生養尊處優，可以在人前以行動表明他們是怎樣的人；但是命運使某些人在人群中默默無聞，他們自己不說也沒有人會說起。如果他們大著膽子對有興趣了解他們的人說起自己，那也是情有可原，可以拉丁詩人盧西里烏斯爲例：

從前他對著自己的本子，
就像對著好友，傾訴他的祕密，

不論事情順利不順利，沒有其他知己，
因而他漫長的一生好似寫在還願板上明明白白。

——賀拉斯

此人在紙上寫下自己的行爲與思想，怎麼感覺就怎麼描述。「盧西里烏斯和斯考魯斯並不因此而無人相信和少受尊敬。」（塔西佗）

這使我想起，從我幼年時候起，有人發覺我身上有種我也說不清的舉止動作，顯露出虛妄和愚蠢的傲慢。我首先要說的是我們身上有這些特點與傾向沒有什麼不體面，這都是與生俱來、根深蒂固的，叫我們自己都無法感覺與認識。這些天性自然會在我們不知情和同意的情況下在軀體上留下痕跡。爲了保持一種裝腔作勢的美，這使亞歷山大的頭顱稍稍偏斜，使亞西比得說話軟綿綿含糊不清。朱利烏斯．凱撒用一根手指搔頭，這是思慮重重的人的姿態；西塞羅好像有擤鼻子的習慣，這意味他有挖苦人的天性。

這些動作都會不知不覺間出現在我們身上。還有一些有意識的動作我就不在此多說了，如敬禮和屈膝禮，在大多數情況下這些被人錯認爲謙虛與禮讓而受益。一個人可以想出風頭而謙虛。我這人尤其在夏天常常行脫帽禮；不論對方是什麼身分，我都予以還禮，除非是我的下人。我希望我認識的親王要節制使用儀禮，因爲過於隨便後產生不了效果。如果禮節濫用，也就沒有了意義。

說到失禮行爲，不要忘記羅馬皇帝君士坦提烏斯二世的高傲神態。他在大庭廣眾面前頭豎得筆直，不左右轉動、不上下擺動，甚至對旁邊向他行禮的人也不看一眼，就是馬車搖晃時也挺著身子不動，不吐痰、不擤鼻子，在人前不擦臉。

我不知道人家在我身上看到的這些姿勢是否屬於這第一種情況，是否我身上眞有這樣的天生缺陷，肢體無法協調活動；但是說到心靈的活動，我在這裡坦承自己的想法。

這種虛榮包含兩個部分：視自己過高和視他人過低。

說到第一部分，我覺得首先必須考慮這樣的前提，我總是感到心靈的迷失，這種壓力使我不愉快，因爲說不出理由也就更加令我煩躁。我嘗試改掉它，但是無法根除。這就使得東西到了我手裡，我就會貶低到手的東西的價值；東西不在我手裡，不在我眼前或者不是我的，那時我會抬高它的價值。這種心態流傳很廣。猶如權威思想的作祟，使丈夫對自己的妻子，許多父親對自己的孩子帶著惡意的輕視；我何嘗不是這樣，同樣兩部作品，我總是對自己的作品吹毛求疵。

這不是急於求全求好，妨礙了判斷力，使我對自己感到不滿意，就像占有使人不重視自己掌握與支配的東西。遠方國家的風俗、制度吸引我；語言也是這樣，我發現拉丁語由於嚴謹而令我入迷，超過應有的程度，使我猶如孩子和庸人。鄰居的財產管理、房屋與馬匹，儘管價值相同，在我看來也勝過我的，因爲這些不屬於我。尤其我對自己的家庭狀況一無所知。

我欣賞每個人對自己抱有的信心與期望，而我對事情幾乎總是不知道如何去做，也不敢回答說自己會做。我對自己的能力也沒有作過系統的估計，只是在事情做成後才有點明白。同樣懷疑自己是否還能做其他事。從而遇上我工作進行順利，會認爲是我的運氣好多於我的能力強。尤其我在計畫時全憑偶然，還提心吊膽。

此外，我一般還有這個特點，古代對人的總體看法中，我最接受和最注意的是貶低、輕視和打擊我們最厲害的看法。我覺得哲學在攻擊我們的自負與虛榮，揭露我們的優柔寡斷與軟弱無知時切中要害，發揮最精彩。我覺得人自視過高是助長一切——社會與個人的——謬誤思想的根源。那些騎在墨丘利的本輪上，對天庭一覽無遺的人，像拔錯牙的庸醫那樣叫我受不了。因爲在我以人爲對象的學習中，發現人的判斷五花八門，疑竇重重，簡直是一座深不可測的迷宮，即使是同一研究智慧的學派中也眾說紛紜，莫衷一是，你可以想一想，既然這些人對自己本身與處境的認識不能取得一致——這些還是日夜展現在他們眼前、存在於他們心中的事。既然他們對自己掀起的討論是如何掀起的也說不清，對自己掌握、玩弄的學術機關不知如何描述解說，我怎麼還能相信他們論述尼羅河潮漲潮落的原因呢？據《聖經》說，讓人對事物產生好奇，這是神強加於人的一種「勞苦」。

說到我個人的情況，我覺得很難見到一個人會對自己估計那麼差，甚至可以說見到一個人會對我估計差得比我對自己還要差。

我認爲自己是個普通人，除了以下這點認識與眾有所不同：那就是會犯普遍存在的低劣錯誤，但是不否認、也不找藉口原諒；知道自己有多少價值也說多少價值。

若有什麼榮耀，臉上也會有所流露，這僅是表面現象，不會積澱於心，影響到我的判斷。

我只是被澆溼了身子，但沒有被染上顏色。

說實在的，我的精神產物中不論在哪一方面都還沒有創造出讓我滿意的東西，別人的稱讚不會使我聽了坦然。我的情趣細膩挑剔，涉及到自己尤其如此；我不斷否定自己，覺得自己處處猶豫不定、軟弱退卻。我也沒有什麼才能可以提出高見。我的觀察力較爲清晰準確，但是使用時就會模糊不清，嘗試寫詩時更爲明顯。我熱愛詩歌，評論別人的作品頗有見地；但是自己動手寫時，實實在在變成了個孩子，連自己也無法忍受。在其他事情上可以做傻瓜，在詩歌上萬萬不能。

神、人、書店都不允許
詩人寫出庸俗的作品。
——賀拉斯

祈求上帝把這句話張貼在所有出版商的店鋪門上，禁止那麼多的平庸詩人進門。

誰都沒有像蹩腳詩人那麼自信。
——馬提雅爾

爲什麼這樣的人民已不復存在？大狄奧尼修斯對自己評價最高的是寫詩。在舉辦奧林匹亞競技會季節，他派遣幾位詩人和樂師乘了豪華超群的馬車，帶了金碧輝煌鋪皇家地毯的帳蓬，到會上去介紹他的詩篇。輪到他的詩歌在臺上朗讀時，起初詩句抑揚頓挫，氣勢渾厚，吸引了大眾的注意。但是接著他們覺得作品缺乏活力，首先表示輕蔑，接著開始評論尖刻，不久怒火中燒，衝進場內把所有的營帳推倒、撕裂來洩憤。

他的賽車在比賽中也沒有得到出色的成績，載運他手下人的船隻也抵達不了西西里島，被暴風雨吹到塔蘭托海邊撞得四分五裂，民眾確信這是神跟他們一樣，聽了這首拙劣的詩篇而大發雷霆。在海難中倖存的水手以後也附和老百姓的這種看法。

神諭預言他死亡，也像與老百姓的說法不謀而合。神諭說大狄奧尼修斯在戰勝比他優秀的人以後就會走上末路；他認為這是指實力上比他雄厚的迦太基人而言的。跟他們打仗時，他經常有意貽誤良機，放棄勝利，不被預言說中。但是他理解錯了，神指的是他透過求情與賄賂，在雅典壓倒了其他比他優秀的悲劇詩人，搶先上演了他的劇本《萊內尼亞人》；他取得這次勝利後不久暴斃，部分原因是他興奮過度。

我覺得自己的作品還說得過去，不是作品本身如何，而是看到人家推崇的某些作品與我的相比還更糟糕。我羨慕有些人的幸福，他們知道從自己的工作中得到樂趣與滿足感，這是最方便的自得其樂方法，因為憑一己之力是完全可以做到的。尤其只需固執己見就行。我認識一位詩人，不論強者還是弱者，不論公開還是私下，不論天與地都大聲說他對詩歌一竅不通，但是他充耳不聞，依然我行我素，不斷修改、加工、百折不撓；特別當他一個人抱有這種看法時更加自以為是。

要我的作品讓我滿意還相差很遠，以致每次重溫時，每次都要惱火：

重讀時我感到羞恥，看到那麼多錯誤，
我是作者也認為應該刪除。

——奧維德

我心中產生一個想法和某個模糊的形象，好像在夢中向我提出比我正在做的更好方式，但是我又抓不住它，無法利用。這個想法其實還是並不高明。我由此得出結論，古代那些大智大慧者的思想遠遠超出我的想像與夙願的極限。他們的作品不但使我滿足和充實，還使我驚訝，五體投地。我體味它們的美，我看到了美，雖不能看得透徹，至少足以使我知道自己無法望其項背。我不論做什麼，就像普魯塔克提到色諾克拉特，應該向美惠三女神獻禮，以求得到她們的青睞，

凡能令世人喜歡的，
感官愉悅的一切，
無不來自可愛的美惠三女神。

——作者不詳

她們從不對眷注我。我寫的東西粗陋不堪，缺乏溫柔與美感。我不知道怎樣把事物的風貌淋漓盡致發揮。我的處理無法爲題材增色，所以我要題材本身很精彩，有強烈的吸引力，熠熠生輝。我採用通俗的、喜聞樂見的素材，這也是我的天性使然，我一點不喜歡當前風行的裝模作樣、沉悶的智者風貌；還爲了使我的心情活潑，不是使我的文風活潑，我的文風還更適合嚴肅樸實的素材（至於我所說自己的文風，僅是一種不定形、無規則的表述，一個民間的

隱語，一種無定義、無分段、無結論的方法，模模糊糊，就像阿馬菲尼烏斯和拉比里烏斯①的說話）。

我不會取悅於人、引人入勝、製造懸疑。世上最好的故事到了我手裡也會變得枯燥無味，生動不起來。我只會有啥說啥，不具備我看到好幾位朋友身上這種談笑風生的才能，跟初次見面的人有說有笑，讓一群人聽得全神貫注，不知疲勞地東扯西拉叫王爺聽在耳裡津津有味。他們從不缺乏話題，有本領聽到第一條消息就會加以利用，迎合聽者的脾性與心意改頭換面轉述給他聽。

王爵們不愛嚴肅的話題，而我又不會說得天花亂墜。一開始就說得頭頭是道的道理，總是最容易被人接受，我就不知怎麼利用，眞是個拙劣的布道師。不論談什麼，我想把我所知道的最後的事先說。西塞羅認爲哲學論著中，最難寫的部分是引言。若說得對的話，我卻扭住結論不放。

雖說是要把琴弦調到各種音調，但是最高的在演奏中最少使用。舉起一件輕物與托住一件重物至少要用同樣的技巧。有時對事物必須要進行表面處理、有時要進行深度處理。我知道大多數人都處在這個低層次，對事物也只能揣想其表面現象。我還知道最偉大的聖賢如色諾芬和柏拉圖，在人前也會隨隨便便用平易近人的方式議論和處理事物，這全由他們永不失去的隱逸儒雅作爲支撐。

① 西塞羅《學術問題》中的兩個人物，缺乏審美感與批判精神。

此外，我的語言也不流暢與講究。它粗俗輕率，信筆寫來，沒有章法。我喜歡這樣寫，這不是出於我的主張，而是由於我的天性。但是我覺得有時實在過於隨意，爲了過於避免刻意與做作，我走到了另一極端：

我追求簡單明瞭，
卻變得晦澀曖昧。

——賀拉斯

柏拉圖說，使語言增色和減色的關鍵不是文章的長與短。

當我要去嘗試追求一種前後呼應，勻稱一致的風格，我辦不到。雖然薩盧斯特的明晰與節拍更適合我的個性，我還是覺得凱撒更傑出、更難於重現。雖說我更傾向於去模仿塞涅卡的語言，但還是更欽佩普魯塔克。在做事與說話方面，我只是順著自己的天性。或許由此也可說明我爲什麼說話要勝過寫作。動作與行爲鼓動語言，尤其對像我這樣會突然激動興奮的人更是如此。舉止、表情、聲音、衣飾、姿勢，像喋喋不休說話一樣，會給原本沒有意義的事物帶來某種意義。梅薩山拉在塔西佗面前埋怨他這個時代的某些緊身裝束，演講者發言的講臺形狀，都妨礙他們慷慨陳辭。

我的法語不論在發音和其他方面，都受到我的粗鄙俚俗的地方語影響。我從來沒有見過本地區的人，說話不帶濃重的鄉音，使聽慣純正法語的耳朵受不了。這也不是說我精通佩里戈爾方言，我使用這種語言也不會超過德語；對此我並不操心。這是一種方言，就像我周圍各地人說的一樣，普瓦圖話、聖都瓦話、昂古萊姆話、利摩日話、奧弗涅話，軟綿綿、拖沓、囉嗦。在我們北面往山區的地方說一種加斯科涅話，我覺得特別美，聲音乾脆、意義簡單明瞭，說眞的是一種有陽剛氣、尙武精神的語言，勝過我聽到過的任何方言；它急促、剛勁有力、得體，而法語優雅、細緻、豐富多彩。

至於拉丁語，我是作爲母語學習的，但因疏於實踐而失去流利會話的能力，在書寫上還行，以前有人稱我爲老夫子。我在這方面的本領也就是這麼多。

在人際關係中，美起著巨大的引薦作用，使人與人融洽的第一法寶，就是粗野孤鬱的人無不會被美的魅力打動。身體是我們存在的一個重大部分，占有崇高的地位，所以它的結構與組織都必須愼重對待，誰要是把我們的兩大主要部分分解，相互脫離，那就錯了。相反，應該將它們結合配對。應該命令心靈不要自顧自置身事外，看不起肉體，把它拋在一邊（或者讓它除了拙劣模仿以外不會做別的），而是要與它結合，擁抱它、喜愛它、幫助它、監看它、訓練它、給它出主意，當它誤入歧途時勸它回頭，與它結婚、做它的丈夫。以便它們的表現不相互對立矛盾，而要協調一致。

基督徒對這種結合接受一種特別的教誨，因爲他們知道神的法律主張肉體與靈魂合爲一體，直至肉體同樣接受永遠的報應，上帝瞧著整個人在行動，根據他的所作所爲給予他懲罰或獎賞。

在所有學派中，逍遙學派研究民俗最爲精深，認爲唯有智慧才能同時造福於這個肉體與靈魂的結合體。還指出其他學派並不關注這樣的結合，有的強調肉體、有的強調靈魂，其實這都是錯誤的，忽視了人這個主體，也忽視了他們一般承認是大自然的這個主導。

區分人與人的第一不同點，使人優於人的第一依據，很可能就是美的優勢：

在分配土地時，必然考慮到
每個人的美、力量與精神狀態；
美受人讚賞，力量讓人懾服。

——盧克萊修

我的身材略矮於一般人。這個缺點不但使身居指揮要職的人不夠英俊，也造成諸多不便，因爲相貌堂堂形成的權威性非同一般。

C·馬略不樂意接見身高不足六尺的士兵。卡斯蒂格利奧納在《侍臣論》一書中，很有道理地說到他訓練的貴族都選擇中等身材，免得有什麼與眾不同之處讓人指指點點。但是若不能滿足這一條，寧可選擇較矮而不是較高的身材，我認爲選軍人則不應該這樣做。

亞里斯多德說，矮個子男人可以很漂亮，但絕不美；高個子男人看起來心靈博大，猶如魁梧的身材可以襯托相貌。

他說，衣索比亞人和印度人選國王和官員時要憑相貌和體型。他們是有道理的，因爲這樣隨從人員尊敬他，敵人看到對方陣容裡爲首的將領美若天神，會生敬畏之心：

圖努斯走在第一排步伐威嚴，
手執武器，高出眾人一頭。

——維吉爾

我們偉大神聖的天主，他的一切教誨都必須認眞地、虔誠地、崇敬地去領會，他不否定要注意儀態，「你比世人更美」（《聖經・詩篇》）。

柏拉圖希望他的理想國官員具備節制與堅強，還有美貌。

當你混在僕人堆裡，有人問你：「老爺在哪裡？」對你的理髮師和祕書打過招呼以後才輪到你，這眞是極大的悲哀。可憐的菲洛皮門就遇到這樣的事。他比他的隨從先到了他作客的那個人家，女主人不認識他，又見他其貌不揚，使喚他去幫助她的女僕擔水生火，以便接待菲洛皮門。他的貴族侍從到達後，看到他忙得不可開交很驚訝（因爲人家派他幹什麼活他都規規矩矩在做），問他在幹什麼，他回答說：「我爲我的醜陋贖罪。」

其他的美都是屬於女性的，身材之美是男性唯一的美。若身材矮，即使前額寬實、兩目清澈溫柔、鼻子小巧玲瓏、耳朵嘴巴秀麗、牙齒整齊潔白、棕色鬍鬚緊密均勻、頭髮捲曲、頭顱有模有樣、膚色鮮嫩、表情討人喜歡、身體沒有氣味、四肢勻稱，都算不上是個美男子。

我這人身材結實粗壯，臉上肉不多卻是鼓鼓的，表情介於開心與憂鬱之間，脾氣也不慍不火，

但我的兩腿與胸前都長滿了毛；

——馬提雅爾

健康良好，精神愉快，雖是上了年紀，很少受疾病的困擾。我一直是這樣的人，此刻想到自

己，年紀早已過了四十，實在已經走上了年邁之路。

年富力壯時的精力逐漸消退，
人開始衰老。

——盧克萊修

從今以後，我這個人只及得上從前的一半，不再是原來的自己。我天天都在消失，都在離開自己。

歲月到來，把我的天賦一件件偷走。

——賀拉斯

我從來缺乏機靈與敏捷，雖則我的父親精力充沛，直到古稀之年心情還是非常開朗。他在地位相同的人中間，找不到一個人在體育運動上可以與他並駕齊驅，就像我找不到一個人不勝過我，除了賽跑以外（這方面我還屬中等水準）。在音樂方面，我沒有嗓子唱歌，從來沒有人教過我樂器演奏。在舞蹈、網球、摔跤方面，我淺嘗輒止，只學了一點皮毛。游泳、擊劍、騎術和跳躍，一樣不會。

雙手笨拙，寫出來的字連自己也看不懂，以至於我對自己的塗鴉寧可重新起草也不願花心思去辨認。我念書也不見得更好，我覺得聽者感到壓抑。要不然倒是好學者啊！

我不會按照格式折疊一封信、也不知道修羽毛筆、在餐桌上正確使用餐刀、給馬匹套鞍轡、恰當地托鷹放鷹、跟狗、鳥、馬說話。

我的身體狀態跟精神狀態總的來說非常相稱。從不心情輕鬆愉快，只是精力扎實充沛、吃苦耐勞；但只是逢上自覺自願時吃得起苦，想做多久就是多久，

內心歡樂才會忘記工作勞苦。

——賀拉斯

換句話說，若不受樂趣的誘導，若不被自己純正自由的意志帶路，我就一事無成。因爲我自由散漫，除了健康與生命以外，已沒有東西願意爲之煞費苦心啃我的手指甲，折磨和強制自己的精神去換取，

即使綠樹成蔭的塔古斯河沙灘

衝向大海的全是黃金，給我我也不幹。

——朱維納利斯

極端懶散、極端自由，是天性也是習慣，要我費神不亞於要我放血那麼樂意。

我的心靈只顧自己，習慣於獨斷獨行。至今還沒有一位統領和嚴師強求於我，我也總是信步往前走。這使我驕氣，不懂得爲他人著想，做事只對自己有利。對我來說也沒有必要去

改正這種遲鈍、懶惰、無所事事的天性。因爲看到自己生來那麼幸運，也就沒有理由去重新考慮；還有那麼一點小聰明讓我知道這個境況不差，也就不用再追求什麼，得到什麼：

順風不會使我揚帆遠航，
逆風也不會使我船隻轉向，
論力量、才智、美貌、美德、門第、財富，
我在大人物中最小，在小人物中最大。

——賀拉斯

我所需要的只是對自己的命運感到滿意，也就是心靈的調節，要在各種境遇中處理得好同樣也是困難的，我們從經驗看到在富裕時比在貧困時更難做到；可能是這個原因，按照我們其他情欲的軌跡，揮霍成性比貧寒更刺激對財富的渴望，節制的美德也比忍耐的美德更少見。

我所需要的只是靜靜享受上帝慷慨賜予我的財富。我從沒做過任何無聊的工作。我也不積極管理自己的事業，就是管理，也是由別人提出後，在我的時間內、以我的方式去做，他們信任我、理解我、不催我。因爲出色的馬師傅才能叫一匹喘氣的劣馬幹活。

我童年也受到寬鬆自由的教育，從不強制約束。這一切形成我的性格溫順、禁不起煩惱。我甚至喜歡人家把我的損失與麻煩都對我瞞著不說。我還因漫不經心而把府上日常開銷都打在我的帳目上，

這筆冤枉錢溜過主人的雙手，
落進了盜賊的腰包。

——賀拉斯

我喜歡不去深究自己做的帳本，這樣對損失可以糊裡糊塗。我要求跟我一起生活的人，若沒有感情和不思好好做，要詐騙我也要做得有個好樣子。我由於不夠堅強，難以忍受我們必然遇到的厄運的騷擾，也不能保持緊張狀態去處理和解決這些事情，索性心裡抱了這樣的原則，讓一切都聽憑命運的安排，凡事都往壞處去想；壞事眞的來時，決心坦然耐心地承受。我打定這個主意工作，一切想法也朝著這個目的去準備。

遇到危險，我想得多的不是如何逃過，而是逃過也不怎麼重要。我處於危險之中時，又怎麼樣呢？我不能左右事情，我就左右自己；事情不適合我，我就去遷就事情。我沒有多大技巧做到掌握命運、迴避命運或強迫命運，謹愼小心引導事情爲我所用。我還沒有長性去忍受必不可少的細膩艱苦的工作。對我來說最難受的情境，就是對一些急事懸著心，處於擔憂與希望之間。反覆考慮，即使對付一些小事，也叫我煩，覺得自己的思想遇到猶豫不決、左右爲難時茫無頭緒，還不如等待時機到來時，坐下來拿個主意去解決。

我的睡眠很少受情欲的干擾，但是稍爲遲疑不決就使我輾轉反側，一夜難眠。就像走在路上，有意避免傾斜打滑的兩邊，踏進最多車馬通過的低凹泥道，從那裡再也不會往下跌了，從中找到安全。也喜歡倒楣透頂的不幸讓我立即嘗盡了苦頭，就不會在事情了結與未了結的懷疑中備受折磨與煩惱。

充滿懸念的壞事最折磨我們。

——塞涅卡

事情發生時我像個男子漢那樣面對，事情存在時卻像個孩子那樣處理。害怕下跌比受到打擊更使我心寒。得失總是不相稱的。貪者要比貧者，嫉妒的人要比戴綠帽的人，更受情欲的煎熬，放棄葡萄園還比爲葡萄園打官司少一點麻煩。最低的階梯最結實，這是穩定的基座。你需要做的只在於你自己，它是獨立的，不依附於他物。

以下是一位爲人熟知的貴族的例子，不是包含著某些哲理嗎？他能說會道、愛開玩笑，青年時代花天酒地，上了年紀才結婚。他想起戴綠帽子這類的事給過他許多話題，去嘲弄過別人；爲了自己不被人揭短，他娶了一個煙花女子爲妻，跟她約定日常的祝賀：「你好，婊子！」、「你好，王八！」他在家裡跟客人談得最公開與最多的話題，也是他這樣的安排，從而他可以堵住嘲弄者背後的議論，緩和責備的尖刻程度。

至於野心，這是自命不凡的鄰居，或者說女兒，要我向它走去，那必須由命運之神過來攙我的手。因爲要我煞費苦心去追求一個渺茫的希望，低聲下氣去忍受那些人創業初期企求抬舉的艱難人生，那不是我擅長做的事：

我不會用現金去買希望。

——泰倫提烏斯

我迷戀我看見與掌握的東西，我不會遠離我的港灣，

一只槳舉上水面，另一只槳拖在海邊。

——普羅佩提烏斯

不首先拿家產去冒風險，那就很少會走運；而我還是認爲，如果你能保持出生與成長時的生活條件，卻不惜放棄一切所有，去試一試沒有把握的發財機會，那才是瘋狂。哪個人得不到命運的眷顧，沒有立足之地，過不上平靜安穩的生活，那時他孤注一擲還可以原諒，因爲反正這都是窮途末路的掙扎。

危難中不得不走上一條冒險之路。

——塞涅卡

我更會原諒把遺產揮霍殆盡的幼子，而不會原諒有責任保護一家榮譽、犯錯誤使全家陷入困境的人。

我聽了從前那些好友的勸告，確實找到了那條最短、最方便的路，擺脫這個欲望，過深居簡出的生活，

他的生活多溫情，不追求功名

——賀拉斯

既看清自己的能力成不了大事，還記得已故掌璽大臣奧利維埃的這句話，說法國人就像猴子，攀著一根根樹枝不停地往上爬，爬到了樹頂上，在那裡就露出了自己的屁股。

膝蓋發軟，背已彎下，
再在頭上放個重物，多不好看。
——普羅佩提烏斯

我身上的品質無可指責，只是覺得在這個世紀毫無用處。我生性隨和，可以被人說成怯懦與軟弱；誠信與良知可以認爲是謹小愼微；坦率與自由是討厭、輕率和魯莽。不幸也有其好處。出生在一個道德敗壞的世紀也會是一件幸事；因爲跟別人相比，你輕易可以被看做是個有道德的人。在我們這個時代，誰只要不弑父誅母、褻瀆神明，就算是個善良之輩了。

要是一個朋友不賴帳，
把破袋裡的銅綠貨幣還給你，
這樣誠信可靠，值得大書特書，
還可在祭臺獻上一頭戴花冠的羔羊。
——朱維納利斯

還從來沒有一個時代與地點，向君主提出善良與公正，會得到更肯定與隆重的酬謝。誰第一位透過這個途徑去博取信任與獲得愛戴，要是不輕而易舉地勝過其他同伴，我就會失望。武力與殘暴可以成事，但不是萬能的。

我們看到商人、村官、工匠打仗時的英勇智慧，不輸貴族；不論在群體和單獨作戰中都非常出色。在我們的戰爭中他們戰鬥，保衛城市。在這樣的老百姓中間，一位君主顯不出表率作用。那他可以發揚人道、坦誠、正直、節制、尤其公正，這些被人遺忘、拋棄、已很罕見的品質。只有人民的意志才能使他成就大事，最能鼓舞人民意志的就是下面這個品質，對他們要比什麼都有用。

仁慈最得人心。

——西塞羅

以此來說，我會覺得自己是個偉大的奇男子；若與過去幾個世紀的人相比，我只是個平庸的侏儒；在那個時代，且不說有沒有其他非常優秀的品質，至少經常見到一個人報仇時不心狠手辣，對人不睚眥必報，信守自己的諾言不口是心非、不見風轉舵、不人云亦云、不投機改變自己的信仰。我寧願為工作折斷脖子，不願改變信仰為他們服務。

時下十分流行的虛偽和隱諱的新道德，我對之深惡痛絕，在所有的惡行中還沒見過比這更加卑怯與低劣。這是一種膽虛與奴性把自己遮蓋和隱藏在一副假面具後面，不敢讓人看到自己的真面目。我們這時代的人從中學會了背信棄義。由於說慣了假話，失信也不會引起良心不安。高尚的人不應該口是心非，他願意讓人看到心靈深處。一切都光明正大，至少一切都非常人性。

亞里斯多德認爲心靈高尚就是愛恨分明，評論與說話開誠布公，爲了眞理不計較別人的贊成與反對。

阿珀洛尼厄斯說，奴隸才說假話，自由人要說眞話。

這是第一和基本的美德。我們必須因爲它是美德而愛它。誰若是因受義務與利益的驅使而說眞話，誰若因爲與人無礙而不怕說假話，這還不夠是個眞正老實人。我的心靈結構容不下謊話，而且想到還厭惡。

有時，當我猝不及防，必須不假思索作出反應時，我還是會說謊的，事後我會感到強烈的羞恥和內疚。

這並不是說要把一切和盤托出，這樣做就傻了；但是說出來的話要符合一個人的想法，不然就是惡意欺騙了。我不明白有人成天弄虛作假、巧言令色圖的是什麼，除了到頭來就是說眞話也沒有人會相信。騙人只可能一次或兩次。但是像我們的某些君王把說假話與說大話當做家常便飯（就像古代馬其頓人麥特魯斯說的），假若他們的襯衣探知他們的眞實意圖，也會被他們扔進火裡；還有誰不弄虛作假誰就不會統治，這豈不是在告訴與他們打交道的人，他們所說的都只是假話與謊話而已。

「人若沒有誠信的聲譽，愈精明能幹，愈可憎可疑。」（西塞羅）有人自誇可做到表裡不一，像提比略一樣，誰要是輕信他的表情與說話，那未免過於天眞。我不知道這樣的人在跟人打交道時，說的話都算不得準的，又能得到什麼呢？

誰對眞理不忠，也會對謊言不忠。

我們這個時代的人，在評論一位君王的責任時，只是看他治理的功績，更優先於他遵守信義與良知；他們對君主會這樣進諫：命運已把他們的國事安排井井有條，不妨偶然一次失信食言，會使國家從此鞏固。但是事實並不如此。遇上同樣討價還價的談判中又會出此下策。他們在一生中不只一次媾和，也不止一次訂條約。利益誘使他們第一次背信棄義（這方面差不多總是摻雜著利益，就像在所有其他的壞事中；褻瀆神聖、暗殺、叛亂、背叛都是由於某種好處而策劃的），但是這第一次利益以後會帶來無窮的惡果，鑒於這次背信棄義，無人會與這位君王結交和談判。

奧斯曼家族很少講信義，遵守條約；在我童年時代，帝國蘇丹蘇萊曼二世領兵來到了奧特朗托海峽，他獲悉梅爾庫里諾．德．格拉蒂納爾和卡斯楚的居民在交出城池後被當作囚犯關押了起來，這違背了他們投降的條件，下令放了他們。他在這個地域還有更大的事業要完成，這種不講誠信的行爲從表面來看雖有利可圖，但是對他今後的名聲不利，會造成無限損失。

而我寧可做個令人討厭、說話直爽的人，而不是阿諛奉承、城府很深的人。

我承認，保持這樣直率和開朗，不顧及他人，這裡面也摻雜一點自傲與固執的成分。我覺得我在不該自由的地方太過自由，過於激動時顧不到尊重別人。也可能我缺少心計，全憑天性行事。面對大人物說話與舉止都像在家裡那樣隨隨便便，我若有察覺不到之處會多麼冒失與失禮啊！除了生來如此以外，我的思想也不夠靈活，不會對直截了當的問題閃爍其詞，避免正面回答，不會捏造事實，也沒有足夠的記憶力記住這是捏造的，還在人前信心十足地打包票；我因懦弱而裝得勇敢。於是我索性憑自己的天眞行事，想什麼就說什麼，從態度上和言辭上都表現坦然，讓命運來主導事態的發展。

亞里斯提卜說，他從哲學得到的最大好處是他對誰都會自由坦誠地說話。

記憶力是一件可以巧妙使用的工具，少了它就不能完成判斷的任務；而我就沒有記憶力。誰要跟我說什麼，必須一段一段說。因爲包含許多內容的話，我就沒有能力回答。我接受一件任務就要把它記在小冊子裡。若要發表什麼長篇大論，我就只好老老實實、辛辛苦苦把要說的話一字一句背出來，不然我就缺乏條理與信心，唯恐記憶力跑來跟我搗鬼。

但是這樣做對我並不輕鬆。背上三句詩需要花三個小時。還有對待自己的作品，我有自由與權力去改動前後次序，修改一句話，不斷變換內容，弄得文章更加難記。我愈不信任我的記憶，記憶愈困擾我；若是偶然碰上那倒還好處理，我應該隨隨便便求助於它；因爲我逼它，它吃驚；此後它開始坐立不安，我愈詢問它，它愈發呆爲難；它會在它的時間，而不是我的時間內幫我的忙。

我對記憶有這樣的感覺，在其他方面也這麼認爲。我避開約束、義務與牽制。我輕而易舉、自由自在能做的事，若受明確指定的命令逼著自己去做，我就不知道怎樣做了。身體也是，四肢原有自己的支配權，當我要它們在指定的時間做一件必要的事，它們有時就不聽我的使喚。這種暴君式的強迫命令叫它們反感，它們因害怕我不滿而蜷縮發僵。

以前有一次，在聚會中敬酒不喝是嚴重的失禮行爲，雖然人家十分隨意招待我，我偏要依照當地的習俗充好漢，去討好同席的女士們。當場就出了糗，我不得不違反我的生活習慣與天性去勉強自己，嚇得我喉嚨也哽了，一滴酒也嚥不下，連得宴席上該喝的酒也沒有喝。我想像中的狂飲竟把自己灌醉了不能再喝。

想像力愈是豐富誇張的人，這個效果愈是突出，然而這也是挺自然的，每個人都有過類似的感覺。有一位弓箭高手被判死刑，他若能出手不凡證明他的精湛技術，就可免於一死。但他拒絕去試，擔心意念過於集中會失手，不但救不了自己一命，還敗壞他一生百發百中的英名。

一個人在老地方散步時陷入沉思，腳步的跨度與次數總會保持一致，很少有差異；但是要用心去數去量，他就會發現偶然間自然而然做到的事，用著心思去做反而做不到那麼好。

我的書房在村裡也算精緻，位於我那幢房屋的角落裡。遇到我心血來潮要去找或寫什麼東西，唯恐穿過院子時忘掉，就告訴別人代爲記住。談話時我若敢於偏離原來的思路，必然會回不過來，這就使我說起話來言辭呆板、生硬、乾巴巴。對於伺候我的人，我一定要以他們的職務和家鄉地名來叫喚他們，因爲他們的名字叫我很難記在心裡。我最多說得出他的名字有三個音節，聲音很硬，開頭或結尾是個什麼字母。

要是活得長，我不相信我不會像某些人那樣忘了自己的名字。梅薩山拉・科維努斯有整整兩年完全失去記憶。據說特拉布松的喬治也是如此。從我的利益來考慮，我經常在琢磨他們過的是怎樣的生活，我若失去記憶是否還有足夠的心情保持生活的樂趣。深入一步來看，我怕完全失去記憶，也就失去了心靈的一切功能。「記憶不但是哲學，還是有關實際生活和一切藝術的唯一集散地。」（西塞羅）

我全身穿孔，到處流失。

——泰倫提烏斯

我曾不只一次忘記三小時前傳出或接到的口令，忘了自己的錢包放到了哪裡，儘管西塞羅說過「沒見過哪個老人忘記自己藏寶的地點」。我最會丟失自己特別在乎藏好的東西。

記憶是知識的庫房和容器。我的記憶那麼差勁，因而所知不多也不必過於自怨自艾。一般來說，我知道學科的名稱以及包含的內容，深入的東西就一無所知了。我翻閱書籍不求甚解。留在我心中的東西倒不是在別人那裡見得到的，只是這時我的判斷力發揮了優勢，充滿推理與想像。作者、地點、原話和其他情況，都立即忘得一乾二淨。

我的忘性那麼特殊，就是自己的書信著作也不見得記得更牢。別人照抄我的文章我也渾然不知。若要知道我在這裡旁徵博引的詩句與例證出自何處，也會把我難倒，說不出來。我只是從名門望族那裡乞求施捨而得來的，不但要求內容精湛豐富，還要出自博學鴻儒之手，權威與理性並行不悖。如果我的書籍遭到其他書籍相同的命運，如果我的記憶使我寫的與我讀的、我主張的與我學到的東西不同，這也沒什麼奇怪。

除了記憶的缺點以外，我還有其他缺點，大大有助於我這人蒙昧無知。我思想遲鈍木訥，稍有疑雲就會卡住，以致（比如說）我向它提出的謎語再容易，它也猜不出。稍微要動腦筋的小事也可難倒我。需要運用智力的遊戲，如象棋、紙牌、跳棋等，我都只懂大致的玩法。我領會很慢，又會弄糊塗，但是一旦領會，便會領會得很好，在領會的時間內並能融會貫通，洞中肯綮。我的目光看得遠，清楚全面，但是在工作中容易疲勞、會迷糊；這樣我就不能長時間做書案工作，除非有別人幫助。小普林尼告訴缺乏經驗的人說，對於從事這類工作的人來說，做事跟不上會有多麼重要的影響。

人無論多麼無能與魯鈍，身上總是有閃光的個人品質，品質不論埋藏多深，總會在某個時機顯露出來。一個心靈對其他一切都懵懵懂懂，唯獨對某一種事耳聰目明，超過常人，這究竟是怎麼一回事，那就必須請教我們的先生。美麗的心靈是對一切都能統籌、開放和接受的心靈，雖未經教育，至少是可以教育成才的。

我說起這點是對自己心靈的控訴。因爲出於軟弱或懶慵（對我們腳下的事、我們手裡的事、對我們的日常生活密切有關的事都懶懶散散，這其實跟我的主張相去甚遠），也找不到哪個心靈像我那麼無能，對許多基本常識那麼無知，這說來眞令人汗顏。我不妨在此舉幾個例子。

我生在農村，在田間勞動中長大。自從過去掌管我現有財產的人離開他們的職位以後，就由我自己當家做主了。我既不會用籌碼也不會用筆算帳。對自己的大多數貨幣也不認識。農作物在地裡與在糧倉裡，若差別不明顯，我也分不出來；園子裡的甘藍與萵苣還略可辨別。還有連孩子都知道的主要農具名稱，基本農業原則，我也不清楚。更不要說機械原理、貿易和商品知識，水果、酒類、肉類的品種與特色；不會馴鳥、不會幫狗與馬看病。

不到一個月內就被人發現我不知道酵母在做麵包時有什麼作用，葡萄酒發酵又是怎麼一回事，這眞是讓我丟盡了顏面。在古時候雅典，說看到一個人能否乾淨俐落地捆紮荊棘，就知他有沒有數學的天分。而在我身上肯定可以得出相反的結論：因爲就是給我一座什麼都不缺的廚房，我這人還是會挨餓的。

聽了我坦白的這些特長，也可以想像出其餘讓我受罪的優點了。但是，不論把自己說成怎樣的一個人，只要這符合我的實際情況，我就是達到目的了。由於這樣，我也不用為自己居然寫出那麼低俗膚淺的話而感到歉疚。這是題材低微逼得我這樣做。你若有意可以抨擊我的計畫，但不要抨擊我的實施方式。不管怎樣，沒有別人的提醒，我也看出這一切都微不足道，並無多大價值，以及我的意圖的荒謬性。這還是證明我的判斷力——從中衍生了這些隨筆——還不至於完全在亂彈琴。

願你有只好鼻子，願你的鼻子
大得連阿特拉斯也難往上抬。
讓你的鬼臉叫拉丁努斯也會笑起來，
你要說我無用也沒用，
我自己說得比你還要凶。張開空口啃什麼？
吃飽肚子需要的是肉。
省省你的力氣吧！
對自鳴得意的人，
你噴毒液也白搭。
我的書就是差，知道了又怎樣。

——馬提雅爾

我沒有義務不說一句蠢話，只要我知道不是在自欺欺人。意識到自己會出錯的擔心屢驅不散，因而也會以這樣的方式出了錯，不經意時倒從來不錯。把非禮的行爲歸咎於魯莽的性格易如反掌，因而我免不了自己以此來爲壞事辯白。

有一天，我在巴勒杜克看到，西西里國王勒內把他的自畫像，作爲紀念品送給了國王弗朗索瓦二世。他用鉛筆自畫，爲什麼不允許別人用羽毛筆自畫呢？

我還不想忘記在人前不好意思提起的瑕疵，優柔寡斷，在國際談判時會壞大事的缺點。事情不明朗我就難下決斷：

我心中既無「是」也無「不」的聲音。

——彼特拉克

我很會堅持觀點，但是不會選擇觀點。

因爲世事處理中，不論你屬於哪一派，總可以找到許多理由爲自己論證（哲學家克里西波斯說，他從芝諾和克利昂特斯老師那裡要學的只是基本原理，因爲證據與理由他自己可以提出來的就綽綽有餘了），我不管轉向哪一方面，總是可以找到足夠的原因與根據來爲自己立說。所以除非情勢所逼，我心中總是懷疑，做不出選擇。說句眞話，那時我經常是投筆空中，也就是說全看天老爺怎麼說了：我這人憑輕率的天性與偶然的形勢作出取捨，

稍有疑慮，心便向兩邊搖擺

——泰倫提烏斯

在大多數情況下，我的看法向兩邊搖擺非常均勻，因而樂意讓抽籤和擲骰子來作出決定。帶著對人性弱點的巨大關注，我看到神的歷史中留下這樣的做法給我們，對於有疑慮的事情讓命運與機緣來決定選擇：「於是眾人爲他們搖簽，搖出馬提亞來。」（《聖經·使徒行傳》）人的理智是一把危險的雙刃劍，且看蘇格拉底，還是理智最親密的知心朋友，手中拿的手杖也有好幾個頭。

因此，我這個人只適宜於跟在人後隨大流。我不信自己有力量去指揮引導。我樂於走別人走過的道路。如果必須對一件沒有把握的事去冒風險，我寧可聽命於一位比我更有主意和決斷的人；我對自己的主意總覺得論點不牢靠。我有了主意又不容易改變，因爲我在相反的主意中也有同樣的弱點。「遇事都贊成的習慣本身就是危險和站不住腳的。」（西塞羅）尤其在政治事件中更是爲混亂與指責大開方便之門：

就像兩只托盤重量相等，
一頭不下落，一頭不上升。

——提布盧斯

馬基雅弗利提出的論點都有根有據，然而也很容易被人駁倒；駁倒它們的人也可以同樣輕易再被別人駁倒。因而無論什麼論點，總是可以找到理由駁斥的，反駁的、再次駁斥的、三次駁斥的、四次駁斥的，這樣無窮的爭論，會由於我們的小肚雞腸，官司可以永遠打下去。

敵人一拳來，我們一腳去，

——賀拉斯

各種理由的根據不外乎是經驗，而人類發生的事情五花八門，也就提供了無窮無盡、形形色色的例子給我們。當代一位有學問的人說，曆書上有人說到熱，就有人會說冷；說到乾，就有人會說溼，總是要跟預言說得不一樣；誰若打賭看某一件事會不會發生進行，選擇哪一邊都無所謂，只要不選擇絕對確定的事就行，比如說耶誕節酷熱難熬，聖約翰節寒若嚴冬這樣的事。

我還想到了這些政治論點，不論讓你扮演什麼樣的角色，只要不去觸動那些明白無誤的基本原則，你可以做得跟對手一樣出色。此外，在我看來，在公共事務中的任何規定經過一定時間的穩定後，不會壞得連任何變動與更改都會比它們好。我們的道德極端敗壞，以驚人的速度蛻化墮落。在我們的習俗與法律中有些內容野蠻、駭人聽聞。儘管勵精圖治很困難，還有四分五裂的危險，若能在這只輪子裡插上一根棍子，制止它再往下滾，我會全心全意去做的：

例子不論如何可恥，如何令人厭惡，
總是還可以舉出更壞的例子。

——朱維納利斯

我覺得局勢最糟糕的是動盪，我們的法律猶如我們的服飾時時在換花樣。說一項政策有缺陷是容易的，因爲人世的事都充滿了缺陷；要老百姓唾棄陳規舊習也是容易的。誰做都是可以做成的；但是摧毀舊的以後要建立新的，在試圖革新的人之中又有許多人徒歎奈何。

我的所作所爲不夠謹愼小心，我又樂意步隨世局的趨勢。不思追究原因，聽憑別人安排什麼做什麼的人是幸福的，要勝過那些安排的人；他只要乖乖地聽憑上天的驅使。要一個動腦子、好爭論的人服從可不是簡單輕鬆的事。

總之，再回到我自身來說，我唯一還欣賞自己的一個優點，就是不像別人都不承認自己有缺點，我的勸告是平凡、中庸和大眾化的，誰會認爲自己連這點也做不到呢？這個建議本身或許包含著這個矛盾，這是一種病，但從不生在看得見的部位；它頑固難治。但是病人的目光一掃即可把它看透、驅散，就像陽光穿透烏雲一般。在這個問題上控訴自己即是責備自己，判罰自己即是補贖自己。

從來沒有一個破門而入的盜賊或弱不禁風的女子，不認爲自己善於應付。我們輕易承認別人勇敢，強壯，有經驗，有才能，長得美，但是絕不會說哪個人判斷力比自己強。別人提出合情合理的見解，我們總覺得自己朝這方面去注意也可以提出來。學識、文筆、其他種種，出現在其他人的作品中，若超過我們必然心有感觸。但是智力思考，每個人都認爲自己心裡也經常閃過類似的念頭，很難辨別出其中的分量與困難，除非是差距很大和不可比擬的時候——即使這樣也不易區分。因而我並不對這種操勞給予多大的期望與讚揚，這不是可以沽名釣譽的一種伎倆。

此外，你寫給誰看呢？對書作出評判的學者只承認學術性價值，在我們心智的產物中只取其淵博與藝術的部分。若連西庇阿家庭的成員也分不清，你還能說出什麼值得可信的話呢？按照他們的意思，不知道亞里斯多德的人，連自己也不會知道。凡夫俗子看不出一篇鴻論中博大精深之處。世界上多的是這兩種人。還有就是跟你默契的第三種人，他們爲人方正自信，人數之少就是在我們之中也沒有名氣、沒有地位，欲要努力討好他們，大半時間都是白白浪費的。

常言道，大自然賜給我們的資質，最公平的是良知，因爲沒有人對大自然給予他的那份良知會不滿意。這不是說明問題了嗎？誰看得超出自己的視線，才算是看得遠。我認爲我的意思正確有理，但誰不認爲自己的意見正確有理呢？不過我可以對此提供一個最好的證據，這就是我對自己的評價不高。因爲這些證據若不確定無疑，立刻會被我對自己的偏愛所欺騙，就像一個人把一切感情都放在自己身上，而不會分散在別人身上。其他人把感情分散在數不清的知親好友身上，分散在自己的功名富貴問題上，而我全放在自己和自己的精神安寧上。若有分散到其他方向的，那絕不是按我的理智有意安排的，

學習自主生活之道。

——盧克萊修

我對自己的不足提出的看法，我覺得都是極爲大膽與一貫的。確實，這也是我培養自己的判斷力所使用的論題中的一個論題。人總是相互對視，而我把視角對準自己，執著好奇。每個人都看自己的前面，而我看自己的裡面，我以自己爲對象，不停地注視；我自我監控、自我體驗。其他人就是想到也總是往別處去；他們總是向前去，

沒有人試圖深入自己內心。

——柏修斯

而我在自己的內心徘徊。

這種選擇本眞的能力——不論在內心怎麼樣——這種不輕易放棄信念的自由意志，主要來自我自己。因爲我最堅定的基本思想，可以說，是與生俱來的。它們完全順著我的天性而形成的。我也不經雕琢如實地把它們表達出來，大膽有力，但也顯得粗糙與不完美。後來我在別人的權威著作和古代聖賢的名言中，見到我與之相符合的看法，幫助我樹立和充實自己的思想。使我堅定不移，感受到更全面掌握的喜悅。

別人期望得到思想通達敏捷的讚美，而我要做到的是思想嚴謹。別人期望一鳴驚人或者出奇制勝，我要做到的是有條有理、前後一致、思想與社會風氣的調諧。「若有什麼值得稱頌的東西，那肯定是行爲的一致性，從不在任何個別行動中有所違反；如果放棄自己的做人方式而去模仿他人，必然保持不了這個一致性。」（西塞羅）

我說到自命不凡的惡習的第一部分，以上可以看出我對此感到多麼有罪。至於第二部

分，那是對別人估計不足，我不知道自己在這方面是否同樣情有可原；不管會付出什麼代價，我決定實話實說。

也許是我不斷探索古人胸襟，對先賢的豐富心靈有所認識，使我對自己與別人都興趣索然。也許是我們生活的這個時代只能產生平庸的東西；以致我看不到任何值得大書特書的事件；也不跟哪個人密切得可以對他評頭品足；我平時從身分出發與之打交道的人，大多數很少關心文化修養，在他們接受的教育中榮譽是眞福、英勇是完德。

看到別人身上的優點，我樂於讚揚誇獎，經常說得還比我心想的再多一點，我有意的說謊也僅此而已。因爲我不會無中生有。我看到好的東西也甘願爲朋友作證；有一尺的價值，我樂於說它個一尺五。但是我不會把缺點說成是優點，也不會當眾坦護他們身上的缺點。

即使對於敵人，我該評議還是光明磊落評議。我的感情會變，我的判斷不會。我不會把批評帶入到其他與批評無關的情景中去。我那麼在乎維護我的評判自由，忍痛也不會爲了某一種個人情緒而放棄。我說謊對自己造成的傷害，要比我爲之說謊的人造成的傷害還多。我們看到在波斯國有這個慷慨俠義的習俗，他們談論他們的死敵，跟他們進行血戰，都光明磊落，對敵人的品德表示應有的尊敬。

我對某些人有足夠認識，他們各有優點。有的機智、有的熱心、有的靈活、有的認眞、有的能言善辯、有的學問淵博、有的有其他優點。但是偉人同時具備各種各樣的優點或一個極爲突出的優點，令人驚爲觀止，或者可與我們崇敬的古代偉人相提並論的，我還無緣見到一個。我個人遇見過的最偉大人物——我指的是天稟聰穎、出身高貴，那是艾蒂安・德・拉博埃西；他實在是個英才，面孔從各個角度看來都美，古道熱腸，天資之外又加上勤奮好學，若風雲際會，不難做出一番大事業。

但是我不知道怎麼會發生這樣的事（然而確是發生了），那些人立志追求知識，涉獵學術研究和一切與書籍有關的工作，在理解上卻像其他各種人同樣虛妄和低能：要麼是大家對他們的要求和期望過高，不能原諒他們身上有常人的弱點；要麼是他們自恃學識豐富，到處拋頭露面、過分賣弄，反而不知所措，顯出了原形。

好像一名工藝匠不顧工藝規程，笨手笨腳把手裡的一件珍貴材料糟蹋，這要比做壞一件劣質材料顯得更爲愚蠢，瑕疵出現在金雕像上比在石膏雕像上更叫人惱火。有些人就是這樣，他們提出的一些論點，本身在原來的場合或許並不錯，因爲他們到處濫用，這有助於這些話的知名度，卻有損於對它們的理解力。他們使西塞羅、蓋倫、烏爾比安、聖哲羅姆很光榮，卻使自己很可笑。

我很樂意再來談談我們教育制度缺少活力的道理。我們的教育目的是要我們博學，不是要我們善良與智慧。它達到了這個目的。它不教我們學習追隨美德和行事謹慎，但是它要我們頭腦裡記住這兩個詞的派生與詞源。我們知道「行善」這詞的變格，卻不知道熱愛行善；我們不必知道在思考與生活中謹愼行事，只要記住這詞怎麼亂念就夠了。

對我們的鄰居，不僅要知道他們的籍貫、家庭、親屬，還要跟他們做朋友、交談、保持默契關係。我們的教育教我們美德的各種定義、分類和表現，如家譜中的名家和分支，絕不費心教我們在行善中做得體貼，培養愛心。在我們的學習中選擇的不是觀點較爲健康、較爲眞實的書籍，而是希臘文、拉丁文寫得最好的書籍。用最美好的詞句在我們的思想中灌輸古代毫無意義的糟粕。

良好的教育改變人的看法與習俗，波萊蒙遇到的就是這樣，這個希臘紈褲子弟，在偶然間聽了色諾克拉特的一堂課，不但注意到這位講師的雄辯與淵博，把有益的知識帶回家中，還結出一個更燦爛鮮豔的果實，毅然改變前半生的生活，重新做人。我們的教育曾給誰帶來過這樣的影響？

波萊蒙改邪歸正後做的事
你會做嗎？你會不會拋棄
瘋狂的標記——花邊、座墊、飾帶，
有人說，酒醉後遭到餓肚子的老師痛罵，
他卸下了頭上的花冠。

——賀拉斯

社會地位最受歧視的人，我覺得他們的心地最謙遜單純，與我們打交道規規矩矩。農民的習俗與談話，以眞正的哲學信條來說，我認爲一般還比我們的哲學家更加有條有理。「平常人更聰明，因爲他們必須聰明行事。」（拉克坦希厄斯）

那些最傑出的名人我只是從表面來判斷（因爲若按我的意思判斷必須就近觀察），以戰績與武功來說，是死於奧爾良的德．吉茲公爵和已故的斯特羅齊元師。若以學問與出眾的美德而言，則是奧利維埃與洛皮塔爾這兩位法國掌璽大臣。

我還認為我們這個世紀詩歌昌盛。這方面的優秀人物是朵拉、貝扎、布坎南、洛皮塔爾、蒙托雷和圖納布斯。至於法語作家，我想他們把法語寫作提到前所未有的高度；這方面有龍沙和杜．貝萊，我覺得他們離古典的完美已不遠。阿德里亞努斯．圖納布斯要比他同一世紀、甚至更早的那些人學識更廣更深。

最近去世的阿爾瓦公爵和我們的王室總管德．蒙莫朗西的人生是光輝的人生，他們的命運有不少罕見的相像之處。後者在巴黎民眾和他們的國王面前死得英勇壯烈，軍隊在他的率領下為他們效勞，戰勝自己最親近的人，在古稀之年還有這樣的驚人之舉，我認為他的逝世可以歸在我們這個時代最值得紀念的大事之中。

同樣還有德．拉努王爺一貫仁慈敦厚，性情隨和；他生長在軍方派別無法無天的時代，那是眞正培養叛亂、無人性和燒殺擄掠的學校，他最終成為一位富有經驗的大軍事家。

我還在好幾處談到我對我的義女瑪麗．德．古內的期望，我愛她遠遠勝過親生，她在我退隱孤居時陪伴我，是我人生中最美的一部分，我在世上注視的也只是她一人而已。若看少年時代可以預知將來，這個心靈有朝一日會大有作為，其中一件事是把我們非常神聖的情誼臻於完美，目前我們閱讀時還有她囿於性別而未能達到的東西。

她性格眞誠堅強，足夠令我欣慰，她對我的感情深厚還有餘，她遇見我時我已五十五歲，但願對我離去的擔心，不要殘酷地折磨著她，除此以外，整體來說我也沒有其他要求。她對《隨筆》第一集提出評論；她是當代的一位單身年輕女子，獨自從事自己的工作；她對我有熱烈的感情，在跟我見面以前很長時間一直對我非常敬重；這都是非常值得重視的緣分。

其他美德在這個時代都很少提及或絲毫不提及；但是英勇，由於內戰頻仍而變成了大眾美德；在這方面，我們中間心靈堅定近於完美的人為數不少，因此也很難進行挑選。

以上就是我迄今爲止所了解的傑出與不同凡俗的性格。

# 第十八章　論揭穿謊言

是的，有人會對我說，把自己作爲描述對象，這樣的計畫對於出類拔萃的名人是可以理解的，他們舉世矚目，誰都想認識他們。這是毫無疑問的，我承認。我還知道一個普通人走過，幹活的工匠連眼皮也不會抬一抬來看，而聲名顯赫的大人物駕臨一座城市，爲了一睹尊容，工廠與店鋪都會走得空無一人。一個人除非有什麼可以供人模仿，一生與信念可以作爲楷模，否則他就不宜於讓人知道。凱撒與色諾芬勛勞卓著，這成爲一個堅實公正的基礎，使他們的著作內容詳實有據。亞歷山大大帝的起居注《王宮日誌》，奧古斯都、加圖、蘇拉、布魯圖斯等人對自己事蹟的評述，都是值得一讀的。這些人的尊容不論是青銅鑄的還是石頭雕的，大眾都樂於瞻仰。

這番教導說得有理，但是並不太打動我：
我只是在朋友要求下給他們朗讀，
不是到處，也不是在任何人面前。
別人則在論壇上甚至澡堂裡讀自己的作品。

——賀拉斯

我在這裡塑像，不是要豎立在城市的十字路口，或一座教堂裡，或公共廣場上：

找些雞毛蒜皮的事塗滿書頁，
不，這不是我做的事……

我要的是面對面交談。

——柏修斯

這就像坐在書房的角落裡，跟一位鄰居、親戚、朋友閒聊遣興，他們很高興在這樣的背景中跟我來往交談。別人覺得這個題材豐富有價值，熱心談論他們自己；而我則相反，覺得這個題材枯燥貧乏，不會讓人看來有賣弄之嫌。

我樂於評論別人的行爲；自己的行爲由於微不足道也就很少予以評論。

我不覺得我這人有多少優點，說起來也就沒法不感到臉紅。

因而聽到有人對我說到我祖先的習俗、容貌、舉止、言談和命運時，我有多麼高興！我多麼專注聆聽！對我們的朋友與先人的肖像、服飾形式與族徽紋章不當一回事，這實在來自一種不良的天性。我保存著他們的文章、印章、祈禱書以及他們曾使用的一支特殊的寶劍。我也沒有把父親平時拿在手裡的幾根長手杖搬出我的書房。

「子女對父親的感情愈深，他的衣服與戒指對他們也愈珍貴。」（聖奧古斯丁）

要是我的後代有其他嗜好，我完全有辦法報復，因爲我那時對他們的關心絕不會比他們這時對我的關心更多。我在這裡跟一般群眾打交道，就是向他們借用了更活潑、更流暢的寫作方法。作爲回報，我的書頁或可當作包裝紙不讓黃油在市場上融化。

除非金槍魚、橄欖也缺少包裝，

——馬提雅爾

我會經常給鯖魚穿上樸素的長袍。

——卡圖魯斯

就是沒有人閱讀我的書，我利用那麼多閒暇進行有用有趣的思考，沒有把時間浪費掉吧？我對著自己塑造這個形象的同時，必須經常調整修改，去挖掘內心，使模子扎實自成一體。我描繪自己是爲了別人，把色彩調得比我本身更爲鮮明。我沒有渲染我的書，我的書也沒有渲染我，書與它的作者是同質同體的，都與我的生命共生共存；不像其他書籍，其內容並非出自肺腑，目的也另有所圖。

我不斷好奇地清理自己，是把時間浪費掉了嗎？有人只是偶爾有興時在口頭上回顧自己，既不重點檢驗，也不深入剖析，不會像個以此作爲研究、工作、職業的人，誠心誠意全力以赴，保證要留下一份長期紀錄。

最美妙的樂趣是在內心體會，避免留下痕跡，不但避開大眾的目光，也避開任何人的目光。

這項工作曾多少次讓我擺脫厭煩的思慮！一切無聊的事都應該看作是厭煩的。大自然賜予我們一個極大的天賦，那就是善於獨處，還經常敦促我們這樣做，並告誡說，我們的一部分得益於社會，我們的最好部分還得依靠自己。爲了把我的任意遐想納入一定的次序與計畫，使它不致迷失方向、隨風飄揚，就把想到的點點滴滴記錄下來，分門別類編冊。

我傾聽我的遐想，因爲我要把遐想保存下來。多少次礙於俗務與理智，不能把某件事揭開，令我惱火，就借這裡一吐爲快，其中也有向大眾進言之意！然而，這些詩句像鞭子：

「啪」地打在薩貢的眼睛上、嘴上，
「啪」地打在薩貢的背上。

——克萊芒・馬羅

落在紙上要比落在人體上好。自從我找機會要剽竊些什麼來摻入與充實我的作品，對書籍就多留一點心眼，那又怎麼樣呢？

怎樣寫書我從來沒有研究過，但是怎樣寫我這部書我是有過研究的；所謂研究也就是時而讀這位作家，時而讀另一位作家，前前後後翻閱和摘錄幾句，不是爲了形成自己的看法；只是用以加強、佐證、闡述我的早已形成的看法。

但是當下世風不古，大家談到自己時我們又能相信誰的呢？還由於談到別人時我們也沒有人或者很少人可以相信，這樣說謊就失去了意義。風氣腐敗的第一特徵就是排斥實話實說。因爲正像品達說的，做眞誠的人是大美德的開始，也是柏拉圖對他的理想國統治者的第一條要求。我們現時的眞事，不是實際存在的事，而是要別人相信的事。就像我們所說的錢幣，不單指法定的眞幣，也指在市上流通的假幣。

我們民族的這個弊病早已受到譴責，因爲瓦倫蒂尼恩三世皇帝時代的馬西利亞的薩爾維努斯曾說，法國人認爲說謊與立僞誓不是罪惡，而是一種說話方式。誰要對這句證詞加碼的話，還可說他們現在已把它當做美德了。大家培養自己說謊、鍛鍊自己說謊，彷彿這是一種禮儀；因爲不露聲色是這個世紀最推崇的優點。

因而，我經常在想我們那麼虔誠遵守的這個習慣是怎麼養成的；在我們之間那麼普遍，當有人譴責我們這個罪惡時會比聽到什麼責備都生氣。指責我們說謊也就成了別人最厲害的口頭侮辱了。在這方面我覺得，誰說到了我們根深蒂固的缺點，也很自然會引起我們氣勢洶洶的反駁，我們對指責感到憤懣，大動肝火，彷彿也可以開脫自己的缺點似的。我們若眞的有這個缺點，至少在表面上總得予以譴責吧！

這種指責是不是涉及膽怯與心地儒弱？還有什麼比自食其言，比否認自己之所知那樣明明白白的膽怯與懦弱呢？

說謊是一種奇恥大辱，一位古人描述自己說謊深感慚愧時，就是在證明自己輕視上帝同時又害怕人。這話把說謊的可惡、無恥與反常說得最透徹了。因爲還有什麼事比算計人與挑釁上帝更惡劣呢？人與人的溝通都是借語言這條唯一的途徑來進行的。誰說假話，就是對公眾交往的背叛。這是我們的意願與思想交流的唯一工具，我們的心靈的媒介。它若背離我們，我們就無法共事、無法相識。它若欺騙我們，會破壞我們一切來往，切斷社會一切聯繫。

在新印度的某些民族（名字提出來又有什麼用，因爲它們已不復存在；這場駭人聽聞的征服後留下一片赤地，連地名與舊時標誌都被徹底毀滅），用人血祭他們的神祇，但是只在舌頭和耳朵上抽血，以此補贖謊言的罪過，不論是聽來的還是自己說的。

那位風趣的希臘人說，孩子玩弄骨頭，大人玩弄語言。

至於我們說謊的種種做法，樹立信譽的條例及其演變，我將留待下一次提出我所知道的事情。同時我也將盡可能去了解這種言而有信、說一不二，並與誠信相聯繫的習俗是什麼時候開始的。因爲有一點不難斷言，在古代羅馬人和希臘人之間沒有這樣的習俗。我經常覺得很新奇，看到他們相互反駁與辱罵，並不因此而爭吵起來。

他們履行職責的做法不同於我們。他們當著凱撒的面罵他盜賊、酒鬼。我們看到他們任意相互對罵，我說的還是這兩個國家的最重要的軍事將領，在那裡語言也只是用語言來報復，倒也沒有引起重大後果。

# 第十九章　論信仰自由

好意若不加以節制引導，會使人做出後果惡劣的壞事，這也是屢見不鮮的。當前宗教論戰使法國內亂不斷，最好、最合理的意見就是維持國家原有的宗教和政策。追隨這一派意見的好心人中間（因爲我說的不是以此作爲藉口來報私仇、滿足私欲或向親王獻媚的那些人；而是虔敬宗教，渴望維護國家的和平與現狀而在這樣做的另一些人），我要說有不少人看來狂熱得失去了理智，有時採取了不公正、狂暴和魯莽的決定。

當初基督教以律法開始贏得權威時，確實有許多人受到熱忱的鼓動反對一切異教書籍，使文人們痛惜這是個難以彌補的損失。我認爲這場浩劫對文學造成的災難比野蠻人歷次縱火焚燒還要大。

歷史學家科內利烏斯・塔西佗是一位好證人，因爲儘管他的親戚塔西佗皇帝下詔全世界各地的圖書館都要收藏書籍，但是任何一部書內就是只有五、六個句子不符合我們的信仰，都逃不過搜尋人員的詳細檢查而一心要焚毀。他們還不止於此，對於爲我們做事的皇帝輕易給予虛假的讚揚，對於與我們不合的皇帝，不論做什麼都群起而攻之，這在人稱「背教者」的朱利安皇帝的生平中可以看得很明顯。

其實，他是一位超群絕倫的大偉人，心靈內全是聖賢思想，也以此爲準則貫徹到自己的一切行動中；說眞的，沒有一件表現美德的事件上他沒有留下光輝的榜樣。①以貞潔來說（他一生都證明他潔身自好），有人說他跟亞歷山大和西庇阿同樣清白，有許多花容月貌的

---

① 蒙田讚揚「背教者」朱利安皇帝，也是《隨筆》被教廷列爲禁書的理由之一。

女俘，他連一個也不願意召見，其實他那時風華正茂，因爲他被帕提亞人殺死時也才三十一歲。貫徹司法過程中，他不辭勞苦聆聽各方的陳述。雖則他會好奇地打聽出席的人屬於哪個宗教，但是對於我們的宗教的厭惡，不會使他有失公正。他還制訂了幾項有益的法令，把前任皇帝徵收的御用金和稅收減少一大部分。

我們有兩位出色的歷史學家是朱利安功績的見證人，一位是安米阿努斯・馬西利納斯，他在他的歷史書中好幾處尖銳批評朱利安禁止一切基督教徒修辭學家和語法學家在學校任教；並說他希望朱利安這條法令今後埋沒在遺忘中。朱利安若對我們做更爲粗暴的事，看來馬西利納斯是不會忘記收錄的，因爲他還是偏向我們這一派。

朱利安確是我們嚴厲的敵人，但不是殘暴的敵人；因爲即使我們的人也在說起他這個故事。有一天卡爾西登主教馬利斯繞著城牆散步，膽敢稱他是基督的惡劣的叛徒，他沒做什麼，只是回答說：「滾吧！惡棍，爲你的瞎眼去哭吧！」主教反唇相譏說：「我感謝耶穌基督讓我雙目失明，不用看見你這張醜惡的嘴臉。」據他們說，朱利安顯出哲學家的耐性，至少這件事跟人家提到他對我們手段殘暴的說法不相符合。他是（我的另一位證人歐特羅庇厄斯說）基督教的敵人，但他不血腥。

再回到司法方面，大家也沒有什麼可以說他的，除非在他建立帝國的初期，對待他的前任皇帝君士坦提二世的追隨者採取過嚴厲的措施。他生活與士兵一樣儉樸，和平時期也像個準備過戰爭日子的人那樣節衣縮食。他警惕性高，把黑夜分爲三部分或四部分，最小部分留給睡眠，其餘部分他親自巡看兵管、檢查崗哨，或者閱讀。因爲他有許多罕見的品質，其中之一就是精通各類文學。

據說亞歷山大大帝躺在床上，害怕瞌睡妨礙他思索與閱讀，讓人挨著床邊放一只水盆，一隻手拿一顆銅球垂在床外，要是瞌睡來了，手指鬆開，這只銅球落入盆內，聲音會把他鬧醒。朱利安要做什麼事時心思非常集中，由於他非凡的節食本領，不會有迷糊的時候，也就不用這樣的訣竅。

他的軍事才能非常令人欽佩，具備一位大將軍的必要素質。他一生幾乎都在沙場馳騁，大部分時間在法國協助我們抵抗德國人和法蘭克人。我們也記不得誰遇到過更多的風險，經歷過更多的生死考驗。他的陣亡跟伊巴密濃達有點相像。因爲他身上給一支箭射中，試圖拔出，他原本可以做到，只是箭頭太尖，他割破了手使不出力氣。儘管士兵沒有他依然作戰英勇，他還是不停地要求把他這個樣子抬到混戰中鼓舞士氣，直至黑夜雙方收兵爲止。

他學過哲學，對生命與人世間事看得很淡泊，他堅信靈魂千年存在。

在宗教方面他是個十足的壞蛋，他放棄我們的信仰，故被稱爲「背教者」。然而我覺得下面這個看法更有道理，就是他從來沒有把我們的宗教放在心裡，只是爲了服從國法才假裝相信，直至把帝國掌握在手才露出眞相。

他對自己的宗教卻非常迷信，甚至引起他同時代人的嘲笑；有人說，他若贏得對帕提亞人的勝利，會殺盡天下的牛來滿足他的祭神活動。還迷戀占卜術，對一切運勢的預測都深信不疑。臨死還說這樣的話，他對神非常感激，沒有讓他出其不意死去，而是把死亡的時間與地點提早告訴他，不讓他像懶惰體弱的人那樣死得窩囊，也不用長期臥在床上痛苦地等死；讓他在凱旋的過程中、在榮譽的花叢中，毫無慚愧地了結一生。他好似還有過類似馬庫斯・布魯圖斯見到的顯靈，第一次在高盧神靈威嚇他，後來在波斯死亡時刻神靈又來找他。

當他感到自己被箭射中時，有人說他說出這麼一句話：「拿撒勒人，[②]你打贏了。」或者另有人說：「你滿意了吧？拿撒勒人。」假若我的證人們相信他說過這句話，絕不會忘記，他們當時就在軍中必然對他最後的一言一行都會記錄下來。他們也不會忽略附加在他身上的其他某些奇蹟。

再來說我這篇文章的主題吧！馬西利納斯說朱利安心中長期懷有異教徒思想，只是懾於全軍士兵都是基督徒，未敢暴露。最後，當他看到自己足夠強大，可以表露心跡時，他下令打開神廟，盡一切方法在裡面供奉偶像。爲了達到這個目的，他在君士坦丁堡見到人心渙散的民眾和分裂的基督教教會主教，召他們進宮晉謁，懇切地敦促他們緩解內部紛爭，每個人可以放心信奉自己的宗教。

他竭力敦促做成這件事，希望他們各行其是會增加派別、製造分裂，阻止民眾團結強大，思想協調一致後會反對他。他也用某些基督徒的殘酷方法，去證明世界上最令人恐懼的野獸就是人。

以上大致是他說的原話，這點是值得重視的，朱利安皇帝利用信仰自由來引起內亂，而我們的國王不久前使用信仰自由來平息內亂。從而也可以這樣說，一方面對各派不加控制，任憑保持各自的意見，這是在散播不和、擴大分裂，沒有任何法律的障礙與牽制來阻止其發展，那樣這個勢頭會愈演愈烈。但是另一方面，也可以說對各派不加控制，任憑保持各

② 指耶穌基督，他在拿撒勒傳道時，別人對他的稱呼。

自的意見，他們的鬥志反因放任自流、聽其自然而鬆懈與磨平，不會因追求罕見、新奇、困難的任務而堅強。

然而我更願意相信，國王爲了表示自己的宗教虔誠，既然做不到他們願做的事，就裝出願做他們能做到的事。

# 第二十章　天下沒有純一的事

由於我們自身的弱點，東西爲我們所用時已不可能還處於樸素純潔的自然狀態。我們享用的元素都起了變化，金屬也是；還有金子，應該摻入一些其他物質才適合我們使用。同樣，阿里斯頓、皮浪和斯多葛派奉爲生活目標的質樸美德，不經過重新組合不能夠爲人所用。昔蘭尼派與亞里斯提卜主張的享樂也是如此。

我們享有的樂趣與好事，無不摻入痛苦與艱難。

快樂的源泉中會噴出苦澀之水，
即使在花叢中也令人窒息。

——盧克萊修

我們極度快樂時會發出呻吟與哀歎的聲音。你會不會說快樂會因焦慮而消失嗎？即使我們在描述純然的快樂形象時，也會用上一些病態的、痛苦的形容詞來修飾：如頹喪、萎靡、軟弱、衰退、懶洋洋，這充分證明它們之間的血緣關係與同質性。

內心的歡樂嚴肅多於快活；極度的滿足平靜多於開心。「喜事若不加節制，會破壞喜事。」（塞涅卡）快樂會折磨我們。

希臘一句古詩表達同樣的意思：「神賜給我們的一切好事都是賣給我們的。」這就是說神不會給我們純一完美的快樂，我們都要以痛苦作爲代價去買的。

勞苦與歡樂，在本質上是極不相同的，我不知道在哪個自然關鍵上兩者又連結了起來。

蘇格拉底說，不知哪位神試圖把痛苦與歡樂揉成一團，但是又做不成，無奈之下設法在結尾處把兩者串連一起。

梅特羅道呂斯說悲哀中摻雜歡樂。我不知道他還指別的什麼；但是我很能想像人在鬱鬱孤歡時自有一種意欲、許諾和愉悅；我要說的是超越會摻雜其中的野心。憂鬱擺脫不開時，還是有一抹甜絲絲的柔情向我們微笑，向我們獻媚。有的性格不就是以憂鬱爲養分的嗎？

> 眼淚中有一種愉悅之情。
>
> ——奥維德

塞涅卡的著作中，有一個斯多葛派哲學家阿塔羅斯說，追悼亡友沁人心脾，就像品嘗多年陳酒中的苦味，

> 年輕的侍者，給我
> 一杯苦味更濃的法萊納陳釀。
>
> ——卡圖魯斯

也像品嘗蘋果的酸甜。

大自然還給我們指出這方面的混淆不清。畫家看出面孔的動作與在哭的時候皺紋是這樣，在笑的時候也是這樣。確實，在笑臉和哭臉還沒有完全畫好以前，你去看畫家畫畫，就

不知道會畫成怎樣一張臉。笑到最後會笑出眼淚。「沒有一種壞事不包含一種補償。」（塞涅卡）

當我想像人在萬事如意的時候（不妨舉例說，猶如人的器官在做愛達到高潮時都處於亢奮狀態），我覺得他會快活得像融化似了，絕對承受不了這種那麼純、那麼持續不斷、遍及全身的歡樂。說眞的，他落入這個境地便會開溜，很自然地匆匆逃跑，就像逃出讓他站立不穩、害怕會滑坡的小峽谷。

當我虔誠地進行自省時，我覺得我懷有的最大好意中還是有一點罪惡的色彩。我怕柏拉圖即使在做最純潔的好事時（我和別人一樣，對這類明顯的好事會作出誠實公正的評判），他若湊近去聽——他確也湊近聽了——會聽出其中夾帶人性的雜音。但是這個雜音很模糊，只有自己才聽得見。人的全身上下只是各物的拼合，色彩斑斕。

伸張正義的法律不包含若干不正義的成分就無法存在。柏拉圖說，誰聲稱要剔除法律中的一切不合理、不適當的東西，無異是在砍七頭蛇妖許德拉的頭。塔西佗說：「一切懲罰都對個人包含某種不公正，但公眾由此得益則是對此事的補償。」

同樣，在世事處理與公眾交往中，我們的思想會顯出過分的純潔與聰敏。凡事洞察秋毫也只是太多心與太好奇。應該使思想遲鈍舒泰，更適應世俗規則，懵懂糊塗更匹配混濁人生。不慌不忙的平常心其實更善於、更適宜處理各種事務。崇高卓越的哲學思維遇到實際問題一籌莫展。心計敏銳、多疑善變，使商量難以進行。人世間大事的安排不妨粗枝大葉，讓其中一部分由天命去決定其結果。沒有必要把事情都解釋得那麼透徹細緻。由於世象萬千，那麼多的角度與形式都各不相同，人人都會無從入手：「由於在腦海中把矛盾因素前

思後想，他們這些人都變成了傻瓜。」（李維）

古人對希臘詩人西摩尼德斯就是這樣說的：（希倫一世國王問他上帝是什麼，為了作出滿意的答覆他要求幾天時間進行思考）因為他愈想愈遠，提出好幾個玄妙深奧的說法，又不知道哪個最接近可能，為提不出眞相而絕望。

誰把所有情況與後果考慮得頭頭是道，誰就做不出選擇。智力中等的人完全有能力去平穩處理各項大小事務。且看那些優秀的行政官是不會向我們說出他們是如何如何的人，而那些能說會道的人往往做不出什麼實事。我認識一個人口若懸河，說起不論哪種理財本領都頭頭是道，卻可憐巴巴地讓一筆十萬年金從指縫間滑過。我還認識一個人，出謀策劃比哪個謀士都高明，世上簡直沒有更加博學的英才了。然而做起事來，他的手下人都覺得完全變了一個人，我的意思是說他從不把壞運氣計算在內。

# 第二十一章　反對懈怠

韋斯巴薌皇帝患上了後來奪去他生命的重病，還不忘親臨朝政，即使在病榻上也接連處理了不少重大國事。他的醫生勸阻他說這有害於健康，他說：「一位皇帝應該站著死。」我認爲說出這樣的豪言壯語，的確不愧是一位賢良的君王。

哈德良皇帝後來在相同環境中也說過同樣的話，這句話應該經常在國王面前提起，讓他們感到統治那麼多人的大事業，絕不是一份閒職。若讓老百姓看到他昏庸無能、蕩檢踰閑，不用說別的話也會唾棄他，不會爲他赴湯蹈火冒生命危險；見到他既然把我們的安危視作草芥，也不會有心去保衛他的王權。

當有人主張君王打仗最好由別人指揮作戰時，歷史中可以舉出不少例子，有的國王在重大戰役中讓他的將士統領三軍，有的國王在戰場上成事不足，敗事有餘。但是沒有一位驍勇善戰的國王容忍別人向他提出這類有損威望的諫勸。藉口說要保護聖像一樣保護國王的腦袋是爲了國運昌盛，其實是在宣布他已無能履行他份內的軍事職責。

我還認識一位君王，當大家爲他賣命打仗時，他寧可挨打也要睡大覺，看到別人在他不在時立下了汗馬功勞又嫉妒之至。①在我看來謝里姆一世說得很有道理，沒有國王參戰而得來的勝利是不完整的勝利。他還該進一步說，一位君王只忙著發號施令，卻聲稱親自作戰圖個虛名，更應該感到臉紅。由於在這樣的生死關頭，能予人光榮的號令與指揮，只是那些在戰火現場、槍林彈雨中發出的號令與指揮。指揮官都是在馬不停蹄中履行任務的。

---

① 指亨利四世，在部下攻克科貝爾後，居然說：「你的勝利叫我睡不好覺。」

奧斯曼家族是天下第一好戰尙武的家族，從這個家門出來的君王都極力主張這個看法。可是巴耶塞特二世和他的兒子偏離了這個傳統，熱衷於科學和其他室內工作，使他們的帝國受盡欺凌。當今在位的，穆拉德三世有他們的榜樣在先，也開始步他們的後塵了。英國國王愛德華三世不是這樣說過我們的查理五世：「沒見過哪個國王更少披上鎧甲，也沒見過哪個國王給我添更多麻煩。」

他覺得這很奇怪是有道理的，這是命運的結果，不是理智的結果。卡斯提爾和葡萄牙的國王待在一千二百里外的寧靜宮殿裡，送了一些官兵到那裡，就當上了東印度與西印度的主人。若有人要把他們也算是好大喜功的征服者，那就別來徵求我的同意。不免要問他們是否有勇氣到那裡親自嘗嘗征服的滋味。

朱利安皇帝說得更絕，他說一位哲學家、一位雅人甚至不應該呼吸，也就是說讓身體只得到它絕對需要的東西，而讓身心忙碌於美麗、崇高、美德的事情上。若在公共場合讓人看到他吐痰或出汗，他就很難爲情（有人對斯巴達青年、色諾芬對波斯青年也說過類似的話），因爲他認爲操練、持續工作和節食已把這些多餘的精力消耗盡了。塞涅卡說的話用在這裡也不錯，他說古羅馬人要他們的青年都站直身子，「應該坐著學的東西都不用教孩子。」

死也要死得有益和壯烈，這是一種慷慨的願望；但是實際要看好機緣，不是我們好決心。有一千人打算在戰鬥中不征服便戰死，卻既沒征服也沒戰死，受傷、俘虜破壞了他們的計畫，讓他們過一種由不得自己的生活，還有疾病銷蝕我們的心願與志氣。

非斯國王莫萊・馬利克不久前打敗了葡萄牙國王塞巴斯蒂安，那天也以三國王駕崩與這個大帝國由卡斯提爾王國接管而著名。後來葡萄牙人率領武裝人員攻入他的國家時，他自己已染上了重病，此後每況愈下，自知死期不遠。從來沒見過哪個人那麼硬朗自豪地支撐著自己。他覺得自己身體虛弱，無力參加軍隊入駐大營儀式。按照摩洛哥的習俗，那個儀式非常壯麗，有許多程序禮數，他不得不把這份榮譽讓給他的兄弟。但這是他讓出的唯一的大將軍職責。其餘的實權他都盡心竭力、事必躬親。他橫臥在榻上，依然清醒勇敢，直至最後一口氣前始終是個頂天立地的漢子。

敵人冒冒失失闖入他的國土，他有能力迎頭痛擊。他自知來日無多，心情非常沉重，但是手下沒有人可以替代他帶兵出征和處理混亂的朝政。當他感到可以穩操勝券的時候，不惜冒險流血去爭取一場大捷。他神奇地拖著病體多活了幾天，消耗敵人的兵力，誘使敵人離開他們在非洲海邊的海軍基地大本營，到了自己生命的最後一天——他也是有意留著那天作為他的偉大日子。

他擺出圓形陣勢，從四面圍攻葡萄牙軍隊。包圍圈愈縮愈小，不但使對方施展不開手腳，在潰敗後還無法脫身。由於年輕國王身先士卒，還因他們四面受敵，這仗打得非常激烈。葡萄牙人看到一切退路都已截斷，不得不自相擁擠（「他們被屠殺也被擠壓，屍體堆積如山。」（李維）），相互趴在身上，使勝者獲得一場血腥的大捷。

他瀕臨死亡，還下命令把他迅速抬到最需要的地方；沿著陣線，一路鼓勵他的將官與士兵。但是他的陣地一角被敵人攻破時，大家怎麼也擋不住他手執寶劍跳上馬背。他竭力要去廝殺，手下人拉住韁繩、戰袍、馬鐙不讓他走。這番努力耗盡了他僅剩的生命力。大家讓他躺下，他像是迴光返照似的醒來，其他一切功能都在消失中，只是為了關照說對他的死亡一事不要聲張，這是他那時最需要指揮做的事，以免這個消息給他的官兵帶來失望。他咽氣時把指頭放在緊閉的嘴上，表示不要出聲。誰在走向死亡以前能夠堅持那麼久？誰能這樣站著去死？

勇敢對待死亡的最高、最自然的境界，是不僅看著它不慌不忙，還不操心，繼續自由過日子，直到進入那個時刻。像小加圖，在頭腦裡、在心裡早有一個粗暴的血淋淋的自殺企圖，由自己掌握，依然心情愉快地睡覺和閱讀。

# 第二十二章　論驛站

我這人短小精悍，在驛站做不會太差。但是我還是放棄了這個職務。它太耗精力，叫我們沒法久留。

那時候我閱讀到居魯士國王因爲帝國疆域遼闊，要更快獲得帝國四面八方送來的情報，下令測試一匹馬一天一口氣能跑多少路程，根據這個距離，他派人在各站準備馬匹，提供給前來給他送信的人使用，有人說這個速度可與鶴的飛行速度相比。

凱撒說，盧西烏斯・維比盧斯・魯弗斯急於給龐培送情報，日夜兼程，途中換馬匹加速前進。據蘇托尼厄斯說，凱撒自己坐在一輛租的驛車裡，一天趕了一百里遠。他實在是個不顧死活的信使，因爲逢到河流阻擋去路，他就泅水而過，絕不放棄直路繞到別處去找一座橋或一個淺水灘。提比略・尼祿去德國探望病中的胞弟德魯蘇斯，一晝夜跑了二百里，換了三輛驛車。

據李維說，在羅馬人跟安條克國王的戰爭中，T・森普羅尼烏斯・格拉古「只三天就從安菲薩到了佩拉，乘驛馬速度之快令人難以置信」。你觀察到這個地方早已建立驛站，而不是爲了這次送信而臨時使用的。

塞西那發明的給家人送信的方法更爲神速。他出門都帶上燕子，當他要傳遞信息，就把牠們放回老窩，根據他跟家人約定的記號，在燕子身上塗各種色彩表示自己的意思。在羅馬，各個家庭的男主人上劇院都在懷裡藏隻鴿子，當他們要向家裡人說什麼時，就在鴿身上繫個口信放回去。鴿子訓練有素，還能捎回回音。D・布魯圖斯在穆提那受困時曾使用這個方法，其他人在其他地方也用過。

歇。

在祕魯，他們乘人抬的轎子，跑得飛快，第一批轎夫跑完傳給第二批接上，一步也不停歇。

我聽說瓦拉幾安人是土耳其皇帝的御用驛夫，傳遞信息迅速神奇，尤其他們在路上遇到任何騎馬人，有權用自己勞累的馬匹跟他的馬匹交換；爲了減輕疲勞，他們用一條寬帶子緊緊綁住身子。

# 第二十三章　論做壞事以圖好利

自然界萬物之間存在一種絕妙的相應關係，這個普遍規律還說明，一切都不是偶然的，也不是由不同的天老爺規定的。我們的身體會生病、會有狀況，這在國家與政府也可以看到。王國與共和國誕生、欣欣向榮、衰老，也跟我們一樣。我們身上會產生過多無用有害的體液。壞體液是致病的一般原因，好體液也會引起醫生的擔心，因爲我們體內什麼都是不穩定的，他們說體魄過於矯健，必須設法控制和調節，只怕我們的體質不能停留在穩定的狀態，得不到改善的機會，反而會捉摸不定地衰退；他們爲此要運動員服瀉藥、放血，去除他們體內過旺的精力。

在有病的國家也可看到相似的過旺現象，經常使用各種潤腸通便的方法。有時爲了減少國家負擔，命令大批家庭遷徙到別處去安身立命，不惜犧牲當地人的利益。我們的祖先法蘭克人就是從日爾曼地區內地出發，前來強占高盧，趕走了原住民。在布雷納斯和其他人時期，也是這樣形成不斷的人潮湧進了義大利；哥特人和汪達爾人，也像今日占領希臘的民族，也是這樣放棄他們的天然原住地，到更廣闊的土地居住。世界上也只有兩三處地方還沒有受到這種遷徙的影響。

羅馬人以這個方式建立他們的殖民地；因爲他們感到自己的城市無限制地膨脹，疏散那些不怎麼需要的人口，遣送到征服的土地上居住與務農。有時他們也蓄意跟某些敵人打仗，不但是爲了使人民處於緊張狀態，因爲無所事事是墮落的根源，會讓他們養成不良的習慣，

我們忍受長期和平造成的病痛，

奢華比鐵劍宰割更凶狠。

——朱維納利斯

也是爲了給他們的共和國放血，讓他們青年的過多熱量散發掉一點，猶如幫長得過於茂盛的樹疏枝通風。爲了這個目的，他們以前就利用了對迦太基人的戰爭。

英國國王愛德華三世跟我們的國王全面媾和，在布雷蒂尼條約中他不願意包括解決跟布列塔尼公國的紛爭，因爲他有心要派遣他的軍隊去那裡，雖然這支軍隊他曾利用來侵入我國，還是不願讓他們返回英國本土。我們的菲列普國王同意兒子讓①出征海外，其中一個原因是把他部下一大批躁動不安的年輕人帶領出去。

今日還是有不少人大談這樣的理論，希望我們這份激情狂熱可以發洩到跟鄰國的戰爭中去，如同擔心此刻控制我們身體的壞體液，若不排除出體外，會終日發燒不止，最終徹底自我毀滅。說眞的，打外戰這個病要比打內戰溫和一點；但是我不相信上帝會同意這一種不義的事業，爲了自身的利益去跟別人吵架找麻煩：

涅墨西斯女神啊！

① 據《七星文庫·蒙田全集》，菲列普·奧古斯都國王一二一六年派遣出征英國的應是兒子菲列普，而不是讓。

有什麼能叫我比跟主人搗亂更快樂。

——卡圖魯斯

然而，我們自身的弱點經常促使我們出此下策，利用做壞事以圖好利。利庫爾戈斯是歷史上最有美德和最公正的立法者，爲了教育百姓生活節制，想出了這個很不公正的方法，強迫把他們的奴隸埃勞特人灌醉，讓斯巴達人看到他們酒後墮落、醜態畢露，對酗酒的惡習產生了反感。

從前還有人做得更不對，他們允許醫生把不管怎麼樣的死刑犯，活活地開膛剖腹，察看自然狀態下的五臟六腑，使他們的醫術得到更多的確證。因爲，若有必要犯禁的話，爲了心靈的健康也要比爲了身體的健康去做更可原諒。羅馬人訓練老百姓要英勇，不畏艱險與死亡，讓他們去觀看角鬥士與鬥劍士的瘋狂演出，在他們面前格鬥，打得皮開肉綻，相互殘殺，

有什麼意義，這些罪惡瘋狂的比武，
這些謀殺，這些嗜血的遊戲？

——普魯登蒂烏斯

直到狄奧多西一世這一種做法才被禁止：

望大王爲當朝實施一項德政，

這是祖上留下給你增添光榮的遺產！
不要再有取悅老百姓的死刑！
可恥的角鬥場上只流淌野獸的血，
刀光劍影的比武中殺的不再是人！

——普魯頓修斯

讓老百姓天天看到一百、二百乃至一千對男人，手執武器互相攻擊，砍得對方體無完膚，剛強堅毅，絕不說一句話示弱或求饒、絕不轉身逃跑、絕不做怯懦的動作逃避對手的攻擊，還對著他的劍伸出脖子，迎上前去吃上一劍，這倒正是教育人民的良好例子，會有極大效果！其中還有許多人身上已受多次致命傷，還讓人捎話問觀眾對他們的服務是不是滿意，然後躺倒地上一命嗚呼。他們不但要神色自若，還要輕鬆愉快的格鬥與死去，如果讓人家看到他們不太樂意去死，就會對他們大聲噓罵。

即使姑娘也挑撥他們：
每次出手都令她站起身來；
勝者的劍插入一個人的咽喉，
都讓姑娘天眞地大呼過癮。
有鬥士躺倒於地，

她拇指朝下，命令把他處死。

——普魯頓修斯

最初幾位羅馬皇帝使用罪犯來進行這樣的示範教育。但是後來就使用無辜的奴隸，甚至爲此賣身的自由人；其中包括羅馬議員和騎士，還有婦女：

他們現在把腦袋賣給了競技場；
即使和平時期也需要有敵人。

——馬尼利烏斯

在這些新奇格鬥的呻吟聲中，
小娘子彆彆扭扭地舞動劍，
奮勇地加入壯男們的廝殺。

——斯塔蒂烏斯

我們如果還沒有習慣在我們的內戰中，天天看到成千上萬的外國人爲了錢，甘願在跟他們利益無關的爭端中獻出鮮血與生命，那我就會覺得奇怪和不可思議了。

# 第二十四章　論羅馬的強盛

有人把當今時代的虛假強國比作羅馬強國，我對這個說不完的論題只願說一句話來指出這些人的頭腦簡單。

西塞羅著有《家信》一書（語法學家若願意，可把這個「家」詞取掉，因爲事實上這個書名並不妥；有人不用家信而用《與友信》來代替，還可以從蘇托尼厄斯《凱撒傳》中找出根據，在裡面就有一卷他的書信稱爲《與友信》的），其中第七卷中有一封信是寄給那時在高盧的凱撒，西塞羅在信中重複了凱撒在寫給他的信裡末了的幾句話：「你向我推薦的馬庫斯·菲列烏斯，我將讓他當高盧國王；你若還有哪位朋友要我提拔，讓他來找我吧！」

讓一個普通羅馬公民，去支配其他王國，這不是什麼新鮮事，那時的凱撒就是這樣做的，是他剝奪了德尤塔魯斯國王的王國，把它給了帕加姆斯城內名叫米特拉達悌的貴族。他的那些傳記作者提到好幾個王國都被他出賣。蘇托尼厄斯說他一下子從托勒密國王那裡撈進了三百六十萬埃居，差不多要把自己的王國賣給他了：

加拉太值多少，本都值多少，呂底亞值多少。

——克洛迪安

馬克·安東尼說羅馬人民的偉大不是表現在他們得到什麼，而是給出什麼。就在安東尼前一個世紀，羅馬專橫地併吞好幾個王國，其中一次我不知道在其本國歷史上還有沒有其他事件更能顯示它的威望。

安條克占領了埃及全境，以後還要征服賽普勒斯和這個帝國的其他領地。正當他取得節節勝利時，蓋尤斯・波皮利烏斯奉羅馬元老院之命前來找他，首先拒絕跟他握手，要他先讀一讀他帶來的文書。王爵讀了以後說容他考慮一下，波皮利烏斯用他的棍子在他待的地方劃了個圓圈，對他說：「在你走出這個圈子前給我答覆，我好向元老院彙報。」安條克對這麼一個緊逼粗暴的命令大爲吃驚，沉思片刻後說：「元老院的命令我會執行的。」那時波皮利烏斯才像對待羅馬人民之友那樣向他表示敬意。僅僅憑了三行字就讓他放棄了一個龐大帝國和光輝前程！他後來派遣使者對元老院說的確也很有道理，他說接到元老院的命令，誠惶誠恐，猶如接到不朽諸神下達的命令。

奧古斯都用戰爭獲得的所有王國，他不是把它們交還給原來的國王統治，就是作爲禮物送給別人。

在這件事上，塔西佗談到英國國王科吉杜努斯，用一句妙語讓我們感到這種無比的威力：「羅馬人自古以來就是這樣做的，在他們的權威下，由他們征服的國王掌管原有的王國，這樣他們有了順從辦事的國王，把國王當作奴役的工具。」

蘇萊曼一世，我們看到他把匈牙利王國和其他國家任意贈送，可能他更多在於這個考慮，而不是他口口聲聲說的：那麼多王國的權力壓在身上逼得他吃不消！

# 第二十五章　無病不要裝病

馬提雅爾寫有各種體裁的詩，其中有一首諷刺詩不失爲佳作，幽默敘述凱利烏斯的故事。爲了不想去討好羅馬的權貴，參加他們的起床禮儀，侍候他們、跟隨他們，凱利烏斯假裝患有風溼病。爲了裝得煞有介事，在兩腿上塗油、綁帶，做出來的姿勢完全像個風溼病人；後來命運討好他，眞的讓他得了風溼病：

> 模仿痛苦的本領那麼到家，
> 凱利烏斯的風溼病再也不用裝假。
>
> ——馬提雅爾

在阿庇安的著作中，我好像也讀到過類似的故事。某人被羅馬三執政政府宣布爲不受法律保護的人，爲了逃避跟蹤者的耳目，東躲西藏、喬裝改扮，更別出心裁地裝成獨眼。當他重新獲得一點自由時，要把長時間貼在眼睛上的膏藥揭掉，他發現那只眼睛在眼罩下眞的失去了視力。

可能由於長期不使用，這隻眼睛的視力變得模糊不清，轉移到另一隻眼睛上去了。因爲我們明顯感覺到矇上的那隻眼睛會把部分功能轉移給它的同伴，使那隻不矇的眼睛看得更清更遠。同樣，馬提雅爾提到的那個風溼病人，由於不活動，再加上綁帶與敷藥的熱量，引起他身上生出致病的體液。

有一群英國青年貴族矇上左眼，發誓要進入法國，打敗我們建立軍功後再揭去眼罩。我在傅華薩的著作中讀到這則故事，心裡不免在想，他們爲了情婦不惜遠征，要是他們也得了別人同樣的病，跟情婦相逢時豈不是一個個都成了獨眼龍。

當孩子裝獨眼、瘸子、斜眼以及人體上的其他缺陷時，母親斥責他們是很對的。因爲除了他們身體嬌弱會養成壞習慣，我不知什麼道理還覺得，命運會罰我們弄假成眞；我聽說過好幾起例子，說有人裝病裝得成了眞病。

從前我一直有這樣的習慣，不論騎馬和步行，手裡拿根手杖或棍子，甚至假裝風雅，矯揉造作地撐著。許多人警告我裝模作樣，總有一天命運會使我弄假成眞。我安慰自己說，這樣我將會是家族中的第一個風溼病人。

爲了充實這一章篇幅，補上另一個失明的故事。大普林尼在《博物志》中說到一個人，睡覺時想到自己成了盲人，第二天醒來果然瞎了眼睛，而以前並無這類病史。就像我在別處說的，是想像的力量帶來這樣的結果；看來大普林尼同意這個觀點；更有可能的是身體感到的這些活動引起大腦做夢。醫生若要找，是可以找出這些使他眼瞎的活動的。

再加一則與此類似的故事，這是塞涅卡在他的一封信中提到的。他在給盧西里烏斯的信中說：「哈帕斯特是陪我妻子作樂的女丑，從上代就留下來住在我家的，因爲以我的情趣而言，我討厭這些妖怪；我若有意要一個弄臣取樂，可以不用到遠處去找，只需拿自己解嘲。這個女丑突然雙目失明。我給你說個怪事，但是眞實的。

她一點不覺得自己眼睛瞎了，不停地催促她的看護人帶她出去，因爲她說我的屋子裡漆黑一團。我們笑她做的事，我請你相信我們每個人都會這樣做的。沒有人承認自己吝嗇、自己嫉羨。瞎子至少會叫別人領著走，而我們則自己走上歧路。

我們說我不是個野心家，但是在羅馬不是野心家就沒法活；我不揮霍，但是這個城市要求大家花大錢；要是我動輒發火，這不是我的過錯；我要是還未成家立業，這是青春的過錯。不要在我們身外去尋找病源，病源在我們體內，它鑽在我們的內臟裡。我們若不覺得自己病了，這會使治癒更難。若不及早開始想到，那時全身都是傷與病又怎麼辦？然而我們還有一種良藥，那就是哲學。因爲其他的藥要等治癒後才讓人感覺快樂，而這個藥治癒的同時就給人快樂。」

以上是塞涅卡說的話，這使我有點離題；但是換個話題也有好處。

# 第二十六章　論大拇指

塔西佗在書中說，有些蠻族國王在作出保證的承諾時，他們的方式是兩人的右手緊緊握在一起，大拇指相互鉤住；握得時間長到血湧向指尖，再用尖的東西刺破，然後吮吸對方大拇指的血。

醫生說大拇指是居於首位的手指，從拉丁詞源來說意爲「強者」。希臘人稱它是「另一隻手」。拉丁人有時好像也把它解釋爲「整隻手」，

不需要甜言蜜語的迷惑，
不需要溫柔的撫摸，它自會豎起。

——馬提雅爾

在羅馬，握緊大拇指向下表示好意，

崇拜者用兩隻大拇指對你表示欽佩。

——賀拉斯

豎起大拇指向外表示嫌惡，老百姓的大拇指朝外，
爲了他們的喝采聲，誰都能殺。

——朱維納利斯

羅馬人免除大拇指受傷的人上戰場，因爲他們不能緊緊握住武器。羅馬一位騎士不懷好意把兩個幼子的大拇指剁掉，可以不參軍，被奧古斯都沒收家產；在這以前，義大利戰爭時期，蓋尤斯·瓦蒂努斯爲了逃避這次出征，有意切下左手的大拇指，元老院判處他終身監禁並沒收他的全部財產。

有個人我忘了是誰，打贏了一場海戰，下令把吃了敗仗的敵人的大拇指砍掉，使他們無法戰鬥和划槳。

雅典人砍掉埃吉納島人的大拇指，摧毀他們在海上的優勢。

在斯巴達，教師懲罰學童時咬他們的大拇指。

# 第二十七章　膽怯是殘暴的根由

我常聽人說膽怯是殘暴的根由。根據切身體會，我覺得這種傷天害理的暴虐，每每伴有女性的軟弱。我見過一些人心狠手辣，卻動輒爲了一些無聊的小事痛哭流涕。菲里暴君亞歷山大不能上劇院看悲劇，害怕演至赫卡柏和安德羅瑪克遇害時，讓臣民聽到他發出呻吟與歎息，然而他天天毫不憐憫地下令殘殺多少人！他們這樣容易走向各種極端是不是心靈有缺陷呢？

看到敵人可由我們擺布時，一個人的英勇也到此爲止了（英勇只有表現在遇到抵抗的時候）。

殺戮拼死命的牛才有樂趣。

——克洛迪安

且說這到底也是一場慶祝啊，膽小鬼既然沒能參加第一場演出，就扮演第二場角色，那就是血腥屠殺。戰勝後的屠殺往往是老百姓和後勤官兵執行的。在全民戰爭中見識了那麼多聞所未聞的殘暴行爲，原本庸俗的小民既然找不到用武之地，也變得殺氣騰騰，雙手沾滿鮮血，把腳下的人體踩得粉身碎骨：

豺狼、可惡的狗熊、陰險的野獸，

都凶猛撲向垂死的人。

——奧維德

就像那些縮頭縮腦的癩皮狗，沒有膽量在野外攻擊猛獸，只會在房子裡撕咬牠們的毛皮。

是什麼使我們在這個時代非要拼個你死我活？從前我們的祖先只進行一定程度的報復事件，是什麼使我們一開始就採取最後手段，一言不合便殺？這不是膽怯還能是什麼呢？每個人都覺得打敗敵人比消滅敵人、制服敵人比殺死敵人表現更多的英武和傲氣。此外復仇的願望也得到更好的平息與滿足，因爲願望只要讓大家感到實現就可以了。這說明爲什麼一頭野獸或一塊石頭傷了我們後，我們不會追擊它，因爲它們感覺不到我們在復仇。殺一個人，是爲了不讓他進行傷害。

貝亞斯對著一個壞人這樣喊道：「我知道你遲早要受懲罰，只怕我是看不見了。」他爲奧爾科米諾斯人遺憾，因爲他們對里西斯庫斯的背叛進行懲罰時，有切身利害關係的人和感到拍手稱快的人已經一個不剩了。當復仇的對象已感覺不到這是在向他復仇時，復仇也同樣令人惋惜。因爲復仇者復仇是爲了洩恨的快樂，那就需要被復仇者感到痛苦，飲恨終生。

我們常說：「他會後悔的。」就因爲我們在他的腦袋上轟了一槍，他就後悔了嗎？相反，要是我們加以注意，就會看到他跌倒時在輕蔑地撇嘴。他只是沒法再跟我們作對了，這離後悔還很遠。讓他毫無感覺地迅速死去，這是我們給予他一生中最大的恩惠。我們要像狡兔似的東躲西藏，逃脫法官的跟蹤追擊，而他卻已在休息了。殺他是避免他今後對人的傷害，不能報復他已造成的傷害。這樣一種行爲是害怕多於無畏，謹愼多於勇氣，防衛多於進攻。顯然我們這樣做背離了復仇的眞正目的，有損於我們的名聲；我們只是害怕他若活在人世，也會照樣對付我們的。

你把他解決了，不是對付他，而是爲你自己。

在納森克王國，這種做法對我們是用不上的。那裡不但是軍人，就是工藝匠也用劍解決他們的紛爭。誰要格鬥，國王還留出場地，當格鬥者是貴族，他還觀戰，獎賞勝者一條金鍊子。而且誰想得到這條金鍊子，也可以跟戴上這條金鍊子的人比武。贏了一場的人往往有好幾場爭鬥在等著他。

如果我們想在武功上永遠壓倒敵人，對他們恣意妄爲，這時他們一死了之不受我們的控制了，我們就會感到很失落。我們要征服，但是要穩穩當當地，不見得要光明正大地。在爭端中追求結果更多於追求榮譽。

阿西尼烏斯．波利奧是個正人君子，卻犯了類似的錯誤：他寫了幾篇文章痛罵普蘭庫斯，卻要等到他死後再發表。這哪裡是在惹他氣惱，而是在向瞎子做猥褻動作、向聾子說難聽的話，刺激一個沒有知覺的人。所以有人提到他時說只有精靈才跟死鬼扭打。等到作者死後才去批駁他的文章，這個人除了說明自己軟弱與生閒氣以外還能是什麼呢？

亞里斯多德聽到有人在說他壞話，他說：「讓他罵得更凶、讓他用鞭子抽我，只要我不在場就行。」

我們的祖先遇到侮辱只是反駁，遇到反駁只是還擊，都是有分寸的。他們非常豪邁，不怕受辱的敵人活著對他們怎麼樣。我們看到敵人好好活著就心驚膽戰。這樣形成我們今天荒謬的做法，對傷害過我們的人與被我們傷害過的人不都是同樣緊追不捨，要置於死地嗎？

我們在一對一的廝殺中還引進了這種膽怯的做法，就是讓第二個人、第三個人、第四個人陪伴身旁。原來是決鬥，現在成了群毆。最初發明這種做法的人是被孤立無援嚇著了：「因爲每人都懷疑自己。」（李維）從天性來說，危險時刻有個人陪伴，這帶來安慰並舒解壓力。從前帶上第三者是爲了不讓發生混亂與不正當行爲，保證大家聽憑戰鬥的命運。但是自從採取上述其餘人也參加的做法以後，哪個人受到邀請都不能公正誠實地當旁觀者了，害怕會被人說不夠義氣或缺乏勇氣。

用別人的勇敢與力量來捍衛你的榮譽，除了這一行爲的不公正與卑劣以外，我還覺得把自己的命運跟一位副手的命運聯繫一起，這對於一位有身分且又自信的男子漢也是不利的。每個人冒的風險已經夠大了，不要再爲別人去冒風險；依靠自己的膽量去保護自己的生命已有不少事要做，怎麼能把這麼重大的任務交給第三者呢？除非事前作過明確的協定，四人捉對廝殺是一場生死與共的戰鬥。如果你的副手倒在地上，你理所當然要對付兩個人。要說這是欺詐，這確實是欺詐，猶如全身武裝的人去進攻一個只剩半把劍在手的人，或者一個精神充沛的人去襲擊一個身受重傷的人。

如果這樣的優勢是自己在戰鬥中獲得的，再利用自然無可厚非。力量懸殊只是在戰鬥開始時才是必須考慮與衡量的因素，此後一切要寄望於命運了。當你的兩個同伴都被對方殺了，你有三個人和你對陣，那時像我在戰場上看到一個敵人纏著我的人不放，我趁勢給他一劍，誰都不會對我多加指責。社會規則就是這樣認爲，當軍隊對軍隊（如我們的奧爾良公爵挑戰英國亨利國王，以一百人對一百人；阿爾戈斯人挑戰斯巴達人，以三百人對三百人；賀拉斯兄弟挑戰居裡亞斯兄弟，以三人對三人），每一方的群體都看作是一個人。哪裡是群體作戰，哪裡的機緣就相互牽扯，難以理清。

說到這裡，想起家裡的一則軼事。我的弟弟馬特科隆領主，應邀到羅馬去給一位不熟識的貴族當副手。那位貴族接受別人的挑戰，是應戰方。在這次戰鬥中，我的弟弟碰上了好運氣，他的對手竟是他的一位更親近的熟人（我眞希望有人給我講講這些榮譽規則的道理，它們往往與理性規則是相抵觸的）。他把自己的對手解決以後，看到這兩個決鬥當事人還在精神抖擻地對打，他就去幫助他的同件。他能不這樣做嗎？難道應該袖手旁觀，看著——如果命運要如此——他前來幫助的那個人被人家幹掉嗎？

直到那時他所做的一切都是對事情毫無作用的，因爲爭端尙未見分曉。當你把敵人逼得只有招架之功或者身受重創時，你應該也必須對他表示應有的禮貌。由於這件事只涉及他人的利益，你只是一位副手，這場爭端也不是你的，我就不知道你如何能做到對他有禮貌。他既不能正義、也不能禮貌，完全隨著他願助以一臂之力的人的命運而定。他因決鬥被囚，只是在我們的國王迅速而鄭重的要求之下，才從義大利監獄裡放了出來。

做事輕率的民族啊！我們的惡習與瘋狂在全世界聞名還不夠，還要親自到外國去出糗。把三個法國人放到利比亞的沙漠裡，不用一個月他們必定會相互騷擾，把對方抓傷。你會說這次出國，是存心給外國人，尤其給對於我們的弊病幸災樂禍、冷嘲熱諷的人，提供欣賞我們悲劇的樂趣。

我們上義大利學習劍術，還沒有學會以前就拼命使用。然而學習的次序應該是理論先於實踐，我們違背了學習原則。

對年輕人的不幸考驗！
未來戰爭的嚴酷學校……

——維吉爾

我知道劍術本身是很有用的技術，據李維稱，在西班牙有兩個姑表兄弟親王決鬥，年長的那位靠劍術精湛和運用妙計，輕易地戰勝了那個猛打猛撞的年輕人。我從經驗得知，除了天性以外，藝高也使人膽大。這不是英勇與否，而是技藝使他內心踏實，也就使他有了除自己本人以外的其他依託。

決鬥的榮譽是對勇氣的嫉妒，不是對武藝的嫉妒。我認識一個朋友，素以劍術大師聞名遐邇，在爭端中從不選擇可以發揮他長處的武器，而是完全依靠運氣與信心的武器，免得別人把他的勝利歸功於他的劍術而不是勇敢。在我的童年，貴族把好劍客的美譽作爲一種侮辱而躲開，要學劍術也是偷偷摸摸，彷彿這是一門靠暗算的技藝，有悖於眞正與率性的勇敢，

躲躲閃閃往後退，他們都不屑一爲，
在血戰中從不使用伎倆，
從不虛晃，都是眞招式，
憤怒與勇猛也不是裝的。
鐵劍相碰，聽在耳裡心驚肉跳，
他們絕不會鬆動一步，
腳始終站穩，手始終揮動，
記記劈刺擊中敵人。

——塔索

射靶、馬戰、衝城門，這些武士戰爭中的實例是我們祖先的練習；另一種比武涉及的只是個人，要我們學習相互毀滅，違反法律與正義，不管如何產生的效果總是不好，也就不那麼高尚。更值得稱道與合宜的是在一些有關國計民生、民族榮譽的事情上培養自己，去安定而不是破壞我們的制度。

羅馬執政官普布利烏斯・盧提利烏斯，是教導士兵掌握武器使用技藝的第一人，結合了技巧與英勇，不用於個人仇殺，而用於羅馬人的戰爭和爭端。這是作爲公民義務的全民練劍。在法薩羅戰役中，凱撒命令他的部下打擊龐培士兵的臉部；除了他的這個例子以外，其他千百個軍事將領也處心積慮根據事態的需要，去發明新型武器、新型攻擊與防衛方法。

菲洛皮門擅長格鬥，但否定格鬥；因爲格鬥的訓練過程跟軍事技術所需要的訓練過程是不同的；他認爲正直的人只需要關注軍事訓練，那樣我也覺得在新式學校訓練青年這類伸展四肢、靈活動作的技術，不但是無用的，還與上陣打仗的要求是背道而馳而且有害的。

因而我們通常使用專爲打仗設計的特殊武器。一位貴族約好去赴一場寶劍和匕首的決鬥，卻穿了軍人的盔甲出場，我曾看到大家覺得這不太合適。在柏拉圖的書中拉凱斯的話很值得重視，他提到一種跟我們很相近的武器使用訓練法時，說從沒見過從這樣的學校，還曾經特別從這些教官中，培養出一個偉大將領。說到這些人，從我們的經驗也可說出同樣的話來。至於其他，我們至少可以說的是這些技能毫無任何關聯，完全是不同的。談到他的理想國中兒童教育問題，柏拉圖禁止進行拳鬥教育（以阿密科斯和厄佩烏斯爲例）、角鬥教育（以安泰俄斯和凱爾西奧爲例），因爲這些技巧都有其他目的，不會讓青年在戰爭中更加吃苦耐勞，對戰鬥也毫無幫助。

但是我看到自己有點離題了。

拜占庭皇帝莫里斯受到托夢和不少預言的警告，說他將被一個名叫福卡斯的人殺死，那是一個誰都不認識的士兵。他問他的女婿菲利普誰是這個福卡斯，他的性格、地位和習慣如何；菲利普特別提到他是個膽怯怕事的人，皇帝立即斷定他是個毒辣殘暴的人。是什麼使暴君嗜血成性的呢？這是關心自身的安全，他們卑怯的心無法使他們得到安寧，連抓傷也怕，於是把可能冒犯他們的人都殺光，連婦女也不放過，

他們害怕一切，於是打擊一切。

——克洛迪安

最初是爲了施暴而施暴，隨之而來的是害怕正義的報復，爲了掩蓋從而又展開新一輪的施暴，如此迴圈不已。馬其頓國王腓力跟羅馬人有數不清的帳要算，他下令屠殺後又驚恐萬狀，面對不同時期被他傷害的那麼多的家庭，不知如何是好，決定把他曾屠殺的人的遺孤統統抓走，今後一天天把他們先後殺死，以求得安寧。

好東西不論散播到哪裡，總是適得其所的。我這人重視言論的分量與用處，更多於條理與連貫，不怕在這裡橫插一則美麗的故事。在被腓力判處有罪的人之中，有一位叫希羅迪庫斯，是帖薩里亞的一位親王。在他以後，腓力又下令處死他的兩個女婿，每人都留下一個幼子。泰奧克塞娜和阿爾科成了兩個寡婦。泰奧克塞娜儘管求親的人很多，不思再婚。阿爾科嫁給了波里斯，埃尼亞一族中的第一人，兩人生了許多孩子，阿爾科去世時孩子都還年

幼。泰奧克塞娜對她的外甥輩有一種母愛，爲了要親自管教和保護他們，嫁給了波里斯。

這時頒布了國王的詔令。這位勇敢的母親料到腓力的殘酷，他的臣子會對這幾個美麗溫柔的少年起邪心，大膽說她就是親手殺死他們也不會把他們交出去。波里斯聽到這樣激烈的話感到震驚，答應她會把他們偷偷帶到雅典，寄養在他的親信家裡。趁一年一度的埃涅阿斯節在埃尼亞召開時際，他們準備逃跑。白天參加慶典儀式和公共宴會，到了夜裡登上一艘作好準備的船隻，從海路前往雅典。

風朝他們迎面颳來，到了第二天，還是可以看到他們上船離開岸邊沒多遠，身後有海港警衛在追趕。快要追上的時刻，波里斯忙著催促船工快划，泰奧克塞娜被愛情與復仇心理逼得發瘋，又要實現她最初的計畫，她取出武器和毒藥，放到他們眼前：「聽著，我的孩子，從此以後，能給你們保護與自由的唯有死亡，死亡是神伸張正義的方法；這些出鞘的劍，這幾杯藥將爲你們打開大門。勇敢！我的兒子，你是長子，握住這把劍，要死得轟轟烈烈。」一邊是諍言相勸的母親，另一邊是以死相逼的敵人，兄弟倆發瘋似地各自奔去抓住近在手邊的東西；還未等到氣絕他們就被扔進了海裡。泰奧克塞娜那麼大義凜然，使孩子得到了安全，非常自豪，熱烈擁抱丈夫：「我的朋友，讓我們追隨這些孩子去吧！跟他們共用一個墓穴。」他們就這樣擁抱著一起跳進海裡，讓那艘船失去了主人，空著被帶回岸邊。

暴君要殺人，又要讓人感到他的憤怒，爲了達到這兩個目的，就要挖空心思出主意延長死亡時間。他們要敵人命歸陰，但是又不要太快，讓他們來不及品味復仇的滋味。這時候他們遇到了難題。因爲，如果用刑太酷，用刑時間就會很短；如果用刑時間長，又怕不夠痛苦。所以他們要有分門別類的刑具。我們看到古代這類例子不勝枚舉。我不知道我們是否沒想到留下了這類野蠻的痕跡。

我覺得凡是在平常的死亡上再加刑都是純然的殘酷。有人儘管怕死、怕砍頭或怕絞刑，還是免不了要做錯事，我們的法律不能希望這樣的人因爲想到了幽幽的火光、烙鉗或車輪就會不去做了。但是我知道我們只會使他們陷入絕望，因爲一個人四肢斷裂捆在車輪上，或者用古法釘在十字架上，等待二十四小時後死亡，他的心靈會處於什麼狀態呢？

猶太史學家約塞夫敘說，羅馬人在猶太用兵時，他經過三天前有幾個猶太人被釘十字架的地方，認出其中有他的三個朋友，獲准把他們放下，他說其中兩個死了，第三人後來活了下來。

卡爾科康迪勒斯是個可信的人，在回憶錄裡記述了他的時代以及在他身邊發生的事，提到穆罕默德二世經常採用的極刑，在犯人的橫膈膜處用彎刀把身子切成兩半，這樣他們就像兩個人同時在死；據他說，大家看到這兩半身子裡都有生命，還要掙扎很久才死，眞是痛苦不堪。我不認爲這樣扭動還有多少痛苦的感覺。最慘不忍睹的苦刑不一定是最難忍受的。我覺得其他歷史學家提到穆罕默德二世對付伊庇魯斯領主的方法更爲可惡。他下令把人活活地一塊塊剝皮，經過嚴密計算，讓他們處在這種驚恐狀態中活十五天。

還有這兩個例子。克羅瑟斯下令逮捕了一位貴族，是他的兄弟潘塔萊翁的寵兒，把他押到一間梳毛工坊，用梳毛工的刮毛器和梳子刮他梳他，直到他死去。波蘭農民領袖喬治·塞謝爾，借十字軍的名義做了不少壞事，在一次戰鬥中被特蘭西瓦尼亞省省長擊敗並俘虜，把他赤身裸體綁在一座木架上三天三夜，誰想出什麼折磨花樣都可施加在他身上。這期間不給其他囚犯送吃送喝的。最後，趁他活著還能看見的時候，用他的血去讓他親愛的兄弟呂卡喝下。他爲了救他的兄弟而求饒，把一切壞事都攬在自己身上。接著讓他的二十名寵將用牙齒來啃他身上的肉，吞了下去。他死後餘下的殘體與內臟被放在水裡煮，分發給他的其他部下吃。

# 第二十八章　凡事皆有其時機

外號「監察官」的大加圖與自殺身亡的小加圖，有人拿他們兩人作比較，也是在比較兩個天性崇高和脾性相近的人物。大加圖的天性得到多方面發揮，在軍事與政治上尤其顯出雄才大略。小加圖的美德更加清白，拿他與當今在世的人相比那眞是對他的褻瀆。西庇阿極富仁愛之心，在各方面都超群絕倫，不是大加圖和他同時代的任何人所能比擬，大加圖竟敢詆毀他的聲譽，誰能爲監察官的嫉妒與野心開脫呢？

對於大加圖說得最多的是他在風燭殘年開始學習希臘語，熱情高昂，彷彿爲了滿足長期的渴望，我不覺得這對他是非常光榮的事。這恰如我們所說的返老還童。萬事皆有其時機，好事如此，一切都如此。我念祈禱也可以念得不是時候，就像人家對T·昆圖斯·弗拉米尼頗有微詞，他身爲一軍之帥，被人揭露在即將開戰之前卻躲在一旁，有閒暇爲他得過的一場勝仗感謝上帝。

賢人對於做好事也定下規矩。

——朱維納利斯

歐德摩尼達看到色諾克拉特年事已高，還忙著做功課，他說：「這個人現在還在學小學課程，什麼時候學懂呢！」

托勒密一世增強體魄天天用武器操練，菲洛皮門對盛讚國王的人說：「他那個年紀的國王進行這類操練不值得稱讚；他早應該用之於實際了。」

賢人都說，少壯該準備，老來好享受。他們注意到人性中最大的罪惡是欲望日日變換不定。我們一直要重新開始生活。我們的學習與欲望有時候應該顯出老態。我們一腳已踩在墳墓裡，而欲望與追求則剛剛誕生：

你叫人加工大理石，
準備自己的葬禮，
別去注意什麼銅鼓聲。

——賀拉斯

我的計畫最長不超過一年；此後想到的是了結；不做任何新的期待和打算；向我離去的所有地方作最後的道別；天天拋棄一點自己擁有的東西。

長久以來我不丟失也不多做什麼。
路上帶的乾糧足夠走完今後的旅程。

——塞涅克

我活過，我走完了命運給我的道路。

——維吉爾

我晚年得到的終究是身心的寬慰，它舒解了我內心的許多欲望和對生活的憂慮，不再操心局勢的發展、財富、榮譽、學問、健康和我自己。大加圖學習說希臘話，其實他應該學習的是永遠閉嘴。

學習可以在任何時候繼續進行，但不是掃盲，一個老頭兒學ABC，蠢事一樁！

不同的人、不同的情趣，
不是所有年齡都適合做任何事。

——馬克西米安

即使必須學習，那也學習適合我們情況的東西，我們也可像那個人那樣，當有人問人已老朽還學習這些事幹什麼用，回答說：「離開時更優秀、更瀟灑。」（塞涅卡）這類學習就是小加圖感到來日無多時的學習，他在柏拉圖著作中研究靈魂不朽論。我們應該相信，這不是他長期來對離開人世沒有準備，他具備的自信、堅強意志、淵博知識，遠遠超過柏拉圖在著作中的學說。他的學識與勇氣在這方面也超出哲學之上。他這樣做，不是爲死亡服務，而是他不迴避、不改變，繼續做他一生都在做的事情，就像一個人不能爲了考慮一件大事而中斷睡眠。

他被撤去副執政一職的當夜，他在玩樂；他即將去死的當夜，他在看書：對他來說失去職務與失去生命是一回事。

# 第二十九章　論英勇

我從自身經驗體會到，內心的瞬間衝動與日常的穩定習慣兩者相去甚遠。我看到的是我們無所不能，甚至超過神性，如塞涅卡說的，人已對自己麻木不仁，而不是處於自己的原生狀態；還把神的決心與信心摻和到人的愚蠢中去。

但這些是斷斷續續的。在這些古代英雄的生平中，有時帶上神奇色彩，好像遠遠超出我們的自然力量。這是閃光的時刻。在崇高的情境下心靈會激越飛揚，要使之成爲自然的日常狀態，那是很難相信做得到的。我們只是血肉之軀，受到別人的言辭與榜樣的鼓勵，有時也會慷慨激昂，與平時相差很多。但是這是一種激情在推動和鼓舞我們的心靈，興奮迷亂不能自己。但是這陣風暴過去後，我們看到它不知不覺就會鬆弛萎靡下來，即使不致低迷徘徊，至少有失風範；若在那時看到一隻鳥飛走了，或一隻玻璃杯打碎了，我們也會心情激動，差不多像個俗人了。

我認爲一個有缺陷、不完善的人什麼都能完成，就是做不到有條理、節制和堅持。賢人說，爲此要正確判斷一個人，主要是觀察他的平時行爲，以及在無意中看到他的日常習慣。

皮浪建立了一種有趣的不可知哲學理論，他像其他眞正的哲學家，試圖讓自己的生活去印證他的學說。由於他認爲人的判斷力是那麼低下，不可能拿定主意或表示傾向，看待和接受一切事物都毫無區別，因而也不下判斷，使之永遠遲疑不決；傳說他這人的舉止與表情從來保持不變。他若開口說話，即使他對話的人已經走開，也要把一句話說完；他若趕路，遇到障礙也不繞道，靠了朋友才沒有跌下懸崖，跟馬車相撞或發生其他意外。因爲害怕或躲避什麼事，這會跟他的命題相衝突，他的命題就是感覺是不可靠的，不可讓它作選擇。有時他忍受割傷與灼傷，神色不變，連眼睛都不眨一眨。

引導心靈去進行這樣的想像已不簡單，更何妨還去付諸行動；雖則這不是不可能的；但是這麼不折不撓，堅持不懈，最後這些遠遠不符合常人習慣的做法，竟成了他的生活常態，實在難以相信人可以做到這點。有一次他在家裡跟妹妹吵得很凶，她責備他在這件事上怎麼不抱無所謂態度！他說：「怎麼，難道還要個小女生來爲我的哲學信條提供論證嗎？」

還有一次有人看到他在跟一隻狗起衝突，他說：「一個人是很難完全被剝奪的，大家必須承擔義務、調集力量跟事物作鬥爭，首先用實際行動，萬不得已用理智與講道理。」

約七、八年前，離此兩里遠有一個村民（至今還活著），對妻子的醋勁頭痛得不得了，有一天工作回來，迎接他的還是她習慣的大吵大鬧，他勃然大怒，立刻舉起手中拿著的砍柴刀，把他那個讓妻子發狂的傢伙一刀割了下來，往她的面孔上拋過去。

還說到我們這裡一位青年貴族，風流快樂，經過苦苦追求，終於打動了一位漂亮女子的芳心，正要成全好事時卻發現自己竟然不舉，絕望之下徒呼奈何；

軟綿綿，毫無陽氣，
器官像老人頭那樣萎靡。

——提布盧斯

回到家突然割下生殖器，把這個作爲殘暴血腥的犧牲送出去，補贖自己的恥辱，這若是出於講道理與信教，像庫柏勒①的祭司那樣，那我們對於這樣崇高的行爲又能說什麼呢？

多爾多涅河上游，離我家五里路的貝日拉克有一個婦女，嫁個丈夫脾氣急躁易怒，幾天前一個晚上被他狠揍了以後，決心以死來擺脫他的虐待。她起床後像往常一樣跟女鄰居交談，語言間委託她們照顧一下家裡，拉著一位姐妹的手，把她帶到了橋上；在向她告別以後，像鬧著玩似的，舉止沒有半點改變或異樣，就從橋頂跌入了河底，從那裡消失了。在這一事例中重要的是這個計畫經過一夜的深思熟慮。

印度婦女則另是一回事。因爲他們的習俗准許丈夫有好幾個妻子，最寵倖的妻子在丈夫死後要自殺殉葬。她們每個人一生費盡心機，要壓倒其他女伴。她們悉心伺候丈夫，換來的酬謝就是被選中陪伴他去死亡，

當火炬終於點燃靈床，
妻子披頭散髮都在一旁；
開始虔誠的戰鬥，誰將活著，
隨丈夫去死，沒選上的感到慚愧，
選上的歡喜若狂，縱身跳入火中，
把發燙的嘴貼在丈夫的嘴上。

——普洛佩提烏斯

---

① 庫柏勒，希臘羅馬神話象徵生殖之女神。

今天還有人寫道，在這些東方國家親眼看見這種習俗還在流行，隨著丈夫下葬的不僅有妻子，還有生前爲他服務的奴隸。過程是這樣的。丈夫去世後，寡婦要是願意（很少人願意）可以要求兩三個月時間安排自己的事情。那天來到，她像出席婚禮那樣打扮，跨上馬，喜氣洋洋，照她說像去跟丈夫洞房，左手拿一面鏡子，右手握一支箭。在親友和參加慶典的人群簇擁下，聲勢浩大地在街上遊走，不久就被引到舉行這個群眾觀禮的地方。

這是個大廣場，中間一個大坑堆滿木柴，就近是一個有四、五級臺階的土臺。她被帶到臺上，有人向她獻上一頓豐滿的美餐。之後她開始跳舞唱歌，到了她認爲合適的時候下令點火。然後她走下土臺，拉了丈夫最近的親屬的手，一起走向鄰近的河邊，她全身脫光，把首飾和衣服分贈給她的朋友，走去鑽入水內，彷彿去洗滌自己的罪孽。

從水裡出來，她披上一塊十四庹長的黃布，又把手交給丈夫的這個親戚，再回到土臺上，向老百姓說話，若有孩子就託付給大家。在土臺與大炕之間刻意隔上一道布簾，遮蔽熊熊燃燒的大爐子。有的婦女表示勇敢，不許裝這道簾子。等她把話說完，一名婦女端來一滿罐油塗在她的頭部和全身，塗完後她把罐子扔進火裡，接著她自己也跳了進去。這時，大家向她身上扔過去大量木柴，不讓她多受煎熬，場面也由歡慶轉向哀悼與悲哭。

如果死者地位不高，屍體就被運到安葬的地方，讓他保持坐的姿勢，寡婦跪在他面前緊緊摟住他，保持這樣的狀態，這時有人在他們四周砌一道牆，砌到妻子的肩膀高度，她的一名親屬從身後抓她的腦袋、掐她的咽喉。等到她斷氣後，牆迅速築高封住，把他們合葬在裡面。

在這同一個國度裡，他們裸體修行者（無衣派）也有類似的做法。這並非受人所迫，也非心血來潮，而是信奉自己的教規。一般做法是他們到了一定年紀，看到自己已有病難治，就請人幫自己壘起一堆木柴，上面放一張花床；讓至親好友喜氣洋洋一頓款待以後，抱定決心過去躺在那張床上，火點著後看不到他挪動一下手腳。無衣派中的加拉努斯就是在亞歷山大大帝的全軍面前這樣死去的。

他們這個宗派的人，誰在人世中走了一遭，沒有在火中洗滌和純潔自己的靈魂後死去，就不被認爲是神聖的、幸福的。

這種終生不懈的冥思，奇蹟就是從中產生的。

在我們其他的論爭中，關於命運的論爭總是免不了的。爲了認定未來事物跟我們的意志有不可避免的關聯，大家又回到了從前的論點：「既然上帝預見到事物是這樣發生的，事物這樣發生也就毫無疑問的了。」

對於這句話，我們的神學教授回答說，我們看見什麼事發生，上帝也看見（因爲一切在祂眼前，祂是看見，而不是預見），這不是強迫它發生；甚至可以說，我們因事物發生而看見，事物不因我們看見而發生。事物產生知識，不是知識產生事物。我們看到事物發生了，就發生了；但是它可能以另一種方式發生；上帝在祂的預知事物原因薄上，有所謂的偶然原因，也有所謂的必然原因，這兩個原因取決於上帝賜給我們的仲裁自由，祂知道我們將要犯錯誤，是因爲我們自身想犯錯誤。

我看見過不少人用這種宿命論鼓勵他們的軍隊：因爲，如果我們的時辰定在某一個鐘點上，那麼敵人的弓箭、我們的勇猛、我們臨陣脫逃和畏縮不前，都不能把這個時辰提前或推後。這說來很動聽，但是請找出一個會這樣實踐的人。即使是這樣，說什麼一種強烈生命力的信仰會帶來相應的行動，這種常被我們掛在嘴上的信仰在我們這幾個世紀也是所剩無幾了，要不就是信仰對善行的蔑視，也連同引起對慈善團體的冷落。

茹安維爾領主在他的《聖路易傳》中提到貝都因人時也談這個問題。他是個值得信任的證人。貝都因是與撒拉遜人混居的民族，聖路易國王在聖地跟他們打過交道。茹安維爾說他們的宗教堅信每個人的生命從創世以來皆有定數，日子長短不容有一點改變。他們上戰場除了帶一把土耳其短劍外赤手空拳，身上只穿一件白衣。當他們對自己人發火時，嘴中吐出最惡毒的詛咒也只是：「你和帶了武器的怕死鬼一樣該死！」以上說明跟我們信仰不一樣的明證！

那是在我們祖輩時代，兩位佛羅倫斯修士提供的事例也屬於此一類型。他們分別信仰兩個對立的宗派，同意在大庭廣眾之前兩人都走入火中，以此證實自己這派的正確。一切都準備就緒，正要實施，這時一場突如其來的大雨使一切戛然中斷。

一位土耳其青年貴族，眼看穆拉德二世與匈雅提的兩支軍隊快將交戰之際，個人表現了傑出的武功。穆拉德二世見他那麼年輕還毫無經驗（這是他初次參戰），卻又英勇慷慨，召他來問，他回答說教他勇敢的主教練是一隻野兔子，他說：「有一天出去打獵，我發現一隻野兔在洞窟裡。雖然我身邊有兩條好獵犬，我覺得爲了萬無一失，最好還是再用上我的弓箭，因爲這實在是隻好獵物。我開始射箭，我箭囊中的四十支箭都射完了，不但沒有射中牠，還沒有把牠鬧醒。最後我放出獵犬，牠們也沒能做什麼。這時我明白牠受到命運的保護，箭和匕首只有透過命運的授權才能擊中目標，宿命不是我們所能提前與推遲的。」

這個故事應該讓我們同時看到，我們的理智會去遷就任何情景的。

有一個上了年紀的人，有名望和地位，還有學問，向我誇說他的信仰受到一次激發而發生了重大轉變，這個外界的激發既奇異，也難自圓其說，使我覺得實在與他說的大相徑庭。他把此稱爲奇蹟，我也稱爲奇蹟，但是意義不同。

土耳其歷史學家說他們國家的人普遍相信他們的壽命都有不可變更的定則，這種信念顯然有助於他們臨危不懼。我認識一位傑出的親王，他抱著這樣的想法而很有作爲，如果命運能繼續支持他的話。

在我的記憶中還沒有誰果敢決斷，比密謀殺害奧蘭治親王②的兩名刺客更値得讚美的。當同伴竭盡全力完成自己一份任務後慘遭不幸，令人驚訝的是第二名刺客毫不氣餒，再接再勵去實現計畫。沿著他的路線，用相同的武器去襲擊一位親王；而這位親王吸取過於輕信的教訓而保持警惕，有衛兵與護衛不離左右，客廳有重兵保護，全城百姓都對他忠心耿耿。

刺客也是義憤塡膺、心狠手不軟。用匕首比用手槍行刺更可靠，但是匕首需要手腕更靈活、胳膊更有力，刺扎也更容易偏離和受干擾。我毫不懷疑這人抱著必死之心。因爲別人用以敷衍他的種種希望，這個有主見的人是不會聽在心裡的。他做這件大事，說明他不缺乏主見、也不缺乏勇氣。在這麼堅定的信念背後的動機可以是各種各樣的，因爲人的怪念頭可以指使我們做它要做的任何事。

② 奧蘭治親王（一五三三—一五八四），也稱沉默者威廉，反對西班牙對荷蘭的統治。一五八二年三月在安特衛普遇刺受傷。一五八四年七月第二次遇刺身亡。

奧爾良附近發生的暗殺③就完全不同了；更多的是靠偶然性，不是靠力量。要不是命該如此，那一擊不會是致命的。騎在馬背上的人遠遠地向騎著奔馬的另一個人射擊，這種事只有更在乎逃命而不是打中目標的人才會做。

隨後的事也證明了這一點。因爲他想到執行這麼崇高的任務又驚悚又陶醉，以致神志完全迷糊了，既不知如何逃跑，也不知審問時如何辯解。他應該做的不就是蹚過河向朋友求救嗎？這個方法我曾用過，危險較小，我還認爲意外也少，不管河有多寬，只要你的馬找到容易涉水的地方，你再根據水流判斷對岸哪裡容易上陸。那名刺客，當那份可怕的判決向他宣讀時，竟說：「我早有準備，我表現得那麼耐心，你們感到奇怪了吧？」

阿薩辛派是腓尼基的一個獨立教派，在伊斯蘭教徒中間以極端虔城與習俗純樸而受到尊重。他們認爲進入天堂的最可靠方法，就是殺死一名信奉不同宗教的人。爲了實現這麼一個實用目的，置自己的生死於不顧；經常看到一、兩個人不惜一死，挺身而出去暗殺（我們「暗殺」④一詞也來源於此）有重兵保護的敵人。我們的公爵雷蒙・德・的黎波里就是這樣在自己的城裡被殺的。

---

③ 指一五六三年二月十八日，波爾特羅・德・梅雷謀殺弗朗索瓦・德・吉茲公爵。

④ 阿薩辛派，在法語是Assassin，後成爲普通名詞，意爲「暗殺者」。

# 第三十章　論一個畸形兒

這個故事簡單敘述一下，因爲我要留給醫生去討論。

前天我看到一個小孩，由兩個男人和一個乳母帶著，自稱是他的父親、叔叔和嬸嬸，到處讓人看他身上的畸形乞討幾文錢。小孩其他方面跟常人無異：能夠站立，走路和牙牙學語，幾乎與同齡兒童一樣；他除了吮吸乳母的乳頭外，其他食物都不願接受。他們在我面前試過把東西放到他嘴裡，他嚼了一嚼，不呑嚥而吐了出來。他的叫聲好像有點兒特別，他才十四個月。

在他的乳頭下黏連著一個無頭嬰兒，背脊不全，其他是完整的。他的一條胳膊較短，是出生時出事故折斷的。他們兩人正面對著，彷彿小的要摟著大的。他們連接的部位僅有四指左右寬。若把身殘的孩子舉起來，可以看見另一個孩子的肚臍，這就是說黏連的部分是在乳頭與肚臍之間。殘疾兒的肚臍看不見，肚皮的其餘部分還是可以看到，他的胳膊，屁股、大腿與小腿搖搖晃晃掛在另一個身上，一直垂落在他的半條腿地方。乳母對我們說他從兩個排泄口撒尿。這個殘疾兒的四肢可以吸收到營養，是活的，跟大的那個一樣，只是他的更小、更細罷了。

這個重疊的身體與這些眾多的器官，都連接在一個頭腦上，對國王倒是提供一個吉兆，把我國政府的各個職能部門都置於他的法律體系下；但是只怕事情發生與此不符，還是不去管它爲妙，因爲只有對過去的事才能作預言：「爲了事後給它作出解釋，這種解釋也就成了預言。」（西塞羅）就像大家說到埃比米尼德，他都在事後進行預測。

我不久前在梅多克看到一名牧羊人，三十歲左右，表面沒有生殖器。身上有三個洞，他不停地從這裡排尿。他長鬍子、有欲念、喜歡撫摸女人。

我們所謂的畸胎，從上帝說來不是畸胎，祂看到自己創造的萬物中也有無窮的形態。應該相信這個叫我們吃驚的形態，也屬於人類尚不認識的同類別的一個形態而已。上帝智慧無邊，創造的一切都是良好的、正常的和有道理的，只是我們看不到其中的和諧與相通之處。

「常見的東西即使不明白其原因，不會使他詫異。但是出現什麼沒見過的東西，他就大驚小怪。」（西塞羅）

我們把違背慣例的東西稱爲違背自然；其實不論什麼都是按照自然規律存在的。但願這條萬物皆出於自然的道理，驅除我們心中對新奇事物的錯誤認識與驚訝。

# 第三十一章　論發怒

普魯塔克是個全才，判斷人的行爲方面尤爲突出，他在利庫爾戈斯和紐默的比較中所說的都是至理名言，他認爲把孩子交給父親管教的做法是極端幼稚的。

大多數民族——像亞里斯多德說的——都按照獨眼巨人庫克羅普斯的方式，把妻子與孩子都交給男人讓他隨心所欲地去管教。惟有斯巴達人和克里特人把兒童教育依照法律來進行。誰不看到國家的一切都取決於兒童的教育與培養？然而大家都極不愼重，把兒童教育交給父母，不管他們是多麼愚蠢和卑劣。

尤其是我經過街上看到怒氣衝衝、暴跳如雷的父母恨不得把他們的孩子剝皮抽筋，打得死去活來，多少次我有意想個壞主意爲孩子們出口氣！你就會看到做父母的會七孔冒煙，兩眼冒火，

肝火大動，滿地亂滾，
就像山體滑坡，
半山腰的岩石垂直墜落。

——朱維納利斯

（據希波克拉底說，使面孔扭曲的病是最危險的病），經常還是對著剛斷奶的嬰兒鬼叫狼嗥的。還有看到孩子被打成殘廢和發傻的；我們的司法工作對此不聞不問，彷彿這些斷臂缺腿的人不是我們社會的一分子；

感謝你給國家增丁添口，
只是要讓他有益於國家、農耕、戰爭與和平！

——朱維納利斯

沒有一種激情像發怒那樣攪亂判斷的公正性。哪個法官盛怒之下要判犯人有罪，都會毫不猶豫讓他去嘗死亡的滋味。那麼爲什麼就允許父親和教師在火頭上鞭打和懲罰孩子呢？這不是令其悔改，而是報復。懲罰成了孩子的藥物，但是醫生怒氣衝衝地對付病人，我們會容忍他這樣做嗎？

我們要做到知情達理，在怒火中燒時絕不要揍打我們的僕人。當脈搏加快、心裡有氣時，先把事情暫時擱置再說。心平氣和了，看事情就會是另一個樣。不然操縱的是情緒、說話的是情緒，而不是我們自己。

帶著情緒看錯誤會看得更大，就像透過濃霧看物體看不清楚。肚子餓的人需要的是肉，要進行懲罰的人不必要如饑似渴地懲罰。

而且，謹慎而有分寸的懲罰，受罰的人更容易接受，效果會更佳。不然的話，他受一個怒氣攻心的人懲罰，不認爲自己得到了公正的對待；他反而認爲自己沒錯，而是主人行爲失控，滿臉怒容，粗話亂罵，一貫急躁魯莽：

滿臉怒容，心血上湧，

兩眼噴火，比戈爾貢魔怪的眼睛還亮。

——奧維德

蘇托尼厄斯敘說，凱撒把盧西烏斯・薩圖寧判罪後，薩圖寧提出要求人民予以裁決；之所以得到勝訴的最大因素是，凱撒在這場判決中表達了他的敵意與嚴酷。

說與做不是一回事。我們應該把布道和布道者分開考慮。那些人在我們的時代藏奸耍滑，試圖利用布道者的罪行來攻擊我們教會的眞理。教會的眞理是從別處得到證實的。把什麼都混爲一談，這是愚蠢的論證法。品行端正的人可能有錯誤的看法。一個壞人即使不相信眞理，也可以空談眞理。當說與做保持一致時，當然是美麗的和諧。我不會否認說了接著去做則更有權威、更有效果。

斯巴達國王歐達米達斯聽到一位哲學家大談戰爭，說：「這些話說得很動聽，但是說的人自己就不可相信，因爲他的耳朵並沒聽慣軍號聲。」克里昂米尼聽到一位修辭家對勇敢一事高談闊論時，不由哈哈大笑，修辭學家感到受了侮辱，克里昂米尼對他說：「如果是一隻燕子這樣說，我就會這樣笑；若是一隻雄鷹，我會樂意地聽他的高見。」

我在古人著作中似乎發現，直抒己見的人說問題比言不由衷的人更加生動有力。且聽西塞羅談熱愛自由，再聽布魯圖斯談這個問題，從文章就可以領會布魯圖斯是個不惜一死爭取自由的人。西塞羅這位雄辯家談論蔑視死亡，布魯圖斯也談這個問題，前者論述拖泥帶水，你覺得他要讓你去相信他自己還沒相信的事，完全無法使你激動，因爲他自己沒有激動；另一個則使你心潮澎湃。我看書，即使是寫美德與公職的書，從來不會不對作者進行一番好奇的探索，看他是怎麼樣一個人。

因為在斯巴達，監察官見到一個道德敗壞者向人提出一條好建議，命令他閉嘴，再請一位正派人把它當作自己的建議再提出來。

細細品讀普魯塔克的著作，我們會對他的為人有足夠的了解，我想我還洞悉他的靈魂。只是我希望我們對他的生平還有更多了解。我若偏離話題說個不休，還得感謝奧呂斯·格利烏斯，他在著作中敘述了普魯塔克的幾件軼事，這跟我的發怒一文有關。

他的一名奴隸，人品極為不端，但是耳朵裡灌進了不少哲學理論，一次他做錯事，被普魯塔克下令剝去衣服，挨鞭打的時候起初嘟囔說打得沒有道理，他沒做錯什麼事；最後大聲叫嚷，故意辱罵他的主人，指責他不像他自我吹噓的哲學家；他常聽他說發脾氣是件醜事，還為此寫了一部書；現在他卻大發雷霆，還指使人毒打他，完全違背他自己的著作。

普魯塔克聽到這話，冷靜鎮定，對他說：「怎麼，蠢人，你憑什麼說我現在在發脾氣？我的面孔、我的聲音、我的臉色、我的話語，哪一點證明我在發火？我不認為我的眼睛露出凶光、面孔變色、尖聲怪叫。我漲紅了臉嗎？口吐白沫了嗎？嘴裡說了我會後悔的話嗎？哆嗦了嗎？氣得打顫了嗎？告訴你，這些才是發怒的真正標誌呢？」接著轉身對執行鞭刑的人說：「這傢伙跟我爭論的時候，你繼續做你該做的事。」故事就是這樣的。

塔蘭托的阿契塔身為統師，從前線打仗回來，發現他的管家不善管理，房屋裡亂七八糟、田園荒蕪。他把他叫了來，對他說：「滾吧！我要是沒有發怒，我會好好抽你一頓！」柏拉圖也是對他的一名奴隸大動肝火，讓他的弟子斯帕西普斯懲罰他，說他正在生氣沒法親自動手而感到抱歉。斯巴達國王卡里魯斯對一個囂張大膽頂撞他的一個奴隸說：

「天哪！我要是沒有生氣，會叫你立即去死。」

這是一種自我發洩、自命不凡的情欲。當我們爲一件沒必要的事大發雷霆，有人向我們說明道理或進行辯解，多少次我們會不顧事實眞相和無辜而氣惱？我記得古代對此事有一個很好的例子。

比索在各方面都是個出名的正派人，對一名士兵疾言厲色，因爲那人和一名同伴去割草，獨自回營，卻又向他說不清把同伴留在哪兒了；比索認爲是他把他殺害了，要立即處死他。當他還在絞刑架上時，這位迷路的同伴回來了。全軍興高采烈，兩個同伴抱了又抱、親了又親後，劊子手把他們兩人帶到比索面前，在場的人都期望這對他也是一樁大喜事。

但事實恰恰相反，因爲比索尚未消氣，這下子更是惱羞成怒，變本加厲發作。盛怒之下生出一個刁鑽的主意，他原本認爲其中一人是無辜的，現在判了三個人有罪，都處以極刑：第一個士兵是因爲對他早已作出判決，第二個迷路的士兵，因爲他是引起同伴的死因；而那個劊子手，因爲沒有執行對他下達的命令。

跟固執的女人商量事情的人可能都有過這類體驗，當他們面對她們的激動保持沉默與冷靜，避免她們火氣更大時，反而會惹得她們暴跳如雷。雄辯家塞利烏斯生來脾氣暴躁。他跟一個人共進晚餐，那人說話溫順和婉，爲了不惹惱他，決定順著他的意思聽到什麼就同意什麼。塞利烏斯看到自己發牢騷沒人頂撞，就像缺少了養料，實在受不了，他說：「看在神的份上，你就駁斥我幾句吧！這樣我們才算是兩個人啊！」

女人也是一樣，她們發怒只是要惹得對方反過來也發怒，就像愛情規則。福西昂對於有人粗暴地辱罵他，打亂他說話，只是閉口不出聲，讓他有時間把怒氣全部發洩出來；這樣做了以後，隻字不提這次干擾，繼續接著原來打斷的地方往下說。這樣一種輕蔑態度，比任何回答還要尖刻刺人。

對這位最易發怒的法國人（這總是一種缺陷，但是對於軍人還情有可原，因爲作戰操練中總有不少事沒法叫人不發火），我常說他是我認識的最有耐心制止怒火的人。脾氣來時使他狂暴激動。

熊熊烈火燃燒在
青銅壺下，熱水沸騰，
咆哮著要越過銅牆鐵壁，
再也抑制不住自己的力量。
化作一股黑色氣體升空而去。

——維吉爾

他必須苦苦地強迫自己息怒。我還不曾有過這樣的激情需要花那麼大力量去克制。我不想把明智抬到那麼高的代價。我重視的不完全是他做了什麼事，而是他多麼努力不致做出更壞的事。

還有一個人向我誇說他的行爲如何有規律和節制，很不尋常。我對他說這確實了不起，尤其像他那樣引人注目的傑出人物，出現在世人面前總是那麼安詳平靜，但是根本上還是要在內心和對待自己也能做到這樣，依我看內心備受煎熬，那也不算是善於處世之道。我怕的是他只是擺出這副假面具，表面上保持鎮定如若。

我們掩飾時把怒火悶在肚子裡，像第歐根尼對德摩斯梯尼說的，後者躲在洞裡怕被人發現，就往裡面鑽，「你愈往後退，愈陷得深。」我提議，誰的僕人做事出格，寧可給他一巴掌，也不要爲了不失態而壓住脾氣，讓我們的怒火發洩出來也勝過憋著讓自己受罪。氣憤心情表達出來就會減弱，寧可讓勢頭衝出體外也不要對著自己彆扭。「暴露在外的疾患是較輕的，隱藏在健康的外表下危害很大。」（塞涅卡）

我提醒那些有資格在我家裡發脾氣的人，第一，要少生氣，不要動輒發怒，這會影響效果削弱分量；隨口亂罵成了家常便飯，只會讓大家不把它當一回事。你責罵一個僕人偷東西，他不會放在心上，尤其他因玻璃杯沒擦乾淨、一張凳子沒放好，已被你罵過一百次了。第二，發脾氣不要無的放矢，要針對該罵的人讓他當面聽到，因爲一般來說，他們在僕人尚未到跟前就開始罵了，他走了後還要罵上一個世紀，

> 罵昏了頭就是在罵自己。
>
> ——克洛迪安

他們糾纏自己的影子不放，罵得天昏地黑，其實該罰的人、該罵的人都已不在，叫別人實在受不了他們的沖天大炮。我同樣責怪在吵架中那些毫無目標地咆哮和違抗的人；留著這些大話在有針對性的時際再說：

如同一頭公牛，戰鬥開始時，
發出可怕的咆哮聲，狂怒中
兩角頂樹，四腿亂蹬，
攻擊前揚起陣陣灰塵。

——維吉爾

我發脾氣非常激烈，但是也儘量快速和避免外揚。我這人失控時間短、程度強，但是不會暈頭轉向，以致口無遮攔、不加選擇地罵出一連串難聽的話，矛頭對準他們最易受傷的地方。因爲我一般只用舌頭。我的僕人倒是在大事情上比在小事情上容易脫身。小事情是突然找上我的，不幸的是當你站在懸崖上，隨便哪個人輕輕碰你一下，你就跌到了谷底；墜落時自然加速，愈來愈快。

大事情上，大家也預料到會有一場風暴也是理所當然的，脾氣發得有道理的，我也心裡很坦然。使我引以爲榮的是我做得出乎大家的意外。我集中思想，準備對付脾氣；它們在我腦海裡翻騰，我若聽之任之就會六神無主。我可以輕易地做到不被它左右，我若打算這樣做，就有足夠力量抗拒激情的衝擊，不論它有多麼充足的理由。

但是如果讓激情控制和捕獲了我，它就會左右我，不論它的理由多麼沒意義。我也與那些跟我會起爭執的人商量：「當你看到我先激動了，不論對還是錯，讓我發洩出來。輪到我時也對你這樣做。」一個人怒氣是發不大的，只有雙方都發，且互相較量著發，才會形成暴風雨。讓各人盡情發脾氣，我們就會相安無事。藥方很靈，但配藥很難。

有時候爲了家務管理的事，我會做個發脾氣的人，但是沒有眞正發怒。隨著年齡脾氣日益粗暴，我想法子少動肝火，若可能就要做到少煩惱、少挑剔，而要做到多原諒、多爲他人著想，雖然在這以前我是最不會原諒，最不會爲他人著想的人。

結束此文以前再說一句話。亞里斯多德說，有時候發怒可以作爲美德與英勇的武器。這話似乎不無道理，雖則那些持反對意見的人風趣地反駁說；這是一件新式用途的武器，因爲其他武器由我們擺弄，而這件武器擺弄我們。我們的手不指揮它，是它指揮我們的手。它掌握我們，我們不掌握它。

# 第三十二章　爲塞涅卡和普魯塔克辯護

這兩位人物我熟悉，他們幫助我安度晚年，我以他們的遺訓作爲骨架，寫成了這部書，自然有義務捍衛他們的榮譽。

先說塞涅卡。號稱宗教改革的信奉者，發散成千上萬本小冊子，爲自己的事業辯護，有的書出自高手，可惜沒有用在更有價值的題材上。我曾經讀過其中一本，裡面通篇談到作者發現我們可憐的、已故的查理九世國王與尼祿在統治中的相同點，把已故洛林紅衣主教與塞涅卡作比較：他們地位顯赫，都是國王內閣中的第一號人物，他們的生活習慣、他們的行爲。這樣的比較以我看來，大大抬舉了我們的紅衣主教大人。

因爲，我也屬於下列這樣的人，欽佩他的精神、口才、對宗教熱誠、對國王鞠躬盡瘁；還應運出生在這個一切是那麼不同的新奇的世紀，老百姓正需要有個出身高貴、尊嚴、才能出眾、恪盡職守的人充當宗教領袖。雖然如此，但是要說眞心話，我不認爲他的才能有那麼大，也不覺得他的美德像塞涅卡那麼完美堅實。

我提到的那部書爲了達到這個目的，借用歷史學家迪昂的指責，對塞涅卡作了一番極盡侮辱的描寫。迪昂提供的證詞我是全然不信的。因爲這人變化無常，此外，他先說塞涅卡大智大慧，又是尼祿惡行的死敵，轉眼又說他吝嗇、放高利貸、有野心、膽怯、耽於聲色、冒充哲學家欺世盜名。

塞涅卡的美德在自己的著作中躍然紙上，上述關於他的財富與揮霍無度的汙蔑也可不攻自破，我也就不會相信與此相反的說法。更有一點，在這類事上相信羅馬歷史學家比相信希臘或他國歷史學家更有道理。塔西佗和其他歷史學家談到他的生與死都充滿敬意，在一切方面都向我們描述他是個出類拔萃、德高望重的人。我對迪昂的看法只提出我這個不得不說的指責：他對羅馬事務有這種病態心理，竟然維護朱利烏斯．凱撒反對龐培、安東尼反對西塞羅的做法。

再說普魯塔克。

讓．博丹是我們這個時代的優秀作家，遠比本世紀許多拿筆桿的文人有見地，值得我們對他評論和研究一番。但我覺得他在《歷史方法》中的一段話過於冒失。他不但指責普魯塔克無知（這個我可以讓他去說，因爲這不是我的議題），還說這位作家經常說些難以置信和光怪陸離的事（這是他的原話）。他若是只說些不符合實際的事，這不是太大的責難；因爲我們沒有見過的事物都是從別人那裡得知的，從而也就相信了。我看到他有時故意把同一件事寫得不一樣，例如漢尼拔論歷史上三大將領一事，在弗拉米尼生平中是一種說法，在皮洛士生平中又是一種說法。但是更說他把不可信和不可能的事信以爲眞，這是指責世上最有見解的作家缺乏判斷力。

下面是他舉的例子。他說：「這樣，當他說到一個斯巴達孩子偷了一隻小狐狸，把牠藏在袍子裡，寧可讓牠抓破肚皮，直到死也不願讓牠暴露。」我首先覺得這個例子選得不好，雖說人的體力還有可能去確定和認識，人的智力則是很難確定和認識的。在這件事上若由我來做，我就會選擇另一類的例子。那裡還有一些事較少可信性，比如他談到皮洛士的事。說他儘管受了重傷，還是對全身披掛的敵人重重一劍砍下，把他的身子從頭垂直而下砍成了兩半。

在他舉的例子中，我不覺得是什麼奇蹟，也不接受他貶損普魯塔克愛使用這個遁詞：「據說」，這是在關照我們要對此將信將疑。除非在古代或在宗教中已得到權威認可的事物，普魯塔克是不會讓自己輕易接受的，也不會建議別人去相信根本不可信的事。「據說」這個詞他用在這裡不是爲了這個原因，這是很容易看出來的，因爲他自己在其他文章中提到斯巴達孩子的忍耐力問題，這些例子在他那個時代更叫人難以信服。

比如有個例子，西塞羅在他以前也證實過，因爲據說他當時就在現場。直到他們那個時代，還有孩子被送到狄安娜女神祭臺前，讓他們接受忍耐力的考驗。他們忍受鞭打，直到遍體流血，不但不叫喊，還不呻吟，有的還心甘情願失去生命。普魯塔克也說過這樣的事，還有一百多名證人。在祭禮中，一個孩子在燒香時，一塊燒炭掉進了他的袖管，他讓炭燒著整個胳膊，最後香客聞到了焦肉味。

按照他們的習俗，當小偷被人當場抓獲，這最影響一個人的聲譽，也最使他們蒙受恥辱與謾罵。我對這些人的崇高品質深感欽佩，所以不像博丹那樣，覺得他的故事不可相信，還認爲這些事沒什麼稀奇古怪的。

斯巴達歷史上更嚴酷、更罕見的例子何止上千，以這點來說事倒可以稱爲奇蹟。

關於小偷，馬西利納斯曾說，在他那個時代，偷盜在埃及非常盛行，誰在作案時被逮住，不管用什麼刑罰也沒法逼他說出自己的名字。

一個西班牙農民，因與人密謀暗殺行省總督呂西尤斯・比索而遭受嚴刑拷打，行刑中他大聲喊叫，要他的朋友不要妄動，盡可在一旁安全觀看，他不會因皮肉之痛而招供一點內情的。第一天他們一無所獲。第二天他被押了出來再要受刑時，從衛兵的手裡用力掙脫，走去一頭撞在牆壁上，自殺身亡。

埃比卡麗絲被尼祿的扈從用盡酷刑，折磨了整整一天，受過火烙、拷打、刑具，沒有吐露一句關於密謀的話，第二天又被帶進刑室，她四肢斷裂，還是把自己裙子上的一根束帶，連在椅子扶手上打個活結，把頭套了進去，利用身體的重量硬是把自己勒死了。她有勇氣這樣以死來逃避最初的苦刑，不正是有意用生命來接受對其忍耐心的考驗，爲了嘲笑這位暴君，鼓勵其他人也用相似的行動對付他嗎？

若有人向我們的弓箭手打聽，他們在這些內戰中有什麼體會和經歷，就會發現忍耐、頑強、堅韌的作用，在我們這個悲情的時代，在我們這個比埃及還要萎靡懦弱的民族中，還可以跟我們剛才說到的斯巴達人的美德一比。我知道有些普通農民被人用火燒腳板，被手槍扳機敲碎手指頭，脖子上套一根粗繩，被勒得眼睛充血暴突出來，才肯乖乖地交出贖金。

我看到一個人，赤裸裸被當作死人拋在溝裡，滿是傷痕紅腫的脖子上還套了一副馬籠頭。他就是這樣被人把馬籠頭接在一匹馬的馬尾上拖了一夜，全身上下被捅了一百多刀，他們這樣捅他不是要弄死他，而是要他痛苦與害怕。他對這一切都忍了下來，直至說不出話失去知覺。據他對我說，決心死上一千次（實際上，吃過了這樣的苦頭，他是完全死過一次了），也不答應什麼。雖則他是本地區的最富有的農戶之一。我們又看到多少人，因爲從別人那裡接受了尚未被大家認同和理解的思想，而被慢慢地燒死和火烤！

我認識數不清的女人——因爲有人說加斯科涅人的頭腦在這件事上有點特別——你可以叫她們閉口咬緊一塊燒紅的烙鐵，但是沒法叫她們鬆口放棄發脾氣時抱定的一個想法。她們愈打愈逼愈倔強。有人編了個女人故事，說她再受威脅與挨揍也沒用，就是不斷地罵丈夫是個虱子窩；她被扔進了河裡，咽著氣還要把雙手舉過頭，做出捏虱子的手勢。這個故事確實是我們天天看得見的固執女人的鮮明寫照。固執從剛烈果敢來說至少堪與堅貞不屈相比。

我在什麼地方說過，不應該根據我們感覺的可信與不可信，去判斷可能與不可能。自己不會做或不願做的事，也就很難相信別人會去做，這是極大的錯誤，而大多數人都陷入這錯誤（我在此不是指博丹）。每個人都覺得最高的自然形式都在自己身上，其他一切形式都要以它作爲試金石，作爲準繩。凡是不符合自己的方式的方式，都是假的、不自然的。這多麼愚昧無知！

至於我，我認爲有些人，尤其是古人，遠遠勝過我。我還明白以我的步伐無法追上他們，我就目隨著他們，審視是什麼道理使他們這樣出類拔萃。我還是看出自己身上也有這樣的種子。就像我發現自己精神上也有很低下的地方，這我並不奇怪，也不要不信。我還看到這些人物如何高升的竅門，我欣賞他們的崇高。這些飛躍都是非常美的，我張開雙臂歡迎；如果說我的力量搆不著，至少我的判斷力樂意用在這上面。

關於普魯塔克說些難以置信和光怪陸離的事，博丹舉了另一個例子，說阿格西勞斯因爲獨自贏得民心而遭到五人行政長官的懲罰。我不知道他找到什麼弄虛作假的跡象；其實普魯塔克只是在談他比我們更熟悉的東西。在希臘因與民眾過於接近而遭到懲罰與放逐，這類事並不新鮮，貝殼放逐與樹葉放逐就是明證。

在同一個地方還有一個指責，使我代普魯塔克抱不平。他說普魯塔克對羅馬人與羅馬人、希臘人與希臘人的比較，都做得很眞誠，但羅馬人與希臘人的比較就不同了，他說，德摩斯梯尼與西塞羅、加圖與阿里斯蒂德、蘇拉與來山得、馬塞魯斯與佩洛庇達、龐培與阿格西勞斯的比較可以爲證。認爲他偏向希臘人，讓他們去比那些明顯不對等的人。這恰好是在攻擊普魯塔克最精彩、最值得稱道的地方。因爲在他的人物比較中（這是他作品中最可讚美的，以我看也是他自己最得意的一部書），他的判斷中肯坦誠，同時又深刻有力。他是個向我們傳授美德的哲學家。我們看能不能不讓他背上瀆職與虛僞的惡名。

我可以這樣想，之所以會引起這樣的看法，是因爲在我們頭腦中羅馬名人太光輝偉大了。我們不覺得德摩斯梯尼有這個偉大共和國的執政、行省總督或財務大臣那麼顯赫。但是普魯塔克注重的是事物實情與人物本身。我們若也這樣考慮，並去衡量他們的習俗、天性、學識，而不是他們的命運，我的想法就與博丹不同，還認爲西塞羅與大加圖不及他們所比較的對象。

按他的意圖來看，我寧可選擇小加圖與福西昂作爲比較例子。因爲在這兩人中存在一種類似的差別，羅馬人稍占上風。至於馬塞魯斯、蘇拉和龐培，我看到他們的戰功彪炳千古，顯然比普魯塔克提出作比較的人更爲突出。但是不論戰時或平時，最高尚、最美麗的行爲並不一定最爲人傳誦。我經常見到一些將領的名字淹沒在另一些德才稍遜的名字的光輝中，例如：拉比努斯、萬蒂迪烏斯、泰勒西努斯等等。從這點出發，我也爲希臘人鳴不平，我不是也可說卡米盧斯與地米斯托克利、格拉古兄弟與亞基斯和克里昂米尼、紐默與利庫爾戈斯相比要差得遠嗎？但是事物的面目變幻無窮，要一刀切來判斷是荒唐可笑的。

普魯塔克做比較時，並非把他們等量齊觀。誰能比他更明確認眞地指出他們之間的區別呢？當他把龐培軍隊的勝仗、戰功與兵力，還有他個人的勛業跟阿格西勞斯相比時，他說：「假使色諾芬還活著，有人讓他對阿格西勞斯的優點愛怎麼寫就怎麼寫，我不相信他敢拿他來比較。」說到來山得與蘇拉的比較：「在勝利的次數與戰役的艱險上，更沒法比了；因爲來山得只打贏過兩場海戰……」

這麼一說，絲毫也不是在貶低羅馬人。把他們跟希臘人作簡單對比，這不可能是對他們的侮辱，不論其間的差別有多大。普魯塔克不是對他們作全面的比較，大體上也沒有偏愛。他把事件與背景逐一比較，分別判斷。

因而，若要斷定他有偏心，就應該拿出一個特定的判斷來剖析，或者全面來說他拿某個希臘人跟某個羅馬人比較是不對的，因爲還有其他人的情況相似，更適合做比較的。

# 第三十三章　斯布里那的故事

哲學讓理智來做駕馭我們心靈的主宰，控制我們欲念的權威，不認爲這是誤用它的學識資源。有些人斷定，最強烈的欲念莫過於愛情產生的欲念。他們這種看法的理由是，這樣的欲念同時來自肉體與心靈，也就遍布一個人的全身，以致健康也受其制約，有時藥物也不得不向它獻媚、拉攏。

但是反過來也可說，身體的綜合因素會使欲念打折扣，減小強度。因爲這類的欲念是可以用藥物滿足和消除的。許多人爲了驅除欲念不斷帶給心靈的騷亂，使用了切除法，把這些動情變形的器官去勢。有的人經常用冷的東西如雪或醋來擦洗下身，消除那話兒的力量與熱情。我們的祖先穿粗毛衣就是產生這個作用。這是用馬身上的毛織成的，有人做成襯衣穿，有人做成腰帶束在腰間礙手礙腳。

不久前，一位親王對我說，他年輕時，弗朗索瓦一世宮裡有一天舉行盛大宴會，來賓個個都化裝，他心血來潮穿上父親留在家裡的那件粗毛衣；不管他有多少誠意，還是沒有耐心等到夜裡把那件衣服脫了，還爲此病了很久，還說他認爲年輕人的情欲再旺盛，那件衣服也一定能把它壓下去的。

然而他欲火中燒或許還不是最強烈的。因爲經驗告訴我們，那種激情即使穿上最扎人的粗衣也照樣不退，馬毛衣並不總是使穿的人安分。

色諾克拉特採取的方法更爲嚴峻，因爲他的弟子要試驗他的禁欲本領，把那個名叫萊伊絲的美麗名媛塞進了他的被窩裡，她全身一絲不掛，除了美貌與淫蕩作爲武器以外，還有春藥，老師覺得儘管他好言相勸、諄諄教導，身體還是不聽話，開始蠢蠢欲動，他不得不對豎起耳朵要響應造反號召的器官進行火攻。

情欲都盤踞在心靈中，如野心、吝嗇和其他，給理智帶來更大的麻煩，因爲理智只能利用自己的資源進行自救；還有，這些欲念也是難以滿足的，甚至嘗到了甜頭以後更加旺盛貪婪。

朱利烏斯・凱撒的一個例子足以向我們說明這些欲念的差異，因爲沒有人比他更貪戀女色了。他對自己的儀表刻意修飾，也可作爲一個佐證，甚至使用當時盛行的最妖冶的做法，如拔去全身體毛，塗上極其珍貴的香水。他生來是個美男子，肌膚雪白、身材矯健、臉龐豐潤、棕色眼睛炯炯有神，這是依照蘇托尼厄斯的說法，因爲羅馬城裡豎立的凱撒像並不在各方面符合這樣的描述。

除了有過四個老婆，還不說他童年時跟比西尼亞國王尼科梅迪的戀情，他還得到了那位四海聞名的埃及豔后克婁巴特拉的童貞，之後還生出了小凱撒留作證據。他還跟茅利塔尼亞女王歐諾做愛、在羅馬跟塞維呂斯・蘇爾皮西烏斯的妻子波斯圖米婭做愛、跟加比尼烏斯的妻子勞利婭，克拉蘇的妻子泰圖拉、甚至跟偉大的龐培的妻子穆蒂婭做愛，據羅馬歷史學家說，她的丈夫要休她的原因就在於此，普魯塔克則承認未曾聽說其事。後來當龐培娶凱撒的女兒時，庫利奧父子批評龐培去做一個讓他戴綠帽子的人的女婿，他自己就曾叫凱撒是埃吉斯托斯。①

除了這眾多的女人以外，他還包養了加圖的妹妹、馬庫斯・布魯圖斯的母親塞維麗婭。

---

① 一個殺死情婦丈夫的人。

從布魯圖斯出生的時間來算，似乎是凱撒生的，於是大家也從這點推測他對布魯圖斯那麼喜愛的原因。以上種種讓我有理由把他看作是個荒淫無度、極端愛好女色的花花公子。但是還有野心更是他鏤心刻骨的一種情欲，愛情與它較量，立即會不戰自潰。

說到這裡讓我想起了穆罕默德。他征服了君士坦丁堡，徹底毀滅了希臘這個名詞，我不知道在誰的身上這兩種情欲得到如此均勻的平衡：色鬼與軍人都同樣不知疲倦。但是在他的一生中，這兩種情欲長年爭鬥，好戰的天性也總是壓倒好色的天性。然而到了晚年他無力大動干戈，承受沙場的勞苦，好色的天性才又占盡了上風，只是已過了季節，爲時已晚矣。

作爲一個相反的例子，那不勒斯國王拉迪斯拉烏斯的故事是值得一讀的。他是個優秀的將領，勇敢有雄心，給自己定下的最大抱負是享受哪位絕色美人的纏綿溫存。這下子叫他送了命，他把佛羅倫斯長期圍困得水泄不通，城裡居民也準備認輸投降，他答應撤兵，只要他們給他獻出他聽人說起過的城裡一個美貌出眾的少女。

那位少女交給了他，個人雖受辱，但可使全城免遭塗炭。她是當時一位名醫的女兒，醫生眼見自己遇上這件不得不做的醜事，決心要做出一番大事來。當大家都在幫他的女兒梳妝打扮、戴上珠寶首飾，能讓她博取新郎君的歡心時，他給了她一塊香氣撲鼻、做工精緻的手絹，供她到了初夜的時刻使用，蓋在女孩不會忘記蓋的那個部位。這塊手絹塗上了他憑醫學知識配製的毒藥，當皮膚磨擦得發熱，毛孔張大時，毒性很快就滲入體內，熱汗立刻變成了冷汗，他們在互擁互抱中咽了氣。

讓我再來談凱撒。他尋歡作樂絕不會放過一分鐘，出現勃起的機會也不會後退一小步。這種情欲在他身上居於至高無上的地位，其他情欲都受它的制約，眞是無往不利。當我想到這位人物的偉大之處，博學多才、滿腹經綸，幾乎每門學問皆有著述時，再看到他那麼好色是有點惋惜的。他能言善辯，許多人喜歡他的口才還勝過西塞羅。而以我看，他自己也不認爲自己在這方面的天資遜於西塞羅。他的兩篇《反大小加圖》，就是針對西塞羅《加圖論》，要跟他在書中受人稱道的才華一較長短。

此外，還有誰像他那樣心思縝密，勤奮耐勞？毫無疑問，他身上還有許多少見的美德種子，我要說的是活生生的、自然的、不是矯揉造作的。他飲食出奇地簡單，不講究，就是奧庇烏斯也說到有一天，端上餐桌給他的不是食用油而是藥用油，他爲了不讓主人難堪，還是吃了很多。有一次他下令鞭打他的麵包師，因爲做了一些不同於普通的特色麵包給他。加圖也常說他是走在國家毀滅之路上的第一個儉樸人。

至於這同一個加圖有一天稱他爲酒鬼（事情是這樣的：他們兩人都在元老院，那裡正在談論卡蒂利那密謀一事，凱撒在這事上被大家懷疑，這時有人從外面帶給他一封密札。加圖認爲那是密謀分子向他通風報信，要他把信交出來。爲了避免引起更大的嫌疑，凱撒不得不這樣做。沒想到這是加圖的妹妹塞維麗婭寫給他的情書。加圖讀完信後，扔還給他時說：「拿著，酒鬼！」），我要說這更多是一句輕視和生氣的話，而不是有所指地責備他有這個惡習。就像誰叫我們發火，我們就會想到什麼罵什麼，罵的話並不一定切合他的實際情況。再說加圖責備他的這個惡習跟他逮住凱撒的這個習慣，卻總是成雙配對的。因爲諺語曰，愛神與酒神很樂意相互勾搭。

但是，在我們家鄉，愛神愉快活潑，從不暴飲暴食。

凱撒對冒犯他的人仁慈寬厚，這方面的例子不可勝數。我不舉他在內戰方興未艾時的例子，他在自己的著述中多次提到，讓人感覺他這樣做是安撫他的敵人，不要那麼害怕他的勝利和未來的統治。但還是應該說的是，那些例子雖不足以向我們說明他天眞溫柔，至少向我們指出這位人物的高度自信與巨大勇氣。他常做這樣的事，在把敵兵打敗以後又把他們全體釋放回到敵方，還不強迫他們立誓今後即使不站到他一邊，至少約束自己不再與他作戰。

他三、四次擒獲龐培的某些將領，三、四次釋放他們自由。龐培宣布不追隨他參加作戰的人都是他的敵人；而凱撒則傳言，按兵不動、不在實際上以武力反對他的人都是他的朋友。對於他的將領中，誰要離他而去另有所圖，他還贈送武器、馬匹和裝備。他攻掠的城市，讓它們自行決定追隨自己喜歡的一派，他讓駐留下來的不是衛戍部隊，而是他的溫和寬大。在打響偉大的法薩盧戰役的那天，他宣布禁令，除非萬不得已，不許逮捕羅馬市民。

據我的觀察，這些做法都包含相當的風險。因而，在我們經歷的內戰中，像他一樣爲反對國家舊秩序而戰鬥的人，不以他爲榜樣也是不足爲奇的；這些都是非常手段，只有凱撒這樣命運、遠見卓識、審時度勢的人才能運用。當我想起這顆心靈無比崇高時，我怎麼會責怪勝利之神處處偏愛他，即使在這場非常不正義、非常不公平的事業中也如此。

說到他的寬恕，我們有他當政時期許多樸實的事例，那時一切大權在握，他根本不再需要裝腔作勢。蓋尤斯・梅米烏斯對他寫了幾篇語調尖刻的演說辭，他也針鋒相對作出回答。然而不久以後，他還幫助他做了執政官。蓋尤斯・卡爾福斯寫過好幾篇諷刺短詩罵他，後來託朋友勸和，凱撒先主動寫信給他。我們善良的卡圖魯斯，用馬穆拉這個假名對他極盡醜化之能事，當他上門前去道歉時，凱撒當天留他共進晚餐。

得知有人說他壞話時，他不做別的事，只是在公眾場所的演說中宣布他已聽說了。他不怕敵人、更不恨敵人。有些要謀害他生命的陰謀與集會暴露後，他只是下詔令說它們已被揭穿，並不追究當事人。他對朋友非常尊重，蓋尤斯・奧庇烏斯與他一起在旅途中感到不適，他讓他留在那地方僅有的住所裡，自己整夜躺在戶外硬地上。

說到他的執法，他非常寵倖的一名僕人跟一名羅馬騎士的妻子有染，儘管無人告發，他下令處死他。還沒見過誰在勝利時那麼克制，在逆境中那麼堅定。

但是所有這些美好的天性都被這份狂熱的野心損害和毀掉。野心衝得他暈頭轉向，可以說他的一切行動都聽命於野心的控制與指揮。野心使一個思想自由的人變成了竊國大盜，只是為了滿足他的驕奢淫逸，也使他說出這句恬不知恥的話，就是世上最壞、最墮落的人曾對他的飛黃騰達表示了忠誠，他也會把他們當成最善良的人那麼寵倖和用手中的權力加以提拔。

野心使他陶醉，極度虛榮，竟敢在他的同胞面前吹噓自己使這個偉大的羅馬共和國徒有虛名；還說今後他傳下去的話就是法律；元老院代表團前來時端坐不起；授意人們崇拜他，在他面前施行朝拜神祇的禮儀。總之，單是這個罪行已使他失去他從前有過的最美、最豐富的天性，使善良的人都痛恨他，因為他為了追求個人榮耀而使國家毀滅，使世上再也沒有出現過的繁榮昌盛的共和國傾覆。

反過來也可找出大人物的不少例子，說明尋歡作樂使他們忘了去管理自己的政務，如馬克・安東尼等人。但是遇到愛情與野心旗鼓相當，走向全力衝撞的時候，我毫不懷疑野心會占上風。

再回到我的話題，用理智的勸說能夠克制我們的欲念，用強硬的壓力使我們的器官循規蹈矩，還是很了不起的。但是鞭撻自己不要對別人感興趣，不但要壓下心裡癢癢的溫情柔意，驅除自己覺得引人注目、人見人愛的愉悅感，還要憎恨和厭惡自己身上招來這一切麻煩的翩翩風度，痛恨引起別人神魂顛倒的美麗，這在我還不曾見過多少。

這裡倒有一個，那是托斯卡納的青年斯布里那。

光燦燦如鑲在赤金中的寶石，
粉頸或雲鬢上的飾物，
黃澄澄如放在鑲嵌木盒
或奧里庫姆黃楊木框裡的象牙。

——維吉爾

他長得儀容俊秀、美貌出奇，清心寡欲的人看到他的神采也會怦然心動；他不論走到哪裡都會燃起情焰欲火，他很不滿意無法控制這情景，轉而遷怒於自己，痛恨大自然給他的豐富賞賜，就像有人怪自己造成了別人的錯，他有意在自己臉上扎許多傷疤與瘢痕，把大自然在上面細心設計的完美比例與布局，毀得一乾二淨。

要我來提一點看法，我欽佩卻不欣賞這樣的行爲，這種極端是違背我的準則的。意圖可嘉，用心良苦，但我覺得有欠謹慎。怎麼呢？他的醜陋今後會使別人陷進罪孽之中，去輕視、仇恨或者嫉妒這種罕見珍貴的光榮，或者去誹謗，把這種衝動理解爲瘋狂的野心。有什麼事是罪惡即使願意也沒有機會以某種形式表現的呢？更正確與更光榮的方法是他以上帝恩賜的美貌去樹立美德與品行的規範。

一個人要在社會生活中做個正人君子，必然受共同義務和無窮無盡清規戒律的約束；那些要躲避的人，以我看來都是在過一種省心的日子，不論他們對自己進行多麼嚴酷的約束。從某種意義來說，死亡是爲了逃避好好生活的這個難題。他們可能有其他價值，但是我覺得他們從來沒有克服困難的價值，在逆境中也不會做到在人世的洶湧波濤中屹然不動，光明正大地應付和完成個人擔負的種種職責。

生活中沒有女人，或許還比與妻子時時處處融洽相守更容易。苦日子或許還比小康日子過得更順心。按照理性享受比節衣縮食還難熬。節制這個美德要比忍受更費神勞心。小西庇阿的好日子有千百種活法，第歐根尼的好日子只有一種活法。單一的生活在無憂無慮方面勝過普通的生活，精緻滿足的生活在實用與豐富方面又勝過單一的生活。

# 第三十四章　觀察朱利烏斯・凱撒的戰爭謀略

有人談到許多軍事統帥，說他們都有特別重視的幾部書，如亞歷山大大帝愛讀荷馬；阿非利加的西庇阿愛讀色諾芬；馬庫斯・布魯圖斯愛讀波利比阿；查理五世愛讀菲列普・德・科明；據說現時馬基雅弗利在其他地方頗有名望。

但是已故的斯特羅齊元帥更青睞凱撒，無疑作出了更好的選擇，因爲事實上凱撒是軍事藝術的眞正鼻祖，他的書也應是一切軍事家的必讀物。上帝還給這位天才人物兼有出眾的金相玉質，凱撒的文筆那麼純正、清澈、完美，以我看來世間難有什麼著作，在這方面能夠與之一較長短的。

我想把尚在記憶中的幾樁戰事的罕見特點記錄在這裡。

傳說朱伯國王率領大軍前來打他，凱撒的軍隊聽了之後不免有點驚慌。凱撒既不壓制他的戰士的看法，也不貶低敵人的兵力，他把他們召集一起，寬慰鼓勵一番，採取一種不同於我們一般的做法，因爲他勸他們不必再費心去打聽敵兵的數目，他已經知道得一清二楚；於是他按照色諾芬書裡提到的居魯士的建議，說敵人號稱的數目遠超過實際眞相和軍中流傳的謠言。因爲當我們覺得敵人沒有原來想像的強，這比原來以爲弱後來發現強要好得多，就不會太絕望了。

他讓士兵習慣簡單的服從，不要他們過問和談論上司將官的意圖，只是在實施時才告訴他們。如果他們發現了什麼內容，他很高興立即改變主意來騙他們。經常爲此先指定在某處紮營後，到了還往下走，延長行軍時間，尤其是氣候不好和下雨天的時候。

高盧戰爭初期，瑞士人派出使者要求他允許他們借道通過羅馬土地。雖然他計畫用武力阻擋他們，還是向他們裝出一副笑臉，拖延幾天給他們答覆，利用這段時間調集軍隊。這些可憐的人卻不知道他是何等善於利用時間。他屢次三番強調一位將帥最大的用兵之道是懂得捕捉軍機和行動神速；在他的戰功中行動神速確是前所未聞，不可思議。

如果說這樣以協議爲掩護戰勝敵人不是什麼光彩的事，還有他對士兵除了勇敢以外別無要求，只有犯了反叛和違背軍令罪才受到懲罰，也是同樣說不過去的。經常獲得勝利以後，他放棄軍紀約束，任憑部下胡作非爲一段時間，只是這些士兵訓練有素，即使身上抹了香粉香水，作戰時還是勇往直前。

他也確實喜歡他們裝備闊綽，穿雕花的金銀盔甲，更鼓動他們竭力保護，精心保存。他說話時稱他們爲「戰友」，這稱呼我們至今還在用。他的繼承者奧古斯都把它改了，認爲他這樣做是爲了軍務需要，爲了籠絡志願追隨者的人心：

渡萊茵河時，凱撒是我的長官；
這裡他是我的同伴，因爲罪惡使人不分彼此。

——盧卡努

但是這個稱呼對於一位皇帝和一位統帥未免有失尊嚴，於是再度簡單地改成「士兵們」。

凱撒對他們以禮相待，然而懲罰也相當嚴厲。第九軍團在皮亞琴察附近發生兵變，儘管還在與龐培軍隊對陣，他毫不留情地鎮壓，對方多次求饒後才予以赦免。他更多以權威與膽量壓服他們，而不是講究仁慈。

談到渡萊茵河進攻日爾曼人時，他說讓軍隊乘船過去有損於羅馬人的榮譽，下令架設了一座橋，讓大家不沾溼鞋子過去。就是在那時候他造了這座雄偉的橋，還詳細規定製造細節；他在任何場合都不太願意提及自己的功業，只有在這類工藝活中向我們詳細介紹他的創意如何巧妙。

我還注意到這件事，他非常重視戰鬥前對士兵發表動員令。因爲那時候他要說明他如何受到襲擊和逼迫，他總是說他沒有時間對部隊講話。在跟圖爾內人的這場大戰前，他寫道：「凱撒部署一切以後，立刻奔向命運之神帶他去的地方鼓勵他的官兵。他遇到了第十軍團，沒有時間跟他們多說，除了他們應該記住勇敢傳統，不要驚慌，大膽抵擋敵人的進攻；等敵人已經走進弓箭的射程以內，他下令開戰；又急衝衝奔向其他陣地去鼓勵其他人，到了那裡發現他們已經開始交手。」

以上是他在當時說的話。說實在的，他的語言在許多場合都幫了他的大忙。即使在那個時代，他的口才在三軍面前甚受推崇，軍中許多人都把他的演說記錄下來，從而結集成冊，在後世傳誦了很久。他的口頭語言有一種特殊的氣韻魅力，以致熟悉他的人，其中有奧古斯都，聽人朗誦集子裡的演講，若有不是他說的句子與單詞，一聽就能分辨出來。

他第一次帶了公職走出羅馬，走八天抵達羅納河邊，在車上前面是一個或兩個祕書，不停地寫東西，背後是替他拿劍的隨從。說實在的，即使只是趕路，也僅能達到凱撒節節勝利的速度。他橫越高盧，在布林迪西追擊龐培，在十八天內征服義大利，又從布林迪西回到羅馬。他從羅馬又到了西班牙腹地，在那裡他克服了跟阿弗拉尼烏斯與佩特雷烏斯的作戰中的巨大困難，然後又對馬賽進行長時間圍城。從那裡又揮師前往馬其頓，在法薩羅打敗羅馬軍隊，從那裡又一路追擊龐培進入埃及，將埃及征服。從埃及又進入敘利亞和本都地區，在本

都地區打敗了法納斯二世。從那裡又進入非洲，擊潰西庇阿和朱伯。最後他又回頭經過義大利進入西班牙，擊潰龐培的兒子們，

比閃電，比母老虎還快。

——盧卡努

猶如山頂上一塊岩石，
被暴風驟雨吹了下來，
受歲月摧殘脫離了土壤，
山崩地裂滾下了深淵，
聲震大地，裹挾著森林、羊群、牧羊人……

——維吉爾

談到阿瓦里庫姆圍城時，凱撒說日夜跟士兵待在一起是他的習慣。進行一切重大行動，他都親自巡察，絕不派軍隊到他不事先熟悉的地方去。據蘇托尼厄斯說，制訂渡海進攻英國的計畫時，他第一個涉水偵察地形。

他常說更希望以理而不是以力奪取勝利。在跟佩特雷烏斯與阿弗拉尼烏斯作戰時，命運向他提供了一個顯然十分有利的機會，他拒絕利用，據他說，希望多費些時間但少冒點風險去戰勝敵人。

他在那裡還作驚人之舉，命令全軍不帶任何裝備游過河去，

為了奔向戰鬥，士兵選擇了
連逃跑也怕走的那條路；
他全身溼淋淋穿上了盔甲，
跑步暖和被激流凍僵的身子……

——盧卡努

我覺得他作戰時比亞歷山大更謹慎周密，因爲後者好像奮不顧身追求危險，如一股激流橫衝直撞，毫不在乎碰上了什麼：

奧菲都斯河像頭公牛奔騰
穿越阿普利亞多努斯國土，
憤怒時是一股激流，
威脅著把田野變成澤國。

——賀拉斯

亞歷山大建立功業時正當青春少年，血氣方剛，而凱撒率軍已屆成熟的中年。此外，亞歷山大天性較爲血腥，脾氣大，熱情奔放，又加上嗜酒更易激動，而凱撒極少沾酒，但是遇上緊急關頭，情況需要，無人像他那樣不計較個人得失。

我在凱撒許多談戰爭的著作中，好像還看出爲了逃避戰敗的恥辱，有一種殺身成仁的決心。在跟圖爾內人的大戰中，他看到先遣部隊招架不住，不拿盾牌就這樣迎頭衝到敵人前面。這種事他做了還不止一次。聽說部隊遭到包圍，他喬裝改扮穿過敵軍陣線走到他們中間鼓舞士氣。他帶領少數兵力過海到迪拉奇歐姆後，發現他留給安東尼指揮的大部隊遲遲未能跟進，又隻身冒著大風浪重新渡海，偷偷回去把大部隊接管過來，當時那邊的渡口和海面都已被龐培占領。

他指揮作戰，許多次甘冒風險，其實已經違反一切用兵之道。他去征服埃及王國，然後又去攻擊數量十倍於己的西庇阿和朱伯軍隊，率領的兵力又是何其薄弱！這些人對自己的命運怎麼會有如此超乎人情的信心。

他常說，大事業應該去做而不是去問。

在法薩羅戰役以後，派軍隊挺進亞洲，經過赫萊斯蓬斯海峽時，他僅有一艘戰船，卻在海上遭逢呂西烏斯・凱西烏斯帶領的十艘戰船。他不但有勇氣不逃跑，還對著他直駛過去，勒令他投降，居然還做到了。

他把阿萊塞圍得水泄不通，城裡有八萬守兵，整個高盧地區也起兵，集合了十萬九千騎兵和二十四萬步兵，奔他而來要給阿萊塞解圍。拒絕撤圍和同時解決這兩大難題，這需要多大的膽量和執著的自信！他在這兩件事上還是堅持去做。經過激戰先解決了城外的敵人，又立刻去收拾城裡的敵人。盧庫盧斯在圍困泰格雷諾瑟塔時攻打泰格雷尼斯國王也是這樣，但是條件不盡相同，盧庫盧斯對付的敵人不堪一擊。

在這裡我還要提出阿萊塞圍城時兩件少見的怪事。第一件，高盧人集結後跟凱撒交戰，詳細統計了自己的人數，怕隊伍太龐大會陷入混亂，商定撤去一部分兵力，這種擔心人員過多的事例也是前所未有的；仔細一想，一支軍隊的人員看來應該按照某些條件加以限制與調整，或者由於補給的困難，或者由於調度與布置的困難。然而這些人數異常龐大的軍隊沒有獲得過出色戰績，這樣的事至少是不難予以證實的。

據色諾芬記載，居魯士說形成優勢的不是士兵的數目，而是優秀士兵的數目，其餘的更會是累贅，而不會是幫助。巴耶塞特不顧將官的意見，決心跟帖木兒開戰，他的主要論據是敵人的軍隊人員多得數也數不清，必然會給自己造成混亂。斯坎德貝格足智多謀，常說一位善戰的將領擁有一萬至一萬兩千名忠誠的戰士，可以在任何類型的戰役中保持聲名不墜。

第二件，好像與戰爭的常規及原理是背道而馳的。維辛蓋托利克斯擔任高盧各派叛亂武裝的領袖，竟決定退守阿萊塞。因爲身爲一國統帥不應該自身陷在戰場內，除非萬不得已，最後防線非得死守沒有其他出路；不然他應該保持進退自在，有辦法綜觀全域去加強各部門。

再來說到凱撒，據熟悉他的奧庇烏斯證實，凱撒隨著年歲增長變得較爲遲緩與愼重，認爲他不應該輕易拿那麼多次勝利得來的榮譽去冒險，只要一次倒運就會英名全失。義大利人要責備年輕人中常見的輕率魯莽時，稱他們爲「榮譽的餓漢」，由於對名聲又饑又渴，他們有理由不惜一切代價去追求，至於已有足夠名聲的人就不該這樣做了。對榮譽的渴望可以有個合理的節制，對欲念有個滿足，其他事也一樣。不少人就是這樣做的。

古羅馬人認爲在戰場上單憑匹夫之勇就能成功，凱撒對他們這個信條極不以爲然，他還比我們今天更講究用智，不贊成爲了獲得勝利可以不擇手段。在跟阿里奧維斯托斯的戰爭中，雙方正在談判，兩軍之間出現了騷動，起初是阿里奧維斯托斯的騎兵出了岔子；在混亂中凱撒對敵人取得了極大的優勢；然而他絲毫不願加以利用，怕有人責備他是惡意安排的。

他常說在戰鬥中要身穿華麗鮮豔的戰衣引人注目。

他嚴格管束手下的士兵，愈接近敵人時愈嚴格。

古希臘人要責備某人不學無術時，常用的一句話是他不識字、不會游泳。他也持相同的觀點。游泳在戰爭中很有用，他自己也得到過不少方便。他需要急行軍時，遇到河流一般都是泅水過去。因爲他像亞歷山大大帝一樣，喜歡徒步旅行。在埃及，他爲了逃命被迫躲進一艘小船，那麼多人跳上了船，船有下沉的危險，他跳進海裡，靠游泳到達兩百多步以外的自己船隊。他左手拿了他的書板舉出水面，牙齒拖著他的盔甲游，爲了不致讓它們落入敵手，那時他已經上了歲數。

從來沒有哪位統帥對自己的士兵那麼信任。內戰乍起，百夫長都向他建議每人出錢供養一名戰士；步兵自費爲他服務、富人負擔窮人軍費。已故艦隊司令夏蒂榮王爺在我們的內戰中也讓我們看到了類似的做法，因爲他軍中的法國人出錢給服務王爺的外國人付餉銀。在老制度按老一套做法的人中間，很少看到這樣興高采烈、熱情投軍的例子。

情欲比理智更加起勁對我們發號施令。然而在跟漢尼拔作戰時期，將士官兵仿效羅馬市民的慷慨榜樣，拒絕領取軍餉，在馬塞魯斯兵營中，把領錢的人稱爲雇傭兵。

他的士兵在迪拉奇歐姆海邊慘敗以後，自動到他面前要求懲罰和處分，使得他更多的是去安慰他們，而不是去痛斥他們。他的一支小分隊獨自對龐培的四個軍團抵擋了四個多小時，直至最後幾乎全被亂箭射死，在戰壕裡竟找到十三萬支箭。

有一名士兵，叫斯凱瓦，他守在一處入口，他一隻眼睛被射瞎，一條肩膀和一條大腿穿孔，盾牌上有二百三十處窟窿，依然屹立不屈。有不少士兵被俘後寧可死也不願同意投靠別人。格拉尼烏斯·佩特羅尼烏斯在非洲被西庇阿俘虜，西庇阿處死了他的同伴，向他宣布說饒他一命，因爲他是有地位的刑訊官。佩特羅尼烏斯回答說凱撒的軍人只有饒人性命的習慣，沒有被人饒命的習慣，說完立即動手自殺。

他們忠誠的例子眞是不知凡幾；尤其不應忘記的是發生在薩洛那被圍困時居民的事蹟。那座城市支持凱撒，反對龐培，發生了一樁奇事。馬庫斯·奧塔維烏斯把他們團團圍住。裡面的人什麼東西都極端缺乏，大多數人都非死即傷。爲了彌補人員不足，他們釋放了所有奴隸；爲了使器械能夠使用，他們不得不把所有女人的頭髮剪下來編成繩子。生活資源都已到了山窮水盡的地步，他們就是死也不投降。

城市圍困了那麼久，奧塔維烏斯漸漸懈怠起來，也不那麼專注於攻城了。他們選擇了一天中午，令婦女兒童排列在城牆上裝得輕鬆的樣子，自己朝著圍城部隊猛撲過去，力量之大衝破了第一、第二、第三道警戒線，第四道和其他的也都衝垮，逼得他們完全放棄戰壕而趕到了自己的船上；就連屋大維也逃往龐培所在的迪拉奇歐姆。

此刻我也記不起曾有其他被困者大敗圍困者取得戰場控制權的例子，也沒聽說一次突圍帶來一場完全徹底的戰役勝利。

# 第三十五章　論三烈女

人所共知，恪守婚姻義務的人在歷史上找不出多少個，因爲婚姻是布滿荊棘的交易，沒有一個婦女會終身屈從。即使男人，他們的處境稍爲有利，也覺得難以照辦。美滿婚姻的試金石和眞正考驗，是看兩人的結合是否長久、是否甜蜜、忠誠和愉悅。在我們這個世紀，婦女往往在失去丈夫以後，才對他們承擔責任和表示熱愛；只是到了那時她們才努力給她們心中存在的好意提供證明。眞是遲到和不合時宜的證明！這恰恰證明了她們只是在丈夫成爲亡夫的時候才愛上他們。

人生中不乏令人心煩的事：死亡、愛情和社交。猶如父親不對子女流露自己的愛，妻子對丈夫也不流露自己的愛，以保持一種誠實的敬意。我對這種感情的微妙並不以爲然！她們徒然捶胸扯髮，而我會走到一名女傭或祕書跟前，在他們的耳邊悄悄問：「他們以前怎麼樣？共同生活怎麼樣？」我總是記住這句妙語：「最不難過的女人哭得最凶」（塔西佗）。她們號啕大哭，叫活人厭惡，對死人毫無用處。我們倒是覺得，只要大家活著時笑，死後就是笑也沒有什麼關係。

誰在我生前對著我的面孔吐口水，在我入葬前又來撫摸我的雙腳，那人怎麼傷慟欲絕也不會使我復活的！如果對丈夫的哀悼中存在一種榮譽，那麼這種榮譽是屬於曾與丈夫歡樂度日的寡婦的。寧可讓那些在丈夫生前老是流淚的女人，一旦丈夫亡故後裡裡外外笑個痛快。因此不要注意沾淚水的眼睛和淒苦的聲音，但是要注意她們戴上黑紗後的姿態、氣色和臉頰上的肉！這裡才表示出眞正的心意！寡婦的健康鮮少沒有改善的，健康不會撒謊假裝。這種擺在人前的舉止不要針對過去，而要針對未來，這樣做才有百利而無一弊。在我的童年，一位貞潔美麗的夫人是親王的遺孀（至今還健在），不顧守寡的習俗，愛穿豔麗的衣飾，她對責備她的人說：「這是因爲我不再去交新朋友，我也不想再婚。」

爲了不致過分逾越我們的規矩，我在這裡只選擇三位夫人，她們在丈夫去世時充分顯示出賢德和愛情。這是一些不同尋常的例子，在患難中她們毅然作出生命的犧牲。

小普林尼在義大利時，離家不遠住著一位鄰居，他的外陰潰瘍痛苦不堪。他的妻子看著他呻吟不已，要求讓她仔細觀察患處，她會比誰都坦率地告訴他病情到了什麼地步。她得到了他的允許，好好檢查了一番；她覺得他已無法痊癒，唯有在長期痛苦中了卻殘生。所以對他說，自殺是唯一可靠的解藥。看到他對這個嚴酷的做法猶豫不定，又對他說：「我的朋友，你受這樣的痛苦，不要以爲我看了沒有你那麼難過；爲了使自己擺脫痛苦，我也不願使用我勸你的那種藥。我願意在你健康時陪伴你，也願意在你病中侍候你。你要克服這種恐懼，想一想我們跨出這一步就可以擺脫這些痛苦，就會感到快樂；我們可以樂呵呵地一起離開。」

她這幾句話鼓起了丈夫的勇氣；她決定他們從一扇朝海開的窗戶縱身投入水中。爲了把生活中對他的這份忠誠熱烈的感情保持到生命的最後一刻，她還要把他摟在懷裡死去。但是擔心在墜落時害怕，兩人會撒手而不能合抱在一起，她還跟他在腰際緊緊用根繩子捆住，就是這樣她爲了丈夫死得安寧，犧牲了自己的生命。

這位夫人出身低微；在平民百姓中間這樣的賢德是不少見的。

正義之神要離開這塊土地，

在他們中間留下最後腳印。

——維吉爾

其他兩位夫人來自富貴之家，那裡有美德的事蹟屈指可數。

阿麗亞是羅馬執政官塞西那．皮特斯的妻子，又是另一位阿麗亞的母親。小阿麗亞嫁給了特拉薩．皮特斯，給老阿麗亞生了個外孫女法尼亞。特拉薩．皮特斯是尼祿時代的著名道德家。這些人同姓同命運，引起了許多誤傳。塞西那．皮特斯在他的主人斯克里博尼亞努斯失敗後，被克勞迪烏斯皇帝手下的人擄爲俘虜，老阿麗亞要求押解丈夫去羅馬的人，讓她上他們的船隻一起去，這樣他們可以省去不少人力和費用去服侍她的丈夫，因爲她一個人可以給他打掃房間，做飯和其他一切雜事。他們拒絕她的要求，她就跳進一艘漁民的小船，立即租了下來，從斯克拉沃尼亞一路上緊跟不捨。

他們到了羅馬。有一天，斯克里博尼亞努斯的遺孀朱妮亞，當著皇帝的面，很親熱地過去跟她攀談，因爲她們倆同病相憐，老阿麗亞粗魯地推開她，對她說：「斯克里博尼亞努斯就是在你的懷抱裡被人殺害的，而你還苟且偷生！還要我跟你說話、聽你說話？」她的這些話以及其他許多徵兆，使她的親人相信她無法忍受丈夫的厄運，也願意離開塵世。

她的女婿特拉薩勸她不要自尋短見，對她說：「怎麼！要是我也碰上了塞西那這樣的命運，您也希望我的妻子、您的女兒做出同樣的事嗎？」她回答說：「你在說什麼？問我同意嗎？是的，是的，我同意，如果她也活了我這一大把年紀，也像我跟丈夫那樣伉儷情深的話。」這些話更加深大家對她的擔憂，更注意她的行爲。

有一天，她對看管的人說：「你們這些都是徒勞的。你們可以讓我死得不容易，但是不可能阻止我去死。」她猛地從坐著的椅子上一躍而起，用盡全力一頭撞在旁邊的牆上。她直挺挺躺倒在地上昏迷不醒，傷勢很重，大家好不容易使她醒了過來，她說：「我跟你們說過，如果你們不讓我好好死去，我會選擇另一種方法，不論這種方法有多麼痛苦。」

一樁令人嘆服的美德後來得到這麼一個結果：她的丈夫皮特斯自己卻沒有決心自殺，雖然皇帝冷酷無情早晚有一天要逼他這樣做的；她對他苦口婆心加以勸導和激勵後，拔出丈夫帶在身邊的匕首，抓在手裡，激勵他竟說出了這樣的話：「皮特斯，照這樣做吧！」說罷立即在自己的腹部扎上致命的一刀，然後又從傷口拔出匕首交給他，用高貴、慷慨、不朽的話結束自己的生命：「你看，皮特斯，這一點不痛。」她說完這三句擲地有聲的話也就咽氣了。

賢慧的阿麗亞從腑腑拔出匕首，
交給她的皮特斯，說：
「相信我，我自己受傷並不難過，
你使自己受傷會讓我痛苦。」

——馬提雅爾

這是她的天性使然，產生的震撼力更加強烈，含義也更加豐富；丈夫的傷痛和死亡，她自己的傷痛和死亡，都不足以使她感到壓抑，既然是她自己建議和鼓勵這樣做的；但是她提出這種勇敢高尚的做法，都是想到保持丈夫的晚節，消除他隨她同歸於盡的恐懼。皮特斯隨即也用同一把匕首自刎，但是依我之見，他是出於羞愧，竟然需要人家提出代價那麼昂貴的一個忠告給他。

龐培雅．波里娜是年輕的羅馬大貴婦，嫁給了老態龍鍾的塞涅卡。尼祿還是塞涅卡的得意門生，卻派了使臣到老師的家中宣布他的死罪。（當年是這樣賜死的：羅馬皇帝要處死某一位顯貴大臣，派遣衛隊，讓他在規定時間內選擇死亡的方式；時間長短要看皇帝的怒氣如何，在規定時間內死犯可以處理私事，但有時也因時間倉促不許他這樣做的；如果死犯敢於違抗聖旨，皇帝派人執行，或者割破他四肢的動脈，或者逼他服毒。但是有身分的人完全沒有這個必要，他們有自己的醫生或外科大夫執行這項任務。）

塞涅卡心平氣和地聽完皇帝的詔書，要求給他一張紙來寫遺囑；他見到衛隊長拒絕，轉過身對他的朋友說：「既然我無法留下什麼表示我對你們的感激，至少把我最美好的東西——我的行爲和一生形象，留給你們，我請求你們保留在記憶中，你們這樣做，將成爲我的忠誠的知己而受人稱道。」他看到他們爲他所受的痛苦而難受，一會兒輕聲細氣地安慰他們，一會兒疾言厲色地訓斥他們：「你們把哲學上的金玉良言拋到哪裡去了？我們多年來學習對付人生逆境的心得又成了什麼？尼祿殘暴成性我們難道不清楚嗎？這個人弑母殺弟，我們對他還抱什麼幻想？現在又害死養育過他的師傅這也是意料中的事。」

對大家說了這些話後，他對著妻子轉過身，因爲妻子不勝悲傷，心力交瘁，他緊緊抱住她，要求她看在愛情的分上更加耐性忍受這樁禍事，現在是他自己用行爲，而不是用言辭和辯論，來驗證自己學說成果的時候了，他迎接死亡不但毫無痛苦，而且還喜氣洋洋。

他說：「親愛的，別讓你的眼淚帶來恥辱，被人誤以爲你愛自己勝過愛我的名譽；你要節哀，在對我的懷念、對我的行動表示讚賞中找尋安慰，在你的餘生繼續開始從事你有益的事業。」

這時候，波里娜恢復了神態，又被一種高貴的感情感染，勇氣陡增。她說：「不，塞涅卡，我不會讓你身陷困境而不來陪伴你的；我不想讓你以爲，我在你的身教傳言下沒有學會如何死得有價值；還有什麼比我跟你共赴黃泉死得更値得、更坦然、更甘心呢？不用多說，我跟你走定了。」

塞涅卡聽了妻子這番慷慨陳詞也就默認了，再加上害怕死後留下妻子聽任敵人的殘暴對待，他說：「波里娜，我從前跟你談過如何幸福地度過你的一生，你更愛死得光榮，說實在的我絲毫不勸阻你，在共同的目標上我們的恆心與決心是相同的，但是你的表現更加壯烈光榮。」

這話說完，有人把他倆的動脈同時切開，但是塞涅卡因年老節食，血管狹小，血流得又細又慢，他命令把他的臂部的血管也切開，害怕自己所受的痛苦會使妻子見了心碎，同時自己看到妻子受苦受難的慘相也會忍受不住，跟她充滿情意告別以後，要求她允許人家把他帶到隔壁房間。他們這樣做了。但是血管割開後還是無法使他死亡，他要求他的醫生斯塔蒂烏斯・阿奈烏斯給他一杯毒汁，毒汁喝了也不生效；因爲他的四肢虛弱發冷，毒汁達不到心臟。有人給他準備了一盆熱水。

這時，他感到自己已接近生命的終點，只要一息尙存，繼續對自己所處的情境發表非常出色的議論，他的幾名祕書只要聽得出都記了下來；他的這些臨終遺言往後很長時間一直叫人讀了愛不釋手（對我們卻是一個不小的損失，因爲今已失傳）。當他感到死亡的最後痛楚，從浴盆中舀出血紅的水，澆在頭上說：「我把這水獻給解放之神朱庇特。」

尼祿聽到稟報，害怕波里娜死去會使他受到譴責，因爲她是羅馬最顯赫世家的貴婦；尼祿對她也沒有個人仇恨，急忙派人去給她包紮傷口。波里娜已處於半死不活的狀態，毫無知覺，別人做什麼她已一點不知道。以後她身不由己地活了下來，講究尊嚴，德高望重，她蒼白的臉色表明她的創傷奪去了她的大半生命。

以上三則是眞實的故事，我覺得跟我們爲了取悅大眾而編造的故事同樣生動淒美。我奇怪那些寫故事的人，怎麼沒有想到在書中成千上萬篇非常美麗的傳說裡尋找題材，這樣他們工作中辛苦也少，樂趣和好處也多。誰都可把它們編成一篇完整、前呼後應的故事，像金屬焊接一樣綴合成文；用這種方式把多種多樣的眞人眞事，按照文章的美學要求編成精彩紛呈的集子，像奧維德寫他的《變形記》，那也是用大量不同寓言輯錄而成的。

在最後一對夫妻的事蹟中，有一點更值得注意，波里娜爲了丈夫的愛情而樂意捨棄生命，而她的丈夫從前也爲了她的愛情而拒絕過死亡。這樣的交換，對我們這些人來說沒有重大的平衡力量；但是根據他的斯多葛派的信念來看，我想他認爲自己爲她而延長生活，也像她爲他而選擇死亡同樣重要。

他在寫給盧西里烏斯的一封信中說，他在羅馬得了熱病以後，突然跳上一輛馬車離開城裡的房子到鄉下去，他的妻子要勸阻他也不聽，他對她說他得的不是肉體上的熱病，而是地理上的熱病，他這樣說：「她讓我去了，再三叮囑我注意健康。我知道我的身體裡有她的生命，我照顧自己也是在照顧她；年老讓我有一種特權，使我在許多事情上更加堅定不移。我現在正在失去這種特權，然而我要這樣想，在這位老人身上另有一個年輕人的生命，需要我的照顧。既然我不能使她更勇敢地愛我，至少她使我更體貼地愛自己，因爲眞正的感情是需要寄託的，有時命運逼迫我們走另一條路，我們即使懷著痛苦也必須召喚生命。我們必須咬住牙關忍受靈魂的煎熬，因爲對於正人君子來說，人生的法則不是講遊樂，而是講道義。

「有的人並不對妻子和朋友懷有這樣深沉的感情，不思延長他的生命，而一心要去死，這種人缺乏勇氣豪情；當親人需要我們去死時，靈魂必須下這樣的命令；有時我必須把自己奉獻給朋友；當我們要爲自己去死時，爲了他們，我們應該取消自己的計畫。考慮他人而回到生命，這才是大勇的行爲，像許多精英人物所做的那樣；延長一個人的老年（老年人的優點是對壽命的延續並不介意，因而對生命的使用也更勇敢、更無畏）是一種特殊的好意，如果覺得這樣做對於一個他熱愛的人是甜蜜的、愉快的和有益的話。我們自己也可獲得極大的歡欣和報償，因爲對他的妻子充滿溫情，反過來也對自己充滿溫情，還有什麼比這更爲甜蜜的呢？因而我的波里娜在我身上引起的不但是對她的擔心，還有對我的擔心。這一切都不足以使我考慮我以什麼樣的決心去死，但是可以使我考慮她沒有多大的決心去忍受。我逼迫自己活下去，有時活著是偉大的。」

以上是他的陳述，跟他的事業同樣精彩。

# 第三十六章　論蓋世英雄

如果要選擇心目中的英雄人物，我覺得有三位凌駕於其他人之上。

一位是荷馬。這並不是說亞里斯多德或瓦羅（舉例而已）可能不及他那麼博學多才，也不是說維吉爾在詩情上跟他無法相比，這點我讓熟悉這兩位詩人的行家去評論了。而我只了解其中一位，①按照我的水準來議論，即使是繆斯，我也不相信會超過這位羅馬人：

彈起悠揚的里拉琴，唱出美麗的詩篇，
不亞於阿波羅的歌聲。

——普羅佩提烏斯

然而，作出這樣的評論時，還是不應該忘記，維吉爾的才情主要還是得到了荷馬的啓發，荷馬是他的引路人和導師，《伊利亞特》中的一個章節爲這部恢宏神聖的《埃涅阿斯記》提供了主題和素材。這不是我要說的話；我要衡量許多其他因素，這些因素使我看來荷馬出類拔萃，幾乎超出人的極限。

事實上，我經常疑惑，他以自己的權威爲世界創造了那麼多受人崇敬的神，自己卻沒有得到神的地位。他是個貧窮的盲人，在各門學科還沒有一定的規則和看法時，他卻門門精通，以致後來制訂法規的，從事戰爭的，創導宗教的，研究不論什麼學派哲學的，提倡藝

① 指維吉爾。蒙田自認不精通希臘語，難以評論荷馬的眞正價值。

術的，都把他看作是無事不知、無物不精的祖師爺，把他的書也看作是包羅萬象的知識寶庫，

什麼是美？什麼是恥？什麼是益？什麼是它們的反面？
他比克里西波斯和克朗道爾還說得清楚。
——賀拉斯

像另一個人說的，

詩人讀了他的著作，
就像嘗到了永不枯竭的甘泉。
——奧維德

還有一位說，

在繆斯的伴侶中，
唯有荷馬可與日月共輝。
——盧克萊修

還有一位說，

豐富的源泉，
後世人從中汲取靈感；
一位天才形成的大江，
可分流成幾千條小河。

——馬尼利烏斯

荷馬創造出這類空前絕後的傑作，簡直違反了自然規律。因爲事物初生時總是不完美的，隨後才茁壯成長；詩歌，如同其他許多學科，還處於童年時代，他卻使它成熟、完美，臻於大成。出於這個原因，根據他的傳世佳作，可以把荷馬稱爲詩人中第一人和最後一人；在他以前他無人可以摹仿，在他以後則無人能夠摹仿他。

據亞里斯多德的說法，荷馬的語言是唯一有動感和情節的語言；都是言之有物的詞句。亞歷山大大帝在大流士的遺物中發現一隻精美絕倫的寶箱，他下令這只箱子留著給他存放他的荷馬書籍，並說這是他在行軍中最優秀、最忠誠的顧問。阿納克桑德里達斯的兒子克里昂米尼，出於同樣的原因說荷馬是斯巴達人的詩人，因爲他是軍事學的好教官。

此外還有這種奇怪的論調，那是普魯塔克對他的讚揚，說他是天下唯一的作家，從不使人陶醉，也不使人厭煩，讀了總是常見新意，永保青春。這位淘氣鬼阿西皮亞德斯，向一位從事文藝的人要一本荷馬的書，那人沒有，就摑了他一記耳光，好像發現我們的教士沒有經文似的。有一天，色諾芬尼向敘拉古暴君希倫訴苦，說他很窮，無法養活兩個僕人。暴君回答：「什麼，荷馬要比你窮得多，他儘管死了，還是可以養活成千上萬的人。」當珀尼西厄斯稱柏拉圖是哲學上的荷馬，還有什麼可說的呢？

除此以外，怎樣的榮耀可以與他的榮耀相提並論呢？沒有什麼像他的名字和作品那樣得到千古傳誦；也沒有什麼像特洛伊、海倫和她的戰爭那樣家喻戶曉——雖然這些戰爭可能從來沒有發生過。我們的孩子還是取他在三千多年前創造的名字，誰不知道赫克托耳和阿喀琉斯。不但那些有關的民族，就是大多數國家，都要在他創造的作品中去推本溯源。土耳其皇帝穆罕默德二世寫信給我們的教皇庇護二世：「我奇怪爲什麼義大利人結盟反對我們，我們和他們有共同的祖先特洛伊人，我跟他們都要爲赫克托耳的死向希臘人報仇，而義大利人卻籠絡希臘人來反對我。」國王、政治家、皇帝多少世紀以來都在扮演他們的角色，而這個世界只是他們的一座大舞臺，這不就是荷馬寫的一齣貴人鬧劇嗎？

希臘七座城市都爭說是他的誕生地，即使他的身世不明也給他帶來許多光榮：

斯米爾納、羅德島、柯洛芬、薩拉米斯、希俄斯島、阿爾戈斯和雅典。

另一位是亞歷山大大帝。他很早就開始他的偉業，用那麼少的手段完成那麼輝煌的意圖；他還是一名少年時，已在追隨他在全世界作戰的名將中間樹立了威信；命運對他的特殊眷顧，使他完成了許多偶然的，有的我甚至要說是輕舉妄動的功勛：

他把阻擋雄心的障礙統統推翻，
耀武揚威地在廢墟中走出一條路來。

——盧卡努

他的偉大還在於：只有三十三歲，已在有人的大地上所向無敵，才過了半個人生就完成人所該做的一切，以致你無法想像，他若有常人的壽命，在他合法行使權力時期，他的武功文治會如何昌盛繁榮；你無法想像這個人會做出什麼來。他提拔他的軍人當上了王爺，在他死後由四位繼承者分治帝國，這些繼承者都是他的軍隊中的普通將官，他們的後裔統治這塊龐大的土地也維持了很久；他一身集中了那麼多的美德：正義、節制、豁達、守信、篤愛、對被征服者講究人道。（他的道德品質好似也無可挑剔，雖然他有一些個別的、不多的、特殊的個人行爲是可以譴責的。但是不可能處處按照正義的規則來施展鴻圖。）

對於這樣的人物應該以他們行爲的主流來作出判斷。對底比斯的毀滅，對米南德和埃弗辛醫生的謀害，對大量波斯戰俘的屠殺，對印度軍隊背信棄義的處決，對科賽家族包括兒童在內的誅戮，都是不可原諒和過分的做法。但是對待克雷塔斯一事上，他對自己的贖罪又過於鄭重其事，這件事如同其他事說明他複雜性格中的寬厚一面；他的性格中主要還是善良的成分爲多，所以有一句話說得很妙：他的美德來自天性，他的罪惡來自命運。

至於他有點好吹噓，聽到壞話欠耐心，在印度到處扔馬槽、武器、馬嚼子，這些事在我看來都是他少年得志而引起的；考慮到他在軍事上的雄才大略以外，還有勤奮、預見、耐性、守紀、敏銳、高尙、決心、幸福和其他，即使漢尼拔沒有以他的權威向我們指出這

點，他也是天下第一人；還有他的身材面貌世上罕見，簡直是一位天人；眉清目秀，神采奕奕，全身氣宇軒昂，

沉浸在大洋之神的波濤中，
如同明亮之星熠熠發光，
抬起聖潔的臉，把烏雲全都驅散。

——維吉爾

他才學出眾，能力高強；他的榮耀不沾瑕疵，持久而不會消失。

他逝世後很多年流傳一種宗教般的信仰，認爲他頒發的獎章會給佩戴的人帶來幸福，撰寫他的功績的歷史學家要比撰寫其他任何帝王功績的都多。即使今天伊斯蘭教徒瞧不起其他人的歷史，唯對亞歷山大的歷史則情有獨鍾；誰考慮到這一切，誰會認爲我捨凱撒而取亞歷山大是有道理的——也唯有凱撒還可以叫我對自己的選擇表示猶豫。不可否認的是凱撒創造豐功偉績更多靠的是凱撒自己之力，而亞歷山大創造的豐功偉績更多靠的是命運之力。他們有許多事不分軒輊，在某些方面還是凱撒略勝一籌。

他們是兩場燎原大火或兩條江河巨流，掠過大地，千秋震盪，

如同乾枯的密林中燃起了大火，
到處是樹枝劈啪的斷裂聲；

如同高山上滾下了江河，
洶湧咆哮，橫掃一切後
投入海洋。

——維吉爾

凱撒的野心本身雖有更大的節制，但是造成的後果則是毀滅性的，國家滅亡，全世界陷入一片混亂，因而從全盤來觀察，從各方面來衡量，我不能不傾向於亞歷山大。

第三位最傑出的人物，依我來看，是伊巴密濃達。

論光榮，他遠遠不及其他兩位（光榮不也是事物實質的一部分嗎？）；論果斷和勇敢，那也不是受野心驅使的人，而是受智慧和理性指導的人的那種果斷和勇敢。他思想有條有理，到了隨心所欲不逾矩的境界。以他的美德來說，我的意見是絕對不輸於亞歷山大和凱撒；雖然他在戰場上不是百戰百勝，戰績也不是那麼輝煌，但是從戰功本身和結合一切環境因素來考慮，也不可以等閒視之，在軍事上的膽略與計謀並不亞於他們。

希臘人眾口一詞，稱頌他是國內第一人；但是希臘第一人，也很容易成爲世界第一人。至於他的學識，早有下列這樣的定論流傳至今：從來沒有人像他知道得那麼多，又把自己說得像他那麼少。因爲他是畢達哥拉斯派，凡是他說的東西，無人比他說得更好。他是個傑出的演說家，聽者都爲之動容。

他的道德和覺悟，遠遠超過所有管理國家大事的人。因爲國家大事是頭等重要的大事，唯一眞正標明我們是些什麼人；我也把國家大事看得比其他事的總和還重要，伊巴密濃達在這方面不輸於任何哲學家，包括蘇格拉底在內。

在伊巴密濃達身上，清白是他固有的本質，始終如一、不可動搖。相比之下，亞歷山大在這方面顯得不完整、不堅定、不純、軟弱和有偶然性。

古代人對所有其他的大將軍進行詳盡的研究後，都可發現使某個人超群出眾的某種特長。然而只有伊巴密濃達，時時處處洋溢德操和學問；在人生的任何階段從不做有損於人格的事；不論公務還是私生活，和平時期還是戰爭歲月，不論是生還是死，做人都講究光明磊落。我還不知哪個人的外貌和命運，叫我見了會引起那麼多的尊敬和愛。說眞的，他的好朋友描述他執意要過貧困的生活，我覺得不免有點過分。這種行爲很高尚也非常値得稱道，我認爲太苦澀，即使有心也是摹仿不來的。

唯有西庇阿・伊米利埃納斯，他的結局也那麼豪邁壯烈，學問也那麼博大精深，使我對自己的選擇表示懷疑。這兩位人物在普魯塔克的書中，是最高貴的一對，一位是希臘第一人，一位是羅馬第一人，這是舉世公認的，這些生命到時候俱被時光帶走，是多麼令人掃興的事！這就是人生！這就是偉人！

作爲非宗教聖徒、作爲大家所謂的雅士，跟普通人過同樣的世俗生活，卻表現出適度的優越感，一生瑰麗雄奇，在世的人中間最豐富多彩的，據我知道那是亞西比得的一生。

我還想再提到伊巴密濃達的幾件事，說明他的寬仁善良。

他自稱一生中最大的滿足，是讓父母享受到留克特拉的勝利，這是一個輝煌的功勛，他覺得讓他們享受比讓自己享受會得到更多的樂趣。

他認爲，即使爲了祖國的自由，也不能濫殺一名無辜；所以當他的袍澤佩洛庇達發動戰手解放底比斯時，他表現得非常冷漠。他還覺得，在戰場上應該迴避和寬恕在對方陣營裡的朋友。

他對敵人講究人道，引起彼俄提亞同盟對他的懷疑。斯巴達人駐守科林斯附近的莫萊關隘，他神奇地迫使他們讓道；他讓他的部隊穿過他們陣地中央時也不窮追不捨，因此被免去了統帥之職：他爲此而被撤職還覺得非常光榮；然而對彼俄提亞人卻是一樁恥辱，因爲不久以後他們又不得不讓他官復原職，承認他們的光榮與貢獻多多少少有他的功勞，他到哪裡，勝利像影子似的跟到哪裡。他的祖國隨他一起昌盛，也隨他一起衰亡。

# 第三十七章　論父子相像

我只是待在家中窮極無聊的時刻，才提筆寫文章，林林總總，湊成了這部大雜燴。有時好幾個月有事出門在外，文章也就斷斷續續，歷經許多不同的時期才得以完成。目前，我絕不用第二次的想法改正第一次的想法，除非有時爲了使文章多一點風采，改動而不是刪去個別字。我想說明我的思想過程，讓人看到每個想法當初是怎樣產生的。我也樂意早就開始這樣做，認清我的轉變軌跡。一名幫我做口述記錄的僕人，偷去其中好幾篇文章，以爲大大撈了一把。這件事使我堪以自慰的是，失去這些以後，至少以後再也不會失去其他的了。

自開始寫作以來已老了七、八歲，這也沒有完全虛度，慷慨的人生讓我體會了腸絞痛。跟時間長期打交道不可能不得到新收穫。我只是希望，歲月在獻給暮年人的許多禮物中，給我選擇一個較爲容易接受的禮物。但是歲月要我接受的東西，絕不會比我從童年起就得到的東西更爲可怕。老年人的所有不幸中最令我畏懼的也恰是這種不幸。我好幾次自忖，我在人生道路上走得太遠了，走這樣漫長的路程必然會遇到不愉快的意外；我覺得，也屢次訴說，應該是我走的時候了，應該遵照外科大夫開刀截肢的規則，在健康、有感覺的部位切斷生命。誰不及時向大自然還債，大自然會向他索取敲骨吸髓的高利貸。但是這些話都是白說。

一年半以來我一直處境不妙，卻也不像即刻要走的樣子，倒使我學會了安之若素。我已經與這種腸絞痛的生活取得了妥協；也發現一些令人安慰、令人期待的東西。人對自己悲慘的處境都會習慣的，以致沒有什麼條件嚴酷得使他無法生存下去！

聽一聽美西納斯的話：

就是失去一條手臂，
生痛風病，雙腿殘缺，
拔光搖動的牙齒，
只要生命存在，我就滿足了。

帖木兒對待麻瘋病人殘忍得出奇，實在是一種愚蠢的人道主義，凡他聽說那裡有患麻瘋病的，就把他們處死，據他說這是使他們擺脫痛苦的生活。可是，沒有一個人不是這樣想，就是生上三次麻瘋病也比死去的好。

斯多葛派人安提西尼病得很重，大叫：「誰使我擺脫病痛呀？」第歐根尼正巧去看他，遞給他一把刀子：「可用這個東西，如果你馬上要的話。」他反駁說：「我沒有說擺脫生命，我是說擺脫病痛。」

有的痛苦，僅僅只是觸及靈魂，對我來說就不像大多數人那麼難受：部分出於心理看法（因爲世人認爲有的事情非常可怕，不惜失去生命也要避開，而我對這些事幾乎無動於衷），部分出於意識，對於不是直接傷害我的事情冥頑不靈；我認爲這種意識是我天性中最好的組成部分。但是肉體的痛苦則是實在的，我對此特別敏感。在我風華正茂的年代，上帝使我長期享受幸福的健康和安逸，從而預感到痛苦便會軟弱膽怯，在想像中簡直不堪忍受，因而實際上往往害怕多於受傷害。這件事使我愈來愈相信，我們靈魂中的大部分天賦，在使用中經常是擾亂生活的安寧，而不是促成生活的安寧。

我跟最壞的疾病交上了手，這是一種突如其來、痛苦非凡、可以致死和無藥可治的痼疾。我曾經五、六次忍受這種長期難熬的發病；每次我暗中祝願康復，就是在這種情況下，如果靈魂擺脫死亡的恐懼，擺脫醫學不停灌輸在我們心中的威脅、結論和後果，一個人還是可以找到支持的力量。痛苦也不是那麼尖銳和厲害，會使得一個心態平靜的人變得瘋狂和失望。我至少從腸絞痛中得到這個好處；本來無法跟一切和死亡取得諒解與妥協，現在腸絞痛使我做到了這點：病痛愈是逼得我走投無路，死亡愈不叫我害怕。我從前是一絲不苟地爲著生而生；病痛解除了我對生活的這種理解；上帝有意如此安排：如果痛楚一旦壓倒了我的力量，那是催我走向另一個並不見得稍好的極端——對死的愛好與期望！

最後的日子不怕也不盼。

——馬提雅爾

這兩種情欲都是可怕的，但是其中一種解藥比另一種解藥更爲方便，唾手可得。

況且，要求對病痛抱一種鎮定自若、不屑一顧的大無畏態度，我總覺得這種說法虛假做作。哲學研究的是心靈與實質，爲什麼對表面現象也感到興趣？哲學應該讓喜劇演員和修辭學者去操這份心，他們才注意我們的形體。哲學應該讓痛苦從口頭上怯懦地表現出來，如果怯懦不能停留在心房和腸胃內的話；哲學應該把這類不由自主的埋怨，歸入歎息、嗚咽、心跳、臉色蒼白等這類大自然不讓我們有控制能力的反應上去。只要心裡不存在害怕，言詞中不包含失望，哲學應該心滿意足！只要我們的思想不扭曲，胳臂扭曲一點又有什麼要緊的呢！哲學培育我們，是爲我們自己，不是爲他人，哲學培育我們是改變實質，不是改變外表。

哲學要改進我們的理解，那就不要控制我們的理解；在忍受腸絞痛的時候，要讓心靈保持清醒，維持習慣的思維，壓倒痛苦、忍受痛苦，不要讓思維可恥地俯伏在痛苦的腳下，戰鬥使心靈發熱燃燒，不是萎靡頹唐；要讓心靈能夠交流，甚至達到某種程度的對話。

處在這種緊要關頭，還要我們在行爲上瞻前顧後，這是殘酷。如果心裡舒坦、表情難看也沒有什麼關係。如果肉體在呻吟時減輕痛苦……就讓它呻吟；如果身子高興顫動，就讓它愛怎麼旋轉就怎麼旋轉。如果高聲怪叫會讓痛苦像煙霧似的散去（如醫生說這幫助孕婦順利分娩），或者可以轉移苦惱，就讓他喊個夠。不要命令聲音如何如何，但是要允許它如何如何。伊比鳩魯不但同意，還勸說他的賢人有苦惱就叫。「角鬥士揚起護手皮套要出擊時，嘴裡也大聲呼喊的，因爲叫喊時全身肌肉繃緊，打出去的拳頭更有力量。」（西塞羅）

痛苦本身已夠我們忙的了，不用再去忙那些多餘的規則。

有的人在病痛的折磨和襲擊下，一般都會恨聲恨氣，我的這番話是爲他們說的；直到現在我遇到病還是心態良好，沒有竭力保持外表的矜持，因爲我並不看重這種優點；病痛要我怎樣表現就怎樣表現；或許這是我的痛苦並不激烈，或許這是我比常人堅強。當疼痛令我難熬時，我也會埋怨訴苦，但是不會像這個人那樣失去控制：

他歎息、埋怨、呻吟，
大聲哀哭，到處訴苦。

——阿克西烏斯

病痛激烈發作時，我也自思自量，總是發現自己能說、能想、能回答問題，像在任何其他時刻一樣，清清楚楚；但是時間不長，因爲痛苦使人迷糊和分心。當周圍的人認爲我萎靡到了極點，對我不再理會，我會精神十足，跟他們提起離我的病情十萬八千里的話題。我奮力之下什麼都能做，但是不能要求這股力量持久……

我無論如何沒有夢想家西塞羅這樣的福分，他在夢中摟住一個女人，醒來發現自己的結石已經排出落在床單上！我的結石使我對女人興致索然！

劇痛以後，尿道放鬆，不再針刺似的難受，我一下子會恢復常態，尤其我的心靈沒有肉體反應是感覺不到警告的，這肯定歸功於我透過理智對這類事早有準備。

沒有病痛叫我無法辨別和意外：

心靈早作過預測和體驗。

——維吉爾

作爲疾病學徒來說，我受到的考驗還是過於嚴厲了一點，變化也突然了一點，因爲原先的生活非常甜蜜、非常幸福，一下子跌入難以想像的痛苦艱難的境地。除了病本身令人心寒以外，一開始在身上的反應，就比一般的強烈難受。發作頻繁，使我再也得不到眞正的安寧。到目前爲止精神狀態不錯，只要繼續保持下去，情況會比其他千百人好；他們其實沒有發燒、沒有痛苦，除了思考不當給自己造成的痛苦以外。

某種微妙的謙恭來自捉摸不定，比如我們明白我們對許多事物是無知的，坦然承認我們無從窺測大自然創造中有些品質和特性，也沒有能力發現其中的方法和原因。我們希望這種誠實認眞的表白會使別人信任，我們說到明白的事物是眞正明白的。因而實在沒有必要還去尋求奇蹟和解決怪題。我覺得，在我們習以爲常的事物中，也有不可思議的怪事，不亞於奇蹟中提出的難題。我們從中而生的這滴精液就是一種魔怪，其中不但包含祖先的形貌特徵，還包含他們的精神性格。這麼一滴液體中怎麼會有如此說不盡的內容呢？

怎麼會有這樣錯綜複雜的相像性，孫子像曾祖父、外甥像舅舅。羅馬雷必達一家，有三個不是先後而是間隔出生的孩子，生來在同一只眼睛上面有一塊軟骨；在底比斯，有一個家庭的人從娘肚子裡帶來一塊標槍似的胎記，誰沒有這個記號就被認爲是野種。亞里斯多德說在某些國家實行共妻制，以容貌相像確定父子關係。

我的結石症來自父親的遺傳，這是可以相信的，他就是膀胱裡生了一塊大結石而痛死的。他到了六十七歲那年才發現這個病，在這以前他的腎臟、胸口和其他部位都沒有異常感覺；活到那麼大的歲數一直腰桿硬朗，從不生病；得了結石症後又活了七年，最後的歲月非常痛苦。

我出生在他患上此病前二十五年還多，那時他還身強力壯，我在他的孩子中排行第三。這種病的隱患躲在哪裡？父親本人離患病還有那麼多年，他生我的這一點點物質會有這麼深遠影響？我們同母生的兄弟姐妹很多，唯有我在四十五歲後獨自患了這種病，怎麼會隱蔽得那麼深？誰若能把這個過程對我解釋清楚，我一定像對其他許多奇蹟似的深信不疑，只要求他不像別人那樣，強求我聽一種比事實本身還要深奧古怪的理論。

但願醫生原諒我的放肆，因爲透過這種不可避免的遺傳的曲折道路，我也憎恨和輕視醫生的種種說法。我對醫學的這種反感完全是祖傳的。父親活了七十四歲，祖父六十九歲，曾祖父將近八十歲，從來不服什麼藥；對他們來說，一切不是日常食用的東西都稱爲藥。

我的看法是病例和實驗創造了醫學。但是哪兒去做一個明顯而又說明問題的實驗呢？我不知道醫史中能不能提出三個人，在同一個家庭、在同一幢房子裡出生、生活和死亡，一生遵照醫生的囑咐行事。他們應該向我承認，若不是理性，至少也是運氣站在我一邊；而對醫生來說，運氣顯然比理性更重要。

現在我落到這個地步，醫生不要對我幸災樂禍、不要嚇唬我，不然就是在糊弄人了。因而，說實在的，以我的家庭成員的例子來說，他們活到了那個歲數，我的看法還是有道理的。人間的事很少有這樣的穩定性，這種實驗存在已經兩百年——還差十八年，因爲曾祖父出生在一四〇二年。這種實驗開始做不下去，也是很正常的。我現在痛徹心肺，他們也不要以此來責備我：我無病無災活了四十七年還不夠嗎？即使此刻與世長辭，還是算高壽了。

我的祖先出於某種說不清的天性討厭醫學，父親一看見藥就會受不了。我的叔叔科雅克領主，是教會人士，自幼孱弱，還是病病歪歪活了六十七歲。有一次他連續不斷發高燒，醫生要人家告訴他，若不求醫必死無疑（他們說的求醫，經常是求死）。這個好人聽到這條可怕的宣判儘管吃驚不小，還是回答說：「那我就死吧！」但是不久以後上帝宣告這份診斷書無效。

我家是四兄弟，最小的一個年幼好幾歲，是布薩蓋領主，只有他跟醫師行業有接觸，我想這是因爲他是議會法院的顧問，儘管表面上容光煥發，他比其他人還早死多年，除了米迦勒領主以外。

我對醫學的這種天生反感很可能是從他們那裡來的。但是如果僅是這點而已，我會試圖克服的。因爲這些毫無情由的天生傾向都是有害的，這是一種必須加以消除的病態。這種傾向在我既是先天的，也透過我的理性思考得到鞏固和加強，使我形成目前的看法。爲了藥苦而拒絕醫學，這種考慮也要受到我的指責；我不是這種脾性。我認爲爲了恢復健康再痛苦的燒灼和切口都是值得做的。

按照伊比鳩魯的說法，我覺得歡樂若會引起更大的痛苦也應該避免，痛苦若會引起更大的歡樂也應該追求。

健康是珍貴的東西。說實在的唯有健康才值得大家不但用時間、汗水、勞苦、財產，並且還用生命去追求。沒有健康，生命對我們是艱苦的、不公正的。沒有健康，歡樂、智慧、學識和美德都會黯然無光，不見影蹤。爲了駁斥哲學家在這方面強詞奪理的說法，我們不妨以柏拉圖爲例，假定他突然癲癇發作或中風，他靈魂中的這些高貴豐富的天賦就毫無作用。

任何通往健康的道路對我來說談不上艱難險阻。但是我也看到其他一些表象，使我對這裡面的貨色異常起疑。我不說醫學沒有一點道理，但是在自然萬物中，對我們的健康有益的東西肯定是應有盡有的。

我的意思是有的草藥起滋潤作用，有的草藥起吸收作用；我從自身經驗知道辣根菜服了通氣、番瀉葉服了腹瀉；我還知道許多這類的經驗，比如羊肉使我強壯、酒使我活血；梭倫說食物也是一種藥，治的是饑餓症。我不否定我們要利用大自然，也不懷疑自然物中包含的神奇威力，以及它對我們的實用價值。我看到白斑狗魚和燕子在大自然中自由自在。引起我懷疑的是我們頭腦中的發明，我們技術上的創造，我們爲了它們拋棄了自然和自然規律，爲了它們不知道節制和界限。

我們所謂的司法，是從古代傳到我們手中的法律大雜燴，經常應用得很不恰當，很不公正；那些嘲笑和指責司法的人，不敢得罪這個高尚的美德，只是譴責對這項神聖工作的濫用和褻瀆；同樣，對於醫學，我尊重這個光榮的名詞，它的宗旨，以及它帶給人類的希望；但是醫學在我們實際中的應用，實在叫我不敢恭維。

首先，經驗使我見了醫學害怕，因爲據我所見到的，誰落入醫生的管轄範圍，總是最先得病，最晚治癒。嚴格遵守醫囑會使健康每況愈下。醫生不只滿足於叫病人聽任他們的擺布，還要使健康的人生病，這樣一年四季逃不過他們的掌心。他們不是說長年健康的人必有大病嗎？我這人經常生病；我覺得他們不插手，我的病不難忍受（我差不多試過所有方法），也不會持久；我也不用服他們開的苦藥。我像健康的人充分自由，除了習慣和心情以外沒有其他規則和紀律。我在哪兒都可以待下來。生病期間並不比健康期間需要更多的照顧。沒有醫生、沒有藥劑師、沒有治療，我不會驚慌，我看到大多數人有了這些反比有病還犯愁呢！怎麼！總不見得看到醫生健康長壽，就認爲他們的醫術也很高明吧？

哪一個國家不是好幾個世紀不存在醫學的，那是最初的世紀，也是最美好、最幸福的世紀；即使現在，十分之一的土地上還沒使用醫學，不少國家不知道醫學爲何物，那裡的人比這裡的人更健康長壽；在我們中間普通老百姓不服藥活得高高興興。羅馬人過了六百年才開始接受醫學，但是，試過以後，又透過監察官加圖把它趕出了他們的城市；加圖指出他不用醫學也過得不錯，他本人活了八十五歲，指導他的妻子活到很老，不是說不服藥，而是不請教醫生：因爲一切有益於生命的東西都可稱爲藥。

據普魯塔克說，加圖使全家人很健康靠的好像是兔肉；普林尼說，阿加迪亞人用牛奶治療一切疾病。希羅多德說利比亞人有這樣的習俗，小孩到了四歲就用火炙他頭上和太陽穴上的血管，這樣切斷傷風感冒的擴散道路。這個國家的村民遇到任何病只用酒治療，選用最烈性的酒，裡面摻上許多藏紅花和辛香作料，這一切效果屢試不爽。

說實在的，這些五花八門的藥方，其目的與效果不外是洗胃滌腸，哪個家用草藥都是可以做到的。

我不知道這些藥是不是像他們所說的那麼靈驗，我們體內是不是也需要保留一定程度的排泄物，像酒需要酒渣才能保存下去。你們經常看到健康的人受外界刺激後嘔吐或腹瀉，就毫無情由地把腸胃洗滌一遍，這只會損傷身體，惡化病情。最近我還是從偉大的柏拉圖的書裡看到的，人體有三大自然運動，最有害的運動是灌腸，人除非是瘋子，不到最後關頭絕不要這樣做。反自然而行只會擾亂健康，招來疾病。我們在生活中應該慢慢地緩解病情，達到痊癒的目的。疾病與藥物的交鋒太猛對我們都是不利的，因爲身體內部起了衝突，藥效令人不可捉摸，藥內不利於健康的成分會乘機作亂。

我們應該聽其自然：適用於跳蚤和鼴鼠的秩序也適用於人；人也要有同樣的耐性讓自己像跳蚤和鼴鼠那樣受秩序的支配。大聲疾呼也無用，這只會喊啞了喉嚨，不會促進秩序。這是一個高高在上、不講情面的秩序。我們恐懼和失望只會引起它的厭惡、推遲它的幫助，而不是得到它的幫助。它走向疾病如同走向健康都有自己的路程，不會執法不平，做出使一方受益又使另一方受損的事，否則秩序就會變成無序。讓我們跟著它，看在上帝的份上，讓我們跟著它！誰跟著，秩序引導他們走，誰不跟著，秩序逼著他們走，包括他們的憤怒，他們的醫學，他們的一切。清洗你的腦子，比清洗你的腸胃更有用。

有人問一個斯巴達人，什麼使他長壽健康，他回答說：「對醫學一竅不通。」哈德良皇帝臨終時不停地高喊，殺他的是那群醫生。

有一名拙劣的角鬥士當上了醫生，第歐根尼對他說：「要有勇氣，你做得對；以前別人把你撂倒在地，現在你可以把他們撂倒在地。」

但是據尼科克萊斯說，醫生還是幸運的，太陽照耀他們的成功，土地掩蓋他們的錯誤；除此以外，他們還可以利用一切事情爲自己謀利，凡是命運、自然或任何其他外因（這是不計其數的）在我們身上產生什麼有益的效果，醫生就有特權把功勞據爲己有。在醫生的主治下，病人身上的一切好轉，都可以歸功於醫生。我和其他千百個人生了病從不請教醫生，使我們病癒的種種機緣，醫生也會竊取算在自己的帳上；至於遇上壞事，他們會矢口否認，把罪過推給病人，擺出的理由荒誕無稽、俯拾即是，不用爲找不到而發愁：「他把手臂露在外面了；他聽到馬車的聲音了；

在馬路狹窄的轉彎角上
有車子經過。

——馬提雅爾

有人打開了窗子；他睡的時候向左側身，或者頭上包紮得太緊。」總而言之，一句話、一個念頭、一個眼神都可以爲他們文過飾非。

他們若是願意，也可利用病情惡化來爲自己塗脂抹粉，這一套手法也絕不會出錯：服用他們的藥以後寒熱升高，他們也會向我們信誓旦旦地說，若沒有他們的藥，病還會更加糟糕。一個人全身發冷，被他治得天天發熱，沒有他們這個病人會持續高燒。既然病人的壞事也會變成醫生的好事，他們的工作如何會不興旺呢？要獲得病人對他們的信任，這樣做是完全有道理的。要讓人相信那麼難以相信的東西，確實也需要一種死心塌地的信任。

柏拉圖這話說得很實在，只有醫生有說謊的自由，因爲我們的得救取決於他們空洞虛僞的諾言。

伊索是位才華出眾的作家，但是賞識其滿腹珠璣的人卻不多；醫生如何對被看病嚇怕了的可憐蟲作福作威，他說得很風趣，他說醫生問一名病人，醫生給他開的藥效果如何，病人說：「我出了很多汗。」醫生說：「這好。」又一次，醫生問他後來身體怎樣，病人說：「我全身發冷，抖得厲害。」醫生接著說：「那好。」第三次醫生又問他身體好不好，他說：「我覺得全身浮腫，像得了水腫病。」「這下子可好了，」醫生還是這樣說。他的一名僕人來探聽他的病況，主人說：「我的朋友，好是很好，我就是會死在這個好上。」

埃及有一條法律，醫生治病，前三天皆由病人自負，但是三天過後，責任全由醫生擔當；醫學之神埃斯柯拉庇俄斯使海侖起死回生，遭到雷殛，

萬能的天父看到一個死人，
從陰界回到陽界很生氣，

用雷電轟擊神奇醫學的奠基人，
把阿波羅的兒子趕到了冥河邊。
——維吉爾

而他的追隨者把活人送進了地獄卻得到了赦免，這是什麼道理？一名醫生向尼科克萊斯吹噓，他的醫術任誰見了都肅然起敬。尼科克萊斯說：「一個人殺了那麼多人還逍遙法外，哪能不叫人肅然起敬呢！」

如果我是他們這一行當中的人，我會把自己的一套醫術弄得更加神聖和神祕；他們開頭做得不錯，但是沒有善始善終。讓神鬼當上醫學的創始人，講一種特殊的語言，寫一種特殊的書法，這確是聰明的開始。給一個人效力出主意，說的卻是莫明其妙的話，不管哲學家怎樣認爲，這總是愚弄吧！「就像醫生給病人開藥方，要他服用：體內無血、背著房屋、在草地上爬行的大地之子。[①]」（西塞羅）

以他們的工作，以及一切稀奇古怪、故弄玄虛的工作來說，這也是一條規則。首先要求病人滿懷希望和信心，然後藥物才能奏效。這條規則他們至今抱住不放；最無知的庸醫在信任者的眼中，也比陌生的、富有經驗的良醫更善於治病。

他們選擇的大部分藥物實在神祕玄妙：烏龜的左腳、壁虎的尿、象的糞便、鼴鼠的肝、

---

① 其實只是指蝸牛。

白鴿右翼下抽出的血；對我們患腸絞痛的人（我們的苦難他們根本不放在心上），則開老鼠糞便粉和其他怪東西，這些看上去像是魔術變出來的，而不是科學創造的。我還不提某些藥丸還要講究單數服用，一年中某天和某個節日的不同療效，藥方中草藥採摘的不同時間，還有他們死板的怪臉、小心翼翼的姿態，這連普林尼也要加以嘲笑。

但是我要說的是，在這個良好的開端以後，他們沒有繼續下去，使他們的組織和診療加強神祕性和宗教色彩，把非本道中人都拒之門外，也不得參加醫神埃斯柯拉庇俄斯的祕密儀式。

從這個錯誤引出他們遇事不果斷，論據不充足，亂猜武斷，意見不合時態度生硬，充滿恨意、嫉妒和個人情緒；這些缺點都已暴露無遺；把自己交到他們手裡還毫無憂慮，那眞是無異於瞎子了。醫生看到同事開的藥方，哪個不是剔去幾味便是加上幾味？從中洩露了他們的做法，使我們看清他們關心自己的聲譽和收入勝過病人的利益。最聰明的醫生主張一名病人由一名醫生負責治療。因爲，如果他治療不當，一個人的錯誤不會嚴重影響整個醫學的聲譽；相反，如果他碰巧成功，光榮全歸於他；醫生一多必然壞事，往往使病人受害多於受益。他們一定很高興古代神醫名家永遠各有各的看法，這點只有讀醫書的人知道，他們卻不讓老百姓看到他們之間相互攻訐，診斷看法相互矛盾。

我們想不想看一看古代人的醫學辯論？希羅菲呂斯認爲病的起因存在於體液中；埃勒西斯特拉圖斯認爲在動脈血管中；阿斯克勒庇亞德斯認爲在流動於毛孔之間的看不見的原子中；阿爾克米昂認爲是體力的過旺和不足；戴克利認爲是身體元素的不平衡和我們呼吸的空氣的品質；斯特拉托認爲是我們食物太豐富、生吃和吃腐爛食物所引起的；希波克拉底認爲是神靈。

有一個他們比我還熟悉的朋友，在這件事上表示感歎，在我們的實用學科中，醫學關係到我們的生存健康，是最重要的，不幸卻是最沒把握、最混亂、也是說變就變的一門學科。算錯太陽的高度，或者某種天文學推算的小數點，不會引起大禍；但是醫學涉及我們的人身安全，讓我們隨著各種不同的風向轉，這不是明智的做法。

在伯羅奔尼撒戰爭以前，對醫學的傳聞不多，是希波克拉底使醫學得到了尊重。他創建的一切都被克里西波斯推翻；後來亞里斯多德的孫子埃勒西斯特拉圖斯，又否定了克里西波斯的文章。在這些人以後又來了經驗派，他們對待醫學的做法完全不同於古人。當經驗派的威信開始下降時，希羅菲呂斯開創了一種新醫學，又被阿斯克勒庇亞德斯打倒消滅。接著又有泰米森的學說風行一時；以後又有穆薩的學說；再後來是韋克修斯・維倫茲的學說，他是與梅薩山麗娜有深交的名醫；醫學王國毀於尼祿時代的塔薩呂斯之手，他對流傳到他這個時代的一切都加以抨擊，他自己的學說又被馬賽的克里那斯推翻，他重新按照星辰活動和星曆表調整醫學活動，要人選擇月亮和水星的適當時間睡覺和飲食。他的地位不久又被同一座城市的另一名醫生夏里紐斯代替。後者不但反對古代醫學，還反對已流行幾世紀的公共熱水浴室。他要大家即使在冬天也洗冷水浴，把病人放進天然泉水中去。

在普林尼時代以前，還沒有一個羅馬人行醫；當醫生的都是些外國人和希臘人，就像今天在法國行醫的是些拉丁族人。因爲如一名大醫師說的，我們不容易接受我們熟悉的醫學，也不接受我們採集的草藥。如果給我們送來癒瘡木、菝葜、桐樹根的國家有自己的醫生，我們不妨想一想，我們的白菜和香芹不是也會因充滿異國情調、物以稀爲貴而大受歡迎嗎？這些東西是經過千辛萬苦、長途跋涉弄來的，誰敢瞧不起。

在古代醫學已有這些反覆波折，到了今天更不知有多少其他變化，經常還是徹底的全面的改革，就像當代的帕拉塞修斯、菲奧拉凡蒂和阿金特里厄斯進行的那樣。因爲他們要變革的不是一帖藥方，而是——像有人對我說的——醫學團體的整個組織和管理，指責從前行醫的人都是無知之徒和騙子。我讓你們想一想可憐的病人處於什麼樣的境地！

當他們犯錯誤時，我們不會受益但也不會受損，如果我們得到了這樣的保證，倒也可以在不冒喪失一切的風險下試試會得到什麼好處。

有一則伊索寓言，說一個人買了一名摩爾奴隸，認爲摩爾人的膚色是以前的主人虐待造成的，叫人在浴盆裡放上藥水給他洗了好幾遍；摩爾人的褐色皮膚一點沒有褪，但是失去了原有的健康。

有多少次我們看到醫生把病人治死後相互責怪！我想起幾年以前，在我家鄰近的城裡有一種非常危險的流行病，可以置人於死地；這場風暴帶走了數不清的人，事情過後當地最著名的一位醫生發表了關於這場流行病的一部書，他要居民改變放血的習慣，認爲這是流行病的罪魁禍首之一。此外，醫書的作者們都申明，沒有一種藥不包含有害物質，如果治病的藥也會損害我們，不問情由吞服的藥更會引起什麼後果呢？

我還認爲，對於憎恨藥味的人，在一個不適當的時刻違反心意去服藥，即使不出其他事，也是一種危險有害的做法；我相信這是在病人需要休息的時候卻去強烈衝擊他的體質。除此以外，還考慮到疾病的起因一般是非常小和難以琢磨，我的論點是服藥稍有差錯會對我們造成很大傷害。

如果醫生的失算是一種危險的失算，對我們說來是很糟糕的，因爲這很容易一犯再犯；他必須掌握許多徵象、情緒、環境因素才能對症下藥；他必須了解病人的心態、脾氣、性格、偏愛、行爲、念頭和想像，他必須考慮外界環境、水土、空氣和時間條件、星辰位置和影響；他必須知道病的起因、徵兆、發展和發作的頻率；必須清楚藥的分量、效用、產地、外觀、年份、用途；他必須善於把這種種因素調節，以求得到完美的平衡。他若稍有閃失，對其中一條疏忽大意，就足以使我們受罪。上帝知道要認識這大部分事情有多麼困難，因爲你怎麼能夠認清這種病的典型症候，既然每種病都有數不清的症候？只說驗尿分析，他們之間就有多少爭論和疑問！我們看到他們對病的認識永無休止地爭論，這又是從哪兒來的？我們又怎麼能原諒他們常把貂說成狐狸的這種錯誤？每當我罹患較爲疑難的病，從沒見過三位醫生意見是一致的。

我更想舉一些使我有所感觸的例子。最近在巴黎，有一名貴族在醫生診斷後動了手術，膀胱像掌心一樣找不出有什麼結石。

那裡有一位主教，是我的好朋友，他請醫生治病，大多數醫生都勸他開刀取出結石，我相信別人的話，也幫著勸他。他死後進行解剖，發現他只是腰子有病，結石可以用手摸到，這種病診斷錯誤尤其不可原諒。我覺得外科要可靠得多，因爲他們在做什麼，眼睛都看得見、手摸得著。醫生沒有觀察頭腦、肺和肝的內視鏡，也就較少猜測和臆斷。

醫學的許諾也令人難以置信。醫生經常需要同時緊急處理許多截然相反的病情，都有必然的相互關係，如肝是熱的、胃是冷的；他們就來說服我們，他們的藥方中，這個藥是暖胃的，另一個藥是涼肝的；一個藥的效果直接進入腎臟，甚至到膀胱，輸送過程中間不分散藥力，沿途經過種種阻難依然保存藥性，直至藥到可以發揮內在威力的部位，另一個藥是使腦子乾燥的，還有一個藥是使兩肺潤溼的。用這一大堆原料配製成混合飲料，希望飲料內的各種藥性又會分頭去完成自己的職責，這豈不是在做夢嗎？我不勝擔心的是這些藥性會失效和混淆，跑錯了地方，使全身不舒服。誰能想像在這種流動的混亂中，這些療效不會相互敗壞、抵消和損害？還有，這份藥方還要由另一名藥劑師來配製，這不是又一次要把我們的生命交給別人嗎？

在衣著方面我們有專門的緊身衣裁縫和鞋匠，每個人各司其職，不像服裝師什麼都做；因而他們的手藝更專、更省時，對我們的服務也更周到；講究飲食的大戶人家，都雇有特色技藝的廚師，如煮肉泥的煮肉泥，烤肉的烤肉，哪位大師傅樣樣都做，絕不會有絕活；同樣在醫療方面，埃及不承認什麼都會治的醫生，把治療分成好幾科，這是很有道理的；對每種病，對身體的各個部位，都有專門的醫生，這樣每個醫生只治療他專長的一科，治療也更內行，也較少誤診。我們的醫生沒有想到，哪一位什麼都會治，也就是什麼都不會治，人體這個小世界卻有大學問，不是他一人能夠通覽全貌的。一位朋友生了痢疾，醫生要制止他的痢疾，卻又害怕引起他發燒，結果這位朋友死在他們手裡，這位朋友遠遠勝過他們全體，不論他們有多少人。他們把重點工作放在猜測病情的發展，而不顧眼前的病況；爲了治好頭腦而不要損壞胃，就亂開藥方，用藥不當，結果把胃也損壞了，腦病還更嚴重。

這門學科在理性上的表現極不穩定和軟弱，比任何其他學科都要明顯。可以這麼說：患結石病人吃了潤腸的食品很有益，它通過時擴大腸胃道，可以推動形成結石的黏稠物質，在腎臟中開始硬化和積澱的東西都可以帶走。也可以那麼說：患結石病人吃了潤腸的食品很危險，它通過時擴大腸胃道，可以推動形成結石的黏稠物質，腎臟很會吸收這些物質，可以輕易地把大部分推動過來的黏稠物質留下；此外，遇上較粗的物體無法通過腸胃道，就會被排出，這個物體就會被黏稠物質帶進狹窄的血管，把血管堵塞，必然引起一種非常痛苦的死亡。

他們勸告我們採用什麼樣的生活制度也表現出同樣的堅定：「經常小便是有好處的，因爲我們憑經驗知道，讓水留在腹內，就會釋出排泄物，在腎臟內形成結石；不經常小便是有好處的，因爲不用力，尿內沉濁的排泄物是不可能排出的，我們憑經驗知道，急流把河道沖得乾乾淨淨，而緩流是做不到這點的。同樣，多做房事是有好處的，因爲這打開排泄器官，放走結石和尿沙；多做房事是不好的，因爲這使腎臟發熱，會使腎臟疲勞和衰弱。洗熱水浴是有好處的，這使部分停留的尿沙和結石鬆動和軟化；洗熱水浴是不好的，這種外部加熱的方法會使腎臟內滯留的物質硬化形成結石。洗溫泉浴的人晚上吃得少有益於健康，這樣他第二天早晨喝水，水在沒有多少東西、空的胃內可以更好發揮水的作用。中午吃得少更好，這樣不會妨礙水發揮作用，不在洗澡後突然增加胃的負擔，讓胃在夜裡進行消化，白天身體和精神不停地活動，不及夜裡有利於消化。」

從中可以看出他們如何顚來倒去地說道理，叫我們上當；而且任何一條道理我都可以從中找出相反的道理。

大家也不必在他們身後指指點點，他們自己也搞不清楚，只是聽任感覺和性情把他們帶到哪裡就是哪裡，這也是人之常情。

我曾多次外出；走遍了基督教國家幾乎所有著名的溫泉站，近幾年來也開始常去光顧。

一般說來我認爲沐浴有益於健康；從前差不多所有國家，至今也有不少國家的人天天洗澡，如今這個習慣已經消失，我相信這對我們的健康會帶來不可忽視的後果。我沒法不認爲我們這樣四肢汙穢、蓬頭垢面的實在有失身分。

至於礦泉水，首先要說的是我的天性並不厭惡礦泉水的味道；其次，礦泉水是自然單純的產物，若說無效至少也沒有危險；那裡聚集著形形色色來自各階層的人，這點可以作爲我的明證。雖然我從來沒見過什麼神奇的療效，但是我也沒見過誰喝了礦泉水後病情加重的。我對在溫泉站沸沸揚揚的傳說，曾經好奇地作過較爲詳細的調查，發現所有這些都是胡編和缺乏根據的（人本來就愛相信自己盼望實現的東西）。但是也不能不懷好意地否認礦泉水可以增進食慾，幫助消化，振奮精神，除非人到那裡時體力已經很弱，這種情況下我勸你不要這樣做。礦泉水沒法扶住搖搖欲墜的大樓，但是可以支撐傾斜或者防止惡化。

溫泉一般都在風景優美的地區，誰若身體衰弱得無法與那裡療養的人來往、參加散步和鍛鍊，那樣他確實享受不到溫泉治療中最好、最可靠的那一部分。由於這個原因，我到目前爲止，都是選擇風光宜人、房屋舒適、食物豐富、伴侶融洽的溫泉站歇下來療養，在法國有巴涅爾溫泉，在德國和洛林交界處有勃隆皮埃溫泉，在瑞士有巴登溫泉，在托斯卡納有盧卡溫泉，主要是拉維拉溫泉，我在不同季節去過好幾次。

每個國家對溫泉地的習俗、溫泉治療的法律和做法各不相同，都有特殊的看法；根據我的經驗，效果都是差不多的。在德國不喝礦泉水，一個人不論生何種病，都是從日出到日落像青蛙似的蹲在水裡。在義大利，他們喝水九天，沐浴至少三十天，一般在礦泉水中還摻其他藥物加強療效。在法國，醫生命令我們散步把礦泉水吸收進去；其他地方都在床上把水喝完然後繼續躺在床上，使胃和腳長久保持溫暖。德國人與眾不同，他們在浴池中還常常放血和拔火罐；義大利人也有他們的淋浴法，熱水通過管道引到浴室，對著頭部或胃部，或其他需要治療的部位沖洗。療程爲一個月，每天早晨一小時，晚上一小時。在不同的地方還有許許多多不同的治療習慣；說得更明確一點，沒有兩個地方是相同的。

醫學中只有這部分療法我是接受的；雖然它最不做作，但是像醫學中的其他療法一樣，也相當混亂和不肯定。

詩人說什麼都說得誇張和動聽，有這兩首諷刺短詩爲證：

昨天，阿爾貢碰了碰朱庇特神像，
大理石也感到醫藥的威力！
你看，今天從老廟抬了出來，
雖是石頭神，還是埋進了土。

——奧索尼烏斯

第二首詩是：

安特拉哥拉跟我們高高興興洗澡吃晚飯；
今天早晨，發現他已死了。
福斯蒂紐斯，你要問他猝死的原因？

他夢見了他的赫莫克勒特大夫。

——馬提雅爾

說起這裡我還有兩則故事。

夏洛斯的德・科班納男爵和我，對我們家鄉山腳下的一大片封地都擁有權利，這塊封地叫拉翁坦，面積很大。這地方的居民據說是從安格魯涅山谷遷來的。他們有自己的生活方式，服裝和習俗也與眾不同，有獨特的代代相傳的族規和風情，他們畢恭畢敬恪守祖上遺訓，絕不願服從其他約束。這個小地方民風古樸，生活幸福，附近的法官不用操心過問他們的事情，也沒有一名律師有必要向他們提供意見；不需要請一名外地人來調解他們的糾紛，也沒有一個居民行乞求施。他們爲了不敗壞風俗，避免跟外界聯姻和貿易。直到村上有一個人——據他們說他們的父輩還記得這樁事，突然想到飛黃騰達、光宗耀祖，要讓他的一個兒子當什麼法律人士，要他到鄰近的城市註冊入學，終於讓他成了村上一名體面的公證人。這位先生變成重要人物以後，開始瞧不起家鄉的舊習慣，在他們的頭腦裡灌輸外面的世界有多麼美。他的同鄉最初丟失了一頭羊，他就勸他找城市裡的大法官來評理；他就是從這樁事說到那樁事，把一切都弄得一團糟爲止。

繼這樁移風易俗的事之後，據他們說又有一樁事後果更爲嚴重。有一名醫生有意跟村上一名少女結婚，還在當地落戶。他開始教他們發燒、感冒、膿腫等病名，心、肝和腸的位置，這些都是離他們的認識很遠的學問。他們從前只知道用大蒜，不管如何難聞難咽，可以驅除百病，現在醫生要他們用奇怪的複合藥劑治療咳嗽傷風，不但利用他們的健康，還利用他們的生死來大搞交易。

他們發誓說，只是從他來了以後，他們才覺得黃昏的溼氣會使他們頭重腳輕，飲酒過度會有害處，秋天的風比春天的風可怕；自從用藥以後，他們覺得自己渾身患了奇奇怪怪的病，感到精力大不如從前，生命也縮短了一半。這是我的第一則故事。

另一則故事是在我患結石症以前，聽說很多人非常重視山羊的血，把牠看作是近幾個世紀以來天賜的神奇食物，保全了人類的生命；許多有識之士，談起它彷彿是一種靈丹妙藥，萬無一失的醫術；而我也想到自己免不了會遭遇常人遭到的種種不測，在身強力壯的年代很樂意也有一張護身靈符，我下令在家裡根據書上的方法養了一頭羊。

在盛夏季節把羊隔離，只餵牠增進食慾的青草和白葡萄酒。我恰在殺羊的那天回了家，有人來告訴我廚子發覺羊的胃裡有兩、三只大球，緊緊裹在食物內。我很詫異，叫人把羊的內臟帶到我面前，當面剖開給我看。他取出三塊大結石，輕若海綿，彷彿是空心的，表面又硬又粗，有好幾種發暗的色彩；一塊結石圓得像顆滾球，還有兩塊不圓，好像還在長。我問那些經常給動物剖腹的人，知道這種事不常見。

這些結石跟我們的結石很近似；若是這樣的話，那就不必期望一個患結石症的人，喝了一頭要死於結石症的動物的血會突然痊癒。要說到血不會受感染、不會影響原有的療效，那還不如相信身體內各個器官的相互作用，總會生成一種新物質；人的身子是一個整體，雖然根據錯綜複雜的作用，某一個器官會比另一個器官功能更大。從中看來，很可能在這頭羊的身上也有某種形成結石的因素。

我對這種實驗感興趣，不是害怕未來，也不是爲了自己。這是因爲在我家以及許多家庭，女主人都儲存了許多這一類的小藥品濟世救人，用同一張藥方治療五十幾種病，她們自己從來不服，一旦有效就洋洋得意。

然而，我尊敬醫生，並不是像一句箴言說的是有求於他（在這位哲人的同一部書內還可讀到一個相反的例子，責怪猶太阿薩國王死前不求助於神，而求助於醫生），是愛醫生的爲人，見到許多正人君子令人敬重。我不滿意的不是他們，而是他們的工作；我並不指責他們利用我們的愚蠢而圖利，因爲大部分人無不如此。尚有許多職業比他們的職業更好或更差的，只是靠了群眾的迷信才得以存在。我生了病，恰逢他們近在身邊，就叫他們過來陪伴我，要求他們侍候我，然後，報酬照付。我要求他們把我全身包住發熱。他們可以選擇韭蔥或萵苣煮成湯給我服，也可命令我喝白的或淡紅的葡萄酒，或者其他所有不影響我的胃和習慣的東西。

我知道這對他們來說不算什麼，因爲藥物的固有特性還包含味道辛辣和怪異。斯巴達人生病，利庫爾戈斯就要他們喝酒。這是爲什麼？因爲斯巴達人保持身心健康，滴酒不沾，就像我的一位鄰居貴族，他生來嫌惡酒味，若把酒作爲藥，治療他的寒熱發燒則非常有效。

我們看到他們中間多少人跟我有一樣的想法？他們自己不想用藥物治療病，過著一種自由自在，完全跟他們的勸告背道而馳的生活？這還不是說明他們完全公開地利用我們的單純嗎？因爲他們的生命和健康並不比我們賤，如果他們不知道藥物的療效是假的，必然會按照藥理來服用。

這是對死亡和痛苦的恐懼，對疾病的不耐煩，對康復的急切渴望，使我們如此盲目，這是純粹的怯懦行爲使我們的信仰那麼軟弱和容易擺布。

大多數人接受醫學，但是並不相信醫學。因爲我聽到他們像我們那樣埋怨和議論；但是他們最後還是要說：「我不這樣又怎麼樣呢？」彷彿急性要比耐性更有療效。那些默認這種可憐的束縛的人，不是同樣在接受各種欺騙嗎？誰只要信口開河答應病人痊癒，病人不是由著他主宰嗎？

巴比倫人把病人抬到市場上；老百姓就是醫生，每個行人出於人道和情誼詢問他的病情，根據自己的經驗給他提出醫學上的意見。我們的做法相差不多。

對一個頭腦簡單的女人，我們沒有不用咒語和護身符的；以我的性情來說，若要我接受的話，我更樂於接受這種藥物勝過其他藥物，至少不用害怕它會造成損害。

荷馬和柏拉圖說埃及人個個都是醫生，其實每個民族都可以這樣說；沒有人不吹噓自己有祕方，要在鄰居的身上試驗它的靈驗。

那天，我跟大家在一起，不知哪一位同病相憐者帶來一個消息，說有一種藥丸其中包含一百多種成分，可以產生意想不到的舒適和安慰，因爲沒一塊岩石經得起這麼多炮臺的轟擊！可是我聽到服過的人說，連一塊最小的結石也沒有絲毫損傷。

在結束本文以前，我還要說一件事，他們爲了保證藥物的可靠性，提供他們做過的試驗給我。大多數——我相信三分之二，藥物的療效在於草藥的精華或內在質地；精華部分只有經過使用才能知道其作用；因爲這樣東西不是靠我們的理智能夠找到其原因的。

醫生說某些證明都來自魔鬼的靈感，這是我樂於接受的（因爲我不願跟奇蹟沾邊）；同樣，某些物品在日常使用中發現了新的用途：比如我們做禦寒衣料的羊毛，不經意發現其中還有乾燥作用，可以治癒腳跟的龜裂。還有我們食用的辣根菜，碰巧具有開胃作用。蓋侖說有一名痲瘋病人是喝酒治好的，因爲那個酒桶裡鑽進了一條蝮蛇。我們從這個例子看出類似那種實驗的做法，醫生也說動物的做法使他們得到不少啓發。

還有許多其他經驗，他們說完全是受了機緣的引導，事出偶然，我覺得這種獲取信息的進程不可思議。我想像中人始終注視周圍數不盡的植物、動物、金屬。我不知道從哪兒開始他的實驗。當駝鹿的角首次引起人的遐想，其信任程度必然是不穩定和不深刻的，他的第二步工作並不因此而好做。有那麼多不同的病、不同的環境，要達到對自己的經驗確信無疑以前，人的感覺已經遲鈍了；他在數不盡的事物中要找出鹿角、在數不盡的疾病中找出癲癇、在那麼多的心情中找出憂鬱、在那麼多的季節中找出冬天、在那麼多的民族中找出法蘭西；在那麼多的年歲中找出老年、在那麼多的天體運行中找出金星和土星的會合、在那麼多的身體部位找出手指；這一切都不是受論證、猜測、舉例、神的啓示指引的，僅是受運程指引的，而且還是一種完全人爲的、有條有理、由淺入深的運程。

當一個人痊癒時，又如何能夠肯定是病到了期限，還是偶然機緣，還是他那天吃了、喝了或碰了什麼，還是他的祖母的祈禱起了作用？還有這個證明是完美無缺時，它又能反覆證明幾次？使這些偶然性、這些機緣湊在一起，形成一個事例的圖表，從中得出一條規律？

當規律得出後，誰來記錄呢？在幾百萬人中只有三個負責記錄他們的實驗。命運會在適當的時刻遇到其中一個嗎？如果另有一個人或者另有一百個人做了相反的實驗，那又會如何呢？如果我們知道了人的所有判斷和推理，我們可能會看到一線光明。但是只讓三個證人和三名醫生來給整個人類制訂規則，這沒有道理：這就需要人性來選擇他們、推舉他們，正式宣布他們是我們的代表。

# 致德·杜拉斯夫人②

夫人，當您最近來看我時，我正寫到這裡。因爲這部拙著總有一天會落入您的手中，我希望它能證明作者對您賜予他的恩惠感到非常榮幸。您在書中見到他時，依然保持當面談話的姿勢和神態。我可以裝得跟平時不同、更爲神氣尊貴，但是我不這樣做，因爲我只願您讀了這些文章，想到的還是我的本色。夫人，您對我的才能和稟賦過於看重和禮待，我希望它們（原原本本、完整無缺）重現在一個更堅實的載體上，在世上多停留幾年或者幾天，當您一旦高興重溫舊事，您就可以在這些文章中找到，而不用苦苦回憶，那才不值得呢！我希望依然得到您的眷愛，今後與以往俱是如此。但是我不追求人們對我死後比對我生前更爲熱愛和尊敬。

提比略的性情很古怪，可是也很常見，他不在乎生前同時代人對他的看法，卻很注意身後傳播他的名聲，得到人們的尊重和愛戴。

如果我屬於那些得到世人頌揚的人，我希望他們在我生前頌揚，讓我帶著他們的頌揚離開這個世界。讓我聽到頌揚，集中而不必到處、豐沛而不必持久；它們完全可以隨著我的消失而消失，既然我的耳朵再也聽不到這些溫柔的聲音了。

② 瑪格麗特·德·格拉蒙是讓·德·杜爾福·德·杜拉斯的遺孀。她是著名瑪戈皇后的宮廷夫人，參與她的深宮密謀。

此刻，我正準備放棄與世來往，還要帶著新的警世良言招搖過市，這不是一個愚蠢的想法嗎？我對自己生活中未能做到的好事絕不編造。不論我是個什麼樣的人，說什麼我也不願意僅在我的筆下是這個樣子的；我的學問和勤奮用以發揮我的所長；我學習是爲了學習做人，不是學習寫作，我一切努力都在於培養我的人生，以上是我的工作和我的成就。我做什麼也比著書立說做得好，我只求勉強地過好眼前的舒適生活，並不要爲我的繼承人積聚豐富的家產。

誰是個有價值的人，讓他表現在他的爲人、他的日常言行，對待愛情或爭吵、對待遊戲、對待婚姻、飲食、謀事、持家方面。我看到有些人寫的是好書，穿的是破鞋，如果他們肯聽我一言，首先還是先把鞋子修好。您可以問一個斯巴達人，他更喜歡當一名傑出的演說家還是一名傑出的軍人；而我若沒有人侍候，寧可當個好廚師。我的上帝！夫人，我討厭做個筆尖上的強者，而在其他方面是個廢物和庸人。我寧願是個愚者，也不願誤用我的資質。愚蠢的無知自然使我無緣得到新的榮譽；如果我不失去我獲得的一點點東西，在我已是很大的收穫了。這幅死氣沉沉的畫像不但剝奪了我的生動天性，也不符合我精神煥發時的狀態，我已大大失去了當初的銳氣，步入暮年和晚秋。我已沉入釜底，不久將散發臭氣。

夫人，如果目前我不是受到學者的鼓勵，絕不敢斗膽去觸動醫學的神祕性，因爲您和其他許多人對它非常尊重。學者中有兩位是古代拉丁人：普林尼和塞爾蘇斯。如果您有朝一日讀到他們的作品，您發現他們談到醫學比我還尖刻。我只是刺激它，他們則是要掐死它。普林尼嘲笑得尤其厲害：醫生把病人折騰一番以後沒有收到藥石之功，他們在無計可施時就發明了這種巧妙的脫身之計，把有的人交給許願和奇蹟，把有的人送進溫泉浴（夫人，請不要生氣，他談的不是山這邊那些受您家保護、屬於全體格拉蒙家族的溫泉）。

他們還有第三種擺脫我們的辦法。我們看病久治不癒，稍有微詞，他們爲了推卸責任，絕不會再動腦筋討好我們，乾脆把我們送到某個空氣清新的地方。

夫人，我說得也夠了。剛才我爲了跟您閒聊而離了題，請允許我回頭再把我的話往下說。③

這次好像是伯里克利，當有人問他身體怎樣時，他回答說：「您看這裡就知道。」他指指掛在脖子上和手臂上的符咒。他的意思是說他病得很重，既然他已經到了迷信這些無聊事、身上戴了這些玩意兒的地步。

我不是說我不會有一天也受這種可笑看法的衝擊，把生命和健康交給醫生支配；我也會陷入這類的瘋狂，無法保證在未來堅定不移；那時若有人問我身體如何，我也會像伯里克利那樣說：「您看這裡就知道。」伸出我那沾有十克鴉片膏的手，這是生大病的明證。我的判斷力也會大打折扣；如果缺乏耐性和害怕在我身上占了上風，可以認爲我的靈魂在發高燒。

---

③ 原著中下面接著幾個段落，也用同樣字體，令人覺得像是給杜拉斯夫人的信的內容。唐納德·弗萊姆英譯本認爲給杜拉斯夫人的信寫到這裡爲止。蒙田說「往下說」，指他的這篇文章接著寫。

我的祖先遺傳給我對醫學和藥物的天生反感，我費心打這場我並不十分了解的官司，也只是對這種反感的支持和安慰，爲了說明這不是一種愚蠢的傾向，其中還有一定的道理。同樣，當人們看到我在病急中還是那麼堅決抗拒人家的勸誘和威脅，不要認爲這純然是頑固不化，或者這個人就是討厭，或者還覺得這裡面有什麼矯情呢！然而這不是一種正常的欲望，這種跟我的園丁和騾夫並無二致的行爲，有什麼可以引以爲榮的呢？當然，健康是一種實在的、肉體的、甜蜜的歡樂，我也不會躊躇滿志，拿它去換取一種想像的、精神的、虛無縹緲的歡樂。榮譽，即使是埃蒙四傑④的那種榮譽，對我這樣一個性格的人，就是只要腸絞痛發作三次就可以換到，代價也是太昂貴了一點。

那些喜歡我們的醫學的人，也可以有他們的有利、有力、有道理的看法。我不憎惡跟我的怪念頭不同的怪念頭，我看到我的判斷與其他人有矛盾絕不會不高興，也絕不會因意見相左而與大家格格不入。恰恰相反，大自然的最大原則是不同；外貌不同、精神更不同；因爲精神的質地更柔軟、更易於塑造；我們脾氣性情相同，我們目的意圖相同，這是很少見的。兩個人的想法完全相同，就像兩根毛、兩顆種子完全相同，這在世界上是不存在的。世界的普遍品質，就是萬物皆有差異。

④ 法國民間故事，敘說查理曼大帝時代埃蒙一家四個兒子的傳奇經歷。

# 蒙田年表

| 年代 | 生平記事 |
| --- | --- |
| 一五三三 | 二月二十八日誕生於法國南部佩里戈爾地區距卡蒂翁鎮四公里的蒙田城堡，蒙田是家裡的第三個孩子，送至鄰村撫養。父親皮埃爾·埃康是個繼承豐厚家產的商人。 |
| 一五三五 | 父親愛好新奇事物，從義大利帶回一個不懂法語的德國人，為蒙田進行拉丁語教育。 |
| 一五三六 | 父親被任命為波爾多市副市長。 |
| 一五三九或一五四〇 | 進入法國最好的中學之一——居耶納中學。就學七年，得到不少歷史知識，欣賞拉丁詩歌，學了粗淺的希臘語。日後蒙田抱怨學校死背書本的教學法。 |
| 一五四四—一五五六 | 父親任波爾多市市長。 |
| 一五四六 | 蒙田可能在藝術學院聽哲學，聽過由尼古拉·德·格魯奇講授的辯證法。 |
| 一五四八 | 波爾多發生暴動，遭到德·蒙莫朗西公爵的殘酷鎮壓。波爾多市失去一切特權，包括自選市長的權利，亨利二世決定把原為終身職的波爾多市長一職改為兩年一任。 |
| 一五四九 | 或許由於時局騷亂和波爾多大學法學教育缺失，蒙田被父親送至著名的圖盧茲大學學習法律。 |

| | |
|---|---|
| 一五五四 | 亨利二世在佩里格建立間接稅最高法院。蒙田年二十一歲，被任命為推事。三年後這家法院又撤銷，推事被分派到波爾多法院工作。同年，猶任波爾多市長的父親成為受人重視的社會人物，得到大主教的批准，建造塔樓，把原來樸實無華的蒙田城堡修建一新，頗為富麗堂皇。 |
| 一五五四—一五五六 | 皮埃爾·埃康任波爾多市市長，時局艱難。據蒙田說，他履行職務付出了心血與錢財。又據讓·達那爾的《年表》，「市長大人為了城市的事務還要北上巴黎，送去了二十桶葡萄酒給他，讓他到了那座城市打點那些好意的貴族老爺。」蒙田就是在這時，隨父親和這些酒第一次去巴黎，因此還見到了亨利二世。 |
| 一五五七 | 蒙田進入波爾多最高法院工作。 |
| 一五五八 | 蒙田結識年長三歲的艾蒂安·德·拉博埃西，兩人成為莫逆，雖相交僅六年（其中兩年還不在一起），拉博埃西的斯多葛思想對蒙田的影響殊為重大。 |
| 一五五九 | 波爾多郊區發生毀壞聖像事件，最高法院下令組織一次賽神會，活活燒死一位波爾多富商皮埃爾·富熱爾。那時波爾多城裡有七千名胡格諾（加爾文派教徒），陰謀、暴動、處極刑頻仍，直至一五六二年一月頒布寬容法令，局勢開始好轉。蒙田到巴黎上朝，陪同亨利二世國王巡視巴黎和巴勒杜克。 |

| | |
|---|---|
| 一五六一 | 再度去巴黎。波爾多最高法院交給蒙田一個任務，解決居耶納省內非常嚴重的宗教糾紛。蒙田在巴黎住了一年半。有人猜測，但沒有證據，這是蒙田欲實現政治抱負但最終失望的時期。 |
| 一五六二 | 一月十七日頒布寬容法令，允許胡格諾派有集會的權利。波爾多高等法院勉強接受。巴黎高等法院六月六日要求它的成員宣誓效忠天主教，六月十日，蒙田始終在巴黎，便在那裡履行了這一儀式。十月他隨同國王軍隊前去盧昂，不久軍隊從胡格諾派手中攻下盧昂。蒙田在城裡遇見巴西土著。 |
| 一五六三 | 二月蒙田回到波爾多。八月十八日拉博埃西在波爾多附近英年早逝。他遺贈給蒙田不少藏書和自己的著作，還留下色諾芬《經濟論》、普魯塔克《婚姻規則》等譯稿和自己創作的十四行詩。 |
| 一五六四 | 閱讀和注解尼古拉·基爾《編年史》。 |
| 一五六五 | 跟弗朗索瓦茲·德·拉·夏塞涅結婚。妻子是一位同事的女兒，小蒙田十一歲，與蒙田生了六個女兒，只有一個倖存下來。 |
| 一五六八 | 父親過世。在他的五個兒子與三個女兒之間分割遺產。蒙田成了蒙田莊園的主人和領主。在繼承問題上與母親發生矛盾。 |
| 一五六九 | 蒙田貫徹父親的遺願，在巴黎出版了雷蒙·塞邦的《自然神學》譯著。 |

| | |
|---|---|
| 一五七〇 | 蒙田賣掉波爾多高等法院推事一職，到巴黎出版拉博埃西的拉丁詩歌和譯著。第二年結成一集問世。蒙田在拉博埃西作品的每一卷上都題辭獻給一位重要人物。蒙田第一個孩子出世，是個女兒，兩個月後夭逝。 |
| 一五七一 | 蒙田三十八歲，退休，他在書房裡的一篇拉丁銘文，顯示出他當時的心志。「基督紀元一五七一年，時年三十八歲，三月朔日前夕，生日紀念，蜜雪兒．德．蒙田早已厭倦高等法院工作和其他公務，趁年富力壯之時，投入智慧女神的懷抱，在平安與寧靜之中度過有生之年。他住在祖先留下的退隱之地，過自由、寧靜、悠閒的生活，但願命運讓他過得稱心如意！」蒙田被法國大使德．特朗侯爵正式授勛為米迦勒勛位團騎士；九月九日被查理九世國王任命為王宮內侍。十月二十八日，女兒萊奧諾出世，這是蒙田六個女兒中唯一存活的孩子。 |
| 一五七二 | 聖巴托羅繆大屠殺。拉羅歇爾叛亂；內戰打得正酣，蒙田開始撰寫他的《隨筆集》。同年阿米奧翻譯的普魯塔克《道德論集》出版，成為蒙田的案頭必備書。《隨筆集》第一卷大部分成於一五七二—一五七三年。蒙田想到的主要是軍事政治事件。他大量閱讀杜．貝萊兄弟的《回憶錄》，吉夏當的《義大利史》，塞涅卡的著作也是他的床頭書。 |

| | |
|---|---|
| 一五七二—一五七四 | 法國內戰。三支王家軍隊向新教徒進攻。普瓦圖軍由德·蒙邦西埃率領，駐紮在聖埃米納，蒙田隨同居耶納省天主教貴族加入這支軍隊。但是沒有打起來，因為新教派領袖拉努拒絕作戰。蒙邦西埃派蒙田去波爾多高等法院，要求法院下令採取措施作好保衛城市的準備。 |
| 一五七三 | 蒙田的第三個女兒安娜出世，僅活七個星期。 |
| 一五七四 | 蒙田的第四個女兒出世，僅活三個月。五月十一日，蒙田在波爾多高等法院王室成員面前轉呈德·蒙邦西埃公爵給朝廷的奏摺，然後作了一個長篇發言。拉博埃西的《自願奴役》被人塞入喀爾文派一本小冊子《法國人的鬧鐘》出版。文章匿名，內容也遭篡改。 |
| 一五七六 | 四十二歲。蒙田命人做了一塊銘牌，一邊是蒙田紋章，環繞米迦勒的圓環，一邊是一座橫放的天平，上刻一五七六年，還寫上皮浪的格言：「我棄權。」他寫出一部分《雷蒙·塞邦贊》。 |
| 一五七七 | 蒙田的第五個女兒出世，僅活一個月。十一月三十日那瓦爾國王封蒙田為王宮內侍。 |
| 一五七七—一五七八 | 蒙田罹患腎結石，他的父親和祖先也曾罹患過。腎結石、痛風或風濕病使他終生受苦。《隨筆集》第二卷的大部分是這時起至一五八〇年寫成的。 |

| | |
|---|---|
| 一五七八 | 二月二十五日，蒙田開始詳細閱讀凱撒的《內戰記》和《高盧戰記》，五個月間作出許多注解。<br>不久後，他又閱讀博丹的《共和國》。但是他時常翻閱的兩部著作是塞涅卡的《給盧西里烏斯的書信》，普魯塔克的《名人列傳》和《道德論集》。尤其普魯塔克是《隨筆集》的源泉。 |
| 一五八〇 | 三月一日，《隨筆集》在波爾多米朗傑出版社出版，第一版分為兩卷。之後，蒙田去法國、瑞士、義大利等國旅遊治病。在巴黎，蒙田把《隨筆集》獻給亨利三世。<br>八月，蒙田參加費爾圍城戰。在多姆雷米，拜會聖女貞德家族的後裔。<br>十二月二十九日在羅馬晉謁格列高利十三世教皇。 |
| 一五八一 | 九月七日，蒙田尚在義大利逗留，傳出他當選為波爾多市長的消息，任期兩年。他準備行裝回國。 |
| 一五八二 | 德·杜在他的《歷史》一書中說他「受惠於蜜雪兒·德·蒙田之處甚多，他那時是波爾多市長，待人坦誠，反對任何約束，從不加入陰謀集團，對自己的事務非常熟悉，尤其對他的故鄉居耶納省的事務有深刻的了解」。《隨筆集》第一、二卷修改增補後合成一卷再版，主要添加了義大利詩人的章節和對羅馬客居時的回憶。這一版本在波爾多還可看到。 |

| | |
|---|---|
| 一五八三 | 蒙田再度當選為波爾多市市長，任期兩年。在第二次任期中，內戰和瘟疫都蔓延到佩里戈爾地區、阿基坦省。<br>他的第六個女兒瑪麗出世，僅活了幾天。 |
| 一五八四 | 六月十日，亨利二世國王的最小兒子安茹公爵逝世，使那瓦爾的亨利成為王位繼承者。<br>八月一日，蒙田開始他第二個市長任期。<br>十二月十九日，那瓦爾國王到蒙田，駐蹕在蒙田城堡，由城堡裡的人侍候，晚上就睡在蒙田的那張床上。 |
| 一五八五 | 科麗桑特成了那瓦爾國王的情婦，蒙田撰文《美麗的科麗桑特》，勸她「不要讓熱情損及王上的利益與財富，既然她願為他做一切，要更多看到他的好處，而不是他的怪脾氣。」他還努力促進那瓦爾國王和德·馬蒂尼翁元帥的相互了解。馬蒂尼翁是居耶納省總督，對法國的亨利三世甚為忠誠；那瓦爾國王是居耶納省名義上的總督，認為他們兩人過於接近。<br>六月十二日，經過蒙田的斡旋，那瓦爾國王和馬蒂尼翁元帥見面。<br>同月，波爾多市爆發瘟疫，居民大撤離。蒙田帶了家人離開蒙田城堡。他的市長任期到七月底為止，七月三十日在瘟疫尚未殃及的弗依亞，完成他最後的職責。 |
| 一五八六—一五八七 | 閱讀大量歷史書籍。開始撰寫《隨筆集》第三卷。 |

| | |
|---|---|
| 一五八八 | 二月十六日，蒙田前往巴黎去出版第四版《隨筆集》，到了奧爾良附近維爾布瓦森林裡，被蒙面的神聖聯盟分子搶劫。隨後他們又把衣服、錢和書籍（其中肯定有《隨筆集》的原稿）還給他。後來蒙田在信中向馬蒂尼翁講起這件不幸的事，和《隨筆集》中的敘述有些出入。這件事的過程好像是事後經過他重新編寫的。德·古內小姐跟母親住在巴黎，對《隨筆集》的作者深感欽佩，聽說蒙田在巴黎，請母親前去代她表示仰慕之情。第二天蒙田到她住處拜訪，開始了他與「義女」的長期來往。<br>五月十二日，巴黎發生暴亂，設置街壘。亨利三世離開巴黎，忠於他的貴族隨同撤離，其中有蒙田，一直伴隨國王直至夏特爾和盧昂。<br>六月，《隨筆集》出第四版，也有稱第五版的，有六百多處增注。<br>七月，他回到盧昂，住在聖日爾曼郊區，風濕病發作。十日，蒙田被巴黎來的軍官逮住，押往巴士底獄，這是出於艾勃夫公爵的指使，他要拿他當人質，因為他的一名親戚被亨利三世關押在盧昂。當天晚上，卡特琳·德·美第奇王太后下令放他自由。<br>十月，蒙田作為旁觀者參加布盧瓦市三級會議。在德·吉茲公爵遭暗殺後，他離開該城市。 |

| | |
|---|---|
| 一五八九—一五九二 | 蒙田閱讀大量歷史著作：希羅多德、狄奧多洛斯、李維、塔西佗和聖奧古斯丁的《上帝之城》。還有他始終極感興趣的美洲和東方歷史。 |
| 一五八九—一五九二 | 一五八九年八月二日，亨利三世逝世。這時期，蒙田準備新版的《隨筆集》，增添了一千多條內容，其中四分之一涉及他的生活、情趣、習慣和想法。撰寫《隨筆集》二十年來，這部書愈來愈帶個人生活色彩，趨向內心自白。蒙田在寫《隨筆集》的同時敞開自己的胸懷；他寫書，書也塑造了他。 |
| 一五九〇 | 六月十八日，蒙田寫了一封優美的信給亨利四世，似是他的政治生命的遺囑。七月二十日，亨利四世從聖德尼軍營寫信給他，希望蒙田在他的身邊擔任職務。 |
| 一五九二 | 九月十三日，蒙田在自己房裡，面前彌撒還在進行時，嚥息離去。葬在波爾多斐揚派教堂。 |
| 一五九五 | 蒙田夫人和皮埃爾·德·勃拉赫交出蒙田作了增注的《隨筆集》樣書，這份稿子經德·古內小姐整理後，交給朗格里埃出版社印成精美的版本。 |
| 一六一三 | 約翰·弗洛里奧將《隨筆集》譯成英語。 |
| 一六一九 | 艾蒂安·帕斯基埃的《書信集》中，有一封寫給貝爾傑的長信，提到亨利四世時代的人對《隨筆集》的第一次深入的評論。 |
| 一六三三 | 馬可·基那米把《隨筆集》譯成義大利語。 |

| | |
|---|---|
| 一六五五 | 傳言在這個時期，帕斯卡與德．薩奇的《對話集》中提到蒙田，但是這篇文章的真實性尚有待探討，因為只是在十八世紀拉封丹的《回憶錄》中有這樣的記載。 |
| 一六六六 | 王家碼頭學派猛烈攻擊蒙田，出現在大約是尼科爾的《邏輯》一書中。這是反蒙田思潮的信號，這個思潮持續了半個世紀。 |
| 一六六九 | 《隨筆集》分三卷在巴黎和里昂的兩家出版社出版。 |
| 一六七四 | 馬勒伯朗士在《尋求真理》一書中對蒙田進行強烈的批評。 |
| 一六六九－一七二四 | 蒙田作品銷聲匿跡的時期。從一五九五－一六五〇年，《隨筆集》平均每兩年出一版，但在這五十六年間，沒有出過一版。拉勃呂依埃爾讚賞蒙田，反擊讓．路易．蓋茲．德．巴爾扎克和馬勒伯朗士，但是他這個評論只是到了伏爾泰時代才結果開花。 |
| 一七二四 | 科斯特出版社出版三卷本《隨筆集》，態度認真，注解詳細，是十八世紀的基本版本。從一七二四－一八〇一年間，《隨筆集》重印了十六版。 |
| 一七七四 | 德．普呂尼神父在蒙田城堡發現蒙田寫的《義大利旅記》，由默尼埃．德．蓋隆作序和注解後出版。手稿交給國王圖書館，此後失蹤，無跡可尋。 |
| 一八一二 | 年輕的維爾曼發表《蒙田贊》，得到法蘭西學院嘉獎，《蒙田贊》代表了那一個時代文人對蒙田的看法。 |

| | |
|---|---|
| 一八三一 | 十二月，圖書收藏家帕里佐以不到一法郎的價格在書攤上購得蒙田做了六百條注解的《凱撒傳》一書（普朗丁版）；一八五六年，此書出售時，特契納以一千五百五十法郎代杜瑪律公爵購得，公爵收入自己的圖書館，與拉伯雷的《亞里斯多芬》和拉辛注解的《埃斯庫羅斯》並列。 |
| 一八三七－一八三八 | 文學評論家聖伯夫在洛桑文學院開課，評論王家碼頭學派，講課內容刊載在一八四〇年和一八四二年出版的前兩卷《王家碼頭學派史》。其中談到蒙田、帕斯卡，這對於蒙田的歷史評價是一個重要時刻。 |
| 一九〇六 | 波爾多市出版地方版《隨筆集》，從此成為所有蒙田《隨筆集》的底本。 |

# 名詞索引

經典名著文庫 080

# 蒙田隨筆【第 2 卷】

作　　者 —— 蒙田（Michel de Montaigne）
譯　　者 —— 馬振騁
發 行 人 —— 楊榮川
總 經 理 —— 楊士清
總 編 輯 —— 楊秀麗
文庫策劃 —— 楊榮川
副總編輯 —— 黃文瓊
特約編輯 —— 張碧娟
責任編輯 —— 李敏華
封面設計 —— 姚孝慈
著者繪像 —— 莊河源
出 版 者 —— 五南圖書出版股份有限公司
地　　址 —— 臺北市大安區 106 和平東路二段 339 號 4 樓
電　　話 —— 02-27055066（代表號）
傳　　眞 —— 02-27066100
劃撥帳號 —— 01068953
戶　　名 —— 五南圖書出版股份有限公司
網　　址 —— http://www.wunan.com.tw
電子郵件 —— wunan@wunan.com.tw
法律顧問 —— 林勝安律師事務所　林勝安律師
出版日期 —— 2019 年 8 月初版一刷
定　　價 —— 500 元


本書爲上海世紀出版股份有限公司上海書店出版社授權五南圖書出版股份有限公司在臺灣地區出版發行繁體字版本。

**國家圖書館出版品預行編目資料**

蒙田隨筆 / 蒙田（Michel de Montaigne）著，馬振騁譯．
-- 初版．-- 臺北市：五南，2019.08
冊；公分
譯自：Les Essais
ISBN 978-957-763-499-3（第 1 卷：平裝）．--
ISBN 978-957-763-500-6（第 2 卷：平裝）．--
ISBN 978-957-763-501-3（第 3 卷：平裝）

876.6　　108010301